LE LYS DANS LA VALLÉE

Paru dans Le Livre de Poche :

Collection dirigée par Michel Simonin

BALZAC

Le Lys dans la vallée

INTRODUCTION, COMMENTAIRES ET NOTES
DE GISÈLE SÉGINGER

LE LIVRE DE POCHE
classique

Ancienne élève de l'École normale supérieure, Gisèle Séginger est maître de conférences à l'université de Strasbourg-II. Elle est l'auteur de publications sur les rapports entre littérature, éthique et spiritualité chez les écrivains du XIXe siècle, notamment Balzac, Flaubert (*Le Mysticisme dans* La Tentation de saint Antoine, Minard, Lettres Modernes, 1984 et *Naissance et métamorphoses d'un écrivain, Flaubert et les Tentations de saint Antoine*, à paraître chez Champion en 1996), Barbey d'Aurevilly, Huysmans, Renan. Elle est responsable du centre de recherche « XIXe-XXe siècles : art et littérature » de l'université Strasbourg-II.

AVERTISSEMENT

Le texte de cette édition a été établi d'après le fac-similé de l'édition Furne de 1844 (*Œuvres complètes*, Bibliophiles de l'Originale), corrigée et annotée de la main de Balzac. L'exemplaire original est conservé dans le fonds Lovenjoul de la bibliothèque de l'Arsenal. Les particularités orthographiques (long-temps, dénoûment, etc.) de cette édition ont été conservées.

L'édition de référence de *La Comédie humaine* est celle de la « Bibliothèque de la Pléiade », établie sous la direction de Pierre-Georges Castex, pour les éditions Gallimard *(CH)*.

Nous renvoyons pour les autres œuvres, sauf indication contraire, au volume I des *Œuvres diverses*, « Bibliothèque de la Pléiade », éditions Gallimard *(OD)*. Celles qui ne sont pas encore publiées dans la « Bibliothèque de la Pléiade » sont citées dans les *Œuvres complètes*, édition établie par Marcel Bouteron et Henri Longnon, Paris, Conard, 1912-1940.

La correspondance est citée d'après l'édition établie par Roger Pierrot, Paris, Garnier, 1960-1968, 5 volumes *(Corr.)*. Nous ne précisons les références que lorsque la date est insuffisante pour retrouver rapidement la lettre.

Les lettres à Mme Hanska *(LH)* sont citées d'après l'édition établie par Roger Pierrot, Paris, Robert Laffont, coll. « Bouquins », 1990.

Dans les extraits cités du manuscrit (Lov. A 116), les crochets indiquent les passages supprimés au moment de la relecture du texte.

L'étude des manuscrits du *Lys dans la vallée* a été possible grâce à la bienveillance des conservateurs de la bibliothèque de l'Institut. Je leur adresse donc, en cette occasion, tous mes remerciements.

INTRODUCTION

« Les femmes les plus vertueuses ont en elles quelque
chose qui n'est jamais chaste », écrivait Balzac dès
1829[1]. Cette remarque pourrait s'appliquer à la sainte de
Clochegourde. Lys mais aussi pavot, dans le code floral
du roman, Henriette est l'héroïne d'un roman blanc et
rouge. Les deux bouquets composés par Félix, l'un blanc
et bleu, l'autre flamboyant, correspondent bien à la symbolique des couleurs que Balzac venait justement de
définir dans *La Fille aux yeux d'or* (1834-1835) :
« L'âme a je ne sais quel attachement pour le blanc,
l'amour se plaît dans le rouge [...]. » Roman de l'âme et
des sens, *Le Lys dans la vallée* a été lu tantôt comme un
livre scandaleux faisant étalage d'un adultère à peine
déguisé sous des apparences mystiques, tantôt comme
« un livre moraliste jusqu'à la pudibonderie et sentimental jusqu'au pathétique[2] ». *Le Lys dans la vallée* a été
souvent considéré comme un roman à une seule dimension, provocateur ou moraliste. Or, si cette œuvre est
aujourd'hui lisible, c'est pour son ambivalence, ses
contradictions et les nombreux lapsus qui échappent au

---

1. *Physiologie du mariage, CH*, XI, p. 944. – 2. « Balzac et les
fleurs de l'écritoire », *Poétique*, n° 43, 1980, p. 306.

personnage-narrateur [1]. La distinction entre les élans
mystiques et la sensualité y est bien floue. L'érotisme et
le sacré se mêlent en effet dans la recherche de jouissances raffinées, stimulées par la frustration. L'ambiguïté se
manifeste déjà dans le titre, emprunté à un verset du
Cantique des cantiques (II, 1-2), chant d'amour sacré :

> Je suis le narcisse de Saron,
> Le lis des vallées.
> Tel un lis parmi les épines,
> Telle ma compagne parmi les jeunes filles [...]

Chez Balzac, le symbolisme floral et l'image du lys,
symbole de pureté, apparaissent dès 1822, lorsque le
jeune Balzac, comme Félix, courtise une femme plus
âgée que lui, Laure de Berny (lettre du 23 mars). Dans
un poème qu'il attribue à Chénier, mais dont il serait en
fait l'auteur si l'on en croit Lovenjoul [2], Balzac lui fait
métaphoriquement une déclaration d'amour et de désir :

> Au milieu d'un parterre, un matin vit éclore
> Sur un lys encore frais, des larmes de l'aurore,
> > Un des fils du printemps ;
> Par ses jeunes efforts, par ses doux mouvements,
> > Sa prison est brisée
> Il marche sur la fleur, se nourrit de rosée,
> > Regarde le jardin [...]

> Il voit l'honneur de Flore, et, de ses pas légers
> Lui destine l'hommage, en rêvant de baisers
> > Une abondante fête :
> La rose, en détournant sa gracieuse tête,
> > Insulte au papillon !
> Il insiste. Bientôt, percé par l'aiguillon

---

1. Raymond Mahieu, « Les lapsus du *Lys dans la vallée* », *Romantisme*, SEDES, 1993, p. 97-107. – 2. Note de Roger Pierrot, *Corr.*, I,
p. 145.

> D'une perfide abeille
> Il tombe, et meurt au sein de la rose vermeille,
> En caressant toujours
> Cette fleur, son tombeau ; cette fleur, ses amours !

Mme de Berny sera en fait à la fois une mère et une maîtresse, le lys et la rose. Elle réalisera ce qui pour Félix restera toujours un rêve inaccessible, l'union de l'eau et du feu, d'Henriette et d'Arabelle.

S'il est dans l'œuvre de Balzac des fleurs sensuelles, roses et pavots, les fleurs sont cependant assez souvent des symboles de l'angélisme : « Je serai la fleur de la vallée » déclarait la pure Minna dans *Falthurne II*, œuvre de jeunesse inachevée (*OD*, I, p. 907). Dans *Séraphita*, après une élévation initiatique vers un sommet inaccessible, Minna reçoit une fleur unique, « merveille éclose sous le souffle des anges » (*CH*, XI, p. 739). Les esprits angéliques sont définis métaphoriquement comme « les fleurs de l'humanité » dans le résumé que le docteur Becker fait de la doctrine de Swedenborg (*CH*, XI, p. 777). Wilfrid considérera d'ailleurs ainsi Séraphita : « Les déifications dont abusent les amants en tous pays, il n'en décernait pas les honneurs à ce lys de la Norvège, il y croyait. Pourquoi restait-elle au fond de ce fiord » (*ibid.*, p. 797). De même, Henriette est un lys enfermé *dans* la vallée que la mort délivre. L'être angélique quitte alors cette vallée de larmes qu'est le monde. Dans la mystique chrétienne, à une époque où l'on n'hésitait pas à parler, comme Abélard, de l'amour de Dieu en termes amoureux, le lys avait déjà été utilisé comme symbole du désir spirituel. Ainsi, dans l'un de ses sermons sur le *Cantique des cantiques*, saint Bernard écrivait : « Vos actions, votre zèle, votre désir soient comme des lis, par leur candeur et leur parfum [1]. »

---

1. *Œuvres mystiques*, Seuil, 1953, p. 71.

Le lys est aussi le symbole d'une fragilité vouée à la mort et Balzac l'oppose à l'acier des femmes insensibles : Madame de Vandenesse, Madame de Lenoncourt, Arabelle. Dans *L'Enfant maudit* (1831 et 1837 pour la version augmentée), la duchesse d'Hérouville et Gabrielle, autres femmes comparées à des lys, ont la même destinée tragique qu'Henriette. Dans *Séraphita*, la fleur est la part encore humaine et éphémère de l'esprit angélique qui aspire à l'éternité. Séraphita « se meurt comme une fleur frappée par un rayon de soleil trop vif » (*CH*, XI, p. 748).

Mais le lys est un symbole bipolaire. En effet, Henriette est aussi une fleur qui s'ouvre au désir de Félix, pendant la maladie du comte : elle « s'épanouit [...] pour moi seul », écrit Félix, et elle « prit autant de joie à se déployer que j'en sentis en y jetant l'œil curieux de l'amour » (p. 263). Michael Riffaterre rappelle une intéressante tradition grivoise du Moyen Age qui donne au lys le nom de *virga asini*, verge d'âne [1]. Le lys servira d'ailleurs à exprimer le désir de Félix dans le bouquet blanc et bleu. C'est donc une fleur phallique, par ailleurs symbole de pouvoir, que Balzac choisit pour représenter Henriette qui apparaît, à une lecture attentive, comme un personnage double. La sainte fragile de Clochegourde est aussi une femme sensuelle et un stratège des coulisses qui laisse deviner sa volonté de puissance dans ses conseils à Félix.

Le nom de Mortsauf ouvre *Le Lys dans la vallée* sur une intertextualité grivoise. Dans *Les Joyeusetés de Louis le Onzième, Conte drolatique* de 1832, Balzac raconte comment un homme est sauvé de la pendaison grâce à une érection qui suscite l'intérêt d'une vieille fille. Le roi le condamne à l'épouser. Ce mariage donne naissance à une bonne famille de Touraine dont le nom

---

1. « Production du roman : L'intertexte du *Lys dans la vallée* », *Texte*, n° 2, 1983, p. 32.

et les armes commémorent le sauvetage. Or, dans *Le
Lys*, le comte est le descendant d'un homme sauvé de la
potence, « dont le nom indique l'aventure à laquelle il
doit et ses armes et son illustration ». Il porte en effet
« d'or, à la croix de sable alezée potencée et contre-
potencée, chargée en cœur d'une fleur de lys d'or au
pied nourri » (p. 70). Le lys rappelle la grâce royale.
Mais, dans sa dimension intertextuelle, cette fleur semble aussi bien proche de la mandragore, fleur mythique
qui naît du sperme des pendus. De plus, dans le code
héraldique, la fleur « au pied nourri » est une fleur coupée
qui se différencie de la fleur représentée avec ses racines.
Or, la fleur cueillie est traditionnellement une métaphore
de l'acte sexuel et, dans le roman de Balzac, le désir sensuel s'exprimera, en effet, par des fleurs coupées et réunies en bouquets. Une expression employée par Félix
révélera d'ailleurs la signification sexuelle de la fleur coupée : « la volupté nous cueille de ces fleurs nées sans racines [...] » (p. 156). La sexualité drolatique est donc
inscrite dans les armes des Mortsauf. La devise sculptée
au-dessus du perron — « Voyez tous, nul ne touche » —
paraît alors d'une ironie bien cruelle. Si l'aïeul des
Mortsauf a eu la vie sauve grâce à la sexualité, Henriette
fera bien mentir son nom. Elle perdra la vie pour n'avoir
pas été touchée et avouera dans sa lettre-testament :
« J'ai parfois désiré de vous quelque violence » (p. 372).

L'amour des signes

Félix est un cruel tentateur qui offre à Henriette des
bouquets aphrodisiaques mais se dérobe au désir qu'il a
suscité. Le bouquet est une correspondance à sens unique, qui n'attend pas de réponse. Il est une des manifestations du dérèglement de l'épistolaire. Dans ce roman,
les lettres ne se répondent pas. Celle de Natalie est une
fausse réponse. La rupture est programmée par le récit
provocant de Félix qui ne laisse guère de choix à

Natalie. On s'écrit et pourtant un véritable échange ne parvient pas à s'établir. L'épistolaire révèle symptomatiquement la difficulté des relations amoureuses : dans ce roman, les désirs se croisent plus qu'ils ne se rencontrent. Le paradoxe du désir de Félix, c'est qu'il refuse celui de l'autre. Au nom de la poésie, Henriette doit s'en tenir à son rôle de lys, d'ange blanc. Félix réussit à lui imposer ses créations : « Je veux être l'étoile et le sanctuaire, dit-elle en faisant allusion aux rêves de mon enfance » (p. 198). Henriette meurt pour avoir confondu l'écriture et la vie et avoir tenté de vivre la poésie en réalisant les métaphores de Félix. Leur relation amoureuse a pris la forme d'un échange de signes qui se substitue à l'échange amoureux interdit. Mais le roman montre l'échec de ce déplacement qui conduit les personnages — Félix bien davantage qu'Henriette — à préférer les images à la réalité.

Le récit de Félix à Natalie est encore la preuve qu'il ne s'est pas corrigé de ce travers. A nouveau, à la demande de relation amoureuse, Félix répond par la production de signes. D'une manière exhibitionniste, il s'expose dans la jubilation que lui procure l'écriture : « Je fouille ce monceau de cendres et prends plaisir à les étaler devant vous », avoue-t-il (p. 381). Le plaisir d'écrire semble l'emporter sur l'émotion douloureuse qui n'interrompt qu'une fois le récit (p. 378). Natalie n'a donc pas plus de chance qu'Henriette. « Je cède à ton désir », écrit Félix en lui envoyant sa confession. Mais il se méprend sur ce désir. Elle est priée de n'être qu'une sœur de charité, lectrice bienveillante d'un amoureux des signes, car, au désir, Félix préfère le désir d'écriture, à la religion de l'amour la religion esthétique. Le plaisir de la virtuosité l'emporte sur la brièveté épistolaire. Félix laisse son amante passer la nuit en compagnie d'un manuscrit. Si Natalie se dérobe, c'est qu'elle refuse d'être le témoin, un peu voyeur, de ce plaisir solitaire qu'est l'écriture de Félix.

Lectrice admiratrice, compatissante et complaisante, Natalie serait cet autre apprivoisé dans un échange à sens unique qui permettrait à Félix de réaliser, bien différemment, l'androgyne qu'il rêvait de reconstituer avec Henriette. Ce ne serait plus la sublimation de la sexualité et le dépassement des différences dans l'unité qui le rendrait possible mais la négation de la différence, de la féminité et de son désir dans l'échange de la narration et de la lecture. Mais Natalie se venge, en renvoyant Félix à sa solitude et à son incomplétude d'homme sexué.

Si la confession manque de tact à l'égard de Natalie, sa rivale est de toute façon somptueusement enterrée par le récit qui la célèbre. Natalie lui en fait le reproche : « Vous vous croyez quitte avec son cercueil » (p. 388). Félix n'édifie ce tombeau littéraire que pour dresser sa propre statue. Il adopte une énonciation lyrique, ridicule par son enflure, et veut faire figure de poète, d'artiste ou de rêveur. Aussi, en parvenu de l'écriture, choisit-il un style voyant, surfait, ampoulé. Il multiplie les métaphores religieuses, alimentaires, aquatiques, végétales, voire organicistes. Mais leur juxtaposition, loin de faire tenir ensemble les événements, révèle des glissements surprenants entre des imaginaires inconciliables, religieux et naturaliste en particulier. Félix est tantôt une plante fragile livrée aux hasards d'un milieu hostile, tantôt un élu promis à une initiation. Il abuse des anaphores et des apostrophes souvent pompeuses (« Vous tous qui êtes entrés [...] vous qui partout avez [...] vous seuls pouvez », p. 138), des mots « ange » et « lys », des références bibliques ou culturelles, des effets rythmiques dans une rhétorique ostentatoire qui procède par amplifications binaires ou ternaires. Dans *Le Lys*, Balzac met en scène une écriture, celle d'un narrateur dont il faut absolument le dissocier. En effet, une ironie textuelle s'exerce à l'égard de la rhétorique religieuse de Félix dont les critiques de 1836 se sont souvent moqués en

l'attribuant, à tort, à l'écriture balzacienne. La main de
Balzac, sans apparaître, fait dévier la plume de Félix.
Aussi faut-il attribuer, non pas à Balzac mais à Félix,
poète qui a mal tourné, les phrases qui s'embrouillent
dans les images mal ajustées qu'elles produisent : « Je
revoyais la lentille qui marquait la naissance de la jolie
raie par laquelle son dos était partagé, mouche perdue
dans du lait, et qui depuis le bal flamboyait toujours le
soir dans ces ténèbres où semble ruisseler le sommeil
des jeunes gens dont l'imagination est ardente, dont la
vie est chaste » (p. 78). Le roman crée une énonciation
fictive, celle d'un homme politique qui pratique, à ses
moments perdus, la confession poétique. Pour s'adresser
à une mondaine, bien peu idéaliste, il tente d'enfiler,
hors de propos, un costume qui n'est pas taillé à sa
mesure, celui du troubadour des temps modernes. Le
roman de Balzac montre l'échec de cette énonciation
poétique. La boursouflure du style, le dérapage des
métaphores excessivement filées, le tourbillonnement
des correspondances qui n'en finissent pas de transporter
le sens vers nulle part, dénoncent par leurs excès
mêmes[1] les efforts ridicules d'une écriture qui veut
magnifier la violence du désir en la travestissant.

Si Félix se veut poète et s'adonne au lyrisme, il souhaite aussi appliquer quelques principes romanesques
que défendait Balzac. Il se présente en effet comme un
virtuose de l'articulation, un décrypteur d'énigmes,
capable de « voir l'esprit intime des choses » (p. 48). Or,
dans les années qui précèdent *Le Lys dans la vallée*,
Balzac prône une restauration du sens, dont l'écrivain

---

1. Les articles de l'époque et les études récentes ont bien remarqué les
particularités stylistiques du *Lys dans la vallée* et les ont souvent dénon-
cées, percevant un écart par rapport à l'écriture balzacienne habituelle qui
n'est pourtant pas dépourvue de métaphores, correspondances, effets rhé-
toriques : voir Sylvie Ducas, « Critique littéraire et critiques de lecteurs
en 1836 : *Le Lys*, roman illisible ? », *in Balzac, « Le Lys dans la vallée »,
« cet orage de choses célestes »*, SEDES, 1993, pp. 15-26.

doit être le maître d'œuvre. Il le représente comme un
disciple de Méphistophélès qui devine les causes
cachées dans *La Physiologie du mariage* (1829), ou
comme un divin coordonnateur dans la préface du *Père
Goriot* (1835). Nostalgique d'une époque révolue où le
christianisme faisait l'unité du monde, Balzac voit dans
l'écrivain le pontife des temps modernes. Il doit « saisir
les rapports les plus éloignés [...] produire des effets prodigieux par le rapprochement de deux choses vulgaires », écrit-il dans « Des artistes[1] ». L'écrivain lutte
contre l'indifférencié et la discontinuité. Dans *La Peau
de chagrin* (1831), Balzac fait l'éloge de Cuvier qui est
un véritable poète car il « réveille le néant », reconstitue
des âges révolus à partir de quelques fossiles. Son « regard rétrospectif » fait « franchir le chaos » au passé
(*CH*, X, p. 75). Il sait reconstituer à partir d'un simple
fossile des mondes disparus. Or, dans l'envoi, Félix se
présente comme un Cuvier de l'autobiographie : « J'ai
d'imposants souvenirs ensevelis au fond de mon âme
comme ces productions marines qui s'aperçoivent par
les temps calmes, et que les flots de la tempête jettent
par fragments sur la grève. » Dès la première visite à
Clochegourde, il devine ce qu'il ne voit pas. Il soupçonne, en regardant la poitrine étroite de Madeleine, le
duel livré sans cesse par Mme de Mortsauf pour la sauver. Il lit une partie de l'histoire de M. de Mortsauf en
contemplant sa figure dont les traits anguleux dénoncent
les aspérités de sa vie. Sous son regard, le monde
acquiert une troisième dimension. Il prétend retourner
les apparences pour révéler les dessous cachés. Les
détails aperçus sont autant d'indices qui permettent de
reconstituer une logique. L'opposition du visible et de
l'invisible correspond aussi à la dualité du fragmentaire
et de la totalité. Lever l'énigme, c'est alors pour Félix

---

1. Article publié en trois fois dans *La Silhouette* de février à avril
1830.

coordonner, colmater les interstices. Il n'est donc pas étonnant que dans sa confession les commentaires sur le récit lui-même, les adresses à Natalie, lectrice fictive et personnage du roman, ou l'interpellation de destinataires imaginaires soient particulièrement nombreux. Leur fonction est d'éviter les fausses lectures en orientant l'interprétation. Les destinataires variés — femmes, martyrs, enfants désavoués — indiquent au lecteur les multiples positions qu'il devra occuper selon les passages du récit. Le roman livre ainsi son mode d'emploi. Le texte construit un lecteur imaginaire pluriel, destinataire idéal, par une série de restrictions qui exclut d'autres lecteurs, d'autres lectures qui peuvent toujours ressurgir ; la réponse de Natalie en sera la preuve éclatante. L'insertion du récit de Félix dans une structure épistolaire (envoi et réponse) permet à Balzac de composer un roman sur l'écriture et sur la réception littéraire, transposant dans la fiction ses inquiétudes sur l'incompréhension du public dont témoigne par ailleurs la rédaction de nombreuses préfaces [1].

L'envoi du *Lys dans la vallée* révèle en effet la crainte d'être mal lu, le désir d'emporter l'adhésion de la lectrice dans une stratégie de conquête qui semble amoureuse. Mais Félix oublie progressivement l'amante à courtiser. Il rédige une confession épistolaire destinée à une seule destinataire, pourtant, il semble parfois l'oublier lorsqu'il s'adresse à d'autres lecteurs imaginaires bien difficiles à confondre avec Natalie. Ceux-ci semblent même plutôt condamner par avance la lecture de Natalie : « Génies éteints dans les larmes, cœurs méconnus, saintes Clarisse Harlowe ignorées, enfants désavoués, proscrits innocents [...] vous seuls, chers martyrs, saurez bien ce que madame de Mortsauf était soudain devenue pour moi [...] » (p. 138). La femme tyrannique que révèle l'envoi suffirait

---

1. Nicole Mozet, « A quoi bon les préfaces ? », *Balzac, « Le Lys dans la vallée », « cet orage de choses célestes »*, *op. cit.*, pp. 5-13.

— sans même que l'on ait besoin de la réponse ou du *Contrat de mariage* [1] — à nous faire comprendre qu'il y a bien
peu de chances pour que Natalie fasse partie de cette liste
de lecteurs compréhensifs.

Certes, on peut penser que la mise en abyme et la
narration à deux plumes, celle de Félix et celle de Balzac
— ont pour corollaire l'existence de deux types de destinataires : — la lectrice fictive intradiégétique, Natalie,
et les lecteurs possibles, extradiégétiques, interpellés à
différents moments du récit. Les adresses à ce deuxième
type de destinataires seraient donc seulement des
moments où apparaîtrait la plume de Balzac. Mais, en
fait, le fonctionnement de ces adresses est plus ambigu
encore. En effet, en intégrant au récit de Félix des appels
à des destinataires autres que Natalie, Balzac montre un
narrateur qui, pris par le plaisir d'écrire, oublie la desti-
nation privée, la finalité amoureuse et le genre épistolaire de sa lettre pour produire un énorme manuscrit,
invraisemblable lettre envoyée à Natalie, qui s'adresse à
d'autres, par-dessus son épaule. Il oublie l'amante et
avoue davantage son narcissisme littéraire que son
amour.

Aussi n'est-il pas étonnant que Félix, en auteur soucieux de la réception de son texte, semble davantage se
préoccuper de procurer à la destinataire un plaisir de
lecture qu'à la rassurer sur son amour. Il utilise les apostrophes à Natalie, non à des fins affectives, mais narratives pour resserrer les articulations de son récit et offrir
un manuscrit bien apprêté : « Si vous avez bien compris
ma vie antérieure, vous devinerez les sentiments qui

---

1. Dans ce roman, Natalie poursuit impitoyablement l'œuvre de sa
mère qui a habilement réussi à faire établir un contrat de mariage
avantageux pour sa fille. Elle ruine son mari tout en préservant sa
fortune et sa ruse est telle que Paul de Manerville lui garde toute sa
confiance. Embarqué pour les Indes où il part refaire fortune par amour
pour sa femme, il découvre la vérité en lisant la lettre que lui a adressée
son ami de Marsay pour l'éclairer.

sourdirent en mon cœur » (p. 60). Natalie n'est plus qu'un instrument narratif qui sert à introduire les discours métanarratifs. Ceux-ci justifient l'attitude des personnages, cautionnent l'enchaînement contraignant des événements pour transformer une vie en destinée ou expliquent les procédures de la narration pour mettre en valeur la logique du récit et la maîtrise du narrateur : « Ce léger croquis [...] était nécessaire pour expliquer l'influence qu'elle exerça sur mon avenir » (p. 54). Écrivain-Narcisse, Félix met en valeur ses talents herméneutiques et son habileté de narrateur pour se contempler en gloire dans son œuvre. L'expansion du discours narratif dévoile trop bien le désir qu'a Félix de construire, à sa plus grande gloire, une belle totalité dont il soigne la lisibilité.

Les généralisations renvoient à un savoir extérieur que tout lecteur est censé partager. Le récit crée ainsi un effet de vraisemblance et de naturel. Félix fait appel à l'imagination du lecteur qui saura combler convenablement, de manière attendue, les vides : « Pour bien comprendre mon récit, reportez-vous donc à ce bel âge où la bouche est vierge de mensonges, où le regard est franc » (p. 55). Félix se permet alors de sauter des chaînons ; les consignes ont été données au lecteur pour qu'il puisse les restituer sans erreur. Bien que la confession suppose la singularité du sujet qui révèle les mystères de ses sentiments, Félix renvoie donc volontiers au sens commun. Le récit s'appuie sur un savoir extérieur, souvent proche d'idées reçues socio-culturelles : « Sans vouloir ici justifier mon crime, je vous ferai observer, Natalie, qu'un homme a moins de ressources pour résister à une femme que vous n'en avez pour échapper à nos poursuites » (p. 279). Mais l'explication oscille du paradoxe intéressant à l'idée reçue. Dans les deux cas elle s'impose comme la révélation d'une articulation logique. Peu importe qu'elle soit inédite ou reproduise un stéréotype, c'est sa fonction plus que son contenu qui compte. Le récit produit parfois ses propres poncifs. Ainsi, Félix présente l'opposition entre les tailles rondes et les tailles plates en la faisant passer pour une vérité admise, donc digne de foi. Les appels aux destinataires par des « figurez-vous », « imaginez », « encadrez » (pp. 67-68) sont destinés à créer l'illusion d'un lien entre la fiction et la réalité, grâce à la participation active des lecteurs chargés de remplir les pointillés par leur expérience, par ce qu'ils ont déjà vu de similaire. Mais la liberté du lecteur est très surveillée. Son imagination est strictement canalisée par le scénario fourni. Les quelques blancs laissés par le récit ne sont souvent destinés qu'à capter l'imagination du lecteur, à la mettre en mouvement pour l'utiliser ensuite de façon directive.

Félix cherche aussi à créer l'effet de plénitude grâce à l'écriture métaphorique. Sa confession est une immense métaphore filée qui fait de l'amour une initiation dont les étapes sont bien marquées : la révélation et le baptême (« ce regard, il m'avait inondé de lumière [...]. Je naissais à une nouvelle vie », p. 116), la communion des larmes (p. 134) et les vœux (« je résolus de rester sans souillure [...] et me revêtis idéalement de la robe blanche des lévites », p. 201), les noces mystiques (p. 253), la tentation. L'agonie d'Henriette est représentée comme l'assomption d'un ange qui a résisté à la tentation. Le récit reprend le modèle de l'assomption de Séraphita, élaboré à partir de la pensée de Swedenborg. Selon lui, les anges ne sont que des êtres humains qui ont atteint un certain degré de développement spirituel. Les métaphores filées permettent donc à Félix de représenter les événements en les calquant sur des modèles narratifs religieux préexistants, ce qui donne à son récit une allure téléologique.

La cohésion du texte est encore renforcée par les métalepses qui transforment les métaphores du récit en événements de la diégèse. A l'arrivée de Félix à Clochegourde, la nature est comparée à une fiancée (p. 66). Mais elle finit par devenir la mariée que Félix épouse au cours d'une extase panthéiste (p. 253). Des métaphores alimentaires décrivent les relations œdipiennes ambiguës de Félix et Henriette ; à la fin du récit, celle-ci meurt de faim. Les métaphores réversibles, qui établissent l'équivalence en double sens de la nature et de la femme, contribuent également à créer un univers narratif correspondant et harmonieux. La nature est comparée à une femme et suscite des désirs voluptueux. Mais le corps d'Henriette est, à son tour, métamorphosé en paysage. L'imagination de Félix court sur les lignes blanches tracées par le peigne dans sa chevelure « comme en de frais sentiers » (p. 61) et il plonge son regard en glissant le long de la raie du dos comme plus tard il plongera au cours d'une union panthéiste dans l'Indre. Les « globes azurés » de sa gorge sont « douillettement couchés dans des flots de dentelle » (p. 61), tandis que la vallée de l'Indre est bordée de « peupliers qui parent de leurs dentelles mobiles ce val d'amour » (p. 66).

Si Félix s'efforce ainsi, ostentatoirement, de jouer les divins coordonnateurs, Balzac, quant à lui, s'ingénie à déconstruire sa belle totalité. Selon Natalie, ce que Félix considère comme de mystérieuses « signifiances » (p. 160) et l'effusion mystico-amoureuse ne révèlent pas un écrivain mais un faiseur de « phrases sentimentales » (p. 388). Décapant son récit des métaphores, elle montre la figure d'un assassin, ni poète, ni mystique, ni amoureux. Si le statut de poète lui est refusé par Natalie, celui de romancier, dont il revendique certaines attributions, ne peut pas davantage lui être reconnu. Félix prétend encore à la fin de son récit être « l'historien intelligent » qui sonde les cœurs, mesure leur profondeur et leur étendue (p. 381). Mais la réponse de Natalie révèle l'anti-romancier, qui dupe et se dupe lui-même. Félix est trop fasciné par les images qu'il produit. Il est plutôt capable de s'autohalluciner que de résister à la fascination des apparences pour les traverser vers les abîmes cachés. Le premier secret qu'il omet d'explorer est celui de Natalie et il ne va pas au-delà de l'interrogation initiale pourtant bien inquiétante : « As-tu dans le cœur des secrets qui, pour se faire absoudre, aient besoin des miens ? »

Rêveur extasié, il renonce d'ailleurs souvent à découvrir une quelconque vérité pour contempler la beauté. Ainsi l'harmonie créée à Clochegourde par la concordance entre la prière et la chute d'un rayon de lumière sur l'assemblée ne révèle à Félix que le sublime. Il cherche des échappées de sens vers un infini brumeux, l'effilement, l'évaporation de la signification dans une « mystérieuse signifiance » (p. 137) qui est moins de l'ordre verbal que de celui de la sensation. Le romancier cherche au contraire une dynamique signifiante dans le dévoilement de perspectives surprenantes, dans le renversement des significations apparentes, dans la plongée vers les dessous. Félix projette ses créations fantasmatiques dans la réalité avec des conséquences désastreuses. Des deux voies que l'antiquaire de *La Peau de chagrin*, double de l'écrivain, a définies, celle du pouvoir et du vouloir ou celle du détachement et du savoir, Félix a choisi la première. Il est l'anti-romancier qui préfère « le cœur qui se brise » et « les sens qui s'émoussent » (*CH*, X, p. 85), selon les termes de l'antiquaire. Félix confond l'effervescence émotionnelle, les évanescentes perceptions de concordance avec le savoir des profondeurs cachées de la vie, qui ne peut s'acquérir que par le détachement. Il s'oppose à l'antiquaire de *La Peau de chagrin* qui, comme tout créateur balzacien, est à la fois Dieu et Méphistophélès. Il a une position qui n'est ni celle de Félix trop impliqué, ni celle de Natalie trop peu capable de compréhension sympathique. Entre ces deux excès, il a choisi de vivre tous les événements, la diversité des positions, intellectuellement, conciliant à la fois la participation sympathique et le détachement serein. *Le Lys dans la vallée*, roman de l'écriture et de la lecture, laisse en creux la place de l'idéal romancier et de l'idéal lecteur.

Mais *Le Lys dans la vallée* n'en reste pas moins un roman. En effet, le développement progressif de l'épistolarité, au cours du travail, transforme la confidence lyrique en un roman dialogique. Le cadre épistolaire permet de juxtaposer, sans les départager, deux points de vue antagonistes. Natalie est ce mauvais lecteur, récalcitrant, peu sensible, écarté par le récit. Elle refuse d'adopter le pacte proposé par le narrateur et évite l'identification au profit d'une position distanciée. Sa lecture critique est une véritable réécriture de l'histoire d'Henriette. Mais à l'intérieur même de la confession de Félix, bien des passages ouvrent une perspective divergente.

Un récit à double fond

De nombreuses failles apparaissent dans l'organisation téléologique du récit. Les hasards, l'illogisme irréductible, laissent soupçonner, sous les discours religieux, l'agnosticisme de Félix qui est pourtant l'un des membres du parti prêtre, dans *Le Contrat de mariage*. Ils révèlent aussi son échec d'écrivain. Malgré ses efforts, Félix ne réussit pas à devenir un divin coordonnateur. Les hasards, silences du narrateur, laissent agir la démotivation dans le récit. C'est le hasard qui protège par trois fois Félix de l'enfer du Palais-Royal, ou qui l'empêche de se suicider dans la Loire grâce à un parapet trop haut. Les réflexions de Félix retournent d'ailleurs son propre discours narratif. Ainsi lors de l'agonie d'Henriette, il se dit frappé par les messages successifs que le hasard lui a envoyés dans sa vie (p. 347). Il avoue son échec devant le mystère irréductible de la destinée d'Henriette : « J'ai cherché longtemps le sens de cette énigme, je vous l'avoue. J'ai fouillé bien des mystères [...] de celui-ci, je ne sais rien, je l'étudie toujours comme une figure du casse-tête [...]. Le génie du mal est trop visiblement le maître, et je n'ose accuser Dieu.

Malheur sans remède, qui donc s'amuse à vous tisser ? »
(pp. 195-196).

Un premier narrateur, extérieur à l'histoire, fait
accomplir au personnage de Félix qui est un autobiogra-
phe imaginaire, un narrateur second, quelques lapsus
révélateurs qui déconstruisent ses élaborations mystiques. Félix prétend réaliser un mariage des âmes, reconstituer l'androgyne, mais il n'arrive pas à refouler ses
désirs sexuels. Ainsi, tout à coup, dans un discours mys-
tico-amoureux, il ne peut s'empêcher de déclarer que
l'âme a un sexe (p. 157). Il voit le ciel « ensemencé »
d'étoiles. Lorsqu'il veut paraphraser le *Cantique des
cantiques* : « L'amour est plus fort que la mort », il écrit :
« Jamais cœur d'homme ne fut si bien empli du désir
auquel ne résiste aucune créature et qui fait tout vaincre,
même la mort... » (p. 123). Il file une métaphore qui
fait de ses relations avec Henriette un voyage initiatique
comparé à celui des rois mages guidés par l'étoile, mais
il s'achève devant Cupidon, dans une nature érotisée :
« Nous voici devant la crèche d'où s'éveille un divin
enfant qui lancera ses flèches au front des arbres nus »
(p. 132).

Le récit manifeste laisse deviner un autre récit latent,
érotique. Le regard sensuel de Félix dément la pureté
des intentions, l'idôlatrie de la Dame-Vierge, le renoncement du prêtre qu'il se promet pourtant d'être. Retrou-
vant pour la première fois Henriette à Clochegourde,
Félix succombe à la tentation : « Mon regard se régalait
en glissant sur la belle parleuse, il pressait sa taille [...]
mon œil déchirait l'étoffe [...] » (pp. 77-78). Il voit Henriette comme une « immensité parée pour un seul regard
qui s'y jette à propos » (p. 161) et, se souvenant des
figures féminines ébauchées dans l'agencement des bouquets, il évoque les « regards qui jouissent en rayonnant
jusqu'au fond des formes pénétrées » (p. 166). Plusieurs
épisodes tiennent lieu de substituts de l'adultère interdit
et, pourtant, rejoué avec insistance. Ce « sont à la fois

des péripéties narratives et des tropes représentant l'ombre ou le fantôme du récit refusé », fait remarquer M. Riffaterre[1]. Henriette et Félix ont leurs noces et leur lune de miel. Leurs âmes se marient (p. 254), s'unissent dans une extase panthéiste pour reconstituer l'androgyne. Le malaise d'Henriette permet à Félix de pénétrer dans sa chambre, jusqu'au lit où elle demande qu'on dénoue sa ceinture. La maladie de M. de Mortsauf les laisse « mariés à demi » (p. 262). Les bouquets érotiques font aussi partie de ces substituts métaphoriques de l'acte sexuel.

Le langage des fleurs est codé et reconnu socialement comme en témoigne le *Nouveau Manuel des fleurs emblématiques* de Mme Leneveux. Les chastes amants de *L'Enfant maudit* ont recours également à cette correspondance : « Les fleurs et la musique devinrent le langage de leur amour. Gabrielle répondit par des bouquets aux envois d'Étienne » (*CH*, X, p. 946). Et le père de Gabrielle saura lire dans ces bouquets « où le rouge mord le blanc », où « les fleurs se heurtent » la naissance de la sensualité, « le jeu secret par lequel l'âme réagit sur le corps » (*CH*, X, p. 934). Mais ce code élaboré pour sublimer dans une expression sociale acceptable la violence du désir est détourné par Félix, à un moment où l'équilibre cherché en vain entre les sens et l'âme dans une sexualité angélique est compromis. Félix ne pense plus qu'à « transborder [...] les riches voluptés » qui l'embrasent (p. 156). Les bouquets, surtout le second qu'on peut qualifier de pornographique, enfreignent la loi du silence que Félix vient juste de refuser dans l'épisode antérieur : « Je saurais mourir, mais non mourir les lèvres closes » (p. 157).

Les deux bouquets, décrits par Félix, expriment le désir avec une gradation. Le bouquet blanc et bleu (p. 158) représente deux innocences, « celle qui ne sait

---

1. « Production du roman... », *op. cit.*, p. 26.

rien », « une pensée de l'enfant » — Félix —, et « celle
qui sait tout », « une pensée du martyr » — Henriette.
Le lys blanc est en fait ici utilisé pour exprimer sinon le
désir — ce mot trop sensuel est évité —, du moins les
« vœux » de Félix. C'est un mariage symbolique que
représente ce bouquet où la femme pure apparaît sous la
forme de « fleurs bleues dont les nuances, prises dans
le ciel, se marient si bien avec le blanc ». Les opposés
s'équilibrent dans l'union du blanc et du bleu, de la terre
et du ciel, de l'innocence et des vœux. Le rêve d'une
sexualité angélique, de vœux qui pourraient demeurer
blancs, sans s'enflammer, n'est pas encore abandonné.
Mais les images érotiques ne sont pourtant pas totalement absentes. Si dans le manuel de Mme Leneveux, le
lys est bien un symbole de pureté, dans le bouquet de
Félix, sa forme phallique, qui exprime l'élan des vœux
du jeune homme, s'élève au milieu d'un « bouillonnement, retombant en vagues frangées ». Félix détourne le
code floral qui fait du blanc et du bleu, comme le rappelle Mme Leneveux, les couleurs d'un amour idéalisé,
pour exprimer un amour qui dissimule à peine sa sensualité. Osant un peu plus, Félix compose le deuxième bouquet (pp. 164-166) pour exprimer un double amour,
« blanche tendresse » mais aussi, cette fois, « rouge
désir ». Autour du col du vase, Félix dispose d'abord
des fleurs blanches. Mais ce sont les couleurs flam-
boyantes qui l'emportent, celles de l'amourette purpurine aux « anthères presque jaunes », des roses du
Bengale, de la fumeterre à fleurs roses et noires, et du
pavot rouge qui déploie « les flammèches de son incendie », au sommet. Ce bouquet est hiérarchisé par les couleurs — des touffes blanches autour du col du vase
jusqu'au pavot rouge au sommet —, par les formes de
plus en plus tourmentées et dynamiques, du col du vase,
où se devinent les formes « roulées » d'une « esclave
soumise », au jaillissement éjaculatoire du pavot rouge
dont les « glands prêts à s'ouvrir » dominent la pluie

fécondante du pollen. Les premières fleurs « s'avancent prosternées », « timides et suppliantes » mais au-dessus le mouvement s'active avec des « fibrilles [...] sans cesse agitées » et les formes s'allongent en « pyramides », en « panaches effilés ». Plus haut, des formes plus irrégulières ou surprenantes — « folles dentelles » du daucus, panache de la linaigrette, marabous, ombellules, sautoirs, vrilles — s'entremêlent furieusement pour signifier l'affolement du désir. Les formes échevelées, lancéolées, deviennent offensivement phalliques, « flammes » ou « dards ». De même que les regards sensuels, ce bouquet de fleurs érotisées fait partie du roman parallèle de la violence du désir. Il dément la pureté des vœux du premier bouquet. Du blanc surgit le feu. Félix, désormais bien peu idéaliste, mais davantage physiologiste, avoue d'ailleurs que les satisfactions substitutives que procurent les bouquets « empêchent un malheur en faisant une part à la nécessité » et évitent les « épuisements mortels » que cause l'abstinence (p. 167).

Deux textes se superposent dans l'épisode des bouquets, grâce aux symboles bipolaires du lys et du pavot qui représentent à la fois la féminité et la masculinité. Le deuxième bouquet raconte métaphoriquement l'assouvissement du désir masculin. Lys, déjà quelque peu phalliques dans le premier bouquet, les vœux de Félix se sont transformés en désirs, en pavots dans le deuxième. Pourvu de flammèches phalliques, le pavot s'élève offensivement au-dessus des jasmins blancs qui reçoivent la pluie de pollen. Le bouquet oppose le blanc de la femme désirée — l'esclave soumise est blanche — et le rouge du désir victorieux. Mais les contours féminins de certaines fleurs — leurs formes d'esclave soumise ou de suppliantes prosternées, la robe de la flouve, la chevelure des bromes, les dentelles du daucus — placent l'image d'une Henriette martyre (la dentelle est un élément de son costume) et pure à la base du bouquet. N'est-ce pas alors elle qui se transforme dans ce bou-

quet-récit en pavot, au large calice ouvert qui s'offre ?
En effet pendant la maladie du comte, la même métaphore de la fleur qui s'épanouit et s'ouvre est utilisée
pour décrire le bonheur d'Henriette. Dans *Béatrix*, le
pavot représentera à nouveau une femme érotisée,
Camille Maupin, qui réveille la sensualité de Calyste.
De plus, dans le bouquet de Félix, à côté des dards, flammèches, aigrettes, d'autres formes féminines ouvertes ou
rondes coexistent : « ombellules », « marabous ». Le
vase lui-même au « col évasé » s'offre aux fleurs du
désir. Après l'infidélité de Félix, il se refusera : Henriette
retirera les vases de sa cheminée. A l'inverse pendant
son agonie, elle remplira sa chambre de vases et y pla-
cera des fleurs. Le bouquet au pavot ouvert est donc un
nouveau lapsus qui reconnaît la sensualité d'Henriette,
alors que le récit manifeste prétend la nier presque jusqu'à la fin. Félix soumet la femme désirée, qu'il ne peut
se représenter qu'en esclave soumise, à la violence d'un
sadisme blanc. Il tuera Henriette en lui imposant une
scénographie imaginaire, en l'obligeant à jouer les lys
après lui avoir donné l'envie de devenir pavot.

L'épisode des bouquets fait partie de ces « éclats »
dont Félix prévoyait, dans l'envoi, qu'ils pouvaient blesser Natalie. Non seulement, en se souvenant des courses
dans la campagne pour composer les bouquets, il avoue
involontairement par un passage du passé au présent —
« j'y promène encore la souveraine » — que le fantôme
évoqué dans la lettre d'envoi est bien vivant mais il viole
toutes « les règles du bon sens » (p. 37), comme il le
redoutait. Il croit qu'il peut satisfaire sa maîtresse en lui
imposant la vision d'une scène érotique avec une autre.
Félix ne suggère pas, il se livre avec exhibitionnisme
au regard et par des apostrophes — « écoutez »,
« voyez » — il assigne à Natalie le rôle du voyeur. Cet
épisode contribue à faire de la confession tout entière
une involontaire lettre de rupture, dans laquelle Félix
oppose une fin de non-recevoir au désir de Natalie. Le

désir pour Henriette sert à refuser le désir de Natalie :
« Jamais depuis je n'ai fait de bouquet pour personne »
(p. 167). Natalie sait bien interpréter cet aveu échappé :
« Vous m'avez donné le désir de recevoir quelques-uns
de vos bouquets enivrants, mais vous n'en composez
plus » (p. 387).

Au début de son récit Félix s'interroge : « A quel
talent nourri de larmes devrons-nous un jour la plus
émouvante élégie, la peinture des tourments... » La
réponse donnée par l'épisode des bouquets est moins
romantique. Écriture et désir, art et sexualité sont liés,
mais différemment de ce que concevra plus tard Freud.
Les fleurs de l'écritoire ne sont guère sublimatoires. Le
désir rythme de son crescendo la composition du poème-
bouquet dans une écriture imitative : énumérations et
juxtapositions de syntagmes déferlant en plusieurs
vagues (délimitées par « au-dessus », « mais déjà plus
haut », etc.) aboutissent à l'allongement final de la
période au moment du jaillissement du pollen. Le choix
de signifiants comme l'amourette, la paronomase impli-
cite — les « violâtres espérances » ne sont-elles pas de
violentes espérances, la pulsatille n'est-elle pas une pul-
sative ? —, le néologisme « aphrodise », croisement
d'« Aphrodite » et d'« aphrodisiaque », font de l'écriture
florale une écriture qui surexpose le désir.

Le langage floral échappe à la sublimation car, évitant
la médiatisation verbale, il ne peut servir de relais aux
interdits moraux. Les bouquets ouvrent donc des « fissures » dans le « barrage invincible ». Ce langage offensif
a une action immédiate sur la sensibilité. Synesthésique,
il implique tous les sens, même auditif, et exerce une
pression sur la volonté en touchant des zones subliminal-
les. Ainsi le parfum de la flouve a une efficacité aphrodisiaque irrésistible. Ce langage réussit à exercer une
violence sur Henriette, à la posséder parce qu'il joue
directement sur sa sensibilité, sans passer par les mots.
Il la plie à sa volonté : « Elle y revenait sans cesse, s'en

nourrissait, elle y reprenait toutes les pensées que j'y avais mises. » Il l'anéantit. Henriette, comme « un malade touché dans sa plaie », demeure au bord du malaise, les « bras pendants, abîmée en ces rêveries orageuses pendant lesquelles les pensées gonflent le sein, animent le front, viennent par vagues, jaillissent écumeuses, menacent et laissent une lassitude énervante » (p. 167). La jouissance est le sujet représenté, et l'effet produit. Le bouquet est à mi-chemin entre le fantasme et l'événement, la pensée et l'acte.

L'épisode des bouquets révèle le drame du refoulement impossible. Dans le roman le vocabulaire de la répression et de la contrainte abonde. Cependant tous les barrages servent non l'ordre mais le désir, ainsi entretenu. Le désir est envahissant et médiatise la perception d'une nature toujours érotisée dans le roman et qui s'oppose à l'interdit religieux. A l'origine de l'expérience esthétique, le désir nécessite la recherche d'un nouveau langage doublement transgressif par rapport à la morale et aux règles de l'expression verbale. Art de la jouissance et de la violence, la composition des bouquets laisse entrevoir un personnage bien moins naïf et innocent qu'il ne veut bien le dire dans sa confession.

Polyphonie

Plaçant la sensualité au sommet, le bouquet flamboyant inverse la hiérarchie des valeurs du code religieux utilisé par Félix. Il perturbe aussi la signification des dualités de l'eau et du feu, de la source et du désert, que le récit de Félix met en place pour opposer l'amour pur au désir sensuel, la femme angélique et la femme érotique. Le feu et l'eau, dans ce bouquet qui est tout entier un « torrent d'amour qui déborde », s'avèrent équivalents. En se dynamisant, l'eau prend les mêmes connotations que le feu.

D'autre part, lettres et discours rapportés déconstruisent la rhétorique religieuse de Félix et la belle ordonnance de sa confession. La sensuelle Arabelle détourne ironiquement le discours religieux et veut l'utiliser pour pimenter l'amour, dévoilant ainsi l'hypocrisie du récit. La réponse critique de Natalie rejoint des accusations qui s'étaient exprimées à l'intérieur même de la confession de Félix, grâce au personnage de Madeleine. La fille d'Henriette est en fait l'ancêtre génétique d'Arabelle. En effet, avant d'imaginer le personnage de Natalie, Balzac avait d'abord prévu d'accorder plus d'importance à Madeleine et de terminer avec elle son roman. Sur la première page du manuscrit, où il avait noté les titres de ses chapitres, apparaît un dernier chapitre intitulé « Magdeleine ». La réponse de Natalie prend donc la place de ce chapitre. Balzac redouble la sanction de Félix d'un double renvoi, dans le passé par Madeleine, dans le présent par Natalie. Si le point de vue de Félix risquait, par la longueur de la confession, l'énonciation autobiographique, de paraître dominant, le doublement des condamnations rétablit l'équilibre. A ce doublet de femmes-sœurs, qui remplissent le rôle analytique de Méphistophélès, il faut encore ajouter la lettre-testament d'Henriette. Elle accuse Félix de l'avoir contenue dans son devoir, de l'avoir tuée en lui imposant le rôle d'ange blanc. L'intensité du désir sensuel, « impérieuse volupté », ardeur du sang qui attendait une violence, la tentation du meurtre se disent sans plus de déguisement métaphorique. Cette lettre que Félix intègre à sa confession, qu'il possédait depuis la mort d'Henriette, bien avant le début de la rédaction, nous révèle à quel point l'écriture de Félix est une écriture de la mauvaise foi, qui ne veut pas renoncer à des rationalisations mystiques dont on lui a déjà montré depuis longtemps le caractère hypocrite.

La forme polyphonique rend bien difficiles les conclusions morales. Les personnages se renvoient l'accusation de cruauté. M. de Mortsauf accuse Henriette de chercher à le tuer en l'obligeant à contenir ses désirs. De même Félix se présente comme un pauvre Cupidon castré : « Je l'aimais d'un double amour qui décochait tour à tour les mille flèches du désir, et les perdait au ciel où elles se mouraient dans un éther infranchissable » (p. 152). C'est un lys diabolique que dessinent ces reproches. Mais la lettre-testament d'Henriette retourne l'accusation. La poétique du *Lys dans la vallée* correspond bien à la conception balzacienne de l'étude : « Quant à moi, je ne me prononce pas parce que j'étudie, et qu'un fait apparent est souvent détruit par un fait latent [1]. » L'artiste balzacien est double, prêtre pédagogue mais aussi « catin » (« Des artistes »). L'écrivain doit être capable de se placer à des points de vue opposés. L'instabilité est la condition de sa puissance créatrice. Il fait de son âme un miroir où l'univers tout entier vient se réfléchir. Il renonce à la constance, à la logique, pour tout éprouver. C'est un géant à la recherche de contrastes perpétuels : il a la « faculté puissante de voir les deux côtés de la médaille » *(ibid.)*. Le « régime du sens » balzacien [2] se veut en quelque sorte androgyne. Coordonnateur, l'écrivain, même s'il écrit — comme Balzac le dira dans l'Avant-propos de *La Comédie humaine* — à la lueur de grandes vérités, ne renonce pas pour autant aux contradictions : « Cette loi de la vie est celle de tous les arts qui n'existent que par les contrastes », écrira-t-il dans *Une fille d'Ève* (*CH*, II, p. 322). L'unité est conçue dynamiquement comme une tension. Pour être prêtre il faut être catin, tel est le paradoxe de la poétique balzacienne du roman. Énergétique, l'écriture balzacienne a besoin

---

1. Lettre à Ch. Nodier, sur son article intitulé : « De la palingénésie humaine et de la résurrection », publiée dans la *Revue de Paris*, le 21 octobre 1832 (*Œuvres complètes*, éd. Conard, II, p. 565).
2. Gisèle Séginger, « Religion et écriture dans *Le Lys dans la vallée* et *La Femme de trente ans* », *Balzac et La Femme de trente ans*, *Romantisme*, SEDES, 1993, p. 98.

des différences, des écarts à franchir. Dans *Le Lys dans la vallée*, la polyphonie des lettres et des discours rapportés crée ce mouvement caractéristique de l'écriture balzacienne, qui fait de la discontinuité le pôle inverse et pourtant indispensable d'une recherche de la continuité.

Gisèle SÉGINGER.

LE LYS DANS LA VALLÉE[1]

1. Sur le f° 1 du manuscrit (A 116) et dans la *Revue de Paris*, Balzac avait placé sous le titre une épigraphe : « Il est des anges solitaires », citation extraite de la partie de *Séraphita* publiée en 1834 dans la *Revue de Paris* où, résumant les théories de Swedenborg pour Wilfrid, le pasteur Becker disait : « Si [...] cette phrase : *Il est des anges solitaires*, m'a singulièrement attendri d'abord, par réflexion, je n'ai pas accordé cette solitude avec leurs mariages » (*CH*, XI, p. 775).

À MONSIEUR J.-B. NACQUART[1]
MEMBRE DE L'ACADÉMIE ROYALE
DE MÉDECINE.

Cher docteur, voici l'une des pierres les plus travaillées dans la seconde assise d'un édifice littéraire lentement et laborieusement construit ; j'y veux inscrire votre nom, autant pour remercier le savant qui me sauva jadis, que pour célébrer l'ami de tous les jours.

DE BALZAC.

---

1. Le docteur Jean-Baptiste Nacquart est à la fois l'ami et le médecin de Balzac. Membre de l'Académie de médecine, il était l'auteur, entre autres ouvrages, d'un *Traité de la nouvelle physiologie du cerveau, ou exposition de la doctrine de Gall sur la structure et les fonctions de cet organe* (1808), sujet auquel s'intéressait Balzac. Le romancier le consulta lorsqu'il écrivit *Le Médecin de campagne* (1833) et probablement aussi pour *Le Lys dans la vallée*.

À MADAME LA COMTESSE
NATALIE DE MANERVILLE.

« Je cède à ton désir. Le privilège de la femme que
nous aimons plus qu'elle ne nous aime est de nous faire
oublier à tout propos les règles du bon sens. Pour ne pas
voir un pli se former sur vos fronts, pour dissiper la
boudeuse expression de vos lèvres que le moindre refus
attriste, nous franchissons miraculeusement les distances, nous donnons notre sang, nous dépensons l'avenir.
Aujourd'hui tu veux mon passé, le voici. Seulement,
sache-le bien, Natalie : en t'obéissant, j'ai dû fouler aux
pieds des répugnances inviolées. Mais pourquoi suspec-
ter les soudaines et longues rêveries qui me saisissent
parfois en plein bonheur ? pourquoi ta jolie colère de
femme aimée, à propos d'un silence ? Ne pouvais-tu
jouer avec les contrastes de mon caractère sans en
demander les causes ? As-tu dans le cœur des secrets
qui, pour se faire absoudre, aient besoin des miens ?
Enfin, tu l'as deviné, Natalie, et peut-être vaut-il mieux
que tu saches tout : oui, ma vie est dominée par un fantôme, il se dessine vaguement au moindre mot qui le
provoque, il s'agite souvent de lui-même au-dessus de
moi. J'ai d'imposants souvenirs ensevelis au fond de

mon âme comme ces productions marines qui s'aperçoivent par les temps calmes, et que les flots de la tempête
jettent par fragments sur la grève. Quoique le travail que
nécessitent les idées pour être exprimées ait contenu ces
anciennes émotions qui me font tant de mal quand elles
se réveillent trop soudainement, s'il y avait dans cette
confession des éclats qui te blessassent, souviens-toi que
tu m'as menacé si je ne t'obéissais pas, ne me punis
donc point de t'avoir obéi ? Je voudrais que ma confidence redoublât ta tendresse. A ce soir.

« FÉLIX » [1].

A quel talent nourri de larmes devrons-nous un jour
la plus émouvante élégie, la peinture des tourments [2]
subits en silence par les âmes dont les racines tendres
encore ne rencontrent que de durs cailloux dans le sol
domestique, dont les premières frondaisons sont déchirées par des mains haineuses, dont les fleurs sont atteintes par la gelée au moment où elles s'ouvrent ? Quel
poète nous dira les douleurs de l'enfant dont les lèvres
sucent un sein amer, et dont les sourires sont réprimés

---

1. Dans l'édition originale (Werdet, 1836) le chapitre I, « Les deux
enfances », commençait après l'envoi. Les titres de chapitres absents
du manuscrit avaient été créés sur les premières épreuves (A 117).
Balzac les supprime pour l'édition Charpentier (1839). De même, pour
cette édition, il supprime la date « 8 août 1827 » qui suivait la signature
« Félix ». – 2. Jusqu'à l'édition Werdet, on pouvait lire, à la place de
« tourments », « pâtiments ». Balzac avait emprunté ce mot au vocabulaire de Saint-Martin qui l'utilise à plusieurs reprises dans *L'Homme
de désir* : « Apprenez d'où viennent les douleurs des prophètes, et les
pâtiments où la grande plaie tient tous les êtres » ou encore : « Il a
prié jusque dans son agonie ; les pâtiments de sa matière n'avaient
point affaibli sa piété » (chants 21 et 285). Les moqueries des critiques,
les conseils du docteur Nacquart (lettre du 29 octobre 1835) conduisent
Balzac à se censurer dans l'édition Charpentier. Pourtant ce mot donnait une tonalité mystique à la confession amoureuse de Félix et était
en accord avec la pose romantique et religieuse qu'adoptait le personnage.

par le feu dévorant d'un œil sévère[1] ? La fiction qui
représenterait ces pauvres cœurs opprimés par les êtres
placés autour d'eux pour favoriser les développements
de leur sensibilité, serait la véritable histoire de ma jeunesse. Quelle vanité pouvais-je blesser, moi nouveau-
né ? quelle disgrâce physique ou morale me valait la
froideur de ma mère ? étais-je donc l'enfant du devoir,
celui dont la naissance est fortuite, ou celui dont la vie
est un reproche[2] ? Mis en nourrice à la campagne, oublié
par ma famille pendant trois ans[3], quand je revins à la

---

1. Le passage : « A quel talent nourri de larmes [...] dont les sourires
sont réprimés par le feu dévorant d'un œil sévère ? », qui ouvre la
confession de Félix et introduit le récit de son enfance, était placé
beaucoup plus loin dans le manuscrit (A 116) où le récit commençait
par le bal de Tours. Félix faisait alors ces *réflexions*, non pas à propos
de ses souffrances de jeune homme, mais à propos de la jeunesse
d'Henriette. Balzac avait donc placé ce passage après la venue de la
mère d'Henriette à Clochegourde (f° 44) car ce séjour fait entrevoir à
Félix les souffrances qui ont poussé la jeune fille à se marier. Dans le
manuscrit, le texte était sensiblement différent : *Quel génie entrepren-
dra jamais la plus immense des élégies ? la peinture des indicibles
pâtiments des jeunes âmes prêtes à s'épanouir, rencontrant à leurs
racines de durs cailloux, déchirées dans leurs premières frondaisons,
glacées par un vent froid, qui nous représentera la jeunesse opprimée
dans le développement de sa sensibilité par les êtres auxquels la nature
les invite à s'adresser, l'enfant dont les lèvres sucent un sein amer et
qui réprime ses sourires sous les feux d'un œil sévère ?* C'est au cours
de la correction des premières épreuves que Balzac donne au passage
sa place définitive (A 117, f° 8). Des corrections et une série complexe
de notes manuscrites lui permettent alors d'établir un nouveau texte
qu'il retouchera encore sur les épreuves suivantes (A 118, f° 7-8). —
2. Dans *L'Enfant maudit* (1831), le duc d'Hérouville voue une haine
insensée à son fils Étienne qu'il croit être le fruit d'une liaison adultère.
L'enfance difficile et les aspirations angéliques rapprochent les deux
personnages mais l'angélisme de Félix sera sujet à caution et Balzac,
ironiquement, lui fera tenir des propos qui le contredisent. – 3. Balzac
utilise quelques souvenirs autobiographiques pour construire sa fiction : « Aussitôt que j'ai été mis au monde, j'ai été envoyé en nourrice
chez un gendarme et j'y suis resté jusqu'à l'âge de 4 ans. De 4 ans à
6 ans, j'étais en demi-pension, et à 6 ans et demi, j'ai été envoyé à
Vendôme, j'y suis resté jusqu'à 14 ans, en 1813, n'ayant vu

maison paternelle, j'y comptai pour si peu de chose que
j'y subissais la compassion des gens. Je ne connais ni le
sentiment, ni l'heureux hasard à l'aide desquels j'ai pu
me relever de cette première déchéance : chez moi l'enfant ignore, et l'homme ne sait rien. Loin d'adoucir mon
sort, mon frère et mes deux sœurs s'amusèrent à me faire
souffrir. Le pacte en vertu duquel les enfants cachent
leurs peccadilles et qui leur apprend déjà l'honneur, fut
nul à mon égard ; bien plus, je me vis souvent puni pour
les fautes de mon frère, sans pouvoir réclamer contre
cette injustice[1] ; la courtisanerie, en germe chez les
enfants, leur conseillait-elle de contribuer aux persécutions qui m'affligeaient, pour se ménager les bonnes grâces d'une mère également redoutée par eux ? était-ce
un effet de leur penchant à l'imitation ? était-ce besoin
d'essayer leurs forces, ou manque de pitié ? Peut-être
ces causes réunies me privèrent-elles des douceurs de la
fraternité. Déjà déshérité de toute affection, je ne pouvais rien aimer, et la nature m'avait fait aimant ! Un
ange recueille-t-il les soupirs de cette sensibilité sans
cesse rebutée ? Si dans quelques âmes les sentiments
méconnus tournent en haine, dans la mienne ils se con-
centrèrent et s'y creusèrent un lit d'où, plus tard, ils jaillirent sur ma vie. Suivant les caractères, l'habitude de
trembler relâche les fibres, engendre la crainte, et la
crainte oblige à toujours céder. De là vient une faiblesse

---

que deux fois ma mère » (2/1/46). Cette nourrice résidait à Saint-Cyr-
sur-Loire, près de Tours. Roger Pierrot signale que Balzac exagère une
frustration d'amour maternel qu'il a cruellement ressenti. En effet, il
n'est entré à Vendôme qu'à huit ans (*Balzac*, Fayard, 1994, p. 26).
Ajoutons que la littérature s'interpose probablement et déforme le souvenir. Dans *Le Lys dans la vallée*, il se souvient sans doute de Chateaubriand et de l'enfance de René : « J'avais un frère que mon père bénit,
parce qu'il voyait en lui son fils aîné. Pour moi, livré de bonne heure
à des mains étrangères, je fus élevé loin du toit paternel » (Le Livre
de Poche Classique, 1991, p. 315).

1. Henri, frère cadet de Balzac, enfant préféré de Mme Balzac et
fils naturel de Jean de Margonne.

qui abâtardit l'homme et lui communique je ne sais quoi
d'esclave. Mais ces continuelles tourmentes m'habituè-
rent à déployer une force qui s'accrut par son exercice et
prédisposa mon âme aux résistances morales. Attendant
toujours une douleur nouvelle, comme les martyrs atten-
daient un nouveau coup, tout mon être dut exprimer une
résignation morne sous laquelle les grâces et les mouvements de l'enfance furent étouffés, attitude qui passa
pour un symptôme d'idiotie et justifia les sinistres pro-
nostics de ma mère. La certitude de ces injustices excita
prématurément dans mon âme la fierté, ce fruit de la
raison, qui sans doute arrêta les mauvais penchants
qu'une semblable éducation encourageait. Quoique
délaissé par ma mère, j'étais parfois l'objet de ses scrupules, parfois elle parlait de mon instruction et manifestait le désir de s'en occuper ; il me passait alors des
frissons horribles en songeant aux déchirements que me
causerait un contact journalier avec elle. Je bénissais
mon abandon, et me trouvais heureux de pouvoir rester
dans le jardin à jouer avec des cailloux, à observer des
insectes, à regarder le bleu du firmament. Quoique l'isolement dût me porter à la rêverie, mon goût pour les
contemplations vint d'une aventure qui vous peindra
mes premiers malheurs. Il était si peu question de moi
que souvent la gouvernante oubliait de me faire coucher.
Un soir, tranquillement blotti sous un figuier, je regardais une étoile avec cette passion curieuse qui saisit les
enfants, et à laquelle ma précoce mélancolie ajoutait une
sorte d'intelligence sentimentale. Mes sœurs s'amusaient
et criaient, j'entendais leur lointain tapage comme un
accompagnement à mes idées. Le bruit cessa, la nuit
vint. Par hasard, ma mère s'aperçut de mon absence.
Pour éviter un reproche, notre gouvernante, une terrible
mademoiselle Caroline [1] légitima les fausses appréhen-

---

1. Honoré et Laure ont eu une gouvernante qui leur inspirait respect
et crainte (Laure Surville, *Balzac, sa vie, ses œuvres d'après sa correspondance*, 1858).

sions de ma mère en prétendant que j'avais la maison en
horreur ; que si elle n'eût pas attentivement veillé sur moi,
je me serais enfui déjà ; je n'étais pas imbécile, mais sour-
nois ; parmi tous les enfants commis à ses soins, elle n'en
avait jamais rencontré dont les dispositions fussent aussi
mauvaises que les miennes. Elle feignit de me chercher et
m'appela, je répondis ; elle vint au figuier où elle savait
que j'étais. — Que faisiez-vous donc là ? me dit-elle. —
Je regardais une étoile. — Vous ne regardiez pas une
étoile, dit ma mère qui nous écoutait du haut de son bal-
con, connaît-on l'astronomie à votre âge ?

— Ah ! madame, s'écria mademoiselle Caroline, il a
lâché [1] le robinet du réservoir, le jardin est inondé. Ce
fut une rumeur générale. Mes sœurs s'étaient amusées à
tourner ce robinet pour voir couler l'eau ; mais, surprises
par l'écartement d'une gerbe qui les avait arrosées de
toutes parts, elles avaient perdu la tête et s'étaient
enfuies sans avoir pu fermer le robinet. Atteint et
convaincu d'avoir imaginé cette espièglerie, accusé de
mensonge quand j'affirmais mon innocence, je fus sévèrement puni. Mais châtiment horrible ! je fus persiflé sur
mon amour pour les étoiles, et ma mère me défendit de
rester au jardin le soir. Les défenses tyranniques aigui-
sent encore plus une passion chez les enfants que chez
les hommes ; les enfants ont sur eux l'avantage de ne
penser qu'à la chose défendue, qui leur offre alors des
attraits irrésistibles. J'eus donc souvent le fouet pour
mon étoile. Ne pouvant me confier à personne, je lui
disais mes chagrins dans ce délicieux ramage intérieur
par lequel un enfant bégaie ses premières idées, comme
naguère il a bégayé ses premières paroles. A l'âge de
douze ans, au collège, je la contemplais encore en éprouvant d'indicibles délices, tant les impressions reçues au
matin de la vie laissent de profondes traces au cœur.

---

1. Il a ouvert le robinet. Le verbe «lâcher» peut être employé en
ce sens au XIXe siècle. Mais c'est un usage peu fréquent.

De cinq ans plus âgé que moi, Charles fut aussi bel enfant qu'il est bel homme, il était le privilégié de mon père, l'amour de ma mère, l'espoir de ma famille, partant le roi de la maison. Bien fait et robuste, il avait un précepteur. Moi, chétif et malingre, à cinq ans je fus envoyé comme externe dans une pension de la ville[1], conduit le matin et ramené le soir par le valet de chambre de mon père. Je partais en emportant un panier peu fourni, tandis que mes camarades apportaient d'abondantes provisions. Ce contraste entre mon dénûment et leur richesse engendra mille souffrances. Les célèbres rillettes et rillons[2] de Tours formaient l'élément principal du repas que nous faisions au milieu de la journée, entre le déjeuner du matin et le dîner[3] de la maison dont l'heure coïncidait avec notre rentrée. Cette préparation, si prisée par quelques gourmands, paraît rarement à Tours sur les tables aristocratiques ; si j'en entendis parler avant d'être mis en pension, je n'avais jamais eu le bonheur de voir étendre pour moi cette brune confiture sur une tartine de pain ; mais elle n'aurait pas été de mode à la pension, mon envie n'en eût pas été moins vive, car elle était devenue comme une idée fixe, semblable au désir qu'inspiraient à l'une des plus élégantes duchesses de Paris les ragoûts cuisinés par les portières, et qu'en sa qualité de femme, elle satisfit. Les enfants devinent la convoitise dans les regards aussi bien que vous y lisez l'amour : je devins alors un excellent sujet de moquerie. Mes camarades, qui presque tous appartenaient à la petite bourgeoisie, venaient me présenter leurs excellentes rillettes en me demandant si je savais comment elles

---

1. A partir d'avril 1804, à cinq ans, Balzac est placé à la pension Le Guay à Tours (*cf. LH*, 2/1/46). – 2. Les rillettes sont faites de viande de porc hachée très menu et mêlée de graisse. Les rillons ou « grillons » sont des morceaux de porc, coupés, cuits dans une cocotte avec du saindoux. Rillettes et rillons sont des mets populaires, en particulier en Touraine. – 3. Au XIXe siècle, le dîner était encore le repas pris au milieu de la journée.

se faisaient, où elles se vendaient, pourquoi je n'en avais pas. Ils se pourléchaient en vantant les rillons, ces résidus de porc sautés dans sa graisse et qui ressemblent à des truffes cuites ; ils douanaient[1] mon panier, n'y trouvaient que des fromages d'Olivet[2], ou des fruits secs, et m'assassinaient d'un : — *Tu n'as donc pas de quoi ?* qui m'apprit à mesurer la différence mise entre mon frère et moi. Ce contraste entre mon abandon et le bonheur des autres a souillé les roses de mon enfance, et flétri ma verdoyante jeunesse. La première fois que, dupe d'un sentiment généreux, j'avançai la main pour accepter la friandise tant souhaitée qui me fut offerte d'un air hypocrite, mon mystificateur retira sa tartine aux rires des camarades prévenus de ce dénoûment. Si les esprits les plus distingués sont accessibles à la vanité, comment ne pas absoudre l'enfant qui pleure de se voir méprisé, goguenardé[3] ? A ce jeu, combien d'enfants seraient devenus gourmands, quêteurs, lâches ! Pour éviter les persécutions, je me battis. Le courage du désespoir me rendit redoutable, mais je fus un objet de haine, et restai sans ressources contre les traîtrises. Un soir en sortant, je reçus dans le dos un coup de mouchoir roulé, plein de cailloux. Quand le valet de chambre, qui me vengea rudement, apprit cet événement à ma mère, elle s'écria : — Ce maudit enfant ne nous donnera que des chagrins ! J'entrai dans une horrible défiance de moi-même, en trouvant là les répulsions que j'inspirais en famille. Là, comme à la maison, je me repliai sur moi-même. Une

---

1. Néologisme. Balzac forge ce mot sur le substantif « douane ». Les camarades de Félix inspectent son panier comme des douaniers. – **2.** Dans *Le Prosne du ioyeulx curé de Meudon* (*Conte drolatique*, 1833), Balzac énumérait parmi les gourmandises régionales : « Rillons, rillettes, fourmaiges d'Olivet, de chieure et aultres, bien cogneus entre Langeais et Loches [...] » (*OD*, I, p. 238). – **3.** Au XIXe siècle, le verbe « goguenarder » (se moquer) et son participe étaient encore en usage dans la langue familière. De nos jours seul l'adjectif « goguenard » reste utilisé.

seconde tombée de neige[1] retarda la floraison des ger-
mes semés en mon âme. Ceux que je voyais aimés
étaient de francs polissons, ma fierté s'appuya sur cette
observation, je demeurai seul. Ainsi se continua l'impossibilité d'épancher les sentiments dont mon pauvre cœur
était gros. En me voyant toujours assombri, haï, solitaire,
le maître confirma les soupçons erronés que ma famille
avait de ma mauvaise nature. Dès que je sus écrire et
lire, ma mère me fit exporter[2] à Pont-le-Voy[3], collège
dirigé par des Oratoriens qui recevaient les enfants de
mon âge dans une classe nommée la classe des *Pas
latins*[4], où restaient aussi les écoliers de qui l'intelligence tardive se refusait au rudiment. Je demeurai là huit
ans, sans voir personne, et menant une vie de paria. Voici
comment et pourquoi. Je n'avais que trois francs par
mois[5] pour mes menus plaisirs, somme qui suffisait à
peine aux plumes, canifs, règles, encre et papier dont il
fallait nous pourvoir. Ainsi, ne pouvant acheter ni les
échasses, ni les cordes, ni aucune des choses nécessaires
aux amusements du collège, j'étais banni des jeux ; pour

---

1. Au XIXᵉ siècle, le substantif « tombée » était utilisé avec le sens
de « chute », avec des compléments inusités aujourd'hui : tombée de
neige, tombée de pluie. – 2. Balzac emploie ce mot au sens étymologique (*exportare*, porter loin de). Depuis 1750, sous l'influence de l'anglais *to export*, ce verbe avait pris un nouveau sens qui prévaudra. –
3. Au cours de la rédaction de l'enfance de Félix (ajout manuscrit du
premier dossier d'épreuves, A 117, fº 4 vº), Balzac hésite entre Pont-
le-Voy et Vendôme pour se décider enfin pour son premier choix. Il
fut lui-même élève au collège oratorien de Vendôme de 1807 à 1813.
Le collège de Pont-le-Voy avait été avant la Révolution une abbaye
bénédictine de la congrégation de Saint-Maur et les religieux y avaient
installé un collège et une pension célèbres que les oratoriens relevè-
rent sous l'Empire, avant que l'ordre bénédictin ne soit restauré
en 1837, grâce à l'action de Dom Guéranger. Dans la *Notice biographi-
que sur Louis Lambert* (1832), Balzac avait déjà cité les deux établisse-
ments parmi les plus célèbres collèges oratoriens. – 4. Classe des
élèves qui ne faisaient pas encore de latin. – 5. La somme est tellement
modique que Félix sera obligé d'avouer une dette de cent francs à sa
famille (*cf.* p. 50).

y être admis, j'aurais dû flagorner les riches ou flatter
les forts de ma division. La moindre de ces lâchetés, que
se permettent si facilement les enfants, me faisait bondir
le cœur. Je séjournais sous un arbre, perdu dans de plain-
tives rêveries, je lisais là les livres que nous distribuait
mensuellement le bibliothécaire. Combien de douleurs
étaient cachées au fond de cette solitude monstrueuse,
quelles angoisses engendrait mon abandon ? Imaginez
ce que mon âme tendre dut ressentir à la première distribution de prix où j'obtins les deux plus estimés, le prix
de thème et celui de version[1] ? En venant les recevoir
sur le théâtre au milieu des acclamations et des fanfares,
je n'eus ni mon père ni ma mère pour me fêter, alors
que le parterre était rempli par les parents de tous mes
camarades. Au lieu de baiser le distributeur[2], suivant
l'usage, je me précipitai dans son sein et j'y fondis en
larmes. Le soir, je brûlai mes couronnes dans le poêle.
Les parents demeuraient en ville pendant la semaine
employée par les exercices qui précédaient la distribution des prix, ainsi mes camarades décampaient tous
joyeusement le matin ; tandis que moi, de qui les parents
étaient à quelques lieues de là, je restais dans les cours
avec les Outre-mer, nom donné aux écoliers dont les
familles se trouvaient aux îles ou à l'étranger. Le soir,
durant la prière, les barbares nous vantaient les bons
dîners faits avec leurs parents. Vous verrez toujours mon
malheur s'agrandissant en raison de la circonférence des
sphères sociales où j'entrerai. Combien d'efforts n'ai-je
pas tentés pour infirmer l'arrêt qui me condamnait à ne
vivre qu'en moi ! Combien d'espérances long-temps
conçues avec mille élancements d'âme et détruites en un
jour ! Pour décider mes parents à venir au collège, je
leur écrivais des épîtres pleines de sentiments, peut-être
emphatiquement exprimés, mais ces lettres auraient-elles

---

1. Thème et version latines. – 2. Il s'agit de la personne chargée
de remettre aux élèves leurs prix.

dû m'attirer les reproches de ma mère qui me répriman-
dait avec ironie sur mon style ? Sans me décourager, je
promettais de remplir les conditions que ma mère et mon
père mettaient à leur arrivée, j'implorais l'assistance de
mes sœurs à qui j'écrivais aux jours de leur fête et de
leur naissance, avec l'exactitude des pauvres enfants
délaissés, mais avec une vaine persistance. Aux appro-
ches de la distribution des prix, je redoublais mes prières, je parlais de triomphes pressentis. Trompé par le
silence de mes parents, je les attendais en m'exaltant le
cœur, je les annonçais à mes camarades ; et quand, à
l'arrivée des familles, le pas du vieux portier qui appelait
les écoliers retentissait dans les cours, j'éprouvais alors
des palpitations maladives. Jamais ce vieillard ne prononça mon nom. Le jour où je m'accusai d'avoir maudit
l'existence, mon confesseur me montra le ciel où fleuris-
sait la palme promise par le *Beati qui lugent*[1] ! du Sauveur. Lors de ma première communion[2], je me jetai donc
dans les mystérieuses profondeurs de la prière, séduit
par les idées religieuses dont les féeries morales enchan-
tent les jeunes esprits. Animé d'une ardente foi, je priais
Dieu de renouveler en ma faveur les miracles fascina-
teurs[3] que je lisais dans le Martyrologe[4]. A cinq ans je

---

1. « Heureux ceux qui pleurent, car ils seront consolés » (« Sermon
sur la montagne », Évangile selon *Matthieu*, V, 5) ; « Magnifiques,
vous qui pleurez maintenant, car vous rirez » (Évangile selon *Luc*, VI,
21). – 2. Cérémonie au cours de laquelle l'enfant reçoit pour la première fois le sacrement de l'Eucharistie. – 3. L'adjectif « fascinateur »
est plutôt habituellement employé pour qualifier une personne, son
regard, ses gestes. Mais en un sens étymologique (du latin *fascinator*)
il pouvait être utilisé plus largement. – 4. Louis Lambert évoque déjà
ces miracles. Le *Martyrologe romain* (première édition en 1586) donnait un catalogue des martyrs. Le développement mystique du jeune
Félix apparaît dans un ajout manuscrit du premier dossier d'épreuves
(A 117, f° 11 v°) et il était plus concis : *Lors de ma première communion, je me jetai dans la religion. J'eus de délicieux rêves de bonheur,
des songes qui développèrent mon imagination, enrichirent ma tendresse et fortifièrent mes facultés pensantes.*

m'envolais dans une étoile, à douze ans j'allais frapper
aux portes du Sanctuaire. Mon extase fit éclore en moi
des songes inénarrables qui meublèrent mon imagination, enrichirent ma tendresse et fortifièrent mes facultés
pensantes. J'ai souvent attribué ces sublimes visions à
des anges chargés de façonner mon âme à de divines
destinées, elles ont doué mes yeux de la faculté de voir
l'esprit intime des choses ; elles ont préparé mon cœur
aux magies qui font le poète malheureux, quand il a le
fatal pouvoir de comparer ce qu'il sent à ce qui est, les
grandes choses voulues au peu qu'il obtient ; elles ont
écrit dans ma tête un livre où j'ai pu lire ce que je devais
exprimer, elles ont mis sur mes lèvres le charbon de
l'improvisateur[1].

Mon père conçut quelques doutes sur la portée de
l'enseignement oratorien, et vint m'enlever de Pont-le-
Voy pour me mettre à Paris dans une Institution située
au Marais. J'avais quinze ans. Examen fait de ma capacité, le rhétoricien de Pont-le-Voy fut jugé digne d'être
en troisième. Les douleurs que j'avais éprouvées en
famille, à l'école, au collège, je les retrouvai sous une
nouvelle forme pendant mon séjour à la pension Lepître[2]. Mon père ne m'avait point donné d'argent. Quand
mes parents savaient que je pouvais être nourri, vêtu,
gorgé de latin, bourré de grec, tout était résolu. Durant
le cours de ma vie collégiale, j'ai connu mille camarades
environ, et n'ai rencontré chez aucun l'exemple d'une
pareille indifférence. Attaché fanatiquement aux Bour-

---

1. Isaïe raconte ainsi sa vision : « L'un des Séraphins vola vers moi,
tenant dans sa main une braise qu'il avait prise avec des pinces sur
l'autel. Il m'en toucha la bouche et dit : Dès lors que ceci a touché tes
lèvres ta faute est écartée, ton péché est effacé » (*Isaïe*, VI, 7). Isaïe
devint alors l'envoyé de Dieu. Ses prophéties glorifiaient la puissance
de Dieu aux dépens des efforts humains (préparatifs militaires et
recherches d'alliances) inutiles. – 2. Cette institution dirigée par François Lepître se situait dans le Marais, rue de Turenne. Balzac y fut lui-
même pensionnaire de janvier à septembre 1815.

bons, monsieur Lepître avait eu des relations avec mon
père à l'époque où des royalistes dévoués essayèrent
d'enlever au Temple la reine Marie-Antoinette[1] ; ils
avaient renouvelé connaissance ; monsieur Lepître se
crut donc obligé de réparer l'oubli de mon père, mais la
somme qu'il me donna mensuellement fut médiocre, car
il ignorait les intentions de ma famille. La pension était
installée à l'ancien hôtel Joyeuse, où, comme dans toutes
les anciennes demeures seigneuriales, il se trouvait une
loge de suisse. Pendant la récréation qui précédait
l'heure où le *gâcheux*[2] nous conduisait au lycée Charlemagne[3], les camarades opulents allaient déjeuner chez
notre portier, nommé Doisy. Monsieur Lepître ignorait
ou souffrait le commerce de Doisy, véritable contrebandier que les élèves avaient intérêt à choyer : il était le
secret chaperon de nos écarts, le confident des rentrées
tardives, notre intermédiaire entre les loueurs de livres
défendus. Déjeuner avec une tasse de café au lait était un
goût aristocratique, expliqué par le prix excessif auquel
montèrent les denrées coloniales sous Napoléon. Si
l'usage du sucre et du café constituait un luxe chez les
parents, il annonçait parmi nous une supériorité vani-
teuse qui aurait engendré notre passion, si la pente à
l'imitation, si la gourmandise, si la contagion de la mode

---

1. Révolutionnaire, Lepître avait été nommé membre de la Commune de Paris puis commissaire chargé de veiller sur Louis XVI à la
prison du Temple. Pendant l'hiver 1792-1793, poussé vraisemblable-
ment par l'appât du gain, il avait participé à un complot royaliste dont
l'un des organisateurs était François-Augustin Reynier de Jarjayes,
beau-père de Mme de Berny. Il s'agissait d'enlever la reine Marie-
Antoinette de la prison du Temple. Après l'échec, il fut traduit devant
le tribunal révolutionnaire mais acquitté. Il ne manquera pas de se
vanter de cette participation sous la Restauration. Il côtoya probablement le père d'Honoré au Conseil général de la Commune où celui-ci
était officier municipal. Balzac a donc transformé ce personnage en
royaliste fiable. – 2. Ce terme populaire désigne un surveillant ou un
répétiteur. – 3. Balzac avait suivi, lui aussi, les cours du lycée Charlemagne.

n'eussent pas suffi. Doisy nous faisait crédit, il nous supposait à tous des sœurs ou des tantes qui approuvent le point d'honneur des écoliers et payent leurs dettes. Je résistai long-temps aux blandices [1] de la buvette. Si mes juges eussent connu la force des séductions, les héroïques aspirations de mon âme vers le stoïcisme, les rages contenues pendant ma longue résistance, ils eussent essuyé mes pleurs au lieu de les faire couler. Mais, enfant, pouvais-je avoir cette grandeur d'âme qui fait mépriser le mépris d'autrui ? Puis je sentis peut-être les atteintes de plusieurs vices sociaux dont la puissance fut augmentée par ma convoitise. Vers la fin de la deuxième année, mon père et ma mère vinrent à Paris. Le jour de leur arrivée me fut annoncé par mon frère : il habitait Paris et ne m'avait pas fait une seule visite. Mes sœurs étaient du voyage, et nous devions voir Paris ensemble. Le premier jour nous irions dîner au Palais-Royal afin d'être tout portés au Théâtre-Français [2]. Malgré l'ivresse que me causa ce programme de fêtes inespérées, ma joie fut détendue [3] par le vent d'orage qui impressionne si rapidement les habitués du malheur. J'avais à déclarer cent francs de dettes contractées chez le sieur Doisy, qui me menaçait de demander lui-même son argent à mes parents. J'inventai de prendre mon frère pour drogman [4] de Doisy, pour interprète de mon repentir, pour médiateur de mon pardon. Mon père pencha vers l'indulgence. Mais ma mère fut impitoyable, son œil bleu foncé me pétrifia, elle fulmina de terribles prophéties. « Que serais-je plus tard, si dès l'âge de dix-sept ans je faisais

---

1. Latinisme. *Blanditia* désignait en latin la séduction exercée par des objets. Félix subit l'attrait des denrées vendues à la buvette de Doisy. – 2. Afin d'être tout naturellement sur le chemin du Théâtre-Français (actuelle Comédie-Française), situé sous les arcades du Palais-Royal. – 3. Félix veut dire que son excitation retomba. L'expression métaphorique fait de sa joie une corde tendue. – 4. Du grec byzantin *dragoumanos*. Employé à partir du XVIe siècle et jusqu'au XIXe siècle pour désigner un interprète dans les pays du Levant.

de semblables équipées ! Étais-je bien son fils ? Allais-
je ruiner ma famille ? Étais-je donc seul au logis ? La
carrière embrassée par mon frère Charles n'exigeait-elle
pas une dotation indépendante, déjà méritée par une conduite qui glorifiait sa famille, tandis que j'en serais la
honte ? Mes deux sœurs se marieraient-elles sans dot ?
Ignorais-je donc le prix de l'argent et ce que je coûtais ?
A quoi servaient le sucre et le café dans une éducation ?
Se conduire ainsi, n'était-ce pas apprendre tous les
vices ? » Marat était un ange en comparaison de moi.
Après avoir subi le choc de ce torrent qui charria mille
terreurs en mon âme, mon frère me reconduisit à ma
pension, je perdis le dîner aux Frères Provençaux [1] et fus
privé de voir Talma dans *Britannicus* [2]. Telle fut mon
entrevue avec ma mère après une séparation de douze
ans.

Quand j'eus fini mes humanités, mon père me laissa
sous la tutelle de monsieur Lepître : je devais apprendre
les mathématiques transcendantes [3], faire une première
année de Droit [4] et commencer de hautes études. Pensionnaire en chambre et libéré des classes, je crus à une
trêve entre la misère et moi. Mais malgré mes dix-neuf

---

1. Restaurant de spécialités méridionales situé au Palais-Royal,
fondé à la fin de l'Ancien Régime et fameux au XIXᵉ siècle. – 2. Acteur
célèbre (1763-1826) qui, sous l'Empire, contribua beaucoup au retour
de la tragédie classique. Il en renouvela la représentation, en abandon-
nant, en particulier, la déclamation vers à vers pour une diction naturelle et expressive. De plus il choisissait des costumes aussi fidèles
que possible à l'époque où se situait l'action. C'est dans *Britannicus*
de Racine que Félix devait le voir jouer. – 3. Au lycée Charlemagne,
il existait une classe de mathématiques spéciales (étude de l'algèbre
avancée et de son application à la géométrie) comme dans les autres
lycées mais elle permettait aux meilleurs élèves de suivre un cours de
« mathématiques transcendantes » pour pratiquer le calcul différentiel,
intégral. – 4. De 1816 à 1819, Balzac fut inscrit à la faculté de droit.
C'était alors la voie royale pour les jeunes gens qui espéraient faire
une brillante carrière.

ans [1], ou peut-être à cause de mes dix-neuf ans, mon père
continua le système qui m'avait envoyé jadis à l'école
sans provisions de bouche, au collège sans menus plaisirs, et donné Doisy pour créancier. J'eus peu d'argent à
ma disposition. Que tenter à Paris sans argent ? D'ailleurs, ma liberté fut savamment enchaînée. Monsieur
Lepître me faisait accompagner à l'École de Droit par
un gâcheux qui me remettait aux mains du professeur,
et venait me reprendre. Une jeune fille aurait été gardée
avec moins de précautions que les craintes de ma mère
n'en inspirèrent pour conserver ma personne. Paris
effrayait à bon droit mes parents. Les écoliers sont secrètement occupés de ce qui préoccupe aussi les demoiselles dans leurs pensionnats ; quoi qu'on fasse, celles-ci
parleront toujours de l'amant, et ceux-là de la femme.
Mais à Paris, et dans ce temps, les conversations entre
camarades étaient dominées par le monde oriental et sul-
tanesque du Palais-Royal. Le Palais-Royal était un Eldo-
rado d'amour [2] où le soir les lingots couraient tout
monnayés. Là cessaient les doutes les plus vierges, là
pouvaient s'apaiser nos curiosités allumées ! Le Palais-
Royal et moi nous fûmes deux asymptotes, dirigées
l'une vers l'autre sans pouvoir se rencontrer. Voici comment le sort déjoua mes tentatives. Mon père m'avait
présenté chez une de mes tantes qui demeurait dans l'île
Saint-Louis, où je dus aller dîner les jeudis et les diman-
ches, conduit par madame ou par monsieur Lepître, qui,
ces jours-là, sortaient et me reprenaient le soir en revenant chez eux. Singulières récréations ! La marquise de
Listomère était une grande dame cérémonieuse qui n'eut
jamais la pensée de m'offrir un écu. Vieille comme une
cathédrale, peinte comme une miniature, somptueuse

---

1. Balzac avait d'abord écrit « *dix-huit ans* » (première version,
ajout manuscrit sur les épreuves, A 117, f° 13 v°), avant de vieillir son
personnage pour rendre encore plus insupportable la tutelle à laquelle
il est soumis. – 2. Le Palais-Royal était alors un lieu de prostitution.

dans sa mise, elle vivait dans son hôtel comme si
Louis XV ne fût pas mort, et ne voyait que des vieilles
femmes et des gentilshommes, société de corps fossiles
où je croyais être dans un cimetière. Personne ne
m'adressait la parole, et je ne me sentais pas la force
de parler le premier. Les regards hostiles ou froids me
rendaient honteux de ma jeunesse qui semblait importune à tous. Je basai le succès de mon escapade sur cette
indifférence, en me proposant de m'esquiver un jour,
aussitôt le dîner fini, pour voler aux Galeries de bois[1].
Une fois engagée dans un whist[2], ma tante ne faisait
plus attention à moi. Jean, son valet de chambre, se sou-
ciait peu de monsieur Lepître ; mais ce malheureux dîner
se prolongeait malheureusement en raison de la vétusté
des mâchoires ou de l'imperfection des râteliers. Enfin
un soir, entre huit et neuf heures, j'avais gagné l'escalier,
palpitant comme Bianca Capello[3] le jour de sa fuite ;
mais quand le suisse m'eut tiré le cordon, je vis le fiacre
de monsieur Lepître dans la rue, et le bonhomme qui

---

1. Avant la Révolution, le Palais-Royal appartenait au duc d'Orléans (le futur Philippe Égalité) qui entreprit de le transformer afin
d'en tirer des revenus. Il fit construire trois galeries mais la Révolution
interrompit les travaux. Sur la quatrième façade, on édifia alors des
hangars comprenant deux séries de boutiques et deux promenoirs. Ces
« Galeries de bois » furent remplacées en 1829 par la galerie vitrée ou
galerie d'Orléans. – 2. Jeu de cartes d'origine anglaise, à la mode en
France jusqu'à la fin du XIXe siècle. – 3. Jeune noble vénitienne du
XVIe siècle qui se sauva à Florence avec un commis de banque. Elle
devint par la suite la maîtresse de Cosme de Médicis puis sa femme.
Balzac était fasciné par cette histoire qu'il évoque à plusieurs reprises
dans sa correspondance, en particulier pour Mme d'Abrantès vers
1825, (*Corr.* I, pp. 263-264). Il distingue alors deux classes de femmes,
les Isidora (héroïne de *Melmoth* de Maturin) et les de Staël, femmes
qui allient les idées mâles à la faiblesse de leur sexe. Parmi les premières Balzac admire la sensibilité de Bianca Capello « qui quitte honneurs, richesses, patrie, père, religion, tout pour suivre son amant ». Il
ajoute : « J'ai formé pour moi cet axiome que la femme n'est jamais si
touchante et si belle que lorsqu'elle renonce à tout empire et s'humilie
toujours devant un maître » (*ibid.*).

me demandait de sa voix poussive. Trois fois le hasard
s'interposa fatalement entre l'enfer du Palais-Royal et le
paradis de ma jeunesse. Le jour où, me trouvant honteux
à vingt ans de mon ignorance, je résolus d'affronter tous
les périls pour en finir ; au moment où faussant compagnie à monsieur Lepître pendant qu'il montait en voiture, opération difficile, il était gros comme Louis XVIII
et pied-bot ; eh ! bien, ma mère arrivait en chaise de
poste ! Je fus arrêté par son regard et demeurai comme
l'oiseau devant le serpent. Par quel hasard la rencontrai-
je ? Rien de plus naturel. Napoléon tentait ses derniers
coups. Mon père, qui pressentait le retour des Bourbons,
venait éclairer mon frère employé déjà dans la diplomatie impériale. Il avait quitté Tours avec ma mère. Ma
mère s'était chargée de m'y reconduire pour me soustraire aux dangers dont la capitale semblait menacée à
ceux qui suivaient intelligemment la marche des ennemis. En quelques minutes je fus enlevé de Paris, au
moment où son séjour allait m'être fatal. Les tourments
d'une imagination sans cesse agitée de désirs réprimés,
les ennuis d'une vie attristée par de constantes privations, m'avaient contraint à me jeter dans l'étude,
comme les hommes lassés de leur sort se confinaient
autrefois dans un cloître. Chez moi, l'étude était devenue
une passion qui pouvait m'être fatale en m'emprisonnant
à l'époque où les jeunes gens doivent se livrer aux acti-
vités enchanteresses de leur nature printanière.

Ce léger croquis d'une jeunesse, où vous devinez
d'innombrables élégies, était nécessaire pour expliquer
l'influence qu'elle exerça sur mon avenir. Affecté par
tant d'éléments morbides, à vingt ans passés, j'étais
encore petit, maigre et pâle. Mon âme pleine de vouloirs
se débattait avec un corps débile en apparence ; mais
qui, selon le mot d'un vieux médecin de Tours, subissait
la dernière fusion d'un tempérament de fer. Enfant par
le corps et vieux par la pensée, j'avais tant lu, tant
médité, que je connaissais métaphysiquement la vie dans

ses hauteurs au moment où j'allais apercevoir les difficultés tortueuses de ses défilés et les chemins sablon-
neux de ses plaines. Des hasards inouïs m'avaient laissé
dans cette délicieuse période où surgissent les premiers
troubles de l'âme, où elle s'éveille aux voluptés, où pour
elle tout est sapide et frais. J'étais entre ma puberté prolongée par mes travaux et ma virilité qui poussait tardivement ses rameaux verts. Nul jeune homme ne fut,
mieux que je ne l'étais, préparé à sentir, à aimer. Pour
bien comprendre mon récit, reportez-vous donc à ce bel
âge où la bouche est vierge de mensonges, où le regard
est franc, quoique voilé par des paupières qu'alourdis-
sent les timidités en contradiction avec le désir, où l'esprit ne se plie point au jésuitisme du monde, où la
couardise du cœur égale en violence les générosités du
premier mouvement.

Je ne vous parlerai point du voyage que je fis de Paris
à Tours avec ma mère. La froideur de ses façons réprima
l'essor de mes tendresses. En partant de chaque nouveau
relais, je me promettais de parler ; mais un regard, un
mot effarouchaient les phrases prudemment méditées
pour mon exorde. A Orléans, au moment de se coucher,
ma mère me reprocha mon silence. Je me jetai à ses
pieds, j'embrassai ses genoux en pleurant à chaudes larmes, je lui ouvris mon cœur, gros d'affection ; j'essayai
de la toucher par l'éloquence d'une plaidoirie affamée
d'amour, et dont les accents eussent remué les entrailles
d'une marâtre. Ma mère me répondit que je jouais la
comédie. Je me plaignis de son abandon, elle m'appela
fils dénaturé. J'eus un tel serrement de cœur qu'à Blois
je courus sur le pont pour me jeter dans la Loire[1]. Mon
suicide fut empêché par la hauteur du parapet.

---

1. Tentation récurrente des personnages de *La Comédie humaine*.
Balzac avait déjà raconté la tentative de Raphaël dans *La Peau de
chagrin* (1831). Athanase Granson dans *La Vieille Fille* (octobre-
novembre 1836) se suicidera en se noyant et Lucien de Rubempré aura
la même tentation dans les *Illusions perdues*. Plus tard, dans *L'Éduca-*

A mon arrivée, mes deux sœurs, qui ne me connais-saient point, marquèrent plus d'étonnement que de ten-dresse ; cependant plus tard, par comparaison, elles me parurent pleines d'amitié pour moi. Je fus logé dans une chambre, au troisième étage. Vous aurez compris l'éten-due de mes misères quand je vous aurai dit que ma mère me laissa, moi, jeune homme de vingt ans, sans autre linge que celui de mon misérable trousseau de pension, sans autre garde-robe que mes vêtements de Paris. Si je volais d'un bout du salon à l'autre pour lui ramasser son mouchoir, elle ne me disait que le froid merci qu'une femme accorde à son valet. Obligé de l'observer pour reconnaître s'il y avait en son cœur des endroits friables où je pusse attacher quelques rameaux d'affection, je vis en elle une grande femme sèche et mince, joueuse, égoïste, impertinente comme toutes les Listomère chez qui l'impertinence se compte dans la dot. Elle ne voyait dans la vie que des devoirs à remplir ; toutes les femmes froides que j'ai rencontrées se faisaient comme elle une religion du devoir ; elle recevait nos adorations comme un prêtre reçoit l'encens à la messe ; mon frère aîné sem-blait avoir absorbé le peu de maternité qu'elle avait au cœur. Elle nous piquait sans cesse par les traits d'une ironie mordante, l'arme des gens sans cœur, et de laquelle elle se servait contre nous qui ne pouvions lui rien répondre. Malgré ces barrières épineuses, les senti-ments instinctifs tiennent par tant de racines, la reli-gieuse terreur inspirée par une mère de laquelle il coûte trop de désespérer conserve tant de liens, que la sublime erreur de notre amour se continua jusqu'au jour où, plus avancés dans la vie, elle fut souverainement jugée. En ce jour commencent les représailles des enfants dont l'indifférence engendrée par les déceptions du passé,

---

tion sentimentale, Flaubert donnera les mêmes velléités suicidaires à Frédéric Moreau qui prendra la pose de la victime romantique sans jamais aller au bout de son rôle.

grossie des épaves limoneuses qu'ils en ramènent, s'étend jusque sur la tombe. Ce terrible despotisme chassa les idées voluptueuses que j'avais follement médité de satisfaire à Tours. Je me jetai désespérément dans la bibliothèque de mon père, où je me mis à lire tous les livres que je ne connaissais point. Mes longues séances de travail m'épargnèrent tout contact avec ma mère, mais elles aggravèrent ma situation morale. Parfois, ma sœur aînée, celle qui a épousé notre cousin le marquis de Listomère, cherchait à me consoler sans pouvoir calmer l'irritation à laquelle j'étais en proie. Je voulais mourir.

De grands événements, auxquels j'étais étranger, se préparaient alors. Parti de Bordeaux pour rejoindre Louis XVIII à Paris, le duc d'Angoulême recevait, à son passage dans chaque ville, des ovations préparées par l'enthousiasme qui saisissait la vieille France au retour des Bourbons[1]. La Touraine en émoi pour ses princes légitimes, la ville en rumeur, les fenêtres pavoisées, les habitants endimanchés, les apprêts d'une fête, et ce je ne sais quoi répandu dans l'air et qui grise, me donnèrent l'envie d'assister au bal offert au prince. Quand je me mis de l'audace au front pour exprimer ce désir à ma mère, alors trop malade pour pouvoir assister à la fête, elle se courrouça grandement. Arrivais-je du Congo pour ne rien savoir ? Comment pouvais-je imaginer que notre famille ne serait pas représentée à ce bal ? En l'absence de mon père et de mon frère, n'était-ce pas à moi d'y aller ? N'avais-je pas une mère ? ne pensait-elle pas au bonheur de ses enfants ? En un moment le fils quasi

---

1. Napoléon avait abdiqué à Fontainebleau le 20 avril 1814. Le 12 mars, le duc d'Angoulême, fils du futur Charles X, était entré à Bordeaux et arrivait le 25 mars, à Tours. Balzac a déjà fait allusion à cette visite dans la nouvelle *Le Rendez-vous*, écrite en 1829 et publiée en 1831 puis intégrée dans l'ensemble qui deviendra *La Femme de trente ans*.

désavoué devenait un personnage. Je fus autant aba-
sourdi de mon importance que du déluge de raisons ironiquement déduites par lesquelles ma mère accueillit ma
supplique. Je questionnai mes sœurs, j'appris que ma
mère, à laquelle plaisaient ces coups de théâtre, s'était
forcément occupée de ma toilette. Surpris par les exigences de ses pratiques, aucun tailleur de Tours n'avait pu
se charger de mon équipement. Ma mère avait mandé
son ouvrière à la journée, qui, suivant l'usage des provinces, savait faire toute espèce de couture. Un habit
bleu-barbeau me fut secrètement confectionné tant bien
que mal. Des bas de soie et des escarpins neufs furent
facilement trouvés ; les gilets d'homme se portaient
courts, je pus mettre un des gilets de mon père ; pour la
première fois j'eus une chemise à jabot dont les tuyaux
gonflèrent ma poitrine et s'entortillèrent dans le nœud
de ma cravate. Quand je fus habillé, je me ressemblais
si peu, que mes sœurs me donnèrent par leurs compli-
ments le courage de paraître devant la Touraine assemblée. Entreprise ardue ! Cette fête comportait trop
d'appelés pour qu'il y eût beaucoup d'élus. Grâce à
l'exiguïté de ma taille, je me faufilai sous une tente
construite dans les jardins de la maison Papion [1], et j'arrivai près du fauteuil où trônait le prince. En un moment
je fus suffoqué par la chaleur, ébloui par les lumières,
par les tentures rouges, par les ornements dorés, par les
toilettes et les diamants de la première fête publique à
laquelle j'assistais. J'étais poussé par une foule d'hommes et de femmes qui se ruaient les uns sur les autres et
se heurtaient dans un nuage de poussière. Les cuivres
ardents et les éclats bourboniens de la musique militaire
étaient étouffés sous les hourra de : — Vive le duc d'An-

---

1. C'est lors d'un second passage du duc d'Angoulême à Tours, le
6 août 1814, que le bal fut donné sous une tente dressée dans le jardin
de la propriété de Papion du Château, une manufacture de soieries,
célèbre pour son orangerie.

goulême ! vive le roi ! vivent les Bourbons ! Cette fête était une débâcle d'enthousiasme où chacun s'efforçait de se surpasser dans le féroce empressement de courir au soleil levant des Bourbons, véritable égoïsme de parti qui me laissa froid, me rapetissa, me replia sur moi-même.

Emporté comme un fétu dans ce tourbillon, j'eus un enfantin désir d'être duc d'Angoulême, de me mêler ainsi à ces princes qui paradaient devant un public ébahi. La niaise envie du Tourangeau fit éclore une ambition que mon caractère et les circonstances ennoblirent. Qui n'a pas jalousé cette adoration dont une répétition grandiose me fut offerte quelques mois après, quand Paris tout entier se précipita vers l'Empereur à son retour de l'île d'Elbe [1] ? Cet empire exercé sur les masses dont les sentiments et la vie se déchargent dans une seule âme, me voua soudain à la gloire [2], cette prêtresse qui égorge les Français aujourd'hui, comme autrefois la druidesse sacrifiait les Gaulois. Puis tout à coup je rencontrai la femme qui devait aiguillonner sans cesse mes ambitieux désirs, et les combler en me jetant au cœur de la Royauté. Trop timide pour inviter une danseuse, et craignant d'ailleurs de brouiller les figures, je devins natu-

---

1. A son retour de l'île d'Elbe, le 20 mars 1815, Napoléon fit une entrée triomphale aux Tuileries. Dans le manuscrit, Félix laisse percevoir la fascination qu'exerce sur lui Napoléon : *Cette admiration de tous les hommes pour un seul homme, dont l'année suivante je vis un exemple sur une plus grande échelle, quand tout Paris environna les Tuileries afin de voir l'Empereur à son retour de l'île d'Elbe* (f° 2). Par la suite, Balzac s'efforça d'atténuer les premières tendances bonapartistes du personnage mais ce passage demeure comme une butte témoin. Si la « répétition grandiose » se substitue à l'*exemple sur une plus grande échelle*, l'imitation ne dissimule pas la grandeur de la manifestation. – **2.** Dans le manuscrit, Félix qualifiait les grands hommes de « *sublimes polichinelles* » (f° 2). Dès la correction des premières épreuves, Balzac prive son personnage de toute capacité de distanciation et la fascination pour les grands hommes l'emporte.

rellement très-grimaud [1] et ne sachant que faire de ma
personne. Au moment où je souffrais du malaise causé
par le piétinement auquel nous oblige une foule, un officier marcha sur mes pieds gonflés autant par la compres-
sion du cuir que par la chaleur. Ce dernier ennui me
dégoûta de la fête. Il était impossible de sortir, je me
réfugiai dans un coin au bout d'une banquette abandonnée, où je restai les yeux fixes, immobile et boudeur.
Trompée par ma chétive apparence, une femme me prit
pour un enfant prêt à s'endormir en attendant le bon
plaisir de sa mère, et se posa près de moi par un mouvement d'oiseau qui s'abat sur son nid. Aussitôt je sentis
un parfum de femme [2] qui brilla dans mon âme comme
y brilla depuis la poésie orientale. Je regardai ma voisine, et fus plus ébloui par elle que je ne l'avais été par
la fête ; elle devint toute ma fête. Si vous avez bien compris ma vie antérieure, vous devinerez les sentiments qui
sourdirent en mon cœur [3]. Mes yeux furent tout à coup

---

1. Il s'agit d'un adjectif qui dans le langage populaire signifie maussade. – 2. Dans le manuscrit, la perception était plus analytique et en
même temps ambiguë : *Un moment après, je sentis je ne sais quelle
odeur de myrrhe et d'aloès, un parfum de femme* (A 116, f° 3). Dans
le premier dossier d'épreuves, Balzac ajoute le mouvement d'oiseau
de Mme de Mortsauf qu'il conservera dans le texte définitif : *Aussitôt
qu'elle se fut posée là, par un mouvement d'oiseau qui s'abat sur un
nid, je sentis je ne sais quelle odeur de myrrhe et d'aloès, ce parfum
de femme* (A 117, f° 18). Le texte publié dans la *Revue de Paris* donne
une note religieuse à la légèreté aérienne : *Aussitôt je sentis une céleste
odeur de myrrhe et d'aloès, un parfum de femme*. Dans l'édition Furne
(1844), Balzac écourte son texte. C'est la sensualité mystique pourtant
caractéristique de Félix que Balzac préfère finalement sacrifier au
profit de la commotion purement érotique. Il donne donc immédiatement la perception synthétique du parfum de femme. – 3. Dans le
manuscrit Balzac développait l'éveil des sens de Félix : *Pour exprimer
les sentiments qui ruisselèrent dans mon âme que d'explications sur
ma vie antérieure ne faudrait-il pas donner. J'étais dans cette époque
délicieuse où surgissent les premiers troubles de l'âme, où elle
s'éveille aux voluptés, où tout est rapide et frais, j'étais entre une
puberté prolongée par les travaux du collège et une virilité qui*

frappés par de blanches épaules rebondies sur lesquelles
j'aurais voulu pouvoir me rouler, des épaules légèrement
rosées qui semblaient rougir comme si elles se trouvaient nues pour la première fois, de pudiques épaules
qui avaient une âme, et dont la peau satinée éclatait à
la lumière comme un tissu de soie. Ces épaules étaient
partagées par une raie, le long de laquelle coula mon
regard, plus hardi que ma main [1]. Je me haussai tout palpitant pour voir le corsage et fus complètement fasciné
par une gorge chastement couverte d'une gaze, mais
dont les globes azurés et d'une rondeur parfaite étaient
douillettement couchés dans des flots de dentelle. Les
plus légers détails de cette tête furent des amorces qui
réveillèrent en moi des jouissances infinies : le brillant
des cheveux lissés au-dessus d'un cou velouté comme
celui d'une petite fille, les lignes blanches que le peigne
y avait dessinées et où mon imagination courut comme
en de frais sentiers, tout me fit perdre l'esprit. Après
m'être assuré que personne ne me voyait, je me plongeai
dans ce dos comme un enfant qui se jette dans le sein
de sa mère, et je baisai toutes ces épaules en y roulant
ma tête. Cette femme poussa un cri perçant, que la musi-

---

*commençait à pousser ses rameaux verts. Pour me comprendre repor-
tez-vous à ce bel âge où la bouche est vierge de mensonges, où le
regard est avide et franc, où les timidités égalent en violence et les
désirs et les générosités. Mes yeux furent plus particulièrement frappés
par de blanches épaules* [...] (f° 3). Au moment de la correction des
premières épreuves (A 117, f° 18), Balzac supprime l'analyse pour ne
garder que la vision des blanches épaules.

1. L'épisode du baiser rédigé dans le manuscrit sera par la suite peu
retouché. Cependant une image retient notre attention. Le lys, seule
image qui sera éliminée de ce passage, provoque un viol oculaire : *Mes
yeux furent plus particulièrement frappés par de blanches épaules,
rebondies sur lesquelles j'aurais voulu pouvoir me rouler, des épaules
légèrement rosées et qui semblaient rougir comme si elles se trouvaient à nu pour la première fois, de pudiques épaules qui avaient une
âme et dont la peau satinée éclatait à la lumière comme le tissu luisant
d'un lys ; elles étaient séparées par une raie le long de laquelle coula
mon regard plus hardi que ne l'eût été ma main* (A 116, f° 3).

que empêcha d'entendre ; elle se retourna, me vit et me
dit : « — Monsieur ? » Ah ! si elle avait dit : « — Mon
petit bonhomme, qu'est-ce qui vous prend donc ? » je
l'aurais tuée peut-être ; mais à ce *monsieur !* des larmes
chaudes jaillirent de mes yeux. Je fus pétrifié par un
regard animé d'une sainte colère, par une tête sublime
couronnée d'un diadème de cheveux cendrés, en harmonie avec ce dos d'amour. La pourpre de la pudeur offen-
sée étincela sur son visage, que désarmait déjà le pardon
de la femme qui comprend une frénésie quand elle en
est le principe, et devine des adorations infinies dans les
larmes du repentir. Elle s'en alla par un mouvement de
reine. Je sentis alors le ridicule de ma position ; alors
seulement je compris que j'étais fagotté comme le singe
d'un Savoyard[1]. J'eus honte de moi. Je restai tout
hébété, savourant la pomme que je venais de voler, gardant sur mes lèvres la chaleur de ce sang que j'avais
aspiré, ne me repentant de rien, et suivant du regard cette
femme descendue des cieux. Saisi par le premier accès
charnel de la grande fièvre du cœur, j'errai dans le bal
devenu désert, sans pouvoir y retrouver mon inconnue.
Je revins me coucher métamorphosé.

Une âme nouvelle, une âme aux ailes diaprées avait
brisé sa larve. Tombée des steppes bleus[2] où je l'admirais, ma chère étoile[3] s'était donc faite femme en conser-

----

1. Les Savoyards émigrés à Paris étaient ramoneurs ou montreurs
d'animaux savants. – **2.** Mot employé au masculin au XIXe siècle. –
3. Dans *Volupté* de Sainte-Beuve, Amaury, infidèle à la chaste
Mme de Couaën, compare l'autre femme qu'il courtise, Mme de R., à
une étoile : « Elle [...] me montrait au ciel une étoile brillante, je lui
demandai si elle voulait être la mienne et guider ma vie. "A quoi bon
me le demander, me dit-elle, si c'est à une autre que cela dès longtemps
est accordé ?" » (chap. XVI). L'étoile est un symbole féminin récurrent
chez Balzac. Dans *Les Proscrits* (1831), Godefroy regarde les étoiles
avec les yeux d'un amant. Dans le début de *Séraphita*, Wilfrid
demande à l'héroïne : « Soyez mon étoile » (*CH*, XI, p. 751). Lorsque,
en 1822, Balzac lui-même courtisait Mme de Berny, plus âgée que
lui, il lui écrivait : « Songez, Madame, que, loin de vous,

vant sa clarté, ses scintillements et sa fraîcheur. J'aimai soudain sans rien savoir de l'amour. N'est-ce pas une étrange chose que cette première irruption du sentiment le plus vif de l'homme ? J'avais rencontré dans le salon de ma tante quelques jolies femmes, aucune ne m'avait causé la moindre impression. Existe-t-il donc une heure, une conjonction d'astres, une réunion de circonstances expresses, une certaine femme entre toutes, pour déterminer une passion exclusive, au temps où la passion embrasse le sexe entier ? En pensant que mon élue vivait en Touraine, j'aspirais l'air avec délices, je trouvai au bleu du temps une couleur que je ne lui ai plus vue nulle part. Si j'étais ravi mentalement, je parus sérieusement malade, et ma mère eut des craintes mêlées de remords. Semblable aux animaux qui sentent venir le mal, j'allai m'accroupir dans un coin du jardin pour y rêver au baiser que j'avais volé. Quelques jours après ce bal mémorable, ma mère attribua l'abandon de mes travaux, mon indifférence à ses regards oppresseurs, mon insouciance de ses ironies et ma sombre attitude, aux crises naturelles que doivent subir les jeunes gens de mon âge. La campagne, cet éternel remède des affections auxquelles la médecine ne connaît rien, fut regardée comme le meilleur moyen de me sortir de mon apathie. Ma mère décida que j'irais passer quelques jours à Frapesle [1], château

---

il existe un être dont l'âme, par un admirable privilège, franchit les distances, suit dans les airs un chemin idéal, et court avec ivresse vous entourer sans cesse, qui se plaît à assister à votre vie, à vos sentiments, qui tantôt vous plaint, et tantôt vous souhaite, mais qui vous aime avec cette chaleur de sentiments et cette franchise d'amour qui n'a fleuri que dans le jeune âge, un être pour qui vous êtes plus qu'une amie, plus qu'une sœur, presque une mère, et même plus que tout cela vous m'êtes une espèce de divinité visible [...]. En effet, si je rêve grandeur et gloire, c'est pour en faire un marche-pied qui me conduise à vous, et si je commence une chose c'est en votre nom » (mars 1822, *Corr.*, I, p. 141).

1. Frapesle est le nom de la propriété de la famille Carraud, des amis de Balzac. Mais elle se situe près d'Issoudun et non pas « sur l'Indre entre Montbazon et Azay-le-Rideau ». Ce site correspond plu-

situé sur l'Indre entre Montbazon et Azay-le-Rideau,
chez l'un de ses amis, à qui sans doute elle donna des
instructions secrètes. Le jour où j'eus ainsi la clef des
champs, j'avais si drûment nagé dans l'océan de l'amour
que je l'avais traversé. J'ignorais le nom de mon inconnue, comment la désigner, où la trouver ? d'ailleurs, à
qui pouvais-je parler d'elle ? Mon caractère timide aug-
mentait encore les craintes inexpliquées qui s'emparent
des jeunes cœurs au début de l'amour, et me faisait commencer par la mélancolie qui termine les passions sans
espoir. Je ne demandais pas mieux que d'aller, venir,
courir à travers champs. Avec ce courage d'enfant qui
ne doute de rien et comporte je ne sais quoi de chevaleresque, je me proposais de fouiller tous les châteaux de
la Touraine, en y voyageant à pied, en me disant à chaque jolie tourelle : — C'est là !

Donc, un jeudi matin je sortis de Tours par la barrière
Saint-Éloy, je traversai les ponts Saint-Sauveur, j'arrivai
dans Poncher en levant le nez à chaque maison, et
gagnai la route de Chinon. Pour la première fois de ma
vie, je pouvais m'arrêter sous un arbre, marcher lentement ou vite à mon gré sans être questionné par personne. Pour un pauvre être écrasé par les différents
despotismes qui, peu ou prou, pèsent sur toutes les jeu-
nesses, le premier usage du libre arbitre, exercé même
sur des riens, apportait à l'âme je ne sais quel épanouis-
sement. Beaucoup de raisons se réunirent pour faire de
ce jour une fête pleine d'enchantements. Dans mon
enfance, mes promenades ne m'avaient pas conduit à
plus d'une lieue hors la ville. Mes courses aux environs
de Pont-le-Voy, ni celles que je fis dans Paris, ne
m'avaient gâté sur les beautés de la nature champêtre.

---

tôt à celui du château de Valesne, près de Saché, qui appartenait à Jean
de Margonne. Le manuscrit montre que Balzac avait d'abord hésité
entre « Valesne » et « Falesne ». Ce n'est que sur les premières épreuves qu'il raye « Falesne » pour le remplacer par « Frapesle ».

Néanmoins il me restait, des premiers souvenirs de ma vie, le sentiment du beau qui respire dans le paysage de Tours avec lequel je m'étais familiarisé. Quoique complètement neuf à la poésie des sites, j'étais donc exigeant à mon insu, comme ceux qui sans avoir la pratique d'un art en imaginent tout d'abord l'idéal. Pour aller au château de Frapesle, les gens à pied ou à cheval abrègent la route en passant par les landes dites de Charlemagne [1], terres en friche, situées au sommet du plateau qui sépare le bassin du Cher et celui de l'Indre, et où mène un chemin de traverse que l'on prend à Champy. Ces landes plates et sablonneuses, qui vous attristent durant une lieue environ, joignent par un bouquet de bois le chemin de Saché [2], nom de la commune d'où dépend Frapesle. Ce chemin, qui débouche sur la route de Chinon, bien au-delà de Ballan, longe une plaine ondulée sans accidents remarquables, jusqu'au petit pays d'Artanne [3]. Là se découvre une vallée qui commence à Montbazon, finit à la Loire, et semble bondir sous les châteaux posés sur ces doubles collines ; une magnifique coupe d'émeraude au fond de laquelle l'Indre se roule par des mouvements de serpent. A cet aspect, je fus saisi d'un étonnement voluptueux que l'ennui des landes ou la fatigue du chemin avait préparé. — Si cette femme, la fleur de son sexe, habite un lieu dans le monde, ce lieu, le voici ? A cette pensée je m'appuyai contre un noyer sous lequel,

---

1. Landes où eut lieu un combat entre les Sarrasins et l'armée de Charles Martel en 732. Balzac les a déjà évoquées dans *L'Apostrophe, Conte drolatique* de 1832 : « Il ne pousse rien, parce que ce sont des mauldits, des mescréans qui y sont ensevelis, et que l'herbe y damne mesme les vasches [...] » (*OD*, I, p. 147). – 2. Nom de la propriété de M. de Margonne, l'ami de Mme Balzac. – 3. J. Maurice a montré que Balzac suivait le même itinéraire lorsqu'il faisait le trajet à pied de Tours à Saché. Il empruntait le chemin qui reliait Joué à la route de Pont-de-Ruan (*cf.* « De Tours à Saché le véritable itinéraire de Balzac », *Balzac à Saché*, n° 4, pp. 22-26). Balzac a déformé le nom du bourg « Chantepie » en Champy.

depuis ce jour, je me repose toutes les fois que je reviens dans ma chère vallée. Sous cet arbre confident de mes pensées, je m'interroge sur les changements que j'ai subis pendant le temps qui s'est écoulé depuis le dernier jour où j'en suis parti. Elle demeurait là, mon cœur ne me trompait point : le premier castel que je vis au penchant d'une lande était son habitation. Quand je m'assis sous mon noyer, le soleil de midi faisait pétiller les ardoises de son toit et les vitres de ses fenêtres. Sa robe de percale produisait le point blanc que je remarquai dans ses vignes sous un hallebergier [1]. Elle était, comme vous le savez déjà, sans rien savoir encore, LE LYS DE CETTE VALLÉE où elle croissait pour le ciel, en la remplissant du parfum de ses vertus. L'amour infini, sans autre aliment qu'un objet à peine entrevu dont mon âme était remplie, je le trouvais exprimé par ce long ruban d'eau qui ruisselle au soleil entre deux rives vertes, par ces lignes de peupliers qui parent de leurs dentelles mobiles ce val d'amour, par les bois de chênes qui s'avancent entre les vignobles sur des coteaux que la rivière arrondit toujours différemment, et par ces horizons estompés qui fuient en se contrariant. Si vous voulez voir la nature belle et vierge comme une fiancée, allez là par un jour de printemps ; si vous voulez calmer les plaies saignantes de votre cœur, revenez-y par les derniers jours de l'automne ; au printemps, l'amour y bat des ailes à plein ciel, en automne on y songe à ceux qui ne sont plus. Le poumon malade y respire une bienfaisante fraîcheur, la vue s'y repose sur des touffes dorées qui communiquent à l'âme leurs paisibles douceurs. En ce moment, les moulins situés sur les chutes de l'Indre donnaient une voix à cette vallée frémissante, les peupliers se balançaient en riant, pas un nuage au ciel, les oiseaux chan-

---

1. L'albergier est un abricotier sauvage. Balzac a déjà utilisé l'orthographe « hallebergier » dans le *Conte drolatique* : *Le Prosne du ioyeulx curé de Meudon*.

taient, les cigales criaient, tout y était mélancolie. Ne me demandez plus pourquoi j'aime la Touraine ? je ne l'aime ni comme on aime son berceau, ni comme on aime une oasis dans le désert ; je l'aime comme un artiste aime l'art ; je l'aime moins que je ne vous aime, mais sans la Touraine, peut-être ne vivrais-je plus. Sans savoir pourquoi, mes yeux revenaient au point blanc, à la femme qui brillait dans ce vaste jardin comme au milieu des buissons verts éclatait la clochette d'un convolvulus [1], flétrie si l'on y touche. Je descendis, l'âme émue, au fond de cette corbeille, et vis bientôt un village que la poésie qui surabondait en moi me fit trouver sans pareil. Figurez-vous trois moulins posés parmi des îles gracieusement découpées, couronnées de quelques bouquets d'arbres au milieu d'une prairie d'eau ; quel autre nom donner à ces végétations aquatiques, si vivaces, si bien colorées, qui tapissent la rivière, surgissent au-dessus, ondulent avec elle, se laissent aller à ses caprices et se plient aux tempêtes de la rivière fouettée par la roue des moulins ! Çà et là, s'élèvent des masses de gravier sur lesquelles l'eau se brise en y formant des franges où reluit le soleil. Les amaryllis, le nénuphar, le lys d'eau [2], les joncs, les flox décorent les rives de leurs magnifiques tapisseries. Un pont tremblant composé de poutrelles pourries, dont les piles sont couvertes de fleurs, dont les garde-fous plantés d'herbes vivaces et de mousses veloutées se penchent sur la rivière et ne tombent point ; des barques usées, des filets de pêcheurs, le chant monotone d'un berger, les canards qui voguaient entre les îles ou s'épluchaient sur le jard [3], nom du gros sable que charrie la Loire ; des garçons meuniers, le bonnet sur l'oreille, occupés à charger leurs mulets ; chacun de ces

---

1. Nom savant du liseron. – 2. Nom courant du nénuphar blanc. – 3. « S'éplucher » : se nettoyer le plumage, s'épouiller. Le jard (jar ou jars) est le nom du gros sable dans les pays de Loire (Hippolyte-François de Jaubert, *Glossaire du centre de la France*, 1856-1858).

détails rendait cette scène d'une naïveté surprenante.
Imaginez au-delà du pont deux ou trois fermes, un
colombier, des tourterelles, une trentaine de masures
séparées par des jardins, par des haies de chèvrefeuilles,
de jasmins et de clématites ; puis du fumier fleuri devant
toutes les portes, des poules et des coqs par les chemins ? voilà le village du Pont-de-Ruan, joli village sùr-
monté d'une vieille église pleine de caractère, une église
du temps des croisades, et comme les peintres en cherchent pour leurs tableaux. Encadrez le tout de noyers
antiques, de jeunes peupliers aux feuilles d'or pâle, mettez de gracieuses fabriques [1] au milieu des longues prairies où l'œil se perd sous un ciel chaud et vaporeux,
vous aurez une idée d'un des mille points de vue de ce
beau pays. Je suivis le chemin de Saché sur la gauche
de la rivière, en observant les détails des collines qui
meublent la rive opposée. Puis enfin j'atteignis un parc
orné d'arbres centenaires qui m'indiqua le château de
Frapesle. J'arrivai précisément à l'heure où la cloche
annonçait le déjeuner. Après le repas, mon hôte, ne soupçonnant pas que j'étais venu de Tours à pied, me fit
parcourir les alentours de sa terre où de toutes parts je
vis la vallée sous toutes ses formes : ici par une échappée, là tout entière ; souvent mes yeux furent attirés à
l'horizon par la belle lame d'or de la Loire où, parmi les
roulées [2], les voiles dessinaient de fantasques figures qui
fuyaient emportées par le vent. En gravissant une crête,

---

1. « Toute construction qui orne un parc, un jardin, etc., tel qu'un
pont, une tour, des ruines, une chaumière » (*Dictionnaire de l'Académie*, 1835). – 2. Balzac avait déjà utilisé ce mot pour désigner des
vagues formées par le vent, dans l'une des nouvelles qui composera
plus tard *La Femme de trente ans* : « Les innombrables facettes de
quelques roulées, produites par une brise matinale un peu froide, réflé-
chissaient les scintillements du soleil sur les vastes nappes que déploie
cette majestueuse rivière » (*CH*, II, p. 1052). Mais ce sens n'est pas
attesté par les dictionnaires. Sur les bords de la Loire, les roulées dési-
gnaient une nappe de filets utilisée pour pêcher.

j'admirai pour la première fois le château d'Azay, diamant taillé à facettes, serti par l'Indre, monté sur des pilotis masqués de fleurs. Puis je vis dans un fond les masses romantiques du château de Saché, mélancolique séjour plein d'harmonies, trop graves pour les gens superficiels, chères aux poètes dont l'âme est endolorie. Aussi, plus tard, en aimai-je le silence, les grands arbres chenus, et ce je ne sais quoi mystérieux épandu dans son vallon solitaire ! Mais chaque fois que je retrouvais au penchant de la côte voisine le mignon castel aperçu, choisi par mon premier regard, je m'y arrêtais complaisamment.

— Hé ! me dit mon hôte en lisant dans mes yeux l'un de ces pétillants désirs toujours si naïvement exprimés à mon âge, vous sentez de loin une jolie femme comme un chien flaire le gibier.

Je n'aimai pas ce dernier mot, mais je demandai le nom du castel et celui du propriétaire.

— Ceci est Clochegourde [1], me dit-il, une jolie maison appartenant au comte de Mortsauf, le représentant d'une famille historique en Touraine, dont la fortune

---

1. Château imaginaire dont le nom est inventé par Balzac. On peut supposer qu'il a été formé par paronomase à partir du nom d'une fleur, la coquelourde. Or, parmi toutes les fleurs auxquelles est comparée Henriette, lys, bruyère, etc., figure la pulsatille, autre nom de la coquelourde : « Je rencontrais une fleur sublime et solitaire, une pulsatille au pavillon de soie violette étalé pour ses étamines d'or ; image attendrissante de ma blanche idole, seule dans sa vallée ! » (p. 161). L'une des significations conventionnelles de la coquelourde est : « Vous êtes sans prétention » (*cf.* Mme Leneveux, *Nouveau Manuel des fleurs emblématiques, ou leur histoire, leurs symboles, leur langage*, 1832). C'est bien le cas du manoir des Mortsauf dont Félix apprécie la simplicité. Balzac situe Clochegourde à la place du manoir de la Chevrière, construction récente, sans caractère. Il lui donne quelques caractéristiques du manoir de Vonne qui faisait face à Saché et que Balzac voyait de sa fenêtre : « J'embrasse la vue de l'Indre et le petit château que j'ai appelé Clochegourde » (*LH*, 25/8/37). Cependant ce manoir était en mauvais état et faisait partie d'une ferme. *Cf.* Paul Métadier, *Balzac en Touraine*, coll. « Albums littéraires de la France », Hachette, 1968.

date de Louis XI, et dont le nom indique l'aventure à
laquelle il doit et ses armes et son illustration [1]. Il descend d'un homme qui survécut à la potence. Aussi les
Mortsauf portent-ils *d'or, à la croix de sable alezée
potencée et contre-potencée, chargée en cœur d'une
fleur de lys d'or au pied nourri*, avec : *Dieu saulve le
Roi notre Sire*, pour devise [2]. Le comte est venu s'établir
sur ce domaine au retour de l'émigration. Ce bien est à
sa femme, une demoiselle de Lenoncourt, de la maison
de Lenoncourt-Givry [3], qui va s'éteindre : madame de
Mortsauf est fille unique. Le peu de fortune de cette
famille contraste si singulièrement avec l'illustration des
noms, que, par orgueil ou par nécessité peut-être, ils restent toujours à Clochegourde et n'y voient personne. Jusqu'à présent leur attachement aux Bourbons pouvait
justifier leur solitude ; mais je doute que le retour du roi
change leur manière de vivre. En venant m'établir ici,
l'année dernière, je suis allé leur faire une visite de poli-

---

1. Balzac fait allusion à l'un des personnages du *Conte drolatique* :
Les Joyeusetés de Louis le Onzième (1832). Il est condamné à mort
pour avoir violé une dame qu'il croyait vierge. Pendu au grand regret
des dames, il est déposé évanoui dans le lit d'une vieille fille qu'il est
contraint d'épouser. Rebaptisé « Mortsauf » par le roi, il fonde une
bonne famille de Touraine. Le nom convient tout à fait au mari d'Henriette qui se croit toujours mourant mais survivra à sa femme. —
2. C'est le comte Ferdinand de Gramont qui, en 1839, dessina les
armes et rédigea la devise, de même que pour les Blamont-Chauvry. Ce
sont des ajouts de l'édition Furne de 1844. Dans le langage héraldique,
« alezée » signifie « raccourcie » ; « au pied nourri » : « dont la queue
est coupée » ; « potencée » : que les bras de la croix se terminent en
T ; « contre-potencé » se dit de potences qui s'opposent sur un blason.
– **3.** Si les personnages du *Lys dans la vallée* sont fictifs, Balzac leur
choisit souvent des noms référentiels comme pour leur donner un
ancrage dans le réel. Ainsi de 1484 à 1508, Tours a eu pour archevêque
Robert de Lenoncourt. Dans sa *Vie des hommes illustres et des grands
capitaines français* (1666-1667), Brantôme mentionne parmi les membres du conseil privé de François Ier les cardinaux de Givry et de
Lenoncourt. De plus, Givry est le nom de trois localités situées dans
le Cher et la Nièvre.

tesse ; ils me l'ont rendue et nous ont invités à dîner ;
l'hiver nous a séparés pour quelques mois ; puis les événements politiques ont retardé notre retour, car je ne suis
à Frapesle que depuis peu de temps. Madame de
Mortsauf est une femme qui pourrait occuper partout la
première place.

— Vient-elle souvent à Tours ?

— Elle n'y va jamais. Mais, dit-il en se reprenant,
elle y est allée dernièrement, au passage du duc d'Angoulême qui s'est montré fort gracieux pour monsieur
de Mortsauf.

— C'est elle ! m'écriai-je.

— Qui, elle ?

— Une femme qui a de belles épaules.

— Vous rencontrerez en Touraine beaucoup de femmes qui ont de belles épaules, dit-il en riant. Mais si
vous n'êtes pas fatigué, nous pouvons passer la rivière,
et monter à Clochegourde, où vous aviserez à reconnaître vos épaules.

J'acceptai, non sans rougir de plaisir et de honte. Vers
quatre heures nous arrivâmes au petit château que mes
yeux caressaient depuis si long-temps. Cette habitation,
qui fait un bel effet dans le paysage, est en réalité
modeste. Elle a cinq fenêtres de face, chacune de celles
qui terminent la façade exposée au midi s'avance d'environ deux toises, artifice d'architecture qui simule deux
pavillons et donne de la grâce au logis ; celle du milieu
sert de porte, et on en descend par un double perron dans
des jardins étagés qui atteignent à une étroite prairie
située le long de l'Indre. Quoiqu'un chemin communal
sépare cette prairie de la dernière terrasse ombragée par
une allée d'acacias et de vernis du Japon, elle semble
faire partie des jardins ; car le chemin est creux, encaissé
d'un côté par la terrasse, et bordé de l'autre par une haie
normande. Les pentes bien ménagées mettent assez de
distance entre l'habitation et la rivière pour sauver les
inconvénients du voisinage des eaux sans en ôter l'agré-

ment. Sous la maison se trouvent des remises, des écuries, des resserres, des cuisines dont les diverses
ouvertures dessinent des arcades. Les toits sont gracieusement contournés aux angles, décorés de mansardes à
croisillons sculptés et de bouquets en plomb sur les
pignons. La toiture, sans doute négligée pendant la
Révolution, est chargée de cette rouille produite par les
mousses plates et rougeâtres qui croissent sur les maisons exposées au midi. La porte-fenêtre du perron est
surmontée d'un campanile où reste sculpté l'écusson des
Blamont-Chauvry [1] : *écartelé de gueules à un pal de
vair, flanqué de deux mains appaumées de carnation et
d'or à deux lances de sable mises en chevron.* La
devise : *Voyez tous, nul ne touche !* me frappa vivement.
Les supports, qui sont un griffon et un dragon de gueules
enchaînées d'or, faisaient un joli effet sculptés. La Révolution avait endommagé la couronne ducale et le cimier,
qui se compose d'un palmier de sinople fruité d'or.
Senart [2], secrétaire du Comité de Salut public, était bailli
de Saché avant 1781 ce qui explique ces dévastations.

Ces dispositions donnent une élégante physionomie à
ce castel ouvragé comme une fleur, et qui semble ne pas
peser sur le sol. Vu de la vallée, le rez-de-chaussée semble
être au premier étage ; mais du côté de la cour, il est de
plain-pied avec une large allée sablée donnant sur un bou-

---

1. Dans *La Duchesse de Langeais* (1834), Balzac avait donné pour
tante à son héroïne la princesse de Blamont-Chauvry. Blamont était un
comté uni au duché de Lorraine (La Chesnaye-des-Bois, *Dictionnaire
généalogique, héraldique, chronologique et historique contenant l'état
actuel des premières maisons de France... de l'Europe, 1757-1765*).
Chauvry est aussi une commune proche de l'Isle-Adam (Val-d'Oise)
où Balzac séjourna de 1817 à 1821. – 2. Gabriel-Gérôme Senart
(1760-1796) : procureur de la commune à Tours en 1791 et président
du comité révolutionnaire, il fit régner la Terreur. A Paris, il fut membre du Comité de salut public et du Comité de sûreté générale de
décembre 1793 à mars 1794.

lingrin [1] animé par plusieurs corbeilles de fleurs. A droite
et à gauche, les clos de vignes, les vergers et quelques pièces de terres labourables plantées de noyers, descendent
rapidement, enveloppent la maison de leurs massifs, et
atteignent les bords de l'Indre, que garnissent en cet
endroit des touffes d'arbres dont les verts ont été nuancés
par la nature elle-même. En montant le chemin qui côtoie
Clochegourde, j'admirais ces masses si bien disposées, j'y
respirais un air chargé de bonheur. La nature morale
a-t-elle donc, comme la nature physique, ses communications électriques et ses rapides changements de température ? Mon cœur palpitait à l'approche des événements
secrets qui devaient le modifier à jamais, comme les animaux s'égaient en prévoyant un beau temps. Ce jour si
marquant dans ma vie ne fut dénué d'aucune des circonstances qui pouvaient le solenniser. La Nature s'était parée
comme une femme allant à la rencontre du bien-aimé,
mon âme avait pour la première fois entendu sa voix, mes
yeux l'avaient admirée aussi féconde, aussi variée que
mon imagination me la représentait dans mes rêves de collège dont je vous ai dit quelques mots inhabiles à vous en
expliquer l'influence, car ils ont été comme une Apocalypse où ma vie me fut figurativement prédite : chaque
événement heureux ou malheureux s'y rattache par des
images bizarres, liens visibles aux yeux de l'âme seulement. Nous traversâmes une première cour entourée des
bâtiments nécessaires aux exploitations rurales, une
grange, un pressoir, des étables, des écuries. Averti par les
aboiements du chien de garde, un domestique vint à notre
rencontre, et nous dit que monsieur le compte, parti pour
Azay dès le matin, allait sans doute revenir, et que
madame la comtesse était au logis. Mon hôte me regarda.
Je tremblais qu'il ne voulût pas voir madame de Mortsauf

---

1. De l'anglais *bowling-green* : parterre de gazon qui permettait de
jouer aux boules. Par extension, pièce de gazon destinée à orner un
jardin.

en l'absence de son mari, mais il dit au domestique de
nous annoncer. Poussé par une avidité d'enfant, je me précipitai dans la longue antichambre qui traverse la maison.

— Entrez donc, messieurs ! dit alors une voix d'or.

Quoique madame de Mortsauf n'eût prononcé qu'un
mot au bal, je reconnus sa voix qui pénétra mon âme et
la remplit comme un rayon de soleil remplit et dore le
cachot d'un prisonnier. En pensant qu'elle pouvait se
rappeler ma figure, je voulus m'enfuir ; il n'était plus
temps, elle apparut sur le seuil de la porte, nos yeux se
rencontrèrent. Je ne sais qui d'elle ou de moi rougit le
plus fortement. Assez interdite pour ne rien dire, elle
revint s'asseoir à sa place devant un métier à tapisserie,
après que le domestique eut approché deux fauteuils ;
elle acheva de tirer son aiguille afin de donner un prétexte à son silence, compta quelques points et releva sa
tête, à la fois douce et altière, vers monsieur de Chessel
en lui demandant à quelle heureuse circonstance elle
devait sa visite. Quoique curieuse de savoir la vérité sur
mon apparition, elle ne nous regarda ni l'un ni l'autre ;
ses yeux furent constamment attachés sur la rivière ;
mais à la manière dont elle écoutait, vous eussiez dit
que, semblable aux aveugles, elle savait reconnaître les
agitations de l'âme dans les imperceptibles accents de la
parole. Et cela était vrai. Monsieur de Chessel dit mon
nom et fit ma biographie. J'étais arrivé depuis quelques
mois à Tours, où mes parents m'avaient ramené chez
eux quand la guerre avait menacé Paris. Enfant de la
Touraine à qui la Touraine était inconnue, elle voyait en
moi un jeune homme affaibli par des travaux immodé-
rés, envoyé à Frapesle pour s'y divertir, et auquel il avait
montré sa terre, où je venais pour la première fois. Au
bas du coteau seulement, je lui avais appris ma course
de Tours à Frapesle, et craignant pour ma santé déjà si
faible, il s'était avisé d'entrer à Clochegourde en pensant
qu'elle me permettrait de m'y reposer. Monsieur de
Chessel disait la vérité, mais un hasard heureux semble

si fort cherché que madame de Mortsauf garda défiance ;
elle tourna sur moi des yeux froids et sévères qui me
firent baisser les paupières, autant par je ne sais quel
sentiment d'humiliation que pour cacher des larmes que
je retins entre mes cils. L'imposante châtelaine me vit le
front en sueur ; peut-être aussi devina-t-elle les larmes,
car elle m'offrit ce dont je pouvais avoir de besoin, en
exprimant une bonté consolante qui me rendit la parole.
Je rougissais comme une jeune fille en faute, et d'une
voix chevrotante comme celle d'un vieillard, je répondis
par un remercîment négatif.

— Tout ce que je souhaite, lui dis-je en levant les
yeux sur les siens que je rencontrai pour la seconde fois,
mais pendant un moment aussi rapide qu'un éclair, c'est
de n'être pas renvoyé d'ici ; je suis tellement engourdi
par la fatigue, que je ne pourrais marcher.

— Pourquoi suspectez-vous l'hospitalité de notre
beau pays ? me dit-elle. Vous nous accorderez sans doute
le plaisir de dîner à Clochegourde ? ajouta-t-elle en se
tournant vers son voisin.

Je jetai sur mon protecteur un regard où éclatèrent
tant de prières qu'il se mit en mesure d'accepter cette
proposition, dont la formule voulait un refus. Si l'habitude du monde permettait à monsieur de Chessel de distinguer ces nuances, un jeune homme sans expérience
croit si fermement à l'union de la parole et de la pensée
chez une belle femme, que je fus bien étonné quand, en
revenant le soir, mon hôte me dit : — Je suis resté, parce
que vous en mouriez d'envie ; mais si vous ne raccommodez pas les choses, je suis brouillé peut-être avec mes
voisins. Ce *si vous ne raccommodez pas les choses* me
fit long-temps rêver. Si je plaisais à madame de
Mortsauf, elle ne pourrait pas en vouloir à celui qui
m'avait introduit chez elle. Monsieur de Chessel me supposait donc le pouvoir de l'intéresser, n'était-ce pas me
le donner ? Cette explication corrobora mon espoir en
un moment où j'avais besoin de secours.

— Ceci me semble difficile, répondit-il, madame de
Chessel nous attend.

— Elle vous a tous les jours, reprit la comtesse, et
nous pouvons l'avertir. Est-elle seule ?

— Elle a monsieur l'abbé de Quélus.

— Eh ! bien, dit-elle en se levant pour sonner, vous
dînez avec nous.

Cette fois monsieur de Chessel la crut franche et me
jeta des regards complimenteurs. Dès que je fus certain
de rester pendant une soirée sous ce toit, j'eus à moi
comme une éternité. Pour beaucoup d'êtres malheureux,
demain est un mot vide de sens, et j'étais alors au nombre de ceux qui n'ont aucune foi dans le lendemain ;
quand j'avais quelques heures à moi, j'y faisais tenir
toute une vie de voluptés. Madame de Mortsauf entama
sur le pays, sur les récoltes, sur les vignes, une conversation à laquelle j'étais étranger. Chez une maîtresse de
maison, cette façon d'agir atteste un manque d'éducation
ou son mépris pour celui qu'elle met ainsi comme à la
porte du discours ; mais ce fut embarras chez la comtesse. Si d'abord je crus qu'elle affectait de me traiter
en enfant, si j'enviai le privilège des hommes de trente
ans qui permettait à monsieur de Chessel d'entretenir sa
voisine de sujets graves auxquels je ne comprenais rien,
si je me dépitai en me disant que tout était pour lui ; à
quelques mois de là, je sus combien est significatif le
silence d'une femme, et combien de pensées couvre une
diffuse conversation. D'abord j'essayai de me mettre à
mon aise dans mon fauteuil ; puis je reconnus les avantages de ma position en me laissant aller au charme d'entendre la voix de la comtesse. Le souffle de son âme se
déployait dans les replis des syllabes, comme le son se
divise sous les clefs d'une flûte : il expirait onduleuse-
ment à l'oreille d'où il précipitait l'action du sang. Sa
façon de dire les terminaisons en *i* faisait croire à quelque chant d'oiseau ; le *ch* prononcé par elle était comme
une caresse, et la manière dont elle attaquait les *t* accu-

sait le despotisme du cœur. Elle étendait ainsi, sans le
savoir, le sens des mots, et vous entraînait l'âme dans
un monde surhumain. Combien de fois n'ai-je pas laissé
continuer une discussion que je pouvais finir, combien
de fois ne me suis-je pas fait injustement gronder pour
écouter ces concerts de voix humaine, pour aspirer l'air
qui sortait de sa lèvre chargé de son âme, pour étreindre
cette lumière parlée avec l'ardeur que j'aurais mise à
serrer la comtesse sur mon sein ! Quel chant d'hirondelle
joyeuse, quand elle pouvait rire ! mais quelle voix de
cygne appelant ses compagnes, quand elle parlait de ses
chagrins ! L'inattention de la comtesse me permit de
l'examiner. Mon regard se régalait en glissant sur la
belle parleuse [1], il pressait sa taille, baisait ses pieds, et

---

1. Dans le manuscrit, la description de la voix de Mme de Mortsauf
était plus développée : *J'essayai de me mettre à mon aise dans mon
fauteuil ; puis je reconnus les avantages de ma position en me laissant
aller au charme d'entendre cette voix d'or. La nature avait doué cette
femme de la faculté d'accentuer le langage par des sons d'une force
douce qui semblait agrandir les mots. Si vous avez été jamais ému par
la voix lointaine du cor expirant à vos vitres, vous comprendrez cette
énergie de l'âme qui s'adoucissait en passant dans les replis que les
syllabes faisaient pour arriver aux sons. Ces accents arrivaient à
l'oreille, comme un frais mais pénétrant parfum arrive au cœur pour
en précipiter l'action. Sa façon de finir les terminaisons en « i » faisait
croire à quelque chant d'oiseau ; le « ch » prononcé par elle était
comme une caresse et la manière dont elle attaquait les « t » avait je
ne sais quoi d'impérial. Elle étendait ainsi, sans le savoir, le sens des
choses qu'elle exprimait et l'harmonie douce et profonde de la parole
entraînait l'âme dans un monde immense. Combien de fois depuis n'ai-
je pas laissé continuer une discussion que je pouvais arrêter d'un seul
mot, ou combien de fois ne me suis-je pas fait injustement gronder
pour jouir de cette musique sans pareille, pour aspirer l'air chargé de
son âme, pour étreindre cette lumière parlée avec l'ardeur que j'aurais mise à serrer son cœur contre le mien ! Quel chant d'hirondelle
joyeuse alors qu'elle avait un moment pour rire ; mais quelle voix de
cygne appelant ses compagnes le soir, quand elle parlait de ses chagrins ! on aurait vécu près d'elle rien que pour entendre cette musique.
En ce moment où je l'écoutais pour la première fois je croyais rêver,
je me demandais si ce n'était pas là le chant des sirènes. Je reconnus
bientôt les avantages de ma position. Le peu d'attention que Mme de*

se jouait dans les boucles de sa chevelure. Cependant
j'étais en proie à une terreur que comprendront ceux qui,
dans leur vie, ont éprouvé les joies illimitées d'une passion vraie. J'avais peur qu'elle ne me surprît les yeux
attachés à la place de ses épaules que j'avais si ardem-
ment embrassée. Cette crainte avivait la tentation, et j'y
succombais, je les regardais ! mon œil déchirait l'étoffe,
je revoyais la lentille qui marquait la naissance de la
jolie raie par laquelle son dos était partagé, mouche perdue dans du lait, et qui depuis le bal flamboyait toujours
le soir dans ces ténèbres où semble ruisseler le sommeil
des jeunes gens dont l'imagination est ardente, dont la
vie est chaste[1].

   Je puis vous crayonner les traits principaux qui partout eussent signalé la comtesse aux regards ; mais le
dessin le plus correct, la couleur la plus chaude n'en
exprimeraient rien encore. Sa figure est une de celles
dont la ressemblance exige l'introuvable artiste de qui la
main sait peindre le reflet des feux intérieurs, et sait ren-

----

*Mortsauf donnait à ma personne me permettait de l'examiner, et pour
exprimer ce qui se passait en moi, laissez-moi vous dire que mon
regard se régalait en glissant sur la belle parleuse* [...] (f° 11). Balzac
juxtaposait des images parmi lesquelles il opéra par la suite un choix.
Mais de la dangereuse sirène, qu'il éliminera au profit du cygne,
Mme de Mortsauf gardera tout de même quelques aspects castrateurs
dans la suite du roman.
   1. Sur le manuscrit, l'étrange image de la mouche perdue dans du
lait était absente : *Je revoyais jusqu'à un petit signe qui se trouvait au
milieu du dos et qui depuis étincelait toujours le soir pendant ces jolies
ténèbres qui précèdent le sommeil* (f° 11). Sur les premières épreuves,
Balzac remplace le signe par « *la lentille qu'elle avait au bas du col* »
(A 117, f° 39). C'est sur les épreuves du deuxième dossier que l'image
de la « *mouche perdue dans du lait* » apparaît (A 118, f° 29). Dévelop-
pant cette métaphore, pourtant suffisamment incongrue en elle-même,
Balzac fait déraper la plume de Félix sur une autre série d'images mal
ajustées, qu'il conserve dans le texte publié : la mouche noire flamboie,
le sommeil des jeunes gens à l'imagination ardente ruisselle. Elles sont
bien à mettre au compte du pair de France, apprenti poète, qui
n'échappe pas à l'ironie de l'auteur.

dre cette vapeur lumineuse que nie la science, que la
parole ne traduit pas, mais que voit un amant. Ses cheveux fins et cendrés la faisaient souvent souffrir, et ces
souffrances étaient sans doute causées par de subites
réactions du sang vers la tête [1]. Son front arrondi, proé-
minent comme celui de la Joconde, paraissait plein
d'idées inexprimées, de sentiments contenus, de fleurs
noyées dans des eaux amères. Ses yeux verdâtres, semés
de points bruns, étaient toujours pâles ; mais s'il s'agissait de ses enfants, s'il lui échappait de ces vives effusions de joie ou de douleur, rares dans la vie des femmes
résignées, son œil lançait alors une lueur subtile qui semblait s'enflammer aux sources de la vie et devait les
tarir ; éclair qui m'avait arraché des larmes quand elle
me couvrit de son dédain formidable et qui lui suffisait
pour abaisser les paupières aux plus hardis. Un nez grec,
comme dessiné par Phidias [2] et réuni par un double arc

---

1. Dans le manuscrit, Balzac s'attachait à dire le privilège de
l'amoureux, seul capable de déchiffrer l'inexprimable : *Le portrait de
cette femme est un de ceux où l'âme est tout, dont les traits, quelque
bien rendus qu'ils puissent être, ne sont rien sans l'expression que
leur donne la vie, sans cette vapeur inexprimable qui s'en échappe et
enveloppe la figure d'une auréole visible seulement à l'œil de l'amour.
Quant aux masses principales qui peuvent frapper tout le monde, rien
n'est plus facile à vous dire. Elle avait des cheveux fins et cendrés qui
souvent la faisaient souffrir et plus tard mes études m'apprirent que
ces souffrances étaient produites par la réaction du sang vers la tête*
(f° 11-12). Mais Balzac transforme ce passage au cours de la correction
des épreuves, dans un ajout manuscrit sur un papier collé (A 118,
f° 29). Comme dans le texte publié, Henriette devient irreprésentable.
Même l'amoureux qui voit son rayonnement spirituel ne peut réussir
à le peindre. Henriette laisse entrevoir à Félix un monde intérieur inexprimable et met en échec son art. La problématique de l'irreprésentable, de l'écart entre la vision d'un monde infini et sa représentation
toujours impossible et inadéquate est développée plus amplement par
d'autres récits balzaciens qui portent sur la création, *Le Chef-d'œuvre
inconnu* (1831-1837), *Gambara* (1839), *Massimila Doni* (1839). –
2. Sculpteur grec du ve siècle avant J.-C. Il était en particulier l'auteur
de sculptures qui représentaient Athéna, déesse de la sagesse.

à des lèvres élégamment sinueuses, spiritualisait son
visage de forme ovale, et dont le teint, comparable au
tissu des camélias blancs, se rougissait aux joues par de
jolis tons roses. Son embonpoint ne détruisait ni la grâce
de sa taille, ni la rondeur voulue pour que ses formes
demeurassent belles quoique développées. Vous comprendrez soudain ce genre de perfection, lorsque vous
saurez qu'en s'unissant à l'avant-bras les éblouissants
trésors qui m'avaient fasciné paraissaient ne devoir former aucun pli. Le bas de sa tête n'offrait point ces creux
qui font ressembler la nuque de certaines femmes à des
troncs d'arbres, ses muscles n'y dessinaient point de cordes et partout les lignes s'arrondissaient en flexuosités
désespérantes pour le regard comme pour le pinceau. Un
duvet follet se mourait le long de ses joues, dans les
méplats du col, en y retenant la lumière qui s'y faisait
soyeuse. Ses oreilles petites et bien contournées étaient,
suivant son expression, des oreilles d'esclave et de mère.
Plus tard, quand j'habitai son cœur, elle me disait :
« Voici monsieur de Mortsauf ! » et avait raison, tandis
que je n'entendais rien encore, moi dont l'ouïe possède
une remarquable étendue. Ses bras étaient beaux, sa
main aux doigts recourbés était longue, et, comme dans
les statues antiques, la chair dépassait ses ongles à fines
côtes. Je vous déplairais en donnant aux tailles plates
l'avantage sur les tailles rondes, si vous n'étiez pas une
exception. La taille ronde est un signe de force, mais les
femmes ainsi construites sont impérieuses, volontaires,
plus voluptueuses que tendres. Au contraire, les femmes
à taille plate sont dévouées, pleines de finesse, enclines
à la mélancolie ; elles sont mieux femmes que les autres.
La taille plate est souple et molle, la taille ronde est
inflexible et jalouse. Vous savez maintenant comment
elle était faite. Elle avait le pied d'une femme comme il
faut, ce pied qui marche peu, se fatigue promptement et
réjouit la vue quand il dépasse la robe. Quoiqu'elle fût
mère de deux enfants, je n'ai jamais rencontré dans son

sexe personne de plus jeune fille qu'elle. Son air exprimait une simplesse, jointe à je ne sais quoi d'interdit et
de songeur qui ramenait à elle comme le peintre nous
ramène à la figure où son génie a traduit un monde de
sentiments. Ses qualités visibles ne peuvent d'ailleurs
s'exprimer que par des comparaisons. Rappelez-vous le
parfum chaste et sauvage de cette bruyère que nous
avons cueillie en revenant de la villa Diodati[1], cette fleur
dont vous avez tant loué le noir et le rose, vous devinerez comment cette femme pouvait être élégante loin du
monde, naturelle dans ses expressions, recherchée dans
les choses qui devenaient siennes, à la fois rose et noire.
Son corps avait la verdeur que nous admirons dans les
feuilles nouvellement dépliées, son esprit avait la profonde concision du sauvage ; elle était enfant par le sentiment, grave par la souffrance, châtelaine et bachelette[2].
Aussi plaisait-elle sans artifice, par sa manière de s'asseoir, de se lever, de se taire ou de jeter un mot. Habituellement recueillie, attentive comme la sentinelle sur
qui repose le salut de tous et qui épie le malheur, il lui
échappait parfois des sourires qui trahissaient en elle un
naturel rieur enseveli sous le maintien exigé par sa vie.
Sa coquetterie était devenue du mystère, elle faisait rêver
au lieu d'inspirer l'attention galante que sollicitent les
femmes, et laissait apercevoir sa première nature de
flamme vive, ses premiers rêves bleus, comme on voit
le ciel par des éclaircies de nuages. Cette révélation
involontaire rendait pensifs ceux qui ne se sentaient pas
une larme intérieure séchée par le feu des désirs. La
rareté de ses gestes, et surtout celle de ses regards
(excepté ses enfants, elle ne regardait personne) donnaient une incroyable solennité à ce qu'elle faisait ou

---

1. Située sur le lac Léman, près de Genève, elle fut habitée par
Byron. Balzac l'avait visitée en 1832 avec Mme de Castries et en
1834 avec Mme Hanska. – 2. Mot ancien pour désigner une jeune fille
gracieuse (Boiste, *Dictionnaire de la langue française*, 1823).

disait, quand elle faisait ou disait une chose avec cet air que savent prendre les femmes au moment où elles compromettent leur dignité par un aveu. Ce jour-là madame de Mortsauf avait une robe rose à mille raies, une collerette à large ourlet, une ceinture noire et des brodequins de cette même couleur. Ses cheveux simplement tordus sur sa tête étaient retenus par un peigne d'écaille. Telle est l'imparfaite esquisse promise. Mais la constante émanation de son âme sur les siens, cette essence nourrissante épandue à flots comme le soleil émet sa lumière ; mais sa nature intime, son attitude aux heures sereines, sa résignation aux heures nuageuses ; tous ces tournoiements de la vie où le caractère se déploie, tiennent comme les effets du ciel à des circonstances inattendues et fugitives qui ne se ressemblent entre elles que par le fond d'où elles détachent, et dont la peinture sera nécessairement mêlée aux événements de cette histoire ; véritable épopée domestique, aussi grande aux yeux du sage que le sont les tragédies aux yeux de la foule, et dont le récit vous attachera autant pour la part que j'y ai prise, que par sa similitude avec un grand nombre de destinées féminines.

Tout à Clochegourde portait le cachet d'une propreté vraiment anglaise. Le salon où restait la comtesse était entièrement boisé, peint en gris de deux nuances. La cheminée avait pour ornement une pendule contenue dans un bloc d'acajou surmonté d'une coupe, et deux grands vases en porcelaine blanche à filets d'or, d'où s'élevaient des bruyères du Cap[1]. Une lampe était sur la console. Il y avait un trictrac[2] en face de la cheminée. Deux larges embrasses en coton retenaient les rideaux de percale blanche, sans franges. Des housses grises,

---

1. Cette fleur qui venait d'être introduite en Europe était rare. — 2. Jeu très ancien, dont les règles furent fixées au XVIᵉ siècle. Il se jouait à deux ou à trois, avec des dames, un cornet à dés, sur un tableau divisé en deux compartiments de six cases.

bordées d'un galon vert, recouvraient les sièges, et la
tapisserie tendue sur le métier de la comtesse disait assez
pourquoi son meuble était ainsi caché. Cette simplicité
arrivait à la grandeur. Aucun appartement, parmi ceux
que j'ai vus depuis, ne m'a causé des impressions aussi
fertiles, aussi touffues que celles dont j'étais saisi dans
ce salon de Clochegourde, calme et recueilli comme la
vie de la comtesse, et où l'on devinait la régularité con-
ventuelle de ses occupations. La plupart de mes idées,
et même les plus audacieuses en science ou en politique,
sont nées là, comme les parfums émanent des fleurs ;
mais là verdoyait la plante inconnue qui jeta sur mon
âme sa féconde poussière, là brillait la chaleur solaire
qui développa mes bonnes et dessécha mes mauvaises
qualités. De la fenêtre, l'œil embrassait la vallée depuis
la colline où s'étale Pont-de-Ruan, jusqu'au château
d'Azay, en suivant les sinuosités de la côte opposée que
varient les tours de Frapesle, puis l'église, le bourg et le
vieux manoir de Saché dont les masses dominent la prairie. En harmonie avec cette vie reposée et sans autres
émotions que celles données par la famille, ces lieux
communiquaient à l'âme leur sérénité. Si je l'avais rencontrée là pour la première fois, entre le comte et ses
deux enfants, au lieu de la trouver splendide dans sa
robe de bal, je ne lui aurais pas ravi ce délirant baiser
dont j'eus alors des remords en croyant qu'il détruirait
l'avenir de mon amour ! Non, dans les noires dispositions où me mettait le malheur, j'aurais plié le genou,
j'aurais baisé ses brodequins, j'y aurais laissé quelques
larmes, et je serais allé me jeter dans l'Indre. Mais après
avoir effleuré le frais jasmin de sa peau et bu le lait de
cette coupe pleine d'amour, j'avais dans l'âme le goût
et l'espérance de voluptés surhumaines ; je voulais vivre
et attendre l'heure du plaisir comme le sauvage épie
l'heure de la vengeance ; je voulais me suspendre aux
arbres, ramper dans les vignes, me tapir dans l'Indre ; je
voulais avoir pour complices le silence de la nuit, la

lassitude de la vie, la chaleur du soleil, afin d'achever
la pomme délicieuse où j'avais déjà mordu. M'eût-elle
demandé la fleur qui chante [1] ou les richesses enfouies
par les compagnons de Morgan l'exterminateur [2], je les
lui aurais apportées afin d'obtenir les richesses certaines
et la fleur muette que je souhaitais ! Quand cessa le rêve
où m'avait plongé la longue contemplation de mon
idole, et pendant lequel un domestique vint et lui parla,
je l'entendis causant du comte. Je pensai seulement alors
qu'une femme devait appartenir à son mari. Cette pensée
me donna des vertiges. Puis j'eus une rageuse et sombre
curiosité de voir le possesseur de ce trésor. Deux sentiments me dominèrent, la haine et la peur ; une haine qui
ne connaissait aucun obstacle et les mesurait tous sans
les craindre ; une peur vague, mais réelle du combat,
de son issue, et d'ELLE surtout. En proie à d'indicibles
pressentiments, je redoutais ces poignées de main qui
déshonorent, j'entrevoyais déjà ces difficultés élastiques
où se heurtent les plus rudes volontés et où elles

---

1. Il s'agit de la mandragore. Cette fleur des bords de la Méditerra-
née se voit attribuer très tôt des pouvoirs magiques. Dès l'Antiquité,
elle est surnommée « plante de Circé ». Selon les croyances du Moyen
Age, elle naissait du sperme d'un pendu et on croyait qu'elle pouvait
exaucer tous les désirs. Mais on disait aussi que lorsqu'on l'arrachait,
elle poussait des lamentations si déchirantes que les hommes en per-
daient la raison. Dans *La Fée aux miettes* de Nodier (1832), Michel
cherche dans son délire une mandragore qui chante. Elle pourrait rendre la jeunesse à son épouse, une mendiante qu'il prend pour la reine
de Saba. Dans *Séraphita*, Balzac fait dire à son personnage : « Je sais
où croît la fleur qui chante, où rayonne la lumière qui parle, où brillent
et vivent les couleurs qui embaument ; j'ai l'anneau de Salomon, je
suis une fée [...] » (*CH*, XI, p. 806). – **2.** Flibustier anglais (1635-
1688) qui lutta contre les Espagnols. La paix signée entre les deux
pays, il vécut paisiblement de ses rapines et devint gouverneur de la
Jamaïque. Mais le surnom *l'Exterminateur* est celui du flibustier Monbars (*cf.* Michaud, *Biographie universelle*). Le roman de J.-B. Picque-
nard, *Monbars l'Exterminateur, ou le dernier des flibustiers* (1807),
raconte qu'il avait caché ses richesses dans une caverne de Saint-
Domingue. Balzac a combiné les deux personnages.

s'émoussent ; je craignais cette force d'inertie qui dépouille aujourd'hui la vie sociale des dénoûments que recherchent les âmes passionnées.

— Voici monsieur de Mortsauf, dit-elle.

Je me dressai sur mes jambes comme un cheval effrayé. Quoique ce mouvement n'échappât ni à monsieur de Chessel ni à la comtesse, il ne me valut aucune observation muette, car il y eut une diversion faite par une jeune fille à qui je donnai six ans, et qui entra disant : — Voilà mon père.

— Eh ! bien, Madeleine ? fit sa mère.

L'enfant tendit à monsieur de Chessel la main qu'il demandait, et me regarda fort attentivement après m'avoir adressé son petit salut plein d'étonnement.

— Êtes-vous contente de sa santé ? dit monsieur de Chessel à la comtesse.

— Elle va mieux, répondit-elle en caressant la chevelure de la petite déjà blottie dans son giron.

Une interrogation de monsieur de Chessel m'apprit que Madeleine avait neuf ans ; je marquai quelque surprise de mon erreur, et mon étonnement amassa des nuages sur le front de la mère. Mon introducteur me jeta l'un de ces regards significatifs par lesquels les gens du monde nous font une seconde éducation. Là, sans doute était une blessure maternelle dont l'appareil devait être respecté. Enfant malingre dont les yeux étaient pâles, dont la peau était blanche comme une porcelaine éclairée par une lueur, Madeleine n'aurait sans doute pas vécu dans l'atmosphère d'une ville. L'air de la campagne, les soins de sa mère qui semblait la couver, entretenaient la vie dans ce corps aussi délicat que l'est une plante venue en serre malgré les rigueurs d'un climat étranger. Quoiqu'elle ne rappelât en rien sa mère, Madeleine paraissait en avoir l'âme, et cette âme la soutenait. Ses cheveux rares et noirs, ses yeux caves, ses joues creuses, ses bras amaigris, sa poitrine étroite annonçaient un débat entre la vie et la mort, duel sans trêve où jus-

qu'alors la comtesse était victorieuse. Elle se faisait
vive, sans doute pour éviter des chagrins à sa mère ;
car, en certains moments où elle ne s'observait plus, elle
prenait l'attitude d'un saule-pleureur. Vous eussiez dit
d'une petite Bohémienne souffrant la faim, venue de son
pays en mendiant, épuisée, mais courageuse et parée
pour son public.

— Où donc avez-vous laissé Jacques ? lui demanda
sa mère en la baisant sur la raie blanche qui partageait
ses cheveux en deux bandeaux semblables aux ailes d'un
corbeau.

— Il vient avec mon père.

En ce moment le comte entra suivi de son fils qu'il
tenait par la main. Jacques, vrai portrait de sa sœur,
offrait les mêmes symptômes de faiblesse. En voyant ces
deux enfants frêles aux côtés d'une mère si magnifiquement belle, il était impossible de ne pas deviner les sources du chagrin qui attendrissait les tempes de la
comtesse et lui faisait taire une de ces pensées qui n'ont
que Dieu pour confident, mais qui donnent au front de
terribles signifiances[1]. En me saluant, monsieur de
Mortsauf me jeta le coup d'œil moins observateur que
maladroitement inquiet d'un homme dont la défiance
provient de son peu d'habitude à manier l'analyse. Après
l'avoir mis au courant et m'avoir nommé, sa femme lui
céda sa place, et nous quitta. Les enfants dont les yeux

---

1. Ce mot figure dans le *Dictionnaire universel du français et du
latin* de Trévoux (1771) et dans le *Dictionnaire de la langue française*
de Boiste avec le sens de « témoignage ». Dans la deuxième moitié du
XIXᵉ siècle, ce mot ne sera plus employé que dans la langue populaire
pour désigner un indice et une marque (Littré, *Dictionnaire de la langue française*, 1863-1872). Balzac, quant à lui, l'utilise en lui donnant
un sens qui n'est attesté par aucun dictionnaire de l'époque, celui de
« signification ». Les suffixes « -ance » ou « -issant » (nous trouverons
plus loin « compatissance ») ont une tonalité archaïsante à une époque
où le regain d'intérêt pour le Moyen Age donne naissance à une véritable mode et au style troubadour.

s'attachaient à ceux de leur mère, comme s'ils en tiraient leur lumière, voulurent l'accompagner, elle leur dit :
— Restez, chers anges ! et mit son doigt sur ses lèvres. Ils obéirent, mais leurs regards se voilèrent. Ah ! pour s'entendre dire ce mot *chers*, quelles tâches n'aurait-on pas entreprises ? Comme les enfants, j'eus moins chaud quand elle ne fut plus là. Mon nom changea les dispositions du comte à mon égard. De froid et sourcilleux il devint, sinon affectueux, du moins poliment empressé, me donna des marques de considération et parut heureux de me recevoir. Jadis mon père s'était dévoué pour nos maîtres à jouer un rôle grand mais obscur, dangereux mais qui pouvait être efficace. Quand tout fut perdu par l'accès de Napoléon au sommet des affaires, comme beaucoup de conspirateurs secrets, il s'était réfugié dans les douceurs de la province et de la vie privée, en acceptant des accusations aussi dures qu'imméritées ; salaire inévitable des joueurs qui jouent le tout pour le tout, et succombent après avoir servi de pivot à la machine politique. Ne sachant rien de la fortune, rien des antécédents ni de l'avenir de ma famille, j'ignorais également les particularités de cette destinée perdue dont se souvenait le comte de Mortsauf. Cependant, si l'antiquité du nom, la plus précieuse qualité d'un homme à ses yeux, pouvait justifier l'accueil qui me rendit confus, je n'en appris la raison véritable que plus tard. Pour le moment, cette transition subite me mit à l'aise. Quand les deux enfants virent la conversation reprise entre nous trois, Madeleine dégagea sa tête des mains de son père, regarda la porte ouverte, se glissa dehors comme une anguille, et Jacques la suivit. Tous deux rejoignirent leur mère, car j'entendis leurs voix et leurs mouvements, semblables, dans le lointain, aux bourdonnements des abeilles autour de la ruche aimée.

Je contemplai le comte en tâchant de deviner son caractère, mais je fus assez intéressé par quelques traits principaux pour en rester à l'examen superficiel de sa

physionomie. Agé seulement de quarante-cinq ans, il
paraissait approcher de la soixantaine, tant il avait
promptement vieilli dans le grand naufrage qui termina
le dix-huitième siècle. La demi-couronne, qui ceignait
monastiquement l'arrière de sa tête dégarnie de cheveux,
venait mourir aux oreilles en caressant les tempes par
des touffes grises mélangées de noir. Son visage ressemblait vaguement à celui d'un loup blanc qui a du sang
au museau, car son nez était enflammé comme celui
d'un homme dont la vie est altérée dans ses principes,
dont l'estomac est affaibli, dont les humeurs sont viciées
par d'anciennes maladies [1]. Son front plat, trop large
pour sa figure qui finissait en pointe, ridé transversale-
ment par marches inégales, annonçait les habitudes de la
vie en plein air et non les fatigues de l'esprit, le poids
d'une constante infortune et non les efforts faits pour la
dominer. Ses pommettes, saillantes et brunes au milieu
des tons blafards de son teint, indiquaient une charpente
assez forte pour lui assurer une longue vie. Son œil clair,
jaune et dur tombait sur vous comme un rayon du soleil
en hiver, lumineux sans chaleur, inquiet sans pensée,
défiant sans objet. Sa bouche était violente et impérieuse, son menton était droit et long. Maigre et de haute
taille, il avait l'attitude d'un gentilhomme appuyé sur
une valeur de convention, qui se sait au-dessus des
autres par le droit, au-dessous par le fait. Le laissez-aller
de la campagne lui avait fait négliger son extérieur. Son
habillement était celui du campagnard en qui les paysans
aussi bien que les voisins ne considèrent plus que la
fortune territoriale. Ses mains brunies et nerveuses attes-
taient qu'il ne mettait de gants que pour monter à cheval
ou le dimanche pour aller à la messe. Sa chaussure était
grossière. Quoique les dix années d'émigration et les dix
années de l'agriculteur eussent influé sur son physique,

---

1. C'est déjà par cet euphémisme que dans *Le Père Goriot*, Balzac
désignait les maladies vénériennes.

il subsistait en lui des vestiges de noblesse. Le libéral le plus haineux, mot qui n'était pas encore monnayé[1], aurait facilement reconnu chez lui la loyauté chevaleresque, les convictions immarcessibles[2] du lecteur à jamais acquis à la QUOTIDIENNE[3]. Il eût admiré l'homme religieux, passionné pour sa cause, franc dans ses antipathies politiques, incapable de servir personnellement son parti, très-capable de le perdre, et sans connaissance des choses en France. Le comte était en effet un de ces hommes droits qui ne se prêtent à rien et barrent opiniâtrement tout, bons à mourir l'arme au bras dans le poste qui leur serait assigné, mais assez avares pour donner leur vie avant de donner leurs écus. Pendant le dîner je remarquai, dans la dépression de ses joues flétries et dans certains regards jetés à la dérobée sur ses enfants, les traces de pensées importunes dont les élancements expiraient à la surface. En le voyant, qui ne l'eût compris ? Qui ne l'aurait accusé d'avoir fatalement transmis à ses enfants ces corps auxquels manquait la vie ? S'il se condamnait lui-même, il déniait aux autres le droit de le juger. Amer comme un pouvoir qui se sait fautif, mais n'ayant pas assez de grandeur ou de charme pour compenser la somme de douleur qu'il avait jetée dans la balance, sa vie intime devait offrir les aspérités que dénonçaient en lui ses traits anguleux et ses yeux incessamment inquiets. Quand sa femme rentra, suivie des deux enfants attachés à ses flancs, je soupçonnai donc

---

1. C'est la révolution de Juillet et la monarchie de Louis-Philippe qui favoriseront les libéraux. Cette remarque renvoie donc à l'époque de la rédaction du roman. Par contre, le narrateur, le pair de France qu'est Félix, écrit à Natalie sous la Restauration. Dans la *Revue de Paris* et l'édition Werdet (1836), Balzac avait daté l'envoi de Félix du 8 août 1827. – **2.** L'orthographe courante est « immarcescible » : qui ne peut se flétrir. – **3.** Ce journal ultra-royaliste fondé pendant la Révolution dut suspendre à plusieurs reprises sa publication qui fut interrompue sous le régime napoléonien. Le journal reparut à partir du 1er juin 1814.

un malheur, comme lorsqu'en marchant sur les voûtes
d'une cave les pieds ont en quelque sorte la conscience
de la profondeur. En voyant ces quatre personnes réunies, en les embrassant de mes regards, allant de l'une
à l'autre, étudiant leurs physionomies et leurs attitudes
respectives, des pensées trempées de mélancolie tombèrent sur mon cœur comme une pluie fine et grise
embrume un joli pays après quelque beau lever de soleil.
Lorsque le sujet de la conversation fut épuisé, le comte
me mit encore en scène au détriment de monsieur de
Chessel, en apprenant à sa femme plusieurs circonstances concernant ma famille et qui m'étaient inconnues. Il
me demanda mon âge. Quand je l'eus dit, la comtesse
me rendit mon mouvement de surprise à propos de sa
fille. Peut-être me donnait-elle quatorze ans. Ce fut,
comme je le sus depuis, le second lien qui l'attacha si
fortement à moi. Je lus dans son âme. Sa maternité tressaillit, éclairée par un tardif rayon de soleil que lui jetait
l'espérance. En me voyant, à vingt ans passés, si malingre, si délicat et néanmoins si nerveux, une voix lui cria
peut-être : — *Ils vivront !* Elle me regarda curieusement,
et je sentis qu'en ce moment il se fondait bien des glaces
entre nous. Elle parut avoir mille questions à me faire et
les garda toutes.

— Si l'étude vous a rendu malade, dit-elle, l'air de
notre vallée vous remettra.

— L'éducation moderne est fatale aux enfants, reprit
le comte. Nous les bourrons de mathématiques, nous les
tuons à coups de science, et les usons avant le temps. Il
faut vous reposer ici, me dit-il, vous êtes écrasé sous
l'avalanche d'idées qui a roulé sur vous. Quel siècle
nous prépare cet enseignement mis à la portée de tous,
si l'on ne prévient le mal en rendant l'instruction publique aux corporations religieuses !

Ces paroles annonçaient bien le mot qu'il dit un jour
aux élections en refusant sa voix à un homme dont les
talents pouvaient servir la cause royaliste : — Je me

défierai toujours des gens d'esprit, répondit-il à l'entre-
metteur des voix électorales. Il nous proposa de faire le
tour de ses jardins, et se leva.

— Monsieur... lui dit la comtesse.

— Eh ! bien, ma chère ?... répondit-il en se retournant
avec une brusquerie hautaine qui dénotait combien il
voulait être absolu chez lui, mais combien alors il l'était
peu.

— Monsieur est venu de Tours à pied, monsieur de
Chessel n'en savait rien, et l'a promené dans Frapesle.

— Vous avez fait une imprudence, me dit-il, quoique
à votre âge !... Et il hocha la tête en signe de regret.

La conversation fut reprise. Je ne tardai pas à reconnaître combien son royalisme était intraitable, et de combien de ménagements il fallait user pour demeurer sans
choc dans ses eaux. Le domestique, qui avait promptement mis une livrée, annonça le dîner. Monsieur de
Chessel présenta son bras à madame de Mortsauf, et le
comte saisit gaiement le mien pour passer dans la salle
à manger, qui, dans l'ordonnance du rez-de-chaussée,
formait le pendant du salon.

Carrelée en carreaux blancs fabriqués en Touraine, et
boisée à hauteur d'appui, la salle à manger était tendue
d'un papier verni qui figurait de grands panneaux encadrés de fleurs et de fruits ; les fenêtres avaient des
rideaux de percale ornés de galons rouges ; les buffets
étaient de vieux meubles de Boulle [1], et le bois des chai-
ses, garnies en tapisserie faite à la main, était de chêne
sculpté. Abondamment servie, la table n'offrit rien de

---

1. Ébéniste du XVIIIᵉ siècle, célèbre pour ses meubles de bois différents incrustés de métaux. Balzac qui les admirait en avait déjà placé
dans l'appartement de l'abbé Chapeloud, dans *Le Curé de Tours*
(1832). Ce mobilier de bon goût et précieux paraît trancher sur la
simplicité du manoir de Clochegourde. En fait, il s'agit d'un mobilier
de famille qui est un souvenir de l'Ancien Régime. Il joue le rôle de
vestige. Il en est de même pour l'argenterie dépareillée ou la porcelaine
de Saxe, deux autres héritages du passé.

luxueux : de l'argenterie de famille sans unité de forme,
de la porcelaine de Saxe qui n'était pas encore redeve-
nue à la mode, des carafes octogones, des couteaux à
manche en agate, puis sous les bouteilles des ronds en
laque de la Chine ; mais des fleurs dans des seaux vernis
et dorés sur leurs découpures à dents de loup. J'aimai
ces vieilleries, je trouvai le papier Réveillon [1] et ses bor-
dures de fleurs superbes. Le contentement qui enflait
toutes mes voiles m'empêcha de voir les inextricables
difficultés mises entre elle et moi par la vie si cohérente
de la solitude et de la campagne. J'étais près d'elle, à sa
droite, je lui servais à boire. Oui, bonheur inespéré ! je
frôlais sa robe, je mangeais son pain. Au bout de trois
heures, ma vie se mêlait à sa vie ! Enfin nous étions liés
par ce terrible baiser, espèce de secret qui nous inspirait
une honte mutuelle. Je fus d'une lâcheté glorieuse : je
m'étudiais à plaire au comte, qui se prêtait à toutes mes
courtisaneries ; j'aurais caressé le chien, j'aurais fait la
cour aux moindres désirs des enfants ; je leur aurais
apporté des cerceaux, des billes d'agate ; je leur aurais
servi de cheval ; je leur en voulais de ne pas s'emparer
déjà de moi comme d'une chose à eux. L'amour a ses
intuitions comme le génie a les siennes, et je voyais con-
fusément que la violence, la maussaderie, l'hostilité rui-
neraient mes espérances. Le dîner se passa tout en joies
intérieures pour moi. En me voyant chez elle, je ne pouvais songer ni à sa froideur réelle, ni à l'indifférence que
couvrit la politesse du comte. L'amour a, comme la vie,
une puberté pendant laquelle il se suffit à lui-même. Je
fis quelques réponses gauches en harmonie avec les
secrets tumultes de la passion, mais que personne ne
pouvait deviner, pas même *elle*, qui ne savait rien de
l'amour. Le reste du temps fut comme un rêve. Ce beau
rêve cessa quand, au clair de la lune et par un soir chaud

---

1. Ce papier datait de l'Ancien Régime car la manufacture de
Réveillon avait été pillée en avril 1789 par les émeutiers.

et parfumé, je traversai l'Indre au milieu des blanches fantaisies [1] qui décoraient les prés, les rives, les collines ; en entendant le chant clair, la note unique, pleine de mélancolie que jette incessamment par temps égaux une rainette dont j'ignore le nom scientifique, mais que depuis ce jour solennel je n'écoute pas sans des délices indéfinies. Je reconnus un peu tard là, comme ailleurs, cette insensibilité de marbre contre laquelle s'étaient jusqu'alors émoussés mes sentiments ; je me demandai s'il en serait toujours ainsi ; je crus être sous une fatale influence ; les sinistres événements du passé se débattirent avec les plaisirs purement personnels que j'avais goûtés. Avant de regagner Frapesle, je regardai Clochegourde et vis au bas une barque, nommée en Touraine une *toue* [2], attachée à un frêne, et que l'eau balançait. Cette toue appartenait à monsieur de Mortsauf, qui s'en servait pour pêcher.

— Eh ! bien, me dit monsieur de Chessel quand nous fûmes sans danger d'être écoutés, je n'ai pas besoin de vous demander si vous avez retrouvé vos belles épaules ; il faut vous féliciter de l'accueil que vous a fait monsieur de Mortsauf ! Diantre, vous êtes du premier coup au cœur de la place.

Cette phrase, suivie de celle dont je vous ai parlé, ranima mon cœur abattu. Je n'avais pas dit un mot depuis Clochegourde, et monsieur de Chessel attribuait mon silence à mon bonheur.

---

1. « Fantaisie se dit aussi, surtout en termes de peinture et de musique, des ouvrages où l'on suit plutôt les caprices de son imagination que les règles de l'art [...]. *Des arabesques* entremêlées de figures d'hommes et d'animaux sont des fantaisies » (*Dictionnaire de l'Académie*, 1835). – 2. « Bateau commun sur les rivières et principalement sur la Loire » (Jean-Charles Thibault de Laveaux, *Dictionnaire de l'Académie* de 1802). Ce mot, parfois considéré comme un régionalisme, n'apparaît pas toujours dans les dictionnaires de la première moitié du siècle. Dans la deuxième moitié du siècle, sa signification évoluera. Dans le *Dictionnaire* de Littré, la toue est non plus un bateau mais un bac.

— Comment ! répondis-je avec un ton d'ironie qui pouvait aussi bien paraître dicté par la passion contenue.

— Il n'a jamais si bien reçu qui que ce soit.

— Je vous avoue que je suis moi-même étonné de cette réception, lui dis-je en sentant l'amertume intérieure que me dévoilait ce dernier mot.

Quoique je fusse trop inexpert des choses mondaines pour comprendre la cause du sentiment qu'éprouvait monsieur de Chessel, je fus néanmoins frappé de l'expression par laquelle il le trahissait. Mon hôte avait l'infirmité de s'appeler Durand, et se donnait le ridicule de renier le nom de son père, illustre fabricant, qui pendant la révolution avait fait une immense fortune. Sa femme était l'unique héritière des Chessel, vieille famille parlementaire, bourgeoise sous Henri IV, comme celle de la plupart des magistrats parisiens. En ambitieux de haute portée, monsieur de Chessel voulut tuer son Durand originel pour arriver aux destinées qu'il rêvait. Il s'appela d'abord Durand de Chessel, puis D. de Chessel ; il était alors monsieur de Chessel[1]. Sous la Restauration, il établit un majorat[2] au titre de comte, en vertu de lettres octroyées par Louis XVIII. Ses enfants recueilleront les fruits de son courage sans en connaître la grandeur. Un mot de certain prince caustique a souvent pesé sur sa tête. — Monsieur de Chessel se montre généralement peu en Durant, dit-il. Cette phrase a longtemps régalé la

---

1. Dans *Oberman* de Senancour (1804), Chessel est le nom du domaine de l'ami du héros. M. de Chessel n'apparaît dans aucun autre roman de Balzac. – 2. Dans *La Fleur des pois* (*Le Contrat de mariage*), rédigé à la même époque, Balzac définit ainsi le majorat : « Fortune inaliénable, prélevée sur celle des deux époux, et constituée au profit de l'aîné de la maison, à chaque génération, sans qu'il soit privé de ses droits au partage égal des autres biens » (III, p. 596). Avant la Révolution, le majorat n'existait que dans quelques provinces. C'est Napoléon qui l'institue en 1806 pour sa noblesse et la Restauration l'adopte (ordonnance du 27 août 1817). Ne laissant à son détenteur qu'une sorte d'usufruit, le majorat inaliénable permettait de conserver le nom et la fortune des grandes familles. Il sera aboli le 12 mai 1835.

Touraine. Les parvenus sont comme les singes desquels ils ont l'adresse : on les voit en hauteur, on admire leur agilité pendant l'escalade ; mais, arrivés à la cime, on n'aperçoit plus que leurs côtés honteux. L'envers de mon hôte s'est composé de petitesses grossies par l'envie. La pairie et lui sont jusqu'à présent deux tangentes impossibles. Avoir une prétention et la justifier est l'impertinence de la force ; mais être au-dessous de ses prétentions avouées constitue un ridicule constant qui devient la pâture des petits esprits. Or, monsieur de Chessel n'a pas eu la marche rectiligne de l'homme fort : deux fois député, deux fois repoussé aux élections ; hier directeur-général [1], aujourd'hui rien, pas même préfet, ses succès ou ses défaites ont gâté son caractère et lui ont donné l'âpreté de l'ambitieux invalide. Quoique galant homme, homme spirituel, et capable de grandes choses, peut-être l'envie qui passionne l'existence en Touraine, où les naturels du pays emploient leur esprit à tout jalouser, lui fut-elle funeste dans les hautes sphères sociales où réussissent peu ces figures crispées par le succès d'autrui, ces lèvres boudeuses, rebelles au compliment et faciles à l'épigramme. En voulant moins, peut-être aurait-il obtenu davantage ; mais malheureusement il avait assez de supériorité pour vouloir marcher toujours debout. En ce moment monsieur de Chessel était au crépuscule [2] de son ambition, le royalisme lui souriait. Peut-être affectait-il les grandes manières, mais il fut parfait pour moi. D'ailleurs il me plut par une raison bien simple, je trouvais chez lui le repos pour la première fois. L'intérêt, faible peut-être, qu'il me témoignait, me parut, à moi malheureux enfant rebuté, une image de l'amour paternel. Les soins de l'hospitalité contrastaient tant avec l'indifférence qui m'avait jus-

---

1. Le directeur-général dirige tous les services d'un ministère ou d'un grand département de ce ministère. C'est une sorte de chef de cabinet. – 2. Il s'agit ici de la lumière qui précède le lever du soleil.

qu'alors accablé, que j'exprimais une reconnaissance
enfantine de vivre sans chaînes et quasiment caressé.
Aussi les maîtres de Frapesle sont-ils si bien mêlés à
l'aurore de mon bonheur que ma pensée les confond
dans les souvenirs où j'aime à revivre. Plus tard, et précisément dans l'affaire des lettres-patentes[1], j'eus le
plaisir de rendre quelques services à mon hôte. Monsieur
de Chessel jouissait de sa fortune avec un faste dont
s'offensaient quelques-uns de ses voisins ; il pouvait
renouveler ses beaux chevaux et ses élégantes voitures ;
sa femme était recherchée dans sa toilette ; il recevait
grandement ; son domestique était plus nombreux que
ne le veulent les habitudes du pays, il tranchait du
prince. La terre de Frapesle est immense. En présence
de son voisin et devant tout ce luxe, le comte de
Mortsauf, réduit au cabriolet de famille, qui en Touraine
tient le milieu entre la patache et la chaise de poste,
obligé par la médiocrité de sa fortune à faire valoir Clochegourde, fut donc Tourangeau jusqu'au jour où les
faveurs royales rendirent à sa famille un éclat peut-être
inespéré. Son accueil au cadet d'une famille ruinée dont
l'écusson date des croisades lui servait à humilier la
haute fortune, à rapetisser les bois, les guérets et les prairies de son voisin, qui n'était pas gentilhomme. Monsieur de Chessel avait bien compris le comte. Aussi se
sont-ils toujours vus poliment, mais sans aucun de ces
rapports journaliers, sans cette agréable intimité qui
aurait dû s'établir entre Clochegourde et Frapesle, deux
domaines séparés par l'Indre, et d'où chacune des châte-
laines pouvait, de sa fenêtre, faire un signe à l'autre.

La jalousie n'était pas la seule raison de la solitude
où vivait le comte de Mortsauf. Sa première éducation
fut celle de la plupart des enfants de grande famille, une
incomplète et superficielle instruction à laquelle sup-

---

1. Lettres royales, scellées du grand sceau, par lesquelles le roi
confirmait la constitution d'un majorat.

pléaient les enseignements du monde, les usages de la cour, l'exercice des grandes charges de la couronne ou des places éminentes. Monsieur de Mortsauf avait émigré précisément à l'époque où commençait sa seconde éducation, elle lui manqua. Il fut de ceux qui crurent au prompt rétablissement de la monarchie en France ; dans cette persuasion, son exil avait été la plus déplorable des oisivetés. Quand se dispersa l'armée de Condé, où son courage le fit inscrire parmi les plus dévoués, il s'attendit à bientôt revenir sous le drapeau blanc, et ne chercha pas, comme quelques émigrés, à se créer une vie industrieuse. Peut-être aussi n'eut-il pas la force d'abdiquer son nom, pour gagner son pain dans les sueurs d'un travail méprisé. Ses espérances toujours appointées au lendemain, et peut-être aussi l'honneur, l'empêchèrent de se mettre au service des puissances étrangères. La souffrance mina son courage. De longues courses entreprises à pied sans nourriture suffisante, sur des espoirs toujours déçus, altérèrent sa santé, découragèrent son âme. Par degrés son dénûment devint extrême. Si pour beaucoup d'hommes la misère est un tonique, il en est d'autres pour qui elle est un dissolvant, et le comte fut de ceux-ci. En pensant à ce pauvre gentilhomme de Touraine allant et couchant par les chemins de la Hongrie, partageant un quartier de mouton avec les bergers du prince Esterhazy [1], auxquels le voyageur demandait le pain que le gentilhomme n'aurait pas accepté du maître, et qu'il refusa maintes fois des mains ennemies de la France, je n'ai jamais senti dans mon cœur de fiel pour l'émigré, même quand je le vis ridicule dans le triomphe. Les cheveux blancs de monsieur de Mortsauf m'avaient dit d'épouvantables douleurs, et je sympathise trop avec les

---

1. Nicolas Esterházy (1765-1833), le plus riche propriétaire foncier de la monarchie austrohongroise, aurait refusé le trône de Hongrie que Napoléon lui proposait. A l'ambassade d'Autriche qu'il fréquentait, Balzac avait pu rencontrer plusieurs Esterházy (*cf. LH,* 12/6/35).

exilés pour pouvoir les juger. La gaieté française et tourangelle succomba chez le comte ; il devint morose,
tomba malade, et fut soigné par charité dans je ne sais
quel hospice allemand. Sa maladie était une inflammation du mésentère, cas souvent mortel, mais dont la gué-
rison entraîne des changements d'humeur, et cause
presque toujours l'hypocondrie [1]. Ses amours, ensevelis
dans le plus profond de son âme, et que moi seul ai
découverts, furent des amours de bas étage, qui n'atta-
quèrent pas seulement sa vie, ils en ruinèrent encore
l'avenir. Après douze ans de misères, il tourna les yeux
vers la France où le décret de Napoléon [2] lui permit de
rentrer. Quand en passant le Rhin le piéton souffrant
aperçut le clocher de Strasbourg par une belle soirée, il
défaillit. — « La France ! France ! Je criai : "Voilà la
France !" me dit-il, comme un enfant crie : Ma mère !
quand il est blessé. » Riche avant de naître, il se trouvait
pauvre ; fait pour commander un régiment ou gouverner
l'État, il était sans autorité, sans avenir ; né sain et
robuste, il revenait infirme et tout usé. Sans instruction
au milieu d'un pays où les hommes et les choses avaient
grandi, nécessairement sans influence possible, il se vit
dépouillé de tout, même de ses forces corporelles et
morales. Son manque de fortune lui rendit son nom
pesant. Ses opinions inébranlables, ses antécédents à
l'armée de Condé, ses chagrins, ses souvenirs, sa santé
perdue, lui donnèrent une susceptibilité de nature à être

---

1. *Cf.* Moïse Le Yaouanc, *Nosographie de l'humanité balzacienne.*
Pour donner cette définition, Balzac a probablement consulté le *Traité
des maladies nerveuses ou vapeurs, et particulièrement de l'hystérie
et de l'hypocondrie* (1816) de Jean-Baptiste Louyer-Villermay, qui a
fait longtemps autorité, et son article « Hypocondrie » du *Dictionnaire
des sciences médicales*. Lié avec le Dr Nacquart, ce médecin mentionne les maladies vénériennes parmi les causes de l'hypocondrie.
– **2.** Balzac fait sans doute allusion au sénatus-consulte d'avril 1802
autorisant les émigrés à rentrer en France, à l'exception des chefs qui
ont accepté un grade dans les armées étrangères.

peu ménagée en France, le pays des railleries. A demi
mourant, il atteignit le Maine, où, par un hasard dû peut-
être à la guerre civile, le gouvernement révolutionnaire
avait oublié de faire vendre une ferme considérable en
étendue, et que son fermier lui conservait en laissant
croire qu'il en était le propriétaire. Quand la famille de
Lenoncourt, qui habitait Givry, château situé près de
cette ferme, sut l'arrivée du comte de Mortsauf, le duc
Lenoncourt alla lui proposer de demeurer à Givry pendant le temps nécessaire pour s'arranger une habitation.
La famille Lenoncourt fut noblement généreuse envers
le comte, qui se répara là durant plusieurs mois de
séjour, et fit des efforts pour cacher ses douleurs pendant
cette première halte. Les Lenoncourt avaient perdu leurs
immenses biens. Par le nom, monsieur de Mortsauf était
un parti sortable pour leur fille. Loin de s'opposer à son
mariage avec un homme âgé de trente-cinq ans, maladif
et vieilli, mademoiselle de Lenoncourt en parut heureuse. Un mariage lui acquérait le droit de vivre avec sa
tante, la duchesse de Verneuil[1], sœur du prince de Blamont-Chauvry, qui pour elle était une mère d'adoption.

Amie intime de la duchesse de Bourbon[2], madame de
Verneuil faisait partie d'une société sainte dont l'âme
était monsieur Saint-Martin, né en Touraine, et sur-
nommé le *Philosophe Inconnu*[3]. Les disciples de ce philosophe pratiquaient les vertus conseillées par les hautes

---

1. Le nom de cette famille apparaît dans *Les Chouans* (1829). L'héroïne est une demoiselle de Verneuil (Marie-Nathalie) qui meurt avec
le marquis de Montauran. Le nom de Verneuil est historique. Henriette
de Balzac d'Entragues, maîtresse d'Henri IV, était marquise de Verneuil. Avant l'édition Furne, la tante d'Henriette se nommait d'Uxelles.
– 2. Louise d'Orléans (1750-1822), sœur de Philippe Égalité, femme
du dernier des Condé, mère du duc d'Enghien. Elle était une disciple
du philosophe mystique, originaire d'Amboise, Louis-Claude de Saint-
Martin (1743-1803). – 3. Louis-Claude de Saint-Martin avait publié
certains de ses ouvrages sous le pseudonyme de « Philosophe
inconnu ».

spéculations de l'illuminisme mystique. Cette doctrine
donne la clef des mondes divins, explique l'existence
par des transformations où l'homme s'achemine à de
sublimes destinées[1], libère le devoir de sa dégradation
légale[2], applique aux peines de la vie la douceur inaltérable du quaker[3], et ordonne le mépris de la souffrance[4]
en inspirant je ne sais quoi de maternel pour l'ange que
nous portons au ciel[5]. C'est le stoïcisme ayant un avenir.
La prière active et l'amour pur[6] sont les éléments de
cette foi qui sort du catholicisme de l'Église romaine[7]

---

1. Dans *L'Homme de désir* (1802), Saint-Martin affirme à plusieurs
reprises que la vie doit être une élévation progressive vers la sagesse
des êtres célestes et que notre être pensant aura une brillante destinée
lorsqu'il se sera libéré de sa prison corporelle : « Nature, nature, tu
n'as pas d'autre œuvre à remplir, que d'amener les êtres à l'ordre
sublime dont ils sont déchus » (chant 323). Dans *Tableau naturel des
rapports qui existent entre l'homme et Dieu*, Saint-Martin avait aussi
écrit : « Les actions terrestres, la destinée terrestre sont la matrice de
la destinée de l'au-delà » (Édimbourg, 1782, t. I, p. 124). – 2. Selon
Saint-Martin, l'amour mystique, la prière et la charité sont plus impor-
tants pour guider l'homme que la crainte des sanctions divines. – 3. En
1835, *Chatterton* de Vigny venait de remporter un grand succès au
théâtre. Or cette pièce présente un personnage de quaker qui est
l'image de la bonté évangélique. – 4. Dans *L'Homme de désir*, Saint-
Martin prône le sacrifice de « l'homme de douleur » qui prend le fardeau de ses frères (chant 20). – 5. Balzac condense en fait dans cette
page la pensée de Saint-Martin et celle de Swedenborg qui a élaboré
une théorie des anges. En s'inspirant de résumés de sa doctrine —
Abrégé des ouvrages d'Emmanuel Swedenborg de Daillant de la Touche (1788) et *Abrégé des principaux points de la doctrine de la vraie
religion, d'après les écrits de Swedenborg* de Robert Hindermarsch
(1820) —, Balzac montre dans *Séraphita* que l'ange est une mutation
de l'homme. Le 4 janvier 1835, annonçant à Mme Hanska que Mme de
Berny est au plus mal, Balzac écrit : « A tout moment la mort peut
m'enlever un ange qui a veillé sur moi [...]. » – 6. Saint-Martin
accorde une grande importance à la prière et à l'amour : « L'amour et
la prière de l'homme sont plus forts que sa destinée » (*L'Homme de
désir*, chant 169). – 7. Selon Saint-Martin, l'Église a subi une dégradation à cause de la divulgation de vérités de grande force qui « ne
sauraient jamais s'écrire ». Les empereurs romains qui ont accordé leur
soutien au christianisme et ont fait du prosélytisme en sont responsa-

pour rentrer dans le christianisme de l'Église primitive.
Mademoiselle de Lenoncourt resta néanmoins au sein
de l'Église apostolique, à laquelle sa tante fut toujours
également fidèle. Rudement éprouvée par les tourmentes
révolutionnaires, la duchesse de Verneuil avait pris, dans
les derniers jours de sa vie, une teinte de piété passionnée qui versa dans l'âme de son enfant chéri *la lumière
de l'amour céleste et l'huile de la joie intérieure*[1], pour
employer les expressions mêmes de Saint-Martin. La
comtesse reçut plusieurs fois cet homme de paix et de
vertueux savoir à Clochegourde après la mort de sa
tante, chez laquelle il venait souvent. Saint-Martin sur-
veilla de Clochegourde ses derniers livres imprimés à
Tours chez Letourmy[2]. Inspirée par la sagesse des vieilles femmes qui ont expérimenté les détroits orageux de
la vie, madame de Verneuil donna Clochegourde à la
jeune mariée, pour lui faire un chez elle. Avec la grâce
des vieillards qui est toujours parfaite quand ils sont
gracieux, la duchesse abandonna tout à sa nièce, en se
contentant d'une chambre au-dessus de celle qu'elle
occupait auparavant et que prit la comtesse. Sa mort
presque subite jeta des crêpes sur les joies de cette
union, et imprima d'ineffaçables tristesses sur Clochegourde comme sur l'âme superstitieuse de la mariée. Les
premiers jours de son établissement en Touraine furent
pour la comtesse le seul temps non pas heureux, mais
insoucieux de sa vie.

---

bles. Les incertitudes et les hérésies se sont développées car « les sublimes vérités du Christianisme ne pouvaient bien être connues que d'un
petit nombre de Fidèles [...] » (*Tableau naturel...*, *op. cit.*, II, p. 193).
  1. Expressions employées par Saint-Martin. Dans *L'Homme de
désir*, lumière, amour et sagesse sont associés : la « lumière de l'éternelle sagesse » est « amour, ou Sophie » (chant 6). La lumière qui
remplit l'homme lorsque résonne la parole de Dieu est une « huile de
joie » (chant 43). Cette expression est récurrente dans *L'Homme de
désir* (chants 137 et 301). – **2.** En fait, seules les œuvres posthumes
de Saint-Martin ont été publiées en 1807 chez cet éditeur.

Après les traverses de son séjour à l'étranger, monsieur de Mortsauf, satisfait d'entrevoir un clément avenir, eut comme une convalescence d'âme ; il respira dans cette vallée les enivrantes odeurs d'une espérance fleurie. Forcé de songer à sa fortune, il se jeta dans les préparatifs de son entreprise agronomique et commença par goûter quelque joie ; mais la naissance de Jacques fut un coup de foudre qui ruina le présent et l'avenir : le médecin condamna le nouveau-né. Le comte cacha soigneusement cet arrêt à la mère ; puis, il consulta pour lui-même et reçut de désespérantes réponses que confirma la naissance de Madeleine. Ces deux événements, une sorte de certitude intérieure sur la fatale sentence, augmentèrent les dispositions maladives de l'émigré. Son nom à jamais éteint, une jeune femme pure, irréprochable, malheureuse à ses côtés, vouée aux angoisses de la maternité, sans en avoir les plaisirs ; cet *humus* de son ancienne vie d'où germaient de nouvelles souffrances lui tomba sur le cœur, et paracheva sa destruction. La comtesse devina le passé par le présent et lut dans l'avenir. Quoique rien ne soit plus difficile que de rendre heureux un homme qui se sent fautif, la comtesse tenta cette entreprise digne d'un ange. En un jour, elle devint stoïque. Après être descendue dans l'abîme d'où elle put voir encore le ciel, elle se voua, pour un seul homme, à la mission qu'embrasse la sœur de charité pour tous ; et afin de le réconcilier avec lui-même, elle lui pardonna ce qu'il ne se pardonnait pas. Le comte devint avare, elle accepta les privations imposées ; il avait la crainte d'être trompé, comme l'ont tous ceux qui n'ont connu la vie du monde que pour en rapporter des répugnances, elle resta dans la solitude et se plia sans murmure à ses défiances ; elle employa les ruses de la femme à lui faire vouloir ce qui était bien, il se croyait ainsi des idées et goûtait chez lui les plaisirs de la supériorité qu'il n'aurait eue nulle part. Puis, après s'être avancée dans la voie du mariage, elle se résolut à ne jamais sortir de Cloche-

gourde, en reconnaissant chez le comte une âme hystéri-
que dont les écarts pouvaient, dans un pays de malice et
de commérage, nuire à ses enfants. Aussi, personne ne
soupçonnait-il l'incapacité réelle de monsieur de
Mortsauf, elle avait paré ses ruines d'un épais manteau
de lierre. Le caractère variable, non pas mécontent, mais
mal content du comte, rencontra donc chez sa femme
une terre douce et facile où il s'étendit en y sentant ses
secrètes douleurs amollies par la fraîcheur des baumes.

Cet historique est la plus simple expression des discours arrachés à monsieur de Chessel par un secret dépit.
Sa connaissance du monde lui avait fait entrevoir quelques-uns des mystères ensevelis à Clochegourde. Mais
si, par sa sublime attitude, madame de Mortsauf trompait
le monde, elle ne put tromper les sens intelligents de
l'amour. Quand je me trouvai dans ma petite chambre,
la prescience de la vérité me fit bondir dans mon lit, je
ne supportai pas d'être à Frapesle lorsque je pouvais voir
les fenêtres de sa chambre ; je m'habillai, descendis à
pas de loup, et sortis du château par la porte d'une tour
où se trouvait un escalier en colimaçon. Le froid de la
nuit me rasséréna. Je passai l'Indre sur le pont du moulin
Rouge, et j'arrivai dans la bienheureuse toue en face de
Clochegourde où brillait une lumière à la dernière fenêtre du côté d'Azay. Je retrouvai mes anciennes contemplations, mais paisibles, mais entremêlées par les
roulades du chantre des nuits amoureuses, et par la note
unique du rossignol des eaux. Il s'éveillait en moi des
idées qui glissaient comme des fantômes en enlevant les
crêpes qui jusqu'alors m'avaient dérobé mon bel avenir.
L'âme et les sens étaient également charmés. Avec
quelle violence mes désirs montèrent jusqu'à elle ! Combien de fois je me dis comme un insensé son refrain :
— L'aurai-je ? Si durant les jours précédents l'univers
s'était agrandi pour moi, dans une seule nuit il eut un
centre. A elle, se rattachèrent mes vouloirs et mes ambitions, je souhaitai d'être tout pour elle, afin de refaire et

de remplir son cœur déchiré. Belle fut cette nuit passée
sous ses fenêtres, au milieu du murmure des eaux passant à travers les vannes des moulins, et entrecoupé par
la voix des heures sonnées au clocher de Saché ! Pendant
cette nuit baignée de lumière où cette fleur sidérale
m'éclaira la vie[1], je lui fiançai mon âme avec la foi du
pauvre chevalier castillan de qui nous nous moquons
dans Cervantès[2], et par laquelle nous commençons
l'amour. A la première lueur dans le ciel, au premier cri
d'oiseau, je me sauvai dans le parc de Frapesle ; je ne
fus aperçu par aucun homme de la campagne, personne
ne soupçonna mon escapade, et je dormis jusqu'au
moment où la cloche annonça le déjeuner. Malgré la chaleur, après le déjeuner, je descendis dans la prairie afin
d'aller revoir l'Indre et ses îles, la vallée et ses coteaux
dont je parus un admirateur passionné ; mais avec cette
vélocité de pieds qui défie celle du cheval échappé, je
retrouvai mon bateau, mes saules et mon Clochegourde.
Tout y était silencieux et frémissant comme est la campagne à midi. Les feuillages immobiles se découpaient
nettement sur le fond bleu du ciel ; les insectes qui

---

1. L'image de la fleur apparaît dès la première version : *Cette femme
fleur m'ouvrait les champs immenses de la vie* (A 116, f° 25). Sur
épreuves, Balzac continue à travailler la métaphore en cherchant la
synthèse entre deux représentations d'Henriette, la fleur et l'étoile : *Ce
lys étoilé m'éclairait les champs immenses du monde* (A 118, f° 46).
C'est dans le texte de la *Revue de Paris* qu'apparaît l'image définitive
de la « fleur sidérale ». Dès la deuxième version, Henriette est à la fois
liée à la terre et au monde céleste. Mais la dernière version fait d'Henriette une fleur descendue du ciel. Cette fleur hybride, appartenant à
deux mondes, ressemble à la fleur que Séraphitus cueille pour Minna.
Celle-ci a aussi l'éclat des pierreries et la fraîcheur de la plante, elle
appartient à la fois au monde naturel et au monde spirituel, comme
Séraphita-Séraphitus (*CH*, XI, p. 739). La fleur mystique apparaissait
déjà à plusieurs reprises dans *Falthurne II*. Dans cette œuvre de jeunesse (1822-1823), Minna, qui porte au front une étoile, déclare : « Je
serai la fleur de la vallée » (*OD*, I, p. 907). – 2. Don Quichotte se
choisit pour dame la paysanne Dulcinée et en fait la prestigieuse suze-
raine que tout bon chevalier doit vénérer.

vivent de lumière, demoiselles vertes, cantharides, volaient à leurs frênes, à leurs roseaux ; les troupeaux ruminaient à l'ombre, les terres rouges de la vigne brûlaient, et les couleuvres glissaient le long des talus. Quel changement dans ce paysage si frais et si coquet avant mon sommeil ! Tout à coup je sautai hors de la barque et remontai le chemin pour tourner autour de Clochegourde d'où je croyais avoir vu sortir le comte. Je ne me trompais point, il allait le long d'une haie, et gagnait sans doute une porte donnant sur le chemin d'Azay qui longe la rivière.

— Comment vous portez-vous ce matin, monsieur le comte ?

Il me regarda d'un air heureux, il ne s'entendait pas souvent nommer ainsi.

— Bien, dit-il, mais vous aimez donc la campagne, pour vous promener par cette chaleur ?

— Ne m'a-t'on pas envoyé ici pour vivre en plein air ?

— Hé ! bien, voulez-vous venir voir couper mes seigles ?

— Mais volontiers, lui dis-je. Je suis, je vous l'avoue, d'une ignorance incroyable. Je ne distingue pas le seigle du blé, ni le peuplier du tremble ; je ne sais rien des cultures, ni des différentes manières d'exploiter une terre.

— Hé ! bien, venez, dit-il joyeusement en revenant sur ses pas. Entrez par la petite porte d'en haut.

Il remonta le long de sa haie en dedans, moi en dehors.

— Vous n'apprendriez rien chez monsieur de Chessel, me dit-il, il est trop grand seigneur pour s'occuper d'autre chose que de recevoir les comptes de son régisseur.

Il me montra donc ses cours et ses bâtiments, les jardins d'agrément, les vergers et les potagers. Enfin, il me mena vers cette longue allée d'acacias et de vernis du

Japon, bordée par la rivière, où j'aperçus à l'autre bout,
sur un banc, madame de Mortsauf occupée avec ses deux
enfants. Une femme est bien belle sous ces menus feuillages tremblants et découpés ! Surprise peut-être de mon
naïf empressement, elle ne se dérangea pas, sachant bien
que nous irions à elle. Le comte me fit admirer la vue
de la vallée, qui, de là, présente un aspect tout différent
de ceux qu'elle avait déroulés selon les hauteurs où nous
avions passé. Là, vous eussiez dit d'un petit coin de la
Suisse. La prairie, sillonnée par les ruisseaux qui se jettent dans l'Indre, se découvre dans sa longueur, et se
perd en lointains vaporeux. Du côté de Montbazon, l'œil
aperçoit une immense étendue verte, et sur tous les
autres points se trouve arrêté par des collines, par des
masses d'arbres, par des rochers. Nous allongeâmes le
pas pour aller saluer madame de Mortsauf, qui laissa
tomber tout à coup le livre où lisait Madeleine, et prit
sur ses genoux Jacques en proie à une toux convulsive.

— Hé ! bien, qu'y a-t-il ? s'écria le comte en deve-
nant blême.

— Il a mal à la gorge, répondit la mère qui semblait
ne pas me voir, ce ne sera rien.

Elle lui tenait à la fois la tête et le dos, et de ses yeux
sortaient deux rayons qui versaient la vie à cette pauvre
faible créature[1].

— Vous êtes d'une incroyable imprudence, reprit le
comte avec aigreur, vous l'exposez au froid de la rivière
et l'asseyez sur un banc de pierre.

---

1. Le thème du regard magnétique est fréquent chez Balzac. Ce
regard peut être inquiétant par son pouvoir comme celui de Victor,
l'assassin qui entraîne Hélène dans *Les Deux Rencontres* de 1831 (nouvelle intégrée par la suite dans l'ensemble qui formera *La Femme de
trente ans*), comme celui de Montriveau dans *Ne touchez pas à la
hache* (*La Duchesse de Langeais*), de Vautrin dans *Le Père Goriot*, ou
de l'Anglais diabolique dans *Melmoth réconcilié* (1835). A l'inverse,
il peut être créateur et communiquer une énergie qui maintient l'unité
d'un groupe. C'est le regard de Napoléon ou de Victor devenu corsaire.

— Mais, mon père, le banc brûle, s'écria Madeleine.

— Ils étouffaient là-haut, dit la comtesse.

— Les femmes veulent toujours avoir raison ! dit-il en me regardant.

Pour éviter de l'approuver ou de l'improuver par mon regard, je contemplais Jacques qui se plaignait de souffrir dans la gorge, et que sa mère emporta. Avant de nous quitter, elle put entendre son mari.

— Quand on a fait des enfants si mal portants, on devrait savoir les soigner ! dit-il.

Paroles profondément injustes ; mais son amour-propre le poussait à se justifier aux dépens de sa femme. La comtesse volait en montant les rampes et les perrons. Je la vis disparaissant par la porte-fenêtre. Monsieur de Mortsauf s'était assis sur le banc, la tête inclinée, songeur ; ma situation devenait intolérable, il ne me regardait ni ne me parlait. Adieu cette promenade pendant laquelle je comptais me mettre si bien dans son esprit. Je ne me souviens pas d'avoir passé dans ma vie un quart d'heure plus horrible que celui-là. Je suais à grosses gouttes, me disant : M'en irai-je ? ne m'en irai-je pas ? Combien de pensées tristes s'élevèrent en lui pour lui faire oublier d'aller savoir comment se trouvait Jacques ! Il se leva brusquement et vint auprès de moi. Nous nous retournâmes pour regarder la riante vallée.

— Nous remettrons à un autre jour notre promenade, monsieur le comte, lui dis-je alors avec douceur.

— Sortons ! répondit-il. Je suis malheureusement habitué à voir souvent de semblables crises, moi qui donnerais ma vie sans aucun regret pour conserver celle de cet enfant.

— Jacques va mieux, il dort, mon ami, dit la voix d'or. Madame de Mortsauf se montra soudain au bout de l'allée, elle arriva sans fiel, sans amertume, et me rendit mon salut. Je vois avec plaisir, me dit-elle, que vous aimez Clochegourde.

— Voulez-vous, ma chère, que je monte à cheval et que j'aille chercher monsieur Deslandes ? lui dit-il en témoignant le désir de se faire pardonner son injustice.

— Ne vous tourmentez point, dit-elle, Jacques n'a pas dormi cette nuit, voilà tout. Cet enfant est très-nerveux, il a fait un vilain rêve, et j'ai passé tout le temps à lui conter des histoires pour le rendormir. Sa toux est purement nerveuse, je l'ai calmé avec une pastille de gomme, et le sommeil l'a gagné.

— Pauvre femme ! dit-il en lui prenant la main dans les siennes et lui jetant un regard mouillé, je n'en savais rien.

— A quoi bon vous inquiéter pour des riens ? allez à vos seigles. Vous savez ! Si vous n'êtes pas là, les métayers laisseront les glaneuses étrangères au bourg entrer dans le champ avant que les gerbes n'en soient enlevées.

— Je vais faire mon premier cours d'agriculture, madame, lui dis-je.

— Vous êtes à bonne école, répondit-elle en montrant le comte de qui la bouche se contracta pour exprimer ce sourire de contentement que l'on nomme familièrement *faire la bouche en cœur.*

Deux mois après seulement, je sus qu'elle avait passé cette nuit en d'horribles anxiétés, elle avait craint que son fils n'eût le croup[1]. Et moi, j'étais dans ce bateau, mollement bercé par des pensées d'amour, imaginant que de sa fenêtre, elle me verrait adorant la lueur de cette bougie qui éclairait alors son front labouré par de mortelles alarmes. Le croup régnait à Tours, et y faisait d'affreux ravages. Quand nous fûmes à la porte, le comte me dit d'une voix émue : — Madame de Mortsauf est un ange ! Ce mot me fit chanceler. Je ne connaissais encore que superficiellement cette famille, et le remords si naturel dont est saisie une âme jeune en pareille occa-

---

1. Laryngite diphtérique souvent mortelle à l'époque.

sion, me cria : « De quel droit troublerais-tu cette paix profonde ? »

Heureux de rencontrer pour auditeur un jeune homme sur lequel il pouvait remporter de faciles triomphes, le comte me parla de l'avenir que le retour des Bourbons préparait à la France. Nous eûmes une conversation vagabonde dans laquelle j'entendis de vrais enfantillages qui me surprirent étrangement. Il ignorait des faits d'une évidence géométrique ; il avait peur des gens instruits ; les supériorités, il les niait ; il se moquait, peut-être avec raison, des progrès ; enfin je reconnus en lui une grande quantité de fibres douloureuses qui obligeaient à prendre tant de précautions pour ne le point blesser, qu'une conversation suivie devenait un travail d'esprit. Quand j'eus pour ainsi dire palpé ses défauts, je m'y pliai avec autant de souplesse qu'en mettait la comtesse à les caresser. A une autre époque de ma vie, je l'eusse indubitablement froissé ; mais, timide comme un enfant, croyant ne rien savoir, ou croyant que les hommes faits savaient tout, je m'ébahissais des merveilles obtenues à Clochegourde par ce patient agriculteur. J'écoutais ses plans avec admiration. Enfin, flatterie involontaire qui me valut la bienveillance du vieux gentilhomme, j'enviais cette jolie terre, sa position, ce paradis terrestre en le mettant bien au-dessus de Frapesle.

— Frapesle, lui dis-je, est une massive argenterie, mais Clochegourde est un écran de pierres précieuses !

Phrase qu'il répéta souvent depuis en citant l'auteur.

— Hé ! bien, avant que nous y vinssions, c'était une désolation, disait-il.

J'étais tout oreilles quand il me parlait de ses semis, de ses pépinières. Neuf aux travaux de la campagne, je l'accablais de questions sur les prix des choses, sur les moyens d'exploitation, et il me parut heureux d'avoir à m'apprendre tant de détails.

— Que vous enseigne-t-on donc ? me demandait-il avec étonnement.

Dès cette première journée, le comte dit à sa femme en rentrant : — Monsieur Félix est un charmant jeune homme [1] !

Le soir, j'écrivis à ma mère de m'envoyer des habillements et du linge, en lui annonçant que je restais à Frapesle. Ignorant la grande révolution qui s'accomplissait alors, et ne comprenant pas l'influence qu'elle devait exercer sur mes destinées, je croyais retourner à Paris pour y achever mon Droit et l'École ne reprenait ses cours que dans les premiers jours du mois de novembre, j'avais donc deux mois et demi devant moi.

Pendant les premiers moments de mon séjour, je tentai de m'unir intimement au comte, et ce fut un temps d'impressions cruelles. Je découvris en cet homme une irascibilité sans cause, une promptitude d'action dans un cas désespéré, qui m'effrayèrent. Il se rencontrait en lui des retours soudains du gentilhomme si valeureux à l'armée de Condé, quelques éclairs paraboliques de ces volontés qui peuvent, au jour des circonstances graves, trouer la politique à la manière des bombes, et qui, par les hasards de la droiture et du courage, font d'un homme condamné à vivre dans sa gentilhommière un d'Elbée, un Bonchamp, un Charette [2]. Devant certaines suppositions, son nez se contractait, son front s'éclairait, et ses yeux lançaient une foudre aussitôt amollie. J'avais peur qu'en surprenant le langage de mes yeux, monsieur de Mortsauf ne me tuât sans réflexion. A cette époque, j'étais exclusivement tendre. La volonté, qui modifie si étrangement les hommes, commençait seulement à poindre en moi. Mes excessifs désirs m'avaient communiqué ces rapides ébranlements de la sensibilité qui ressemblent aux secousses de la peur. La lutte ne me faisait pas trembler, mais je ne voulais pas perdre la vie sans avoir goûté le bonheur d'un amour partagé. Les difficultés et

---

1. C'est ici que s'achevait le premier article publié dans la *Revue de Paris*. – 2. Chefs chouans de la guerre de Vendée.

mes désirs grandissaient sur deux lignes parallèles.
Comment parler de mes sentiments ? J'étais en proie à
de navrantes perplexités. J'attendais un hasard, j'obser-
vais, je me familiarisais avec les enfants de qui je me fis
aimer, je tâchais de m'identifier aux choses de la maison.
Insensiblement le comte se contint moins avec moi. Je
connus donc ses soudains changements d'humeur, ses
profondes tristesses sans motif, ses soulèvements brus-
ques, ses plaintes amères et cassantes, sa froideur
haineuse, ses mouvements de folie réprimés, ses gémissements d'enfant, ses cris d'homme au désespoir, ses
colères imprévues. La nature morale se distingue de la
nature physique en ceci, que rien n'y est absolu : l'intensité des effets est en raison de la portée des caractères,
ou des idées que nous groupons autour d'un fait. Mon
maintien à Clochegourde, l'avenir de ma vie, dépen-
daient de cette volonté fantasque. Je ne saurais vous
exprimer quelles angoisses pressaient mon âme, alors
aussi facile à s'épanouir qu'à se contracter, quand en
entrant, je me disais : Comment va-t-il me recevoir ?
Quelle anxiété de cœur me brisait alors que tout à coup
un orage s'amassait sur ce front neigeux ! C'était un qui-
vive continuel. Je tombai donc sous le despotisme de
cet homme. Mes souffrances me firent deviner celles de
madame de Mortsauf. Nous commençâmes à échanger
des regards d'intelligence, mes larmes coulaient quelquefois quand elle retenait les siennes. La comtesse et
moi, nous nous éprouvâmes ainsi par la douleur. Combien de découvertes n'ai-je pas faites durant ces quarante
premiers jours pleins d'amertumes réelles, de joies tacites, d'espérances tantôt abîmées, tantôt surnageant ! Un
soir je la trouvai religieusement pensive devant un coucher de soleil qui rougissait si voluptueusement les
cimes en laissant voir la vallée comme un lit, qu'il était
impossible de ne pas écouter la voix de cet éternel Cantique des Cantiques par lequel la nature convie ses créatures à l'amour. La jeune fille reprenait-elle des illusions

envolées ? la femme souffrait-elle de quelque comparaison secrète ? Je crus voir dans sa pose un abandon profitable aux premiers aveux, et lui dis : — Il est des
journées difficiles !

— Vous avez lu dans mon âme, me dit-elle, mais
comment ?

— Nous nous touchons par tant de points ! répondis-
je. N'appartenons-nous pas au petit nombre de créatures
privilégiées pour la douleur et pour le plaisir, de qui les
qualités sensibles vibrent toutes à l'unisson en produisant de grands retentissements intérieurs, et dont la
nature nerveuse est en harmonie constante avec le principe des choses ! Mettez-les dans un milieu où tout est
dissonance, ces personnes souffrent horriblement,
comme aussi leur plaisir va jusqu'à l'exaltation quand
elles rencontrent les idées, les sensations ou les êtres qui
leur sont sympathiques. Mais il est pour nous un troisième état dont les malheurs ne sont connus que des
âmes affectées par la même maladie, et chez lesquelles
se rencontrent de fraternelles compréhensions. Il peut
nous arriver de n'être impressionnés ni en bien ni en
mal. Un orgue expressif doué de mouvement s'exerce
alors en nous dans le vide, se passionne sans objet, rend
des sons sans produire de mélodie, jette des accents qui
se perdent dans le silence ! espèce de contradiction terrible d'une âme qui se révolte contre l'inutilité du néant.
Jeux accablants dans lesquels notre puissance s'échappe
tout entière sans aliment, comme le sang par une blessure inconnue. La sensibilité coule à torrents, il en
résulte d'horribles affaiblissements, d'indicibles mélancolies [1] pour lesquelles le confessionnal n'a pas d'oreilles. N'ai-je pas exprimé nos communes douleurs ?

---

1. Comme Chateaubriand dans *René*, Félix analyse le vague des
passions sans objet. Il compare l'être humain à un orgue qui jette des
sons sans mélodie. René se comparait à une « lyre où il manque des
cordes » (*op. cit*, p. 326).

Elle tressaillit, et, sans cesser de regarder le couchant, elle me répondit : — Comment si jeune savez-vous ces choses ? Avez-vous donc été femme ?

— Ah ! lui répondis-je d'une voix émue, mon enfance a été comme une longue maladie.

— J'entends tousser Madeleine, me dit-elle en me quittant avec précipitation.

La comtesse me vit assidu chez elle sans en prendre de l'ombrage, par deux raisons. D'abord elle était pure comme un enfant, et sa pensée ne se jetait dans aucun écart. Puis j'amusais le comte, je fus une pâture à ce lion sans ongles et sans crinière. Enfin, j'avais fini par trouver une raison de venir qui nous parut plausible à tous. Je ne savais pas le trictrac, monsieur de Mortsauf me proposa de me l'enseigner, j'acceptai. Dans le moment où se fit notre accord, la comtesse ne put s'empêcher de m'adresser un regard de compassion qui voulait dire : « Mais vous vous jetez dans la gueule du loup ! » Si je n'y compris rien d'abord, le troisième jour je sus à quoi je m'étais engagé. Ma patience que rien ne lasse, ce fruit de mon enfance, se mûrit pendant ce temps d'épreuves. Ce fut un bonheur pour le comte que de se livrer à de cruelles railleries quand je ne mettais pas en pratique le principe ou la règle qu'il m'avait expliqué ; si je réfléchissais, il se plaignait de l'ennui que cause un jeu lent ; si je jouais vite, il se fâchait d'être pressé ; si je faisais des écoles [1], il me disait, en en profitant, que je me dépêchais trop. Ce fut une tyrannie de magister, un despotisme de férule dont je ne puis vous donner une idée qu'en me comparant à Épictète tombé sous le joug d'un enfant méchant [2]. Quand nous jouâmes de l'argent, ses

---

1. « Au jeu de trictrac, *faire une école*, oublier de marquer les points qu'on gagne, ou en marquer mal à propos » *(Dictionnaire de l'Académie*, 1835). – 2. Si Épaphrodite, le maître du philosophe stoïcien Épictète, était violent, ce n'était cependant pas un enfant. Félix s'imagine donc dans une situation encore plus défavorable.

gains constants lui causèrent des joies déshonorantes,
mesquines. Un mot de sa femme me consolait de tout,
et le rendait promptement au sentiment de la politesse et
des convenances. Bientôt je tombai dans les brasiers
d'un supplice imprévu. A ce métier, mon argent s'en
alla. Quoique le comte restât toujours entre sa femme et
moi jusqu'au moment où je les quittais, quelquefois fort
tard, j'avais toujours l'espérance de trouver un moment
où je me glisserais dans son cœur ; mais pour obtenir
cette heure attendue avec la douloureuse patience du
chasseur, ne fallait-il pas continuer ces taquines parties
où mon âme était constamment déchirée, et qui empor-
taient tout mon argent ! Combien de fois déjà n'étions-
nous pas demeurés silencieux, occupés à regarder un
effet de soleil dans la prairie, des nuées dans un ciel gris,
les collines vaporeuses, ou les tremblements de la lune
dans les pierreries de la rivière, sans nous dire autre
chose que : — La nuit est belle !

— La nuit est femme, madame.

— Quelle tranquillité !

— Oui, l'on ne peut pas être tout à fait malheureux
ici.

A cette réponse elle revenait à sa tapisserie. J'avais
fini par entendre en elle des remuements d'entrailles
causés par une affection qui voulait sa place. Sans
argent, adieu les soirées. J'avais écrit à ma mère de m'en
envoyer ; ma mère me gronda, et ne m'en donna pas
pour huit jours. A qui donc en demander ? Et il s'agissait
de ma vie ! Je retrouvais donc, au sein de mon premier
grand bonheur, les souffrances qui m'avaient assailli
partout ; mais à Paris, au collège, à la pension, j'y avais
échappé par une pensive abstinence, mon malheur avait
été négatif ; à Frapesle il devint actif ; je connus alors
l'envie du vol, ces crimes rêvés, ces épouvantables rages
qui sillonnent l'âme et que nous devons étouffer sous
peine de perdre notre propre estime. Les souvenirs des
cruelles méditations, des angoisses que m'imposa la par-

cimonie de ma mère, m'ont inspiré pour les jeunes gens la sainte indulgence de ceux qui, sans avoir failli, sont arrivés sur le bord de l'abîme comme pour en mesurer la profondeur. Quoique ma probité, nourrie de sueurs froides, se soit fortifiée en ces moments où la vie s'entr'ouvre et laisse voir l'aride gravier de son lit, toutes les fois que la terrible justice humaine a tiré son glaive sur le cou d'un homme, je me suis dit : Les lois pénales ont été faites par des gens qui n'ont pas connu le malheur. En cette extrémité, je découvris, dans la bibliothèque de monsieur de Chessel, le traité du trictrac, et l'étudiai ; puis mon hôte voulut bien me donner quelques leçons ; moins durement mené, je pus faire des progrès, appliquer les règles et les calculs que j'appris par cœur. En peu de jours je fus en état de dompter mon maître ; mais quand je le gagnai, son humeur devint exécrable ; ses yeux étincelèrent comme ceux des tigres, sa figure se crispa, ses sourcils jouèrent comme je n'ai vu jouer les sourcils de personne. Ses plaintes furent celles d'un enfant gâté. Parfois il jetait les dés, se mettait en fureur, trépignait, mordait son cornet et me disait des injures. Ces violences eurent un terme. Quand j'eus acquis un jeu supérieur, je conduisis la bataille à mon gré ; je m'arrangeai pour qu'à la fin tout fût à peu près égal, en le laissant gagner durant la première moitié de la partie, et rétablissant l'équilibre pendant la seconde moitié. La fin du monde aurait moins surpris le comte que la rapide supériorité de son écolier : mais il ne la reconnut jamais. Le dénoûment constant de nos parties fut une pâture nouvelle dont son esprit s'empara.

— Décidément, disait-il, ma pauvre tête se fatigue. Vous gagnez toujours vers la fin de la partie, parce qu'alors j'ai perdu mes moyens.

La comtesse, qui savait le jeu, s'aperçut de mon manège dès la première fois, et devina d'immenses témoignages d'affection. Ces détails ne peuvent être appréciés que par ceux à qui les horribles difficultés du

trictrac sont connues. Que ne disait pas cette petite chose ! Mais l'amour, comme le Dieu de Bossuet, met
au-dessus des plus riches victoires le verre d'eau du pauvre[1], l'effort du soldat qui périt ignoré. La comtesse me
jeta l'un de ces remercîments muets qui brisent un cœur
jeune : elle m'accorda le regard qu'elle réservait à ses
enfants ! Depuis cette bienheureuse soirée, elle me
regarda toujours en me parlant. Je ne saurais expliquer
dans quel état je fus en m'en allant. Mon âme avait
absorbé mon corps, je ne pesais pas, je ne marchais
point, je volais. Je sentais en moi-même ce regard, il
m'avait inondé de lumière, comme son *adieu, monsieur !* avait fait retentir en mon âme les harmonies que
contient l'*O filii, ô filiae*[2] ! de la résurrection paschale[3].
Je naissais à une nouvelle vie. J'étais donc quelque
chose pour elle ! Je m'endormis en des langes de pourpre. Des flammes passèrent devant mes yeux fermés en
se poursuivant dans les ténèbres comme les jolis vermis-
seaux de feu qui courent les uns après les autres sur les
cendres du papier brûlé. Dans mes rêves, sa voix devint
je ne sais quoi de palpable, une atmosphère qui m'enveloppa de lumière et de parfums, une mélodie qui me
caressa l'esprit. Le lendemain, son accueil exprima la
plénitude des sentiments octroyés, et je fus dès lors initié

---

1. Dans l'*Oraison funèbre de Louis de Bourbon*, Bossuet avait
écrit : « Servez donc ce roi immortel et si plein de miséricorde, qui
vous comptera un soupir et un verre d'eau donné en son nom plus que
tous les autres ne feront jamais pour votre sang répandu [...]. » Il reprenait l'enseignement de l'Évangile selon *Matthieu* : « Et quiconque
donne à boire à un seul de ces petits, en qualité de disciple, seulement
une coupe d'eau fraîche, oui je vous le dis, il ne perdra pas son salaire » (X, 42). – **2.** « O fils, ô filles », premiers mots du salut chanté le
jour de Pâques pour célébrer la Résurrection. La majeure partie de
cet hymne est due au franciscain Jean Tisserand (mort en 1494). –
3. Orthographe du XVIᵉ siècle à laquelle Balzac tenait. Il l'utilise dans
l'édition originale et la rétablit dans l'édition Furne après y avoir
renoncé dans l'édition Charpentier. Cette orthographe est à rapprocher
des mots archaïsants que Balzac met sous la plume de Félix.

dans les secrets de sa voix. Ce jour devait être un des plus marquants de ma vie. Après le dîner, nous nous promenâmes sur les hauteurs, nous allâmes dans une lande où rien ne pouvait venir, le sol en était pierreux, desséché, sans terre végétale ; néanmoins il s'y trouvait quelques chênes et des buissons pleins de sinelles[1] ; mais, au lieu d'herbes, s'étendait un tapis de mousses fauves, crépues, allumées par les rayons du soleil couchant, et sur lequel les pieds glissaient. Je tenais Madeleine par la main pour la soutenir, et madame de Mortsauf donnait le bras à Jacques. Le comte, qui allait en avant, se retourna, frappa la terre avec sa canne, et me dit avec un accent horrible :

— Voilà ma vie ! Oh ! mais avant de vous avoir connue, reprit-il en jetant un regard d'excuse sur sa femme. Réparation tardive, la comtesse avait pâli. Quelle femme n'aurait pas chancelé comme elle en recevant ce coup ?

— Quelles délicieuses odeurs arrivent ici, et les beaux effets de lumière ! m'écriai-je ; je voudrais bien avoir à moi cette lande, j'y trouverais peut-être des trésors en la sondant ; mais la plus certaine richesse serait votre voisinage. Qui d'ailleurs ne payerait pas cher une vue si harmonieuse à l'œil, et cette rivière serpentine où l'âme se baigne entre les frênes et les aulnes. Voyez la différence des goûts ? Pour vous, ce coin de terre est une lande ; pour moi, c'est un paradis.

Elle me remercia par un regard.

— Églogue ! fit-il d'un ton amer ; ici n'est pas la vie d'un homme qui porte votre nom. Puis il s'interrompit et dit : — Entendez-vous les cloches d'Azay ? J'entends positivement sonner des cloches[2].

Madame de Mortsauf me regarda d'un air effrayé, Madeleine me serra la main.

---

1. « Sinelle » ou « cinelle » : fruit rouge de l'aubépine. – 2. Dans *Melmoth réconcilié* (juin 1835), Castanier est affecté d'une hallucination auditive.

— Voulez-vous que nous rentrions faire un trictrac ?
lui dis-je, le bruit des dés vous empêchera d'entendre
celui des cloches.

Nous revînmes à Clochegourde en parlant à bâtons
rompus. Le comte se plaignait de douleurs vives sans les
préciser. Quand nous fûmes au salon, il y eut entre nous
tous une indéfinissable incertitude. Le comte était
plongé dans un fauteuil, absorbé dans une contemplation
respectée par sa femme, qui se connaissait aux symptômes de la maladie et savait en prévoir les accès. J'imitai
son silence. Si elle ne me pria point de m'en aller, peut-
être crut-elle que la partie de trictrac égaierait le comte
et dissiperait ces fatales susceptibilités nerveuses dont
les éclats la tuaient. Rien n'était plus difficile que de
faire faire au comte cette partie de trictrac, dont il avait
toujours grande envie. Semblable à une petite maîtresse,
il voulait être prié, forcé, pour ne pas avoir l'air d'être
obligé, peut-être par cela même qu'il en était ainsi. Si,
par suite d'une conversation intéressante, j'oubliais pour
un moment mes *salamalek*, il devenait maussade, âpre,
blessant, et s'irritait de la conversation en contredisant
tout. Averti par sa mauvaise humeur, je lui proposais une
partie ; alors il coquetait : « D'abord il était trop tard,
disait-il, puis je ne m'en souciais pas. » Enfin des sima-
grées désordonnées, comme chez les femmes qui finissent par vous faire ignorer leurs véritables désirs. Je
m'humiliais, je le suppliais de m'entretenir dans une
science si facile à oublier faute d'exercice. Cette fois
j'eus besoin d'une gaieté folle pour le décider à jouer.
Il se plaignait d'étourdissements qui l'empêcheraient de
calculer, il avait le crâne serré comme dans un étau, il
entendait des sifflements, il étouffait et poussait des soupirs énormes. Enfin il consentit à s'attabler. Madame de
Mortsauf nous quitta pour coucher ses enfants et faire
dire les prières à sa maison. Tout alla bien pendant son
absence, je m'arrangeai pour que monsieur de Mortsauf
gagnât, et son bonheur le dérida brusquement. Le pas-

sage subit d'une tristesse qui lui arrachait de sinistres prédictions sur lui-même, à cette joie d'homme ivre, à ce rire fou et presque sans raison, m'inquiéta, me glaça. Je ne l'avais jamais vu dans un accès si franchement accusé. Notre connaissance intime avait porté ses fruits, il ne se gênait plus avec moi. Chaque jour il essayait de m'envelopper dans sa tyrannie, d'assurer une nouvelle pâture à son humeur, car il semble vraiment que les maladies morales soient des créatures qui ont leurs appétits, leurs instincts, et veulent augmenter l'espace de leur empire comme un propriétaire veut augmenter son domaine. La comtesse descendit, et vint près du trictrac pour mieux éclairer sa tapisserie, mais elle se mit à son métier dans une appréhension mal déguisée. Un coup funeste, et que je ne pus empêcher, changea la face du comte : de gaie, elle devint sombre ; de pourpre, elle devint jaune, ses yeux vacillèrent. Puis arriva un dernier malheur que je ne pouvais ni prévoir ni réparer. Monsieur de Mortsauf amena pour lui-même un dé foudroyant qui décida sa ruine. Aussitôt il se leva, jeta la table sur moi, la lampe à terre, frappa du poing sur la console, et sauta par le salon, je ne saurais dire qu'il marcha. Le torrent d'injures, d'imprécations, d'apostrophes, de phrases incohérentes qui sortit de sa bouche, aurait fait croire à quelque antique possession, comme au Moyen Age. Jugez de mon attitude !

— Allez dans le jardin, me dit-elle en me pressant la main.

Je sortis sans que le comte s'aperçut de ma disparition. De la terrasse où je me rendis à pas lents, j'entendis les éclats de sa voix et ses gémissements qui partaient de sa chambre contiguë à la salle à manger. A travers la tempête, j'entendis aussi la voix de l'ange qui, par intervalles, s'élevait comme un chant de rossignol au moment où la pluie va cesser. Je me promenais sous les acacias par la plus belle nuit du mois d'août finissant, en attendant que la comtesse m'y rejoignît. Elle allait

venir, son geste me l'avait promis. Depuis quelques
jours une explication flottait entre nous, et semblait
devoir éclater au premier mot qui ferait jaillir la source
trop pleine en nos âmes. Quelle honte retardait l'heure
de notre parfaite entente ? Peut-être aimait-elle autant
que je l'aimais ce tressaillement semblable aux émotions
de la peur, qui meurtrit la sensibilité, pendant ces
moments où l'on retient sa vie près de déborder, où l'on
hésite à dévoiler son intérieur, en obéissant à la pudeur
qui agite les jeunes filles avant qu'elles ne se montrent
à l'époux aimé. Nous avions agrandi nous-mêmes par
nos pensées accumulées cette première confidence devenue nécessaire. Une heure se passa. J'étais assis sur la
balustrade en briques, quand le retentissement de son
pas mêlé au bruit onduleux de la robe flottante anima
l'air calme du soir. C'est des sensations auxquelles le
cœur ne suffit pas.

— Monsieur de Mortsauf est maintenant endormi, me
dit-elle. Quand il est ainsi, je lui donne une tasse d'eau
dans laquelle on a fait infuser quelques têtes de pavots,
et les crises sont assez éloignées pour que ce remède si
simple ait toujours la même vertu. Monsieur, me dit-elle
en changeant de ton et prenant sa plus persuasive
inflexion de voix, un hasard malheureux vous a livré des
secrets jusqu'ici soigneusement gardés, promettez-moi
d'ensevelir dans votre cœur le souvenir de cette scène.
Faites-le pour moi, je vous en prie. Je ne vous demande
pas de serment, dites-moi le *oui* de l'homme d'honneur,
je serai contente.

— Ai-je donc besoin de prononcer ce *oui* ? lui dis-je.
Ne nous sommes-nous jamais compris ?

— Ne jugez point défavorablement monsieur de
Mortsauf en voyant les effets de longues souffrances
endurées pendant l'émigration, reprit-elle. Demain il
ignorera complètement les choses qu'il aura dites, et
vous le trouverez excellent et affectueux.

— Cessez, madame, lui répondis-je, de vouloir justifier le comte, je ferai tout ce que vous voudrez. Je me jetterais à l'instant dans l'Indre, si je pouvais ainsi renouveler monsieur de Mortsauf et vous rendre à une vie heureuse. La seule chose que je ne puisse refaire est mon opinion, rien n'est plus fortement tissu en moi. Je vous donnerais ma vie, je ne puis vous donner ma conscience ; je puis ne pas l'écouter, mais puis-je l'empêcher de parler ? or, dans mon opinion, monsieur de Mortsauf est...

— Je vous entends, dit-elle, en m'interrompant avec une brusquerie insolite, vous avez raison. Le comte est nerveux comme une petite maîtresse[1], reprit-elle pour adoucir l'idée de la folie en adoucissant le mot, mais il n'est ainsi que par intervalles, une fois au plus par année, lors des grandes chaleurs[2]. Combien de maux a causés l'émigration ! Combien de belles existences perdues ! Il eût été, j'en suis certaine, un grand homme de guerre, l'honneur de son pays.

— Je le sais, lui dis-je en l'interrompant à mon tour, et lui faisant comprendre qu'il était inutile de me tromper.

Elle s'arrêta, posa l'une de ses mains sur son front, et me dit : — Qui vous a donc ainsi produit dans notre intérieur ? Dieu veut-il m'envoyer un secours, une vive amitié qui me soutienne ? reprit-elle en appuyant sa main sur la mienne avec force, car vous êtes bon, généreux... Elle leva les yeux vers le ciel, comme pour invoquer un visible témoignage qui lui confirmât ses secrètes espérances, et les reporta sur moi. Électrisé par ce regard qui jetait une âme dans la mienne, j'eus, selon la jurisprudence mondaine, un manque de tact ; mais, chez cer-

---

1. Femme élégante mais prétentieuse, capricieuse et d'une nature nerveuse. – **2.** L'influence du temps sur les troubles nerveux est admise par les psychiatres de l'époque. Dans *L'Illustre Gaudissart* (1833), les équinoxes ont une influence sur les crises de Margaritis.

taines âmes, n'est-ce pas souvent précipitation généreuse
au-devant d'un danger, envie de prévenir un choc,
crainte d'un malheur qui n'arrive pas, et plus souvent
encore n'est-ce pas l'interrogation brusque faite à un
cœur, un coup donné pour savoir s'il résonne à l'unisson ? Plusieurs pensées s'élevèrent en moi comme des
lueurs, et me conseillèrent de laver la tache qui souillait
ma candeur, au moment où je prévoyais une complète
initiation.

— Avant d'aller plus loin, lui dis-je d'une voix altérée par des palpitations facilement entendues dans le
profond silence où nous étions, permettez-moi de puri-
fier un souvenir du passé ?

— Taisez-vous, me dit-elle vivement en me mettant
sur les lèvres un doigt qu'elle ôta aussitôt. Elle me
regarda fièrement comme une femme trop haut située
pour que l'injure puisse l'atteindre, et me dit d'une voix
troublée : — Je sais de quoi vous voulez parler. Il s'agit
du premier, du dernier, du seul outrage que j'aurai reçu !
Ne parlez jamais de ce bal. Si la chrétienne vous a pardonné, la femme souffre encore.

— Ne soyez pas plus impitoyable que ne l'est Dieu,
lui dis-je en gardant entre mes cils les larmes qui me
vinrent aux yeux.

— Je dois être plus sévère, je suis plus faible, répondit-elle.

— Mais, repris-je avec une manière de révolte enfantine, écoutez-moi, quand ce ne serait que pour la première, la dernière et la seule fois de votre vie.

— Eh ! bien, dit-elle, parlez ! Autrement, vous croi-
riez que je crains de vous entendre.

Sentant alors que ce moment était unique en notre vie,
je lui dis avec cet accent qui commande l'attention, que
les femmes au bal m'avaient été toutes indifférentes
comme celles que j'avais aperçues jusqu'alors ; mais
qu'en la voyant, moi de qui la vie était si studieuse, de
qui l'âme était si peu hardie, j'avais été comme emporté

par une frénésie qui ne pouvait être condamnée que par
ceux qui ne l'avaient jamais éprouvée, que jamais cœur
d'homme ne fut si bien empli du désir auquel ne résiste
aucune créature et qui fait tout vaincre, même la mort...

— Et le mépris ? dit-elle en m'arrêtant.

— Vous m'avez donc méprisé ? lui demandai-je.

— Ne parlons plus de ces choses, dit-elle.

— Mais parlons-en ! lui répondis-je avec une exaltation causée par une douleur surhumaine. Il s'agit de tout
moi-même, de ma vie inconnue, d'un secret que vous
devez connaître ; autrement je mourrais de désespoir !
Ne s'agit-il pas aussi de vous, qui, sans le savoir, avez
été la Dame aux mains de laquelle reluit la couronne
promise aux vainqueurs du tournoi.

Je lui contai mon enfance et ma jeunesse, non comme
je vous l'ai dite, en la jugeant à distance ; mais avec les
paroles ardentes du jeune homme de qui les blessures
saignaient encore. Ma voix retentit comme la hache des
bûcherons dans une forêt. Devant elle tombèrent à grand
bruit les années mortes, les longues douleurs qui les
avaient hérissées de branches sans feuillages. Je lui pei-
gnis avec des mots enfiévrés une foule de détails terribles dont je vous ai fait grâce. J'étalai le trésor de mes
vœux brillants, l'or vierge de mes désirs, tout un cœur
brûlant conservé sous les glaces de ces Alpes entassées
par un continuel hiver. Lorsque, courbé sous le poids
de mes souffrances redites avec les charbons d'Isaïe[1],
j'attendis un mot de cette femme qui m'écoutait la tête
baissée, elle éclaira les ténèbres par un regard, elle
anima les mondes terrestres et divins par un seul mot.

— Nous avons eu la même enfance[2] ! dit-elle en me
montrant un visage où reluisait l'auréole des martyrs.
Après une pause où nos âmes se marièrent dans cette

---

1. *Cf.* note 1, p. 48 – 2. « Ton enfance a été la mienne, nous sommes frère et sœur, par les douleurs de l'enfance », écrivait Balzac à
Mme Hanska en août 1833.

même pensée consolante : Je n'étais donc pas seul à
souffrir ! la comtesse me dit de sa voix réservée pour
parler à ses chers petits, comment elle avait eu le tort
d'être une fille quand les fils étaient morts. Elle m'expli-
qua les différences que son état de fille sans cesse attachée aux flancs d'une mère mettait entre ses douleurs
et celles d'un enfant jeté dans le monde des collèges[1].
Ma solitude avait été comme un paradis, comparée au
contact de la meule sous laquelle son âme fut sans cesse
meurtrie, jusqu'au jour où sa véritable mère, sa bonne
tante l'avait sauvée en l'arrachant à ce supplice dont elle
me raconta les renaissantes douleurs. C'était les inexplicables pointilleries[2] insupportables aux natures nerveuses qui ne reculent pas devant un coup de poignard et
meurent sous l'épée de Damoclès : tantôt une expansion
généreuse arrêtée par un ordre glacial, tantôt un baiser
froidement reçu ; un silence imposé, reproché tour à
tour ; des larmes dévorées qui lui restaient sur le cœur ;
enfin les mille tyrannies du couvent, cachées aux yeux
des étrangers sous les apparences d'une maternité glorieusement exaltée. Sa mère tirait vanité d'elle, et la van-
tait ; mais elle payait cher le lendemain ces flatteries
nécessaires au triomphe de l'institutrice. Quand, à force
d'obéissance et de douceur, elle croyait avoir vaincu le

---

1. Au cours de la correction des premières épreuves, Balzac supprime un fragment imprimé, découpé, collé isolément sur un feuillet,
raturé partiellement puis barré entièrement : *[Nous avions eu la même
enfance. Elle avait eu le tort de ne pas être un garçon, lorsque les
garçons étaient morts. Sa tante seule l'aima, la consola. Et moi] chaque jour, j'apprenais [à entendre] ces mots : — Aimez-moi comme
m'aimait ma tante. [Parfois les larmes me gagnaient, au souvenir du
regard et de l'accent dont ce mot suprême fut accompagné.] Pénétrez
au fond des familles, vous trouverez dans presque toutes les plaies
profondes, incurables, qui diminuent les sentiments naturels ; ou ce
sont des passions réelles, attendrissantes, que la convenance des
caractères* (A 117, f° 111). – **2.** Mot familier pour désigner des contestations incessantes et des réflexions désobligeantes à propos de faits
insignifiants (*Dictionnaire de l'Académie*, 1835).

cœur de la mère, et qu'elle s'ouvrait à elle, le tyran reparaissait armé de ces confidences. Un espion n'eût pas été si lâche ni si traître. Tous ses plaisirs de jeune fille, ses fêtes lui avaient été chèrement vendues, car elle était grondée d'avoir été heureuse, comme elle l'eût été pour une faute. Jamais les enseignements de sa noble éducation ne lui avaient été donnés avec amour, mais avec une blessante ironie. Elle n'en voulait point à sa mère, elle se reprochait seulement de ressentir moins d'amour que de terreur pour elle. Peut-être, pensait cet ange, ces sévérités étaient-elles nécessaires ? ne l'avaient-elles pas préparée à sa vie actuelle ? En l'écoutant, il me semblait que la harpe de Job [1] de laquelle j'avais tiré de sauvages accords, maintenant maniée par des doigts chrétiens, y répondait en chantant les litanies de la Vierge au pied de la croix.

— Nous vivions dans la même sphère avant de nous retrouver ici, vous partie de l'orient et moi de l'occident.

Elle agita la tête par un mouvement désespéré :

— A vous l'orient, à moi l'occident, dit-elle. Vous vivrez heureux, je mourrai de douleur ! Les hommes font eux-mêmes les événements de leur vie, et la mienne est à jamais fixée. Aucune puissance ne peut briser cette lourde chaîne à laquelle la femme tient par un anneau d'or, emblème de la pureté des épouses.

Nous sentant alors jumeaux du même sein, elle ne conçut point que les confidences se fissent à demi entre frères abreuvés aux mêmes sources. Après le soupir naturel aux cœurs purs au moment où ils s'ouvrent, elle me raconta les premiers jours de son mariage, ses premières déceptions, tout le *renouveau* du malheur. Elle avait comme moi, connu les petits faits, si grands pour les âmes dont la limpide substance est ébranlée tout entière au moindre choc, de même qu'une pierre jetée

---

1. En décrivant ses souffrances, Job dit : « Ma harpe n'est plus qu'un instrument de deuil » (*Job*, XXX, 31).

dans un lac en agite également la surface et la profondeur. En se mariant, elle possédait ses épargnes, ce peu d'or qui représente les heures joyeuses, les mille désirs du jeune âge ; en un jour de détresse, elle l'avait généreusement donné sans dire que c'était des souvenirs et non des pièces d'or ; jamais son mari ne lui en avait tenu compte, il ne se savait pas son débiteur ! En échange de ce trésor englouti dans les eaux dormantes de l'oubli, elle n'avait pas obtenu ce regard mouillé qui solde tout, qui pour les âmes généreuses est comme un éternel joyau dont les feux brillent aux jours difficiles. Comme elle avait marché de douleur en douleur ! Monsieur de Mortsauf oubliait de lui donner l'argent nécessaire à la maison ; il se réveillait d'un rêve quand, après avoir vaincu toutes ses timidités de femme, elle lui en demandait ; et jamais il ne lui avait une seule fois évité ces cruels serrements de cœur ! Quelle terreur vint la saisir au moment où la nature maladive de cet homme ruiné s'était dévoilée ! elle avait été brisée par le premier éclat de ses folles colères. Par combien de réflexions dures n'avait-elle point passé avant de regarder comme nul son mari, cette imposante figure qui domine l'existence d'une femme ! De quelles horribles calamités furent suivies ses deux couches ! Quel saisissement à l'aspect de deux enfants mort-nés ? Quel courage pour se dire : « Je leur soufflerai la vie ! je les enfanterai de nouveau tous les jours ? » Puis quel désespoir de sentir un obstacle dans le cœur et dans la main d'où les femmes tirent leurs secours ! Elle avait vu cet immense malheur déroulant ses savanes épineuses à chaque difficulté vaincue. A la montée de chaque rocher, elle avait aperçu de nouveaux déserts à franchir, jusqu'au jour où elle eut bien connu son mari, l'organisation de ses enfants, et le pays où elle devait vivre ; jusqu'au jour où, comme l'enfant arraché par Napoléon aux tendres soins du logis, elle eut habitué ses pieds à marcher dans la boue et dans la neige, accoutumé son front aux boulets, toute sa personne à la passive obéissance du soldat. Ces choses que je vous résume, elle me les dit alors dans leur ténébreuse étendue, avec leur cortège de faits désolants, de batailles conjugales perdues, d'essais infructueux.

— Enfin, me dit-elle en terminant, il faudrait demeurer ici quelques mois pour savoir combien de peines me coûtent les améliorations de Clochegourde, combien de patelineries fatigantes pour lui faire vouloir la chose la plus utile à ses intérêts ! Quelle malice d'enfant le saisit quand une chose due à mes conseils ne réussit pas tout d'abord ! Avec quelle joie il s'attribue le bien ! Quelle patience m'est nécessaire pour toujours entendre des plaintes quand je me tue à lui sarcler ses heures, à lui embaumer son air, à lui sabler, à lui fleurir les chemins qu'il a semés de pierres. Ma récompense est ce terrible refrain : « — Je vais mourir, la vie me pèse ! » S'il a le bonheur d'avoir du monde chez lui, tout s'efface, il est gracieux et poli. Pourquoi n'est-il pas ainsi pour sa famille ? Je ne sais comment expliquer ce manque de loyauté chez un homme parfois vraiment chevaleresque. Il est capable d'aller secrètement à franc étrier me chercher à Paris une parure comme il le fit dernièrement pour le bal de la ville. Avare pour sa maison, il serait prodigue pour moi, si je le voulais. Ce devrait être l'inverse : je n'ai besoin de rien, et sa maison est lourde. Dans le désir de lui rendre la vie heureuse, et sans songer que je serais mère, peut-être l'ai-je habitué à me prendre pour sa victime ; moi qui en usant de quelques cajoleries, le mènerais comme un enfant, si je pouvais m'abaisser à jouer un rôle qui me semble infâme ! Mais l'intérêt de la maison exige que je sois calme et sévère comme une statue de la Justice, et cependant, moi aussi, j'ai l'âme expansive et tendre !

— Pourquoi, lui dis-je, n'usez-vous pas de cette influence pour vous rendre maîtresse de lui, pour le gouverner ?

— S'il ne s'agissait que de moi seule, je ne saurais ni vaincre son silence obtus, opposé pendant des heures entières à des arguments justes, ni répondre à des observations sans logique, de véritables raisons d'enfant. Je n'ai de courage ni contre la faiblesse ni contre l'enfance ; elles peuvent me frapper sans que je leur résiste ; peut-être opposerais-je la force à la force, mais je suis sans énergie contre ceux que je plains. S'il fallait contraindre Madeleine à quelque chose pour la sauver je mourrais avec elle. La pitié détend toutes mes fibres et mollifie mes nerfs. Aussi les violentes secousses de ces dix années m'ont-elles abattue ; maintenant ma sensibilité si souvent attaquée est parfois sans consistance, rien ne la régénère ; parfois l'énergie, avec laquelle je supportais les orages, me manque. Oui, parfois je suis vaincue. Faute de repos et de bains de mer où je retremperais mes fibres [1], je périrai. Monsieur de Mortsauf m'aura tuée et il mourra de ma mort.

— Pourquoi ne quittez-vous pas Clochegourde pour quelques mois ? Pourquoi n'iriez-vous pas, accompagnée de vos enfants, au bord de la mer ?

— D'abord, monsieur de Mortsauf se croirait perdu si je m'éloignais. Quoiqu'il ne veuille pas croire à sa situation, il en a la conscience. Il se rencontre en lui l'homme et le malade, deux natures différentes dont les contradictions expliquent bien des bizarreries ! Puis, il aurait raison de trembler. Tout irait mal ici. Vous avez vu peut-être en moi la mère de famille occupée à protéger ses enfants contre le milan qui plane sur eux. Tâche écrasante, augmentée des soins exigés par monsieur de Mortsauf qui va toujours demandant : — Où est madame ? Ce n'est rien. Je suis aussi le précepteur de Jacques, la gouvernante de Madeleine. Ce n'est rien

---

1. Les bains de mer étaient alors conseillés pour les maladies nerveuses (*cf. Dictionnaire des sciences médicales*, 1819, t. XXXV, p. 581).

encore ! Je suis intendant et régisseur. Vous connaîtrez
un jour la portée de mes paroles quand vous saurez que
l'exploitation d'une terre est ici la plus fatigante des
industries. Nous avons peu de revenus en argent, nos
fermes sont cultivées à moitié, système qui veut une sur-
veillance continuelle. Il faut vendre soi-même ses grains,
ses bestiaux, ses récoltes de toute nature. Nous avons
pour concurrents nos propres fermiers qui s'entendent
au cabaret avec les consommateurs, et font les prix après
avoir vendu les premiers. Je vous ennuierais si je vous
expliquais les mille difficultés de notre agriculture. Quel
que soit mon dévouement, je ne puis veiller à ce que nos
colons [1] n'amendent pas leurs propres terres avec nos
fumiers ; je ne puis, ni aller voir si nos métiviers [2] ne
s'entendent pas avec eux lors du partage des récoltes, ni
savoir le moment opportun pour la vente. Or, si vous
venez à penser au peu de mémoire de monsieur de
Mortsauf, aux peines que vous m'avez vue prendre pour
l'obliger à s'occuper de ses affaires, vous comprendrez
la lourdeur de mon fardeau, l'impossibilité de le déposer
un moment. Si je m'absentais, nous serions ruinés. Personne ne l'écouterait ; la plupart du temps, ses ordres se
contredisent ; d'ailleurs personne ne l'aime, il est trop
grondeur, il fait trop l'absolu ; puis, comme tous les gens
faibles, il écoute trop facilement ses inférieurs pour inspirer autour de lui l'affection qui unit les familles. Si je
partais, aucun domestique ne resterait ici huit jours. Vous
voyez bien que je suis attachée à Clochegourde comme
ces bouquets de plomb le sont à nos toits. Je n'ai pas eu
d'arrière-pensée avec vous, monsieur. Toute la contrée
ignore les secrets de Clochegourde, et maintenant vous

---

1. Dans la langue juridique, le colon est le cultivateur d'une terre
dont le loyer est payé en nature. – 2. Le métivier est un terme régional
qui désignait au XIXe siècle un moissonneur (*cf. Glossaire..., op. cit.*).
Mais Balzac l'utilise avec un autre sens qu'il précisera plus loin
(p. 176) : le métivier veille aux intérêts du propriétaire dans le partage
de la récolte avec les métayers.

les savez. N'en dites rien que de bon et d'obligeant, et vous aurez mon estime, ma reconnaissance, ajouta-t-elle encore d'une voix adoucie. A ce prix, vous pouvez toujours revenir à Clochegourde, vous y trouverez des cœurs amis.

— Mais, dis-je, moi je n'ai jamais souffert ! Vous seule...

— Non ! reprit-elle en laissant échapper ce sourire des femmes résignées qui fendrait le granit, ne vous étonnez pas de cette confidence, elle vous montre la vie comme elle est, et non comme votre imagination vous l'a fait espérer. Nous avons tous nos défauts et nos qualités. Si j'eusse épousé quelque prodigue, il m'aurait ruinée. Si j'eusse été donnée à quelque jeune homme ardent et voluptueux, il aurait eu des succès, peut-être n'aurais-je pas su le conserver, il m'aurait abandonnée, je serais morte de jalousie. Je suis jalouse ! dit-elle avec un accent d'exaltation qui ressemblait au coup de tonnerre d'un orage qui passe. Hé ! bien, monsieur m'aime autant qu'il peut m'aimer ; tout ce que son cœur enferme d'affection, il le verse à mes pieds, comme la Madeleine a versé le reste de ses parfums aux pieds du Sauveur[1]. Croyez-le ! une vie d'amour est une fatale exception à la loi terrestre ; toute fleur périt, les grandes joies ont un lendemain mauvais, quand elles ont un lendemain. La vie réelle est une vie d'angoisses : son image est dans cette ortie, venue au pied de la terrasse, et qui, sans soleil, demeure verte sur sa tige. Ici, comme dans les patries du nord, il est des sourires dans le ciel, rares il est vrai, mais qui paient bien des peines. Enfin les femmes qui sont exclusivement mères ne s'attachent-elles pas plus par les sacrifices que par les plaisirs ? Ici j'attire sur moi les orages que je vois prêts à fondre sur les gens

---

1. Madeleine, pécheresse de la ville, arrose les pieds de Jésus avec ses larmes de repentir et les oint de parfums (Évangile selon *Luc*, VII, 30-41).

ou sur mes enfants, et j'éprouve en les détournant je ne sais quel sentiment qui me donne une force secrète. La résignation de la veille a toujours préparé celle du lendemain. Dieu ne me laisse d'ailleurs point sans espoir. Si d'abord la santé de mes enfants m'a désespérée, aujourd'hui plus ils avancent dans la vie, mieux ils se portent. Après tout, notre demeure s'est embellie, la fortune se répare. Qui sait si la vieillesse de monsieur ne sera pas heureuse par moi ? Croyez-le ! l'être qui se présente devant le Grand Juge, une palme verte à la main[1], lui ramenant consolés ceux qui maudissaient la vie, cet être a converti ses douleurs en délices. Si mes souffrances servent au bonheur de la famille, est-ce bien des souffrances ?

— Oui, lui dis-je, mais elles étaient nécessaires comme le sont les miennes pour me faire apprécier les saveurs du fruit mûri dans nos roches ; maintenant peut-être le goûterons-nous ensemble, peut-être en admirerons-nous les prodiges ? ces torrents d'affection dont il inonde les âmes, cette sève qui ranime les feuilles jaunissantes. La vie ne pèse plus alors, elle n'est plus à nous. Mon Dieu ! ne m'entendez-vous pas ? repris-je en me servant du langage mystique auquel notre éducation religieuse nous avait habitués. Voyez par quelles voies nous avons marché l'un vers l'autre ? quel aimant nous a dirigés sur l'océan des eaux amères, vers la source d'eau douce, coulant au pied des monts sur un sable pailleté, entre deux rives vertes et fleuries ? N'avons-nous pas, comme les Mages, suivi la même étoile[2] ?

---

1. Au moment du Jugement dernier, les peuples, nations, tribus se tiendront « debout devant le trône et devant l'agneau, vêtus d'habits blancs, avec des palmes à la main. [...] l'agneau qui est au milieu du trône les fera paître et les conduira près des eaux des sources de vie, et Dieu effacera toute larme de leurs yeux » (*Apocalypse*, VII, 9-17).
– 2. Les mages dirent : « Où est ce roi des Juifs qui est né ? Car nous avons vu son étoile se lever, et nous sommes venus nous prosterner devant lui » (Évangile selon *Matthieu*, II, 2).

Nous voici devant la crèche d'où s'éveille un divin
enfant qui lancera ses flèches au front des arbres nus [1],
qui nous ranimera le monde par ses cris joyeux, qui par
des plaisirs incessants donnera du goût à la vie, rendra
aux nuits leur sommeil, aux jours leur allégresse. Qui
donc a serré chaque année de nouveaux nœuds entre
nous ? Ne sommes-nous pas plus que frère et sœur ? Ne
déliez jamais ce que le ciel a réuni. Les souffrances dont
vous parlez étaient le grain répandu à flots par la main
du Semeur [2] pour faire éclore la moisson déjà dorée par
le plus beau des soleils. Voyez ! voyez ! N'irons-nous
pas ensemble tout cueillir brin à brin ? Quelle force en
moi, pour que j'ose vous parler ainsi ! Répondez-moi
donc, ou je ne repasserai pas l'Indre.

— Vous m'avez évité le mot *amour*, dit-elle en m'interrompant d'une voix sévère ; mais vous avez parlé
d'un sentiment que j'ignore et qui ne m'est point permis.
Vous êtes un enfant, je vous pardonne encore, mais pour
la dernière fois. Sachez-le, monsieur, mon cœur est
comme enivré de maternité [3] ! Je n'aime monsieur de
Mortsauf ni par devoir social, ni par calcul de béatitudes
éternelles à gagner ; mais par un irrésistible sentiment

----

1. Jésus se métamorphose en un Cupidon armé des flèches de
l'amour. – 2. La parabole du Semeur se trouve dans les Évangiles
selon *Marc* (IV, 3-20), *Matthieu* (XIII, 3-9) et *Luc* (VIII, 5-8). La
semence qui tombe dans une bonne terre produit du fruit au centuple.
Dans les Évangiles, la semence est la parole de Dieu. – 3. Dans le
manuscrit, Balzac a d'abord écrit : *Vous parlez de l'amour, dit-elle en
m'interrompant. J'ignore entièrement ce qu'est l'amour qui d'ailleurs
ne m'est plus permis, mais ce que je connais dans les derniers replis
de mon cœur est la maternité, je suis orgueilleuse de mes souffrances
comme les martyrs des plus saintes causes* (A 116, f° 36). Dans le
premier dossier d'épreuves, Balzac modifie ce passage pour effacer la
représentation ambiguë de la femme orgueilleuse qui se drape avec
ostentation dans ses souffrances au profit de l'épouse et de la mère
respectueuse de ses devoirs : *Vous m'avez évité le mot d'« amour »,
dit-elle en m'interrompant, mais vous avez parlé d'un sentiment que
j'ignore et qui ne m'est point permis. Oui, mais ce que je connais dans
les derniers replis de mon cœur est la maternité* (A 117, f° 96-97).

qui l'attache à toutes les fibres de mon cœur. Ai-je été violentée à mon mariage ? Il fut décidé par ma sympathie pour les infortunes. N'était-ce pas aux femmes à réparer les maux du temps, à consoler ceux qui coururent sur la brèche et revinrent blessés ? Que vous dirai-je ? j'ai ressenti je ne sais quel contentement égoïste en voyant que vous l'amusiez : n'est-ce pas la maternité pure ? Ma confession ne vous a-t-elle donc pas assez montré les *trois* enfants auxquels je ne dois jamais faillir, sur lesquels je dois faire pleuvoir une rosée réparatrice, et faire rayonner mon âme sans en laisser adultérer la moindre parcelle ? N'aigrissez pas le lait d'une mère ! Quoique l'épouse soit invulnérable en moi, ne me parlez donc plus ainsi. Si vous ne respectiez pas cette défense si simple, je vous en préviens, l'entrée de cette maison vous serait à jamais fermée. Je croyais à de pures amitiés, à des fraternités volontaires, plus certaines que ne le sont les fraternités imposées. Erreur ! Je voulais un ami qui ne fût pas un juge, un ami pour m'écouter en ces moments de faiblesse où la voix qui gronde est une voix meurtrière, un ami saint avec qui je n'eusse rien à craindre. La jeunesse est noble, sans mensonges, capable de sacrifices, désintéressée : en voyant votre persistance, j'ai cru, je l'avoue, à quelque dessein du ciel ; j'ai cru que j'aurais une âme qui serait à moi seule comme un prêtre est à tous [1], un cœur où je pourrais épancher mes douleurs quand elles surabondent, crier quand mes cris sont irrésistibles et m'étoufferaient si je continuais à les dévorer. Ainsi mon existence, si précieuse à ces enfants, aurait pu se prolonger jusqu'au jour ou Jacques serait

---

1. Dans le manuscrit, on peut lire : *J'ai cru que j'aurais une âme qui serait à moi seule comme un prêtre est à Jésus* (A 116, f° 36). Dès le premier dossier d'épreuves, Balzac remplace « à Jésus » par « à tous » (A 117, f° 97). Mais il ne supprime pas complètement du texte définitif la représentation christique de Mme de Mortsauf que l'on trouve un peu plus loin dans le passage où Félix évoque la communion des larmes comme une eucharistie.

devenu homme. Mais n'est-ce pas être trop égoïste ? La
Laure de Pétrarque peut-elle se recommencer ? Je me
suis trompée, Dieu ne le veut pas. Il faudra mourir à
mon poste, comme le soldat sans ami. Mon confesseur
est rude, austère ; et... ma tante n'est plus !

Deux grosses larmes éclairées par un rayon de lune
sortirent de ses yeux, roulèrent sur ses joues, en atteignirent le bas ; mais je tendis la main assez à temps pour
les recevoir, et les bus avec une avidité pieuse qu'exci-
tèrent ces paroles déjà signées par dix ans de larmes
secrètes, de sensibilité dépensée, de soins constants,
d'alarmes perpétuelles, l'héroïsme le plus élevé de votre
sexe ! Elle me regarda d'un air doucement stupide.

— Voici, lui dis-je, la première, la sainte communion
de l'amour. Oui, je viens de participer à vos douleurs,
de m'unir à votre âme, comme nous nous unissons au
Christ en buvant sa divine substance [1]. Aimer sans espoir
est encore un bonheur. Ah ! quelle femme sur la terre
pourrait me causer une joie aussi grande que celle
d'avoir aspiré ces larmes ! J'accepte ce contrat qui doit
se résoudre en souffrances pour moi. Je me donne à vous
sans arrière-pensée, et serai ce que vous voudrez que je
sois.

Elle m'arrêta par un geste, et me dit de sa voix profonde : — Je consens à ce pacte, si vous voulez ne
jamais presser les liens qui nous attacheront.

— Oui, lui dis-je, mais moins vous m'accorderez,
plus certainement dois-je posséder.

— Vous commencez par une méfiance, répondit-elle
en exprimant la mélancolie du doute.

— Non, mais par une jouissance pure. Écoutez ! je
voudrais de vous un nom qui ne fût à personne, comme
doit être le sentiment que nous nous vouons.

---

1. C'est sur épreuves (A 117, f° 98) que Balzac ajoute la comparaison : *Comme nous nous unissons au Christ en buvant son sang.*

— C'est beaucoup, dit-elle, mais je suis moins petite que vous ne le croyez. Monsieur de Mortsauf m'appelle Blanche. Une seule personne au monde, celle que j'ai le plus aimée, mon adorable tante, me nommait Henriette. Je redeviendrai donc Henriette pour vous[1].

Je lui pris la main et la baisai. Elle me l'abandonna dans cette confiance qui rend la femme si supérieure à nous, confiance qui nous accable. Elle s'appuya sur la balustrade en briques et regarda l'Indre.

— N'avez-vous pas tort, mon ami, dit-elle, d'aller du premier bond au bout de la carrière ? Vous avez épuisé, par votre première aspiration, une coupe offerte avec candeur. Mais un vrai sentiment ne se partage pas, il doit être entier, ou il n'est pas. Monsieur de Mortsauf, me dit-elle après un moment de silence, est par-dessus tout loyal et fier. Peut-être seriez-vous tenté, pour moi, d'oublier ce qu'il a dit ; s'il n'en sait rien, moi demain je l'en instruirai. Soyez quelque temps sans vous montrer à Clochegourde, il vous en estimera davantage. Dimanche prochain, au sortir de l'église, il ira lui-même à vous : je le connais, il effacera ses torts ; et vous aimera de l'avoir traité comme un homme responsable de ses actions et de ses paroles.

— Cinq jours sans vous voir, sans vous entendre !

— Ne mettez jamais cette chaleur aux paroles que vous me direz, dit-elle.

---

1. Dans le manuscrit, Balzac a rédigé une scène d'amour plus courte qui se termine par la communion avec les larmes de Mme de Mortsauf. Elle autorise Félix à l'appeler « Henriette », prénom qu'utilisait sa tante, qu'il sera désormais le seul à lui donner. Mais les personnages n'échangent pas de confidences sur leur enfance. La communion ne semble pas réciproque et, sans fléchir, Henriette déclare : *L'épouse est invulnérable en moi* (A 116, f° 90). Si elle signale qu'elle a épousé le comte par pitié, cependant elle n'entre pas dans le détail de ses souffrances et préserve davantage l'image de son mari. C'est sur épreuves que Balzac développe progressivement l'enfance et les souffrances des deux personnages, fondant sur une communauté d'expérience le mariage des âmes (A 117, f° 87-93 et A 118, f° 58-67).

Nous fîmes deux fois le tour de la terrasse en silence. Puis elle me dit d'un ton de commandement qui me prouvait qu'elle prenait possession de mon âme :
— Il est tard, séparons-nous.

Je voulais lui baiser la main, elle hésita, me la rendit, et me dit d'une voix de prière : — Ne la prenez que lorsque je vous la donnerai, laissez-moi mon libre arbitre, sans quoi je serais une chose à vous, et cela ne doit pas être.

— Adieu, lui dis-je.

Je sortis par la petite porte d'en bas qu'elle m'ouvrit. Au moment où elle l'allait fermer, elle la rouvrit, me tendit sa main en me disant : — En vérité, vous avez été bien bon ce soir, vous avez consolé tout mon avenir ; prenez, mon ami, prenez !

Je baisai sa main à plusieurs reprises ; et quand je levai les yeux, je vis des larmes dans les siens. Elle remonta sur la terrasse, et me regarda encore un moment à travers la prairie. Quand je fus dans le chemin de Frapesle, je vis encore sa robe blanche éclairée par la lune ; puis, quelques instants après, une lumière illumina sa chambre.

— O mon Henriette ! me dis-je, à toi l'amour le plus pur qui jamais aura brillé sur cette terre !

Je regagnai Frapesle en me retournant à chaque pas. Je sentais en moi je ne sais quel contentement ineffable. Une brillante carrière s'ouvrait enfin au dévouement dont est gros tout jeune cœur, et qui chez moi fut si longtemps une force inerte ! Semblable au prêtre qui, par un seul pas, s'est avancé dans une vie nouvelle, j'étais consacré, voué. Un simple *oui, madame !* m'avait engagé à garder pour moi seul en mon cœur un amour irrésistible, à ne jamais abuser de l'amitié pour amener à petits pas cette femme dans l'amour. Tous les sentiments nobles réveillés faisaient entendre en moi-même leurs voix confuses. Avant de me retrouver à l'étroit dans une chambre, je voulus voluptueusement rester sous l'azur

ensemencé d'étoiles, entendre encore en moi-même ces
chants de ramier blessé, les tons simples de cette confidence ingénue, rassembler dans l'air les effluves de cette
âme qui toutes devaient venir à moi[1]. Combien elle me
parut grande, cette femme, avec son oubli profond du
moi, sa religion pour les êtres blessés, faibles ou souffrants, avec son dévouement allégé des chaînes léga-
les[2] ! Elle était là, sereine sur son bûcher de sainte et de
martyre ! J'admirais sa figure qui m'apparut au milieu
des ténèbres, quand soudain je crus deviner un sens à
ses paroles, une mystérieuse signifiance qui me la rendit
complètement sublime. Peut-être voulait-elle que je
fusse pour elle ce qu'elle était pour son petit monde ?
Peut-être voulait-elle tirer de moi sa force et sa consolation, me mettant ainsi dans sa sphère, sur sa ligne ou
plus haut ? Les astres, disent quelques hardis construc-
teurs des mondes, se communiquent ainsi le mouvement
et la lumière[3]. Cette pensée m'éleva soudain à des hauteurs éthérées. Je me retrouvai dans le ciel de mes

---

1. Balzac emploie à plusieurs reprises le mot « effluve » au féminin.
Au XIXᵉ siècle, les effluves pouvaient désigner les influences magnéti-
ques exercées par un magnétiseur sur son patient. Elles étaient attribuées à un fluide. Chez Balzac, l'amour a une force magnétisante.
Dans *Les Deux Rencontres* (*cf. La Femme de trente ans*), l'amour
d'Hélène pour Victor est une attraction magnétique irrésistible.
– 2. Rappel de la théorie martiniste qui privilégie la foi et l'amour et
libère donc, comme le dit Balzac, le devoir de sa « dégradation légale », c'est-à-dire de la peur des sanctions. – 3. Dans *Séraphita*, l'héroïne explique la science absolue qui appréhende globalement les effets
et les causes, les corps et les forces. Elle montre la coordination des
mondes visibles entre eux et avec les mondes invisibles. Ce monisme
mystique repose sur l'idée de l'animation de la matière et de l'attraction universelle qui fait l'unité de l'univers : « La vie des mondes est
attirée vers des centres par une aspiration affamée [...] » (*CH*, XI,
p. 827). Séraphita fait l'éloge de Newton qui en a eu l'intuition lorsqu'il s'est tourné à la fin de sa vie vers le mysticisme et a commenté
l'*Apocalypse*. On l'a cru fou parce qu'il cherchait la cause qui unissait
le tout, qui expliquait la « liaison des astres entre eux et l'action centripète de leur mouvement interne » (*CH*, X, p. 824).

anciens songes, et je m'expliquai les peines de mon enfance par le bonheur immense où je nageais.

Génies éteints dans les larmes, cœurs méconnus, saintes Clarisse Harlowe [1] ignorées, enfants désavoués, proscrits innocents, vous tous qui êtes entrés dans la vie par ses déserts, vous qui partout avez trouvé les visages froids, les cœurs fermés, les oreilles closes, ne vous plaignez jamais ! vous seuls pouvez connaître l'infini de la joie au moment où pour vous un cœur s'ouvre, une oreille vous écoute, un regard vous répond. Un seul jour efface les mauvais jours. Les douleurs, les méditations, les désespoirs, les mélancolies passées et non pas oubliées sont autant de liens par lesquels l'âme s'attache à l'âme confidente. Belle de nos désirs réprimés, une femme hérite alors des soupirs et des amours perdus, elle nous restitue agrandies toutes les affections trompées, elle explique les chagrins antérieurs comme la soulte exigée par le destin pour les éternelles félicités qu'elle donne au jour des fiançailles de l'âme. Les anges seuls disent le nom nouveau dont il faudrait nommer ce saint amour, de même que vous seuls, chers martyrs, saurez bien ce que madame de Mortsauf était soudain devenue pour moi, pauvre, seul [2] !

---

1. Balzac cite souvent ce roman, dans *La Peau de chagrin* (1831), *La Fille aux yeux d'or* (1834), dans la préface de l'*Histoire des treize* (1834) et dans sa correspondance (lettre à Laure Surville de juillet 1821). Clarisse Harlowe opprimée par ses parents pendant sa jeunesse est, de surcroît, obligée de s'enfuir pour échapper à un mariage arrangé. Malgré ces difficultés, Clarisse est selon Balzac « une fille chez qui la sensibilité est à tout moment étouffée par une force que Richardson a nommée vertu » (à Mme d'Abrantès, *op. cit.*, *Corr.* I, p. 263). C'est un autre exemple de ce modèle féminin dont Balzac voit en Mme de Staël le type. – **2.** Dans l'édition originale, le chapitre I, « Les deux enfances », prenait fin sur ce mot. Il était suivi du chapitre II, intitulé « Les premières amours ». Dans le manuscrit, ce paragraphe (« Génies éteints [...] pauvre, seul ») était placé plus haut. Pour remercier Félix de laisser le comte gagner au trictrac, Mme de Mortsauf lui accorde pour la première fois le regard qu'elle donne à ses enfants.

Cette scène s'était passée un mardi, j'attendis jusqu'au dimanche sans passer l'Indre dans mes promenades. Pendant ces cinq jours, de grands événements arrivèrent à Clochegourde. Le comte reçut le brevet de maréchal-de-camp [1], la croix de Saint-Louis [2], et une pension de quatre mille francs. Le duc de Lenoncourt-Givry, nommé pair de France, recouvra deux forêts, reprit son service à la cour, et sa femme rentra dans ses biens non vendus qui avaient fait partie du domaine de la couronne impériale. La comtesse de Mortsauf devenait ainsi l'une des plus riches héritières du Maine. Sa mère était venue lui apporter cent mille francs économisés sur les revenus de Givry, le montant de sa dot qui n'avait point été payée, et dont le comte ne parlait jamais, malgré sa détresse. Dans les choses de la vie extérieure, la conduite de cet homme attestait le plus fier de tous les désintéressements. En joignant à cette somme ses économies, le comte pouvait acheter deux domaines voisins qui valaient environ neuf mille livres de rente. Son fils devant succéder à la pairie de son grand-père, il pensa tout à coup à lui constituer un majorat qui se composerait de la fortune territoriale des deux familles sans nuire à Madeleine, à laquelle la faveur du duc de Lenoncourt ferait sans doute faire un beau mariage. Ces arrangements et ce bonheur jetèrent quelque baume sur les plaies de l'émigré. La duchesse de Lenoncourt à Clochegourde fut un événement dans le pays. Je songeais doulou-

---

Félix conclut : « J'étais donc quelque chose pour elle ! » (p. 116). C'est à cet endroit que Balzac avait alors placé la méditation élégiaque de Félix sur l'infini de la joie procurée par la première affection aux cœurs souffrants. Au moment de la correction des épreuves, Balzac déplaça cette méditation après l'épisode où Madame de Mortsauf accorde à Félix l'exclusivité du prénom « Henriette ».

1. Jusque sous Louis XIV, les maréchaux de camp distribuaient les logements aux troupes et les orientaient sur le champ de bataille. La Restauration reprend ce titre pour l'attribuer aux généraux de brigade. – 2. Cet ordre, fondé par Louis XIV, fut supprimé par la Révolution, puis rétabli par la Restauration et disparut sous la monarchie de Juillet.

reusement que cette femme était une grande dame, et j'aperçus alors dans sa fille l'esprit de caste que couvrait à mes yeux la noblesse de ses sentiments. Qu'étais-je, moi pauvre, sans autre avenir que mon courage et mes facultés ? Je ne pensais aux conséquences de la restauration, ni pour moi, ni pour les autres. Le dimanche, de la chapelle réservée où j'étais à l'église avec monsieur, madame de Chessel et l'abbé de Quélus, je lançais des regards avides sur une autre chapelle latérale où se trouvaient la duchesse et sa fille, le comte et les enfants. Le chapeau de paille qui me cachait mon idole ne vacilla pas, et cet oubli de moi sembla m'attacher plus vivement que tout le passé. Cette grande Henriette de Lenoncourt, qui maintenant était ma chère Henriette, et de qui je voulais fleurir la vie, priait avec ardeur ; la foi communiquait à son attitude je ne sais quoi d'abîmé, de prosterné, une pose de statue religieuse, qui me pénétra.

Suivant l'habitude des cures de village, les vêpres devaient se dire quelque temps après la messe. Au sortir de l'église, madame de Chessel proposa naturellement à ses voisins de passer les deux heures d'attente à Frapesle, au lieu de traverser deux fois l'Indre et la prairie par la chaleur. L'offre fut agréée. Monsieur de Chessel donna le bras à la duchesse, madame de Chessel accepta celui du comte, je présentai le mien à la comtesse, et je sentis pour la première fois ce beau bras frais à mes flancs. Pendant le retour de la paroisse à Frapesle, trajet qui se faisait à travers les bois de Saché où la lumière filtrée dans les feuillages produisait, sur le sable des allées, ces jolis jours qui ressemblent à des soieries peintes, j'eus des sensations d'orgueil et des idées qui me causèrent de violentes palpitations.

— Qu'avez-vous ? me dit-elle après quelques pas faits dans un silence que je n'osais rompre. Votre cœur bat trop vite ?...

— J'ai appris des événements heureux pour vous, lui dis-je, et comme ceux qui aiment bien, j'ai des craintes vagues. Vos grandeurs ne nuiront-elles point à vos amitiés ?

— Moi ! dit-elle, fi ! Encore une idée semblable, je ne vous mépriserais pas, je vous aurais oublié pour toujours.

Je la regardai, en proie à une ivresse qui dut être communicative.

— Nous profitons du bénéfice de lois que nous n'avons ni provoquées ni demandées, mais nous ne serons ni mendiants ni avides ; et d'ailleurs vous savez bien, reprit-elle, que ni moi ni monsieur de Mortsauf nous ne pouvons sortir de Clochegourde. Par mon conseil, il a refusé le commandement auquel il avait droit dans la Maison Rouge[1]. Il nous suffit que mon père ait sa charge ! Notre modestie forcée, dit-elle en souriant avec amertume, a déjà bien servi notre enfant. Le roi, près duquel mon père est de service, a dit fort gracieusement qu'il reporterait sur Jacques la faveur dont nous ne voulions pas. L'éducation de Jacques, à laquelle il faut songer, est maintenant l'objet d'une grave discussion ; il va représenter deux maisons, les Lenoncourt et les Mortsauf. Je ne puis avoir d'ambition que pour lui, voici donc mes inquiétudes augmentées. Non seulement Jacques doit vivre, mais il doit encore devenir digne de son nom, deux obligations qui se contrarient. Jusqu'à présent j'ai pu suffire à son éducation en mesurant les travaux à ses forces, mais d'abord où trouver un précepteur qui me convienne ? puis, plus tard, quel ami me le conservera dans cet horrible Paris où tout est piège pour l'âme et danger pour le corps ? Mon ami, me dit-elle d'une voix émue, à voir votre front et vos yeux, qui ne devinerait en vous l'un de ces oiseaux qui doivent habiter les hauteurs ? prenez votre élan, soyez un jour le parrain de notre cher enfant. Allez à Paris. Si votre frère et votre

---

1. Corps de gentilshommes de la garde de Louis XVIII. Ils portaient un habit rouge.

père ne vous secondent point, notre famille, ma mère surtout, qui a le génie des affaires, sera certes très influente ; profitez de notre crédit ! vous ne manquerez alors ni d'appui, ni de secours dans la carrière que vous choisirez ! mettez donc le superflu de vos forces dans une noble ambition...

— Je vous entends, lui dis-je en l'interrompant, mon ambition deviendra ma maîtresse. Je n'ai pas besoin de ceci pour être tout à vous. Non, je ne veux pas être récompensé de ma sagesse ici par des faveurs là-bas. J'irai, je grandirai seul, par moi-même. J'accepterais tout de vous ; des autres, je ne veux rien.

— Enfantillage ! dit-elle en murmurant mais en retenant mal un sourire de contentement.

— D'ailleurs, je me suis voué, lui dis-je. En méditant notre situation, j'ai pensé à m'attacher à vous par des liens qui ne puissent jamais se dénouer.

Elle eut un léger tremblement et s'arrêta pour me regarder.

— Que voulez-vous dire ? fit-elle en laissant aller les deux couples qui nous précédaient et gardant ses enfants près d'elle.

— Hé ! bien, répondis-je, dites-moi franchement comment vous voulez que je vous aime.

— Aimez-moi comme m'aimait ma tante, de qui je vous ai donné les droits en vous autorisant à m'appeler du nom qu'elle avait choisi pour elle parmi les miens.

— J'aimerai donc sans espérance, avec un dévouement complet. Hé ! bien, oui, je ferai pour vous ce que l'homme fait pour Dieu. Ne l'avez-vous pas demandé ? Je vais entrer dans un séminaire, j'en sortirai prêtre, et j'élèverai Jacques. Votre Jacques, ce sera comme un autre moi [1] : conceptions politiques, pensée, énergie,

---

1. Félix rêve comme Vautrin dans *Le Père Goriot* d'une sorte de paternité qui lui permettrait de vivre par procuration grâce à son fils d'adoption.

patience, je lui donnerai tout. Ainsi, je demeurerai près de vous, sans que mon amour, pris dans la religion comme une image d'argent dans du cristal, puisse être suspecté. Vous n'avez à craindre aucune de ces ardeurs immodérées qui saisissent un homme et par lesquelles une fois déjà je me suis laissé vaincre. Je me consumerai dans la flamme, et vous aimerai d'un amour purifié.

Elle pâlit, et dit à mots pressés : — Félix, ne vous engagez pas en des liens qui, un jour, seraient un obstacle à votre bonheur. Je mourrais de chagrin d'avoir été la cause de ce suicide. Enfant, un désespoir d'amour est-il donc une vocation ? Attendez les épreuves de la vie pour juger de la vie ; je le veux, je l'ordonne. Ne vous mariez ni avec l'Église ni avec une femme, ne vous mariez d'aucune manière, je vous le défends. Restez libre. Vous avez vingt et un ans. A peine savez-vous ce que vous réserve l'avenir. Mon Dieu ! Vous aurais-je mal jugé ? Cependant j'ai cru que deux mois suffisaient à connaître certaines âmes.

— Quel espoir avez-vous ? lui dis-je en jetant des éclairs par les yeux.

— Mon ami, acceptez mon aide, élevez-vous, faites fortune, et vous saurez quel est mon espoir. Enfin, dit-elle en paraissant laisser échapper un secret, ne quittez jamais la main de Madeleine que vous tenez en ce moment.

Elle s'était penchée à mon oreille pour me dire ces paroles qui prouvaient combien elle était occupée de mon avenir.

— Madeleine ? lui dis-je, jamais !

Ces deux mots nous rejetèrent dans un silence plein d'agitations. Nos âmes étaient en proie à ces bouleversements qui les sillonnent de manière à y laisser d'éternelles empreintes. Nous étions en vue d'une porte en bois par laquelle on entrait dans le parc de Frapesle, et dont il me semble encore voir les deux pilastres ruinés, couverts de plantes grimpantes et de mousses, d'herbes et de ronces. Tout à coup une idée, celle de la mort du comte, passa comme une flèche dans ma cervelle, et je lui dis : — Je vous comprends.

— C'est bien heureux, répondit-elle d'un ton qui me fit voir que je lui supposais une pensée qu'elle n'aurait jamais.

Sa pureté m'arracha une larme d'admiration que l'égoïsme de la passion rendit bien amère. En faisant un retour sur moi, je songeai qu'elle ne m'aimait pas assez pour souhaiter sa liberté. Tant que l'amour recule devant un crime, il nous semble avoir des bornes, et l'amour doit être infini. J'eus une horrible contraction de cœur.

— Elle ne m'aime pas, pensais-je.

Pour ne pas laisser lire dans mon âme, j'embrassai Madeleine sur ses cheveux.

— J'ai peur de votre mère, dis-je à la comtesse pour reprendre l'entretien.

— Et moi aussi, répondit-elle en faisant un geste plein d'enfantillage, mais n'oubliez pas de toujours la nommer madame la duchesse et de lui parler à la troisième personne. La jeunesse actuelle a perdu l'habitude de ces formes polies, reprenez-les ? faites cela pour moi. D'ailleurs, il est de si bon goût de respecter les femmes, quel que soit leur âge, et de reconnaître les distinctions sociales sans les mettre en question. Les honneurs que vous rendez aux supériorités établies ne sont-ils pas la garantie de ceux qui vous sont dus ? Tout est solidaire dans la Société. Le cardinal de la Rovère et Raphaël d'Urbin [1] étaient autrefois deux puissances également révérées. Vous avez sucé dans vos lycées le lait de la Révolution [2], et vos idées politiques peuvent s'en ressentir, mais en avançant dans la vie, vous apprendrez com-

---

1. Le cardinal de la Rovère est le futur pape Jules II. Balzac exprime ici un légitimisme réformateur qui voulait faire une place à la noblesse de mérite. – 2. C'est Napoléon qui a créé les lycées. Or Henriette le considère comme l'héritier de la Révolution.

bien les principes de liberté mal définis sont impuissants à créer le bonheur des peuples. Avant de songer, en ma qualité de Lenoncourt, à ce qu'est ou ce que doit être une aristocratie, mon bon sens de paysanne me dit que les Sociétés n'existent que par la hiérarchie. Vous êtes dans un moment de la vie où il faut choisir bien ! Soyez de votre parti. Surtout, ajouta-t-elle en riant, quand il triomphe.

Je fus vivement touché par ces paroles où la profondeur politique se cachait sous la chaleur de l'affection, alliance qui donne aux femmes un si grand pouvoir de séduction ; elles savent toutes prêter aux raisonnements les plus aigus les formes du sentiment. Il semblait que, dans son désir de justifier les actions du comte, Henriette eût prévu les réflexions qui devaient sourdre en mon âme au moment où je vis, pour la première fois, les effets de la courtisanerie. Monsieur de Mortsauf, roi dans son castel, entouré de son auréole historique, avait pris à mes yeux des proportions grandioses, et j'avoue que je fus singulièrement étonné de la distance qu'il mit entre la duchesse et lui, par des manières au moins obséquieuses. L'esclave a sa vanité, il ne veut obéir qu'au plus grand des despotes ; je me sentais comme humilié de voir l'abaissement de celui qui me faisait trembler en dominant tout mon amour. Ce mouvement intérieur me fit comprendre le supplice des femmes de qui l'âme généreuse est accouplée à celle d'un homme de qui elles enterrent journellement les lâchetés [1]. Le respect est une barrière qui protège également le grand et le petit, chacun de son côté peut se regarder en face. Je fus respectueux avec la duchesse, à cause de ma jeunesse ; mais là où les autres voyaient une duchesse, je vis la mère de

---

1. Dans la nouvelle *Le Rendez-vous* (*cf. La Femme de trente ans*), Balzac a déjà créé un personnage de femme mal mariée, Julie d'Aiglemont. Elle cache l'infériorité de son mari, mais ce supplice quotidien ruine sa santé.

mon Henriette et mis une sorte de sainteté dans mes hommages. Nous entrâmes dans la grande cour de Frapesle, où nous trouvâmes la compagnie. Le comte de Mortsauf me présenta fort gracieusement à la duchesse, qui m'examina d'un air froid et réservé. Madame de Lenoncourt était alors une femme de cinquante-six ans, parfaitement conservée et qui avait de grandes manières. En voyant ses yeux d'un bleu dur, ses tempes rayées, son visage maigre et macéré, sa taille imposante et droite, ses mouvements rares, sa blancheur fauve qui se revoyait si éclatante dans sa fille, je reconnus la race froide d'où procédait ma mère, aussi promptement qu'un minéralogiste reconnaît le fer de Suède. Son langage était celui de la vieille cour, elle prononçait les *oit* en *ait* et disait *frait* pour *froid, porteux* au lieu de *porteurs*. Je ne fus ni courtisan, ni gourmé ; je me conduisis si bien, qu'en allant à vêpres la comtesse me dit à l'oreille :
— Vous êtes parfait !

Le comte vint à moi, me prit par la main et me dit :
— Nous ne sommes pas fâchés, Félix ? Si j'ai eu quelques vivacités, vous les pardonnerez à votre vieux camarade. Nous allons rester ici probablement à dîner, et nous vous inviterons pour jeudi, la veille du départ de la duchesse. Je vais à Tours y terminer quelques affaires. Ne négligez pas Clochegourde. Ma belle-mère est une connaissance que je vous engage à cultiver. Son salon donnera le ton au faubourg Saint-Germain. Elle a les traditions de la grande compagnie, elle possède une immense instruction, connaît le blason du premier comme du dernier gentilhomme en Europe.

Le bon goût du comte, peut-être les conseils de son génie domestique, se montrèrent dans les circonstances nouvelles où le mettait le triomphe de sa cause. Il n'eut ni arrogance ni blessante politesse, il fut sans emphase, et la duchesse fut sans airs protecteurs. Monsieur et madame de Chessel acceptèrent avec reconnaissance le dîner du jeudi suivant. Je plus à la duchesse, et ses regards m'apprirent qu'elle examinait en moi un homme de qui sa fille lui avait parlé. Quand nous revînmes de vêpres, elle me questionna sur ma famille et me demanda si le Vandenesse occupé déjà dans la diplomatie était mon parent. — Il est mon frère, lui dis-je. Elle devint alors affectueuse à demi. Elle m'apprit que ma grand'tante, la vieille marquise de Listomère, était une Grandlieu. Ses manières furent polies comme l'avaient été celles de monsieur de Mortsauf le jour où il me vit pour la première fois. Son regard perdit cette expression de hauteur par laquelle les princes de la terre vous font mesurer la distance qui se trouve entre eux et vous. Je ne savais presque rien de ma famille[1]. La duchesse m'apprit que mon grand-oncle, vieil abbé que je ne connaissais même pas de nom, faisait partie du conseil privé[2], mon frère avait reçu de l'avancement ; enfin, par un article de la Charte que je ne connaissais pas encore[3], mon père redevenait marquis de Vandenesse[4]. —

---

1. Sur le manuscrit où le récit débute par le bal à Tours et non pas par le récit de l'enfance de Félix, le héros donne quelques renseignements fragmentaires sur ses rapports avec sa famille dans la suite du texte, en particulier au moment de la visite des Lenoncourt à Clochegourde. Ainsi à la place de « Je ne savais presque rien de ma famille » on peut lire : *Elle me nomma M. le vicomte, nom auquel je n'étais pas habitué, car je n'avais rien lu de la Charte. Ni mon père ni mon frère ne pensaient à moi. Mon père venait de quitter Tours sans m'en prévenir. Mon peu de santé, mon apparente inertie, le peu de brillant de mon esprit engourdi me faisaient très mal juger par mes parents.*

J'étais comme de trop. Je souffrais horriblement de voir la tendresse expansive de mon âme méconnue et par mon père et par ma mère. Ma jeune sœur me consolait de tout. Aussi lorsque les trésors enfouis dans mon cœur furent découverts et appréciés par madame de Mortsauf, devins-je un autre homme. Je lus la Charte à Falesne (A 116, f° 41-42). Ce passage est supprimé au cours de la correction des premières épreuves (A 117, f° 109). – 2. Le Conseil privé sous la Restauration est un autre nom du Conseil du roi. Il statue sur les difficultés d'application des lois. Y siègent les conseillers d'État et les maîtres des requêtes. – 3. La charte du 4 juin 1814 octroyée par Louis XVIII permettait à la noblesse de reprendre ses anciens titres. – 4. Encore une fois Balzac donne à un personnage de fiction un nom historique, sans rien

— Je ne suis qu'une chose, le serf de Clochegourde[1], dis-je tout bas à la comtesse.

Le coup de baguette de la Restauration s'accomplissait avec une rapidité qui stupéfiait les enfants élevés sous le régime impérial. Cette révolution ne fut rien pour moi. La moindre parole, le plus simple geste de madame de Mortsauf étaient les seuls événements auxquels j'attachais de l'importance. J'ignorais ce qu'était le conseil privé ; je ne connaissais rien à la politique ni aux choses du monde ; je n'avais d'autre ambition que celle d'aimer Henriette, mieux que Pétrarque n'aimait Laure[2]. Cette insouciance me fit prendre pour un enfant par la duchesse. Il vint beaucoup de monde à Frapesle, nous y fûmes trente personnes à dîner. Quel enivrement pour un jeune homme de voir la femme qu'il aime être la plus belle entre toutes, devenir l'objet de regards passionnés, et de se savoir seul à recevoir la lueur de ses yeux chastement réservée ; de connaître assez toutes les nuances de sa voix pour trouver dans sa parole, en apparence légère ou moqueuse, les preuves d'une pensée constante, même quand on se sent au cœur une jalousie dévorante contre les distractions du monde. Le comte, heureux des attentions dont il se vit l'objet, fut presque jeune ; sa

---

lui attribuer d'autre qui puisse le rapprocher de ses homonymes référentiels. Dans sa *Vie des hommes illustres et des grands capitaines français (op. cit.)*, Brantôme cite un seigneur de Vandenesse, frère de La Palice. Au début du règne de Louis XIV, le grand bailli de Touraine était Louis du Bois, baron de Vandenesse et de Givry (*cf. Dictionnaire généalogique..., op. cit.*). Du temps de Balzac il y avait encore en Touraine des Vendenesse (J. Maurice, « Sur l'origine tourangelle des noms de trois personnages de *La Comédie humaine* », dans le bulletin *Balzac à Saché*, n° 6, pp. 10-11). Le vicomte Félix de Vendenesse était l'un des chefs de la police secrète de Louis XVIII (J. Peuchet, *Mémoires tirés des archives de la police de Paris*, 1838).

  1. Balzac se disait le « mougick » de Mme Hanska (13 juillet 1834).
– 2. Pétrarque rencontra Laure de Noves à Avignon puis, éloigné d'elle, il apprit sa mort dans l'épidémie de peste noire de 1348. Il consacra alors le *Canzionere* à sa dame qui prit une valeur symbolique.

femme en espéra quelque changement d'humeur ; moi
je riais avec Madeleine qui, semblable aux enfants chez
lesquels le corps succombe sous les étreintes de l'âme,
me faisait rire par des observations étonnantes et pleines
d'un esprit moqueur sans malignité, mais qui n'épargnait
personne. Ce fut une belle journée. Un mot, un espoir
né le matin avait rendu la nature lumineuse ; et me
voyant si joyeux, Henriette était joyeuse.

— Ce bonheur à travers sa vie grise et nuageuse lui
sembla bien bon, me dit-elle le lendemain.

Le lendemain je passai naturellement la journée à Clochegourde ; j'en avais été banni pendant cinq jours,
j'avais soif de ma vie. Le comte était parti dès six heures
pour aller faire dresser ses contrats d'acquisition à Tours.
Un grave sujet de discorde s'était ému entre la mère et
la fille. La duchesse voulait que la comtesse la suivît à
Paris, où elle devait obtenir pour elle une charge à la
cour, où le comte, en revenant sur son refus, pouvait
occuper de hautes fonctions. Henriette, qui passait pour
une femme heureuse, ne voulait dévoiler à personne, pas
même au cœur d'une mère, ses horribles souffrances, ni
trahir l'incapacité de son mari. Pour que sa mère ne
pénétrât point le secret de son ménage, elle avait envoyé
monsieur de Mortsauf à Tours, où il devait se débattre
avec les notaires. Moi seul, comme elle l'avait dit, connaissais les secrets de Clochegourde. Après avoir expérimenté combien l'air pur, le ciel bleu de cette vallée
calmaient les irritations de l'esprit ou les amères douleurs de la maladie, et quelle influence l'habitation de
Clochegourde exerçait sur la santé de ses enfants, elle
opposait des refus motivés que combattait la duchesse,
femme envahissante, moins chagrine qu'humiliée du
mauvais mariage de sa fille. Henriette aperçut que sa
mère s'inquiétait peu de Jacques et de Madeleine,
affreuse découverte ! Comme toutes les mères habituées
à continuer sur la femme mariée le despotisme qu'elles

exerçaient sur la jeune fille[1], la duchesse procédait par
des considérations qui n'admettaient point de répliques ;
elle affectait tantôt une amitié captieuse afin d'arracher
un consentement à ses vues, tantôt une amère froideur
pour avoir par la crainte ce que la douceur ne lui obtenait
pas ; puis, voyant ses efforts inutiles, elle déploya le
même esprit d'ironie que j'avais observé chez ma mère.
En dix jours, Henriette connut tous les déchirements que
causent aux jeunes femmes les révoltes nécessaires à
l'établissement de leur indépendance. Vous qui, pour
votre bonheur, avez la meilleure des mères, vous ne sauriez comprendre ces choses. Pour avoir une idée de cette
lutte entre une femme sèche, froide, calculée, ambi-
tieuse, et sa fille, pleine de cette onctueuse et fraîche
bonté qui ne tarit jamais, il faudrait vous figurer le lys
auquel mon cœur l'a sans cesse comparée, broyé dans
les rouages d'une machine en acier poli. Cette mère
n'avait jamais eu rien de cohérent avec sa fille ; elle ne
sut deviner aucune des véritables difficultés qui l'obligeaient à ne pas profiter des avantages de la Restauration, et à continuer sa vie solitaire. Elle crut à quelque
amourette entre sa fille et moi. Ce mot, dont elle se servit pour exprimer ses soupçons, ouvrit entre ces deux
femmes des abîmes que rien ne pouvait combler désormais. Quoique les familles enterrent soigneusement ces
intolérables dissidences, pénétrez-y ? vous trouverez
dans presque toutes des plaies profondes, incurables, qui
diminuent les sentiments naturels : ou c'est des passions
réelles, attendrissantes, que la convenance des caractères

---

1. *Wann-Chlore* avec la mère d'Eugénie, Madame d'Arneuse, et *Le
Contrat de mariage* avec Mme Evangélista, la mère de Natalie, offrent
d'autres cas de despotisme maternel. Si Natalie n'en souffre guère et
devient la complice de sa mère, par contre Eugénie pâtit, comme Félix
et Henriette, de la dureté de sa mère, des ambitions auxquelles elle
veut soumettre sa fille. Dans cette œuvre de jeunesse, Eugénie est déjà
le modèle de la femme charitable qui pardonne toutes les offenses et
se trouve livrée aux agressions permanentes d'un autre personnage.

rend éternelles et qui donnent à la mort un contrecoup
dont les noires meurtrissures sont ineffaçables ; ou des
haines latentes qui glacent lentement le cœur et sèchent
les larmes au jour des adieux éternels. Tourmentée hier,
tourmentée aujourd'hui, frappée par tous, même par ses
deux anges souffrants qui n'étaient complices ni des
maux qu'ils enduraient ni de ceux qu'ils causaient, comment cette pauvre âme n'aurait-elle pas aimé celui qui
ne la frappait point et qui voulait l'environner d'une triple haie d'épines, afin de la défendre des orages, de tout
contact, de toute blessure ? Si je souffrais de ces débats,
j'en étais parfois heureux en sentant qu'elle se rejetait
dans mon cœur, car Henriette me confia ses nouvelles
peines [1]. Je pus alors apprécier son calme dans la douleur, et la patience énergique qu'elle savait déployer.
Chaque jour j'appris mieux le sens de ces mots :
— Aimez-moi, comme m'aimait ma tante.
— Vous n'avez donc point d'ambition ? me dit à
dîner la duchesse d'un air dur.
— Madame, lui répondis-je en lui lançant un regard
sérieux, je me sens une force à dompter le monde ; mais
je n'ai que vingt et un ans, et je suis tout seul.
Elle regarda sa fille d'un air étonné, elle croyait que,
pour me garder près d'elle, sa fille éteignait en moi toute
ambition. Le séjour que fit la duchesse de Lenoncourt
à Clochegourde fut un temps de gêne perpétuelle. La
comtesse me recommandait le décorum, elle s'effrayait
d'une parole doucement dite ; et, pour lui plaire, il fallait
endosser le harnais de la dissimulation. Le grand jeudi
vint, ce fut un jour d'ennuyeux cérémonial, un de ces

---

1. Balzac supprime un fragment des premières épreuves après
l'avoir découpé et collé sur un feuillet : *jours que sa mère passa près
d'elle jetèrent encore quelques lumières sur son mariage ; je compris
vaguement pourquoi elle avait quitté la maison paternelle ; mais moi
seul pouvais pénétrer les secrets antérieurs de son âme froissée :
j'étais alors dans une situation pareille, et j'en souffrais* (A 117,
f° 111).

jours que haïssent les amants habitués aux cajoleries du
laisser-aller quotidien, accoutumés à voir leur chaise à
sa place et la maîtresse du logis toute à eux. L'amour a
horreur de tout ce qui n'est pas lui-même. La duchesse
alla jouir des pompes de la cour, et tout rentra dans l'ordre à Clochegourde [1].

Ma petite brouille avec le comte avait eu pour résultat
de m'y implanter encore plus avant que par le passé :
j'y pus venir à tout moment sans exciter la moindre
défiance, et les antécédents de ma vie me portèrent à
m'étendre comme une plante grimpante dans la belle
âme où s'ouvrait pour moi le monde enchanteur des
sentiments partagés. A chaque heure, de moment en
moment, notre fraternel mariage, fondé sur la confiance,
devint plus cohérent ; nous nous établissions chacun
dans notre position : la comtesse m'enveloppait dans les
nourricières protections, dans les blanches draperies
d'un amour tout maternel ; tandis que mon amour, séra-
phique en sa présence, devenait loin d'elle mordant et
altéré comme un fer rouge ; je l'aimais d'un double
amour qui décochait tour à tour les mille flèches du
désir, et les perdait au ciel où elles se mouraient dans un
éther infranchissable. Si vous me demandez pourquoi,
jeune et plein de fougueux vouloirs, je demeurai dans
les abusives croyances de l'amour platonique, je vous
avouerai que je n'étais pas assez homme encore pour
tourmenter cette femme, toujours en crainte de quelque
catastrophe chez ses enfants ; toujours attendant un éclat,
une orageuse variation d'humeur chez son mari ; frappée
par lui, quand elle n'était pas affligée par la maladie de
Jacques ou de Madeleine ; assise au chevet de l'un d'eux
quand son mari calmé pouvait lui laisser prendre un peu
de repos. Le son d'une parole trop vive ébranlait son
être, un désir l'offensait ; pour elle, il fallait être amour

---

1. Le second article, paru dans la *Revue de Paris* (29 novembre
1835), s'achevait à cet endroit.

voilé, force mêlée de tendresse, enfin tout ce qu'elle était
pour les autres. Puis, vous le dirai-je, à vous si bien
femme, cette situation comportait des langueurs enchanteresses, des moments de suavité divine et les contente-
ments qui suivent de tacites immolations. Sa conscience
était contagieuse, son dévouement sans récompense terrestre imposait par sa persistance ; cette vive et secrète
piété qui servait de lien à ses autres vertus, agissait à
l'entour comme un encens spirituel. Puis j'étais jeune !
assez jeune pour concentrer ma nature dans le baiser
qu'elle me permettait si rarement de mettre sur sa main
dont elle ne voulut jamais me donner que le dessus et
jamais la paume, limite où pour elle commençaient peut-
être les voluptés sensuelles. Si jamais deux âmes ne
s'étreignirent avec plus d'ardeur, jamais le corps ne fut
plus intrépidement ni plus victorieusement dompté.
Enfin, plus tard, j'ai reconnu la cause de ce bonheur
plein. A mon âge, aucun intérêt ne me distrayait le cœur,
aucune ambition ne traversait le cours de ce sentiment
déchaîné comme un torrent et qui faisait onde de tout ce
qu'il emportait. Oui, plus tard, nous aimons la femme
dans une femme tandis que de la première femme aimée,
nous aimons tout : ses enfants sont les nôtres, sa maison
est la nôtre, ses intérêts sont nos intérêts, son malheur
est notre plus grand malheur ; nous aimons sa robe et
ses meubles ; nous sommes plus fâchés de voir ses blés
versés que de savoir notre argent perdu ; nous sommes
prêts à gronder le visiteur qui dérange nos curiosités sur
la cheminée. Ce saint amour nous fait vivre dans un
autre, tandis que plus tard, hélas ! nous attirons une autre
vie en nous-même, en demandant à la femme d'enrichir
de ses jeunes sentiments nos facultés appauvries. Je fus
bientôt de la maison, et j'éprouvai pour la première fois
une de ces douceurs infinies qui sont à l'âme tourmentée
ce qu'est un bain pour le corps fatigué ; l'âme est alors
rafraîchie sur toutes ses surfaces, caressée dans ses plis
les plus profonds. Vous ne sauriez me comprendre, vous

êtes femme, et il s'agit ici d'un bonheur que vous donnez, sans jamais recevoir le pareil. Un homme seul connaît le friand plaisir d'être, au sein d'une maison étrangère, le privilégié de la maîtresse, le centre secret de ses affections : les chiens n'aboient plus après vous, les domestiques reconnaissent, aussi bien que les chiens, les insignes cachés que vous portez ; les enfants, chez lesquels rien n'est faussé, qui savent que leur part ne s'amoindrira jamais, et que vous êtes bienfaisant à la lumière de leur vie, ces enfants possèdent un esprit divinateur ; ils se font chats pour vous, ils ont de ces bonnes tyrannies qu'ils réservent aux êtres adorés et adorants ; ils ont des discrétions spirituelles et sont d'innocents complices ; ils viennent à vous sur la pointe des pieds, vous sourient et s'en vont sans bruit. Pour vous, tout s'empresse, tout vous aime et vous rit. Les passions vraies semblent être de belles fleurs qui font d'autant plus de plaisir à voir que les terrains où elles se produisent sont plus ingrats. Mais si j'eus les délicieux bénéfices de cette naturalisation dans une famille où je trouvais des parents selon mon cœur, j'en eus aussi les charges. Jusqu'alors monsieur de Mortsauf s'était gêné pour moi ; je n'avais vu que les masses de ses défauts, j'en sentis bientôt l'application dans toute son étendue, et vis combien la comtesse avait été noblement charitable en me dépeignant ses luttes quotidiennes. Je connus alors tous les angles de ce caractère intolérable : j'entendis ces criailleries continuelles à propos de rien, ces plaintes sur des maux dont aucun signe n'existait au dehors, ce mécontentement inné qui déflorait la vie, et ce besoin incessant de tyrannie qui lui aurait fait dévorer chaque année de nouvelles victimes. Quand nous nous promenions le soir, il dirigeait lui-même la promenade ; mais quelle qu'elle fût, il s'y était toujours ennuyé ; de retour au logis, il mettait sur les autres le fardeau de sa lassitude ; sa femme en avait été la cause en le menant contre son gré là où elle voulait aller ; ne se souvenant plus de nous avoir conduits, il se plaignait d'être gouverné par elle dans les moindres détails de la vie, de ne pouvoir garder ni une volonté ni une pensée à lui, d'être un zéro dans sa maison. Si ses duretés rencontraient une silencieuse patience, il se fâchait en sentant une limite à son pouvoir ; il demandait aigrement si la religion n'ordonnait pas aux femmes de complaire à leurs maris, s'il était convenable de mépriser le père de ses enfants. Il finissait toujours par attaquer chez sa femme une corde sensible ; et quand il l'avait fait résonner, il semblait goûter un plaisir particulier à ces nullités dominatrices. Quelquefois il affectait un mutisme morne, un abattement morbide, qui soudain effrayait sa femme de laquelle il recevait alors des soins touchants. Semblable à ces enfants gâtés qui exercent leur pouvoir sans se soucier des alarmes maternelles, il se laissait dorloter comme Jacques et Madeleine dont il était jaloux. Enfin, à la longue, je découvris que dans les plus petites, comme dans les plus grandes circonstances, le comte agissait envers ses domestiques, ses enfants et sa femme, comme envers moi au jeu de trictrac. Le jour où j'embrassai dans leurs racines et dans leurs rameaux ces difficultés qui, semblables à des lianes, étouffaient, comprimaient les mouvements et la respiration de cette famille, emmaillottaient de fils légers mais multipliés la marche du ménage, et retardaient l'accroissement de la fortune en compliquant les actes les plus nécessaires, j'eus une admirative épouvante qui domina mon amour, et le refoula dans mon cœur. Qu'étais-je, mon Dieu ? Les larmes que j'avais bues engendrèrent en moi comme une ivresse sublime, et je trouvai du bonheur à épouser les souffrances de cette femme. Je m'étais plié naguère au despotisme du comte comme un contrebandier paie ses amendes ; désormais, je m'offris volontairement aux coups du despote, pour être au plus près d'Henriette. La comtesse me devina, me laissa prendre une place à ses côtés, et me récompensa par la permission de partager

ses douleurs, comme jadis l'apostat repenti, jaloux de
voler au ciel de conserve avec ses frères, obtenait la
grâce de mourir dans le cirque.

— Sans vous j'allais succomber à cette vie, me dit
Henriette un soir où le comte avait été, comme les mou-
ches par un jour de grande chaleur, plus piquant, plus
acerbe, plus changeant qu'à l'ordinaire.

Le comte s'était couché. Nous restâmes, Henriette et
moi, pendant une partie de la soirée, sous nos acacias ; les
enfants jouaient autour de nous, baignés dans les rayons
du couchant. Nos paroles rares et purement exclamatives
nous révélaient la mutualité des pensées par lesquelles
nous nous reposions de nos communes souffrances.
Quand les mots manquaient, le silence servait fidèlement
nos âmes qui pour ainsi dire entraient l'une chez l'autre
sans obstacle, mais sans y être conviées par le baiser ;
savourant toutes deux les charmes d'une torpeur pensive,
elles s'engageaient dans les ondulations d'une même
rêverie, se plongeaient ensemble dans la rivière, en sortaient rafraîchies comme deux nymphes aussi parfaitement unies que la jalousie le peut désirer, mais sans aucun
lien terrestre. Nous allions dans un gouffre sans fond, nous
revenions à la surface, les mains vides, en nous demandant par un regard : — « Aurons-nous un seul jour à nous
parmi tant de jours ? » Quand la volupté nous cueille de
ces fleurs nées sans racines, pourquoi la chair murmure-
t-elle ? Malgré l'énervante poésie du soir qui donnait aux
briques de la balustrade ces tons orangés si calmants et si
purs ; malgré cette religieuse atmosphère qui nous communiquait en sons adoucis les cris des deux enfants, et
nous laissait tranquilles ; le désir serpenta dans mes veines
comme le signal d'un feu de joie. Après trois mois, je
commençais à ne plus me contenter de la part qui m'était
faite, et je caressais doucement la main d'Henriette en
essayant de transborder ainsi les riches voluptés qui
m'embrasaient. Henriette redevint madame de Mortsauf
et me retira sa main ; quelques pleurs roulèrent dans mes

yeux, elle les vit et me jeta un regard tiède en portant sa
main à mes lèvres.

— Sachez donc bien, me dit-elle, que ceci me coûte
des larmes ! L'amitié qui veut une si grande faveur est
bien dangereuse.

J'éclatai, je me répandis en reproches, je parlai de mes
souffrances et du peu d'allégement que je demandais
pour les supporter. J'osai lui dire qu'à mon âge, si les
sens étaient tout âme, l'âme aussi avait un sexe ; que je
saurais mourir, mais non mourir les lèvres closes. Elle
m'imposa silence en me lançant son regard fier, où je
crus lire le : *Et moi, suis-je sur des roses ?* du Cacique[1].
Peut-être aussi me trompai-je. Depuis le jour où, devant
la porte de Frapesle, je lui avais à tort prêté cette pensée
qui faisait naître notre bonheur d'une tombe, j'avais
honte de tacher son âme par des souhaits empreints de
passion brutale. Elle prit la parole ; et, d'une lèvre
emmiellée, me dit qu'elle ne pouvait pas être tout pour
moi, que je devais le savoir. Je compris, au moment où
elle disait ces paroles, que, si je lui obéissais, je creuse-
rais des abîmes entre nous deux. Je baissai la tête. Elle
continua, disant qu'elle avait la certitude religieuse de
pouvoir aimer un frère, sans offenser ni Dieu ni les hommes ; qu'il y avait quelque douceur à faire de ce culte
une image réelle de l'amour divin, qui, selon son bon
Saint-Martin, est la vie du monde[2]. Si je ne pouvais pas
être pour elle quelque chose comme son vieux confesseur, moins qu'un amant, mais plus qu'un frère, il fallait
ne plus nous voir. Elle saurait mourir en portant à Dieu

---

1. Il s'agit de Guatimozin, le dernier empereur aztèque, torturé par
Cortés en 1522. Le manuscrit donnait le nom. Placé sur un gril avec
d'autres princes, il aurait répondu calmement à l'un d'eux qui se plaignait : « Et moi, suis-je sur un lit de roses ? » – **2.** Selon Saint-Martin,
Dieu permet à l'âme de parcourir « les livres de vie » et de contempler
« les sources vivantes de l'amour, qui n'interrompent jamais leur
cours » (chant 6).

ce surcroît de souffrances vives, supportées non sans larmes ni déchirements.

— J'ai donné, dit-elle en finissant, plus que je ne devais pour n'avoir plus rien à laisser prendre, et j'en suis déjà punie.

Il fallut la calmer, promettre de ne jamais lui causer une peine, et de l'aimer à vingt ans comme les vieillards aiment leur dernier enfant.

Le lendemain je vins de bonne heure. Elle n'avait plus de fleurs pour les vases de son salon gris. Je m'élançai dans les champs, dans les vignes, et j'y cherchai des fleurs pour lui composer deux bouquets ; mais tout en les cueillant une à une, les coupant au pied, les admirant, je pensai que les couleurs et les feuillages avaient une harmonie, une poésie qui se faisait jour dans l'entendement en charmant le regard, comme les phrases musicales réveillent mille souvenirs au fond des cœurs aimants et aimés. Si la couleur est la lumière organisée, ne doit-elle pas avoir un sens comme les combinaisons de l'air ont le leur ? Aidé par Jacques et Madeleine, heureux tous trois de conspirer une surprise pour notre chérie, j'entrepris, sur les dernières marches du perron où nous établîmes le quartier-général de nos fleurs, deux bouquets par lesquels j'essayai de peindre un sentiment. Figurez-vous une source de fleurs sortant des deux vases par un bouillonnement, retombant en vagues frangées, et du sein de laquelle s'élançaient mes vœux en roses blanches, en lys à la coupe d'argent ? Sur cette fraîche étoffe brillaient les bleuets, les myosotis, les vipérines, toutes les fleurs bleues dont les nuances, prises dans le ciel, se marient si bien avec le blanc ; n'est-ce pas deux innocences, celle qui ne sait rien et celle qui sait tout, une pensée de l'enfant, une pensée du martyr [1] ? L'amour

---

1. Dans ces bouquets, les deux couleurs principales sont le blanc et le bleu. L'art des bouquets et le symbolisme des couleurs florales avaient donné lieu à la publication de petits livres au début de la monarchie de Juillet. Dans son *Nouveau Manuel des fleurs emblématiques... (op. cit.),*

a son blason, et la comtesse le déchiffra secrètement. Elle me jeta l'un de ces regards incisifs qui ressemblent au cri d'un malade touché dans sa plaie : elle était à la fois honteuse et ravie. Quelle récompense dans ce regard ! La rendre heureuse, lui rafraîchir le cœur, quel encouragement ! J'inventai donc la théorie du père Castel[1] au profit de l'amour, et retrouvai pour elle une science perdue en Europe où les fleurs de l'écritoire remplacent les pages écrites en Orient avec des couleurs embaumées[2]. Quel charme que de faire exprimer ses sensations par ces filles du soleil, les sœurs des fleurs écloses sous les rayons de l'amour[3] ! Je m'entendis

---

Mme Leneveux considère le blanc comme la couleur de l'innocence enfantine et le bleu la couleur de l'amour pur, de l'élévation de l'âme, de la pureté adulte. Mme Leneveux rappelle que le bleuet signifie : « Ayez la certitude que je vous aimerai toujours », le myosotis : « Ne m'oubliez pas », les vipérines ou herbes aux vipères dont les fleurs sont blanches et bleues : « Je vous aime depuis longtemps ».

1. Louis-Bertrand Castel (1688-1757) était un jésuite, spécialiste d'optique. Dans *Nouvelles Expériences d'optique et d'acoustique*, il avait imaginé un clavecin oculaire dont les notes correspondaient à des couleurs. Diderot l'a mis en scène dans *La Lettre sur les aveugles*. – 2. Dans son *Nouveau Manuel des fleurs emblématiques... (op. cit.)*, Mme Leneveux affirmait que le langage des fleurs avait pris naissance dans les harems de l'Orient. D'autre part, en mai 1835, Balzac avait rencontré à Vienne l'orientaliste Hammer-Purgstall, auteur d'une étude *Sur le langage des fleurs* (*Annales des voyages*, t. IX, pp. 346-360). – 3. Le manuscrit développait davantage la réflexion sur la théorie des correspondances, mais Balzac procède à des suppressions dès sa relecture : *[...] Je pensai qu'il existait dans les couleurs et les feuillages une harmonie, une poésie qui parlait [aux yeux], charmait les regards, comme les phrases musicales réveillent dans l'entendement mille souvenirs [par les combinaisons du son]. La couleur est la lumière organisée, [elle devait] avoir un sens [céleste aussi bien que l'air. En un seul jour, je devinai tout un art, et j'inventai la théorie du père Castel au profit de l'amour]. Aidé par Jacques et par Magdeleine, heureux tous trois de conspirer une surprise pour notre bien-aimée, je fis sur les dernières marches du perron où nous établîmes le quartier général de nos fleurs deux bouquets [extraordinaires de splendeur et de grâce. Parmi mon monceau de fleurs lumineuses, d'herbes élégantes et de feuillages différemment déchiquetés, je choisis les créations propres*

bientôt avec les productions de la flore champêtre
comme un homme que j'ai rencontré plus tard à
Grandlieu s'entendait avec les abeilles[1].

Deux fois par semaine, pendant le reste de mon séjour
à Frapesle, je recommençai le long travail de cette œuvre
poétique à l'accomplissement de laquelle étaient nécessaires toutes les variétés des graminées desquelles je fis
une étude approfondie, moins en botaniste qu'en poète,
étudiant plus leur esprit que leur forme[2]. Pour trouver
une fleur là où elle venait, j'allais souvent à d'énormes
distances, au bord des eaux, dans les vallons, au sommet
des rochers, en pleines landes, butinant des pensées au
sein des bois et des bruyères. Dans ces courses, je m'initiai moi-même à des plaisirs inconnus au savant qui vit
dans la méditation, à l'agriculteur occupé de spécialités,
à l'artisan cloué dans les villes, au commerçant attaché
à son comptoir ; mais connus de quelques forestiers, de
quelques bûcherons, de quelques rêveurs. Il est dans la
nature des effets dont les significances sont sans bornes,
et qui s'élèvent à la hauteur des plus grandes conceptions morales. Soit une bruyère fleurie, couverte des dia-

---

*à exprimer l'amour par la disposition de leurs merveilles : oppositions
de couleurs, de découpures ; ici, les dentelles blanches des ombellifè-
res, là les flammes déchirées du pavot, les blonds cheveux de la clématite en fruits, les vrilles de la vigne, les brins tortueux du chèvrefeuille].
Ce fut une source de fleurs sortant des deux vases* (f° 91).

  1. Il existe un lac de ce nom au sud de Nantes où les Berny avaient
une propriété. L'histoire de l'homme aux abeilles est mentionnée dans
Pensées, sujets, fragmens. Sans doute était-ce un projet d'œuvre à
faire. Jusqu'à l'édition Furne, le texte donnait le nom de Fitz-James.
Le duc de Fitz-James, l'un des chefs du parti légitimiste, était l'oncle
de Mme de Castries. – **2.** Le manuscrit développait une réflexion sur
l'écriture florale et son symbolisme : *Je fis une étude approfondie, non
pas à la façon des botanistes mais à la manière des Orientaux que la
jalousie a forcés à créer la plus poétique des langues. Un bouquet
peut être sombre, gai, grave, échevelé, mélancolique, heureux, on lui
donne toutes les impressions que ressent l'âme humaine et qui se trouvent représentées dans l'échelle infinie des couleurs, de leurs nuances
et des combinaisons qui résultent de leurs mélanges* (f° 92).

mants de la rosée qui la trempe, et dans laquelle se joue
le soleil, immensité parée pour un seul regard qui s'y
jette à propos. Soit un coin de forêt environné de roches
ruineuses, coupé de sables [1], vêtu de mousses, garni de
genévriers, qui vous saisit par je ne sais quoi de sauvage,
de heurté, d'effrayant, et d'où sort le cri de l'orfraie.
Soit une lande chaude, sans végétation, pierreuse, à pans
raides, dont les horizons tiennent de ceux du désert, et
où je rencontrais une fleur sublime et solitaire, une pulsatille [2] au pavillon de soie violette étalé pour ses étamines d'or ; image attendrissante de ma blanche idole,
seule dans sa vallée ! Soit de grandes mares d'eau sur
lesquelles la nature jette aussitôt des taches vertes,
espèce de transition entre la plante et l'animal, où la vie
arrive en quelques jours, des plantes et des insectes flottant là, comme un monde dans l'éther ! Soit encore une
chaumière avec son jardin plein de choux, sa vigne, ses
palis, suspendue au-dessus d'une fondrière, encadrée par
quelques maigres champs de seigle, figure de tant
d'humbles existences ! Soit une longue allée de forêt
semblable à quelque nef de cathédrale, où les arbres sont

---

1. Dans son introduction au *Lys dans la vallée* (éd. Garnier, 1966,
p. LXXXV), Moïse Le Yaouanc a fait remarquer que ce paysage tour-
menté aux « roches ruineuses » ne correspond pas aux alentours de
Saché où Balzac a situé Clochegourde mais bien plutôt au paysage de
la forêt de Fontainebleau tel que le décrit Senancour dans la lettre XI
d'*Oberman* : « Je gravissais les sommets encore dans l'ombre, je me
mouillais dans la bruyère pleine de rosée [...] j'aimais les fondrières,
les vallons obscurs, les bois épais, j'aimais les collines couvertes de
bruyère ; j'aimais beaucoup les grès renversés, les rocs ruineux ; j'aimais bien plus les sables vastes et mobiles. » – **2.** Anémone d'un
violet lilas dont le sens conventionnel est : « Je m'attache à vous avec
persévérance. » C'est une fleur du printemps alors que l'épisode des
bouquets se situe à l'automne. Félix modifie sa signification conventionnelle pour en faire l'image d'Henriette, « fleur sublime et solitaire ». C'est à la solitude de sa vallée, opposée à l'agitation de la société
et de la cour, qu'elle reste attachée avec persévérance.

des piliers [1], où leurs branches forment les arceaux de la
voûte, au bout de laquelle une clairière lointaine aux
jours mélangés d'ombres ou nuancés par les teintes rouges du couchant poind à travers les feuilles et montre
comme les vitraux coloriés d'un chœur plein d'oiseaux
qui chantent [2]. Puis au sortir de ces bois frais et touffus,
une jachère crayeuse où sur des mousses ardentes et
sonores, des couleuvres repues rentrent chez elles en
levant leurs têtes élégantes et fines. Jetez sur ces
tableaux, tantôt des torrents de soleil ruisselant comme
des ondes nourrissantes, tantôt des amas de nuées grises
alignées comme les rides au front d'un vieillard, tantôt
les tons froids d'un ciel faiblement orangé, sillonné de
bandes d'un bleu pâle ; puis écoutez ? vous entendrez
d'indéfinissables harmonies au milieu d'un silence qui
confond. Pendant les mois de septembre et d'octobre, je
n'ai jamais construit un seul bouquet qui m'ait coûté
moins de trois heures de recherches, tant j'admirais, avec
le suave abandon des poètes, ces fugitives allégories où
pour moi se peignaient les phases les plus contrastantes de
la vie humaine, majestueux spectacles où va maintenant
fouiller ma mémoire. Souvent aujourd'hui je marie à ces
grandes scènes le souvenir de l'âme alors épandue sur
la nature. J'y promène encore la souveraine dont la robe
blanche ondoyait dans les taillis, flottait sur les pelouses,
et dont la pensée s'élevait, comme un fruit promis, de
chaque calice plein d'étamines amoureuses.

---

1. Dans *Le Génie du christianisme*, Chateaubriand a exposé la théorie des harmonies de la religion et de la nature (Livre V, III, chap. 6) :
« Dieu même est le grand secret de la nature » (Livre I, I, chap. 2) et
les forêts sont considérées comme les premiers temples de la divinité.
Cette similitude se retrouve chez bien des auteurs romantiques, chez
Nodier, en particulier dans *Trilby*. Plus tard, Baudelaire l'utilisera également dans son poème « Correspondances ». – 2. Dans *Le Génie du
christianisme*, Chateaubriand évoque le chant des oiseaux, chantres de
Dieu, dans une nature sacrée (Livre V, I, chap. 5).

Aucune déclaration, nulle preuve de passion insensée n'eut de contagion plus violente que ces symphonies de fleurs, où mon désir trompé me faisait déployer les efforts que Beethoven[1] exprimait avec ses notes ; retours profonds sur lui-même, élans prodigieux vers le ciel. Madame de Mortsauf n'était plus qu'Henriette à leur aspect. Elle y revenait sans cesse, elle s'en nourrissait, elle y reprenait toutes les pensées que j'y avais mises, quand pour les recevoir elle relevait la tête de dessus son métier à tapisserie en disant :

— Mon Dieu, que cela est beau ! Vous comprendrez cette délicieuse correspondance par le détail d'un bouquet, comme d'après un fragment de poésie vous comprendriez Saadi[2]. Avez-vous senti dans les prairies, au mois de mai, ce parfum qui communique à tous les êtres l'ivresse de la fécondation, qui fait qu'en bateau vous trempez vos mains dans l'onde, que vous livrez au vent votre chevelure, et que vos pensées reverdissent comme les touffes forestières ? Une petite herbe, la flouve odorante[3], est un des plus puissants principes de cette harmonie voilée. Aussi personne ne peut-il la garder impunément près de soi. Mettez dans un bouquet ses lames luisantes et rayées comme une robe à filets blancs et verts, d'inépuisables exhalations remueront au fond de votre cœur les roses en bouton que la pudeur y écrase.

---

1. En mai 1834, il avait entendu la *Symphonie en ut mineur* (*LH*, 10 mai 1834). Balzac était un grand admirateur de Beethoven : c'est « le seul homme qui me fasse connaître la jalousie. J'aurais voulu être plutôt Beethoven que Rossini et que Mozart. Il y a dans cet homme une puissance divine » (*LH*, 7/11/37). – **2.** Saadi, grand poète persan du XIIIe siècle, dont la poésie amoureuse est connue en France depuis le XVIIe siècle. Il est l'auteur du *Gulistan (Jardin des roses),* traduit et publié en 1834. Dans *La Fille aux yeux d'or*, Balzac écrit : « Ce fut un poème oriental où rayonnait le soleil que Saadi, Hafiz ont mis dans leurs bourdonnantes strophes » (*CH*, V, p. 1091). – **3.** La flouve est une graminée odorante dont les épis sont jaunes au moment de leur maturité. Selon Mme Leneveux (*Nouveau Manuel des fleurs emblématiques..., op. cit.*), sa signification est : « persévérance ».

Autour du col évasé de la porcelaine, supposez une forte marge uniquement composée des touffes blanches particulières au sédum des vignes en Touraine[1] ; vague image des formes souhaitées, roulées comme celles d'une esclave soumise. De cette assise sortent les spirales des liserons[2] à cloches blanches, les brindilles de la bugrane rose[3], mêlées de quelques fougères[4], de quelques jeunes pousses de chêne aux feuilles magnifiquement colorées et lustrées ; toutes s'avancent prosternées, humbles comme des saules pleureurs, timides et suppliantes comme des prières. Au-dessus, voyez les fibrilles déliées, fleuries, sans cesse agitées de l'amourette purpurine[5] qui verse à flots ses anthères presque jaunes ; les pyramides neigeuses du paturin des champs[6] et des eaux, la verte chevelure des bromes stériles[7], les panaches effilés de ces agrostis nommés les épis du vent[8] ; violâtres espérances dont se couronnent les premiers rêves et qui se détachent sur le fond gris de lin où la lumière rayonne autour de ces herbes en fleurs. Mais déjà plus haut, quelques roses du Bengale[9] clairsemées parmi les folles dentelles du daucus[10], les plumes de la linaigrette[11], les marabous de la reine des prés[12], les

---

1. Le sédum des vignes est une plante grasse dont les fleurs sont rouges ou blanches ou jaunes. – 2. Le liseron des champs signifie : « Le mérite modeste reste souvent caché. » Cette fleur convient bien pour représenter Henriette qui renonce à aller briller à la cour. – 3. La bugrane est une légumineuse épineuse, à fleurs roses. – 4. La fougère signifie « sincérité ». – 5. L'amourette est une graminée à petits épis légers. Sa panicule a une forme pyramidale. Elle est connue sous le nom populaire d'« herbe d'amour » et sa signification conventionnelle est « amour durable ». – 6. Le paturin est une plante fourragère. – 7. Le brome stérile est une graminée dont les épillets sont verts. – 8. L'épis du vent est une graminée dont les épillets violacés forment un panache. – 9. La rose du Bengale est une variété d'églantine. – 10. Le daucus, dont le nom populaire est « carotte sauvage », est une fleur ombellifère blanche. – 11. La linaigrette, lin des marais, a des aigrettes blanches cotonneuses qui entourent ses graines. – 12. La reine-des-prés est une plante commune dont les petites fleurs sont groupées en corymbe. Balzac la compare aux marabouts, constructions

ombellules du cerfeuil sauvage, les blonds cheveux de
la clématite [1] en fruits, les mignons sautoirs de la croisette [2] au blanc de lait, les corymbes des mille-feuilles [3], les
tiges diffuses de la fumeterre aux fleurs roses et noires [4],
les vrilles de la vigne, les brins tortueux des chèvrefeuilles [5] ; enfin tout ce que ces naïves créatures ont de plus
échevelé, de plus déchiré, des flammes et de triples
dards, des feuilles lancéolées, déchiquetées, des tiges
tourmentées comme les désirs entortillés au fond de
l'âme. Du sein de ce prolixe torrent d'amour qui
déborde, s'élance un magnifique double pavot rouge [6]
accompagné de ses glands prêts à s'ouvrir, déployant les

cubiques et blanches, surmontées d'une coupole, qui abritent les reli-
ques des saints de l'Islam.
   1. La clématite, fleur jaune, a des aigrettes argentées. – 2. Le gaillet
croisette a des fleurs blanches disposées en croix (sautoir). – 3. La
mille-feuille a un corymbe. – 4. La fumeterre a une tige rameuse et
ses fleurs sont roses avec une pointe de rouge et son odeur est âcre.
Cette fleur est, d'après Mme Leneveux *(Nouveau Manuel..., op. cit.)*, le
symbole du fiel. Le bouquet sensuel comporte donc une note fortement
négative. – 5. Le chèvrefeuille signifie « lien d'amour ». – 6. Selon
Mme Leneveux *(Nouveau Manuel... op. cit.)*, le rouge exprime à la
fois la pudeur et l'ardeur qui enflamme les sens. Mais chez Balzac, la
fleur rouge n'exprime guère la pudeur. Dans *L'Enfant maudit*, elle
symbolise la satisfaction du désir, achèvement d'un amour qui peut
l'ignorer au début : « Ce fut l'enfance du plaisir grandissant sans connaître les belles fleurs rouges qui couronneront sa tige » (*CH*, X,
p. 948). Dans le bouquet de Félix, les glands prêts à s'ouvrir du pavot
indiquent bien aussi que l'érotisme l'emporte sur la pudeur. Balzac
s'éloigne alors du langage des fleurs qui fait du pavot, si l'on en croit
Mme Leneveux, le symbole du « sommeil du cœur » ! Balzac a
détourné le code floral pour donner au pavot une signification opposée.
Dans *Béatrix*, le pavot sera encore le symbole de la sensualité. Mais
Mme Leneveux donne une deuxième signification commune au pavot
et au coquelicot : « L'amour fondé sur la seule beauté ne dure pas plus
qu'elle. » Comme la fumeterre, le pavot a une valeur d'avertissement.
Le bouquet tentateur chante l'érotisme tout en laissant deviner ses dangers. Dans *Oberman* (lettre XIII), Senancour utilise aussi un langage
floral mais c'est la jonquille qui « est la plus forte expression du
désir ». Elle est comparée à une femme dans « la splendeur de la saison
d'aimer ».

flammèches de son incendie au-dessus des jasmins étoi-
lés et dominant la pluie incessante du pollen, beau nuage
qui papillote dans l'air en reflétant le jour dans ses mille
parcelles luisantes ! Quelle femme enivrée par la senteur
d'Aphrodise[1] cachée dans la flouve, ne comprendra ce
luxe d'idées soumises, cette blanche tendresse troublée
par des mouvements indomptés, et ce rouge désir de
l'amour qui demande un bonheur refusé dans les luttes
cent fois recommencées de la passion contenue, infatigable, éternelle ? Mettez ce discours dans la lumière d'une
croisée, afin d'en montrer les frais détails, les délicates
oppositions, les arabesques, afin que la souveraine émue
y voie une fleur plus épanouie et d'où tombe une larme ;
elle sera bien près de s'abandonner, il faudra qu'un ange
ou la voix de son enfant la retienne au bord de l'abîme.
Que donne-t-on à Dieu ? des parfums, de la lumière et
des chants, les expressions les plus épurées de notre
nature. Eh ! bien, tout ce qu'on offre à Dieu n'était-il
pas offert à l'amour dans ce poème de fleurs lumineuses
qui bourdonnait incessamment ses mélodies au cœur, en
y caressant des voluptés cachées, des espérances ina-
vouées, des illusions qui s'enflamment et s'éteignent
comme des fils de la vierge par une nuit chaude.

Ces plaisirs neutres nous furent d'un grand secours
pour tromper la nature irritée par les longues contemplations de la personne aimée, par ces regards qui jouissent
en rayonnant jusqu'au fond des formes pénétrées. Ce fut
pour moi, je n'ose dire pour elle, comme ces fissures par
lesquelles jaillissent les eaux contenues dans un barrage

---

1. Néologisme formé à partir d'« aphrodisiaque » et d'« Aphrodite », redoutable déesse qui, dans la mythologie grecque, inspire aux
humains les passions irrésistibles, les pousse fatalement aux amours
coupables. Dans l'un de ses essais poétiques, Balzac a déjà utilisé le
nom « Aphrodise » à la place d'Aphrodite : « De même que l'étoile
où réside Aphrodise / D'un nuage des nuits perce l'écharpe grise »
(cité par M. Le Yaouanc, « En relisant *Le Lys dans la vallée* », L'Année balzacienne, 1987).

invincible, et qui souvent empêchent un malheur en faisant une part à la nécessité. L'abstinence a des épuisements mortels que préviennent quelques miettes tombées une à une de ce ciel qui, de Dan à Sahara, donne la manne au voyageur[1]. Cependant à l'aspect de ces bouquets, j'ai souvent surpris Henriette les bras pendants, abîmée en ces rêveries orageuses pendant lesquelles les pensées gonflent le sein, animent le front, viennent par vagues, jaillissent écumeuses, menacent et laissent une lassitude énervante. Jamais depuis je n'ai fait de bouquet pour personne ! Quand nous eûmes créé cette langue à notre usage, nous éprouvâmes un contentement semblable à celui de l'esclave qui trompe son maître.

Pendant le reste de ce mois, quand j'accourais par les jardins, je voyais parfois sa figure collée aux vitres ; et quand j'entrais au salon, je la trouvais à son métier. Si je n'arrivais pas à l'heure convenue sans que jamais nous l'eussions indiquée, parfois sa forme blanche errait sur la terrasse : et quand je l'y surprenais, elle me disait :
— Je suis venue au devant de vous. Ne faut-il pas avoir un peu de coquetterie pour le dernier enfant ?

Les cruelles parties de trictrac avaient été interrompues entre le comte et moi. Ses dernières acquisitions l'obligeaient à une foule de courses, de reconnaissances, de vérifications, de bornages et d'arpentages ; il était occupé d'ordres à donner, de travaux champêtres qui voulaient l'œil du maître, et qui se décidaient entre sa femme et lui. Nous allâmes souvent, la comtesse et moi, le retrouver dans les nouveaux domaines avec ses deux enfants qui durant le chemin couraient après des insec-

---

1. Le miracle de la manne céleste est narré dans l'*Exode* (XVI). Dieu fait pleuvoir des cailles et lever du pain dans le désert pour nourrir les Juifs que Moïse a fait sortir d'Égypte. Dans l'*Ancien Testament*, l'expression « de Dan à Beershéva » désigne les limites nord et sud d'Israël (*Juges*, XX, 1). Mais il n'est pas question du Sahara. Cependant Beershéva est situé à la limite du désert.

tes, des cerfs-volants [1], des couturières [2], et faisaient
aussi leurs bouquets, ou, pour être exact, leurs bottes de
fleurs. Se promener avec la femme qu'on aime, lui donner le bras, lui choisir son chemin ! ces joies illimitées
suffisent à une vie. Le discours est alors si confiant !
Nous allions seuls, nous revenions avec le général, surnom de raillerie douce que nous donnions au comte
quand il était de bonne humeur. Ces deux manières de
faire la route nuançaient notre plaisir par des oppositions
dont le secret n'est connu que des cœurs gênés dans
leur union. Au retour, les mêmes félicités, un regard, un
serrement de main, étaient entremêlés d'inquiétudes. La
parole, si libre pendant l'aller, avait au retour de mystérieuses significations, quand l'un de nous trouvait, après
quelque intervalle, une réponse à des interrogations insi-
dieuses, ou qu'une discussion commencée se continuait
sous ces formes énigmatiques auxquelles se prête si bien
notre langue et que créent si ingénieusement les femmes.
Qui n'a goûté le plaisir de s'entendre ainsi comme dans
une sphère inconnue où les esprits se séparent de la foule
et s'unissent en trompant les lois vulgaires ? Un jour
j'eus un fol espoir promptement dissipé quand, à une
demande du comte, qui voulait savoir de quoi nous parlions, Henriette répondit par une phrase à double sens
dont il se paya. Cette innocente raillerie amusa Madeleine et fit après coup rougir sa mère, qui m'apprit par
un regard sévère qu'elle pouvait me retirer son âme
comme elle m'avait naguère retiré sa main, voulant
demeurer une irréprochable épouse. Mais cette union
purement spirituelle a tant d'attraits que le lendemain
nous recommençâmes.

Les heures, les journées, les semaines, s'enfuyaient
ainsi pleines de félicités renaissantes. Nous arrivâmes à
l'époque des vendanges, qui sont en Touraine de vérita-

---

1. Insectes de l'ordre des coléoptères. – 2. Courtilières, insectes
sauteurs.

bles fêtes. Vers la fin du mois de septembre, le soleil,
moins chaud que durant la moisson, permet de demeurer
aux champs sans avoir à craindre ni le hâle ni la fatigue.
Il est plus facile de cueillir les grappes que de scier[1] les
blés. Les fruits sont tous mûrs. La moisson est faite, le
pain devient moins cher, et cette abondance rend la vie
heureuse. Enfin les craintes qu'inspirait le résultat des
travaux champêtres où s'enfouit autant d'argent que de
sueurs, ont disparu devant la grange pleine et les celliers
prêts à s'emplir. La vendange est alors comme le joyeux
dessert du festin récolté, le ciel y sourit toujours en Touraine, où les automnes sont magnifiques. Dans ce pays
hospitalier, les vendangeurs sont nourris au logis. Ces
repas étant les seuls où ces pauvres gens aient, chaque
année, des aliments substantiels et bien préparés, ils y
tiennent comme dans les familles patriarcales les enfants
tiennent aux galas des anniversaires. Aussi courent-ils
en foule dans les maisons où les maîtres les traitent sans
lésinerie. La maison est donc pleine de monde et de provisions. Les pressoirs sont constamment ouverts. Il semble que tout soit animé par ce mouvement d'ouvriers
tonneliers, de charrettes chargées de filles rieuses, de
gens qui, touchant des salaires meilleurs que pendant le
reste de l'année, chantent à tout propos. D'ailleurs, autre
cause de plaisir, les rangs sont confondus : femmes,
enfants, maîtres et gens, tout le monde participe à la
dive[2] cueillette. Ces diverses circonstances peuvent
expliquer l'hilarité transmise d'âge en âge, qui se développe en ces derniers beaux jours de l'année et dont le
souvenir inspira jadis à Rabelais la forme bachique de
son grand ouvrage. Jamais les enfants, Jacques et Made-

---

1. Dans la *Revue de Paris*, Balzac avait utilisé « soyer » qui signifie
« couper à la faucille ». « Scier » figure avec ce sens dans le *Dictionnaire de l'Académie* de 1835. – 2. Du latin *diva*, divine. Vieux mot
qui ne s'emploie plus guère que dans l'expression héritée de Rabelais :
« la dive bouteille », qui désigne le vin. Balzac en étend l'usage à la
vendange.

leine toujours malades, n'avaient été en vendange ;
j'étais comme eux, ils eurent je ne sais quelle joie enfantine de voir leurs émotions partagées ; leur mère avait
promis de nous y accompagner. Nous étions allés à Vil-
laines [1], où se fabriquent les paniers du pays, nous en
commander de fort jolis ; il était question de vendanger à
nous quatre quelques chaînées [2] réservées à nos ciseaux ;
mais il était convenu qu'on ne mangerait pas trop de
raisin. Manger dans les vignes le gros *co* [3] de Touraine
paraissait chose si délicieuse, que l'on dédaignait les
plus beaux raisins sur la table. Jacques me fit jurer de
n'aller voir vendanger nulle part, et de me réserver pour
le clos de Clochegourde. Jamais ces deux petits êtres,
habituellement souffrants et pâles, ne furent plus frais,
ni plus roses, ni aussi agissants et remuants que durant
cette matinée. Ils babillaient pour babiller, allaient, trot-
taient, revenaient sans raison apparente ; mais, comme
les autres enfants, ils semblaient avoir trop de vie à
secouer ; monsieur et madame de Mortsauf ne les
avaient jamais vus ainsi. Je redevins enfant avec eux,
plus enfant qu'eux peut-être, car j'espérais aussi ma
récolte. Nous allâmes par le plus beau temps vers les
vignes, et nous y restâmes une demi-journée. Comme
nous nous disputions à qui trouverait les plus belles
grappes, à qui remplirait plus vite son panier ! C'était
des allées et venues des ceps à la mère, il ne se cueillait
pas une grappe qu'on ne la lui montrât. Elle se mit à rire
du bon rire plein de sa jeunesse, quand arrivant après sa
fille, avec mon panier, je lui dis comme Madeleine :

---

1. Bourg au sud de Saché. – 2. La chaînée, mot régional, correspond à la perche, c'est-à-dire au centième de l'arpent, soit environ
50 m² (Jaubert, *Glossaire..., op. cit.*). Parfois ce régionalisme désigne
aussi une rangée, sens vraisemblable dans notre contexte. – 3. Cô, cos,
cot, caux ou cors : raisin sucré de Touraine (*ibid.*).

— Et les miens, maman[1] ? Elle me répondit : — Cher
enfant, ne t'échauffe pas trop ! Puis me passant la main
tour à tour sur le cou et dans les cheveux, elle me donna
un petit coup sur la joue en ajoutant : — Tu es en nage !
Ce fut la seule fois que j'entendis cette caresse de la
voix, le *tu* des amants. Je regardai les jolies haies couvertes de fruits rouges, de sinelles et de mûrons[2] ;
j'écoutai les cris des enfants, je contemplai la troupe
des vendangeuses, la charrette pleine de tonneaux et les
hommes chargés de hottes !... Ah ! je gravai tout dans
ma mémoire, tout jusqu'au jeune amandier sous lequel
elle se tenait, fraîche, colorée, rieuse, sous son ombrelle
dépliée. Puis je me mis à cueillir des grappes, à remplir
mon panier, à l'aller vider dans le tonneau de vendange
avec une application corporelle, silencieuse et soutenue,
par une marche lente et mesurée qui laissa mon âme
libre. Je goûtai l'ineffable plaisir d'un travail extérieur
qui voiture la vie en réglant le cours de la passion, bien
près, sans ce mouvement mécanique, de tout incendier.
Je sus combien le labeur uniforme contient de sagesse,
et je compris les règles monastiques[3].

---

1. Rousseau appelait « maman » Mme de Warrens (*cf. Les Confessions*, VI). Balzac en faisait autant avec Mme de Berny à qui il écrit,
en mai 1822, « Ma pauvre maman ». Balzac se sentait proche de Rousseau et écrivait à Mme de Berny en mars 1822 : « Jamais je ne peindrai
mieux mon caractère qu'il n'a été dépeint par un grand homme. Relisez les *Confessions* et vous l'y trouverez tout au long » (*Corr.*, I, p.
153, lettre à Mme de Berny). Zulma Carraud prétendait aussi se
dédommager de ses souffrances par la relation maternelle qu'elle avait
établie avec Balzac : « Heureusement j'ai un stimulant pour vivre, mon
fils. O vous qui savez tout, vous ne soupçonnez pas ce qu'est un fils
pour sa mère [...]. Cher Honoré, toutes mes peines passées [...] ne
payent pas trop de certains instants que je passe avec mon fils » (28
décembre 1832 ; *Corr.*, II, p. 200). – **2.** Les sinelles sont les baies de
l'aubépine et du houx, les mûrons (mûres) celles de la ronce. – **3.** J.
Borel (« *Le Lys dans la vallée* » *et les sources profondes de la création
balzacienne*) a cherché les rapports micro-textuels qui unissent

Pour la première fois depuis longtemps, le comte
n'eut ni maussaderie, ni cruauté. Son fils si bien portant,
le futur duc de Lenoncourt-Mortsauf, blanc et rose, bar-
bouillé de raisin, lui réjouissait le cœur. Ce jour étant le
dernier de la vendange, le général promit de faire danser
le soir devant Clochegourde en l'honneur des Bourbons
revenus ; la fête fut ainsi complète pour tout le monde.
En revenant la comtesse prit mon bras ; elle s'appuya
sur moi de manière à faire sentir à mon cœur tout le
poids du sien, mouvement de mère qui voulait communiquer sa joie, et me dit à l'oreille : — Vous nous portez
bonheur !

Certes, pour moi qui savais ses nuits sans sommeil,
ses alarmes et sa vie antérieure où elle était soutenue par
la main de Dieu, mais où tout était aride et fatigant, cette
phrase accentuée par sa voix si riche développait des
plaisirs qu'aucune femme au monde ne pouvait plus me
rendre.

— L'uniformité malheureuse de mes jours est rom-
pue, la vie devient belle avec des espérances, me dit-elle
après une pause. Oh ! ne me quittez pas ! ne trahissez
jamais mes innocentes superstitions ! soyez l'aîné qui
devient la providence de ses frères !

Ici, Natalie, rien n'est romanesque : pour y découvrir
l'infini des sentiments profonds, il faut dans sa jeunesse
avoir jeté la sonde dans ces grands lacs au bord desquels
on a vécu. Si pour beaucoup d'êtres les passions ont été
des torrents de lave écoulés entre des rives desséchées,
n'est-il pas des âmes où la passion contenue par d'insur-
montables difficultés a rempli d'une eau pure le cratère
du volcan ?

Oberman et *Le Lys.* Ainsi, dans la lettre IX, Oberman dit à propos des
travaux de la vendange : « Je conçois les vertus difficiles et jusqu'à
l'héroïsme des monastères [...]. Cette brouette que je charge de fruits,
et pousse doucement, la soutient mieux. Il semble qu'elle voiture paisiblement mes heures, et que son mouvement utile et lent, sa marche
mesurée, conviennent à l'habitude ordinaire de ma vie. »

Nous eûmes encore une fête semblable. Madame de
Mortsauf voulait habituer ses enfants aux choses de la
vie, et leur donner connaissance des pénibles labeurs par
lesquels s'obtient l'argent ; elle leur avait donc constitué
des revenus soumis aux chances de l'agriculture : à Jacques appartenait le produit des noyers, à Madeleine celui
des châtaigniers. A quelques jours de là, nous eûmes la
récolte des marrons et celles des noix. Aller gauler les
marronniers de Madeleine, entendre tomber les fruits
que leur bogue faisait rebondir sur le velours mat et sec
des terrains ingrats où vient le châtaignier ; voir la gravité sérieuse avec laquelle la petite fille examinait les
tas en estimant leur valeur, qui pour elle représentait les
plaisirs qu'elle se donnait sans contrôle ; les félicitations
de Manette la femme de charge qui seule suppléait la
comtesse auprès de ses enfants ; les enseignements que
préparait le spectacle des peines nécessaires pour
recueillir les moindres biens, si souvent mis en péril par
les alternatives du climat, ce fut une scène où les ingénues félicités de l'enfance paraissaient charmantes au
milieu des teintes graves de l'automne commencé.
Madeleine avait son grenier à elle, où je voulus voir
serrer sa brune chevance[1], en partageant sa joie. Eh !
bien, je tressaille encore aujourd'hui en me rappelant le
bruit que faisait chaque hottée de marrons, roulant sur
la bourre jaunâtre mêlée de terre qui servait de plancher[2]. Le comte en prenait pour la maison ; les métiviers[3], les gens, chacun autour de Clochegourde
procurait des acheteurs à la Mignonne, épithète amie que
dans le pays les paysans accordent volontiers même à

---

1. Le bien que l'on possède. Mot ancien (*Dictionnaire de l'Académie*, 1835). – 2. En se souvenant du bonheur éprouvé à Chessel, Oberman dit : « Comme les marrons, en sortant du sac, roulent
agréablement sur le plancher au-dessus de mon cabinet ! » (lettre LIII).
– 3. Balzac utilise ce mot à la place de « métayers » qui figure sur le
manuscrit et qu'il remplace sur les épreuves.

des étrangers, mais qui semblait appartenir exclusivement à Madeleine.

Jacques fut moins heureux pour la cueillette de ses
noyers, il plut pendant quelques jours ; mais je le conso-
lai en lui conseillant de garder ses noix, pour les vendre
un peu plus tard. Monsieur de Chessel m'avait appris
que les noyers ne donnaient rien dans le Brehémont[1], ni
dans le pays d'Amboise, ni dans celui de Vouvray.
L'huile de noix est de grand usage en Touraine. Jacques
devait trouver au moins quarante sous de chaque noyer,
il en avait deux cents, la somme était donc considérable !
Il voulait s'acheter un équipement pour monter à cheval.
Son désir émut une discussion publique où son père lui
fit faire des réflexions sur l'instabilité des revenus, sur
la nécessité de créer des réserves pour les années où les
arbres seraient inféconds, afin de se procurer un revenu
moyen. Je reconnus l'âme de la comtesse dans son silence ; elle était joyeuse de voir Jacques écoutant son père,
et le père reconquérant un peu de la sainteté qui lui manquait, grâce à ce sublime mensonge qu'elle avait préparé. Ne vous ai-je pas dit, en vous peignant cette
femme, que le langage terrestre serait impuissant à rendre ses traits et son génie ! Quand ces sortes de scènes
arrivent, l'âme savoure leurs délices sans les analyser ;
mais avec quelle vigueur elles se détachent plus tard sur
le fond ténébreux d'une vie agitée ! pareilles à des diamants elles brillent serties par des pensées pleines d'al-
liage, regrets fondus dans le souvenir des bonheurs
évanouis ! Pourquoi les noms des deux domaines récemment achetés, dont monsieur et madame de Mortsauf
s'occupaient tant, la Cassine[2] et la Rhétorière, m'émeu-

---

1. Il s'agit en fait d'un bourg, près de Langeais. – 2. Une cassine
est une petite maison champêtre. Ce substantif était souvent utilisé
comme nom de ferme, ainsi que le font les Mortsauf. En 1835, Balzac
appelait son appartement de la rue Cassini « la Cassinière » (à Laure
Surville, 26 octobre).

vent-ils plus que les plus beaux noms de la Terre-Sainte ou de la Grèce ? *Qui aime, le die*[1] *!* s'est écrié La Fontaine. Ces noms possèdent les vertus talismaniques des paroles constellées en usage dans les évocations, ils m'expliquent la magie, ils réveillent des figures endormies qui se dressent aussitôt et me parlent, ils me mettent dans cette heureuse vallée, ils créent un ciel et des paysages ; mais les évocations ne se sont-elles pas toujours passées dans les régions du monde spirituel ? Ne vous étonnez donc pas de me voir vous entretenant de scènes si familières. Les moindres détails de cette vie simple et presque commune ont été comme autant d'attaches faibles en apparence par lesquelles je me suis étroitement uni à la comtesse.

Les intérêts de ses enfants causaient à la comtesse autant de chagrins que lui en donnait leur faible santé. Je reconnus bientôt la vérité de ce qu'elle m'avait dit relativement à son rôle secret dans les affaires de la maison, auxquelles je m'initiai lentement en apprenant sur le pays des détails que doit savoir l'homme d'État. Après dix ans d'efforts, madame de Mortsauf avait changé la culture de ses terres ; elle les avait *mis en quatre*, expression dont on se sert dans le pays pour expliquer les résultats de la nouvelle méthode suivant laquelle les cultivateurs ne sèment de blé que tous les quatre ans[2], afin de faire rapporter chaque année un produit à la terre. Pour vaincre l'obstination des paysans, il avait fallu rési-

---

1. « Quiconque aime le die » (fin du dernier vers de *La Courtisane amoureuse*, l'un des *Contes* de La Fontaine). – 2. M. de Mortsauf adopte les idées nouvelles des agronomes comme Mathieu de Dombasle qui critiquait la méthode de l'assolement triennal et de la jachère. Il préconisait plutôt l'assolement quadriennal sans jachère. Les grands propriétaires de Touraine tentèrent cette transformation (*cf.* Jean-Hervé Donnard, *Les Réalités économiques et sociales* dans « *La Comédie humaine* », Armand Colin, 1961, p. 181). Dans *Le Médecin de campagne* (1833), Bénassis veut aussi faire de ses deux fermes les modèles des méthodes de l'agriculture moderne.

lier des baux, partager ses domaines en quatre grandes
métairies, et les avoir *à moitié*, le cheptel [1] particulier à
la Touraine et aux pays d'alentour. Le propriétaire donne
l'habitation, les bâtiments d'exploitation et les semen-
ces, à des colons de bonne volonté avec lesquels il partage les frais de culture et les produits. Ce partage est
surveillé par un *métivier*, l'homme chargé de prendre la
moitié due au propriétaire, système coûteux et compli-
qué par une comptabilité que varie à tout moment la
nature des partages. La comtesse avait fait cultiver par
monsieur de Mortsauf une cinquième ferme composée
des terres réservées, sises autour de Clochegourde,
autant pour l'occuper que pour démontrer par l'évidence
des faits, à ses *fermiers à moitié*, l'excellence des nouvelles méthodes. Maîtresse de diriger les cultures, elle
avait fait lentement, et avec sa persistance de femme,
rebâtir deux de ses métairies sur le plan des fermes de
l'Artois et de la Flandre. Il est aisé de deviner son dessein. Après l'expiration des baux à moitié, la comtesse
voulait composer deux belles fermes de ses quatre
métairies, et les louer en argent à des gens actifs et intelligents, afin de simplifier les revenus de Clochegourde.
Craignant de mourir la première, elle tâchait de laisser
au comte des revenus faciles à percevoir, et à ses enfants
des biens qu'aucune impéritie ne pourrait faire péricliter.
En ce moment les arbres fruitiers plantés depuis dix ans
étaient en plein rapport. Les haies qui garantissaient les
domaines de toute contestation future étaient poussées.
Les peupliers, les ormes, tout était bien venu. Avec ses
nouvelles acquisitions et en introduisant partout le nouveau système d'exploitation, la terre de Clochegourde,

---

1. Dans le langage juridique, le cheptel désigne un contrat d'élevage
du bétail. « A moitié » signifie que pertes et bénéfices sont partagés
entre le propriétaire et le métayer. Mais Balzac utilise improprement
le mot « cheptel » pour l'appliquer non à un contrat d'élevage mais à
un bail de culture.

divisée en quatre grandes fermes, dont deux restaient à
bâtir, était susceptible de rapporter seize mille francs en
écus, à raison de quatre mille francs par chaque ferme ;
sans compter le clos de vigne, ni les deux cents arpents
de bois qui les joignaient, ni la ferme modèle. Les chemins de ses quatre fermes pouvaient tous aboutir à une
grande avenue qui de Clochegourde irait en droite ligne
s'embrancher sur la route de Chinon [1]. La distance entre
cette avenue et Tours n'étant que de cinq lieues, les fermiers ne devaient pas lui manquer, surtout au moment
où tout le monde parlait des améliorations faites par le
comte, de ses succès, et de la bonification de ses terres.
Dans chacun des deux domaines achetés, elle voulait
faire jeter une quinzaine de mille francs pour convertir
les maisons de maître en deux grandes fermes, afin de
les mieux louer après les avoir cultivées pendant une
année ou deux, en y envoyant pour régisseur un certain
Martineau, le meilleur, le plus probe de ses métiviers,
lequel allait se trouver sans place ; car les baux à moitié
de ses quatre métairies finissaient, et le moment de les
réunir en deux fermes et de louer en argent était venu.
Ses idées si simples, mais compliquées de trente et quelques mille francs à dépenser, étaient en ce moment l'objet de longues discussions entre elle et le comte ;
querelles affreuses, et dans lesquelles elle n'était soutenue que par l'intérêt de ses deux enfants. Cette pensée :
— « Si je mourais demain, qu'adviendrait-il ? » lui donnait des palpitations. Les âmes douces et paisibles chez
lesquelles la colère est impossible, qui veulent faire
régner autour d'elles leur profonde paix intérieure,
savent seules combien de force est nécessaire pour ces
luttes, quelles abondantes vagues de sang affluent au
cœur avant d'entamer le combat, quelle lassitude s'empare de l'être quand après avoir lutté rien n'est obtenu.

---

1. Le docteur Bénassis dans *Le Médecin de campagne* (1833) se
soucie également de relier son bourg à la grande route de Grenoble.

Au moment où ses enfants étaient moins étiolés, moins maigres, plus agiles, car la saison des fruits avait produit ses effets sur eux ; au moment où elle les suivait d'un œil mouillé dans leurs jeux, en éprouvant un contentement qui renouvelait ses forces en lui rafraîchissant le cœur, la pauvre femme subissait les pointilleries injurieuses et les attaques lancinantes d'une âcre opposition. Le comte, effrayé de ces changements, en niait les avantages et la possibilité par un entêtement compacte. A des raisonnements concluants, il répondait par l'objection d'un enfant qui mettrait en question l'influence du soleil en été. La comtesse l'emporta. La victoire du bon sens sur la folie calma ses plaies, elle oublia ses blessures. Ce jour elle s'alla promener à la Cassine et à la Rhétorière, afin d'y décider les constructions. Le comte marchait seul en avant, les enfants nous séparaient, et nous étions tous deux en arrière suivant lentement, car elle me parlait de ce ton doux et bas qui faisait ressembler ses phrases à des flots menus, murmurés par la mer sur un sable fin.

« Elle était certaine du succès, me disait-elle. Il allait s'établir une concurrence[1] pour le service de Tours à Chinon, entreprise par un homme actif, par un messager, cousin de Manette, qui voulait avoir une grande ferme sur la route. Sa famille était nombreuse : le fils aîné conduirait les voitures, le seconde ferait les roulages ; le père, placé sur la route, à La Rabelaye, une des fermes à louer et située au centre, pourrait veiller au relais et cultiverait bien les terres en les amendant avec les fumiers que lui donneraient ses écuries. Quant à la seconde ferme, la Baude[2], celle qui se trouvait à deux pas de Clochegourde, un de leurs quatre colons, homme probe, intelligent, actif et qui sentait les avantages de la nouvelle culture, offrait déjà de la prendre à bail. Quant

---

1. Nom utilisé pour désigner toute entreprise nouvelle de messageries. — 2. En ancien français, gaie, alerte, fière.

à la Cassine et à la Rhétorière, ces terres étaient les meil-
leures du pays ; une fois les fermes bâties et les cultures
en pleine valeur, il suffirait de les afficher à Tours. En
deux ans, Clochegourde vaudrait ainsi vingt-quatre mille
francs de rente environ ; la Gravelotte[1], cette ferme du
Maine, retrouvée par monsieur de Mortsauf, venait
d'être prise à sept mille francs pour neuf ans ; la pension
de maréchal-de-camp était de quatre mille francs ; si ces
revenus ne constituaient pas encore une fortune, ils pro-
curaient une grande aisance ; plus tard, d'autres améliorations lui permettraient peut-être d'aller un jour à Paris
pour y veiller l'éducation de Jacques, dans deux ans,
quand la santé de l'héritier présomptif serait affermie. »
    Avec quel tremblement elle prononça le mot *Paris* !
J'étais au fond de ce projet, elle voulait se séparer le
moins possible de l'ami. Sur ce mot je m'enflammai, je
lui dis qu'elle ne me connaissait pas ; que, sans lui en
parler, j'avais comploté d'achever mon éducation en travaillant nuit et jour, afin d'être le précepteur de Jacques ;
car je ne supporterais pas l'idée de savoir dans son intérieur un jeune homme. A ces mots, elle devint sérieuse.
    — Non, Félix, dit-elle, cela ne sera pas plus que votre
prêtrise. Si vous avez par un seul mot atteint la mère
jusqu'au fond de son cœur, la femme vous aime trop
sincèrement pour vous laisser devenir victime de votre
attachement. Une déconsidération sans remède serait le
loyer de ce dévouement, et je n'y pourrais rien. Oh !
non, que je ne vous sois funeste en rien ! Vous, vicomte
de Vandenesse, précepteur ? Vous ! dont la noble devise
est : *Ne se vend !* Fussiez-vous un Richelieu, vous vous
seriez à jamais barré la vie. Vous causeriez les plus
grands chagrins à votre famille. Mon ami, vous ne savez
pas ce qu'une femme comme ma mère sait mettre d'im-

---

1. Cette ferme porte un nom qui est le synonyme de pluvier, oiseau
échassier qui vit au bord de l'eau.

pertinence dans un regard protecteur, d'abaissement dans une parole, de mépris dans un salut.

— Et si vous m'aimez, que me fait le monde ?

Elle feignit de ne pas avoir entendu, et dit en continuant : — Quoique mon père soit excellent et disposé à m'accorder ce que je lui demande, il ne vous pardonnerait pas de vous être mal placé dans le monde et se refuserait à vous y protéger. Je ne voudrais pas vous voir précepteur du dauphin ! Acceptez la société comme elle est, ne commettez point de fautes dans la vie. Mon ami, cette proposition insensée de...

— D'amour, lui dis-je à voix basse.

— Non, de charité, dit-elle en retenant ses larmes, cette pensée folle m'éclaire sur votre caractère : votre cœur vous nuira. Je réclame, dès ce moment, le droit de vous apprendre certaines choses ; laissez à mes yeux de femme le soin de voir quelquefois pour vous ? Oui, du fond de mon Clochegourde, je veux assister, muette et ravie, à vos succès. Quant au précepteur, eh ! bien, soyez tranquille, nous trouverons un bon vieil abbé, quelque ancien savant jésuite, et mon père sacrifiera volontiers une somme pour l'éducation de l'enfant qui doit porter son nom. Jacques est mon orgueil. Il a pourtant onze ans, dit-elle, après une pause. Mais il en est de lui comme de vous : en vous voyant, je vous avais donné treize ans.

Nous étions arrivés à la Cassine où Jacques, Madeleine et moi nous la suivions comme des petits suivent leur mère ; mais nous la gênions, je la laissai pour un moment et m'en allai dans le verger où Martineau l'aîné, son garde, examinait de compagnie avec Martineau cadet, le métivier, si les arbres devaient être ou non abattus ; ils discutaient ce point comme s'il s'agissait de leurs propres biens. Je vis alors combien la comtesse était aimée. J'exprimai mon idée à un pauvre journalier qui, le pied sur sa bêche et le coude posé sur le manche, écoutait les deux docteurs en Pomologie.

— Ah ! oui, monsieur, me répondit-il, c'est une bonne femme, et pas fière, comme toutes ces guenons d'Azay qui nous verraient crever comme des chiens plutôt que de nous céder un sou sur une toise de fossé ! Le jour où cette femme quittera le pays, la Sainte Vierge en pleurera, et nous aussi. Elle sait ce qui lui est dû ; mais elle connaît nos peines, et y a égard.

Avec quel plaisir je donnai tout mon argent à cet homme !

Quelques jours après, il vint un poney pour Jacques, que son père, excellent cavalier, voulait plier lentement aux fatigues de l'équitation. L'enfant eut un joli habillement de cavalier, acheté sur le produit des noyers. Le matin où il prit la première leçon, accompagné de son père, aux cris de Madeleine étonnée qui sautait sur le gazon autour duquel courait Jacques, ce fut pour la comtesse la première grande fête de sa maternité. Jacques avait une collerette brodée par sa mère[1], une petite redingote en drap bleu de ciel serrée par une ceinture de cuir verni, un pantalon blanc à plis et une toque écossaise d'où ses cheveux cendrés s'échappaient en grosses boucles : il était ravissant à voir. Aussi tous les gens de la maison se groupèrent-ils en partageant cette félicité domestique. Le jeune héritier souriait à sa mère en passant, et se tenait sans peur. Ce premier acte d'homme chez cet enfant de qui la mort parut si souvent prochaine, l'espérance d'un bel avenir, garanti par cette promenade qui le lui montrait si beau, si joli, si frais, quelle délicieuse récompense ! la joie du père, qui redevenait jeune et souriait pour la première fois depuis long-temps, le bonheur peint dans les yeux de tous les gens de la maison, le cri d'un vieux piqueur de Lenoncourt qui revenait de Tours, et qui, voyant la manière dont l'enfant tenait

---

1. C'est ainsi également que l'héroïne de la nouvelle *Les Deux Rencontres* de 1831 (intégrée plus tard dans *La Femme de trente ans*) marque sa préférence pour l'un de ses enfants.

la bride, lui dit : — « Bravo, monsieur le vicomte ! »
c'en fut trop, madame de Mortsauf fondit en larmes.
Elle, si calme dans ses douleurs, se trouva faible pour
supporter la joie en admirant son enfant chevauchant sur
ce sable où souvent elle l'avait pleuré par avance, en le
promenant au soleil. En ce moment elle s'appuya sur
mon bras, sans remords, et me dit : — Je crois n'avoir
jamais souffert. Ne nous quittez pas aujourd'hui.

La leçon finie, Jacques se jeta dans les bras de sa mère
qui le reçut et le garda sur elle avec la force que prête
l'excès des voluptés, et ce fut des baisers, des caresses
sans fin. J'allai faire avec Madeleine deux bouquets
magnifiques pour en décorer la table en l'honneur du
cavalier. Quand nous revînmes au salon, la comtesse me
dit : — Le quinze octobre sera certes un grand jour !
Jacques a pris sa première leçon d'équitation, et je viens
de faire le dernier point de mon meuble.

— Hé ! bien, Blanche, dit le comte en riant, je veux
vous le payer.

Il lui offrit le bras, et l'amena dans la première cour
où elle vit une calèche que son père lui donnait, et pour
laquelle le comte avait acheté deux chevaux en Angleterre, amenés avec ceux du duc de Lenoncourt. Le vieux
piqueur avait tout préparé dans la première cour pendant
la leçon. Nous étrennâmes la voiture, en allant voir le
tracé de l'avenue qui devait mener en droite ligne de
Clochegourde à la route de Chinon, et que les récentes
acquisitions permettaient de faire à travers les nouveaux
domaines. En revenant, la comtesse me dit d'un air plein
de mélancolie : — Je suis trop heureuse, pour moi le
bonheur est comme une maladie, il m'accable, et j'ai
peur qu'il ne s'efface comme un rêve.

J'aimais trop passionnément pour ne pas être jaloux,
et je ne pouvais lui rien donner, moi ! Dans ma rage, je
cherchais un moyen de mourir pour elle. Elle me
demanda quelles pensées voilaient mes yeux, je les lui
dis naïvement, elle en fut plus touchée que de tous les

présents, et jeta du baume dans mon cœur quand, après m'avoir emmené sur le perron, elle me dit à l'oreille :

— Aimez-moi comme m'aimait ma tante, ne sera-ce pas me donner votre vie ? et si je la prends ainsi, n'est-ce pas me faire votre obligée à toute heure ?

— Il était temps de finir ma tapisserie, reprit-elle en rentrant dans le salon où je lui baisai la main comme pour renouveler mes serments. Vous ne savez peut-être pas, Félix, pourquoi je me suis imposé ce long ouvrage ? Les hommes trouvent dans les occupations de leur vie des ressources contre les chagrins, le mouvement des affaires les distrait ; mais nous autres femmes, nous n'avons dans l'âme aucun point d'appui contre nos douleurs. Afin de pouvoir sourire à mes enfants et à mon mari quand j'étais en proie à de tristes images, j'ai senti le besoin de régulariser la souffrance par un mouvement physique. J'évitais ainsi les atonies qui suivent les grandes dépenses de force, aussi bien que les éclairs de l'exaltation. L'action de lever le bras en temps égaux berçait ma pensée et communiquait à mon âme, où grondait l'orage, la paix du flux et du reflux en réglant ainsi ses émotions. Chaque point avait la confidence de mes secrets, comprenez-vous ? Hé ! bien, en faisant mon dernier fauteuil, je pensais trop à vous ! oui, beaucoup trop, mon ami. Ce que vous mettez dans vos bouquets, moi je le disais à mes dessins.

Le dîner fut gai. Jacques, comme tous les enfants dont on s'occupe, me sauta au cou, en voyant les fleurs que je lui avais cueillies en guise de couronne. Sa mère affecta de me bouder à cause de cette infidélité ; ce bouquet jalousé, avec quelle grâce, vous le savez ! le cher enfant le lui offrit. Le soir, nous fîmes tous trois un trictrac, moi seul contre monsieur et madame de Mortsauf, et le comte fut charmant. Enfin, à la tombée du jour, ils me reconduisirent jusqu'au chemin de Frapesle, par une de ces tranquilles soirées dont les harmonies font gagner en profondeur aux sentiments ce qu'ils perdent en viva-

cité. Ce fut une journée unique en la vie de cette pauvre
femme, un point brillant que vint souvent caresser son
souvenir aux heures difficiles. En effet, les leçons
d'équitation devinrent bientôt un sujet de discorde. La
comtesse craignit avec raison les dures apostrophes du
père pour le fils. Jacques maigrissait déjà, ses beaux
yeux bleus se cernaient ; pour ne pas causer de chagrin
à sa mère, il aimait mieux souffrir en silence. Je trouvai
un remède à ses maux en lui conseillant de dire à son
père qu'il était fatigué, quand le comte se mettrait en
colère ; mais ces palliatifs furent insuffisants : il fallut
substituer le vieux piqueur au père, qui ne se laissa pas
arracher son écolier sans des tiraillements. Les criailleries et les discussions revinrent ; le comte trouva des
textes [1] à ses plaintes continuelles dans le peu de reconnaissance des femmes ; il jeta vingt fois par jour la calèche, les chevaux et les livrées au nez de sa femme. Enfin
il arriva l'un de ces événements auxquels les caractères
de ce genre et les maladies de cette espèce aiment à se
prendre : la dépense dépassa de moitié les prévisions à la
Cassine et à la Rhétorière, où des murs et des planchers
mauvais s'écroulèrent. Un ouvrier vint maladroitement
annoncer cette nouvelle à monsieur de Mortsauf, au lieu
de la dire à la comtesse. Ce fut l'objet d'une querelle
commencée doucement, mais qui s'envenima par degrés,
et où l'hypocondrie du comte, apaisée depuis quelques
jours, demanda ses arrérages à la pauvre Henriette.

Ce jour-là, j'étais parti de Frapesle à dix heures et
demie, après le déjeuner, pour venir faire à Clochegourde un bouquet avec Madeleine. L'enfant m'avait
apporté sur la balustrade de la terrasse les deux vases, et
j'allais des jardins aux environs, courant après les fleurs
d'automne, si belles, mais si rares. En revenant de ma
dernière course, je ne vis plus mon petit lieutenant à

---

1. Au XIXᵉ siècle, le mot « texte » pouvait signifier au sens figuré :
matière, raison, prétexte.

ceinture rose, à pèlerine dentelée, et j'entendis des cris à Clochegourde.

— Le général, me dit Madeleine en pleurs, et chez elle ce mot était un mot de haine contre son père, le général gronde notre mère, allez donc la défendre.

Je volai par les escaliers et j'arrivai dans le salon sans être aperçu ni salué par le comte ni par sa femme. En entendant les cris aigus du fou, j'allai fermer toutes les portes, puis je revins, j'avais vu Henriette aussi blanche que sa robe.

— Ne vous mariez jamais, Félix, me dit le comte ; une femme est conseillée par le diable ; la plus vertueuse inventerait le mal s'il n'existait pas, toutes sont des bêtes brutes.

J'entendis alors des raisonnements sans commencement ni fin. Se prévalant de ses négations antérieures, monsieur de Mortsauf répéta les niaiseries des paysans qui se refusaient aux nouvelles méthodes. Il prétendit que s'il avait dirigé Clochegourde, il serait deux fois plus riche qu'il ne l'était. En formulant ces blasphèmes violemment et injurieusement, il jurait, il sautait d'un meuble à l'autre, il les déplaçait et les cognait ; puis au milieu d'une phrase il s'interrompait pour parler de sa moelle qui le brûlait, ou de sa cervelle qui s'échappait à flots, comme son argent. Sa femme le ruinait. Le malheureux, des trente et quelques mille livres de rentes qu'il possédait, elle lui en avait apporté déjà plus de vingt. Les biens du duc et ceux de la duchesse valaient plus de cinquante mille francs de rente, réservés à Jacques. La comtesse souriait superbement et regardait le ciel.

— Oui, s'écria-t-il, Blanche, vous êtes mon bourreau, vous m'assassinez ; je vous pèse ; tu veux te débarrasser de moi, tu es un monstre d'hypocrisie. Elle rit ! Savez-vous pourquoi elle rit, Félix ?

Je gardai le silence et baissai la tête.

— Cette femme, reprit-il en faisant la réponse à sa demande, elle me sèvre de tout bonheur, elle est autant à moi qu'à vous, et prétend être ma femme ! Elle porte mon nom et ne remplit aucun des devoirs que les lois divines et humaines lui imposent, elle ment ainsi aux hommes et à Dieu. Elle m'excède de courses et me lasse pour que je la laisse seule ; je lui déplais, elle me hait, et met tout son art à rester jeune fille ; elle me rend fou par les privations qu'elle me cause, car tout se porte alors à ma pauvre tête ; elle me tue à petit feu, et se croit une sainte, ça communie tous les mois.

La comtesse pleurait en ce moment à chaudes larmes, humiliée par l'abaissement de cet homme auquel elle disait pour toute réponse : — Monsieur ! monsieur ! monsieur !

Quoique les paroles du comte m'eussent fait rougir pour lui comme pour Henriette, elles me remuèrent violemment le cœur, car elles répondaient aux sentiments de chasteté, de délicatesse qui sont pour ainsi dire l'étoffe des premières amours.

— Elle est vierge à mes dépens, disait le comte.

A ce mot, la comtesse s'écria : — Monsieur !

— Qu'est-ce que c'est, dit-il, que votre monsieur impérieux ? ne suis-je pas le maître ? faut-il enfin vous l'apprendre ?

Il s'avança sur elle en lui présentant sa tête de loup blanc devenue hideuse, car ses yeux jaunes eurent une expression qui le fit ressembler à une bête affamée sortant d'un bois. Henriette se coula de son fauteuil à terre pour recevoir le coup qui n'arriva pas ; elle s'était étendue sur le parquet en perdant connaissance, toute brisée. Le comte fut comme un meurtrier qui sent rejaillir à son visage le sang de sa victime, il resta tout hébété. Je pris la pauvre femme dans mes bras, le comte me la laissa prendre comme s'il se fût trouvé indigne de la porter ; mais il alla devant moi pour m'ouvrir la porte de la chambre contiguë au salon, chambre sacrée où je n'étais jamais entré. Je mis la comtesse debout, et la tins un moment dans un bras, en passant l'autre autour de sa taille, pendant que monsieur de Mortsauf ôtait la fausse couverture, l'édredon, l'appareil du lit ; puis, nous la soulevâmes et l'étendîmes tout habillée. En revenant à elle, Henriette nous pria par un geste de détacher sa ceinture ; monsieur de Mortsauf trouva des ciseaux et coupa tout, je lui fis respirer des sels, elle ouvrit les yeux. Le comte s'en alla, plus honteux que chagrin. Deux heures se passèrent en un silence profond. Henriette avait sa main dans la mienne et me la pressait sans pouvoir parler. De temps en temps elle levait les yeux pour me dire par un regard qu'elle voulait demeurer calme et sans bruit ; puis il y eut un moment de trêve où elle se releva sur son coude, et me dit à l'oreille : — Le malheureux ! si vous saviez...

Elle se remit la tête sur l'oreiller. Le souvenir de ses peines passées joint à ses douleurs actuelles lui rendit des convulsions nerveuses que je n'avais calmées que par le magnétisme de l'amour [1] ; effet qui m'était encore inconnu, mais dont j'usai par instinct. Je la maintins avec une force tendrement adoucie ; et pendant cette dernière crise, elle me jeta des regards qui me firent pleurer. Quand ces mouvements nerveux cessèrent, je rétablis ses cheveux en désordre, que je maniai pour la seule et unique fois de ma vie ; puis je repris encore sa main et contemplai longtemps cette chambre à la fois brune et grise, ce lit simple à rideaux de perse, cette table couverte d'une toilette parée à la mode ancienne [2], ce canapé

---

1. Le 2 septembre 1833, Balzac écrivait à Zulma Carraud : « Vous souffrez, songez bien à moi, au magnétisme, qui n'est pas une illusion. » — 2. Le meuble appelé table de toilette n'apparaît qu'au début du XIXᵉ siècle. Or à Clochegourde le mobilier date de l'Ancien Régime. Henriette a donc dans sa chambre une table couverte d'une garniture sur laquelle est placé le coffre qui contient le nécessaire de toilette.

mesquin à matelas piqué[1]. Que de poésie dans ce lieu !
Quel abandon du luxe pour sa personne ! son luxe était
la plus exquise propreté. Noble cellule de religieuse
mariée pleine de résignation sainte, où le seul ornement
était le crucifix de son lit, au-dessus duquel se voyait le
portrait de sa tante ; puis, de chaque côté du bénitier, ses
deux enfants dessinés par elle au crayon, et leurs cheveux du temps où ils étaient petits. Quelle retraite pour
une femme de qui l'apparition dans le grand monde eût
fait pâlir les plus belles ! Tel était le boudoir où pleurait
toujours la fille d'une illustre famille, inondée en ce
moment d'amertume et se refusant à l'amour qui l'aurait
consolée. Malheur secret, irréparable ! Et des larmes
chez la victime pour le bourreau, et des larmes chez le
bourreau pour la victime. Quand les enfants et la femme
de chambre entrèrent, je sortis. Le comte m'attendait, il
m'admettait déjà comme un pouvoir médiateur entre sa
femme et lui ; et il me saisit par les mains en me criant :
— Restez, restez, Félix !
— Malheureusement, lui dis-je, monsieur de Chessel
a du monde, il ne serait pas convenable que ses convives
cherchassent les motifs de mon absence ; mais après le
dîner je reviendrai.
Il sortit avec moi, me reconduisit jusqu'à la porte d'en
bas sans me dire un mot ; puis il m'accompagna jusqu'à
Frapesle, sans savoir ce qu'il faisait. Enfin, là je lui dis :
— Au nom du ciel, monsieur le comte, laissez-lui diriger
votre maison, si cela peut lui plaire, et ne la tourmentez
plus.
— Je n'ai pas long-temps à vivre, me dit-il d'un air
sérieux ; elle ne souffrira pas long-temps par moi, je sens
que ma tête éclate.
Et il me quitta dans un accès d'égoïsme involontaire.
Après le dîner, je revins savoir des nouvelles de madame

---

1. Il s'agit d'un matelas en laine, déprécié à l'époque par rapport
au matelas de plume.

de Mortsauf, que je trouvai déjà mieux. Si telles étaient, pour elle, les joies du mariage, si de semblables scènes se renouvelaient souvent, comment pouvait-elle vivre ? Quel lent assassinat impuni ! Pendant cette soirée, je compris par quelles tortures inouïes le comte énervait sa femme. Devant quel tribunal apporter de tels litiges ? Ces réflexions m'hébétaient, je ne pus rien dire à Henriette ; mais je passai la nuit à lui écrire. Des trois ou quatre lettres que je fis, il m'est resté ce commencement dont je ne fus pas content ; mais s'il me parut ne rien exprimer, ou trop parler de moi quand je ne devais m'occuper que d'elle, il vous dira dans quel état était mon âme.

« A MADAME DE MORTSAUF.

« Combien de choses n'avais-je pas à vous dire en arrivant, auxquelles je pensais pendant le chemin et que j'oublie en vous voyant ! Oui, dès que je vous vois, chère Henriette, je ne trouve plus mes paroles en harmonie avec les reflets de votre âme qui grandissent votre beauté ; puis, j'éprouve près de vous un bonheur tellement infini, que le sentiment actuel efface les sentiments de la vie antérieure. Chaque fois, je nais à une vie plus étendue et suis comme le voyageur qui, en montant quelque grand rocher, découvre à chaque pas un nouvel horizon. A chaque nouvelle conversation, n'ajoutai-je pas à mes immenses trésors un nouveau trésor ? Là, je crois, est le secret des longs, des inépuisables attachements. Je ne puis donc vous parler de vous que loin de vous. En votre présence, je suis trop ébloui pour voir, trop heureux pour interroger mon bonheur, trop plein de vous pour être moi, trop éloquent par vous pour parler, trop ardent à saisir le moment présent pour me souvenir du passé. Sachez bien cette constante ivresse pour m'en pardonner les erreurs. Près de vous, je ne puis que sentir. Néanmoins j'oserai vous dire, ma chère Henriette, que jamais, dans les nombreuses joies que vous avez faites, je n'ai ressenti de félicités semblables aux délices qui remplirent mon âme hier quand, après cette tempête horrible où vous avez lutté contre le mal avec un courage surhumain, vous êtes revenue à moi seul, au milieu du demi-jour de votre chambre, où cette malheureuse scène m'a conduit. Moi seul ai su de quelles lueurs peut briller une femme quand elle arrive des portes de la mort aux portes de la vie, et que l'aurore d'une renaissance vient nuancer son front. Combien votre voix était harmonieuse ! Combien les mots, même les vôtres, me semblaient petits alors que dans le son de votre voix adorée reparaissaient les ressentiments vagues d'une douleur passée, mêlés aux consolations divines par lesquelles vous m'avez enfin rassuré, en me donnant ainsi vos premières pensées. Je vous connaissais brillant de toutes les splendeurs humaines ; mais hier j'ai entrevu une nouvelle Henriette qui serait à moi si Dieu le voulait. Hier j'ai entrevu je ne sais quel être dégagé des entraves corporelles qui nous empêchent de secouer les feux de l'âme. Tu étais bien belle dans ton abattement, bien majestueuse dans ta faiblesse. Hier j'ai trouvé quelque chose de plus beau que ta beauté, quelque chose de plus doux que ta voix ; des lumières plus étincelantes que ne l'est la lumière de tes yeux, des parfums pour lesquels il n'est point de mots ; hier ton âme a été visible et palpable. Ah ! j'ai bien souffert de n'avoir pu t'ouvrir mon cœur pour t'y faire revivre. Enfin, hier, j'ai quitté la terreur respectueuse que tu m'inspires, cette défaillance ne nous avait-elle pas rapprochés ? Alors j'ai su ce que c'était que respirer en respirant avec toi, quand la crise te permit d'aspirer notre air. Combien de prières élevées au ciel en un moment ! Si je n'ai pas expiré en traversant les espaces que j'ai franchis pour aller demander à Dieu

de te laisser encore à moi, l'on ne meurt ni de joie ni de
douleur. Ce moment m'a laissé des souvenirs ensevelis
dans mon âme et qui ne reparaîtront jamais à sa surface
sans que mes yeux se mouillent de pleurs ; chaque joie [1]
en augmentera le sillon, chaque douleur les fera plus
profonds. Oui, les craintes dont mon âme fut agitée hier
seront un terme de comparaison pour toutes mes douleurs à venir, comme les joies que tu m'as prodiguées,
chère éternelle pensée de ma vie ! domineront toutes les

---

1. Le manuscrit montrait à l'inverse que l'exaltation du personnage
n'allait pas sans angoisse. Félix éprouvait tout à la fois le bonheur
d'avoir découvert une ampleur de sentiment et en même temps une
sensation d'écrasement et la conscience tout autant de la séparation
que de la proximité : *D'hier j'ai commencé peut-être à comprendre ce
que dans mon orgueil je n'osais croire, oui d'hier une sorte de terreur
respectueuse est entrée dans mon âme. Suis-je digne de toi ? Non, des
abîmes sont entre nous. Nos natures ne sont pas semblables et il sera
fait comme tu veux, on ne peut que t'adorer quand on t'a bien comprise. Tes paroles nous éclairent l'âme, comme tes yeux répandaient
la lumière dans les ténèbres. Après avoir été brisés par la crainte,
comme tu étais brisée par la douleur, nous pouvions espérer. Jamais
aucun être ne m'avait en aussi peu d'instants pressé si cruellement le
cœur d'aussi vives angoisses, ne me l'avait si bien élargi. J'ai su ce
qu'était respirer en respirant avec toi, quand ta crise passée te permit
d'aspirer notre air pour lequel tu n'as point de goût. Combien de
prières élevées au ciel en un moment ! L'on ne meurt ni de joie ni de
douleur ! Et nous sommes nés pour monter dans les cieux. Si je n'ai
expiré en traversant les espaces que j'ai franchis pour aller demander
à Dieu de te laisser encore à nous, je n'ose plus dire que je t'aime, il
y a trop d'orgueil dans une telle amitié. Tu étais bien belle dans ton
abattement, bien majestueuse dans ta faiblesse. Ce moment plein de
lumineux délices me laisse des souvenirs sacrés, et qui ne reparaîtront
jamais à la surface de mes pensées sans que me yeux ne se mouillent
de pleurs. Cette défaillance ne nous avait-elle pas rapprochés ? Et
cependant je ne pleurais pas. Quelques rares accidents de notre vie
ressemblent à cette substance terrible dont une goutte marche toujours
et va nécessairement sans qu'aucune puissance l'arrête. Ainsi de ce
souvenir dans mon cœur, chaque jour en augmentera le sillon [...]*
(f° 59). Dans le texte définitif, Balzac renoncera à la complexité de
cette micropsychologie et à ses ambiguïtés pour montrer seulement le
rapprochement avec Henriette.

joies que la main de Dieu daignera m'épancher. Tu m'as
fait comprendre l'amour divin, cet amour sûr qui, plein
de sa force et de sa durée, ne connaît ni soupçons ni
jalousies. »

Une mélancolie profonde me rongeait l'âme, le spectacle de cette vie intérieure était navrant pour un cœur
jeune et neuf aux émotions sociales ; trouver cet abîme
à l'entrée du monde, un abîme sans fond, une mer morte.
Cet horrible concert d'infortunes me suggéra des pensées infinies, et j'eus à mon premier pas dans la vie
sociale une immense mesure à laquelle les autres scènes
rapportées ne pouvaient plus être que petites. Ma tristesse fit juger à monsieur et madame de Chessel que mes
amours étaient malheureuses, et j'eus le bonheur de ne
nuire en rien à ma grande Henriette par ma passion.
Le lendemain, quand j'entrai dans le salon, elle y était
seule ; elle me contempla pendant un instant en me tendant la main, et me dit :
— L'ami sera donc toujours trop tendre ? Ses yeux
devinrent humides, elle se leva, puis me dit avec un ton
de supplication désespérée : — Ne m'écrivez plus ainsi !
Monsieur de Mortsauf était prévenant. La comtesse
avait repris son courage et son front serein ; mais son
teint trahissait ses souffrances de la veille, qui étaient
calmées sans être éteintes. Elle me dit le soir, en nous
promenant dans les feuilles sèches de l'automne qui
résonnaient sous nos pas : — La douleur est infinie, la
joie a des limites. Mot qui révélait ses souffrances, par
la comparaison qu'elle en faisait avec ses félicités fugitives.
— Ne médisez pas de la vie, lui dis-je : vous ignorez
l'amour, et il a des voluptés qui rayonnent jusque dans
les cieux.
— Taisez-vous, dit-elle, je n'en veux rien connaître.
Le Groenlandais mourrait en Italie ! Je suis calme et
heureuse près de vous, je suis vous dire toutes mes pen-

sées ; ne détruisez pas ma confiance. Pourquoi n'auriez-
vous pas la vertu du prêtre et le charme de l'homme
libre ?

— Vous feriez avaler des coupes de ciguë, lui dis-je
en lui mettant la main sur mon cœur qui battait à coups
pressés.

— Encore ! s'écria-t-elle en retirant sa main comme
si elle eût ressenti quelque vive douleur. Voulez-vous
donc m'ôter le triste plaisir de faire étancher le sang de
mes blessures par une main amie ? N'ajoutez pas à mes
souffrances, vous ne les savez pas toutes ! les plus secrètes sont les plus difficiles à dévorer. Si vous étiez
femme, vous comprendriez en quelle mélancolie mêlée
de dégoût tombe une âme fière, alors qu'elle se voit
l'objet d'attentions qui ne réparent rien et avec lesquelles *on* croit tout réparer. Pendant quelques jours je vais
être courtisée, *on* va vouloir se faire pardonner le tort
que *l'on* s'est donné. Je pourrais alors obtenir un assentiment aux volontés les plus déraisonnables. Je suis humiliée par cet abaissement, par ces caresses qui cessent le
jour où *l'on* croit que j'ai tout oublié. Ne devoir la bonne
grâce de son maître qu'à ses fautes...

— A ses crimes, dis-je vivement.

— N'est-ce pas une affreuse condition d'existence ?
dit-elle en me jetant un triste sourire. Puis, je ne sais pas
user de ce pouvoir passager. En ce moment, je ressemble
aux chevaliers qui ne portaient pas de coup à leur adversaire tombé. Voir à terre celui que nous devons honorer,
le relever pour en recevoir de nouveaux coups, souffrir
de sa chute plus qu'il n'en souffre lui-même, et se trouver déshonorée si l'on profite d'une passagère influence,
même dans un but d'utilité ; dépenser sa force, épuiser
les trésors de l'âme en ces luttes sans noblesse, ne régner
qu'au moment où l'on reçoit de mortelles blessures !
Mieux vaut la mort. Si je n'avais pas d'enfants, je me
laisserais aller au courant de cette vie ; mais, sans mon
courage inconnu, que deviendraient-ils ? je dois vivre

pour eux, quelque douloureuse que soit la vie. Vous me
parlez d'amour ?... eh ! mon ami, songez donc en quel
enfer je tomberais si je donnais à cet être sans pitié,
comme le sont tous les gens faibles, le droit de me
mépriser ? Je ne supporterais pas un soupçon ! La pureté
de ma conduite fait ma force. La vertu, cher enfant, a
des eaux saintes où l'on se retrempe et d'où l'on sort
renouvelé à l'amour de Dieu !

— Écoutez, chère Henriette, je n'ai plus qu'une
semaine à demeurer ici, je veux que...

— Ah ! vous nous quittez... dit-elle en m'interrompant.

— Mais ne dois-je pas savoir ce que mon père déci-
dera de moi ? Voici bientôt trois mois...

— Je n'ai pas compté les jours, me répondit-elle avec
l'abandon de la femme émue. Elle se recueillit et me
dit : — Marchons, allons à Frapesle.

Elle appela le comte, ses enfants, demanda son châle ;
puis, quand tout fut prêt, elle si lente, si calme, eut une
activité de Parisienne, et nous partîmes en troupe pour
aller à Frapesle y faire une visite que la comtesse ne
devait pas. Elle s'efforça de parler à madame de Chessel,
qui heureusement fut très prolixe dans ses réponses. Le
comte et monsieur de Chessel s'entretinrent de leurs
affaires. J'avais peur que monsieur de Mortsauf ne van-
tât sa voiture et son attelage, mais il fut d'un goût parfait ; son voisin le questionna sur les travaux qu'il
entreprenait à la Cassine et à la Rhétorière. En entendant
la demande, je regardai le comte en croyant qu'il s'abs-
tiendrait d'un sujet de conversation si fatal en souvenirs,
si cruellement amer pour lui ; mais il prouva combien
il était urgent d'améliorer l'état de l'agriculture dans le
canton, de bâtir de belles fermes dont les locaux fussent
sains et salubres ; enfin, il s'attribua glorieusement les
idées de sa femme. Je contemplai la comtesse en rougissant. Ce manque de délicatesse chez un homme qui dans
certaines occasions en montrait tant, cet oubli de la scène

mortelle, cette adoption des idées contre lesquelles il s'était si violemment élevé, cette croyance en soi me pétrifiaient.

Quand monsieur de Chessel lui dit : — Croyez-vous pouvoir retrouver vos dépenses ?

— Au-delà ! fit-il avec un geste affirmatif.

De semblables crises ne s'expliquaient que par le mot *démence*. Henriette, la céleste créature, était radieuse. Le comte ne paraissait-il pas homme de sens, bon administrateur, excellent agronome ? elle caressait avec ravissement les cheveux de Jacques, heureuse pour elle, heureuse pour son fils ! Quel comique horrible, quel drame railleur ! j'en fus épouvanté. Plus tard, quand le rideau de la scène sociale se releva pour moi, combien de Mortsauf n'ai-je pas vus, moins les éclairs de loyauté, moins la religion de celui-ci ! Quelle singulière et mordante puissance est celle qui perpétuellement jette au fou un ange, à l'homme d'amour sincère et poétique une femme mauvaise, au petit la grande, à ce magot une belle et sublime créature ; à la noble Juana le capitaine Diard, de qui vous avez su l'histoire à Bordeaux ; à madame de Beauséant un d'Ajuda, à madame d'Aiglemont son mari, au marquis d'Espard sa femme[1] ? J'ai cherché longtemps le sens de cette énigme, je vous l'avoue. J'ai fouillé bien des mystères, j'ai découvert la raison de plusieurs lois naturelles, le sens de quelques hiéroglyphes divins ; de celui-ci, je ne sais rien, je l'étudie toujours comme une figure du casse-tête indien dont les brames[2] se sont réservé la construction symbolique. Ici le génie du mal est trop visiblement le maître, et

---

1. Balzac renvoie à quatre de ses œuvres, *Les Marana* pour Juana et le colonel Diard, au *Père Goriot* pour Mme de Beauséant et d'Ajuda-Pinto, à *La Femme de trente ans* où Julie épouse M. d'Aiglemont qui la déçoit, à *L'Interdiction* (publiée dans *La Chronique de Paris* en janvier-février 1836) où Mme d'Espard, en désaccord avec son mari, veut le faire interdire (*cf.* Commentaires, « *Le Lys dans la vallée* et le retour des personnages »). – 2. Brahmanes.

je n'ose accuser Dieu. Malheur sans remède, qui donc
s'amuse à vous tisser ? Henriette et son Philosophe
Inconnu auraient-ils donc raison[1] ? leur mysticisme
contiendrait-il le sens général de l'humanité ?

Les derniers jours que je passai dans ce pays furent
ceux de l'automne effeuillée, jours obscurcis de nuages
qui parfois cachèrent le ciel de la Touraine, toujours si
pur et si chaud dans cette belle saison. La veille de mon
départ, madame de Mortsauf m'emmena sur la terrasse,
avant le dîner.

— Mon cher Félix, me dit-elle après un tour fait en
silence sous les arbres dépouillés, vous allez entrer dans
le monde, et je veux vous y accompagner en pensée.
Ceux qui ont beaucoup souffert ont beaucoup vécu ; ne
croyez pas que les âmes solitaires ne sachent rien de ce
monde, elles le jugent. Si je dois vivre par mon ami, je
ne veux être mal à l'aise ni dans son cœur ni dans sa
conscience ; au fort du combat il est bien difficile de
se souvenir de toutes les règles, permettez-moi de vous
donner quelques enseignements de mère à fils. Le jour
de votre départ je vous remettrai, cher enfant ! une longue lettre où vous trouverez mes pensées de femme sur
le monde, sur les hommes, sur la manière d'aborder les
difficultés dans ce grand remuement d'intérêts ; promettez-moi de ne la lire qu'à Paris ? Ma prière est l'expression d'une de ces fantaisies de sentiment qui sont notre
secret à nous autres femmes ; je ne crois pas qu'il soit
impossible de la comprendre, mais peut-être serions-
nous chagrines de la savoir comprise ; laissez-moi ces
petits sentiers où la femme aime à se promener seule.

---

1. Sans doute faut-il comprendre que l'enseignement de Saint-Martin montre l'importance de la souffrance dans la régénération de
l'homme et explique la nécessité du mal. Saint-Martin utilise la métaphore de la mue du serpent qui se libère de sa vieille peau en passant
au travers des ronces (*L'Homme de désir*, chant 21). Il ne croyait pas
à l'existence d'une puissance maléfique, indépendante et concurrente
de Dieu.

— Je vous le promets, lui dis-je en lui baisant les mains.

— Ah ! dit-elle, j'ai encore un serment à vous demander ; mais engagez-vous d'avance à le souscrire.

— Oh ! oui, lui dis-je en croyant qu'il allait être question de fidélité.

— Il ne s'agit pas de moi, reprit-elle en souriant avec amertume. Félix, ne jouez jamais dans quelque salon que ce puisse être ; je n'excepte celui de personne.

— Je ne jouerai jamais, lui répondis-je.

— Bien, dit-elle. Je vous ai trouvé un meilleur usage du temps que vous dissiperiez au jeu ; vous verrez que là où les autres doivent perdre tôt ou tard, vous gagnerez toujours.

— Comment ?

— La lettre vous le dira, répondit-elle d'un air enjoué qui ôtait à ses recommandations le caractère sérieux dont sont accompagnées celles des grands-parents.

La comtesse me parla pendant une heure environ et me prouva la profondeur de son affection en me révélant avec quel soin elle m'avait étudié pendant ces trois derniers mois ; elle entra dans les derniers replis de mon cœur, en tâchant d'y appliquer le sien ; son accent était varié, convaincant ; ses paroles tombaient d'une lèvre maternelle, et montraient autant par le ton que par la substance combien de liens nous attachaient déjà l'un à l'autre.

— Si vous saviez, dit-elle en finissant, avec quelles anxiétés je vous suivrai dans votre route, quelle joie si vous allez droit, quels pleurs si vous vous heurtez à des angles ! Croyez-moi, mon affection est sans égale ; elle est à la fois involontaire et choisie. Ah ! je voudrais vous voir heureux, puissant, considéré, vous qui serez pour moi comme un rêve animé.

Elle me fit pleurer. Elle était à la fois douce et terrible ; son sentiment se mettait trop audacieusement à découvert, il était trop pur pour permettre le moindre espoir au jeune homme altéré de plaisir. En retour de ma chair laissée en lambeaux dans son cœur, elle me versait les lueurs incessantes et incorruptibles de ce divin amour qui ne satisfaisait que l'âme. Elle montait à des hauteurs où les ailes diaprées de l'amour qui me fit dévorer ses épaules ne pouvaient me porter ; pour arriver près d'elle, un homme devait avoir conquis les ailes blanches du séraphin.

— En toutes choses, lui dis-je, je penserai : Que dirait mon Henriette ?

— Bien, je veux être l'étoile et le sanctuaire, dit-elle en faisant allusion aux rêves de mon enfance et cherchant à m'en offrir la réalisation pour tromper mes désirs.

— Vous serez ma religion et ma lumière, vous serez tout, m'écriai-je.

— Non, répondit-elle, je ne puis être la source de vos plaisirs.

Elle soupira, et me jeta le sourire des peines secrètes, ce sourire de l'esclave un moment révolté. Dès ce jour, elle fut non pas la bien-aimée, mais la plus aimée ; elle ne fut pas dans mon cœur comme une femme qui veut une place, qui s'y grave par le dévouement ou par l'excès du plaisir ; non, elle eut tout le cœur, et fut quelque chose de nécessaire au jeu des muscles ; elle devint ce qu'était la Béatrix du poète florentin, la Laure sans tache du poète vénitien [1], la mère des grandes pensées, la cause inconnue des résolutions qui sauvent, le soutien de l'avenir, la lumière qui brille dans l'obscurité comme le lys

---

1. Il s'agit de Dante et de Pétrarque, tous deux toscans. Pétrarque résida à Venise seulement à la fin de sa vie. Balzac écrit à Mme Hanska le 26 janvier 1835 : « Une femme est beaucoup dans notre vie, quand elle est Béatrix et Laure, et mieux encore. Si je n'avais pas eu une étoile à voir, quand je fermais les yeux, j'aurais succombé. »

dans les feuillages sombres[1]. Oui, elle dicta ces hautes déterminations qui coupent la part au feu, qui restituent la chose en péril ; elle m'a donné cette constance à la Coligny[2] pour vaincre les vainqueurs, pour renaître de la défaite, pour lasser les plus forts lutteurs.

Le lendemain, après avoir déjeuné à Frapesle et fait mes adieux à mes hôtes si complaisants à l'égoïsme de mon amour, je me rendis à Clochegourde. Monsieur et madame de Mortsauf avaient projeté de me reconduire à Tours, d'où je devais partir dans la nuit pour Paris. Pendant ce chemin la comtesse fut affectueusement muette, elle prétendit d'abord avoir la migraine ; puis elle rougit de ce mensonge et le pallia soudain en disant qu'elle ne me voyait point partir sans regret. Le comte m'invita à venir chez lui, quand en l'absence des Chessel j'aurais l'envie de voir la vallée de l'Indre. Nous nous séparâmes héroïquement, sans larmes apparentes ; mais, comme quelques enfants maladifs, Jacques eut un mouvement de sensibilité qui lui fit répandre quelques larmes, tandis que Madeleine, déjà femme, serrait la main de sa mère.

— Cher petit ! dit la comtesse en baisant Jacques avec passion.

Quand je me trouvai seul à Tours, il me prit après le dîner une de ces rages inexpliquées que l'on n'éprouve qu'au jeune âge. Je louai un cheval et franchis en cinq

---

1. Au chapitre XVII de *Volupté* de Sainte-Beuve, Amaury utilisait cette comparaison pour désigner Mme de R. : « J'avais aperçu là-bas [...] une forme fine et blanche, dans l'ombre, et je croyais que c'était vous ; mais ce n'étais qu'un lys — un grand lys, que d'ici, voyez, à sa taille élancée et à sa blancheur dans le sombre de la verdure, on prendrait pour la robe d'une jeune fille ». – **2.** Gaspard de Châtillon de Coligny, élevé dans la religion catholique, passa à la Réforme et fut, avec Condé, l'un des principaux chefs huguenots. Après les défaites de Jarnac et de Moncontour (1569), il poursuivit le combat, dévasta la Guyenne et le Languedoc et obtint la paix de Saint-Germain (1570). Balzac écrivait se comparant à lui : « La persistance à la Coligny [...] qui est la base de mon caractère — l'intrépide foi dans l'avenir » (1er octobre 1836).

quarts d'heure la distance entre Tours et Pont-de-Ruan. Là, honteux de montrer ma folie, je courus à pied dans le chemin, et j'arrivai comme un espion, à pas de loup, sous la terrasse. La comtesse n'y était pas, j'imaginai qu'elle souffrait ; j'avais gardé la clef de la petite porte, j'entrai ; elle descendait en ce moment le perron avec ses deux enfants pour venir respirer, triste et lente, la douce mélancolie empreinte sur ce paysage, au coucher du soleil.

— Ma mère, voilà Félix, dit Madeleine.

— Oui, moi, lui dis-je à l'oreille. Je me suis demandé pourquoi j'étais à Tours, quand il m'était encore facile de vous voir. Pourquoi ne pas accomplir un désir que dans huit jours je ne pourrai plus réaliser ?

— Il ne nous quitte pas, ma mère, cria Jacques en sautant à plusieurs reprises.

— Tais-toi donc, dit Madeleine, tu vas attirer ici le général.

— Ceci n'est pas sage, reprit-elle, quelle folie !

Cette consonance dite dans les larmes par sa voix, quel paiement de ce qu'on devrait appeler les calculs usuraires de l'amour !

— J'avais oublié de vous rendre cette clef, lui dis-je en souriant.

— Vous ne reviendrez donc plus ? dit-elle.

— Est-ce que nous nous quittons ? demandai-je en lui jetant un regard qui lui fit abaisser ses paupières pour voiler sa muette réponse.

Je partis après quelques moments passés dans une de ces heureuses stupeurs des âmes arrivées là où finit l'exaltation et où commence la folle extase. Je m'en allai d'un pas lent, en me retournant sans cesse. Quand au sommet du plateau je contemplai la vallée une dernière fois, je fus saisi du contraste qu'elle m'offrit en la comparant à ce qu'elle était quand j'y vins : ne verdoyait-elle pas, ne flambait-elle pas alors comme flambaient, comme verdoyaient mes désirs et mes espérances ? Initié maintenant aux sombres et mélancoliques mystères

d'une famille, partageant les angoisses d'une Niobé[1]
chrétienne, triste comme elle, l'âme rembrunie, je trouvais en ce moment la vallée au ton de mes idées. En ce
moment les champs étaient dépouillés, les feuilles des
peupliers tombaient, et celles qui restaient avaient la
couleur de la rouille ; les pampres étaient brûlés, la cime
des bois offrait les teintes graves de cette couleur *tannée*
que jadis les rois adoptaient pour leur costume et qui
cachait la pourpre du pouvoir sous le brun des chagrins.
Toujours en harmonie avec mes pensées ; la vallée où se
mouraient les rayons jaunes d'un soleil tiède, me présen-
tait encore une vivante image de mon âme. Quitter une
femme aimée est une situation horrible ou simple, selon
les natures ; moi je me trouvai soudain comme dans un
pays étranger dont j'ignorais la langue ; je ne pouvais
me prendre à rien, en voyant des choses auxquelles je
ne sentais plus mon âme attachée. Alors l'étendue de
mon amour se déploya, et ma chère Henriette s'éleva de
toute sa hauteur dans ce désert où je ne vécus que par
son souvenir. Elle fut une figure si religieusement adorée
que je résolus de rester sans souillure en présence de
ma divinité secrète, et me revêtis idéalement de la robe
blanche des lévites[2], imitant ainsi Pétrarque qui ne se
présenta jamais devant Laure de Noves qu'entièrement
habillé de blanc. Avec quelle impatience j'attendis la
première nuit où, de retour chez mon père, je pourrais
lire cette lettre que je touchais durant le voyage comme
un avare tâte une somme en billets qu'il est forcé de
porter sur lui. Pendant la nuit, je baisais le papier sur
lequel Henriette avait manifesté ses volontés, où je

---

1. Artémis et Apollon tuèrent treize enfants de Niobé qui avait
rendu jalouse leur mère, Léto, en se vantant de sa fécondité. Pétrifiée
d'horreur devant le massacre, Niobé fut transformée par Zeus en
rocher d'où coulèrent des larmes sous forme de source. – 2. Membres
de la tribu de Lévi, attachés au service du Temple. Dans *Les Martyrs
ignorés* (1837), Balzac écrit encore : « La robe blanche exprime la
sobriété, la continence, la pureté ».

devais reprendre les mystérieuses effluves échappées de sa main, d'où les accentuations de sa voix s'élanceraient dans mon entendement recueilli. Je n'ai jamais lu ses lettres que comme je lus la première, au lit et au milieu d'un silence absolu ; je ne sais pas comment on peut lire autrement des lettres écrites par une personne aimée ; cependant il est des hommes indignes d'être aimés qui mêlent la lecture de ces lettres aux préoccupations du jour, la quittent et la reprennent avec une odieuse tranquillité. Voici, Natalie, l'adorable voix qui tout à coup retentit dans le silence de la nuit, voici la sublime figure qui se dressa pour me montrer du doigt le vrai chemin dans le carrefour où j'étais arrivé.

« Quel bonheur, mon ami, d'avoir à rassembler les éléments épars de mon expérience pour vous la transmettre et vous en armer contre les dangers du monde à travers lequel vous devrez vous conduire habilement ! J'ai ressenti les plaisirs permis de l'affection maternelle, en m'occupant de vous durant quelques nuits. Pendant que j'écrivais ceci, phrase à phrase, en me transportant par avance dans la vie que vous mènerez, j'allais parfois à ma fenêtre. En voyant de là les tours de Frapesle éclairées par la lune, souvent je me disais : "Il dort, et je veille sur lui !" Sensations charmantes qui m'ont rappelé les premiers bonheurs de ma vie, alors que je contemplais Jacques endormi dans son berceau, en attendant son réveil pour lui donner mon lait. N'êtes-vous pas un homme-enfant de qui l'âme doit être réconfortée par quelques préceptes dont vous n'avez pu vous nourrir dans ces affreux collèges où vous avez tant souffert ; mais que, nous autres femmes, avons le privilège de vous présenter ! Ces riens influent sur vos succès, ils les préparent et les consolident. Ne sera-ce pas une maternité spirituelle que cet engendrement du système auquel un homme doit rapporter les actions de sa vie, une maternité bien comprise par l'enfant ? Cher Félix, laissez-moi, quand même je commettrais ici quelques

erreurs, imprimer à notre amitié le désintéressement qui
la sanctifiera : vous livrer au monde, n'est-ce pas renoncer à vous ? mais je vous aime assez pour sacrifier mes
jouissances à votre bel avenir. Depuis bientôt quatre
mois vous m'avez fait étrangement réfléchir aux lois et
aux mœurs qui régissent notre époque. Les conversations que j'ai eues avec ma tante, et dont le sens vous
appartient, à vous qui la remplacez ! les événements de
sa vie que monsieur de Mortsauf m'a racontés ; les paroles de mon père à qui la cour fut si familière ; les plus
grandes comme les plus petites circonstances, tout a
surgi dans ma mémoire au profit de mon enfant adoptif
que je vois près de se lancer au milieu des hommes,
presque seul ; près de se diriger sans conseil dans un
pays où plusieurs périssent par leurs bonnes qualités
étourdiment déployées, où certains réussissent par leurs
mauvaises bien employées.

« Avant tout, méditez l'expression concise de mon
opinion sur la société considérée dans son ensemble, car
avec vous peu de paroles suffisent. J'ignore si les sociétés sont d'origine divine ou si elles sont inventées par
l'homme, j'ignore également en quel sens elles se meuvent ; ce qui me semble certain, est leur existence ; dès
que vous les acceptez au lieu de vivre à l'écart, vous
devez en tenir les conditions constitutives pour bonnes ;
entre elles et vous, demain il se signera comme un
contrat. La société d'aujourd'hui se sert-elle plus de
l'homme qu'elle ne lui profite ? je le crois ; mais que
l'homme y trouve plus de charges que de bénéfices, ou
qu'il achète trop chèrement les avantages qu'il en
recueille, ces questions regardent les législateurs et non
l'individu. Selon moi, vous devez donc obéir en toute
chose à la loi générale, sans la discuter, qu'elle blesse
ou flatte votre intérêt. Quelque simple que puisse vous
paraître ce principe, il est difficile en ses applications ; il
est comme une sève qui doit s'infiltrer dans les moindres
tuyaux capillaires pour vivifier l'arbre, lui conserver sa

verdure, développer ses fleurs, et bonifier ses fruits si magnifiquement qu'il excite une admiration générale. Cher, les lois ne sont pas toutes écrites dans un livre, les mœurs aussi créent des lois, les plus importantes sont les moins connues ; il n'est ni professeurs, ni traités, ni école pour ce droit qui régit vos actions, vos discours, votre vie extérieure, la manière de vous présenter au monde ou d'aborder la fortune. Faillir à ces lois secrètes, c'est rester au fond de l'état social au lieu de le dominer. Quand même cette lettre ferait de fréquents pléonasmes avec vos pensées, laissez-moi donc vous confier ma politique de femme.

« Expliquer la société par la théorie du bonheur individuel pris avec adresse aux dépens de tous, est une doctrine fatale dont les déductions sévères amènent l'homme à croire que tout ce qu'il s'attribue secrètement sans que la loi, le monde ou l'individu s'aperçoivent d'une lésion, est bien ou dûment acquis. D'après cette charte, le voleur habile est absous, la femme qui manque à ses devoirs sans qu'on en sache rien est heureuse et sage ; tuez un homme sans que la justice en ait une seule preuve, si vous conquérez ainsi quelque diadème à la Macbeth, vous avez bien agi ; votre intérêt devient une loi suprême, la question consiste à tourner, sans témoins ni preuves, les difficultés que les mœurs et les lois mettent entre vous et vos satisfactions. A qui voit ainsi la société, le problème que constitue une fortune à faire, mon ami, se réduit à jouer une partie dont les enjeux sont un million ou le bagne, une position politique ou le déshonneur. Encore le tapis vert n'a-t-il pas assez de drap pour tous les joueurs, et faut-il une sorte de génie pour combiner un coup. Je ne vous parle ni de croyances religieuses, ni de sentiments ; il s'agit ici des rouages d'une machine d'or et de fer, et de ses résultats immédiats dont s'occupent les hommes. Cher enfant de mon cœur, si vous partagez mon horreur envers cette théorie des criminels, la société ne s'expliquera donc à vos yeux

que comme elle s'explique dans tout entendement sain,
par la théorie des devoirs. Oui, vous vous devez les uns
aux autres sous mille formes diverses. Selon moi, le duc
et pair se doit bien plus à l'artisan ou au pauvre, que
le pauvre et l'artisan ne se doivent au duc et pair. Les
obligations contractées s'accroissent en raison des bénéfices que la société présente à l'homme, d'après ce principe, vrai en commerce comme en politique, que la
gravité des soins est partout en raison de l'étendue des
profits. Chacun paie sa dette à sa manière. Quand notre
pauvre homme de la Rhétorière vient se coucher fatigué
de ses labours, croyez-vous qu'il n'ait pas rempli des
devoirs ; il a certes mieux accompli les siens que beaucoup de gens haut placés. En considérant ainsi la société
dans laquelle vous voudrez une place en harmonie avec
votre intelligence et vos facultés, vous avez donc à
poser, comme principe générateur, cette maxime : ne se
rien permettre ni contre sa conscience ni contre la conscience publique. Quoique mon insistance puisse vous
sembler superflue, je vous supplie, oui, votre Henriette
vous supplie de bien peser le sens de ces deux paroles.
Simples en apparence, elles signifient, cher, que la droiture, l'honneur, la loyauté, la politesse sont les instruments les plus sûrs et les plus prompts de votre fortune.
Dans ce monde égoïste, une foule de gens vous diront
que l'on ne fait pas son chemin par les sentiments, que
les considérations morales trop respectées retardent leur
marche ; vous verrez des hommes mal élevés, mal-appris
ou incapables de toiser l'avenir, froissant un petit, se
rendant coupables d'une impolitesse envers une vieille
femme, refusant de s'ennuyer un moment avec quelque
bon vieillard, sous prétexte qu'ils ne leur sont utiles à
rien ; plus tard vous apercevrez ces hommes accrochés
à des épines qu'ils n'auront pas épointées, et manquant
leur fortune pour un rien ; tandis que l'homme rompu de
bonne heure à cette théorie des devoirs, ne rencontrera
point d'obstacles ; peut-être arrivera-t-il moins prompte-

ment, mais sa fortune sera solide et restera quand celle des autres croulera !

« Quand je vous dirai que l'application de cette doctrine exige avant tout la science des manières, vous trouverez peut-être que ma jurisprudence sent un peu la cour et les enseignements que j'ai reçus dans la maison de Lenoncourt. O mon ami ! j'attache la plus grande importance à cette instruction, si petite en apparence. Les habitudes de la grande compagnie vous sont aussi nécessaires que peuvent l'être les connaissances étendues et variées que vous possédez ; elles les ont souvent suppléées : certains ignorants en fait, mais doués d'un esprit naturel, habitués à mettre de la suite dans leurs idées, sont arrivés à une grandeur qui fuyait de plus dignes qu'eux. Je vous ai bien étudié, Félix, afin de savoir si votre éducation, prise en commun dans les collèges, n'avait rien gâté chez vous. Avec quelle joie ai-je reconnu que vous pouviez acquérir le peu qui vous manque, Dieu seul le sait ! Chez beaucoup de personnes élevées dans ces traditions, les manières sont purement extérieures ; car la politesse exquise, les belles façons viennent du cœur et d'un grand sentiment de dignité personnelle ; voilà pourquoi, malgré leur éducation, quelques nobles ont mauvais ton, tandis que certaines personnes d'extraction bourgeoise ont naturellement bon goût, et n'ont plus qu'à prendre quelques leçons pour se donner, sans imitation gauche, d'excellentes manières. Croyez-en une pauvre femme qui ne sortira jamais de sa vallée, ce ton noble, cette simplicité gracieuse empreinte dans la parole, dans le geste, dans la tenue et jusque dans la maison, constitue comme une poésie physique dont le charme est irrésistible ; jugez de sa puissance quand elle prend sa source dans le cœur ? La politesse, cher enfant, consiste à paraître s'oublier pour les autres ; chez beaucoup de gens, elle est une grimace sociale qui se dément aussitôt que l'intérêt trop froissé montre le bout de l'oreille, un grand devient alors ignoble. Mais, et je veux que vous soyez ainsi, Félix, la vraie politesse implique une pensée chrétienne ; elle est comme la fleur de la charité, et consiste à s'oublier réellement. En souvenir d'Henriette, ne soyez donc pas une fontaine sans eau, ayez l'esprit et la forme ! Ne craignez pas d'être souvent la dupe de cette vertu sociale, tôt ou tard vous recueillerez le fruit de tant de grains en apparence jetés au vent. Mon père a remarqué jadis qu'une des façons les plus blessantes dans la politesse mal entendue est l'abus des promesses. Quand il vous sera demandé quelque chose que vous ne sauriez faire, refusez net en ne laissant aucune fausse espérance ; puis accordez promptement ce que vous voulez octroyer : vous acquerrez ainsi la grâce du refus et la grâce du bienfait, double loyauté qui relève merveilleusement un caractère. Je ne sais si l'on ne nous en veut pas plus d'un espoir déçu qu'on ne nous sait gré d'une faveur. Surtout, mon ami, car ces petites choses sont bien dans mes attributions, et je puis m'appesantir sur ce que je crois savoir, ne soyez ni confiant, ni banal, ni empressé, trois écueils ! La trop grande confiance diminue le respect, la banalité nous vaut le mépris, le zèle nous rend excellents à exploiter. Et d'abord, cher enfant, vous n'aurez pas plus de deux ou trois amis dans le cours de votre existence, votre entière confiance est leur bien ; la donner à plusieurs, n'est-ce pas les trahir ? Si vous vous liez avec quelques hommes plus intimement qu'avec d'autres, soyez donc discret sur vous-même, soyez toujours réservé comme si vous deviez les avoir un jour pour compétiteurs, pour adversaires ou pour ennemis ; les hasards de la vie le voudront ainsi. Gardez donc une attitude qui ne soit ni froide ni chaleureuse, sachez trouver cette ligne moyenne sur laquelle un homme peut demeurer sans rien compromettre. Oui, croyez que le galant homme est aussi loin de la lâche complaisance de Philinte que de l'âpre vertu d'Alceste. Le génie du poète comique brille dans l'indication du milieu vrai que saisissent les specta-

teurs nobles ; certes, tous pencheront plus vers les ridicules de la vertu que vers le souverain mépris caché sous
la bonhomie de l'égoïsme ; mais ils sauront se préserver
de l'un et de l'autre. Quant à la banalité, si elle fait
dire de vous par quelques niais que vous êtes un homme
charmant, les gens habitués à sonder, à évaluer les capacités humaines, déduiront votre tare et vous serez
promptement déconsidéré, car la banalité est la ressource
des gens faibles ; or les faibles sont malheureusement
méprisés par une société qui ne voit dans chacun de ses
membres que des organes ; peut-être d'ailleurs a-t-elle
raison, la nature condamne à mort les êtres imparfaits.
Aussi peut-être les touchantes protections de la femme
sont-elles engendrées par le plaisir qu'elle trouve à lutter
contre une force aveugle, à faire triompher l'intelligence
du cœur sur la brutalité de la matière. Mais la société,
plus marâtre que mère, adore les enfants qui flattent sa
vanité. Quant au zèle, cette première et sublime erreur
de la jeunesse qui trouve un contentement réel à
déployer ses forces et commence ainsi par être la dupe
d'elle-même avant d'être celle d'autrui, gardez-le pour
vos sentiments partagés, gardez-le pour la femme et pour
Dieu. N'apportez ni au bazar du monde ni aux spécula-
tions de la politique des trésors en échange desquels ils
vous rendront des verroteries. Vous devez croire la voix
qui vous commande la noblesse en toute chose, alors
qu'elle vous supplie de ne pas vous prodiguer inutilement : car malheureusement les hommes vous estiment
en raison de votre utilité, sans tenir compte de votre
valeur. Pour employer une image qui se grave en votre
esprit poétique, que le chiffre soit d'une grandeur déme-
surée, tracé en or, écrit au crayon, ce ne sera jamais
qu'un chiffre. Comme l'a dit un homme de cette époque : « N'ayez jamais de zèle[1] ! » Le zèle effleure la

---

1. Sainte-Beuve avait rapporté, dans un article de la *Revue des deux
mondes* sur Mme de Staël (15 mai 1835), un conseil donné par Talley-

duperie, il cause des mécomptes ; vous ne trouveriez jamais au-dessus de vous une chaleur en harmonie avec la vôtre : les rois comme les femmes croient que tout leur est dû. Quelque triste que soit ce principe, il est vrai, mais ne déflore point l'âme. Placez vos sentiments purs en des lieux inaccessibles où leurs fleurs soient passionnément admirées, où l'artiste rêvera presque amoureusement au chef-d'œuvre. Les devoirs, mon ami, ne sont pas des sentiments. Faire ce qu'on doit n'est pas faire ce qui plaît. Un homme doit aller mourir froidement pour son pays et peut donner avec bonheur sa vie à une femme. Une des règles les plus importantes de la science des manières, est un silence presque absolu sur vous-même. Donnez-vous la comédie, quelque jour, de parler de vous-même à des gens de simple connaissance ; entretenez-les de vos souffrances, de vos plaisirs ou de vos affaires ; vous verrez l'indifférence succédant à l'intérêt joué ; puis, l'ennui venu, si la maîtresse du logis ne vous interrompt poliment, chacun s'éloignera sous des prétextes habilement saisis. Mais voulez-vous grouper autour de vous toutes les sympathies, passer pour un homme aimable et spirituel, d'un commerce sûr ? entretenez-les d'eux-mêmes, cherchez un moyen de les mettre en scène, même en soulevant des questions en apparence inconciliables avec les individus ; les fronts s'animeront, les bouches vous souriront, et quand vous serez parti chacun fera votre éloge. Votre conscience et la voix du cœur vous diront la limite où commence la lâcheté des flatteries, où finit la grâce de la conversation. Encore un mot sur le discours en public. Mon ami, la jeunesse est toujours encline à je ne sais quelle promptitude de jugement qui lui fait honneur, mais qui la dessert ; de là venait le silence imposé par l'éducation d'autrefois aux jeunes gens qui faisaient auprès des

rand à un jeune diplomate : « N'ayez pas de zèle ! » (*Œuvres*, « Bibliothèque de la Pléiade », 1951, II, p. 1104).

grands un stage pendant lequel ils étudiaient la vie ; car, autrefois, la Noblesse comme l'Art avait ses apprentis, ses pages dévoués aux maîtres qui les nourrissaient. Aujourd'hui la jeunesse possède une science de serre chaude, partant tout acide, qui la porte à juger avec sévérité les actions, les pensées et les écrits ; elle tranche avec le fil d'une lame qui n'a pas encore servi. N'ayez pas ce travers. Vos arrêts seraient des censures qui blesseraient beaucoup de personnes autour de vous, et tous pardonneront moins peut-être une blessure secrète qu'un tort que vous donneriez publiquement. Les jeunes gens sont sans indulgence, parce qu'ils ne connaissent rien de la vie ni de ses difficultés. Le vieux critique est bon et doux, le jeune critique est implacable ; celui-ci ne sait rien, celui-là sait tout. D'ailleurs, il est au fond de toutes les actions humaines un labyrinthe de raisons déterminantes, desquelles Dieu s'est réservé le jugement définitif. Ne soyez sévère que pour vous-même. Votre fortune est devant vous, mais personne en ce monde ne peut faire la sienne sans aide ; pratiquez donc la maison de mon père, l'entrée vous en est acquise, les relations que vous vous y créerez vous serviront en mille occasions ; mais n'y cédez pas un pouce de terrain à ma mère, elle écrase celui qui s'abandonne et admire la fierté de celui qui lui résiste ; elle ressemble au fer qui, battu, peut se joindre au fer, mais qui brise par son contact tout ce qui n'a pas sa dureté. Cultivez donc ma mère ; si elle vous veut du bien, elle vous introduira dans les salons où vous acquerrez cette fatale science du monde, l'art d'écouter, de parler, de répondre, de vous présenter, de sortir ; le langage précis, ce *je ne sais quoi* qui n'est pas plus la supériorité que l'habit ne constitue le génie, mais sans lequel le plus beau talent ne sera jamais admis. Je vous connais assez pour être sûre de ne me faire aucune illusion en vous croyant par avance comme je souhaite que vous soyez : simple dans vos manières, doux de ton, fier sans fatuité, respectueux près des vieillards, prévenant

sans servilité, discret surtout. Déployez votre esprit,
mais ne servez pas d'amusement aux autres ; car, sachez
bien que si votre supériorité froisse un homme médiocre,
il se taira, puis il dira de vous : — « Il est très-amu-
sant ! » terme de mépris. Que votre supériorité soit toujours léonine. Ne cherchez pas d'ailleurs à complaire
aux hommes. Dans vos relations avec eux, je vous
recommande une froideur qui puisse arriver jusqu'à cette
impertinence dont ils ne peuvent se fâcher ; tous respectent celui qui les dédaigne, et ce dédain vous conciliera
la faveur de toutes les femmes qui vous estimeront en
raison du peu de cas que vous ferez des hommes. Ne
souffrez jamais près de vous des gens déconsidérés,
quand même ils ne mériteraient pas leur réputation, car
le monde nous demande également compte de nos amitiés et de nos haines ; à cet égard, que vos jugements
soient long-temps et mûrement pesés, mais qu'ils soient
irrévocables. Quand les hommes repoussés par vous
auront justifié votre répulsion, votre estime sera recherchée ; ainsi vous inspirerez ce respect tacite qui grandit
un homme parmi les hommes. Vous voilà donc armé de
la jeunesse qui plaît, de la grâce qui séduit, de la sagesse
qui conserve les conquêtes. Tout ce que je viens de vous
dire peut se résumer par un vieux mot : *noblesse
oblige*[1] *!*

« Maintenant appliquez ces préceptes à la politique
des affaires. Vous entendrez plusieurs personnes disant
que la finesse est l'élément du succès, que le moyen de
percer la foule est de diviser les hommes pour se faire
faire place. Mon ami, ces principes étaient bons au
Moyen Age, quand les princes avaient des forces rivales
à détruire les unes par les autres ; mais aujourd'hui tout
est à jour, et ce système vous rendrait de fort mauvais
services. En effet, vous rencontrerez devant vous, soit

---

1. La formule se trouve dans les *Maximes, préceptes et réflexions*
du duc Gaston de Lévis (Paris, 1807).

un homme loyal et vrai, soit un ennemi traître, un homme qui procédera par la calomnie, par la médisance, par la fourberie. Eh ! bien, sachez que vous n'avez pas de plus puissant auxiliaire que celui-ci, l'ennemi de cet homme est lui-même ; vous pouvez le combattre en vous servant d'armes loyales, il sera tôt ou tard méprisé. Quant au premier, votre franchise vous conciliera son estime ; et, vos intérêts conciliés (car tout s'arrange), il vous servira. Ne craignez pas de vous faire des ennemis, malheur à qui n'en a pas dans le monde où vous allez ; mais tâchez de ne donner prise ni au ridicule ni à la déconsidération ; je dis tâchez, car à Paris un homme ne s'appartient pas toujours, il est soumis à de fatales circonstances ; vous n'y pourrez éviter ni la boue du ruisseau, ni la tuile qui tombe. La morale a ses ruisseaux d'où les gens déshonorés essaient de faire jaillir sur les plus nobles personnes la boue dans laquelle ils se noient. Mais vous pouvez toujours vous faire respecter en vous montrant dans toutes les sphères implacable dans vos dernières déterminations. Dans ce conflit d'ambitions, au milieu de ces difficultés entrecroisées, allez toujours droit au fait, marchez résolument à la question, et ne vous battez jamais que sur un point, avec toutes vos forces. Vous savez combien monsieur de Mortsauf haïssait Napoléon, il le poursuivait de sa malédiction, il veillait sur lui comme la justice sur le criminel, il lui redemandait tous les soirs le duc d'Enghien [1], la seule infortune, seule mort qui lui ait fait verser des larmes ; eh ! bien, il l'admirait comme le plus hardi des capitaines, il m'en a souvent expliqué la tactique. Cette stratégie ne peut-elle donc s'appliquer dans la guerre des intérêts ? elle y

---

1. Le duc d'Enghien fit partie de l'armée des émigrés en 1789, puis s'installa dans le grand-duché de Bade. Bonaparte, qui le soupçonnait, sans doute à tort, d'avoir fait partie du complot monté par Cadoudal et Pichegru, le fit enlever et fusiller en 1804. Cette exécution sommaire souleva l'indignation des royalistes. Mais Bonaparte utilisa ce prétexte pour se faire proclamer empereur.

économiserait le temps comme l'autre économisait les hommes et l'espace ; songez à ceci, car une femme se trompe souvent en ces choses que nous jugeons par instinct et par sentiment. Je puis insister sur un point : toute finesse, toute tromperie est découverte et finit par nuire, tandis que toute situation me paraît être moins dangereuse quand un homme se place sur le terrain de la franchise. Si je pouvais citer mon exemple, je vous dirais qu'à Clochegourde, forcée par le caractère de monsieur de Mortsauf à prévenir tout litige, à faire arbitrer immédiatement les contestations qui seraient pour lui comme une maladie dans laquelle il se complairait en y succombant, j'ai toujours tout terminé moi-même en allant droit au nœud et disant à l'adversaire : Dénouons, ou coupons ? Il vous arrivera souvent d'être utile aux autres, de leur rendre service, et vous en serez peu récompensé ; mais n'imitez pas ceux qui se plaignent des hommes et se vantent de ne trouver que des ingrats. N'est-ce pas se mettre sur un piédestal ? puis n'est-il pas un peu niais d'avouer son peu de connaissance du monde ? Mais ferez-vous le bien comme un usurier prête son argent ? Ne le ferez-vous pas pour le bien en lui-même ? *Noblesse oblige !* Néanmoins ne rendez pas de tels services que vous forciez les gens à l'ingratitude, car ceux-là deviendraient pour vous d'irréconciliables ennemis : il y a le désespoir de l'obligation, comme le désespoir de la ruine, qui prête des forces incalculables. Quant à vous, acceptez le moins que vous pourrez des autres. Ne soyez le vassal d'aucune âme, ne relevez que de vous-même. Je ne vous donne d'avis, mon ami, que sur les petites choses de la vie. Dans le monde politique, tout change d'aspect, les règles qui régissent votre personne fléchissent devant les grands intérêts. Mais si vous parveniez à la sphère où se meuvent les grands hommes, vous seriez, comme Dieu, seul juge de vos résolutions. Vous ne serez plus alors un homme, vous serez la loi vivante ; vous ne serez plus un individu, vous vous serez incarné la nation.

Mais si vous jugez, vous serez jugé aussi. Plus tard vous comparaîtrez devant les siècles, et vous savez assez l'histoire pour avoir apprécié les sentiments et les actes qui engendrent la vraie grandeur.

« J'arrive à la question grave, à votre conduite auprès des femmes. Dans les salons où vous irez, ayez pour principe de ne pas vous prodiguer en vous livrant au petit manège de la coquetterie. Un des hommes qui, dans l'autre siècle, eurent le plus de succès, avait l'habitude de ne jamais s'occuper que d'une seule personne dans la même soirée, et de s'attacher à celles qui paraissent négligées. Cet homme, cher enfant, a dominé son époque [1]. Il avait sagement calculé que, dans un temps donné, son éloge serait obstinément fait par tout le monde. La plupart des jeunes gens perdent leur plus précieuse fortune, le temps nécessaire pour se créer des relations qui sont la moitié de la vie sociale ; comme ils plaisent par eux-mêmes, ils ont peu de choses à faire pour qu'on s'attache à leurs intérêts ; mais ce printemps est rapide, sachez le bien employer. Cultivez donc les femmes influentes. Les femmes influentes sont les vieilles femmes, elles vous apprendront les alliances, les secrets de toutes les familles, et les chemins de traverse qui peuvent vous mener rapidement au but. Elles seront à vous de cœur ; la protection est leur dernier amour quand elles ne sont pas dévotes ; elles vous serviront merveilleusement, elles vous prôneront et vous rendront désirable. Fuyez les jeunes femmes ! Ne croyez pas qu'il y ait le moindre intérêt personnel dans ce que je vous dis ? La femme de cinquante ans fera tout pour vous et la femme de vingt ans rien ; celle-ci veut toute votre vie,

---

1. Peut-être Talleyrand, qui semble être pour Mme de Mortsauf une autorité en matière de vie sociale. Balzac admirait ce fin diplomate et il voyait en lui la preuve que l'aristocratie française avait encore les capacités de s'imposer par son action (*La Duchesse de Langeais, CH*, V, p. 933).

l'autre ne vous demandera qu'un moment, une attention. Raillez les jeunes femmes, prenez d'elles tout en plaisanterie, elles sont incapables d'avoir une pensée sérieuse. Les jeunes femmes, mon ami, sont égoïstes, petites, sans amitié vraie, elles n'aiment qu'elles, elles vous sacrifieraient à un succès. D'ailleurs, toutes veulent du dévouement, et votre situation exigera qu'on en ait pour vous, deux prétentions inconciliables. Aucune d'elles n'aura l'entente de vos intérêts, toutes penseront à elles et non à vous, toutes vous nuiront plus par leur vanité qu'elles ne vous serviront par leur attachement ; elles vous dévoreront sans scrupule votre temps, vous feront manquer votre fortune, vous détruiront de la meilleure grâce du monde. Si vous vous plaignez, la plus sotte d'entre elle vous prouvera que son gant vaut le monde, que rien n'est plus glorieux que de la servir. Toutes vous diront qu'elles donnent le bonheur, et vous feront oublier vos belles destinées : leur bonheur est variable, votre grandeur sera certaine. Vous ne savez pas avec quel art perfide elles s'y prennent pour satisfaire leurs fantaisies, pour convertir un goût passager en un amour qui commence sur la terre et doit se continuer dans le ciel. Le jour où elles vous quitteront, elles vous diront que le mot *je n'aime plus* justifie l'abandon, comme le mot *j'aime* excusait leur amour, que l'amour est involontaire. Doctrine absurde, cher ! Croyez-le, le véritable amour est éternel, infini, toujours semblable à lui-même ; il est égal et pur, sans démonstrations violentes ; il se voit en cheveux blancs, toujours jeune de cœur. Rien de ces choses ne se trouve parmi les femmes mondaines, elles jouent toutes la comédie : celle-ci vous intéressera par ses malheurs, elle paraîtra la plus douce et la moins exigeante des femmes ; mais quand elle se sera rendue nécessaire, elle vous dominera lentement et vous fera faire ses volontés ; vous voudrez être diplomate, aller, venir, étudier les hommes, les intérêts, les pays ? non, vous resterez à Paris ou à sa terre, elle vous coudra malicieusement à sa jupe ; et plus vous montrerez de dévouement, plus elle sera ingrate. Celle-là tentera de vous intéresser par sa soumission, elle se fera votre page, elle vous suivra romanesquement au bout du monde, elle se compromettra pour vous garder et sera comme une pierre à votre cou. Vous vous noierez un jour, et la femme surnagera. Les moins rusées des femmes ont des pièges infinis ; la plus imbécile triomphe par le peu de défiance qu'elle excite ; la moins dangereuse serait une femme galante qui vous aimerait sans savoir pourquoi, qui vous quitterait sans motif, et vous reprendrait par vanité. Mais toutes vous nuiront dans le présent ou dans l'avenir. Toute jeune femme qui va dans le monde, qui vit de plaisirs et de vaniteuses satisfactions, est une femme à demi corrompue qui vous corrompra. Là, ne sera pas la créature chaste et recueillie dans l'âme de laquelle vous régnerez toujours. Ah ! elle sera solitaire celle qui vous aimera : ses plus belles fêtes seront vos regards, elle vivra de vos paroles. Que cette femme soit donc pour vous le monde entier, car vous serez tout pour elle ; aimez-la bien, ne lui donnez ni chagrins ni rivales, n'excitez pas sa jalousie. Être aimé, cher, être compris, est le plus grand bonheur, je souhaite que vous le goûtiez, mais ne compromettez pas la fleur de votre âme, soyez bien sûr du cœur où vous placerez vos affections. Cette femme ne sera jamais elle, elle ne devra jamais penser à elle, mais à vous ; elle ne vous disputera rien, elle n'entendra jamais ses propres intérêts et saura flairer pour vous un danger là où vous n'en verrez point, là où elle oubliera le sien propre ; enfin si elle souffre, elle souffrira sans se plaindre, elle n'aura point de coquetterie personnelle, mais elle aura comme un respect de ce que vous aimerez en elle. Répondez à cet amour en le surpassant. Si vous êtes assez heureux pour rencontrer ce qui manquera toujours à votre pauvre amie, un amour également inspiré, également ressenti ; songez, quelle que soit la perfection de cet amour, que dans une vallée

vivra pour vous une mère de qui le cœur est si creusé
par le sentiment dont vous l'avez rempli, que vous n'en
pourrez jamais trouver le fond. Oui, je vous porte une
affection dont l'étendue ne vous sera jamais connue :
pour qu'elle se montre ce qu'elle est, il faudrait que vous
eussiez perdu votre belle intelligence, et alors vous ne
sauriez pas jusqu'où pourrait aller mon dévouement.
Suis-je suspecte en vous disant d'éviter les jeunes femmes, toutes plus ou moins artificieuses, moqueuses,
vaniteuses, futiles, gaspilleuses ; de vous attacher aux
femmes influentes, à ces imposantes douairières, pleines
de sens comme l'était ma tante, et qui vous serviront si
bien, qui vous défendront contre les accusations secrètes
en les détruisant, qui diront de vous ce que vous ne pourriez en dire vous-même ? Enfin, ne suis-je pas généreuse
en vous ordonnant de réserver vos adorations pour
l'ange au cœur pur ? Si ce mot, *noblesse oblige*, contient
une grande partie de mes premières recommandations,
mes avis sur vos relations avec les femmes sont aussi
dans ce mot de chevalerie : *les servir toutes, n'en aimer
qu'une*.

« Votre instruction est immense, votre cœur conservé
par la souffrance est resté sans souillure ; tout est beau,
tout est bien en vous, *veuillez donc !* Votre avenir est
maintenant dans ce seul mot, le mot des grands hommes.
N'est-ce pas, mon enfant, que vous obéirez à votre Henriette, que vous lui permettrez de continuer à vous dire
ce qu'elle pense de vous et de vos rapports avec le
monde : j'ai dans l'âme un œil qui voit l'avenir pour
vous comme pour mes enfants, laissez-moi donc user de
cette faculté, à votre profit, don mystérieux que m'a fait
la paix de ma vie et qui, loin de s'affaiblir, s'entretient
dans la solitude et le silence. Je vous demande en retour
de me donner un grand bonheur : je veux vous voir grandissant parmi les hommes, sans qu'un seul de vos succès
me fasse plisser le front ; je veux que vous mettiez
promptement votre fortune à la hauteur de votre nom et

pouvoir me dire que j'ai contribué mieux que par le désir
à votre grandeur. Cette secrète coopération est le seul
plaisir que je puisse me permettre. J'attendrai. Je ne vous
dis pas adieu. Nous sommes séparés, vous ne pouvez
avoir ma main sous vos lèvres ; mais vous devez bien
avoir entrevu quelle place vous occupez dans le cœur de

VOTRE HENRIETTE. »

Quand j'eus fini cette lettre, je sentais palpiter sous
mes doigts un cœur maternel au moment où j'étais
encore glacé par le sévère accueil de ma mère. Je devinai
pourquoi la comtesse m'avait interdit en Touraine la lecture de cette lettre, elle craignait sans doute de voir tomber ma tête à ses pieds et de les sentir mouillés par mes
pleurs[1].

Je fis enfin la connaissance de mon frère Charles qui
jusqu'alors avait été comme un étranger pour moi ; mais
il eut dans ses moindres relations une morgue qui mettait
trop de distance entre nous pour que nous nous aimas-
sions en frères ; tous les sentiments doux reposent sur
l'égalité des âmes, et il n'y eut entre nous aucun point
de cohésion. Il m'enseignait doctoralement ces riens que
l'esprit ou le cœur devinent ; à tout propos, il paraissait
se défier de moi ; si je n'avais pas eu pour point d'appui
mon amour, il m'eût rendu gauche et bête en affectant
de croire que je ne savais rien. Néanmoins il me présenta
dans le monde où ma niaiserie devait faire valoir ses
qualités. Sans les malheurs de mon enfance, j'aurais pu
prendre sa vanité de protecteur pour de l'amitié fraternelle ; mais la solitude morale produit les mêmes effets
que la solitude terrestre : le silence permet d'y apprécier
les plus légers retentissements, et l'habitude de se réfu-

---

1. C'est à cet endroit que s'achèvent le troisième et dernier article
paru dans la *Revue de Paris* (27 décembre 1835) et le premier volume
de l'édition Werdet.

gier en soi-même développe une sensibilité dont la délicatesse révèle les moindres nuances des affections qui nous touchent. Avant d'avoir connu madame de Mortsauf, un regard dur me blessait, l'accent d'un mot brusque me frappait au cœur ; j'en gémissais, mais sans rien savoir de la vie des caresses ; tandis qu'à mon retour de Clochegourde, je pouvais établir des comparaisons qui perfectionnaient ma science prématurée. L'observation qui repose sur des souffrances ressenties est incomplète. Le bonheur a sa lumière aussi. Je me laissai d'autant plus volontiers écraser sous la supériorité du droit d'aînesse, que je n'étais pas la dupe de Charles.

J'allai seul chez la duchesse de Lenoncourt où je n'entendis point parler d'Henriette, où personne, excepté le bon vieux duc, la simplicité même, ne m'en parla ; mais à la manière dont il me reçut, je devinai les secrètes recommandations de sa fille. Au moment où je commençais à perdre le niais étonnement que cause à tout débutant la vue du grand monde, au moment où j'y entrevoyais des plaisirs en comprenant les ressources qu'il offre aux ambitieux, et que je me plaisais à mettre en usage les maximes d'Henriette en admirant leur profonde vérité, les événements du 20 mars arrivèrent[1]. Mon frère suivit la cour à Gand ; moi, par le conseil de la comtesse avec qui j'entretenais une correspondance active de mon côté seulement, j'y accompagnai le duc de Lenoncourt. La bienveillance habituelle du duc devint une sincère protection quand il me vit attaché de cœur, de tête et de pied aux Bourbons ; il me présenta lui-même à Sa Majesté. Les courtisans du malheur sont peu nombreux ; la jeunesse a des admirations naïves, des fidélités sans calcul ; le roi savait juger les hommes ; ce qui n'eût pas été remarqué aux Tuileries le fut donc beaucoup à Gand, et j'eus le bonheur de plaire à

---

1. Le 20 mars 1815 est la date de l'entrée triomphale de Napoléon à son retour de l'île d'Elbe.

Louis XVIII. Une lettre de madame de Mortsauf à son
père, apportée avec des dépêches par un émissaire des
Vendéens[1] et dans laquelle il y avait un mot pour moi,
m'apprit que Jacques était malade. Monsieur de
Mortsauf au désespoir autant de la mauvaise santé de
son fils que de voir une seconde émigration commencer
sans lui, avait ajouté quelques mots qui me firent deviner
la situation de la bien-aimée. Tourmentée par lui sans
doute quand elle passait tous ses instants au chevet de
Jacques, n'ayant de repos ni le jour ni la nuit : supérieure
aux taquineries, mais sans force pour les dominer quand
elle employait toute son âme à soigner son enfant, Henriette devait désirer le secours d'une amitié qui lui avait
rendu la vie moins pesante ; ne fût-ce que pour s'en servir à occuper monsieur de Mortsauf. Déjà plusieurs fois
j'avais emmené le comte au dehors quand il menaçait
de la tourmenter ; innocente ruse dont le succès m'avait
valu quelques-uns de ces regards qui expriment une
reconnaissance passionnée où l'amour voit des promesses. Quoique je fusse impatient de marcher sur les traces
de Charles envoyé récemment au congrès de Vienne[2],
quoique je voulusse au risque de mes jours justifier les
prédictions d'Henriette et m'affranchir de la vassalité
fraternelle, mon ambition, mes désirs d'indépendance,
l'intérêt que j'avais à ne pas quitter le roi, tout pâlit
devant la figure endolorie de madame de Mortsauf ; je
résolus de quitter la cour de Gand pour aller servir la
vraie souveraine. Dieu me récompensa. L'émissaire
envoyé par les Vendéens ne pouvait pas retourner en
France, le roi voulait un homme qui se dévouât à y porter ses instructions. Le duc de Lenoncourt savait que

---

1. Pendant les Cent-Jours, les royalistes soulevèrent la Vendée et
obligèrent Napoléon à y envoyer une armée. – 2. Ce congrès se réunit
de septembre 1814 à juin 1815 pour établir une paix durable après les
guerres napoléoniennes et refaire la carte politique de l'Europe. Il ne
s'interrompit pas pendant les Cent-Jours et l'acte définitif fut signé le
9 juin 1815, neuf jours avant Waterloo.

le roi n'oublierait point celui qui se chargerait de cette périlleuse entreprise ; il me fit agréer sans me consulter, et j'acceptai, bien heureux de pouvoir me retrouver à Clochegourde tout en servant la bonne cause.

Après avoir eu, dès vingt et un ans, une audience du roi, je revins en France où, soit à Paris, soit en Vendée, j'eus le bonheur d'accomplir les intentions de Sa Majesté. Vers la fin de mai, poursuivi par les autorités bonapartistes auxquelles j'étais signalé, je fus obligé de fuir en homme qui semblait retourner à son manoir, allant à pied de domaine en domaine, de bois en bois, à travers la haute Vendée, le Bocage et le Poitou, changeant de route suivant l'occurrence. J'atteignis Saumur, de Saumur je vins à Chinon, et de Chinon, en une seule nuit, je gagnai les bois de Nueil où je rencontrai le comte à cheval dans une lande ; il me prit en croupe, et m'amena chez lui, sans que nous eussions vu personne qui pût me reconnaître.

— Jacques est mieux, avait été son premier mot.

Je lui avouai ma position de fantassin diplomatique traqué comme une bête fauve, et le gentilhomme s'arma de son royalisme pour disputer à monsieur de Chessel le danger de me recevoir. En apercevant Clochegourde, il me sembla que les huit mois qui venaient de s'écouler étaient un songe. Quand le comte dit à sa femme en me précédant : — Devinez qui je vous amène ?... Félix.

— Est-ce possible ! demanda-t-elle les bras pendants et le visage stupéfié.

Je me montrai, nous restâmes tous deux immobiles, elle clouée sur son fauteuil, moi sur le seuil de sa porte, nous contemplant avec l'avide fixité de deux amants qui veulent réparer par un seul regard tout le temps perdu ; mais honteuse d'une surprise qui laissait son cœur sans voile, elle se leva, je m'approchai.

— J'ai bien prié pour vous, me dit-elle après m'avoir tendu sa main à baiser.

Elle me demanda des nouvelles de son père ; puis elle
devina ma fatigue, et alla s'occuper de mon gîte ; tandis
que le comte me faisait donner à manger, car je mourais
de faim. Ma chambre fut celle qui se trouvait au-dessus
de la sienne, celle de sa tante ; elle m'y fit conduire par
le comte, après avoir mis le pied sur la première marche
de l'escalier en délibérant sans doute avec elle-même si
elle m'accompagnerait ; je me retournai, elle rougit, me
souhaita un bon sommeil, et se retira précipitamment.
Quand je descendis pour dîner, j'appris les désastres de
Waterloo, la fuite de Napoléon, la marche des alliés sur
Paris et le retour probable des Bourbons. Ces événements étaient tout pour le comte, ils ne furent rien pour
nous. Savez-vous la plus grande nouvelle, après les
enfants caressés, car je ne vous parle pas de mes alarmes
en voyant la comtesse pâle et maigrie ; je connaissais
le ravage que pouvait faire un geste d'étonnement, et
n'exprimai que du plaisir en la voyant. La grande nouvelle pour nous fut : « — Vous aurez de la glace ! » Elle
s'était souvent dépitée l'année dernière de ne pas avoir
d'eau assez fraîche pour moi qui, n'ayant pas d'autre
boisson, l'aimais glacée. Dieu sait au prix de combien
d'importunités elle avait fait construire une glacière !
Vous savez mieux que personne qu'il suffit à l'amour,
d'un mot, d'un regard, d'une inflexion de voix, d'une
attention légère en apparence ; son plus beau privilège
est de se prouver par lui-même. Hé ! bien, son mot, son
regard, son plaisir me révélèrent l'étendue de ses sentiments, comme je lui avais naguère dit tous les miens par
ma conduite au trictrac. Mais les naïfs témoignages de
sa tendresse abondèrent : le septième jour après mon
arrivée, elle redevint fraîche ; elle pétilla de santé, de
joie et de jeunesse ; je retrouvai mon cher lys, embelli,
mieux épanoui, de même que je trouvai mes trésors de
cœur augmentés. N'est-ce pas seulement chez les petits
esprits, ou dans les cœurs vulgaires, que l'absence
amoindrit les sentiments, efface les traits de l'âme et

diminue les beautés de la personne aimée ? Pour les ima-
ginations ardentes, pour les êtres chez lesquels l'enthousiasme passe dans le sang, le teint d'une pourpre
nouvelle, et chez qui la passion prend les formes de la
constance, l'absence n'a-t-elle pas l'effet des supplices
qui raffermissaient la foi des premiers chrétiens, et leur
rendaient Dieu visible [1] ? N'existe-t-il pas chez un cœur
rempli d'amour des souhaits incessants qui donnent plus
de prix aux formes désirées en les faisant entrevoir colorées par le feu des rêves ? n'éprouve-t-on pas des irritations qui communiquent le beau de l'idéal aux traits
adorés en les chargeant de pensées ? Le passé, repris
souvenir à souvenir, s'agrandit ; l'avenir se meuble d'espérances. Entre deux cœurs où surabondent ces nuages
électriques, une première entrevue devint alors comme
un bienfaisant orage qui ravive la terre et la féconde en
y portant les subites lumières de la foudre. Combien de
plaisirs suaves ne goûtai-je pas en voyant que chez nous
ces pensers, ces ressentiments étaient réciproques ? De
quel œil charmé je suivis les progrès du bonheur chez
Henriette ! Une femme qui revit sous les regards de
l'aimé donne peut-être une plus grande preuve de sentiment que celle qui meurt tuée par un doute, ou séchée
sur sa tige, faute de sève ; je ne sais qui des deux est la
plus touchante. La renaissance de madame de Mortsauf
fut naturelle, comme les effets du mois de mai sur les
prairies, comme ceux du soleil et de l'onde sur les fleurs
abattues. Comme notre vallée d'amour, Henriette avait
eu son hiver, elle renaissait comme elle au printemps.
Avant le dîner, nous descendîmes sur notre chère terrasse. Là, tout en caressant la tête de son pauvre enfant,
devenu plus débile que je ne l'avais vu, qui marchait
aux flancs de sa mère, silencieux comme s'il couvait
encore une maladie, elle me raconta ses nuits passées au

---

1. Dans *Les Proscrits* (1831-1833), Balzac avait évoqué les martyrs
qui arrivent à l'extase dans les douleurs.

chevet du malade. — Durant ces trois mois, elle avait, disait-elle, vécu d'une vie tout intérieure ; elle avait habité comme un palais sombre en craignant d'entrer en de somptueux appartements où brillaient des lumières, où se donnaient des fêtes à elle interdites, et à la porte desquels elle se tenait, un œil à son enfant, l'autre sur une figure indistincte, une oreille pour écouter les douleurs, une autre pour entendre une voix. Elle disait des poésies suggérées par la solitude, comme aucun poète n'en a jamais inventé ; mais tout cela naïvement, sans savoir qu'il y eût le moindre vestige d'amour, ni trace de voluptueuse pensée, ni poésie orientalement suave, comme une rose du Frangistan[1]. Quand le comte nous rejoignit, elle continua du même ton, en femme fière d'elle-même, qui peut jeter un regard d'orgueil à son mari, et mettre sans rougir un baiser sur le front de son fils. Elle avait beaucoup prié, elle avait tenu Jacques pendant des nuits entières sous ses mains jointes, ne voulant pas qu'il mourût.

— J'allais, disait-elle, jusqu'aux portes du sanctuaire demander sa vie à Dieu. Elle avait eu des visions, elle me les racontait ; mais au moment où elle prononça de sa voix d'ange ces paroles merveilleuses : — Quand je dormais, mon cœur veillait !

— C'est-à-dire que vous avez été presque folle, répondit le comte en l'interrompant.

Elle se tut, atteinte d'une vive douleur, comme si c'était la première blessure reçue, comme si elle eût oublié que, depuis treize ans, jamais cet homme n'avait manqué de lui décocher une flèche au cœur. Oiseau

---

1. C'est le pays des Francs, l'Europe pour les Orientaux (*cf. Dictionnaire universel* de Trévoux, 1771). Mais dans *Le Giaour*, Byron évoque : « The loveliest bird of Franguestan ! », et signale en note que le Franguestan est la Circassie (note reprise dans les *Œuvres complètes* de Byron, trad. Amédée Pichot, Furne, 1830). Dans notre contexte de « poésie orientale suave », cette seconde signification semble plus vraisemblable.

sublime atteint dans son vol par ce grossier grain de
plomb, elle tomba dans un stupide abattement.

— Hé ! quoi, monsieur, dit-elle après une pause,
jamais une de mes paroles ne trouvera-t-elle grâce au
tribunal de votre esprit ? N'aurez-vous jamais d'indulgence pour ma faiblesse, ni de compréhension pour mes
idées de femme ?

Elle s'arrêta. Déjà cet ange se repentait de ses murmures, et mesurait d'un regard son passé comme son avenir : pourrait-elle être comprise, n'allait-elle pas faire
jaillir une virulente apostrophe ? Ses veines bleues battirent violemment dans ses tempes, elle n'eut point de
larmes, mais le vert de ses yeux devint pâle ; puis elle
abaissa ses regards vers la terre pour ne pas voir dans
les miens sa peine agrandie, ses sentiments devinés, son
âme caressée en mon âme, et surtout la compatissance [1]
encolérée d'un jeune amour prêt, comme un chien fidèle,
à dévorer celui qui blesse sa maîtresse, sans discuter ni
la force ni la qualité de l'assaillant. En ces cruels
moments il fallait voir l'air de supériorité que prenait le
comte ; il croyait triompher de sa femme, et l'accablait
alors d'une grêle de phrases qui répétaient la même idée,
et ressemblaient à des coups de hache rendant le même
son.

— Il est donc toujours le même ? lui dis-je quand le
comte nous quitta forcément réclamé par son piqueur
qui vint le chercher.

— Toujours, me répondit Jacques.

— Toujours excellent, mon fils, dit-elle à Jacques en
essayant ainsi de soustraire monsieur de Mortsauf au

---

1. Ce substantif, formé sur l'adjectif « compatissant », est un néologisme, créé sur le même modèle que « signifiance ». Le suffixe archaï-
sant doit donner une tonalité moyenâgeuse au style de Félix qui, en
plein XIXᵉ siècle, prétend faire revivre le mysticisme courtois des chevaliers. Balzac l'a déjà utilisé dans *Eugénie Grandet* (1833) : « La
compatissance et la tendresse d'une jeune fille possèdent une influence
vraiment magnétique » (*CH*, III, p. 1088).

jugement de sès enfants. Vous voyez le présent, vous
ignorez le passé, vous ne sauriez critiquer votre père
sans commettre quelque injustice ; mais eussiez-vous la
douleur de voir votre père en faute, l'honneur des familles exige que vous ensevelissiez de tels secrets dans le
plus profond silence.

— Comment vont les changements à la Cassine et à
la Rhétorière ? lui demandai-je pour la tirer de ses amères pensées.

— Au delà de mes espérances, me dit-elle. Les bâtiments finis, nous avons trouvé deux fermiers excellents
qui ont pris l'une à quatre mille cinq cents francs, impôts
payés, l'autre à cinq mille francs ; et les baux sont
consentis pour quinze ans. Nous avons déjà planté trois
mille pieds d'arbres sur les deux nouvelles fermes. Le
parent de Manette est enchanté d'avoir la Rabelaye.
Martineau tient la Baude. Le bien de nos quatre fermiers
consiste en prés et en bois, dans lesquels ils ne portent
point, comme le font quelques fermiers peu conscien-
cieux, les fumiers destinés à nos terres de labour. Ainsi
nos efforts ont été couronnés par le plus beau succès.
Clochegourde, sans les réserves que nous nommons la
ferme du château, sans les bois ni les clos, rapporte dix-
neuf mille francs, et les plantations nous ont préparé de
belles annuités. Je bataille pour faire donner nos terres
réservées à Martineau, notre garde, qui maintenant peut
se faire remplacer par son fils. Il en offre trois mille
francs si monsieur de Mortsauf veut lui bâtir une ferme
à la Commanderie. Nous pourrions alors dégager les
abords de Clochegourde, achever notre avenue projetée
jusqu'au chemin de Chinon, et n'avoir que nos vignes
et nos bois à soigner. Si le roi revient, *notre* pension
reviendra ; *nous* y consentirons après quelques jours de
croisière contre le bon sens de *notre* femme. La fortune
de Jacques sera donc indestructible. Ces derniers résultats obtenus, je laisserai monsieur thésauriser pour
Madeleine, que le roi dotera d'ailleurs selon l'usage. J'ai

la conscience tranquille ; ma tâche s'accomplit. Et vous ? me dit-elle.

Je lui expliquai ma mission, et lui fis voir combien son conseil avait été fructueux et sage. Était-elle douée de seconde vue pour ainsi pressentir les événements ?

— Ne vous l'ai-je pas écrit ? dit-elle. Pour vous seul, je puis exercer une faculté surprenante dont je n'ai parlé qu'à monsieur de la Berge[1], mon confesseur, et qu'il explique par une intervention divine. Souvent, après quelques méditations profondes, provoquées par des craintes sur l'état de mes enfants, mes yeux se fermaient aux choses de la terre et voyaient dans une autre région : quand j'y apercevais Jacques et Madeleine lumineux, ils étaient pendant un certain temps en bonne santé ; si je les y trouvais enveloppés d'un brouillard, ils tombaient bientôt malades. Pour vous, non-seulement je vous vois toujours brillant, mais j'entends une voix douce qui m'explique sans paroles, par une communication mentale, ce que vous devez faire. Par quelle loi ne puis-je user de ce don merveilleux que pour mes enfants et pour vous ? dit-elle en tombant dans la rêverie. Dieu veut-il leur servir de père ? se demanda-t-elle après une pause.

— Laissez-moi croire, lui dis-je, que je n'obéis qu'à vous !

Elle me jeta l'un de ces sourires entièrement gracieux qui me causaient une si grande ivresse de cœur, que je n'aurais pas alors senti un coup mortel.

— Dès que le roi sera dans Paris[2], allez-y, quittez Clochegourde, reprit-elle. Autant il est dégradant de quêter des places et des grâces, autant il est ridicule de ne pas être à portée de les accepter. Il se fera de grands changements. Les hommes capables et sûrs seront néces-

---

1. Le nom est historique. Le chanoine Pierre-Gaspard Laberge (1745-1826) était un ancien cistercien, réfractaire sous la Révolution, qui devint chanoine honoraire à Tours en 1809. – 2. Louis XVIII entre à Paris le 8 juillet 1815.

saires au roi, ne lui manquez pas ; vous entrerez jeune
aux affaires, et vous vous en trouverez bien ; car, pour
les hommes d'état comme pour les acteurs, il est des
choses de métier que le génie ne révèle pas, il faut les
apprendre. Mon père tient ceci du duc de Choiseul [1].
Songez à moi, me dit-elle après une pause ; faites-moi
goûter les plaisirs de la supériorité dans une âme toute
à moi. N'êtes-vous pas mon fils ?

— Votre fils ? repris-je d'un air boudeur.

— Rien que mon fils, dit-elle en se moquant de moi,
n'est-ce pas avoir une assez belle place dans mon cœur ?

La cloche sonna le dîner, elle prit mon bras et s'y
appuya complaisamment.

— Vous avez grandi, me dit-elle en montant les escaliers. Quand nous fûmes au perron, elle m'agita le bras
comme si mes regards l'atteignaient trop vivement ;
quoiqu'elle eût les yeux baissés, elle savait bien que je
ne regardais qu'elle ; elle me dit alors de cet air faussement impatienté, si gracieux, si coquet : — Allons,
voyez donc un peu notre chère vallée ? Elle se retourna,
mit son ombrelle de soie blanche au-dessus de nos têtes,
en collant Jacques sur elle ; et le geste de tête par lequel
elle me montra l'Indre, la toue, les prés, prouvait que
depuis mon séjour et nos promenades elle s'était entendue avec ces horizons fumeux, avec leurs sinuosités
vaporeuses. La nature était le manteau sous lequel
s'abritaient ses pensées. Elle savait maintenant ce que
soupire le rossignol pendant les nuits, et ce que répète
le chantre des marais [2] en psalmodiant sa note plaintive.

A huit heures, le soir, je fus témoin d'une scène qui
m'émut profondément et que je n'avais jamais pu voir,
car je restais toujours à jouer avec monsieur de
Mortsauf, pendant qu'elle se passait dans la salle à man-

---

1. Choiseul fut ministre sous Louis XV. Disgracié en 1770, il se
retira en Touraine, à Chanteloup, près d'Amboise. – 2. Périphrase qui
désigne le rossignol des eaux.

ger avant le coucher des enfants. La cloche sonna deux
coups, tous les gens de la maison vinrent.

— Vous êtes notre hôte, soumettez-vous à la règle du
couvent ? dit-elle en m'entraînant par la main avec cet
air d'innocente raillerie qui distingue les femmes vraiment pieuses.

Le comte nous suivit. Maîtres, enfants, domestiques,
tous s'agenouillèrent, têtes nues, en se mettant à leurs
places habituelles. C'était le tour de Madeleine à dire les
prières : la chère petite les prononça de sa voix enfantine
dont les tons ingénus se détachèrent avec clarté dans
l'harmonieux silence de la campagne et prêtèrent aux
phrases la sainte candeur de l'innocence, cette grâce des
anges. Ce fut la plus émouvante prière que j'aie entendue. La nature répondait aux paroles de l'enfant par les
mille bruissements du soir, accompagnement d'orgue
légèrement touché. Madeleine était à droite de la comtesse et Jacques à la gauche. Les touffes gracieuses de
ces deux têtes entre lesquelles s'élevait la coiffure nattée
de la mère et que dominaient les cheveux entièrement
blancs et le crâne jauni de monsieur de Mortsauf, com-
posaient un tableau dont les couleurs répétaient en quelque sorte à l'esprit les idées réveillées par les mélodies
de la prière ; enfin, pour satisfaire aux conditions de
l'unité qui marque le sublime, cette assemblée recueillie
était enveloppée par la lumière adoucie du couchant dont
les teintes rouges coloraient la salle, en laissant croire
ainsi aux âmes, ou poétiques, ou superstitieuses, que les
feux du ciel visitaient ces fidèles serviteurs de Dieu [1]

---

1. Dans *Les Proscrits* (1831), Balzac décrit un effet similaire de
concordance entre le prêche du docteur Sigier (« Quittez bien complètement votre corps, autrement vous seriez consumés, car Dieu... Dieu
c'est la lumière ! ») et l'illumination de l'église par une source de
lumière : « Toutes les mains battirent, car les assistants acceptèrent cet
effet du soleil couchant comme un miracle » (*CH*, XI, p. 544). Par
contre, si le récit de Félix rapporte une interprétation religieuse, il se
refuse à la cautionner et l'attribue à la superstition. Ce personnage qui

agenouillés là sans distinction de rang, dans l'égalité
voulue par l'Église. En me reportant aux jours de la vie
patriarcale, mes pensées agrandissaient encore cette
scène déjà si grande par sa simplicité. Les enfants dirent
bonsoir à leur père, les gens nous saluèrent, la comtesse
s'en alla, donnant une main à chaque enfant, et je rentrai
dans le salon avec le comte.

— Nous vous ferons faire votre salut par là et votre
enfer par ici, me dit-il en montrant le trictrac.

La comtesse nous rejoignit une demi-heure après et
avança son métier près de notre table.

— Ceci est pour vous, dit-elle en déroulant le cane-
vas ; mais depuis trois mois l'ouvrage a bien langui.
Entre cet œillet rouge et cette rose, mon pauvre enfant a
souffert.

— Allons, allons, dit monsieur de Mortsauf, ne parlons pas de cela. Six-cinq, monsieur l'envoyé du roi.

Quand je me couchai, je me recueillis pour l'entendre
allant et venant dans sa chambre. Si elle demeura calme
et pure, je fus travaillé par des idées folles qu'inspiraient
d'intolérables désirs. — Pourquoi ne serait-elle pas à
moi ? me disais-je. Peut-être est-elle, comme moi, plongée dans cette tourbillonnante agitation des sens ? A une
heure, je descendis, je pus marcher sans faire de bruit,
j'arrivai devant sa porte, je m'y couchai, l'oreille appli-
quée à la fente, j'entendis son égale et douce respiration
d'enfant. Quand le froid m'eut saisi, je remontai, je me
remis au lit et dormis tranquillement jusqu'au matin. Je
ne sais à quelle prédestination, à quelle nature doit s'attribuer le plaisir que je trouve à m'avancer jusqu'au bord
des précipices, à sonder le gouffre du mal, à en interroger le fond, en sentir le froid, et me retirer tout ému.
Cette heure de nuit passée au seuil de sa porte où j'ai
pleuré de rage, sans qu'elle ait jamais su que le lende-

---

use et abuse du vocabulaire religieux montre pourtant en cette occasion
son agnosticisme.

main elle avait marché sur mes pleurs et sur mes baisers, sur sa vertu tour à tour détruite et respectée, maudite et adorée ; cette heure, sotte aux yeux de plusieurs, est une inspiration de ce sentiment inconnu qui pousse des militaires, quelques-uns m'ont dit avoir ainsi joué leur vie, à se jeter devant une batterie pour savoir s'ils échapperaient à la mitraille, et s'ils seraient heureux en chevauchant ainsi l'abîme des probabilités, en fumant comme Jean Bart sur un tonneau de poudre. Le lendemain j'allai cueillir et faire deux bouquets ; le comte les admira, lui que rien en ce genre n'émouvait et pour qui le mot de Champcenetz[1], « il fait des cachots en Espagne », semblait avoir été dit.

Je passai quelques jours à Clochegourde, n'allant faire que de courtes visites à Frapesle, où je dînai trois fois cependant. L'armée française vint occuper Tours[2]. Quoique je fusse évidemment la vie et la santé de madame de Mortsauf, elle me conjura de gagner Châteauroux, pour revenir en toute hâte à Paris, par Issoudun et Orléans. Je voulus résister, elle commanda disant que le génie familier avait parlé ; j'obéis. Nos adieux furent cette fois trempés de larmes, elle craignait pour moi l'entraînement du monde où j'allais vivre. Ne fallait-il pas entrer sérieusement dans le tournoiement des intérêts, des passions, des plaisirs qui font de Paris une mer aussi dangereuse aux chastes amours qu'à la pureté des consciences. Je lui promis de lui écrire chaque soir les événements et les pensées de la journée, même les plus frivoles. A cette promesse, elle appuya sa tête alanguie sur mon épaule, et me dit : — N'oubliez rien, tout m'intéressera.

---

1. Louis de Champcenetz, journaliste royaliste qui collabora aux *Actes des apôtres* de Rivarol et fut guillotiné en 1794. Il était célèbre pour son esprit et ses bons mots. – 2. Après la capitulation du 3 juillet 1815, l'armée napoléonienne commandée par Davout quitta Paris et se retira derrière la Loire et occupa Tours. Elle fut dissoute le 1er août.

Elle me donna des lettres pour le duc et la duchesse chez lesquels j'allai le second jour de mon arrivée.

— Vous avez du bonheur, me dit le duc, dînez ici, venez avec moi ce soir au château, votre fortune est faite. Le roi vous a nommé ce matin, en disant : « Il est jeune, capable et fidèle ! » Et le roi regrettait de ne pas savoir si vous étiez mort ou vivant, en quel lieu vous avaient jeté les événements, après vous être si bien acquitté de votre mission.

Le soir j'étais maître des requêtes au Conseil d'État, et j'avais auprès du roi Louis XVIII un emploi secret d'une durée égale à celle de son règne, place de confiance, sans faveur éclatante, mais sans chance de disgrâce, qui me mit au cœur du gouvernement et fut la source de mes prospérités. Madame de Mortsauf avait vu juste, je lui devais donc tout : pouvoir et richesse, le bonheur et la science ; elle me guidait et m'encourageait, purifiait mon cœur et donnait à mes vouloirs cette unité sans laquelle les forces de la jeunesse se dépensent inutilement. Plus tard j'eus un collègue. Chacun de nous fut de service pendant six mois. Nous pouvions nous suppléer l'un l'autre au besoin ; nous avions une chambre au château, notre voiture et de larges rétributions pour nos frais quand nous étions obligés de voyager. Singulière situation ! Être les disciples secrets d'un monarque à la politique duquel ses ennemis ont rendu depuis une éclatante justice [1], de l'entendre jugeant tout, intérieur, extérieur, d'être sans influence patente, et de se voir parfois consultés comme Laforêt [2] par Molière, de sentir les hésitations d'une vieille expérience, affermies par la

---

1. Balzac admirait le sens politique de Louis XVIII qu'il a vanté à plusieurs reprises, dans *La Duchesse de Langeais* (*CH*, V, p. 936), et dans un article « Louis XVIII » de 1837 : « Il posséda toujours une parfaite intelligence de la tendance, des idées et des besoins de l'époque » (*Œuvres complètes*, éd. Conard, XL, p. 172). – 2. Laforêt est le nom d'une servante sur laquelle Molière aimait essayer l'effet de ses comédies.

conscience de la jeunesse. Notre avenir était d'ailleurs
fixé de manière à satisfaire l'ambition. Outre mes
appointements de maître des requêtes, payés par le budget du Conseil d'État, le roi me donnait mille francs par
mois sur sa cassette, et me remettait souvent lui-même
quelques gratifications. Quoique le roi sentît qu'un jeune
homme de vingt-trois ans ne résisterait pas long-temps
au travail dont il m'accablait, mon collègue, aujourd'hui
pair de France, ne fut choisi que vers le mois d'août
1817. Ce choix était si difficile, nos fonctions exigeaient
tant de qualités, que le roi fut long-temps à se décider.
Il me fit l'honneur de me demander quel était celui des
jeunes gens entre lesquels il hésitait avec qui je m'accor-
derais le mieux. Parmi eux se trouvait un de mes camarades de la pension Lepître, et je ne l'indiquai point, Sa
Majesté me demanda pourquoi.

— Le Roi, lui dis-je, a choisi des hommes également
fidèles, mais de capacités différentes, j'ai nommé celui
que je crois le plus habile, certain de toujours bien vivre
avec lui.

Mon jugement coïncidait avec celui du roi, qui me sut
toujours gré du sacrifice que j'avais fait. En cette occasion, il me dit : — Vous serez Monsieur le Premier. Il
ne laissa pas ignorer cette circonstance à mon collègue
qui, en retour de ce service, m'accorda son amitié. La
considération que me marqua le duc de Lenoncourt
donna la mesure à celle dont m'environna le monde. Ces
mots : « Le roi prend un vif intérêt à ce jeune homme ;
ce jeune homme a de l'avenir, le roi le goûte », auraient
tenu lieu de talents, mais ils communiquaient au gracieux accueil dont les jeunes gens sont l'objet ce je ne
sais quoi qu'on accorde au pouvoir. Soit chez le duc de
Lenoncourt, soit chez ma sœur qui épousa vers ce temps
son cousin le marquis de Listomère, le fils de la vieille
parente chez qui j'allais à l'île Saint-Louis, je fis insensiblement la connaissance des personnes les plus influentes au faubourg Saint-Germain.

Henriette me mit bientôt au cœur de la société dite le Petit-Château [1], par les soins de la princesse de Blamont-Chauvry, de qui elle était la petite-belle-nièce ; elle lui écrivit si chaleureusement à mon sujet, que la princesse m'invita sur-le-champ à la venir voir ; je la cultivai, je sus lui plaire, et elle devint non pas ma protectrice, mais une amie dont les sentiments eurent je ne sais quoi de maternel. La vieille princesse prit à cœur de me lier avec sa fille madame d'Espard, avec la duchesse de Langeais, la vicomtesse de Bauséant et la duchesse de Maufrigneuse [2], des femmes qui tour à tour tinrent le spectre de la mode et qui furent d'autant plus gracieuses pour moi, que j'étais sans prétention auprès d'elles, et toujours prêt à leur être agréable. Mon frère Charles, loin de me renier, s'appuya dès lors sur moi ; mais ce rapide succès lui inspira une secrète jalousie qui plus tard me causa bien des chagrins. Mon père et ma mère, surpris de cette fortune inespérée, sentirent leur vanité flattée, et m'adoptèrent enfin pour leur fils ; mais comme leur sentiment était en quelque sorte artificiel, pour ne pas dire joué, ce retour eut peu d'influence sur un cœur ulcéré ; d'ailleurs, les affections entachées d'égoïsme excitent peu les sympathies ; le cœur abhorre les calculs et les profits de tout genre.

J'écrivais fidèlement à ma chère Henriette, qui me répondait une ou deux lettres par mois. Son esprit planait ainsi sur moi, ses pensées traversaient les distances et me faisaient une atmosphère pure. Aucune femme ne pouvait me captiver. Le roi sut ma réserve ; sous ce rapport, il était de l'école de Louis XV, et me nommait en riant mademoiselle de Vandenesse, mais la sagesse de

_____

1. Sous la Restauration et la monarchie de Juillet, le château désignait non pas toute la cour mais l'entourage familier du roi aux Tuileries. Balzac explique dans *Le Père Goriot* que le Petit-Château désignait le cercle aristocratique des salons du faubourg Saint-Germain (*CH*, III, p. 166). – 2. *Cf.* Commentaires, « *Le Lys dans la vallée* et le retour des personnages ».

ma conduite lui plaisait fort. J'ai la conviction que la
patience dont j'avais pris l'habitude pendant mon
enfance et surtout à Clochegourde servit beaucoup à me
concilier les bonnes grâces du roi, qui fut toujours excellent pour moi. Il eut sans doute la fantaisie de lire mes
lettres, car il ne fut pas long-temps la dupe de ma vie de
demoiselle. Un jour, le duc était de service, j'écrivais
sous la dictée du roi, qui, voyant entrer le duc de Lenoncourt, nous enveloppa d'un regard malicieux.

— Hé ! bien, ce diable de Mortsauf veut donc toujours vivre ? lui dit-il de sa belle voix d'argent à laquelle
il savait communiquer à volonté le mordant de l'épigramme.

— Toujours, répondit le duc.

— La comtesse de Mortsauf est un ange que je voudrais cependant bien voir ici, reprit le roi ; mais si je ne
puis rien, mon chancelier, dit-il en se tournant vers moi,
sera plus heureux. Vous avez six mois à vous, je me
décide à vous donner pour collègue le jeune homme dont
nous parlions hier. Amusez-vous bien à Clochegourde,
monsieur Caton ! Et il se fit rouler hors du cabinet [1] en
souriant.

Je volai comme une hirondelle en Touraine. Pour la
première fois j'allais me montrer à celle que j'aimais,
non-seulement un peu moins niais, mais encore dans
l'appareil d'un jeune homme élégant dont les manières
avaient été formées par les salons les plus polis, dont
l'éducation avait été achevée par les femmes les plus
gracieuses, qui avait enfin recueilli le prix de ses souffrances, et qui avait mis en usage l'expérience du plus
bel ange que le ciel ait commis à la garde d'un enfant.
Vous savez comment j'étais équipé pendant les trois
mois de mon premier séjour à Frapesle. Quand je revins
à Clochegourde lors de ma mission en Vendée, j'étais

---

1. Louis XVIII, qui avait la goutte et était infirme, ne quittait pas
son fauteuil roulant.

vêtu comme un chasseur. Je portais une veste verte à boutons blancs rougis, un pantalon à raies, des guêtres de cuir et des souliers. La marche, les halliers m'avaient si mal arrangé, que le comte fut obligé de me prêter du linge. Cette fois, deux ans de séjour à Paris, l'habitude d'être avec le roi, les façons de la fortune, ma croissance achevée, une physionomie jeune qui recevait un lustre inexplicable de la placidité d'une âme magnétiquement unie à l'âme pure qui de Clochegourde rayonnait sur moi, tout m'avait transformé : j'avais de l'assurance sans fatuité, j'avais un contentement intérieur de me trouver, malgré ma jeunesse, au sommet des affaires ; j'avais la conscience d'être le soutien secret de la plus adorable femme qui fût ici-bas, son espoir inavoué. Peut-être eus-je un petit mouvement de vanité quand le fouet des postillons claqua dans la nouvelle avenue qui de la route de Chinon menait à Clochegourde, et qu'une grille que je ne connaissais pas s'ouvrit au milieu d'une enceinte circulaire récemment bâtie. Je n'avais pas écrit mon arrivée à la comtesse, voulant lui causer une surprise, et j'eus doublement tort : d'abord, elle éprouva le saisissement que donne un plaisir long-temps espéré, mais considéré comme impossible ; puis, elle me prouva que toutes les surprises calculées étaient de mauvais goût.

Quand Henriette vit le jeune homme là où elle n'avait jamais vu qu'un enfant, elle abaissa son regard vers la terre par un mouvement d'une tragique lenteur ; elle se laissa prendre et baiser la main sans témoigner ce plaisir intime dont j'étais averti par son frissonnement de sensitive ; et quand elle releva son visage pour me regarder encore, je la trouvai pâle.

— Hé ! bien, vous n'oubliez donc pas vos vieux amis ? me dit monsieur Mortsauf, qui n'était ni changé ni vieilli.

Les deux enfants me sautèrent au cou. J'aperçus à la porte la figure grave de l'abbé de Dominis, précepteur de Jacques.

— Oui, dis-je au comte ; j'aurai désormais par an six mois de liberté qui vous appartiendront toujours. Hé ! bien, qu'avez-vous ? dis-je à la comtesse en lui passant mon bras pour lui envelopper la taille et la soutenir, en présence de tous les siens.

— Oh ! laissez-moi, me dit-elle en bondissant, ce n'est rien.

Je lus dans son âme, et répondis à sa pensée secrète en lui disant : — Ne reconnaissez-vous donc plus votre fidèle esclave ?

Elle prit mon bras, quitta le comte, ses enfants, l'abbé, les gens accourus, et me mena loin de tous en tournant le boulingrin, mais en restant sous leurs yeux ; puis, quand elle jugea que sa voix ne serait point entendue : — Félix, mon ami, dit-elle, pardonnez la peur à qui n'a qu'un fil pour se diriger dans un labyrinthe souterrain, et qui tremble de le voir se briser. Répétez-moi que je suis plus que jamais Henriette pour vous, que vous ne m'abandonnerez point, que rien ne prévaudra contre moi, que vous serez toujours un ami dévoué. J'ai vu tout à coup dans l'avenir, et vous n'y étiez pas, comme toujours, la face brillante et les yeux sur moi ; vous me tourniez le dos.

— Henriette, idole dont le culte l'emporte sur celui de Dieu, lys, fleur de ma vie, comment ne savez-vous donc plus, vous qui êtes ma conscience, que je me suis si bien incarné à votre cœur que mon âme est ici quand ma personne est à Paris ? Faut-il donc vous dire que je suis venu en dix-sept heures, que chaque tour de roue emportait un monde de pensées et de désirs qui a éclaté comme une tempête aussitôt que je vous ai vue...

— Dites, dites ! Je suis sûre de moi, je puis vous entendre sans crime. Dieu ne veut pas que je meure ; il vous envoie à moi comme il dispense son souffle à ses créations, comme il épand la pluie des nuées sur une terre aride ; dites ! dites ! m'aimez-vous saintement ?

— Saintement.

— A jamais ?

— A jamais.

— Comme une vierge Marie, qui doit rester dans ses voiles et sous sa couronne blanche ?

— Comme une vierge Marie visible.

— Comme une sœur ?

— Comme une sœur trop aimée.

— Comme une mère ?

— Comme une mère secrètement désirée.

— Chevaleresquement, sans espoir ?

— Chevaleresquement, mais avec espoir[1].

— Enfin, comme si vous n'aviez encore que vingt ans, et que vous portiez votre petit méchant habit bleu du bal ?

— Oh ! mieux. Je vous aime ainsi, et je vous aime encore comme... Elle me regarda dans une vive appréhension... comme vous aimait votre tante.

---

1. Dans *Le Frère d'armes, Conte drolatique* écrit en 1832, Balzac évoquait déjà, en renvoyant à Rabelais, « les doulces litanies [...] que l'abbé de Thelesme a paragrafiquement saulvées de l'oubli, en les engravant aux murs de son abbaïe ». Marie d'Annebault brûle de désir pour un chevalier qui est chargé de la garder et qui pour échapper à ses sollicitations lui fait croire qu'il est atteint d'une maladie vénérienne. La dame entraîne alors son ange gardien dans les « plaizirs de la petite oie », menues caresses et déclarations d'amour mystique qui exacerbent le désir :

« Las ! disoyt Marie d'Annebault, tu es ma force et ma vie, mon bonheur, et mon thrésor...

— Et vous, respondait-il, vous estes une perle, un ange...

— Toy, mon séraphin.

— Vous, mon ame !...

— Toy, mon dieu !...

— Vous, mon estoile du soir et du matin, mon honneur, ma beauté, mon univers...

— Toi, mon grand, mon divin maître.

— Vous, ma gloire, ma foy, ma religion. [...]

— Je te quitte la palme de l'amour, et tant grand soit le mien, je cuyde que tu m'aimes pluz encore, pource que tu es le seigneur !...

— Non, elle est à vous, ma déesse, ma vierge Marie [...] (*OD*, I, p. 134).

— Je suis heureuse ; vous avez dissipé mes terreurs, dit-elle en revenant vers la famille étonnée de notre conférence secrète ; mais soyez bien enfant ici ! car vous êtes encore un enfant. Si votre politique est d'être homme avec le roi, sachez, monsieur, qu'ici la vôtre est de rester enfant. Enfant, vous serez aimé ! Je résisterai toujours à la force de l'homme ; mais que refuserais-je à l'enfant ? rien ; il ne peut rien vouloir que je ne puisse accorder. — Les secrets sont dits, fit-elle en regardant le comte d'un air malicieux où reparaissait la jeune fille et son caractère primitif. Je vous laisse, je vais m'habiller.

Jamais, depuis trois ans, je n'avais entendu sa voix si pleinement heureuse. Pour la première fois je connus ces jolis cris d'hirondelle, ces notes enfantines dont je vous ai parlé. J'apportais un équipage de chasse à Jacques, à Madeleine une boîte à ouvrage dont sa mère se servit toujours ; enfin je réparai la mesquinerie à laquelle m'avait condamné jadis la parcimonie de ma mère. La joie que témoignaient les deux enfants, enchantés de se montrer l'un à l'autre leurs cadeaux, parut importuner le comte, toujours chagrin quand on ne s'occupait pas de lui. Je fis un signe d'intelligence à Madeleine, et je suivis le comte, qui voulait causer de lui-même avec moi. Il m'emmena vers la terrasse ; mais nous nous arrêtâmes sur le perron à chaque fait grave dont il m'entretenait.

— Mon pauvre Félix, me dit-il, vous les voyez tous heureux et bien portants : moi, je fais ombre au tableau : j'ai pris leurs maux, et je bénis Dieu de me les avoir donnés. Autrefois, j'ignorais ce que j'avais ; mais aujourd'hui je le sais : j'ai le pylore attaqué, je ne digère plus rien.

— Par quel hasard êtes-vous devenu savant comme un professeur de l'École de médecine ? lui dis-je en souriant. Votre médecin est-il assez indiscret pour vous dire ainsi...

— Dieu me préserve de consulter les médecins, s'écria-t-il en manifestant la répulsion que la plupart des malades imaginaires éprouvent pour la médecine.

Je subis alors une conversation folle, pendant laquelle il me fit les plus ridicules confidences, se plaignant de sa femme, de ses gens, de ses enfants et de la vie, en prenant un plaisir évident à répéter ses dires de tous les jours à un ami qui, ne les connaissant pas, pouvait s'en étonner, et que la politesse obligeait à l'écouter avec intérêt. Il dut être content de moi, car je lui prêtais une profonde attention, en essayant de pénétrer ce caractère inconcevable et de deviner les nouveaux tourments qu'il infligeait à sa femme et qu'elle me taisait. Henriette mit fin à ce monologue en apparaissant sur le perron, le comte l'aperçut, hocha la tête et me dit : — Vous m'écoutez, vous, Félix ; mais ici personne ne me plaint !

Il s'en alla comme s'il eût eu la conscience du trouble qu'il aurait porté dans mon entretien avec Henriette, ou que, par une attention chevaleresque pour elle, il eût su qu'il lui faisait plaisir en nous laissant seuls. Son caractère offrait des désinences[1] vraiment inexplicables, car il était jaloux comme le sont tous les gens faibles ; mais aussi sa confiance dans la sainteté de sa femme était sans bornes ; peut-être même les souffrances de son amour-propre blessé par la supériorité de cette haute vertu engendraient-elles son opposition constante aux volontés de la comtesse, qu'il bravait comme les enfants bravent leurs maîtres ou leurs mères. Jacques prenait sa leçon, Madeleine faisait sa toilette : pendant une heure environ je pus donc me promener seul avec la comtesse sur la terrasse.

---

1. Le caractère du comte qui prenait des aspects inattendus est métaphoriquement rapproché d'une déclinaison qui présenterait des formes étonnantes.

— Hé ! bien, chère ange, lui dis-je, la chaîne s'est alourdie, les sables se sont enflammés, les épines se multiplient ?

— Taisez-vous, me dit-elle en devinant les pensées que m'avait suggérées ma conversation avec le comte ; vous êtes ici, tout est oublié ! Je ne souffre point, je n'ai pas souffert !

Elle fit quelques pas légers, comme pour aérer sa blanche toilette, pour livrer au zéphyr ses ruches de tulle neigeuses, ses manches flottantes, ses rubans frais, sa pèlerine et les boucles fluides de sa coiffure à la Sévigné[1] ; et je la vis pour la première fois, jeune fille, gaie de sa gaieté naturelle, prête à jouer comme un enfant. Je connus alors et les larmes du bonheur et la joie que l'homme éprouve à donner le plaisir.

— Belle fleur humaine que caresse ma pensée et que baise mon âme ! ô mon lys ! lui dis-je, toujours intact et droit sur sa tige, toujours blanc, fier, parfumé, solitaire !

— Assez, monsieur, dit-elle en souriant. Parlez-moi de vous, racontez-moi bien tout.

Nous eûmes alors sous cette mobile voûte de feuillages frémissants une longue conversation pleine de parenthèses interminables, prise, quittée et reprise, où je la mis au fait de ma vie, de mes occupations ; je lui décrivis mon appartement à Paris, car elle voulut tout savoir ; et, bonheur alors inapprécié, je n'avais rien à lui cacher. En connaissant ainsi mon âme et tous les détails de cette existence remplie par d'écrasants travaux, en apprenant l'étendue de ces fonctions où, sans une probité sévère, on pouvait si facilement tromper, s'enrichir, mais que j'exerçais avec tant de rigueur que le roi, lui dis-je, m'appelait *mademoiselle de Vandenesse*, elle saisit ma main et la baisa en y laissant tomber une larme de joie. Cette subite transposition des rôles, cet éloge si magnifi-

---

1. Coiffure composée avec des anglaises sur les oreilles et de petites boucles sur le front.

que, cette pensée si rapidement exprimée, mais plus rapidement comprise : « Voici le maître que j'aurais voulu, voilà mon "rêve !" tout ce qu'il y avait d'aveux dans cette action, où l'abaissement était de la grandeur, où l'amour se trahissait dans une région interdite aux sens, cet orage de choses célestes me tomba sur le cœur et m'écrasa. Je me sentis petit, j'aurais voulu mourir à ses pieds.

— Ah ! dis-je, vous nous surpasserez toujours en tout [1]. Comment pouvez-vous douter de moi ? car on en a douté tout à l'heure, Henriette.

— Non pour le présent, reprit-elle en me regardant avec une douceur ineffable qui, pour moi seulement, voilait la lumière de ses yeux ; mais en vous voyant si beau, je me suis dit : — Nos projets sur Madeleine seront dérangés par quelque femme qui devinera les trésors cachés dans votre cœur, qui vous adorera, qui nous volera notre Félix et brisera tout ici.

— Toujours Madeleine ! dis-je en exprimant une surprise dont elle ne s'affligea qu'à demi. Est-ce donc à Madeleine que je suis fidèle ?

Nous tombâmes dans un silence que monsieur de Mortsauf vint malencontreusement interrompre. Je dus, le cœur plein, soutenir une conversation hérissée de difficultés, où mes sincères réponses sur la politique alors suivie par le roi heurtèrent les idées du comte qui me força d'expliquer les intentions de Sa Majesté [2]. Malgré

---

1. Balzac a supprimé une comparaison qui, dans le manuscrit, révélait la féminité de Félix : *Dis-je avec l'exaltation de Sainte-Thérèse quand elle parlait à l'époux céleste, vous serez toujours plus grande que nous.* Mais dans le texte définitif c'est le roi qui souligne cette féminité en surnommant Félix « Mademoiselle de Vandenesse ». –
2. Nous sommes en 1817. Félix en effet a précisé un peu plus haut que le roi lui a donné en août 1817 un collègue, ce qui lui a permis d'avoir un congé pour aller à Clochegourde. Or, quelques mois auparavant, en septembre 1816, le roi avait dissout la Chambre ultra, élue en 1815, et il favorisait ainsi le parti des royalistes modérés. Le fervent royaliste qu'est M. de Mortsauf ne comprend pas cette décision.

mes interrogations sur ses chevaux, sur la situation de
ses affaires agricoles, s'il était content de ses cinq fermes, s'il couperait les arbres d'une vieille avenue ; il en
revenait toujours à la politique avec une taquinerie de
vieille fille et une persistance d'enfant, car ces sortes
d'esprits se heurtent volontiers aux endroits où brille la
lumière, ils y retournent toujours en bourdonnant sans
rien pénétrer, et fatiguent l'âme comme les grosses mou-
ches fatiguent l'oreille en fredonnant le long des vitres.
Henriette se taisait. Pour éteindre cette conversation que
la chaleur du jeune âge pouvait enflammer, je répondis
par des monosyllabes approbatifs en évitant ainsi d'inutiles discussions ; mais monsieur de Mortsauf avait
beaucoup trop d'esprit pour ne pas sentir tout ce que ma
politesse avait d'injurieux. Au moment où fâché d'avoir
toujours raison, il se cabra, ses sourcils et les rides de
son front jouèrent, ses yeux jaunes éclatèrent, son nez
ensanglanté se colora davantage, comme le jour où, pour
la première fois, je fus témoin d'un de ses accès de
démence ; Henriette me jeta des regards suppliants en
me faisant comprendre qu'elle ne pouvait déployer en
ma faveur l'autorité dont elle usait pour justifier ou pour
défendre ses enfants. Je répondis alors au comte en le
prenant au sérieux et maniant avec une excessive adresse
son esprit ombrageux.

— Pauvre cher, pauvre cher ! disait-elle en murmurant plusieurs fois ces deux mots qui arrivaient à mon
oreille comme une brise. Puis quand elle crut pouvoir
intervenir avec succès, elle nous dit en s'arrêtant :
— Savez-vous, messieurs, que vous êtes parfaitement
ennuyeux ?

Ramené par cette interrogation à la chevaleresque
obéissance due aux femmes, le comte cessa de parler
politique ; nous l'ennuyâmes à notre tour en disant des
riens, et il nous laissa libres de nous promener en prétendant que la tête lui tournait à parcourir ainsi continuellement le même espace.

Mes tristes conjectures étaient vraies. Les doux paysages, la tiède atmosphère, le beau ciel, l'enivrante poésie de cette vallée qui, pendant quinze ans, avait calmé les lancinantes fantaisies de ce malade, étaient impuissants aujourd'hui. A l'époque de la vie où chez les autres hommes les aspérités se fondent et les angles s'émoussent, le caractère du vieux gentilhomme était encore devenu plus agressif que par le passé. Depuis quelques mois, il contredisait pour contredire, sans raison, sans justifier ses opinions ; il demandait le pourquoi de toute chose, s'inquiétait d'un retard ou d'une commission, se mêlait à tout propos des affaires intérieures, et se faisait rendre compte des moindres minuties du ménage de manière à fatiguer sa femme ou ses gens, en ne leur laissant point leur libre arbitre. Jadis il ne s'irritait jamais sans quelque motif spécieux, maintenant son irritation était constante. Peut-être les soins de sa fortune, les spéculations de l'agriculture, une vie de mouvement avaient-ils jusqu'alors détourné son humeur atrabilaire en donnant une pâture à ses inquiétudes, en employant l'activité de son esprit ; et peut-être aujourd'hui le manque d'occupations mettait-il sa maladie aux prises avec elle-même ; ne s'exerçant plus au dehors, elle se produisait par des idées fixes, le *moi* moral s'était emparé du *moi* physique. Il était devenu son propre médecin ; il compulsait des livres de médecine, croyait avoir les maladies dont il lisait les descriptions, et prenait alors pour sa santé des précautions inouïes, variables, impossibles à prévoir, partant impossibles à contenter. Tantôt il ne voulait pas de bruit, et quand la comtesse établissait autour de lui un silence absolu, tout à coup il se plaignait d'être comme dans une tombe, il disait qu'il y avait un milieu entre ne pas faire du bruit et le néant de la Trappe. Tantôt il affectait une parfaite indifférence des choses terrestres, la maison entière respirait ; ses enfants jouaient, les travaux ménagers s'accomplissaient sans aucune critique ; soudain au milieu du bruit, il s'écriait

lamentablement : — « On veut me tuer ! » — Ma chère,
s'il s'agissait de vos enfants, vous sauriez bien deviner
ce qui les gêne, disait-il à sa femme en aggravant l'injustice de ces paroles par le ton aigre et froid dont il les
accompagnait. Il se vêtait et se dévêtait à tout moment,
en étudiant les plus légères variations de l'atmosphère,
et ne faisait rien sans consulter le baromètre. Malgré les
maternelles attentions de sa femme, il ne trouvait aucune
nourriture à son goût, car il prétendait avoir un estomac
délabré dont les douloureuses digestions lui causaient
des insomnies continuelles ; et néanmoins il mangeait,
buvait, digérait, dormait avec une perfection que le plus
savant médecin aurait admirée. Ses volontés changeantes
lassaient les gens de sa maison, qui, routiniers comme
le sont tous les domestiques, étaient incapables de se
conformer aux exigences de systèmes incessamment
contraires. Le comte ordonnait-il de tenir les fenêtres
ouvertes sous prétexte que le grand air était désormais
nécessaire à sa santé ; quelques jours après, le grand air,
ou trop humide ou trop chaud, devenait intolérable ; il
grondait alors, il entamait une querelle, et, pour avoir
raison, il niait souvent sa consigne antérieure. Ce défaut
de mémoire ou cette mauvaise foi lui donnait gain de
cause dans toutes les discussions où sa femme essayait
de l'opposer à lui-même. L'habitation de Clochegourde
était devenue si insupportable que l'abbé de Dominis,
homme profondément instruit, avait pris le parti de chercher la résolution de quelques problèmes, et se retran-
chait dans une distraction affectée. La comtesse
n'espérait plus, comme par le passé, pouvoir enfermer
dans le cercle de la famille les accès de ces folles colères ; déjà les gens de la maison avaient été témoins de
scènes où l'exaspération sans motif de ce vieillard pré-
maturé passa les bornes ; ils étaient si dévoués à la comtesse qu'il n'en transpirait rien au dehors, mais elle
redoutait chaque jour un éclat public de ce délire que
le respect humain ne contenait plus. J'appris plus tard

d'affreux détails sur la conduite du comte envers sa femme ; au lieu de la consoler, il l'accablait de sinistres prédictions et la rendait responsable des malheurs à venir, parce qu'elle refusait les médications insensées auxquelles il voulait soumettre ses enfants. La comtesse se promenait-elle avec Jacques et Madeleine, le comte lui prédisait un orage, malgré la pureté du ciel ; si par hasard l'événement justifiait son pronostic, la satisfaction de son amour-propre le rendait insensible au mal de ses enfants ; l'un d'eux était-il indisposé, le comte employait tout son esprit à rechercher la cause de cette souffrance dans le système de soins adopté par sa femme et qu'il épiloguait dans les plus minces détails, en concluant toujours par ces mots assassins : « Si vos enfants retombent malades, vous l'aurez bien voulu. » Il agissait ainsi dans les moindres détails de l'administration domestique où il ne voyait jamais que le pire côté des choses, se faisant à tout propos *l'avocat du diable* [1], suivant une expression de son vieux cocher. La comtesse avait indiqué pour Jacques et Madeleine des heures de repas différentes des siennes, et les avait ainsi soustraits à la terrible action de la maladie du comte, en attirant sur elle tous les orages. Madeleine et Jacques voyaient rarement leur père. Par une de ces hallucinations particulières aux égoïstes, le comte n'avait pas la plus légère conscience du mal dont il était l'auteur. Dans la conversation confidentielle que nous avions eue, il s'était surtout plaint d'être trop bon pour tous les siens. Il maniait donc le fléau, abattait, brisait tout autour de lui comme eût fait un singe ; puis, après avoir blessé sa victime, il niait l'avoir touchée. Je compris alors d'où provenaient les lignes comme marquées avec le fil d'un rasoir sur le front de la comtesse, et que j'avais aperçues en la revoyant. Il est chez les âmes nobles une pudeur qui les empêche d'exprimer leurs souffrances, elles en

---

1. Expression jugée familière par le *Dictionnaire de l'Académie* de 1835.

dérobent orgueilleusement l'étendue à ceux qu'elles aiment par un sentiment de charité voluptueuse. Aussi, malgré mes instances, n'arrachai-je pas tout d'un coup cette confidence à Henriette. Elle craignait de me chagriner, elle me faisait des aveux interrompus par de subites rougeurs ; mais j'eus bientôt deviné l'aggravation que le désœuvrement du comte avait apportée dans les peines domestiques de Clochegourde.

— Henriette, lui dis-je quelques jours après, en lui prouvant que j'avais mesuré la profondeur de ses nouvelles misères, n'avez-vous pas eu tort de si bien arranger votre terre que le comte n'y trouve plus à s'occuper ?

— Cher, me dit-elle en souriant, ma situation est assez critique pour mériter toute mon attention, croyez que j'en ai bien étudié les ressources, et toutes sont épuisées. En effet, les tracasseries ont toujours été grandissant. Comme monsieur de Mortsauf et moi nous sommes toujours en présence, je ne puis les affaiblir en les divisant sur plusieurs points, tout serait également douloureux pour moi. J'ai songé à distraire monsieur de Mortsauf, en lui conseillant d'établir une magnanerie à Clochegourde où il existe déjà quelques mûriers, vestiges de l'ancienne industrie de la Touraine [1] ; mais j'ai reconnu qu'il serait tout aussi despote au logis, et que j'aurais de plus les mille ennuis de cette entreprise. Apprenez, monsieur l'observateur, me dit-elle, que dans le jeune âge les mauvaises qualités de l'homme sont contenues par le monde, arrêtées dans leur essor par le jeu des passions, gênées par le respect humain ; plus

---

1. C'est sous Louis XI que la culture du mûrier a été développée en Touraine où résidait la cour. Sous l'Empire et pendant la Restauration, on essaie de promouvoir à nouveau cette ancienne culture. Mais la qualité de la soie produite étant médiocre, les subventions seront supprimées sous la monarchie de Juillet (*cf.* Michel Laurencin, *La Vie quotidienne en Touraine au temps de Balzac*, Hachette, « Littérature », 1980).

tard, dans la solitude, chez un homme âgé, les petits défauts se montrent d'autant plus terribles qu'ils ont été long-temps comprimés. Les faiblesses humaines sont essentiellement lâches, elles ne comportent ni paix ni trêve ; ce que vous leur avez accordé hier, elles l'exigent aujourd'hui, demain et toujours ; elles s'établissent dans les concessions et les étendent. La puissance est clémente, elle se rend à l'évidence, elle est juste et paisible ; tandis que les passions engendrées par la faiblesse sont impitoyables ; elles sont heureuses quand elles peuvent agir à la manière des enfants qui préfèrent les fruits volés en secret à ceux qu'ils peuvent manger à table ; ainsi monsieur de Mortsauf éprouve une joie véritable à me surprendre ; et lui qui ne tromperait personne me trompe avec délices, pourvu que la ruse reste dans le for intérieur.

Un mois environ après mon arrivée, un matin, en sortant de déjeuner, la comtesse me prit le bras, se sauva par une porte à claire-voie qui donnait dans le verger, et m'entraîna vivement dans les vignes.

— Ah ! il me tuera, dit-elle. Cependant je veux vivre, ne fût-ce que pour mes enfants ! Comment, pas un jour de relâche ! Toujours marcher dans les broussailles, manquer de tomber à tout moment, et à tout moment rassembler ses forces pour garder son équilibre. Aucune créature ne saurait suffire à de telles dépenses d'énergie. Si je connaissais bien le terrain sur lequel doivent porter mes efforts, si ma résistance était déterminée, l'âme s'y plierait ; mais non, chaque jour l'attaque change de caractère, et me surprend sans défense ; ma douleur n'est pas une, elle est multiple. Félix, Félix, vous ne sauriez imaginer quelle forme odieuse a prise sa tyrannie, et quelles sauvages exigences lui ont suggérées ses livres de médecine [1]. Oh ! mon ami... dit-elle en appuyant sa

---

1. Les livres de médecine de l'époque faisaient de la continence l'une des causes de l'hypocondrie. M. de Mortsauf accuse donc indirectement sa femme de faire des calculs machiavéliques pour détruire

tête sur mes épaules, sans achever sa confidence. Que devenir, que faire ? reprit-elle en se débattant contre les pensées qu'elle n'avait pas exprimées. Comment résister ? Il me tuera. Non, je me tuerai moi-même, et c'est un crime cependant ! M'enfuir ? et mes enfants ! Me séparer ? mais comment, après quinze ans de mariage, dire à mon père que je ne puis demeurer avec monsieur de Mortsauf, quand, si mon père ou ma mère viennent, il sera posé, sage, poli, spirituel. D'ailleurs, les femmes mariées ont-elles des pères, ont-elles des mères ? elles appartiennent corps et biens à leurs maris. Je vivais tranquille, sinon heureuse, je puisais quelques forces dans ma chaste solitude, je l'avoue ; mais si je suis privée de ce bonheur négatif, je deviendrai folle aussi moi. Ma résistance est fondée sur de puissantes raisons qui ne me sont pas personnelles. N'est-ce pas un crime que de donner le jour à de pauvres créatures condamnées par avance à de perpétuelles douleurs ? Cependant ma conduite soulève de si graves questions que je ne puis les décider seule ; je suis juge et partie. J'irai demain à Tours consulter l'abbé Birotteau [1], mon nouveau directeur ; car mon cher et vertueux abbé de la Berge est mort, dit-elle en s'interrompant. Quoiqu'il fût sévère, sa force apostolique me manquera toujours ; son successeur est un ange de douceur qui s'attendrit au lieu de réprimander ; néanmoins, au cœur de la religion quel courage ne se retremperait ? quelle raison ne s'affermirait à la voix de l'Esprit Saint ? — Mon Dieu, reprit-elle en séchant ses larmes et levant les yeux au ciel, de quoi me

---

sa santé (« Hypocondrie », *Dictionnaire des sciences médicales, op. cit.*, t. XXIII).

1. Personnage principal du *Curé de Tours* (paru en 1832 sous le titre *Les Célibataires*), roman qui raconte ses déboires. Il ne parvient pas à devenir chanoine et, sur une accusation de captation, il est exilé hors de Tours, en 1826, au profit de son rival l'abbé Troubert. Ce roman écrit avant *Le Lys dans la vallée* relate donc des événements chronologiquement postérieurs.

punissez-vous ? Mais, il faut le croire, dit-elle en appuyant ses doigts sur mon bras, oui, croyons-le, Félix, nous devons passer par un creuset rouge avant d'arriver saints et parfaits dans les sphères supérieures. Dois-je me taire ? me défendez-vous, mon Dieu, de crier dans le sein d'un ami ? l'aimé-je trop ? Elle me pressa sur son cœur comme si elle eût craint de me perdre : — Qui me résoudra ces doutes ? Ma conscience ne me reproche rien. Les étoiles rayonnent d'en haut sur les hommes ; pourquoi l'âme, cette étoile humaine, n'envelopperait-elle pas de ses feux un ami, quand on ne laisse aller à lui que de pures pensées ?

J'écoutais cette horrible clameur en silence, tenant la main moite de cette femme dans la mienne plus moite encore ; je la serrais avec une force à laquelle Henriette répondait par une force égale.

— Vous êtes donc par là ? cria le comte qui venait à nous, la tête nue.

Depuis mon retour il voulait obstinément se mêler à nos entretiens, soit qu'il en espérât quelque amusement, soit qu'il crût que la comtesse me contait ses douleurs et se plaignait dans mon sein, soit encore qu'il fût jaloux d'un plaisir qu'il ne partageait point.

— Comme il me suit ! dit-elle avec l'accent du désespoir. Allons voir les clos, nous l'éviterons. Baissons-nous le long des haies pour qu'il ne nous aperçoive pas.

Nous nous fîmes un rempart d'une haie touffue, nous gagnâmes les clos en courant, et nous nous trouvâmes bientôt loin du comte, dans une allée d'amandiers.

— Chère Henriette, lui dis-je alors en serrant son bras contre mon cœur, et m'arrêtant pour la contempler dans sa douleur, vous m'avez naguère dirigé savamment à travers les voies périlleuses du grand monde ; permettez-moi de vous donner quelques instructions pour vous aider à finir le duel sans témoins dans lequel vous succomberiez infailliblement, car vous ne vous battez point avec des armes égales. Ne luttez pas plus longtemps contre un fou...

— Chut ! dit-elle en réprimant des larmes qui roulèrent dans ses yeux.

— Écoutez-moi, chère ! Après une heure de ces conversations que je suis obligé de subir par amour pour vous, souvent ma pensée est pervertie, ma tête est lourde ; le comte me fait douter de mon intelligence, les mêmes idées répétées se gravent malgré moi dans mon cerveau. Les monomanies bien caractérisées ne sont pas contagieuses mais quand la folie réside dans la manière d'envisager les choses, et qu'elle se cache sous des discussions constantes, elle peut causer des ravages sur ceux qui vivent auprès d'elle. Votre patience est sublime, mais ne vous mène-t-elle pas à l'abrutissement ? Ainsi pour vous, pour vos enfants, changez de système avec le comte. Votre adorable complaisance a développé son égoïsme, vous l'avez traité comme une mère traite un enfant qu'elle gâte ; mais aujourd'hui, si vous voulez vivre... Et, dis-je en la regardant, vous le voulez ! déployez l'empire que vous avez sur lui. Vous le savez, il vous aime et vous craint, faites-vous craindre davantage, opposez à ses volontés diffuses une volonté rectiligne. Étendez votre pouvoir comme il a su étendre, lui, les concessions que vous lui avez faites, et renfermez sa maladie dans une sphère morale, comme on renferme les fous dans une loge.

— Cher enfant, me dit-elle en souriant avec amertume, une femme sans cœur peut seule jouer ce rôle. Je suis mère, je serais un mauvais bourreau. Oui, je sais souffrir, mais faire souffrir les autres ! jamais, dit-elle, pas même pour obtenir un résultat honorable ou grand. D'ailleurs, ne devrais-je pas faire mentir mon cœur, déguiser ma voix, armer mon front, corrompre mon geste... ne me demandez pas de tels mensonges. Je puis me placer entre monsieur de Mortsauf et ses enfants, je recevrai ses coups pour qu'ils n'atteignent ici personne ;

voilà tout ce que je puis pour concilier tant d'intérêts contraires.

— Laisse-moi t'adorer ! sainte, trois fois sainte ! dis-je en mettant un genou en terre, en baisant sa robe et y essuyant des pleurs qui me vinrent aux yeux.

— Mais, s'il vous tue, lui dis-je.

Elle pâlit, et répondit en levant les yeux au ciel :
— La volonté de Dieu sera faite !

— Savez-vous ce que le roi disait à votre père à propos de vous ? « Ce diable de Mortsauf vit donc toujours ! »

— Ce qui est une plaisanterie dans la bouche du roi, répondit-elle, est un crime ici.

Malgré nos précautions, le comte nous avait suivis à la piste ; il nous atteignit tout en sueur sous un noyer où la comtesse s'était arrêtée pour me dire cette parole grave ; en le voyant, je me mis à parler vendange. Eut-il d'injustes soupçons ? je ne sais ; mais il resta sans mot dire à nous examiner, sans prendre garde à la fraîcheur que distillent les noyers. Après un moment employé par quelques paroles insignifiantes entrecoupées de pauses très-significatives, le comte dit avoir mal au cœur et à la tête ; il se plaignit doucement, sans quêter notre pitié, sans nous peindre ses douleurs par des images exagérées. Nous n'y fîmes aucune attention. En rentrant, il se sentit plus mal encore, parla de se mettre au lit, et s'y mit sans cérémonie, avec un naturel qui ne lui était pas ordinaire. Nous profitâmes de l'armistice que nous donnait son humeur hypocondriaque, et nous descendîmes à notre chère terrasse, accompagnés de Madeleine.

— Allons nous promener sur l'eau, dit la comtesse après quelques tours, nous irons assister à la pêche que le garde fait pour nous aujourd'hui.

Nous sortons par la petite porte, nous gagnons la toue, nous y sautons, et nous voilà remontant l'Indre avec lenteur. Comme trois enfants amusés à des riens, nous regardions les herbes des bords, les demoiselles bleues ou vertes ; et la comtesse s'étonnait de pouvoir goûter de si tranquilles plaisirs au milieu de ses poignants chagrins ; mais le calme de la nature, qui marche insouciante de nos luttes, n'exerce-t-il pas sur nous un charme consolateur ? L'agitation d'un amour plein de désirs contenus s'harmonie à celle de l'eau, les fleurs que la main de l'homme n'a point perverties expriment ses rêves les plus secrets, le voluptueux balancement d'une barque imite vaguement les pensées qui flottent dans l'âme. Nous éprouvâmes l'engourdissante influence de cette double poésie. Les paroles, montées au diapason de la nature, déployèrent une grâce mystérieuse et les regards eurent de plus éclatants rayons en participant à la lumière si largement versée par le soleil dans la prairie flamboyante. La rivière fut comme un sentier sur lequel nous volions. Enfin, n'étant pas diverti par le mouvement qu'exige la marche à pied, notre esprit s'empara de la création. La joie tumultueuse d'une petite fille en liberté, si gracieuse dans ses gestes, si agaçante dans ses propos, n'était-elle pas aussi la vivante expression de deux âmes libres qui se plaisaient à former idéalement cette merveilleuse créature rêvée par Platon [1], connue de

---

1. L'androgyne dans *Le Banquet* de Platon (§ 189). Aristophane raconte qu'il existait autrefois des hommes ronds, complets, les androgynes. De cette perfection, ils tiraient un orgueil qui les conduisit à s'attaquer aux dieux. Pour les punir, Zeus les coupa en deux, créant ainsi les deux sexes. Les deux parties disjointes tentent de se rejoindre : « C'est évidemment de ce temps lointain que date l'amour inné des hommes les uns pour les autres, celui qui rassemble des parties de notre nature ancienne, qui de deux êtres essaye d'en faire un seul, et de guérir la nature humaine » (Les Belles Lettres, 1992, p. 33). Dans *L'Enfant maudit* (achevé dans la même période que *Le Lys dans la vallée* et publié en octobre 1836), l'amour mystique unit également Gabrielle et Étienne : « Ordinairement l'amour veut un esclave et un dieu, mais ils réalisèrent le délicieux rêve de Platon, il n'y avait qu'un seul être divinisé » (*CH*, X, pp. 947-948). Mêlant Platon et Swedenborg, Balzac ajoute plus loin que cet être unique « attend l'heure de revoler vers le ciel » (*ibid.*, p. 951).

tous ceux dont la jeunesse fut remplie par un heureux
amour. Pour vous peindre cette heure, non dans ses
détails indescriptibles, mais dans son ensemble, je vous
dirai que nous nous aimions en tous les êtres, en toutes
les choses qui nous entouraient : nous sentions hors de
nous le bonheur que chacun de nous souhaitait ; il nous
pénétrait si vivement que la comtesse ôta ses gants et
laissa tomber ses belles mains dans l'eau comme pour
rafraîchir une secrète ardeur. Ses yeux parlaient ; mais
sa bouche, qui s'entr'ouvrait comme une rose à l'air, se
serait fermée à un désir. Vous connaissez la mélodie des
sons graves parfaitement unis aux sons élevés, elle m'a
toujours rappelé la mélodie de nos deux âmes en ce
moment, qui ne se retrouva plus jamais.

— Où faites-vous pêcher, lui dis-je, si vous ne pouvez pêcher que sur les rives qui sont à vous ?

— Près du pont de Ruan, me dit-elle. Ha ! nous avons
maintenant la rivière à nous depuis le pont de Ruan jusqu'à Clochegourde[1]. Monsieur de Mortsauf vient
d'acheter quarante arpents de prairie avec les économies
de ces deux années et l'arriéré de sa pension. Cela vous
étonne ?

— Moi, je voudrais que toute la vallée fût à vous !
m'écriai-je.

Elle me répondit par un sourire. Nous arrivâmes au-
dessous du pont de Ruan, à un endroit où l'Indre est
large, et où l'on pêchait.

— Hé ! bien, Martineau ? dit-elle.

— Ah ! madame la comtesse, nous avons du guignon.
Depuis trois heures que nous y sommes, en remontant
du moulin ici, nous n'avons rien pris.

Nous abordâmes afin d'assister aux derniers coups de
filet, et nous nous plaçâmes tous trois à l'ombre d'un
bouillard, espèce de peuplier dont l'écorce est blanche,

---

1. Les rives de l'Indre étaient alors divisées et ces parcelles donnaient un droit de pêche sur la rivière.

qui se trouve sur le Danube, sur la Loire, probablement
sur tous les grands fleuves, et qui jette au printemps un
coton blanc soyeux, l'enveloppe de sa fleur. La comtesse
avait repris son auguste sérénité ; elle se repentait presque de m'avoir dévoilé ses douleurs et d'avoir crié
comme Job, au lieu de pleurer comme la Madeleine, une
Madeleine sans amours, ni fêtes, ni dissipations, mais
non sans parfums ni beautés [1]. La seine [2] ramenée à ses
pieds fut pleine de poissons : des tanches, des barbillons,
des brochets, des perches et une énorme carpe sautillant
sur l'herbe.

— C'est un fait exprès, dit le garde.

Les ouvriers écarquillaient leurs yeux en admirant
cette femme qui ressemblait à une fée dont la baguette
aurait touché les filets. En ce moment le piqueur parut,
chevauchant à travers la prairie au grand galop, et lui
causa d'horribles tressaillements. Nous n'avions pas Jacques avec nous, et la première pensée des mères est,
comme l'a si poétiquement dit Virgile [3], de serrer leurs
enfants sur leur sein au moindre événement.

— Jacques ! cria-t-elle. Où est Jacques ? Qu'est-il
arrivé à mon fils ?

Elle ne m'aimait pas ! Si elle m'avait aimé, elle aurait
eu pour mes souffrances cette expression de lionne au
désespoir.

— Madame la comtesse, monsieur le comte se trouve
plus mal.

Elle respira, courut avec moi, suivie de Madeleine.

— Revenez lentement, me dit-elle ; que cette chère
fille ne s'échauffe pas. Vous le voyez, la course de monsieur de Mortsauf par ce temps si chaud l'avait mis en

---

1. Nouvelle référence à une sainte qui a d'abord été pécheresse. –
2. Sorte de filet qu'on traînait sur les grèves. – 3. Souvenir d'un vers
de l'*Énéide* de Virgile : « *Et trepidae matres pressere ad pectora
natos*. » (Et les mères angoissées serreraient sur leurs nouveau-nés sur leur
sein.)

sueur, et sa station sous le noyer [1] a pu devenir la cause
d'un malheur.

Ce mot, dit au milieu de son trouble, accusait la pureté
de son âme. La mort du comte, un malheur ! Elle gagna
rapidement Clochegourde, passa par la brèche d'un mur
et traversa les clos. Je revins lentement en effet. L'expression d'Henriette m'avait éclairé, mais comme éclaire
la foudre qui ruine les moissons engrangées. Durant
cette promenade sur l'eau, je m'étais cru le préféré ; je
sentis amèrement qu'elle était de bonne foi dans ses
paroles. L'amant qui n'est pas tout n'est rien. J'aimais
donc seul avec les désirs d'un amour qui sait tout ce
qu'il veut, qui se repaît par avance de caresses espérées,
et se contente des voluptés de l'âme parce qu'il y mêle
celles que lui réserve l'avenir. Si Henriette aimait, elle
ne connaissait rien ni des plaisirs de l'amour ni de ses
tempêtes. Elle vivait du sentiment même, comme une
sainte avec Dieu. J'étais l'objet auquel s'étaient ratta-
chées ses pensées, ses sensations méconnues, comme un
essaim s'attache à quelque branche d'arbre fleuri ; mais
je n'étais pas le principe, j'étais un accident de sa vie,
je n'étais pas toute sa vie. Roi détrôné, j'allais me
demandant qui pouvait me rendre mon royaume. Dans
ma folle jalousie, je me reprochais de n'avoir rien osé,
de n'avoir pas resserré les liens d'une tendresse qui me
semblait alors plus subtile que vraie par les chaînes du
droit positif que crée la possession.

L'indisposition du comte, déterminée peut-être par le
froid du noyer, devint grave en quelques heures. J'allai
quérir à Tours un médecin renommé, monsieur Origet [2],
que je ne pus ramener que dans la soirée ; mais il resta
pendant toute la nuit et le lendemain à Clochegourde.
Quoiqu'il eût envoyé chercher une grande quantité de

---

1. Dans *La Femme de trente ans*, Julie manque de s'évanouir à
cause de la fraîcheur d'un noyer. – 2. Jean Origet (1749-1828), médecin réputé de Tours.

Honoré de Balzac.

« J'étais entre ma puberté prolongée par mes travaux et ma virilité qui poussait tardivement ses rameaux verts. Nul jeune homme ne fut, mieux que je ne l'étais, préparé à sentir, à aimer » (p. 55).

Le château de Vonne, décrit sous le nom de Clochegourde.

« Cette habitation, qui fait un bel effet dans le paysage, est en réalité modeste » (p. 71).

Copie corrigée pour l'Édition
in 8°. S. Werdet

mon cher Boissilliez, vous pouvez vous servir
de ceci pour montrer au tableau de la Séance
de Cassel avec celui pur ...... au détriment
à St. Pétersbourg. Il y a surtout en plus
ici, car ceci équivaut à 22 exp. deux
1er articles du Lys paraissant

LYS DANS LA VALLÉE.

pour M. de Balzac

Tom. 1er volume

Il est des anges solitaires.
(SÉRAPHITA.)

PRÉFACE.

Dans plusieurs fragmens de son œuvre, l'auteur a produit un personnage qui raconte en son nom. Pour arriver au vrai, les écrivains emploient celui des artifices littéraires qui leur semble propre
à prêter le plus de vie à leurs figures. Ainsi, le désir d'animer
leurs créations a jeté les hommes les plus illustres du siècle dernier, dans la prolixité du roman par lettres, seul système qui puisse
rendre vraisemblable une histoire fictive. Le je sonde le cœur humain aussi profondément que le style épistolaire et n'en a pas les
longueurs. A chaque œuvre, sa forme. L'art du romancier consiste
à bien matérialiser ses idées. Clarisse Harlowe voulait sa vaste
correspondance, Gilblas voulait le moi. Mais le moi n'est pas sans
danger pour l'auteur. Si la masse lisante s'est agrandie, la somme

TOME XXIII. NOVEMBRE.   46

Première page du *Lys dans la vallée* corrigée par l'auteur.

Bal de société, lithographie de Motte.

*« Cette fête était une débâcle d'enthousiasme où chacun s'efforçait
de se surpasser dans le féroce empressement de courir au soleil levant
des Bourbons »* (p. 59).

Devéria : femme assise.

*« Mes yeux furent tout à coup frappés par de blanches épaules
rebondies sur lesquelles j'aurais voulu pouvoir me rouler »* (p. 60).

La comtesse de
Mortsauf.

*« J'aperçus,
sur un banc
Mme de Mortsauf
occupée avec
ses deux enfants »*
(p. 106).

Le comte de Mortsauf.

*« Maigre et de haute taille, il avait
l'attitude d'un gentilhomme »*
(p. 88).

Devéria : Jeune fille conseillée par son ange gardien.
« Les anges seuls disent le nom nouveau dont il faudrait nommer ce saint amour » (p. 138).

Louis Jannot : Virginitas.
Le peintre évoque l'ambiguïté de l'amour mystique des amants romantiques qui veulent reconstituer l'androgynie primordiale. Le félin indique la menace castratrice

Louis XVIII part des Tuileries.

« J'avais auprès du roi Louis XVIII un emploi secret d'une durée égale à celle de son règne » (p. 232).

Lithographie de Delpech d'après H. Monnier.

« Les femmes influentes sont les vieilles femmes, elles vous apprendront les alliances » (p. 214).

Gravure de G. Staal.

« Je pris la pauvre femme dans mes bras, le comte me la laissa prendre comme s'il se fût trouvé indigne de la porter » (p. 186).

Gravure de G. Staal.

« Le voluptueux balancement d'une barque imite vaguement les pensées qui flottent dans l'âme » (p. 253).

Peinture de Thomas Lawrence.

« Je n'ai jamais vu de plus belle femme. Quelle main et quelle taille ! Son teint efface le lys » (p. 318).

Benjamin West : Isaïe.

« J'ai souvent attribué ces sublimes visions à des anges chargés de façonner mon âme à de divines destinées […] elles ont écrit dans ma tête un livre où j'ai pu lire ce que je devais exprimer » (p. 48).

sangsues par le piqueur, il jugea qu'une saignée était urgente, et n'avait point de lancette sur lui. Aussitôt je courus à Azay par un temps affreux, je réveillai le chirurgien, monsieur Deslandes, et le contraignis à venir avec une célérité d'oiseau. Dix minutes plus tard, le comte eût succombé ; la saignée le sauva. Malgré ce premier succès, le médecin pronostiquait la fièvre inflammatoire la plus pernicieuse, une de ces maladies comme en font les gens qui se sont bien portés pendant vingt ans[1]. La comtesse atterrée croyait être la cause de cette fatale crise. Sans force pour me remercier de mes soins, elle se contentait de me jeter quelques sourires dont l'expression équivalait au baiser qu'elle avait mis sur ma main ; j'aurais voulu y lire les remords d'un illicite amour, mais c'était l'acte de contrition d'un repentir qui faisait mal à voir dans une âme si pure, c'était l'expansion d'une admirative tendresse pour celui qu'elle regardait comme noble, en s'accusant, elle seule, d'un crime imaginaire. Certes, elle aimait comme Laure de Noves aimait Pétrarque, et non comme Francesca da Rimini aimait Paolo[2] : affreuse découverte pour qui rêvait l'union de ces deux sortes d'amour ! La comtesse gisait, le corps affaissé, les bras pendants, sur un fauteuil sale dans cette chambre qui ressemblait à la bauge d'un sanglier. Le lendemain soir, avant de partir, le médecin dit à la comtesse, qui avait passé la nuit, de prendre une garde. La maladie devait être longue.

— Une garde, répondit-elle, non, non. Nous le soignerons, s'écria-t-elle en me regardant ; nous nous devons de le sauver !

1. La médecine de l'époque (*cf. Dictionnaire des sciences médicales*, *op. cit.*, t. XV) enseignait que la fièvre inflammatoire était provoquée par l'exposition d'un corps en sueur à l'air froid et qu'elle touchait paradoxalement plus facilement les organismes en bonne santé. La saignée était le traitement préconisé (*Nosographie...*, *op. cit.*, p. 257). – 2. Allusion au chant V de *L'Enfer* de Dante. Paolo est l'amant de Françoise de Rimini, femme de son frère.

A ce cri, le médecin nous jeta un coup d'œil observateur, plein d'étonnement. L'expression de cette parole était de nature à lui faire soupçonner quelque forfait manqué. Il promit de revenir deux fois par semaine, indiqua la marche à tenir à monsieur Deslandes et désigna les symptômes menaçants qui pouvaient exiger qu'on vînt le chercher à Tours. Afin de procurer à la comtesse au moins une nuit de sommeil sur deux, je lui demandai de me laisser veiller le comte alternativement avec elle. Ainsi je la décidai, non sans peine, à s'aller coucher la troisième nuit. Quand tout reposa dans la maison, pendant un moment où le comte s'assoupit, j'entendis chez Henriette un douloureux gémissement. Mon inquiétude devint si vive que j'allai la trouver ; elle était à genoux devant son prie-Dieu, fondant en larmes, et s'accusait :

— Mon Dieu, si tel est le prix d'un murmure, criait-elle, je ne me plaindrai jamais.

— Vous l'avez quitté ! dit-elle en me voyant.

— Je vous entendais pleurer et gémir, j'ai eu peur pour vous.

— Oh ! moi, dit-elle, je me porte bien !

Elle voulut être certaine que monsieur de Mortsauf dormît ; nous descendîmes tous deux, et tous deux à la clarté d'une lampe nous le regardâmes : le comte était plus affaibli par la perte du sang tiré à flots qu'il n'était endormi ; ses mains agitées cherchaient à ramener sa couverture sur lui.

— On prétend que c'est des gestes de mourants, dit-elle. Ah ! s'il mourait de cette maladie que nous avons causée, je ne me marierais jamais, je le jure, ajouta-t-elle en étendant la main sur la tête du comte par un geste solennel.

— J'ai tout fait pour le sauver, lui dis-je.

— Oh ! vous, vous êtes bon, dit-elle. Mais moi, je suis la grande coupable.

Elle se pencha sur ce front décomposé, en balaya la sueur avec ses cheveux, et le baisa saintement ; mais je ne vis pas avec une joie secrète qu'elle s'acquittait de cette caresse comme d'une expiation.

— Blanche, à boire, dit le comte d'une voix éteinte.

— Vous voyez, il ne connaît que moi, me dit-elle en lui apportant un verre.

Et par son accent, par ses manières affectueuses, elle cherchait à insulter aux sentiments qui nous liaient, en les immolant au malade.

— Henriette, lui dis-je, allez prendre quelque repos, je vous en supplie.

— Plus d'Henriette, dit-elle en m'interrompant avec une impérieuse précipitation.

— Couchez-vous afin de ne pas tomber malade. Vos enfants, *lui-même* vous ordonnent de vous soigner, il est des cas où l'égoïsme devient une sublime vertu.

— Oui, dit-elle.

Elle s'en alla me recommandant son mari par des gestes qui eussent accusé quelque prochain délire, s'ils n'avaient pas eu les grâces de l'enfance mêlées à la force suppliante du repentir. Cette scène, terrible en la mesurant à l'état habituel de cette âme pure, m'effraya ; je craignis l'exaltation de sa conscience. Quand le médecin revint, je lui révélai les scrupules d'hermine effarouchée qui poignaient ma blanche Henriette. Quoique discrète, cette confidence dissipa les soupçons de monsieur Origet, et il calma les agitations de cette belle âme en disant qu'en tout état de cause le comte devait subir cette crise, et que sa station sous le noyer avait été plus utile que nuisible en déterminant la maladie.

Pendant cinquante-deux jours le comte fut entre la vie et la mort ; nous veillâmes chacun à notre tour, Henriette et moi, vingt-six nuits. Certes, monsieur de Mortsauf dut son salut à nos soins, à la scrupuleuse exactitude avec laquelle nous exécutions les ordres de monsieur Origet. Semblable aux médecins philosophes que de sagaces observations autorisent à douter des belles actions quand elles ne sont que le secret accomplissement d'un devoir,

cet homme, tout en assistant au combat d'héroïsme qui
se passait entre la comtesse et moi, ne pouvait s'empêcher de nous épier par des regards inquisitifs, tant il avait
peur de se tromper dans son admiration.

— Dans une semblable maladie, me dit-il lors de sa
troisième visite, la mort rencontre un prompt auxiliaire
dans le moral, quand il se trouve aussi gravement altéré
que l'est celui du comte. Le médecin, la garde, les gens
qui entourent le malade tiennent sa vie entre leurs
mains ; car alors un seul mot, une crainte vive exprimée
par un geste, ont la puissance du poison.

En me parlant ainsi, Origet étudiait mon visage et ma
contenance ; mais il vit dans mes yeux la claire expression d'une âme candide. En effet, durant le cours de
cette cruelle maladie, il ne se forma pas dans mon intelligence la plus légère de ces mauvaises idées involontaires
qui parfois sillonnent les consciences les plus innocentes. Pour qui contemple en grand la nature, tout y tend
à l'unité par l'assimilation. Le monde moral doit être
régi par un principe analogue[1]. Dans une sphère pure,
tout est pur. Près d'Henriette, il se respirait un parfum
du ciel, il semblait qu'un désir reprochable devait à
jamais vous éloigner d'elle. Ainsi, non-seulement elle
était le bonheur, mais elle était aussi la vertu. En nous
trouvant toujours également attentifs et soigneux, le docteur avait je ne sais quoi de pieux et d'attendri dans
les paroles et dans les manières ; il semblait se dire :
— Voilà les vrais malades, ils cachent leur blessure et
l'oublient ! Par un contraste qui, selon cet excellent
homme, était assez ordinaire chez les hommes ainsi
détruits, monsieur de Mortsauf fut patient, plein d'obéissance, ne se plaignit jamais et montra la plus merveil-

---

1. Plus tard, en 1842, dans l'*Avant-propos* de *La Comédie humaine*,
l'historien des mœurs que veut être Balzac se réclamera de Geoffroy
Saint-Hilaire dont le mérite est d'avoir défendu la théorie de l'unité
de composition (*CH*, I, p. 8).

leuse docilité ; lui qui, bien portant, ne faisait pas la chose la plus simple sans mille observations. Le secret de cette soumission à la médecine, tant niée naguère, était une secrète peur de la mort, autre contraste chez un homme d'une bravoure irrécusable ! Cette peur pourrait assez bien expliquer plusieurs bizarreries du nouveau caractère que lui avaient prêté ses malheurs.

Vous l'avouerai-je, Natalie, et le croirez-vous ? ces cinquante jours et le mois qui les suivit furent les plus beaux moments de ma vie. L'amour n'est-il pas dans les espaces infinis de l'âme, comme est dans une belle vallée le grand fleuve où se rendent les pluies, les ruisseaux et les torrents, où tombent les arbres et les fleurs, les graviers du bord et les plus élevés quartiers de roc ; il s'agrandit aussi bien par les orages que par le lent tribut des claires fontaines. Oui, quand on aime, tout arrive à l'amour. Les premiers grands dangers passés, la comtesse et moi, nous nous habituâmes à la maladie. Malgré le désordre incessant introduit par les soins qu'exigeait le comte, sa chambre que nous avions trouvée si mal tenue devint propre et coquette. Bientôt nous y fûmes comme deux êtres échoués dans une île déserte ; car non-seulement les malheurs isolent mais encore ils font taire les mesquines conventions de la société. Puis l'intérêt du malade nous obligea d'avoir des points de contact qu'aucun autre événement n'aurait autorisés. Combien de fois nos mains, si timides auparavant, ne se rencontrèrent-elles pas en rendant quelque service au comte ! n'avais-je pas à soutenir, à aider Henriette ! Souvent emportée par une nécessité comparable à celle du soldat en vedette, elle oubliait de manger ; je lui servis alors, quelquefois sur ses genoux, un repas pris en hâte et qui nécessitait mille petits soins. Ce fut une scène d'enfance à côté d'une tombe entr'ouverte. Elle me commandait vivement les apprêts qui pouvaient éviter quelque souffrance au comte, et m'employait à mille menus ouvrages. Pendant le premier temps où l'intensité du danger étouffait, comme durant une bataille, les subtiles distinctions qui caractérisent les faits de la vie ordinaire, elle dépouilla nécessairement ce décorum que toute femme, même la plus naturelle, garde en ses paroles, dans ses regards, dans son maintien quand elle est en présence du monde ou de sa famille, et qui n'est plus de mise en déshabillé. Ne venait-elle pas me relever aux premiers chants de l'oiseau, dans ses vêtements du matin qui me permirent de revoir parfois les éblouissants trésors que, dans mes folles espérances, je considérais comme miens ? Tout en restant imposante et fière, pouvait-elle ainsi ne pas être familière ? D'ailleurs pendant les premiers jours le danger ôta si bien toute signification passionnée aux privautés de notre intime union, qu'elle n'y vit point de mal ; puis quand vint la réflexion, elle songea peut-être que ce serait une insulte pour elle comme pour moi que de changer ses manières. Nous nous trouvâmes insensiblement apprivoisés, mariés à demi. Elle se montra bien noblement confiante, sûre de moi comme d'elle-même. J'entrai donc plus avant dans son cœur. La comtesse redevint mon Henriette, Henriette contrainte d'aimer davantage celui qui s'efforçait d'être sa seconde âme. Bientôt je n'attendis plus sa main toujours irrésistiblement abandonnée au moindre coup d'œil solliciteur ; je pouvais, sans qu'elle se dérobât à ma vue, suivre avec ivresse les lignes de ses belles formes durant les longues heures pendant lesquelles nous écoutions le sommeil du malade. Les chétives voluptés que nous nous accordions, ces regards attendris, ces paroles prononcées à voix basse pour ne pas éveiller le comte, les craintes, les espérances dites et redites, enfin les mille événements de cette fusion complète de deux cœurs long-temps séparés, se détachaient vivement sur les ombres douloureuses de la scène actuelle. Nous connûmes nos âmes à fond dans cette épreuve à laquelle succombent souvent les affections les plus vives qui ne résistent pas au laisser-voir de toutes les heures, qui se détachent en éprouvant cette cohésion constante où l'on trouve la vie ou lourde ou légère à porter. Vous savez quel ravage fait la maladie d'un maître, quelle interruption dans les affaires, le temps manque pour tout ; la vie embarrassée chez lui dérange les mouvements de sa maison et ceux de sa famille. Quoique tout tombât sur madame de Mortsauf, le comte était encore utile au dehors ; il allait parler aux fermiers, se rendait chez les gens d'affaires, recevait les fonds ; si elle était l'âme, il était le corps. Je me fis son intendant pour qu'elle pût soigner le comte sans rien laisser péricliter au dehors. Elle accepta tout sans façon, sans un remercîment. Ce fut une douce communauté de plus que ces soins de maison partagés, que ces ordres transmis en son nom. Je m'entretenais souvent le soir avec elle, dans sa chambre, et de ses intérêts et de ses enfants. Ces causeries donnèrent un semblant de plus à notre mariage éphémère. Avec quelle joie Henriette se prêtait à me laisser jouer le rôle de son mari, à me faire occuper sa place à table, à m'envoyer parler au garde ; et tout cela dans une complète innocence, mais non sans cet intime plaisir qu'éprouve la plus vertueuse femme du monde à trouver un biais où se réunissent la stricte observation des lois et le contentement de ses désirs inavoués. Annulé par la maladie, le comte ne pesait plus sur sa femme, ni sur sa maison ; et alors la comtesse fut elle-même, elle eut le droit de s'occuper de moi, de me rendre l'objet d'une foule de soins. Quelle joie quand je découvris en elle la pensée vaguement conçue peut-être, mais délicieusement exprimée, de me révéler tout le prix de sa personne et de ses qualités, de me faire apercevoir le changement qui s'opérerait en elle si elle était comprise ! Cette fleur, incessamment fermée dans la froide atmosphère de son ménage, s'épanouit à mes regards, et pour moi seul ; elle prit autant de joie à se déployer que j'en sentis en y jetant l'œil curieux de l'amour. Elle me prouvait par tous les riens de la vie combien j'étais présent à sa pensée. Le jour où, après avoir passé la nuit au chevet du malade, je dormais tard, Henriette se levait le matin avant tout le monde, elle faisait régner autour de moi le plus absolu silence ; sans être avertis, Jacques et Madeleine jouaient au loin ; elle usait de mille supercheries pour conquérir le droit de mettre elle-même mon couvert ; enfin, elle me servait, avec quel pétillement de joie dans les mouvements, avec quelle fauve finesse d'hirondelle, quel vermillon sur les joues, quels tremblements dans la voix, quelle pénétration de lynx ! ces expansions de l'âme se peignent-elles ? Souvent elle était accablée de fatigue ; mais si par hasard en ces moments de lassitude il s'agissait de moi, pour moi comme pour ses enfants elle trouvait de nouvelles forces, elle s'élançait agile, vive et joyeuse. Comme elle aimait à jeter sa tendresse en rayons dans l'air ! Ah ! Natalie, oui, certaines femmes partagent ici-bas les privilèges des Esprits Angéliques, et répandent comme eux cette lumière que Saint-Martin, le Philosophe Inconnu, disait être intelligente, mélodieuse et parfumée [1]. Sûre de ma discrétion, Henriette se plut à me relever le pesant rideau qui nous cachait l'avenir, en me laissant voir en elle deux femmes : la femme enchaînée qui m'avait séduit malgré ses rudesses, et la femme libre dont la douceur devait éterniser mon amour. Quelle différence ! madame de Mortsauf était le bengali transporté dans la froide Europe, tristement posé sur son bâton, muet et mourant dans sa cage où le garde un naturaliste ; Henriette était l'oiseau chantant [2] ses poèmes orientaux dans son bocage au bord du Gange, et comme une pierrerie

---

1. Dans *L'Homme de désir*, Saint-Martin, en bon disciple de Swedenborg utilise des synesthésies : « La lumière rendait des sons, la mélodie enfantait la lumière [...] » (chant 46). – **2.** D'après les récits de M. Grand-Besançon, voisin des Carraud, qui avait voyagé en Extrême-Orient (22 janvier 1832), Balzac avait déjà décrit dans le *Voyage de Paris à Java* (1832) le chant du bengali qui vit en suçant des roses et se nourrit de parfums. Dans les lettres à Mme Hanska, le bengali devient l'expression conventionnelle de l'érotisme.

vivante, volant de branche en branche parmi les roses d'un immense volkaméria [1] toujours fleuri. Sa beauté se fit plus belle, son esprit se raviva. Ce continuel feu de joie était un secret entre nos deux esprits, car l'œil de l'abbé de Dominis, ce représentant du monde, était plus redoutable pour Henriette que celui de monsieur de Mortsauf ; mais elle prenait comme moi grand plaisir à donner à sa pensée des tours ingénieux ; elle cachait son contentement sous la plaisanterie, et couvrait d'ailleurs les témoignages de sa tendresse du brillant pavillon de la reconnaissance.

— Nous avons mis votre amitié à de rudes épreuves, Félix ! Nous pouvons bien lui permettre les licences que nous permettons à Jacques, monsieur l'abbé ? disait-elle à table.

Le sévère abbé répondait par l'aimable sourire de l'homme pieux qui lit dans les cœurs et les trouve purs ; il exprimait d'ailleurs pour la comtesse le respect mélangé d'adoration qu'inspirent les anges. Deux fois, en ces cinquante jours, la comtesse s'avança peut-être au-delà des bornes dans lesquelles se renfermait notre affection ; mais encore ces deux événements furent-ils enveloppés d'un voile qui ne se leva qu'au jour des aveux suprêmes. Un matin, dans les premiers jours de la maladie du comte, au moment où elle se repentit de m'avoir traité si sévèrement en me retirant les innocents privilèges accordés à ma chaste tendresse, je l'attendais, elle devait me remplacer. Trop fatigué, je m'étais endormi, la tête appuyée sur la muraille. Je me réveillai

---

1. Arbrisseau originaire de Java. Ses fleurs qui peuvent être d'un rouge écarlate ou blanches sont très parfumées. Mme Carraud en possédait un (3 août 1833). Dans *La Duchesse de Langeais*, Balzac a associé le volkaméria à l'amour : « ... nous revenons sans cesse aspirer les délicieuses pensées de l'oranger ou du volkaméria, deux fleurs que leurs patries ont involontairement comparées à de jeunes fiancées pleines d'amour, belles de leur passé, belles de leur avenir » (*CH*, V, p. 1006).

soudain en me sentant le front touché par je ne sais quoi
de frais qui me donna une sensation comparable à celle
d'une rose qu'on y eût appuyée. Je vis la comtesse à
trois pas de moi, qui me dit :

— « J'arrive ! » Je m'en allai ; mais en lui souhaitant
le bonjour, je lui pris la main, et la sentis humide et
tremblante.

— Souffrez-vous ? lui dis-je.

— Pourquoi me faites-vous cette question ? me
demanda-t-elle.

Je la regardai, rougissant, confus : — J'ai rêvé, dis-
je.

Un soir, pendant les dernières visites de monsieur Origet, qui avait positivement annoncé la convalescence du
comte, je me trouvais avec Jacques et Madeleine sous le
perron où nous étions tous trois couchés sur les marches,
emportés par l'attention que demandait une partie d'onchets [1] que nous faisions avec des tuyaux de paille et des
crochets armés d'épingles. Monsieur de Mortsauf dormait. En attendant que son cheval fût attelé, le médecin
et la comtesse causaient à voix basse dans le salon. Monsieur Origet s'en alla sans que je m'aperçusse de son
départ. Après l'avoir reconduit, Henriette s'appuya sur
la fenêtre d'où elle nous contempla sans doute pendant
quelque temps, à notre insu. La soirée était une de ces
soirées chaudes où le ciel prend les teintes du cuivre, où
la campagne envoie dans les échos mille bruits confus.
Un dernier rayon de soleil se mourait sur les toits, les
fleurs des jardins embaumaient les airs, les clochettes
des bestiaux ramenés aux étables retentissaient au loin.
Nous nous conformions au silence de cette heure tiède
en étouffant nos cris de peur d'éveiller le comte. Tout à
coup, malgré le bruit onduleux d'une robe, j'entendis la

---

1. Jeu d'onchets (ou de jonchets) : on jette pêle-mêle des bâtonnets
de bois ou d'os sur une table et on les retire un à un avec un crochet
sans faire bouger les autres.

contraction gutturale d'un soupir violemment réprimé ;
je m'élançai dans le salon, j'y vis la comtesse assise
dans l'embrasure de la fenêtre, un mouchoir sur la figure ; elle reconnut mon pas, et me fit un geste impérieux
pour m'ordonner de la laisser seule. Je vins, le cœur
pénétré de crainte, et voulus lui ôter son mouchoir de
force, elle avait le visage baigné de larmes ; elle s'enfuit
dans sa chambre, et n'en sortit que pour la prière. Pour
la première fois, depuis cinquante jours, je l'emmenai
sur la terrasse et lui demandai compte de son émotion ;
mais elle affecta la gaieté la plus folle et la justifia par
la bonne nouvelle que lui avait donnée Origet.

— Henriette, Henriette, lui dis-je, vous la saviez au
moment où je vous ai vue pleurant. Entre nous deux
un mensonge serait une monstruosité. Pourquoi m'avez-
vous empêché d'essuyer ces larmes ? M'appartenaient-
elle donc ?

— J'ai pensé, dit-elle, que pour moi cette maladie a
été comme une halte dans la douleur. Maintenant que je
ne tremble plus pour monsieur de Mortsauf, il faut trembler pour moi.

Elle avait raison. La santé du comte s'annonça par le
retour de son humeur fantasque : il commençait à dire
que ni sa femme, ni moi, ni le médecin ne savaient le
soigner, nous ignorions tous et sa maladie et son tempérament, et ses souffrances et les remèdes convenables.
Origet infatué de je ne sais quelle doctrine, voyait une
altération dans les humeurs [1], tandis qu'il ne devait s'occuper que du pylore. Un jour, il nous regarda malicieusement comme un homme qui nous aurait épiés ou bien
devinés, et il dit en souriant à sa femme : — Eh ! bien,
ma chère, si j'étais mort, vous m'auriez regretté sans
doute, mais, avouez-le, vous vous seriez résignée...

---

1. Depuis le XVIIIe siècle, la théorie des humeurs a perdu de sa crédi-
bilité.

— J'aurais porté le deuil de cour, rose et noir[1], répondit-elle en riant afin de faire taire son mari.

Mais il y eut surtout à propos de la nourriture, que le docteur déterminait sagement en s'opposant à ce que l'on satisfît la faim du convalescent, des scènes de violence et des criailleries qui ne pouvaient se comparer à rien dans le passé, car le caractère du comte se montra d'autant plus terrible qu'il avait pour ainsi dire sommeillé. Forte de ses ordonnances du médecin et de l'obéissance de ses gens, stimulée par moi qui vis dans cette lutte un moyen de lui apprendre à exercer sa domination sur son mari, la comtesse s'enhardit à la résistance ; elle sut opposer un front calme à la démence et aux cris ; elle s'habitua, le prenant pour ce qu'il était, pour un enfant, à entendre ses épithètes injurieuses. J'eus le bonheur de lui voir saisir enfin le gouvernement de cet esprit maladif. Le comte criait, mais il obéissait et il obéissait surtout après avoir beaucoup crié. Malgré l'évidence des résultats, Henriette pleurait parfois à l'aspect de ce vieillard décharné, faible, au front plus jaune que la feuille près de tomber, aux yeux pâles, aux mains tremblantes ; elle se reprochait ses duretés, elle ne résistait pas souvent à la joie qu'elle voyait dans les yeux du comte quand, en lui mesurant ses repas, elle allait au-delà des défenses du médecin. Elle se montra d'ailleurs

---

1. Rien dans le cérémonial du deuil de cour ne permet de comprendre cette répartie. En effet, le roi portait le violet pour le deuil des grands personnages. Dans les autres cas le noir était la couleur du deuil. Les veuves portaient le noir et le blanc. L'explication se trouve dans le roman. Félix a dit à Natalie à propos d'Henriette : « Rappelez-vous [...] cette fleur dont vous avez tant loué le noir et le rose, vous devinerez comment cette femme pouvait être élégante loin du monde, naturelle dans ses expressions, recherchée dans les choses qui devenaient siennes, à la fois rose et noire » (p. 81). Mme de Mortsauf signifie donc à son mari, en riant, qu'elle aurait porté ce deuil qui ne fait que rehausser la beauté et qui n'est que faussement un renoncement aux plaisirs, de même que le deuil de cour n'empêche pas les courtisans de mener une vie mondaine.

d'autant plus douce et gracieuse pour lui qu'elle l'avait été pour moi ; mais il y eut cependant des différences qui remplirent mon cœur d'une joie illimitée. Elle n'était pas infatigable, elle savait appeler ses gens pour servir le comte quand ses caprices se succédaient un peu trop rapidement et qu'il se plaignait de ne pas être compris.

La comtesse voulut aller rendre grâces à Dieu du rétablissement de monsieur de Mortsauf, elle fit dire une messe et me demanda mon bras pour se rendre à l'église ; je l'y menai ; mais pendant le temps que dura la messe, je vins voir monsieur et madame de Chessel. Au retour, elle voulut me gronder.

— Henriette, lui dis-je, je suis incapable de fausseté. Je puis me jeter à l'eau pour sauver mon ennemi qui se noie, lui donner mon manteau pour le réchauffer ; enfin je lui pardonnerais, mais sans oublier l'offense.

Elle garda le silence, et pressa mon bras sur son cœur.

— Vous êtes un ange, vous avez dû être sincère dans vos actions de grâces, dis-je en continuant. La mère du prince de la Paix fut sauvée des mains d'une populace furieuse qui voulait la tuer[1], et quand la reine lui demanda : Que faisiez-vous ? elle répondit : Je priais pour eux ! La femme est ainsi. Moi je suis un homme et nécessairement imparfait.

— Ne vous calomniez point, dit-elle en me remuant le bras avec violence, peut-être valez-vous mieux que moi.

— Oui, repris-je, car je donnerais l'éternité pour un seul jour de bonheur, et vous !...

---

1. Manuel Godoy, ministre de Charles IV d'Espagne et amant de la reine, avait été promu prince de la Paix par le roi, car il avait mis fin à la guerre qui opposait l'Espagne à la France républicaine (1795). Lorsque le pouvoir de Napoléon fut bien assuré, il se rangea à ses côtés et devint très impopulaire. Balzac fait allusion à l'émeute qui eut lieu contre lui en mai 1808 à Aranjuez, après l'occupation de l'Espagne par les troupes françaises. Godoy n'eut la vie sauve qu'au prix de l'abdication de son maître.

— Et moi ? dit-elle en me regardant avec fierté.

Je me tus et baissai les yeux pour éviter la foudre de son regard.

— Moi ! reprit-elle, de quel *moi* parlez-vous ? Je sens bien des moi en moi ! Ces deux enfants, ajouta-t-elle en montrant Madeleine et Jacques, sont des *moi*. Félix, dit-elle avec un accent déchirant, me croyez-vous donc égoïste ? Pensez-vous que je saurais sacrifier toute une éternité pour récompenser celui qui me sacrifie sa vie ? Cette pensée est horrible, elle froisse à jamais les sentiments religieux. Une femme ainsi déchue peut-elle se relever ? son bonheur peut-il l'absoudre ? Vous me feriez bientôt décider ces questions !... Oui, je vous livre enfin un secret de ma conscience : cette idée m'a souvent traversé le cœur, je l'ai souvent expiée par de dures pénitences, elle a causé des larmes dont vous m'avez demandé compte avant-hier...

— Ne donnez-vous pas trop d'importance à certaines choses que les femmes vulgaires mettent à haut prix et que vous devriez...

— Oh ! dit-elle en m'interrompant, leur en donnez-vous moins ?

Cette logique arrêta tout raisonnement.

— Hé ! bien, reprit-elle, sachez-le ! Oui, j'aurais la lâcheté d'abandonner ce pauvre vieillard dont je suis la vie ! Mais, mon ami, ces deux petites créatures si faibles qui sont en avant de nous, Madeleine et Jacques, ne resteraient-ils pas avec leur père ? Eh ! bien, croyez-vous, je vous le demande, croyez-vous qu'ils vécussent trois mois sous la domination insensée de cet homme ? Si en manquant à mes devoirs, il ne s'agissait que de moi... Elle laissa échapper un superbe sourire. Mais n'est-ce pas tuer mes deux enfants ? leur mort serait certaine. Mon Dieu ! s'écria-t-elle, pourquoi parlons-nous de ces choses ? Mariez-vous, et laissez-moi mourir !

Elle dit ces paroles d'un ton si amer, si profond, qu'elle étouffa la révolte de ma passion.

— Vous avez crié, là-haut, sous ce noyer ; je viens de crier, moi, sous ces aulnes, voilà tout. Je me tairai désormais.

— Vos générosités me tuent, dit-elle en levant les yeux au ciel.

Nous étions arrivés sur la terrasse, nous y trouvâmes le comte assis dans un fauteuil, au soleil. L'aspect de cette figure fondue, à peine animée par un sourire faible, éteignit les flammes sorties des cendres. Je m'appuyai sur la balustrade, en contemplant le tableau que m'offrait ce moribond, entre ses deux enfants toujours malingres, et sa femme pâlie par les veilles, amaigrie par les excessifs travaux, par les alarmes et peut-être par les joies de ces deux terribles mois, mais que les émotions de cette scène avaient colorée outre mesure. A l'aspect de cette famille souffrante, enveloppée des feuillages tremblotants à travers lesquels passait la grise lumière d'un ciel d'automne nuageux, je sentis en moi-même se dénouer les liens qui rattachent le corps à l'esprit. Pour la première fois, j'éprouvai ce spleen moral que connaissent, dit-on, les plus robustes lutteurs au fort de leurs combats, espèce de folie froide qui fait un lâche de l'homme le plus brave, un dévot d'un incrédule, qui rend indifférent à toute chose, même aux sentiments les plus vitaux, à l'honneur, à l'amour ; car le doute nous ôte la connaissance de nous-mêmes, et nous dégoûte de la vie. Pauvres créatures nerveuses que la richesse de votre organisation livre sans défense à je ne sais quel fatal génie, où sont vos pairs et vos juges ? Je conçus comment le jeune audacieux qui avançait déjà la main sur le bâton des maréchaux de France, habile négociateur autant qu'intrépide capitaine, avait pu devenir l'innocent assassin que je voyais ! Mes désirs, aujourd'hui couronnés de roses, pouvaient avoir cette fin. Épouvanté par la cause autant que par l'effet demandant comme l'impie où était

ici la Providence, je ne pus retenir deux larmes qui roulèrent sur mes joues.

— Qu'as-tu, mon bon Félix ? me dit Madeleine de sa
voix enfantine.

Puis Henriette acheva de dissiper ces noires vapeurs
et ces ténèbres par un regard de sollicitude qui rayonna
dans mon âme comme le soleil. En ce moment, le vieux
piqueur m'apporta de Tours une lettre dont la vue m'arracha je ne sais quel cri de surprise, et qui fit trembler
madame de Mortsauf par contre-coup. Je voyais le
cachet du cabinet, le roi me rappelait. Je lui tendis la
lettre, elle la lut d'un regard.

— Il s'en va ! dit le comte.

— Que vais-je devenir ? me dit-elle en apercevant
pour la première fois son désert sans soleil.

Nous restâmes dans une stupeur de pensée qui nous
oppressa tous également, car nous n'avions jamais si
bien senti que nous nous étions tous nécessaires les uns
aux autres. La comtesse eut, en me parlant de toutes
choses, même indifférentes, un son de voix nouveau,
comme si l'instrument eût perdu plusieurs cordes, et que
les autres se fussent détendues. Elle eut des gestes d'apathie et des regards sans lueur. Je la priai de me confier
ses pensées.

— En ai-je ? me dit-elle.

Elle m'entraîna dans sa chambre, me fit asseoir sur
son canapé, fouilla le tiroir de sa toilette, se mit à genoux
devant moi, et me dit : — Voilà les cheveux qui me sont
tombés depuis un an, prenez-les, ils sont bien à vous,
vous saurez un jour comment et pourquoi.

Je me penchai lentement vers son front, elle ne se
baissa pas pour éviter mes lèvres, je les appuyai saintement, sans coupable ivresse, sans volupté chatouilleuse,
mais avec un solennel attendrissement. Voulait-elle tout
sacrifier ? Allait-elle seulement, comme je l'avais fait,
au bord du précipice ? Si l'amour l'avait amenée à se
livrer, elle n'eût pas eu ce calme profond, ce regard reli-

gieux, et ne m'eût pas dit de sa voix pure : — Vous ne m'en voulez plus ?

Je partis au commencement de la nuit, elle voulut m'accompagner par la route de Frapesle, et nous nous arrêtâmes au noyer ; je le lui montrai, lui disant comment de là je l'avais aperçue quatre ans[1] auparavant : — La vallée était bien belle ! m'écriai-je.

— Et maintenant ? reprit-elle vivement.

— Vous êtes sous le noyer, lui dis-je, et la vallée est à nous !

Elle baissa la tête, et notre adieu se fit là. Elle remonta dans sa voiture avec Madeleine, et moi dans la mienne, seul. De retour à Paris, je fus heureusement absorbé par des travaux pressants qui me donnèrent une violente distraction et me forcèrent à me dérober au monde qui m'oublia. Je correspondis avec madame de Mortsauf, à qui j'envoyais mon journal toutes les semaines, et qui me répondait deux fois par mois. Vie obscure et pleine, semblable à ces endroits touffus, fleuris et ignorés, que j'avais admirés naguère encore au fond des bois en faisant de nouveaux poèmes de fleurs pendant les deux dernières semaines.

Ô vous qui aimez ! imposez-vous de ces belles obligations, chargez-vous de règles à accomplir comme l'Église en a donné pour chaque jour aux chrétiens. C'est de grandes idées que les observances rigoureuses créées par la Religion Romaine, elles tracent toujours plus avant dans l'âme les sillons du devoir par la répétition des actes qui conservent l'espérance et la crainte. Les sentiments courent toujours vifs dans ces ruisseaux creusés qui retiennent les eaux, les purifient, rafraîchissent incessamment le cœur, et fertilisent la vie par les abon-

1. C'est en août 1814 que Félix a vu pour la première fois Henriette. Or ce séjour à Clochegourde a été clairement situé par Balzac en août 1817.

dants trésors d'une foi cachée, source divine où se multiplie l'unique pensée d'un unique amour[1].

Ma passion, qui recommençait le Moyen Age et rappelait la chevalerie, fut connue je ne sais comment ; peut-
être le roi et le duc de Lenoncourt en causèrent-ils. De
cette sphère supérieure, l'histoire à la fois romanesque et
simple d'un jeune homme qui adorait pieusement une
femme belle sans public, grande dans la solitude, fidèle
sans l'appui du devoir, se répandit sans doute au cœur du
faubourg Saint-Germain ? Dans les salons, je me trouvais
l'objet d'une attention gênante, car la modestie de la vie a
des avantages qui, une fois éprouvés, rendent insupportable l'éclat d'une mise en scène constante. De même que
les yeux habitués à ne voir que des couleurs douces sont
blessés par le grand jour, de même il est certains esprits
auxquels déplaisent les violents contrastes. J'étais alors
ainsi ; vous pouvez vous en étonner aujourd'hui ; mais
prenez patience, les bizarreries du Vandenesse actuel vont
s'expliquer. Je trouvais donc les femmes bienveillantes et
le monde parfait pour moi. Après le mariage du duc de
Berry[2], la cour reprit du faste, les fêtes françaises revinrent. L'occupation étrangère avait cessé[3], la prospérité
reparaissait, les plaisirs étaient possibles. Des personnages illustres par leur rang, ou considérables par leur fortune, abondèrent de tous les points de l'Europe dans la
capitale de l'intelligence où se retrouvent les avantages
des autres pays et leurs vices agrandis, aiguisés par l'esprit
français. Cinq mois après avoir quitté Clochegourde au
milieu de l'hiver, mon bon ange m'écrivit une lettre désespérée en me racontant une grave maladie de son fils, et à
laquelle il avait échappé, mais qui laissait des craintes

---

1. Sur ces mots se terminait le chapitre II. Le chapitre III était intitulé « Les deux femmes ». – 2. Le 17 juin 1816. Le duc de Berry, fils
cadet du comte d'Artois, futur Charles X, était un ultra-royaliste qui
fut assassiné en 1820. – 3. Une évacuation anticipée fut décidée par
le congrès d'Aix-la-Chapelle (septembre-novembre 1818). Elle devait
être achevée le 30 novembre.

pour l'avenir ; le médecin avait parlé de précautions à prendre pour la poitrine, mot terrible qui, prononcé par la science, teint en noir toutes les heures d'une mère. A peine Henriette respirait-elle, à peine Jacques entrait-il en convalescence, que sa sœur inspira des inquiétudes. Madeleine, cette jolie plante qui répondait si bien à la culture maternelle, subissait une crise prévue, mais redoutable pour une si frêle constitution. Abattue déjà par les fatigues que lui avait causées la longue maladie de Jacques, la comtesse se trouvait sans courage pour supporter ce nouveau coup, et le spectacle que lui présentaient ces deux chers êtres la rendait insensible aux tourments redoublés du caractère de son mari. Ainsi, des orages de plus en plus troubles et chargés de graviers déracinaient par leurs vagues âpres les espérances le plus profondément plantées dans son cœur. Elle s'était d'ailleurs abandonnée à la tyrannie du comte, qui, de guerre lasse, avait regagné le terrain perdu.

« Quand toute ma force enveloppait mes enfants, m'écrivait-elle, pouvais-je l'employer contre monsieur de Mortsauf et pouvais-je me défendre de ses agressions en me défendant contre la mort ? En marchant aujourd'hui, seule et affaiblie, entre les deux jeunes mélancolies qui m'accompagnent, je suis atteinte par un invincible dégoût de la vie. Quel coup puis-je sentir, à quelle affection puis-je répondre, quand je vois sur la terrasse Jacques immobile dont la vie ne m'est plus attestée que par ses deux beaux yeux agrandis de maigreur, caves comme ceux d'un vieillard, et dont, fatal pronostic ! l'intelligence avancée contraste avec sa débilité corporelle ? Quand je vois à mes côtés cette jolie Madeleine, si vive, si caressante, si colorée, maintenant blanche comme une morte ses cheveux et ses yeux me semblent avoir pâli elle tourne sur moi des regards languissants comme si elle voulait me faire ses adieux ; aucun mets ne la tente, ou si elle désire quelque nourriture, elle m'effraie par l'étrangeté de ses goûts ; la can-

dide créature, quoique élevée dans mon cœur, rougit en
me les confiant[1]. Malgré mes efforts, je ne puis amuser
mes enfants ; chacun d'eux me sourit, mais ce sourire
leur est arraché par mes coquetteries, et ne vient pas
d'eux ; ils pleurent de ne pouvoir répondre à mes caresses. La souffrance a tout détendu dans leur âme, même
les liens qui nous attachent. Ainsi vous comprenez
combien Clochegourde est triste : monsieur de Mortsauf
y règne sans obstacle. Ô mon ami, vous ma gloire !
m'écrivait-elle plus loin, vous devez bien m'aimer pour
m'aimer encore, pour m'aimer inerte, ingrate, et pétrifiée par la douleur[2]. »

En ce moment, où jamais je ne me sentis plus vivement atteint dans mes entrailles et où je ne vivais que
dans cette âme, sur laquelle je tâchais d'envoyer la brise
lumineuse des matins et l'espérance des soirs empourprés, je rencontrai dans les salons de l'Élysée-Bourbon[3]
l'une de ces illustres ladies qui sont à demi souveraines.
D'immenses richesses, la naissance dans une famille qui
depuis la conquête était pure de toute mésalliance, un
mariage avec l'un des vieillards les plus distingués de
la pairie anglaise, tous ces avantages n'étaient que des
accessoires qui rehaussaient la beauté de cette personne,
ses grâces, ses manières, son esprit, je ne sais quel brillant qui éblouissait avant de fasciner. Elle fut l'idole du
jour, et régna d'autant mieux sur la société parisienne,
qu'elle eut les qualités nécessaires à ses succès, la main

---

1. Balzac décrit les symptômes d'une anémie, la chlorose. Les
médecins de l'époque signalaient parmi ses symptômes caractéristiques la pâleur et la perversion de l'appétit. Dans *Le Père Goriot*, Balzac avait déjà affecté de cette maladie, qui a une signification
symbolique, la frêle Victorine Taillefer, autre victime de la dureté
paternelle. – 2. Les pages consacrées à la promenade qui précède le
malaise du comte, sa maladie, le départ de Félix et surtout la lettre de
Mme de Mortsauf, ont été développées sur épreuves. – 3. Le duc et
la duchesse de Berry y donnèrent de somptueuses réceptions de 1816
à 1820.

de fer sous un gant de velours dont parlait Bernadotte [1].
Vous connaissez la singulière personnalité des Anglais,
cette orgueilleuse Manche infranchissable, ce froid canal
Saint-Georges qu'ils mettent entre eux et les gens qui ne
leur sont point présentés ; l'humanité semble être une
fourmilière sur laquelle ils marchent ; ils ne connaissent
de leur espèce que les gens admis par eux ; les autres,
ils n'en entendent pas le langage ; c'est bien des lèvres
qui se remuent et des yeux qui voient, mais ni le son ni
le regard ne les atteignent ; pour eux, ces gens sont
comme s'ils n'étaient point. Les Anglais offrent ainsi
comme une image de leur île où la loi régit tout, où tout
est uniforme dans chaque sphère, où l'exercice des vertus semble être le jeu nécessaire de rouages qui marchent
à heure fixe. Les fortifications d'acier poli élevées
autour d'une femme anglaise, encagée dans son ménage
par des fils d'or, mais où sa mangeoire et son abreuvoir,
où ses bâtons et sa pâture sont des merveilles, lui prêtent
d'irrésistibles attraits. Jamais un peuple n'a mieux préparé l'hypocrisie de la femme mariée en la mettant à
tout propos entre la mort et la vie sociale ; pour elle,
aucun intervalle entre la honte et l'honneur : ou la faute
est complète, ou elle n'est pas ; c'est tout ou rien, le *to
be, or not to be* d'Hamlet. Cette alternative, jointe au
dédain constant auquel les mœurs l'habituent, fait d'une
femme anglaise un être à part dans le monde. C'est une
pauvre créature, vertueuse par force et prête à se dépra-
ver, condamnée à de continuels mensonges enfouis en
son cœur, mais délicieuse par la forme, parce que ce
peuple a tout mis dans la forme. De là les beautés particulières aux femmes de ce pays : cette exaltation d'une
tendresse où pour elles se résume nécessairement la vie,
l'exagération de leurs soins pour elles-mêmes, la délica-

---

1. Avant l'entrée de Louis XVIII à Paris, Bernadotte le rencontra et
lui conseilla de gouverner les Français avec une main de fer dans un
gant de velours.

tesse de leur amour si gracieusement peinte dans la
fameuse scène de Roméo et de Juliette où le génie de
Shakspeare a d'un trait exprimé la femme anglaise[1]. A
vous qui leur enviez tant de choses, que vous dirai-je
que vous ne sachiez de ces blanches sirènes, impénétra-
bles en apparence et sitôt connues, qui croient que
l'amour suffit à l'amour, et qui importent le spleen dans
les jouissances en ne les variant pas, dont l'âme n'a
qu'une note, dont la voix n'a qu'une syllabe, océan
d'amour, où qui n'a pas nagé ignorera toujours quelque
chose de la poésie des sens, comme celui qui n'a pas vu
la mer aura des cordes de moins à sa lyre. Vous connaissez le pourquoi de ces paroles. Mon aventure avec la
marquise Dudley eut une fatale célébrité. Dans un âge
où les sens ont tant d'empire sur nos déterminations,
chez un jeune homme où leurs ardeurs avaient été si
violemment comprimées, l'image de la sainte qui souffrait son lent martyre à Clochegourde rayonna si fortement que je pus résister aux séductions. Cette fidélité fut
le lustre qui me valut l'attention de lady Arabelle. Ma
résistance aiguisa sa passion. Ce qu'elle désirait, comme
le désirent beaucoup d'Anglaises, était l'éclat, l'extraordinaire. Elle voulait du poivre, du piment pour la pâture
du cœur, de même que les Anglais veulent des condi-
ments enflammés pour réveiller leur goût. L'atonie que
mettent dans l'existence de ces femmes une perfection
constante dans les choses, une régularité méthodique
dans les habitudes, les conduit à l'adoration du romanesque et du difficile. Je ne sus pas juger ce caractère. Plus
je me renfermais dans un froid dédain, plus lady Dudley

---

1. Il s'agit de la scène 2 de l'acte II où Roméo répond au besoin
d'exaltation typique de la femme anglaise, si l'on en croit Balzac,
par une longue tirade sous les fenêtres de Juliette. Il fait un éloge
dithyrambique de sa bien-aimée : « [...] Juliette est le soleil ! Lève-toi,
belle aurore, et tue la lune jalouse, qui déjà languit et pâlit de douleur
parce que toi, sa prêtresse, tu es plus belle qu'elle-même ! [...] » (trad.
de F.-V. Hugo, Cercle du bibliophile, p. 40).

se passionnait. Cette lutte, dont elle se faisait gloire, excita la curiosité de quelques salons, ce fut pour elle un premier bonheur qui lui faisait une obligation du triomphe. Ah ! j'eusse été sauvé, si quelque ami m'avait répété le mot atroce qui lui échappa sur madame de Mortsauf et sur moi.

— Je suis, dit-elle, ennuyée de ces soupirs de tourte-relle !

Sans vouloir ici justifier mon crime, je vous ferai obser-ver, Natalie, qu'un homme a moins de ressources pour résister à une femme que vous n'en avez pour échapper à nos poursuites. Nos mœurs interdisent à notre sexe les brutalités de la répression qui, chez vous, sont des amor-ces pour un amant, et que d'ailleurs les convenances vous imposent ; à nous, au contraire, je ne sais quelle jurispru-dence de fatuité masculine ridiculise notre réserve ; nous vous laissons le monopole de la modestie pour que vous ayez le privilège des faveurs ; mais intervertissez les rôles, l'homme succombe sous la moquerie. Quoique gardé par ma passion, je n'étais pas à l'âge où l'on reste insensible aux triples séductions de l'orgueil, du dévouement et de la beauté. Quand lady Arabelle mettait à mes pieds, au milieu d'un bal dont elle était la reine, les hommages qu'elle y recueillait, et qu'elle épiait mon regard pour savoir si sa toilette était de mon goût, et qu'elle frissonnait de volupté lorsqu'elle me plaisait, j'étais ému de son émo-tion. Elle se tenait d'ailleurs sur un terrain où je ne pouvais pas la fuir ; il m'était difficile de refuser certaines invita-tions parties du cercle diplomatique ; sa qualité lui ouvrait tous les salons, et avec cette adresse que les femmes déploient pour obtenir ce qui leur plaît, elle se faisait pla-cer à table par la maîtresse de la maison auprès de moi ; puis elle me parlait à l'oreille. — « Si j'étais aimée comme l'est madame de Mortsauf, me disait-elle, je vous sacrifierais tout. » Elle me soumettait en riant les condi-tions les plus humbles, elle me promettait une discrétion à toute épreuve, ou me demandait de souffrir seulement

qu'elle m'aimât. Elle me disait un jour ces mots qui satisfaisaient toutes les capitulations d'une conscience timorée
et les effrénés désirs du jeune homme : « — Votre amie
toujours, et votre maîtresse quand vous le voudrez[1] ! »
Enfin elle médita de faire servir à ma perte la loyauté
même de mon caractère, elle gagna mon valet de chambre,
et après une soirée où elle s'était montrée si belle qu'elle
était sûre d'avoir excité mes désirs, je la trouvai chez moi.
Cet éclat retentit dans l'Angleterre, et son aristocratie se
consterna comme le ciel à la chute de son plus bel ange.
Lady Dudley quitta son nuage dans l'empyrée britannique, se réduisit à sa fortune, et voulut éclipser par ses
sacrifices CELLE dont la vertu causa ce célèbre désastre.
Lady Arabelle prit plaisir, comme le démon sur le faîte du
temple, à me montrer les plus riches pays de son ardent
royaume[2].

Lisez-moi, je vous en conjure, avec indulgence ? Il
s'agit ici d'un des problèmes les plus intéressants de la
vie humaine, d'une crise à laquelle ont été soumis la
plus grande partie des hommes, et que je voudrais expliquer, ne fût-ce que pour allumer un phare sur cet écueil.
Cette belle lady, si svelte, si frêle, cette femme de lait,
si brisée, si brisable, si douce, d'un front si caressant,
couronnée de cheveux de couleur fauve et si fins, cette
créature dont l'éclat semble phosphorescent et passager,
est une organisation de fer. Quelque fougueux qu'il soit,
aucun cheval ne résiste à son poignet nerveux, à cette
main molle en apparence et que rien ne lasse. Elle a le
pied de la biche, un petit pied sec et musculeux, sous une
grâce d'enveloppe indescriptible. Elle est d'une force à

---

1. C'est sur épreuves (A 119, f° 226) que Balzac a ajouté ce passage
(*Sans vouloir ici justifier mon crime [...] votre maîtresse quand vous
le voudrez*) pour expliquer que Félix ait pu céder à la tentation. –
2. Allusion à la tentation du Christ : « Le diable le transporta dans la
ville sainte, le plaça sur le haut du temple [...]. Le diable le transporta
encore sur une montagne très élevée, lui montra tous les royaumes du
monde et leur gloire » (Évangile selon *Matthieu*, IV, 5-8).

ne rien craindre dans une lutte ; nul homme ne peut la
suivre à cheval, elle gagnerait le prix d'un *steeple chase*
sur des centaures ; elle tire les daims et les cerfs sans
arrêter son cheval. Son corps ignore la sueur, il aspire le
feu dans l'atmosphère et vit dans l'eau sous peine de ne
pas vivre. Aussi sa passion est-elle tout africaine ; son
désir va comme le tourbillon du désert, le désert dont
l'ardente immensité se peint dans ses yeux, le désert
plein d'azur et d'amour, avec son ciel inaltérable, avec
ses fraîches nuits étoilées. Quelles oppositions avec Clochegourde ! L'orient et l'occident, l'une attirant à elle
les moindres parcelles humides pour s'en nourrir, l'autre
exsudant son âme, enveloppant ses fidèles d'une lumineuse atmosphère ; celle-ci, vive et svelte ; celle-là, lente
et grasse. Enfin, avez-vous jamais réfléchi au sens général des mœurs anglaises ? N'est-ce pas la divinisation
de la matière, un épicuréisme défini, médité, savamment
appliqué ? Quoi qu'elle fasse ou dise, l'Angleterre est
matérialiste, à son insu peut-être. Elle a des prétentions
religieuses et morales, d'où la spiritualité divine, d'où
l'âme catholique est absente, et dont la grâce fécondante
ne sera remplacée par aucune hypocrisie, quelque bien
jouée qu'elle soit. Elle possède au plus haut degré cette
science de l'existence qui bonifie les moindres parcelles
de la matérialité, qui fait que votre pantoufle est la plus
exquise pantoufle du monde, qui donne à votre linge
une saveur indicible, qui double de cèdre et parfume
les commodes ; qui verse à l'heure dite un thé suave,
savamment déplié, qui bannit la poussière, cloue des
tapis depuis la première marche jusque dans les derniers
replis de la maison, brosse les murs des caves, polit le
marteau de la porte, assouplit les ressorts du carrosse,
qui fait de la matière une pulpe nourrissante et coton-
neuse, brillante et propre au sein de laquelle l'âme expire
sous la jouissance, qui produit l'affreuse monotonie du
bien-être, donne une vie sans opposition dénuée de spon-
tanéité et qui pour tout dire vous machine. Ainsi, je

connus tout à coup au sein de ce luxe anglais une femme
peut-être unique en son sexe, qui m'enveloppa dans les
rets de cet amour renaissant de son agonie et aux prodi-
galités duquel j'apportais une continence sévère, de cet
amour qui a des beautés accablantes, une électricité à
lui, qui vous introduit souvent dans les cieux par les
portes d'ivoire de son demi-sommeil, ou qui vous y
enlève en croupe sur ses reins ailés. Amour horriblement
ingrat, qui rit sur les cadavres de ceux qu'il tue ; amour
sans mémoire, un cruel amour qui ressemble à la politique anglaise, et dans lequel tombent presque tous les
hommes. Vous comprenez déjà le problème. L'homme
est composé de matière et d'esprit ; l'animalité vient
aboutir en lui, et l'ange commence à lui. De là cette lutte
que nous éprouvons tous entre une destinée future que
nous pressentons et les souvenirs de nos instincts antérieurs dont nous ne sommes pas entièrement détachés :
un amour charnel et un amour divin. Tel homme les
résout en un seul, tel autre s'abstient ; celui-ci fouille le
sexe entier pour y chercher la satisfaction de ses appétits
antérieurs, celui-là l'idéalise en une seule femme dans
laquelle se résume l'univers ; les uns flottent indécis
entre les voluptés de la matière et celles de l'esprit, les
autres spiritualisent la chair en lui demandant ce qu'elle
ne saurait donner. Si, pensant à ces traits généraux de
l'amour, vous tenez compte des répulsions et des affini-
tés qui résultent de la diversité des organisations, et qui
brisent les pactes conclus entre ceux qui ne se sont pas
éprouvés ; si vous y joignez les erreurs produites par les
espérances des gens qui vivent plus spécialement par
l'esprit, par le cœur ou par l'action, qui pensent, qui
sentent ou qui agissent, et dont les vocations sont trompées, méconnues dans une association où il se trouve
deux êtres, également doubles ; vous aurez une grande
indulgence pour les malheurs envers lesquels la société
se montre sans pitié. Eh ! bien, lady Arabelle contente
les instincts, les organes, les appétits, les vices et les

vertus de la matière subtile dont nous sommes faits ; elle était la maîtresse du corps. Madame de Mortsauf était l'épouse de l'âme. L'amour que satisfait la maîtresse a des bornes, la matière est finie, ses propriétés ont des forces calculées, elle est soumise à d'inévitables saturations ; je sentais souvent je ne sais quel vide à Paris, près de lady Dudley. L'infini est le domaine du cœur, l'amour était sans bornes à Clochegourde. J'aimais passionnément lady Arabelle, et certes, si la bête était sublime en elle, elle avait aussi de la supériorité dans l'intelligence ; sa conversation moqueuse embrassait tout. Mais j'adorais Henriette. La nuit je pleurais de bonheur, le matin je pleurais de remords. Il est certaines femmes assez savantes pour cacher leur jalousie sous la bonté la plus angélique ; c'est celles qui, semblables à lady Dudley, ont dépassé trente ans. Ces femmes savent alors sentir et calculer, presser tout le suc du présent et penser à l'avenir ; elles peuvent étouffer des gémissements souvent légitimes avec l'énergie du chasseur qui ne s'aperçoit pas d'une blessure en poursuivant son bouillant hallali. Sans parler de madame de Mortsauf, Arabelle essayait de la tuer dans mon âme où elle la retrouvait toujours, et sa passion se ravivait au souffle de cet amour invincible. Afin de triompher par des comparaisons qui fussent à son avantage, elle ne se montra ni soupçonneuse, ni tracassière, ni curieuse, comme le sont la plupart des jeunes femmes ; mais, semblable à la lionne qui a saisi dans sa gueule et rapporté dans son antre une proie à ronger, elle veillait à ce que rien ne troublât son bonheur, et me gardait comme une conquête insoumise. J'écrivais à Henriette sous ses yeux, jamais elle ne lut une seule ligne, jamais elle ne chercha par aucun moyen à savoir l'adresse écrite sur mes lettres. J'avais ma liberté. Elle semblait s'être dit : — Si je le perds, je n'en accuserai que moi. Et elle s'appuyait fièrement sur un amour si dévoué qu'elle m'aurait donné sa vie sans hésiter si je la lui avais demandée. Enfin elle

m'avait fait croire que, si je la quittais, elle se tuerait
aussitôt. Il fallait l'entendre à ce sujet célébrer la cou-
tume des veuves indiennes qui se brûlent sur le bûcher
de leurs maris. — « Quoique dans l'Inde cet usage soit
une distinction réservée à la classe noble, et que, sous
ce rapport, il soit peu compris des Européens incapables
de deviner la dédaigneuse grandeur de ce privilège,
avouez, me disait-elle, que, dans nos plates mœurs
modernes, l'aristocratie ne peut plus se relever que par
l'extraordinaire des sentiments ? Comment puis-je
apprendre aux bourgeois que le sang de mes veines ne
ressemble pas au leur, si ce n'est en mourant autrement
qu'ils ne meurent ? Des femmes sans naissance peuvent
avoir les diamants, les étoffes, les chevaux, les écussons
même qui devraient nous être réservés, car on achète un
nom ! Mais, aimer, tête levée, à contre-sens de la loi,
mourir pour l'idole que l'on s'est choisie en se taillant
un linceul dans les draps de son lit, soumettre le monde
et le ciel à un homme en dérobant ainsi au Tout-Puissant
le droit de faire un Dieu, ne le trahir pour rien, pas même
pour la vertu ; car se refuser à lui au nom du devoir,
n'est-ce pas se donner à quelque chose qui n'est pas
lui ?... que ce soit un homme ou une idée, il y a toujours
trahison ! Voilà des grandeurs où n'atteignent pas les
femmes vulgaires ; elles ne connaissent que deux routes
communes, ou le grand chemin de la vertu, ou le bour-
beux sentier de la courtisane ! » Elle procédait, vous le
voyez, par l'orgueil, elle flattait toutes les vanités en les
déifiant, elle me mettait si haut qu'elle ne pouvait vivre
qu'à mes genoux ; aussi toutes les séductions de son
esprit étaient-elles exprimées par sa pose d'esclave et
par son entière soumission. Elle savait rester tout un
jour, étendue à mes pieds, silencieuse, occupée à me
regarder, épiant l'heure du plaisir comme une cadine [1]

---

1. En turc, concubine du sultan et par extension dame. Dans le
Voyage en Orient de Nerval, l'esclave achetée par le narrateur revendi-
quera la position de « *cadine* » par opposition à celle de servante.

du sérail et l'avançant par d'habiles coquetteries, tout en paraissant l'attendre[1]. Par quels mots peindre les six premiers mois pendant lesquels je fus en proie aux énervantes jouissances d'un amour fertile en plaisirs, et qui les variait avec le savoir que donne l'expérience, mais en cachant son instruction sous les emportements de la passion. Ces plaisirs, subite révélation de la poésie des sens, constituent le lien vigoureux par lequel les jeunes gens s'attachent aux femmes plus âgées qu'eux ; mais ce lien est l'anneau du forçat, il laisse dans l'âme une ineffaçable empreinte, il y met un dégoût anticipé pour les amours frais, candides, riches de fleurs seulement, et qui ne savent pas servir d'alcohol[2] dans des coupes d'or curieusement ciselées, enrichies de pierres où brillent d'inépuisables feux. En savourant les voluptés que je rêvais sans les connaître, que j'avais exprimées dans mes *selam*[3], et que l'union des âmes rend mille fois plus ardentes, je ne manquai pas de paradoxes pour me justifier à moi-même la complaisance avec laquelle je m'abreuvais à cette belle coupe. Souvent lorsque, perdue dans l'infini de la lassitude, mon âme dégagée du corps voltigeait loin de la terre, je pensais que ces plaisirs étaient un moyen d'annuler la matière et de rendre l'esprit à son vol sublime. Souvent lady Dudley, comme beaucoup de femmes, profitait de l'exaltation à laquelle conduit l'excès du bonheur, pour me lier par des ser-

---

1. C'est en corrigeant les épreuves que Balzac a ajouté ce long passage (A 119, f° 221) : *Il fallait l'entendre à ce sujet célébrer les coutumes des veuves indiennes [...] épiant l'heure du plaisir comme une Grecque du sérail et l'avançant par d'habiles coquetteries.* – 2. Orthographe archaïsante déjà à l'époque. Elle rappelle l'origine arabe du mot (*al kohol*). Balzac utilise cette graphie dans un contexte où il représente la femme anglaise en Orientale sensuelle. – 3. De l'arabe *salam*, « salut ». Bouquet de fleurs dont l'arrangement est une sorte d'écriture, de langage secret. En Orient, les amants l'utilisaient pour leur correspondance amoureuse (*Dictionnaire de l'Académie*, 1835).

ments ; et, sous le coup d'un désir, elle m'arrachait des blasphèmes contre l'ange de Clochegourde. Une fois traître, je devins fourbe. Je continuai d'écrire à madame de Mortsauf comme si j'étais toujours le même enfant au méchant petit habit bleu qu'elle aimait tant ; mais, je l'avoue, son don de seconde vue m'épouvantait quand je pensais aux désastres qu'une indiscrétion pouvait causer dans le joli château de mes espérances. Souvent, au milieu de mes joies, une soudaine douleur me glaçait, j'entendais le nom d'Henriette prononcé par une voix d'en haut comme le : — *Caïn, où est Abel ?* de l'Écriture[1]. Mes lettres restèrent sans réponse[2]. Je fus saisi d'une horrible inquiétude, je voulus partir pour Clochegourde. Arabelle ne s'y opposa point, mais elle parla naturellement de m'accompagner en Touraine. Son caprice aiguisé par la difficulté, ses pressentiments justifiés par un bonheur inespéré, tout avait engendré chez elle un amour réel qu'elle désirait rendre unique. Son génie de femme lui fit apercevoir dans ce voyage un moyen de me détacher entièrement de madame de Mortsauf ; tandis que, aveuglé par la peur, emporté par la naïveté de la passion vraie, je ne vis pas le piège où j'allais être pris. Lady Dudley proposa les concessions les plus humbles et prévint toutes les objections. Elle consentit à demeurer près de Tours, à la campagne, inconnue, déguisée, sans sortir le jour, et à choisir pour nos rendez-vous les heures de la nuit où personne ne pouvait nous rencontrer. Je partis de Tours à cheval pour Clochegourde. J'avais mes raisons en y venant ainsi, car il me fallait pour mes excursions nocturnes un cheval, et le mien était un cheval arabe que lady Esther Stan-

---

1. Après le meurtre d'Abel, Dieu demande à Caïn : « Où est Abel, ton frère ? » (*Genèse*, IV, 9). – 2. Le récit des débuts de la liaison avec Arabelle a été surtout développé sur plusieurs séries d'épreuves successives, rassemblées dans le dossier A 119.

hope[1] avait envoyé à la marquise, et qu'elle m'avait
échangé contre ce fameux tableau de Rembrandt, qu'elle
a dans son salon à Londres, et que j'ai si singulièrement
obtenu. Je pris le chemin que j'avais parcouru pédestrement six ans auparavant[2], et m'arrêtai sous le noyer. De
là, je vis madame de Mortsauf en robe blanche au bord
de la terrasse. Aussitôt je m'élançai vers elle avec la
rapidité de l'éclair, et fus en quelques minutes au bas du
mur, après avoir franchi la distance en droite ligne,
comme s'il s'agissait d'une course au clocher[3]. Elle
entendit les bonds prodigieux de l'hirondelle du désert,
et, quand je l'arrêtai net au coin de la terrasse, elle me
dit : — Ah ! vous voilà !

Ces trois mots me foudroyèrent. Elle savait mon aventure. Qui la lui avait apprise ? sa mère, de qui plus tard
elle me montra la lettre odieuse ! La faiblesse indifférente de cette voix, jadis si pleine de vie, la pâleur mate
du son révélaient une douleur mûrie, exhalaient je ne
sais quelle odeur de fleurs coupées sans retour. L'oura-
gan de l'infidélité, semblable à ces crues de la Loire qui
ensablent à jamais une terre, avait passé sur son âme en
faisant un désert là où verdoyaient d'opulentes prairies.
Je fis entrer mon cheval par la petite porte ; il se coucha
sur le gazon à mon commandement, et la comtesse, qui

---

1. Lady Stanhope, nièce et collaboratrice du ministre anglais Pitt.
Après la mort de celui-ci, elle prit en horreur l'Angleterre et partit
s'établir chez les Druses, en Syrie, dans le Liban, où elle dilapida sa
fortune en vivant dans un faste impressionnant. Elle parvint à constituer une souveraineté mi-politique, mi-morale, soutenue par les pratiques du prophétisme. Elle ne laissait guère approcher les Occidentaux
mais Lamartine parvint à lui rendre visite (*cf. Voyage en Orient*, 1835).
Jusqu'à l'édition Werdet, Balzac précisait que lady Arabelle était
parente de lady Stanhope, ce qui pouvait encore accentuer son image
orientale : *Ne me fallait-il pas pour mes excursions nocturnes un che-*
val rapide dont je pus disposer ; et le mien était un barbe, présent de
lady Esther Stanhope à laquelle la marquise appartenait par alliance.
– 2. Nous sommes donc en 1820. – 3. Course à obstacles, à travers
champs, dont le but est un clocher.

s'était avancée à pas lents, s'écria : — Le bel animal !
Elle se tenait les bras croisés pour que je ne prisse pas
sa main, je devinai son intention. — Je vais prévenir
monsieur de Mortsauf, dit-elle en me quittant.

Je demeurai debout, confondu, la laissant aller, la contemplant, toujours noble, lente, fière, plus blanche que
je ne l'avais vue, mais gardant au front la jaune
empreinte du sceau de la plus amère mélancolie, et penchant la tête comme un lys trop chargé de pluie.

— Henriette ! criai-je avec la rage de l'homme qui se
sent mourir.

Elle ne se retourna point, elle ne s'arrêta pas, elle dédai-
gna de me dire qu'elle m'avait retiré son nom, qu'elle n'y
répondait plus, elle marchait toujours. Je pourrai dans
cette épouvantable vallée où doivent tenir des millions de
peuples devenus poussière et dont l'âme anime maintenant la surface du globe[1], je pourrai me trouver petit au
sein de cette foule pressée sous les immensités lumineuses
qui l'éclaireront de leur gloire ; mais alors je serai moins
aplati que je ne le fus devant cette forme blanche, montant
comme monte dans les rues d'une ville quelque inflexible
inondation, montant d'un pas égal à son château de Clochegourde, la gloire et le supplice de cette Didon chrétienne[2] ! Je maudis Arabelle par une seule imprécation qui
l'eût tuée si elle l'eût entendue[3], elle qui avait tout laissé

---

1. Félix fait allusion à la résurrection des morts et au Jugement
dernier annoncés dans les Évangiles (*Matthieu*, XXV, 31-46 ; *Jean*, V,
28-30) et dans l'*Apocalypse* (XX, 11-15). Les paroles de Dieu rapportées par le prophète Joël ont permis à la tradition chrétienne de les
situer : « Je rassemblerai toutes les nations et les ferai descendre à la
vallée de Josaphat ; là j'entrerai en jugement avec elles [...] » (IV, 1-5).
– **2.** Allusion à un épisode de l'*Énéide* de Virgile. Après la fuite
d'Énée, Didon, abandonnée, monte sur le bûcher pour se suicider. –
3. Au moment où il écrit ce récit à Natalie, Félix connaît bien
l'égoïsme et l'indifférence d'Arabelle, peu encline à mourir d'amour
malgré ses déclarations. Mais sans doute veut-il ainsi évoquer la violence de son imprécation, qui aurait pu détruire la femme pourtant la
moins sensible.

pour moi, comme on laisse tout pour Dieu ! Je restai
perdu dans un monde de pensées, en apercevant de tous
côtés l'infini de la douleur. Je les vis alors descendant
tous. Jacques courait avec l'impétuosité naïve de son
âge. Gazelle aux yeux mourants, Madeleine accompagnait sa mère. Je serrai Jacques contre mon cœur en versant sur lui les effusions de l'âme et les larmes que
rejetait sa mère. Monsieur de Mortsauf vint à moi, me
tendit les bras, me pressa sur lui, m'embrassa sur les
joues, en me disant : — Félix, j'ai su que je vous devais
la vie !

Madame de Mortsauf nous tourna le dos pendant cette
scène, en prenant le prétexte de montrer le cheval à
Madeleine stupéfaite.

— Ha ! diantre ! voilà bien les femmes, cria le comte
en colère, elles examinent votre cheval.

Madeleine se retourna, vint à moi, je lui baisai la main
en regardant la comtesse qui rougit.

— Elle est bien mieux, Madeleine, dis-je.

— Pauvre fillette ! répondit la comtesse en la baisant
au front.

— Oui, pour le moment, ils sont tous bien, répondit
le comte. Moi seul, mon cher Félix, suis délabré comme
une vieille tour qui va tomber.

— Il paraît que le général a toujours ses dragons
noirs, repris-je en regardant madame de Mortsauf.

— Nous avons tous nos *blues devils* [1], répondit-elle.
N'est-ce pas le mot anglais ?

---

1. Au sens figuré les diables bleus désignent les soucis, inquiétudes
ou remords. Cette expression, déjà utilisée en ce sens à l'époque classique par Mme de Sévigné, le sera encore jusque dans la deuxième
moitié du siècle (*Dictionnaire* de Littré). Vigny a publié en 1832 un
roman intitulé *Stello ou les Diables bleus (blue devils)*. A propos de
l'humeur mélancolique de M. Hanski, Balzac parle de ses « *blue
devils* » ou de ses « dragons noirs » (*LH*, 1er juillet 1834). Mais il
emploie aussi l'expression pour lui-même et écrit ainsi à Mme Hanska
le 22 novembre 1834 : « Je me faisais des dragons à votre sujet. »

Nous remontâmes vers les clos en nous promenant ensemble, et sentant tous qu'il était survenu quelque grave événement. Elle n'avait aucun désir d'être seule avec moi. Enfin j'étais son hôte.

— Pour le coup, et votre cheval ? dit le comte quand nous fûmes sortis.

— Vous verrez, reprit la comtesse, que j'aurai tort en y pensant, et tort en n'y pensant plus.

— Mais oui, dit-il, il faut tout faire en temps utile.

— J'y vais, dis-je en trouvant ce froid accueil insupportable. Moi seul puis le faire sortir, et le caser comme il faut. Mon *groom* vient par la voiture de Chinon, il le pansera.

— Le *groom* arrive-t-il aussi d'Angleterre ? dit-elle.

— Il ne s'en fait que là, répondit le comte qui devint gai en voyant sa femme triste.

La froideur de sa femme fut une occasion de la contredire, il m'accabla de son amitié. Je connus la pesanteur de l'attachement d'un mari. Ne croyez pas que le moment où leurs attentions assassinent les âmes nobles soit le temps où leurs femmes prodiguent une affection qui semble leur être volée ; non ! ils sont odieux et insupportables le jour où cet amour s'envole [1]. La bonne intelligence, condition essentielle aux attachements de ce genre, apparaît alors comme un moyen ; elle pèse alors, elle est horrible comme tout moyen que sa fin ne justifie plus.

— Mon cher Félix, me dit le comte en me prenant les mains et me les serrant affectueusement, pardonnez à madame de Mortsauf, les femmes ont besoin d'être quinteuses, leur faiblesse les excuse, elles ne sauraient

---

1. Les pages suivantes, l'amitié de M. de Mortsauf opposée à la froideur d'Henriette, les plaintes du comte et les premiers symptômes de la maladie de sa femme, contrastant avec la santé retrouvée de Madeleine, ont été ajoutées par Balzac au moment de la correction de la première série d'épreuves (A 119, f° 255 à 260).

avoir l'égalité d'humeur que nous donne la force du caractère. Elle vous aime beaucoup, je le sais ; mais...

Pendant que le comte parlait, madame de Mortsauf s'éloigna de nous insensiblement de manière à nous laisser seuls.

— Félix, me dit-il alors à voix basse en contemplant sa femme qui remontait au château accompagnée de ses deux enfants, j'ignore ce qui se passe dans l'âme de madame de Mortsauf, mais son caractère a complètement changé depuis six semaines. Elle si douce, si dévouée jusqu'ici, devient d'une maussaderie incroyable !

Manette m'apprit plus tard que la comtesse était tombée dans un abattement qui la rendait insensible aux tracasseries du comte. En ne rencontrant plus de terre molle où planter ses flèches, cet homme était devenu inquiet comme l'enfant qui ne voit plus remuer le pauvre insecte qu'il tourmente. En ce moment il avait besoin d'un confident comme l'exécuteur a besoin d'un aide.

— Essayez, dit-il après une pause, de questionner madame de Mortsauf. Une femme a toujours des secrets pour son mari ; mais elle vous confiera peut-être le sujet de ses peines. Dût-il m'en coûter la moitié des jours qui me restent et la moitié de ma fortune, je sacrifierais tout pour la rendre heureuse. Elle est si nécessaire à ma vie ! Si dans ma vieillesse je ne sentais pas toujours cet ange à mes côtés, je serais le plus malheureux des hommes ! je voudrais mourir tranquille. Dites-lui donc qu'elle n'a pas longtemps à me supporter. Moi, Félix, mon pauvre ami, je m'en vais, je le sais. Je cache à tout le monde la fatale vérité, pourquoi les affliger par avance ? Toujours le pylore, mon ami ! J'ai fini par saisir les causes de la maladie, la sensibilité m'a tué. En effet, toutes nos affections frappent sur le centre gastrique...

— En sorte, lui dis-je en souriant, que les gens de cœur périssent par l'estomac ?

— Ne riez pas, Félix, rien n'est plus vrai. Les peines trop vives exagèrent le jeu du grand sympathique. Cette exaltation de la sensibilité entretient dans une constante irritation la muqueuse de l'estomac. Si cet état persiste, il amène des perturbations d'abord insensibles dans les fonctions digestives : les sécrétions s'altèrent, l'appétit se déprave et la digestion se fait capricieuse : bientôt des douleurs poignantes apparaissent, s'aggravent et deviennent de jour en jour plus fréquentes ; puis la désorganisation arrive à son comble comme si quelque poison lent se mêlait au bol alimentaire ; la muqueuse s'épaissit, l'induration de la valvule du pylore s'opère et il s'y forme un squirrhe dont il faut mourir. Eh ! bien, j'en suis là, mon cher ! L'induration marche sans que rien puisse l'arrêter. Voyez mon teint jaune-paille, mes yeux secs et brillants, ma maigreur excessive ? Je me dessèche[1]. Que voulez-vous, j'ai rapporté de l'émigration le germe de cette maladie : j'ai tant souffert alors ! Mon mariage, qui pouvait réparer les maux de l'émigration, loin de calmer mon âme ulcérée, a ravivé la plaie. Qu'ai-je trouvé ici ? d'éternelles alarmes causées par mes enfants, des chagrins domestiques, une fortune à refaire, des économies qui engendraient mille privations que j'imposais à ma femme et dont je pâtissais le premier. Enfin, je ne puis confier ce secret qu'à vous, mais voici ma plus dure peine. Quoique Blanche soit un ange, elle ne me comprend pas ; elle ne sait rien de mes douleurs, elle les contrarie, je lui pardonne ! Tenez, ceci est affreux à dire, mon ami ; mais une femme moins vertueuse qu'elle m'aurait rendu plus heureux en se prêtant à des adoucis-

---

1. M. de Mortsauf décrit les symptômes du cancer du pylore (*cf.* Le Yaouanc, *Nosographie, op. cit.*, p. 206). On pensait, à l'époque, que les chagrins profonds pouvaient causer une irritation de l'estomac et être l'une des causes déterminantes du cancer dont le squirre, état de durcissement, constitue le premier stade. Le teint jaune paille est cité parmi les symptômes du cancer (articles « Cancer » et « Squirre » du *Dictionnaire des sciences médicales, op. cit.*).

sements que Blanche n'imagine pas, car elle est niaise
comme un enfant ! Ajoutez que mes gens me tourmen-
tent, c'est des buses qui entendent grec lorsque je parle
français. Quand notre fortune a été reconstruite, coussi
coussi [1], quand j'ai eu moins d'ennui, le mal était fait,
j'atteignais à la période des appétits dépravés ; puis est
venue ma grande maladie, si mal prise par Origet. Bref,
aujourd'hui je n'ai pas six mois à vivre...

J'écoutais le comte avec terreur. En revoyant la comtesse, le brillant de ses yeux secs et la teinte jaune-paille
de son front m'avaient frappé, j'entraînai le comte vers
la maison en paraissant écouter ses plaintes mêlées de
dissertations médicales ; mais je ne songeais qu'à Henriette et voulais l'observer. Je trouvai la comtesse dans
le salon, où elle assistait à une leçon de mathématiques
donnée à Jacques par l'abbé de Dominis, en montrant à
Madeleine un point de tapisserie. Autrefois elle aurait
bien su, le jour de mon arrivée, remettre ses occupations
pour être toute à moi ; mais mon amour était si profondément vrai que je refoulai dans mon cœur le chagrin
que me causa ce contraste entre le présent et le passé ;
car je voyais la fatale teinte jaune-paille qui, sur ce
céleste visage, ressemblait au reflet des lueurs divines
que les peintres italiens ont mises à la figure des saintes.
Je sentis alors en moi le vent glacé de la mort. Puis
quand le feu de ses yeux dénués de l'eau limpide où
jadis nageait son regard tomba sur moi, je frissonnai ;
j'aperçus alors quelques changements dus au chagrin et
que je n'avais point remarqués en plein air : les lignes
si menues qui, à ma dernière visite, n'étaient que légèrement imprimées sur son front, l'avaient creusé ; ses tempes bleuâtres semblaient ardentes et concaves ; ses yeux
s'étaient enfoncés sous leurs arcades attendries, et le tour

---

1. « Couci-couci », expression familière qui signifie « à peu près »
(*Dictionnaire de l'Académie*, 1835). De nos jours on dirait : couci-
couça.

avait bruni ; elle était mortifiée comme le fruit sur lequel les meurtrissures commencent à paraître, et qu'un ver intérieur fait prématurément blondir. Moi, dont toute l'ambition était de verser le bonheur à flots dans son âme, n'avais-je pas jeté l'amertume dans la source où se rafraîchissait sa vie, où se retrempait son courage ? Je vins m'asseoir à ses côtés, et lui dis d'une voix où pleurait le repentir : — Êtes-vous contente de votre santé ?

— Oui, répondit-elle en plongeant ses yeux dans les miens. Ma santé, la voici, reprit-elle en me montrant Jacques et Madeleine.

Sortie victorieuse de sa lutte avec la nature, à quinze ans, Madeleine était femme [1] ; elle avait grandi, ses couleurs de rose du Bengale renaissaient sur ses joues bistrées ; elle avait perdu l'insouciance de l'enfant qui regarde tout en face, et commençait à baisser les yeux ; ses mouvements devenaient rares et graves comme ceux de sa mère ; sa taille était svelte, et les grâces de son corsage fleurissaient déjà ; déjà la coquetterie lissait ses magnifiques cheveux noirs, séparés en deux bandeaux sur son front d'Espagnole. Elle ressemblait aux jolies statuettes du Moyen Âge, si fines de contour, si minces de forme que l'œil en les caressant craint de les voir se briser ; mais la santé, ce fruit éclos après tant d'efforts, avait mis sur ses joues le velouté de la pêche, et le long de son col le soyeux duvet où, comme chez sa mère, se jouait la lumière. Elle devait vivre ! Dieu l'avait écrit, cher bouton de la plus belle des fleurs humaines ! sur les longs cils de tes paupières, sur la courbe de tes épaules qui promettaient de se développer richement comme celles de ta mère ! Cette brune jeune fille, à la taille de peuplier, contrastait avec Jacques, frêle jeune homme de dix-sept ans, de qui la tête avait grossi, dont le front

---

1. La médecine de l'époque enseignait que la crise de nubilité pouvait faire disparaître les symptômes de la tuberculose (*Dictionnaire des sciences médicales, op. cit.*, t. XLII, p. 61).

inquiétait par sa rapide extension, dont les yeux fiévreux, fatigués, étaient en harmonie avec une voix profondément sonore [1]. L'organe livrait un trop fort volume de son, de même que le regard laissait échapper trop de pensées. C'était l'intelligence, l'âme, le cœur d'Henriette dévorant de leur flamme rapide un corps sans consistance ; car Jacques avait ce teint de lait animé des couleurs ardentes qui distinguent les jeunes Anglaises marquées par le fléau pour être abattues dans un temps déterminé ; santé trompeuse ! En obéissant au signe par lequel Henriette, après m'avoir montré Madeleine, indiquait Jacques qui traçait des figures de géométrie et des calculs algébriques sur un tableau devant l'abbé de Dominis, je tressaillis à l'aspect de cette mort cachée sous les fleurs, et respectai l'erreur de la pauvre mère.

— Quand je les vois ainsi, la joie fait taire mes douleurs, de même qu'elles se taisent et disparaissent quand je les vois malades. Mon ami, dit-elle l'œil brillant de plaisir maternel, si d'autres affections nous trahissent, les sentiments récompensés ici, les devoirs accomplis et couronnés de succès compensent la défaite essuyée ailleurs. Jacques sera comme vous un homme d'une haute instruction, plein de vertueux savoir ; il sera comme vous l'honneur de son pays, qu'il gouvernera peut-être, aidé par vous qui serez si haut placé ; mais je tâcherai qu'il soit fidèle à ses premières affections. Madeleine, la chère créature, a déjà le cœur sublime, elle est pure comme la neige du plus haut sommet des Alpes, elle aura le dévouement de la femme et sa gracieuse intelligence, elle est fière, elle sera digne des Lenoncourt ! La mère jadis si tourmentée est maintenant bien heureuse, heureuse d'un bonheur infini, sans mélange ; oui, ma vie est pleine, ma vie est riche. Vous le voyez, Dieu fait éclore mes joies au sein des affections permises et mêle

---

1. Symptômes de la phtisie (*cf.* Le Yaouanc, *Nosographie, op. cit.*, p. 190).

de l'amertume à celles vers lesquelles m'entraînait un penchant dangereux...

— Bien, s'écria joyeusement l'abbé. Monsieur le vicomte en sait autant que moi...

En achevant sa démonstration Jacques toussa légèrement.

— Assez pour aujourd'hui, mon cher abbé, dit la comtesse émue, et surtout pas de leçon de chimie. Montez à cheval, Jacques, reprit-elle en se laissant embrasser par son fils avec la caressante mais digne volupté d'une mère, et les yeux tournés vers moi comme pour insulter mes souvenirs. Allez, cher, et soyez prudent.

— Mais, lui dis-je pendant qu'elle suivait Jacques par un long regard, vous ne m'avez pas répondu. Ressentez-vous quelques douleurs ?

— Oui, parfois à l'estomac. Si j'étais à Paris, j'aurais les honneurs d'une gastrite, la maladie à la mode[1].

— Ma mère souffre souvent et beaucoup, me dit Madeleine.

— Ah ! dit-elle, ma santé vous intéresse ?...

Madeleine étonnée de la profonde ironie empreinte dans ces mots, nous regarda tour à tour ; mes yeux comptaient des fleurs roses sur le coussin de son meuble gris et vert qui ornait le salon.

— Cette situation est intolérable, lui dis-je à l'oreille.

— Est-ce moi qui l'ai créée ? me demanda-t-elle. Cher enfant, ajouta-t-elle à haute voix en affectant ce cruel enjouement par lequel les femmes enjolivent leurs vengeances, ignorez-vous l'histoire moderne ? la France et l'Angleterre ne sont-elles pas toujours ennemies ?

---

1. Sous la Restauration était en vogue la théorie de François Broussais, dite « médecine physiologique », qui faisait de l'inflammation des tissus la cause exclusive des maladies et préconisait comme traitement la diète et la saignée. Son système fut abandonné après son échec lors de l'épidémie de choléra de Paris en 1832. Selon cette théorie, les symptômes de Mme de Mortsauf pouvaient être ceux d'une gastrite, inflammation de l'estomac.

Madeleine sait cela, elle sait qu'une mer immense les
sépare, mer froide, mer orageuse.

Les vases de la cheminée étaient remplacés par des
candélabres, afin sans doute de m'ôter le plaisir de les
remplir de fleurs ; je les retrouvai plus tard dans sa
chambre. Quand mon domestique arriva, je sortis pour
lui donner des ordres ; il m'avait apporté quelques affaires que je voulus placer dans ma chambre.

— Félix, me dit la comtesse, ne vous trompez pas !
L'ancienne chambre de ma tante est maintenant celle de
Madeleine, vous êtes au-dessus du comte.

Quoique coupable, j'avais un cœur, et tous ces mots
étaient des coups de poignard froidement donnés aux
endroits les plus sensibles qu'elle semblait choisir pour
frapper. Les souffrances morales ne sont pas absolues,
elles sont en raison de la délicatesse des âmes, et la comtesse avait durement parcouru cette échelle des douleurs ; mais, par cette raison même, la meilleure femme
sera toujours d'autant plus cruelle qu'elle a été plus
bienfaisante ; je la regardai, mais elle baissa la tête. J'allai dans ma nouvelle chambre qui était jolie, blanche et
verte. Là, je fondis en larmes. Henriette m'entendit, elle
y vint en apportant un bouquet de fleurs.

— Henriette, lui dis-je, en êtes-vous à ne point pardonner la plus excusable des fautes ?

— Ne m'appelez jamais Henriette, reprit-elle, elle
n'existe plus, la pauvre femme ; mais vous trouverez
toujours madame de Mortsauf, une amie dévouée qui
vous écoutera, qui vous aimera. Félix, nous causerons
plus tard. Si vous avez encore de la tendresse pour moi,
laissez-moi m'habituer à vous voir ; et au moment où
les mots me déchireront moins le cœur, à l'heure où
j'aurai reconquis un peu de courage, eh ! bien, alors,
alors seulement. Voyez-vous cette vallée, dit-elle en me
montrant l'Indre, elle me fait mal, je l'aime toujours.

— Ah ! périsse l'Angleterre et toutes ses femmes ! Je
donne ma démission au roi, je meurs ici, pardonné.

— Non, aimez-la, cette femme ! Henriette n'est plus, ceci n'est pas un jeu, vous le saurez.

Elle se retira, dévoilant par l'accent de ce dernier mot l'étendue de ses plaies. Je sortis vivement, la retins et lui dis : — Vous ne m'aimez donc plus ?

— Vous m'avez fait plus de mal que tous les autres ensemble ! Aujourd'hui je souffre moins, je vous aime donc moins ; mais il n'y a qu'en Angleterre où l'on dise *ni jamais, ni toujours* ; ici nous disons *toujours*. Soyez sage, n'augmentez pas ma douleur ; et si vous souffrez, songez que je vis, moi !

Elle me retira sa main que je tenais froide, sans mouvement, mais humide, et se sauva comme une flèche en traversant le corridor où cette scène véritablement tragique avait eu lieu. Pendant le dîner, le comte me réservait un supplice auquel je n'avais pas songé.

— La marquise Dudley n'est donc pas à Paris ? me dit-il.

Je rougis excessivement en lui répondant : — Non.

— Elle n'est pas à Tours, dit le comte en continuant.

— Elle n'est pas divorcée, elle peut aller en Angleterre. Son mari serait bien heureux, si elle voulait revenir à lui, dis-je avec vivacité.

— A-t-elle des enfants ? demanda madame de Mortsauf d'une voix altérée.

— Deux fils, lui dis-je.

— Où sont-ils ?

— En Angleterre, avec le père.

— Voyons, Félix, soyez franc. Est-elle aussi belle qu'on le dit ?

— Pouvez-vous lui faire une semblable question ? la femme qu'on aime n'est-elle pas toujours la plus belle des femmes, s'écria la comtesse.

— Oui, toujours, dis-je avec orgueil en lui lançant un regard qu'elle ne soutint pas.

— Vous êtes heureux, reprit le comte, oui, vous êtes un heureux coquin. Ah ! dans ma jeunesse, j'aurais été fou d'une semblable conquête...

— Assez, dit madame de Mortsauf, en montrant par un regard Madeleine à son père.

— Je ne suis pas un enfant, dit le comte qui se plaisait à redevenir jeune.

En sortant de table, la comtesse m'amena sur la terrasse, et quand nous y fûmes, elle s'écria : — Comment, il se rencontre des femmes qui sacrifient leurs enfants à un homme ? La fortune, le monde, je le conçois, l'éternité, oui, peut-être ! Mais les enfants ! se priver de ses enfants !

— Oui, et ces femmes voudraient avoir encore à sacrifier plus, elles donnent tout...

Pour la comtesse, le monde se renversa, ses idées se confondirent. Saisie par ce grandiose, soupçonnant que le bonheur devait justifier cette immolation, entendant en elle-même les cris de la chair révoltée, elle demeura stupide en face de sa vie manquée. Oui, elle eut un moment de doute horrible ; mais elle se releva grande et sainte, portant haut la tête.

— Aimez-la donc bien, Félix, cette femme, dit-elle avec des larmes aux yeux, ce sera ma sœur heureuse. Je lui pardonne les maux qu'elle m'a faits, si elle vous donne ce que vous ne deviez jamais trouver ici, ce que vous ne pouvez plus tenir de moi. Vous avez eu raison, je ne vous ai jamais dit que je vous aimasse, et je ne vous ai jamais aimé comme on aime dans ce monde. Mais si elle n'est pas mère, comment peut-elle aimer ?

— Chère sainte, repris-je, il faudrait que je fusse moins ému que je ne le suis pour t'expliquer que tu planes victorieusement au-dessus d'elle, qu'elle est une femme de la terre, une fille des races déchues, et que tu es la fille des cieux, l'ange adoré, que tu as tout mon cœur et qu'elle n'a que ma chair ; elle le sait, elle en est au désespoir, et elle changerait avec toi, quand même le plus cruel martyre lui serait imposé pour prix de ce changement. Mais tout est irrémédiable. A toi l'âme, à toi les pensées, l'amour pur, à toi la jeunesse et la vieillesse ; à elle les désirs et les plaisirs de la passion fugitive ; à toi mon souvenir dans toute son étendue, à elle l'oubli le plus profond.

— Dites, dites, dites-moi donc cela, ô mon ami ! Elle alla s'asseoir sur un banc et fondit en larmes. La vertu, Félix, la sainteté de la vie, l'amour maternel, ne sont donc pas des erreurs. Oh ! jetez ce baume sur mes plaies ! Répétez une parole qui me rend aux cieux où je voulais tendre d'un vol égal avec vous ! Bénissez-moi par un regard, par un mot sacré, je vous pardonnerai les maux que j'ai soufferts depuis deux mois[1].

— Henriette, il est des mystères de notre vie que vous ignorez. Je vous ai rencontrée dans un âge auquel le sentiment peut étouffer les désirs inspirés par notre nature ; mais plusieurs scènes dont le souvenir me réchaufferait à l'heure où viendra la mort ont dû vous attester que cet âge finissait, et votre constant triomphe a été d'en prolonger les muettes délices. Un amour sans possession se soutient par l'exaspération même des désirs ; puis il vient un moment où tout est souffrance en nous, qui ne ressemblons en rien à vous. Nous possédons une puissance qui ne saurait être abdiquée, sous peine de ne plus être hommes. Privé de la nourriture qui le doit alimenter, le cœur se dévore lui-même, et sent un épuisement qui n'est pas la mort, mais qui la précède. La nature ne peut donc pas être longtemps trompée ; au moindre accident, elle se réveille avec une énergie qui ressemble à la folie. Non, je n'ai pas aimé, mais j'ai eu soif au milieu du désert.

— Du désert ! dit-elle avec amertume en montrant la vallée. Et, ajouta-t-elle, comme il raisonne, et combien de distinctions subtiles ? les fidèles n'ont pas tant d'esprit.

---

1. Plus haut, le même jour, le comte disait que sa femme souffrait depuis six semaines.

— Henriette, lui dis-je, ne nous querellons pas pour quelques expressions hasardées. Non, mon âme n'a pas vacillé, mais je n'ai pas été maître de mes sens. Cette femme n'ignore pas que tu es la seule aimée. Elle joue un rôle secondaire dans ma vie, elle le sait, et s'y résigne ; j'ai le droit de la quitter, comme on quitte une courtisane...

— Et alors...

— Elle m'a dit qu'elle se tuerait, répondis-je en croyant que cette résolution surprendrait Henriette. Mais en m'entendant elle laissa échapper un de ces dédaigneux sourires plus expressifs encore que les pensées qu'ils traduisaient. — Ma chère conscience, repris-je, si tu me tenais compte de mes résistances et des séductions qui conspiraient ma perte, tu concevrais cette fatale...

— Oh ! oui fatale ! dit-elle. J'ai cru trop en vous ! J'ai cru que vous ne manqueriez pas de la vertu que pratique le prêtre et... que possède monsieur de Mortsauf, ajouta-t-elle en donnant à sa voix le mordant de l'épigramme. — Tout est fini, reprit-elle après une pause, je vous dois beaucoup, mon ami ; vous avez éteint en moi les flammes de la vie corporelle. Le plus difficile du chemin est fait, l'âge approche, me voilà souffrante, bientôt maladive ; je ne pouvais être pour vous la brillante fée qui vous verse une pluie de faveurs. Soyez fidèle à lady Arabelle. Madeleine, que j'élevais si bien pour vous, à qui sera-t-elle ? Pauvre Madeleine, pauvre Madeleine ! répéta-t-elle comme un douloureux refrain. Si vous l'aviez entendue me disant : Ma mère, vous n'êtes pas gentille pour Félix ! La chère créature !

Elle me regarda sous les tièdes rayons du soleil couchant qui glissaient à travers le feuillage, et prise de je ne sais quelle compassion pour nos débris, elle se replongea dans notre passé si pur, en se laissant aller à des contemplations qui furent mutuelles. Nous reprenions nos souvenirs, nos yeux allaient de la vallée aux clos, des fenêtres de Clochegourde à Frapesle, en peu-

plant cette rêverie de nos bouquets embaumés, des
romans de nos désirs. Ce fut sa dernière volupté, savou-
rée avec la candeur de l'âme chrétienne. Cette scène,
si grande pour nous, nous avait jetés dans une même
mélancolie. Elle crut à mes paroles, et se vit où je la
mettais, dans les cieux.

— Mon ami, me dit-elle, j'obéis à Dieu, car son doigt
est dans tout ceci.

Je ne connus que plus tard la profondeur de ces mots.
Nous remontâmes lentement par les terrasses. Elle prit
mon bras, s'y appuya résignée, saignant, mais ayant mis
un appareil sur ses blessures.

— La vie humaine est ainsi, me dit-elle. Qu'a fait
monsieur de Mortsauf pour mériter son sort ? Ceci nous
démontre l'existence d'un monde meilleur. Malheur à
ceux qui se plaindraient d'avoir marché dans la bonne
voie !

Elle se mit alors à si bien évaluer la vie, à la si profondément considérer sous ses diverses faces, que ces froids
calculs me révélèrent le dégoût qui l'avait saisie pour
toutes les choses d'ici-bas. En arrivant sur le perron, elle
quitta mon bras, et dit cette dernière phrase : — Si Dieu
nous a donné le sentiment et le goût du bonheur, ne doit-
il pas se charger des âmes innocentes qui n'ont trouvé
que des afflictions ici-bas. Cela est, ou Dieu n'est pas,
ou notre vie serait une amère plaisanterie.

A ces derniers mots, elle rentra brusquement, et je la
trouvai sur son canapé, couchée comme si elle avait été
foudroyée par la voix qui terrassa saint Paul[1].

— Qu'avez-vous ? lui dis-je.

— Je ne sais plus ce qu'est la vertu, dit-elle, et n'en ai
pas conscience de la mienne !

---

1. Sur la route de Damas, Saül, persécuteur des premiers chrétiens,
fut ébloui par une lumière et tomba à terre. Il entendit alors la voix de
Jésus : « Saül, Saül, pourquoi me poursuis-tu ? » Il se convertit et prit
le nom de Paul (*Actes des Apôtres*, IX, 3-6).

Nous restâmes pétrifiés tous deux, écoutant le son de cette parole comme celui d'une pierre jetée dans un gouffre.

— Si je me suis trompée dans ma vie, *elle* a raison, *elle !* reprit madame de Mortsauf.

Ainsi son dernier combat suivit sa dernière volupté. Quand le comte vint, elle se plaignit, elle qui ne se plaignait jamais ; je la conjurai de me préciser ses souffrances, mais elle refusa de s'expliquer, et s'alla coucher en me laissant en proie à des remords qui naissaient les uns des autres. Madeleine accompagna sa mère ; et le lendemain je sus par elle que la comtesse avait été prise de vomissements causés, dit-elle, par les violentes émotions de cette journée [1]. Ainsi, moi qui souhaitais donner ma vie pour elle, je la tuais.

— Cher comte, dis-je à monsieur de Mortsauf qui me força de jouer au trictrac, je crois la comtesse très-sérieusement malade, il est encore temps de la sauver ; appelez Origet, et suppliez-la de suivre ses avis...

— Origet qui m'a tué ? dit-il en m'interrompant. Non, non, je consulterai Carbonneau [2].

Pendant cette semaine, et surtout les premiers jours, tout me fut souffrance, commencement de paralysie au cœur, blessure à la vanité, blessure à l'âme. Il faut avoir été le centre de tout, des regards et des soupirs, avoir été le principe de la vie, le foyer d'où chacun tirait sa lumière, pour connaître l'horreur du vide. Les mêmes

---

1. Les vomissements en dehors des repas sont des symptômes du cancer de l'estomac (*Dictionnaire des sciences médicales, op. cit.*, t. III, p. 621). Lorsqu'il corrige les épreuves de la fin du roman, Balzac substitue au mal imprécis qui minait Henriette dans le manuscrit des symptômes caractéristiques. Il sera alors conduit à décrire plus précisément les souffrances de M. de Mortsauf afin de le faire souffrir de ce qui tue réellement sa femme. – 2. A la différence d'Origet, ce médecin est fictif. Cependant Moïse le Yaouanc signale qu'il y avait à Tours, sous la monarchie de Juillet, un médecin du nom de Cherbonneau (*Le Lys..., op. cit.*, p. 252)

choses étaient là, mais l'esprit qui les vivifiait s'était
éteint comme une flamme soufflée. J'ai compris l'affreuse nécessité où sont les amants de ne plus se revoir
quand l'amour est envolé. N'être plus rien, là où l'on a
régné ! Trouver la silencieuse froideur de la mort là où
scintillaient les joyeux rayons de la vie ! les comparaisons accablent. Bientôt j'en vins à regretter la douloureuse ignorance de tout bonheur qui avait assombri ma
jeunesse. Aussi mon désespoir devint-il si profond que
la comtesse en fut, je crois, attendrie. Un jour, après le
dîner, pendant que nous nous promenions tous sur le
bord de l'eau, je fis un dernier effort pour obtenir mon
pardon. Je priai Jacques d'emmener sa sœur en avant,
je laissai le comte aller seul, et conduisant madame de
Mortsauf vers la toue : — Henriette, lui dis-je, un mot,
de grâce, ou je me jette dans l'Indre [1] ! J'ai failli, oui,
c'est vrai ; mais n'imité-je pas le chien dans son sublime
attachement ! je reviens comme lui, comme lui plein de
honte ; s'il fait mal, il est châtié, mais il adore la main
qui le frappe ; brisez-moi, mais rendez-moi votre cœur...

— Pauvre enfant ! dit-elle, n'êtes-vous pas toujours
mon fils ?

Elle prit mon bras et regagna silencieusement Jacques
et Madeleine, avec lesquels elle revint à Clochegourde
par les clos en me laissant au comte, qui se mit à parler
politique à propos de ses voisins.

— Rentrons, lui dis-je, vous avez la tête nue, et la
rosée du soir pourrait causer quelque accident.

---

1. Dans *La Femme abandonnée* (1833), Gaston de Nueil infidèle à
Mme de Beauséant et repentant s'est suicidé. A nouveau, *Le Lys dans
la vallée* réécrit une situation déjà inventée ailleurs, mais sur un autre
mode, ironique cette fois. Le récit inflige un démenti au personnage.
Il ne se précipitera pas dans l'Indre mais à nouveau dans les bras de
lady Dudley. Félix parle d'ailleurs un peu trop de se noyer : lors de
son retour à Tours avec sa mère ; après l'épisode de la partie de trictrac il se dit prêt à se jeter dans l'Indre s'il pouvait ainsi alléger les
souffrances d'Henriette.

— Vous me plaigniez, vous ! mon cher Félix, me répondit-il, en se méprenant sur mes intentions. Ma femme ne m'a jamais voulu consoler, par système peut-être.

Jamais elle ne m'aurait laissé seul avec son mari, maintenant j'avais besoin de prétextes pour l'aller rejoindre. Elle était avec ses enfants occupée à expliquer les règles du trictrac à Jacques.

— Voilà, dit le comte, toujours jaloux de l'affection qu'elle portait à ses deux enfants, voilà ceux pour lesquels je suis toujours abandonné. Les maris, mon cher Félix, ont toujours le dessous ; la femme la plus vertueuse trouve encore le moyen de satisfaire son besoin de voler l'affection conjugale.

Elle continua ses caresses sans répondre.

— Jacques, dit-il, venez ici !

Jacques fit quelques difficultés.

— Votre père vous veut, allez, mon fils, dit la mère en le poussant.

— Ils m'aiment par ordre, reprit le vieillard qui parfois voyait sa situation.

— Monsieur, répondit-elle en passant à plusieurs reprises sa main sur les cheveux de Madeleine qui était coiffée en belle Ferronnière [1], ne soyez pas injuste pour les pauvres femmes ; la vie ne leur est pas toujours facile à porter, et peut-être les enfants sont-ils les vertus d'une mère !

— Ma chère, répondit le comte qui s'avisa d'être logique, ce que vous dites signifie que, sans leurs enfants, les femmes manqueraient de vertu et planteraient là leurs maris.

---

1. C'est la coiffure d'un portrait féminin attribué à Léonard de Vinci, *La Belle Ferronnière*, qui est conservé au Louvre. Cette coiffure consistait en un cercle d'orfèvrerie qui ceignait le front. Coiffure à la mode sous la Restauration.

La comtesse se leva brusquement et emmena Madeleine sur le perron.

— Voilà le mariage, mon cher, dit le comte. Prétendez-vous dire en sortant ainsi que je déraisonne ? criat-il en prenant son fils par la main et venant au perron auprès de sa femme sur laquelle il lança des regards furieux.

— Au contraire, monsieur, vous m'avez effrayée. Votre réflexion me fait un mal affreux, dit-elle d'une voix creuse en me jetant un regard de criminelle. Si la vertu ne consiste pas à se sacrifier pour ses enfants et pour son mari, qu'est-ce donc que la vertu ?

— Se sa-cri-fi-er ! reprit le comte, en faisant, de chaque syllabe un coup de barre sur le cœur de sa victime. Que sacrifiez-vous donc à vos enfants ? que me sacrifiez-vous donc ? qui ? quoi ? répondez ? répondrez-vous ? Que se passe-t-il donc ici ? que voulez-vous dire ?

— Monsieur, répondit-elle, seriez-vous donc satisfait d'être aimé pour l'amour de Dieu, ou de savoir votre femme vertueuse pour la vertu en elle-même ?

— Madame a raison, dis-je en prenant la parole d'une voix émue qui vibra dans ces deux cœurs où je jetai mes espérances à jamais perdues et que je calmai par l'expression de la plus haute de toutes les douleurs dont le cri sourd éteignit cette querelle comme, quand le lion rugit, tout se tait. Oui, le plus beau privilège que nous ait conféré la raison est de pouvoir rapporter nos vertus aux êtres dont le bonheur est notre ouvrage, et que nous ne rendons heureux ni par calcul, ni par devoir, mais par une inépuisable et volontaire affection.

Une larme brilla dans les yeux d'Henriette.

— Et, cher comte, si par hasard une femme était involontairement soumise à quelque sentiment étranger à ceux que la société lui impose, avouez que plus ce sentiment serait irrésistible, plus elle serait vertueuse en

l'étouffant, en se *sacrifiant* à ses enfants, à son mari.
Cette théorie n'est d'ailleurs applicable ni à moi, qui
malheureusement offre un exemple du contraire, ni à
vous qu'elle ne concernera jamais.

Une main à la fois moite et brûlante se posa sur ma
main et s'y appuya silencieusement.

— Vous êtes une belle âme, Félix, dit le comte qui
passa non sans grâce sa main sur la taille de sa femme
et l'amena doucement à lui, pour lui dire : — Pardonnez,
ma chère, à un pauvre malade qui voudrait sans doute
être aimé plus qu'il ne le mérite.

— Il est des cœurs qui sont tout générosité, répondit-
elle en appuyant sa tête sur l'épaule du comte qui prit
cette phrase pour lui. Cette erreur causa je ne sais quel
frémissement à la comtesse ; son peigne tomba, ses cheveux se dénouèrent, elle pâlit ; son mari qui la soutenait
poussa une sorte de rugissement en la sentant défaillir,
il la saisit comme il eût fait de sa fille et la porta sur le
canapé du salon où nous l'entourâmes. Henriette garda
ma main dans la sienne, comme pour me dire que nous
seuls savions le secret de cette scène si simple en apparence, si épouvantable par les déchirements de son âme.

— J'ai tort, me dit-elle à voix basse en un moment
où le comte nous laissa seuls pour aller demander un
verre d'eau de fleurs d'oranger, j'ai mille fois tort envers
vous, que j'ai voulu désespérer quand j'aurais dû vous
recevoir à merci. Cher, vous êtes d'une adorable bonté
que moi seule puis apprécier. Oui, je le sais, il est des
bontés qui sont inspirées par la passion. Les hommes ont
plusieurs manières d'être bons ; ils sont bons par dédain,
par entraînement, par calcul, par indolence de caractère ;
mais vous, mon ami, vous venez d'être d'une bonté
absolue.

— Si cela est, lui dis-je, apprenez que tout ce que je
puis avoir de grand en moi vient de vous. Ne savez-vous
donc plus que je suis votre ouvrage ?

— Cette parole suffit au bonheur d'une femme, répondit-elle au moment où le comte revint. Je suis mieux, dit-elle en se levant, il me faut de l'air.

Nous descendîmes tous sur la terrasse embaumée par les acacias encore en fleurs. Elle avait pris mon bras droit et le serrait contre son cœur en exprimant ainsi de douloureuses pensées ; mais c'était, suivant son expression, de ces douleurs qu'elle aimait. Elle voulait sans doute être seule avec moi ; mais son imagination inhabile aux ruses de femme ne lui suggérait aucun moyen de renvoyer ses enfants et son mari ; nous causions donc de choses indifférentes, pendant qu'elle se creusait la tête en cherchant à se ménager un moment où elle pourrait enfin décharger son cœur dans le mien.

— Il y a bien long-temps que je ne me suis promenée en voiture, dit-elle enfin en voyant la beauté de la soirée. Monsieur, donnez des ordres, je vous prie, pour que je puisse aller faire un tour.

Elle savait qu'avant la prière toute explication serait impossible, et craignait que le comte ne voulût faire un trictrac. Elle pouvait bien se trouver avec moi sur cette tiède terrasse embaumée, quand son mari serait couché ; mais elle redoutait peut-être de rester sous ces ombrages à travers lesquels passaient des lueurs voluptueuses, de se promener le long de la balustrade d'où nos yeux embrassaient le cours de l'Indre dans la prairie. De même qu'une cathédrale aux voûtes sombres et silencieuses conseille la prière ; de même, les feuillages éclairés par la lune, parfumés de senteurs pénétrantes, et animés par les bruits sourds du printemps, remuent les fibres et affaiblissent la volonté. La campagne, qui calme les passions des vieillards, excite celles des jeunes cœurs ; nous le savions ! Deux coups de cloche annoncèrent l'heure de la prière, la comtesse tressaillit.

— Ma chère Henriette, qu'avez-vous ?

— Henriette n'existe plus, répondit-elle. Ne la faites pas renaître, elle était exigeante, capricieuse ; maintenant

vous avez une paisible amie dont la vertu vient d'être
raffermie par des paroles que le Ciel vous a dictées.
Nous parlerons de tout ceci plus tard. Soyons exacts à
la prière. Aujourd'hui, mon tour de la dire est arrivé.

Quand la comtesse prononça les paroles par lesquelles
elle demandait à Dieu son secours contre les adversités
de la vie, elle y mit un accent dont je ne fus pas frappé
seul ; elle semblait avoir usé de son don de seconde vue
pour entrevoir la terrible émotion à laquelle devait la
soumettre une maladresse causée par mon oubli de mes
conventions avec Arabelle.

— Nous avons le temps de faire trois rois [1] avant que
les chevaux ne soient attelés, dit le comte en m'entraînant au salon. Vous irez vous promener avec ma femme,
moi je me coucherai.

Comme toutes nos parties, celle-ci fut orageuse. De
sa chambre ou de celle de Madeleine, la comtesse put
entendre la voix de son mari.

— Vous abusez étrangement de l'hospitalité, dit-elle
au comte quand elle revint au salon.

Je la regardai d'un air hébété, je ne m'habituais point
à ses duretés ; elle se serait certes bien gardée jadis de
me soustraire à la tyrannie du comte, autrefois elle
aimait à me voir partageant ses souffrances et les endu-
rant avec patience pour l'amour d'elle.

— Je donnerais ma vie, lui dis-je, à l'oreille, pour
vous entendre encore murmurant : — *Pauvre cher !
Pauvre cher !*

Elle baissa les yeux en se souvenant de l'heure à
laquelle je faisais allusion ; son regard se coula vers moi,
mais en dessous, et il exprima la joie de la femme qui
voit les plus fugitifs accents de son cœur, préférés aux
profondes délices d'un autre amour. Alors, comme toutes les fois que je subissais pareille injure, je la lui par-

---

1. Au jeu de piquet, et non au trictrac, un roi est l'équivalent de
deux tours. M. de Mortsauf fixe donc la longueur de la partie.

donnais en me sentant compris. Le comte perdait, il se
dit fatigué pour pouvoir quitter la partie, et nous allâmes
nous promener autour du boulingrin en attendant la voiture ; aussitôt qu'il nous eut laissés, le plaisir rayonna si
vivement sur mon visage, que la comtesse m'interrogea
par un regard curieux et surpris.

— Henriette existe, lui dis-je, je suis toujours aimé ;
vous me blessez avec intention évidente de me briser le
cœur ; je puis encore être heureux !

— Il ne restait qu'un lambeau de la femme, dit-elle
avec épouvante, et vous l'emportez en ce moment. Dieu
soit béni ! lui qui me donne le courage d'endurer mon
martyre mérité. Oui, je vous aime encore trop, j'allais
faillir, l'Anglaise m'éclaire un abîme.

En ce moment, nous montâmes en voiture, le cocher
demanda l'ordre.

— Allez sur la route de Chinon par l'avenue, vous
nous ramènerez par les landes de Charlemagne et le chemin de Saché.

— Quel jour sommes-nous ? dis-je avec trop de
vivacité.

— Samedi.

— N'allez point par là, madame, le samedi soir la
route est pleine de coquassiers [1] qui vont à Tours, et nous
rencontrerions leurs charrettes.

— Faites ce que je vous dis, reprit-elle en regardant
le cocher.

Nous connaissions trop l'un et l'autre les modes de
notre voix, quelque infinis qu'ils fussent, pour nous
déguiser la moindre de nos émotions. Henriette avait
tout compris.

— Vous n'avez pas pensé aux coquassiers, en choi-
sissant cette nuit, dit-elle avec une légère teinte d'ironie.

---

1. Coquassier, coquatier : terme régional pour désigner un mar-
chand d'œufs, de volailles, de fromage dans les provinces du centre
de la France.

Lady Dudley est à Tours. Ne mentez pas, elle vous attend près d'ici. *Quel jour sommes-nous, les coquassiers ! les charrettes !* reprit-elle. Avez-vous jamais fait de semblables observations quand nous sortions autrefois ?

— Elles prouvent que j'oublie tout à Clochegourde, répondis-je simplement.

— Elle vous attend ? reprit-elle.

— Oui.

— A quelle heure ?

— Entre onze heures et minuit.

— Où ?

— Dans les landes.

— Ne me trompez point, n'est-ce pas sous le noyer ?

— Dans les landes.

— Nous irons, dit-elle, je la verrai.

En entendant ces paroles, je regardai ma vie comme définitivement arrêtée. Je résolus en un moment de terminer par un complet mariage avec lady Dudley la lutte douloureuse qui menaçait d'épuiser ma sensibilité, d'enlever par tant de chocs répétés ces voluptueuses délicatesses qui ressemblent à la fleur des fruits. Mon silence farouche blessa la comtesse, dont toute la grandeur ne m'était pas connue.

— Ne vous irritez point contre moi, dit-elle de sa voix d'or, ceci, cher, est ma punition. Vous ne serez jamais aimé comme vous l'êtes ici, reprit-elle en posant sa main sur son cœur. Ne vous l'ai-je pas avoué ? La marquise Dudley m'a sauvée. A elle les souillures, je ne les lui envie point. A moi le glorieux amour des anges ! J'ai parcouru des champs immenses depuis votre arrivée. J'ai jugé la vie. Élevez l'âme, vous la déchirez ; plus vous allez haut, moins de sympathie vous rencontrez ; au lieu de souffrir dans la vallée, vous souffrez dans les airs comme l'aigle qui plane en emportant au cœur une flèche décochée par quelque pâtre grossier. Je comprends aujourd'hui que le ciel et la terre sont incompati-

bles. Oui, pour qui veut vivre dans la zone céleste, Dieu
seul est possible. Notre âme doit être alors détachée de
toutes les choses terrestres. Il faut aimer ses amis comme
on aime ses enfants, pour eux et non pour soi. Le moi
cause les malheurs et les chagrins. Mon cœur ira plus
haut que ne va l'aigle ; là est un amour qui ne trompera
point. Quant à vivre de la vie terrestre, elle nous ravale
trop en faisant dominer l'égoïsme des sens sur la spiritualité de l'ange qui est en nous. Les jouissances que
donne la passion sont horriblement orageuses, payées
par d'énervantes inquiétudes qui brisent les ressorts de
l'âme. Je suis venue au bord de la mer où s'agitent ces
tempêtes, je les ai vues de trop près ; elles m'ont souvent
enveloppée de leurs nuages, la lame ne s'est pas toujours
brisée à mes pieds, j'ai senti sa rude étreinte qui froidit
le cœur ; je dois me retirer sur les hauts lieux, je périrais
au bord de cette mer immense. Je vois en vous, comme
en tous ceux qui m'ont affligée, les gardiens de ma
vertu. Ma vie a été mêlée d'angoisses heureusement pro-
portionnées à mes forces, et s'est entretenue ainsi pure
des passions mauvaises, sans repos séducteur et toujours
prête à Dieu. Notre attachement *fut* la tentative insensée,
l'effort de deux enfants candides essayant de satisfaire
leur cœur, les hommes et Dieu... Folie, Félix ! Ha ! dit-
elle après une pause, comment vous nomme cette
femme ?

— Amédée, répondis-je. Félix est un être à part, qui
n'appartiendra jamais qu'à vous.

— Henriette a peine à mourir, dit-elle en laissant
échapper un pieux sourire. Mais, reprit-elle, elle périra
dans le premier effort de la chrétienne humble, de la
mère orgueilleuse, de la femme aux vertus chancelantes
hier, raffermies aujourd'hui. Que vous dirai-je ? Hé !
bien, oui, ma vie est conforme à elle-même dans ses plus
grandes circonstances comme dans ses plus petites. Le
cœur où je devais attacher les premières racines de la
tendresse, le cœur de ma mère s'est fermé pour moi,

malgré ma persistance à y chercher un pli où je pusse me glisser. J'étais fille, je venais après trois garçons morts, et je tâchai vainement d'occuper leur place dans l'affection de mes parents ; je ne guérissais point la plaie faite à l'orgueil de la famille. Quand, après cette sombre enfance, je connus mon adorable tante, la mort me l'enleva promptement. Monsieur de Mortsauf, à qui je me suis vouée, m'a constamment frappée, sans relâche, sans le savoir, pauvre homme ! Son amour a le naïf égoïsme de celui que nous portent nos enfants. Il n'est pas dans le secret des maux qu'il me cause, il est toujours pardonné ! Mes enfants, ces chers enfants qui tiennent à ma chair par toutes leurs douleurs, à mon âme par toutes leurs qualités, à ma nature par leurs joies innocentes ; ces enfants ne m'ont-ils pas été donnés pour montrer combien il se trouve de force et de patience dans le sein des mères ? Oh ! oui, mes enfants sont mes vertus ! Vous savez si je suis flagellée par eux, en eux, malgré eux. Devenir mère, pour moi ce fut acheter le droit de toujours souffrir. Quand Agar a crié dans le désert, un ange a fait jaillir pour cette esclave trop aimée une source pure [1] ; mais à moi, quand la source limpide vers laquelle (vous en souvenez-vous ?) vous vouliez me guider est venue couler autour de Clochegourde, elle ne m'a versé que des eaux amères. Oui, vous m'avez infligé des souffrances inouïes. Dieu pardonnera sans doute à qui n'a connu l'affection que par la douleur. Mais, si les plus vives peines que j'aie éprouvées m'ont été imposées par vous, peut-être les ai-je méritées. Dieu n'est pas injuste. Ah ! oui, Félix, un baiser furtivement déposé sur un front comporte des crimes peut-être ! Peut-être doit-on rudement expier les pas que l'on a faits en avant de ses enfants et de son mari, lorsqu'on se promenait le soir afin d'être seule avec des souvenirs et des pensées qui

---

1. Cette concubine d'Abraham, mère d'Ismaël, avait été chassée au désert à la demande de Sara, l'épouse d'Abraham (*Genèse*, XXI, 1-21).

ne leur appartenaient pas, et qu'en marchant ainsi, l'âme était mariée à une autre ! Quand l'être intérieur se ramasse et se rapetisse pour n'occuper que la place que l'on offre aux embrassements, peut-être est-ce le pire des crimes ! Lorsqu'une femme se baisse afin de recevoir dans ses cheveux le baiser de son mari pour se faire un front neutre, il y a crime ! Il y a crime à se forger un avenir en s'appuyant sur la mort, crime à se figurer dans l'avenir une maternité sans alarmes, de beaux enfants jouant le soir avec un père adoré de toute sa famille, et sous les yeux attendris d'une mère heureuse. Oui, j'ai péché, j'ai grandement péché ! J'ai trouvé goût aux pénitences infligées par l'Église, et qui ne rachetaient point assez ces fautes pour lesquelles le prêtre fut sans doute trop indulgent. Dieu sans doute a placé la punition au cœur de toutes ces erreurs en chargeant de sa vengeance celui pour qui elles furent commises. Donner mes cheveux, n'était-ce pas me promettre ? Pourquoi donc aimai-je à mettre une robe blanche ? ainsi je me croyais mieux votre lys ; ne m'aviez-vous pas aperçue, pour la première fois, ici, en robe blanche ? Hélas ! j'ai moins aimé mes enfants, car toute affection vive est prise sur les affections dues. Vous voyez bien, Félix ? toute souffrance a sa signification. Frappez, frappez plus fort que n'ont frappé monsieur de Mortsauf et mes enfants. Cette femme est un instrument de la colère de Dieu, je vais l'aborder sans haine, je lui sourirai ; sous peine de ne pas être chrétienne, épouse et mère, je dois l'aimer. Si, comme vous le dites, j'ai pu contribuer à préserver votre cœur du contact qui l'eût défleuri, cette Anglaise ne saurait me haïr. Une femme doit aimer la mère de celui qu'elle aime, et je suis votre mère. Qu'ai-je voulu dans votre cœur ? la place laissée vide par madame de Vandenesse. Oh ! oui, vous vous êtes toujours plaint de ma froideur ! Oui, je ne suis que votre mère. Pardonnez-moi donc les duretés involontaires que je vous ai dites à votre arrivée, car une mère doit se réjouir en sachant son fils si bien aimé. Elle appuya sa tête sur mon sein, en répétant : — Pardon ! pardon ! J'entendis alors des accents inconnus. Ce n'était ni sa voix de jeune fille et ses notes joyeuses, ni sa voix de femme et ses terminaisons despotiques, ni les soupirs de la mère endolorie ; c'était une déchirante, une nouvelle voix pour des douleurs nouvelles. — Quant à vous, Félix, reprit-elle en s'animant, vous êtes l'ami qui ne saurait mal faire. Ah ! vous n'avez rien perdu dans mon cœur, ne vous reprochez rien, n'ayez pas le plus léger remords. N'était-ce pas le comble de l'égoïsme que de vous demander de sacrifier à un avenir impossible les plaisirs les plus immenses, puisque pour les goûter, une femme abandonne ses enfants, abdique son rang, et renonce à l'éternité. Combien de fois ne vous ai-je pas trouvé supérieur à moi ! vous étiez grand et noble, moi, j'étais petite et criminelle ! Allons, voilà qui est dit, je ne puis être pour vous qu'une lueur élevée, scintillante et froide, mais inaltérable. Seulement, Félix, faites que je ne sois pas seule à aimer le frère que je me suis choisi. Chérissez-moi ! L'amour d'une sœur n'a ni mauvais lendemain, ni moments difficiles. Vous n'aurez pas besoin de mentir à cette âme indulgente qui vivra de votre belle vie, qui ne manquera jamais à s'affliger de vos douleurs, qui s'égaiera de vos joies, aimera les femmes qui vous rendront heureux et s'indignera des trahisons. Moi je n'ai pas eu de frère à aimer ainsi. Soyez assez grand pour vous dépouiller de tout amour-propre, pour résoudre notre attachement jusqu'ici si douteux et plein d'orages par cette douce et sainte affection. Je puis encore vivre ainsi. Je commencerai la première en serrant la main de lady Dudley.

Elle ne pleurait pas, elle ! en prononçant ces paroles pleines d'une science amère, et par lesquelles, en arrachant le dernier voile qui me cachait son âme et ses douleurs, elle me montrait par combien de liens elle s'était attachée à moi, combien de fortes chaînes j'avais hachées. Nous étions dans un tel délire, que nous ne nous apercevions point de la pluie qui tombait à torrents.

— Madame la comtesse ne veut-elle pas entrer un moment ici ? dit le cocher en désignant la principale auberge de Ballan.

Elle fit un signe de consentement, et nous restâmes une demi-heure environ sous la voûte d'entrée au grand étonnement des gens de l'hôtellerie qui se demandèrent pourquoi madame de Mortsauf était à onze heures par les chemins. Allait-elle à Tours ? En revenait-elle ? Quand l'orage eut cessé, que la pluie fut convertie en ce qu'on nomme à Tours une *brouée*[1], qui n'empêchait pas la lune d'éclairer les brouillards supérieurs rapidement emportés par le vent du haut, le cocher sortit et retourna sur ses pas, à ma grande joie.

— Suivez mon ordre, lui cria doucement la comtesse.

Nous prîmes donc le chemin des landes de Charlemagne où la pluie recommença. A moitié des landes, j'entendis les aboiements du chien favori d'Arabelle ; un cheval s'élança tout à coup de dessous une truisse[2] de chêne, franchit d'un bond le chemin, sauta le fossé creusé par les propriétaires pour distinguer leurs terrains respectifs dans ces friches que l'on croyait susceptibles de culture, et lady Dudley s'alla placer dans la lande pour voir passer la calèche.

— Quel plaisir d'attendre ainsi son amant, quand on le peut sans crime ! dit Henriette.

Les aboiements du chien avaient appris à lady Dudley que j'étais dans la voiture, elle crut sans doute que je venais ainsi la chercher à cause du mauvais temps ; quand nous arrivâmes à l'endroit où se tenait la marquise, elle vola sur le bord du chemin avec cette dextérité de cavalier qui lui est particulière, et dont Henriette

---

1. Pluie fine, bruine, brouillard (supplément au *Dictionnaire de l'Académie* de 1836). – 2. Arbre que l'on étête périodiquement (Jaubert, *Glossaire...*, *op. cit.*).

s'émerveilla comme d'un prodige. Par mignonnerie, Arabelle ne disait que la dernière syllabe de mon nom, prononcée à l'anglaise, espèce d'appel qui sur ses lèvres avait un charme digne d'une fée. Elle savait ne devoir être entendue que de moi en criant : *My Dee*[1].

— C'est lui, madame, répondit la comtesse en contemplant sous un clair rayon de la lune la fantastique créature dont le visage impatient était bizarrement accompagné de ses longues boucles défrisées.

Vous savez avec quelle rapidité deux femmes s'examinent. L'Anglaise reconnut sa rivale et fut glorieusement Anglaise ; elle nous enveloppa d'un regard plein de son mépris anglais et disparut dans la bruyère avec la rapidité d'une flèche.

— Vite à Clochegourde ! cria la comtesse pour qui cet âpre coup d'œil fut comme un coup de hache au cœur.

Le cocher retourna pour prendre le chemin de Chinon qui était meilleur que celui de Saché. Quand la calèche longea de nouveau les landes, nous entendîmes le galop furieux du cheval d'Arabelle et les pas de son chien. Tous trois, ils rasaient les bois de l'autre côté de la bruyère.

— Elle s'en va, vous la perdez à jamais, me dit Henriette.

— Eh ! bien, lui répondis-je, qu'elle s'en aille ! Elle n'aura pas un regret.

— Oh ! les pauvres femmes, s'écria la comtesse en exprimant une compatissante horreur. Mais où va-t-elle ?

— A la Grenadière[2], une petite maison près de Saint-Cyr, dis-je.

---

1. Le « r » étant peu marqué, Balzac transforme « *my dear* ». –
2. Cette maison, située près de Tours, a été habitée par Balzac et Mme de Berny en 1830. Balzac en a déjà fait le cadre d'une nouvelle du même nom, publiée en 1832. Au moment où il rédige *Le Lys*, il espérait l'acheter. Mais il n'y parviendra pas (« La Grenadière m'a échappé », écrit-il à Mme Hanska le 23 novembre 1836).

— Elle s'en va seule, reprit Henriette d'un ton qui me prouva que les femmes se croient solidaires en amour et ne s'abandonnent jamais.

Au moment où nous entrions dans l'avenue de Clochegourde, le chien d'Arabelle jappa d'une façon joyeuse en accourant au-devant de la calèche.

— Elle nous a devancés, s'écria la comtesse. Puis elle reprit, après une pause : Je n'ai jamais vu de plus belle femme. Quelle main et quelle taille ! Son teint efface le lys, et ses yeux ont l'éclat du diamant ! Mais elle monte trop bien à cheval, elle doit aimer à déployer sa force, je la crois active et violente ; puis elle me semble se mettre un peu trop hardiment au-dessus des conventions : la femme qui ne reconnaît pas de lois est bien près de n'écouter que ses caprices. Ceux qui aiment tant à briller, à se mouvoir, n'ont pas reçu le don de constance. Selon mes idées, l'amour veut plus de tranquillité : je me le suis figuré comme un lac immense où la sonde ne trouve point de fond, où les tempêtes peuvent être violentes, mais rares et contenues en des bornes infranchissables, où deux êtres vivent dans une île fleurie, loin du monde dont le luxe et l'éclat les offenseraient. Mais l'amour doit prendre l'empreinte des caractères, j'ai tort peut-être. Si les principes de la nature se plient aux formes voulues par les climats, pourquoi n'en serait-il pas ainsi des sentiments chez les individus ? Sans doute les sentiments, qui tiennent à la loi générale par la masse, ne contrastent que dans l'expression seulement. Chaque âme a sa manière. La marquise est la femme forte qui franchit les distances et agit avec la puissance de l'homme ; qui délivrerait son amant de captivité, tuerait geôlier, gardes et bourreaux ; tandis que certaines créatures ne savent qu'aimer de toute leur âme ; dans le danger, elles s'agenouillent, prient et meurent. Quelle est de ces deux femmes celle qui vous plaît le plus, voilà toute la question. Mais oui, la marquise vous aime, elle vous a fait tant de sacrifices ! Peut-être est-ce elle qui vous aimera toujours quand vous ne l'aimerez plus !

— Permettez-moi, cher ange, de répéter ce que vous m'avez dit un jour : comment savez-vous ces choses ?

— Chaque douleur a son enseignement, et j'ai souffert sur tant de points, que mon savoir est vaste.

Mon domestique avait entendu donner l'ordre, il crut que nous reviendrions par les terrasses, et tenait mon cheval tout prêt dans l'avenue : le chien d'Arabelle avait senti le cheval ; et sa maîtresse, conduite par une curiosité bien légitime, l'avait suivi à travers les bois où sans doute elle était cachée.

— Allez faire votre paix, me dit Henriette en souriant et sans trahir de mélancolie. Dites-lui combien elle s'est trompée sur mes intentions ; je voulais lui révéler tout le prix du trésor qui lui est échu ; mon cœur n'enferme que de bons sentiments pour elle et n'a surtout ni colère ni mépris ; expliquez-lui que je suis sa sœur et non pas sa rivale.

— Je n'irai point ! m'écriai-je.

— N'avez-vous jamais éprouvé, dit-elle avec l'étincelante fierté des martyrs, que certains ménagements arrivent jusqu'à l'insulte ? Allez, allez.

Je courus alors vers lady Dudley pour savoir en quelles dispositions elle était. — Si elle pouvait se fâcher et me quitter ! pensai-je, je reviendrais à Clochegourde. Le chien me conduisit sous un chêne, d'où la marquise s'élança en me criant : — *Away ! away !* Tout ce que je pus faire fut de la suivre jusqu'à Saint-Cyr, où nous arrivâmes à minuit.

— Cette dame est en parfaite santé, me dit Arabelle quand elle descendit de cheval.

Ceux qui l'ont connue peuvent seuls imaginer tous les sarcasmes que contenait cette observation sèchement jetée d'un air qui voulait dire :

— Moi je serais morte !

— Je te défends de hasarder une seule de tes plaisanteries à triple dard sur madame de Mortsauf, lui répondis-je.

— Serait-ce déplaire à Votre Grâce que de remarquer la parfaite santé dont jouit un être cher à votre précieux cœur ? Les femmes françaises haïssent, dit-on, jusqu'au chien de leurs amants ; en Angleterre, nous aimons tout ce que nos souverains seigneurs aiment, nous haïssons tout ce qu'ils haïssent, parce que nous vivons dans la peau de nos seigneurs. Permettez-moi donc d'aimer cette dame autant que vous l'aimez vous-même. Seulement, cher enfant, dit-elle en m'enlaçant de ses bras humides de pluie, si tu me trahissais, je ne serais ni debout ni couchée, ni dans une calèche flanquée de laquais, ni à me promener dans les landes de Charlemagne, ni dans aucune des landes d'aucun pays d'aucun monde, ni dans mon lit, ni sous le toit de mes pères ! Je ne serais plus, moi. Je suis née dans le Lancashire, pays où les femmes meurent d'amour. Te connaître et te céder ! Je ne te céderais à aucune puissance, pas même à la mort, car je m'en irais avec toi.

Elle m'emmena dans sa chambre, où déjà le confort avait étalé ses jouissances.

— Aime-la, ma chère, lui dis-je avec chaleur, elle t'aime, elle, non pas d'une façon railleuse, mais sincèrement.

— Sincèrement, petit ? dit-elle en délaçant son amazone.

Par vanité d'amant, je voulus révéler la sublimité du caractère d'Henriette à cette orgueilleuse créature. Pendant que la femme de chambre, qui ne savait pas un mot de français, lui arrangeait les cheveux, j'essayai de peindre madame de Mortsauf en en esquissant la vie, et je répétai les grandes pensées que lui avait suggérées la crise où toutes les femmes deviennent petites et mauvaises. Quoique Arabelle parût ne pas me prêter la moindre attention, elle ne perdit aucune de mes paroles.

— Je suis enchantée, dit-elle quand nous fûmes seuls, de connaître ton goût pour ces sortes de conversations chrétiennes ; il existe dans une de mes terres un vicaire qui s'entend comme personne à composer des sermons, nos paysans les comprennent, tant cette prose est bien appropriée à l'auditeur. J'écrirai demain à mon père de m'envoyer ce bonhomme par le paquebot, et tu le trouveras à Paris ; quand tu l'auras une fois écouté, tu ne voudras plus écouter que lui, d'autant plus qu'il jouit aussi d'une parfaite santé ; sa morale ne te causera point de ces secousses qui font pleurer, elle coule sans tempêtes, comme une source claire, et procure un délicieux sommeil. Tous les soirs, si cela te plaît, tu satisferas ta passion pour les sermons en digérant ton dîner. La morale anglaise, cher enfant, est aussi supérieure à celle de Touraine que notre coutellerie, notre argenterie et nos chevaux le sont à vos couteaux et à vos bêtes. Fais-moi la grâce d'entendre mon vicaire, promets-le-moi ? Je ne suis que femme, mon amour, je sais aimer, je puis mourir pour toi si tu le veux ; mais je n'ai point étudié à Eton, ni à Oxford, ni à Édimbourg ; je ne suis ni docteur, ni révérend ; je ne saurais donc te préparer de la morale, j'y suis tout à fait impropre, je serais de la dernière maladresse si j'essayais. Je ne te reproche pas tes goûts, tu en aurais de plus dépravés que celui-ci, je tâcherais de m'y conformer ; car je veux te faire trouver près de moi tout ce que tu aimes, plaisirs d'amour, plaisirs de table, plaisirs d'église, bon claret[1] et vertus chrétiennes. Veux-tu que je mette un cilice ce soir ? Elle est bien heureuse, cette femme, de te servir de la morale ! Dans quelle université les femmes françaises prennent-elles leurs grades ? Pauvre moi ! je ne puis que me donner, je ne suis que ton esclave...

---

1. Vieux mot français adopté par les Anglais pour désigner le vin rouge de Bordeaux.

— Alors, pourquoi t'es-tu donc enfuie quand je voulais vous voir ensemble ?

— Es-tu fou, *my dee* ? J'irais de Paris à Rome déguisée en laquais, je ferais pour toi les choses les plus déraisonnables ; mais comment puis-je parler sur les chemins à une femme qui ne m'a pas été présentée et qui allait commencer un sermon en trois points ? Je parlerai à des paysans, je demanderai à un ouvrier de partager son pain avec moi, si j'ai faim, je lui donnerai quelques guinées, et tout sera convenable ; mais arrêter une calèche, comme font les gentilshommes de grande route en Angleterre, ceci n'est pas dans mon code, à moi. Tu ne sais donc qu'aimer, pauvre enfant, tu ne sais donc pas vivre ? D'ailleurs, je ne te ressemble pas encore complètement, mon ange ! Je n'aime pas la morale. Mais pour te plaire, je suis capable des plus grands efforts. Allons, tais-toi, je m'y mettrai ! Je tâcherai de devenir prêcheuse. Auprès de moi, Jérémie ne sera bientôt qu'un bouffon. Je ne me permettrai plus de caresses sans les larder de versets de la Bible.

Elle usa de son pouvoir, elle en abusa dès qu'elle vit dans mon regard cette ardente expression qui s'y peignait aussitôt que commençaient ses sorcelleries. Elle triompha de tout, et je mis complaisamment au-dessus des finasseries catholiques, la grandeur de la femme qui se perd, qui renonce à l'avenir et fait toute sa vertu de l'amour.

— Elle s'aime donc mieux qu'elle ne t'aime ? me dit-elle. Elle te préfère donc quelque chose qui n'est pas toi ? Comment attacher à ce qui est de nous d'autre importance que celle dont vous l'honorez ? Aucune femme, quelque grande moraliste qu'elle soit, ne peut être l'égale d'un homme. Marchez sur nous, tuez-nous, n'embarrassez jamais votre existence de nous. A nous de mourir, à vous de vivre grands et fiers. De vous à nous le poignard, de nous à vous l'amour et le pardon. Le soleil s'inquiète-t-il des moucherons qui sont dans ses rayons et qui vivent de lui ? ils restent tant qu'ils peuvent, et quand il disparaît ils meurent...

— Ou ils s'envolent, dis-je en l'interrompant.

— Ou ils s'envolent, reprit-elle avec une indifférence qui aurait piqué l'homme le plus déterminé à user du singulier pouvoir dont elle l'investissait. Crois-tu qu'il soit digne d'une femme de faire avaler à un homme des tartines beurrées de vertu pour lui persuader que la religion est incompatible avec l'amour ? Suis-je donc une impie ? On se donne, ou l'on se refuse ; mais se refuser et moraliser, il y a double peine, ce qui est contraire au droit de tous les pays. Ici tu n'auras que d'excellents *sandwiches* apprêtés par la main de ta servante Arabelle, de qui toute la morale sera d'imaginer des caresses qu'aucun homme n'a encore ressenties et que les anges m'inspirent.

Je ne sais rien de plus dissolvant que la plaisanterie maniée par une Anglaise, elle y met le sérieux éloquent, l'air de pompeuse conviction sous lequel les Anglais couvrent les hautes niaiseries de leur vie à préjugés. La plaisanterie française est une dentelle avec laquelle les femmes savent embellir la joie qu'elles donnent et les querelles qu'elles inventent ; c'est une parure morale, gracieuse comme leur toilette. Mais la plaisanterie anglaise est un acide qui corrode si bien les êtres sur lesquels il tombe qu'il en fait des squelettes lavés et brossés. La langue d'une Anglaise spirituelle ressemble à celle d'un tigre qui emporte la chair jusqu'à l'os en voulant jouer. Arme toute puissante du démon qui vient dire en ricanant : *Ce n'est que cela ?* la moquerie laisse un venin mortel dans les blessures qu'elle ouvre à plaisir. Pendant cette nuit, Arabelle voulut montrer son pouvoir comme un sultan qui, pour prouver son adresse, s'amuse à décoller des innocents.

— Mon ange, me dit-elle quand elle m'eut plongé dans ce demi-sommeil où l'on oublie tout excepté le bonheur, je viens de me faire de la morale aussi, moi !

Je me suis demandé si je commettais un crime en t'aimant, si je violais les lois divines, et j'ai trouvé que rien n'était plus religieux ni plus naturel. Pourquoi Dieu créerait-il des êtres plus beaux que les autres si ce n'est pour nous indiquer que nous devons les adorer ? Le crime serait de ne pas t'aimer, n'es-tu pas un ange ? Cette dame t'insulte en te confondant avec les autres hommes, les règles de la morale ne te sont pas applicables, Dieu t'a mis au-dessus de tout. N'est-ce pas se rapprocher de lui que de t'aimer ? pourra-t-il en vouloir à une pauvre femme d'avoir appétit des choses divines ? Ton vaste et lumineux cœur ressemble tant au ciel que je m'y trompe comme les moucherons qui viennent se brûler aux bougies d'une fête ! les punira-t-on, ceux-ci, de leur erreur ? d'ailleurs, est-ce une erreur, n'est-ce pas une haute adoration de la lumière ? Ils périssent par trop de religion, si l'on appelle périr se jeter au cou de ce qu'on aime. J'ai la faiblesse de t'aimer, tandis que cette femme a la force de rester dans sa chapelle catholique. Ne fronce pas le sourcil ! tu crois que je lui en veux ? Non, petit ! J'adore sa morale qui lui a conseillé de te laisser libre et m'a permis ainsi de te conquérir, de te garder à jamais ; car tu es à moi pour toujours, n'est-ce pas ?

— Oui.

— A jamais ?

— Oui.

— Me fais-tu donc une grâce, sultan ? Moi seule ai deviné tout ce que tu valais ! Elle sait cultiver les terres, dis-tu ? Moi je laisse cette science aux fermiers, j'aime mieux cultiver ton cœur.

Je tâche de me rappeler ces enivrants bavardages afin de vous bien peindre cette femme, de vous justifier ce que je vous en ai dit, et vous mettre ainsi dans tout le secret du dénoûment. Mais comment vous décrire les accompagnements de ces jolies paroles que vous savez ! C'était des folies comparables aux fantaisies les plus

exorbitantes de nos rêves ; tantôt des créations semblables à celles de mes bouquets : la grâce unie à la force, la
tendresse et ses molles lenteurs, opposées aux irruptions
volcaniques de la fougue ; tantôt les gradations les plus
savantes de la musique appliquées au concert de nos
voluptés ; puis des jeux pareils à ceux des serpents entre-
lacés ; enfin, les plus caressants discours ornés des plus
riantes idées, tout ce que l'esprit peut ajouter de poésie
aux plaisirs des sens. Elle voulait anéantir sous les fou-
droiements de son amour impétueux les impressions
laissées dans mon cœur par l'âme chaste et recueillie
d'Henriette. La marquise avait aussi bien vu la comtesse,
que madame de Mortsauf l'avait vue : elles s'étaient
bien jugées toutes deux. La grandeur de l'attaque faite
par Arabelle me révélait l'étendue de sa peur et sa
secrète admiration pour sa rivale. Au matin, je la trouvai
les yeux en pleurs et n'ayant pas dormi.

— Qu'as-tu ? lui dis-je.

— J'ai peur que mon extrême amour ne me nuise,
répondit-elle. J'ai tout donné. Plus adroite que je ne le
suis, cette femme possède quelque chose en elle que tu
peux désirer. Si tu la préfères, ne pense plus à moi : je
ne t'ennuierai point de mes douleurs, de mes remords,
de mes souffrances ; non, j'irai mourir loin de toi,
comme une plante sans son vivifiant soleil.

Elle sut m'arracher des protestations d'amour qui la
comblèrent de joie. Que dire en effet à une femme qui
pleure au matin ? Une dureté me semble alors infâme.
Si nous ne lui avons pas résisté la veille, le lendemain,
ne sommes-nous pas obligés à mentir, car le Code-
Homme nous fait en galanterie un devoir du mensonge.

— Hé ! bien, je suis généreuse, dit-elle en essuyant ses
larmes, retourne auprès d'elle, je ne veux pas te devoir à
la force de mon amour, mais à ta propre volonté. Si tu
reviens ici, je croirai que tu m'aimes autant que je t'aime,
ce qui m'a toujours paru impossible.

Elle sut me persuader de retourner à Clochegourde.

La fausseté de la situation dans laquelle j'allais entrer ne pouvait être devinée par un homme gorgé de bonheur. En refusant d'aller à Clochegourde, je donnais gain de cause à lady Dudley sur Henriette. Arabelle m'emmenait alors à Paris. Mais y aller, n'était-ce pas insulter madame de Mortsauf ? dans ce cas, je devais revenir encore plus sûrement à Arabelle. Une femme a-t-elle jamais pardonné de semblables crimes de lèse-amour ? A moins d'être un ange descendu des cieux, et non l'esprit purifié qui s'y rend, une femme aimante préférerait voir son amant souffrant une agonie à le voir heureux par une autre : plus elle aime, plus elle sera blessée. Ainsi vue sous ses deux faces, ma situation, une fois sorti de Clochegourde pour aller à la Grenadière, était aussi mortelle à mes amours d'élection que profitable à mes amours de hasard. La marquise avait calculé tout avec une profondeur étudiée. Elle m'avoua plus tard que si madame de Mortsauf ne l'avait pas rencontrée dans les landes, elle avait médité de me compromettre en rôdant autour de Clochegourde.

Au moment où j'abordai la comtesse, que je vis pâle, abattue comme une personne qui a souffert quelque dure insomnie, j'exerçai soudain, non pas ce tact, mais le *flairer* qui fait ressentir aux cœurs encore jeunes et généreux la portée de ces actions indifférentes aux yeux de la masse, criminelles selon la jurisprudence des grandes âmes. Aussitôt, comme un enfant qui, descendu dans un abîme en jouant, en cueillant des fleurs, voit avec angoisse qu'il lui sera impossible de remonter, n'aperçoit plus le sol humain qu'à une distance infranchissable, se sent tout seul, à la nuit, et entend les hurlements sauvages, je compris que nous étions séparés par tout un monde. Il se fit dans nos deux âmes une grande clameur et comme un retentissement du lugubre *Consummatum est*[1] ! qui se crie dans les églises le vendredi saint à

----

1. « Tout est accompli », dernière parole de Jésus expirant (Évangile selon *Jean*, XIX, 30).

l'heure où le Sauveur expira, horrible scène qui glace les jeunes âmes pour qui la religion est un premier amour. Toutes les illusions d'Henriette étaient mortes d'un seul coup, son cœur avait souffert une passion. Elle, si respectée par le plaisir qui ne l'avait jamais enlacée de ses engourdissants replis, devina-t-elle aujourd'hui les voluptés de l'amour heureux, pour me refuser ses regards ? car elle me retira la lumière qui depuis six ans brillait sur ma vie. Elle savait donc que la source des rayons épanchés de nos yeux était dans nos âmes, aux-quelles ils servaient de route pour pénétrer l'une chez l'autre ou pour se confondre en une seule, se séparer, jouer comme deux femmes sans défiance qui se disent tout ? Je sentis amèrement la faute d'apporter sous ce toit inconnu aux caresses un visage où les ailes du plaisir avaient semé leur poussière diaprée. Si, la veille, j'avais laissé lady Dudley s'en aller seule ; si j'étais revenu à Clochegourde, où peut-être Henriette m'avait attendu ; peut-être... enfin peut-être madame de Mortsauf ne se serait-elle pas si cruellement proposé d'être ma sœur. Elle mit à toutes ses complaisances le faste d'une force exagérée, elle entrait violemment dans son rôle pour n'en point sortir. Pendant le déjeuner, elle eut pour moi mille attentions, des attentions humiliantes, elle me soi-gnait comme un malade de qui elle avait pitié.

— Vous vous êtes promené de bonne heure, me dit le comte ; vous devez alors avoir un excellent appétit, vous dont l'estomac n'est pas détruit !

Cette phrase, qui n'attira pas sur les lèvres de la com-tesse le sourire d'une sœur rusée, acheva de me prouver le ridicule de ma position. Il était impossible d'être à Clochegourde le jour, à Saint-Cyr la nuit. Arabelle avait compté sur ma délicatesse et sur la grandeur de madame de Mortsauf. Pendant cette longue journée, je sentis combien il est difficile de devenir l'ami d'une femme longtemps désirée. Cette transition, si simple quand les ans la préparent, est une maladie au jeune âge. J'avais

honte, je maudissais le plaisir, j'aurais voulu que
madame de Mortsauf me demandât mon sang. Je ne pouvais lui déchirer à belles dents sa rivale, elle évitait d'en
parler, et médire d'Arabelle était une infamie qui m'aurait fait mépriser Henriette magnifique et noble jusque
dans les derniers replis de son cœur. Après cinq ans[1] de
délicieuse intimité, nous ne savions de quoi parler ; nos
paroles ne répondaient point à nos pensées ; nous nous
cachions mutuellement de dévorantes douleurs, nous
pour qui la douleur avait toujours été un fidèle truche-
ment. Henriette affectait un air heureux et pour elle et
pour moi ; mais elle était triste. Quoiqu'elle se dît à tout
propos ma sœur, et qu'elle fût femme, elle ne trouvait
aucune idée pour entretenir la conversation, et nous
demeurions la plupart du temps dans un silence
contraint. Elle accrut mon supplice intérieur, en feignant
de se croire la seule victime de cette lady.

— Je souffre plus que vous, lui dis-je en un moment
où la sœur laissa échapper une ironie toute féminine.

— Comment ? répondit-elle avec ce ton de hauteur
que prennent les femmes quand on veut primer leurs
sensations.

— Mais j'ai tous les torts.

Il y eut un moment où la comtesse prit avec moi un
air froid et indifférent qui me brisa ; je résolus de partir.
Le soir, sur la terrasse, je fis mes adieux à la famille
réunie. Tous me suivirent au boulingrin où piaffait mon
cheval dont ils s'écartèrent. Elle vint à moi quand j'en
pris la bride.

— Allons seuls, à pied, dans l'avenue, me dit-elle.

Je lui donnai le bras, et nous sortîmes par les cours
en marchant à pas lents, comme si nous savourions nos
mouvements confondus ; nous atteignîmes ainsi un bou-

---

1. La scène se passant en 1820, il y a plus de cinq ans que dure
cette intimité qui a commencé en 1814.

quet d'arbres qui enveloppait un coin de l'enceinte extérieure.

— Adieu, mon ami, dit-elle en s'arrêtant, en jetant sa
tête sur mon cœur et ses bras à mon cou. Adieu, nous
ne nous reverrons plus. Dieu m'a donné le triste pouvoir
de regarder dans l'avenir. Ne vous rappelez-vous pas la
terreur qui m'a saisie, un jour, quand vous êtes revenu
si beau ! si jeune ! et que je vous ai vu me tournant le
dos comme aujourd'hui que vous quittez Clochegourde
pour aller à la Grenadière. Hé ! bien, encore une fois,
pendant cette nuit j'ai pu jeter un coup d'œil sur nos
destinées. Mon ami, nous nous parlons en ce moment
pour la dernière fois. A peine pourrai-je vous dire encore
quelques mots, car ce ne sera plus moi tout entière qui
vous parlerai. La mort a déjà frappé quelque chose en
moi. Vous aurez alors enlevé leur mère à mes enfants,
remplacez-la près d'eux ! vous le pourrez ! Jacques et
Madeleine vous aiment comme si vous les aviez toujours
fait souffrir.

— Mourir ! dis-je effrayé en la regardant et revoyant
le feu sec de ses yeux luisants dont on ne peut donner
une idée à ceux qui n'ont pas connu des êtres chers
atteints de cette horrible maladie, qu'en comparant ses
yeux à des globes d'argent bruni. Mourir ! Henriette, je
t'ordonne de vivre. Tu m'as autrefois demandé des serments, eh ! bien, aujourd'hui j'en exige un de toi : jure-
moi de consulter Origet et de lui obéir en tout...

— Voulez-vous donc vous opposer à la clémence de
Dieu ? dit-elle en m'interrompant par le cri du désespoir
indigné d'être méconnu.

— Vous ne m'aimez donc pas assez pour m'obéir
aveuglément en toute chose comme cette misérable
lady...

— Oui, tout ce que tu voudras, dit-elle poussée par
une jalousie qui lui fit en un moment franchir les distances qu'elle avait respectées jusqu'alors.

— Je reste ici, lui dis-je en la baisant sur les yeux.

Effrayée de ce consentement, elle s'échappa de mes bras, alla s'appuyer contre un arbre ; puis elle rentra chez elle en marchant avec précipitation, sans tourner la tête ; mais je la suivis, elle pleurait et priait. Arrivé au boulingrin, je lui pris la main et la baisai respectueusement. Cette soumission inespérée la toucha.

— A toi quand même ! lui dis-je, car je t'aime comme t'aimait ta tante.

Elle tressaillit en me serrant alors violemment la main.

— Un regard, lui dis-je, encore un de nos anciens regards ! La femme qui se donne tout entière, m'écriai-je en sentant mon âme illuminée par le coup d'œil qu'elle me jeta, donne moins de vie et d'âme que je viens d'en recevoir. Henriette, tu es la plus aimée, la seule aimée.

— Je vivrai ! me dit-elle, mais guérissez-vous aussi.

Ce regard avait effacé l'impression des sarcasmes d'Arabelle. J'étais donc le jouet des deux passions inconciliables que je vous ai décrites et dont j'éprouvais alternativement l'influence. J'aimais un ange et un démon ; deux femmes également belles, parées l'une de toutes les vertus que nous meurtrissons en haine de nos imperfections, l'autre de tous les vices que nous déifions par égoïsme. En parcourant cette avenue, où je retournais de moments en moments pour revoir madame de Mortsauf appuyée sur un arbre et entourée de ses enfants qui agitaient leurs mouchoirs, je surpris dans mon âme un mouvement d'orgueil de me savoir l'arbitre de deux destinées si belles, d'être la gloire à des titres si différents de deux femmes si supérieures, et d'avoir inspiré de si grandes passions que de chaque côté la mort arriverait si je leur manquais. Cette fatuité passagère a été doublement punie, croyez-le bien ! Je ne sais quel démon me disait d'attendre près d'Arabelle le moment où quelque désespoir, où la mort du comte me livrerait Henriette, car Henriette m'aimait toujours : ses duretés, ses larmes, ses remords, sa chrétienne résignation étaient d'éloquentes traces d'un sentiment qui ne pouvait pas plus s'effacer de son cœur que du mien. En allant au pas dans cette jolie avenue, et faisant ces réflexions, je n'avais plus vingt-cinq ans, j'en avais cinquante. N'est-ce pas encore plus le jeune homme que la femme qui passe en un moment de trente à soixante ans ? Quoique j'aie chassé d'un souffle ces mauvaises pensées, elles m'obsédèrent, je dois l'avouer ! Peut-être leur principe se trouvait-il aux Tuileries, sous les lambris du cabinet royal. Qui pouvait résister à l'esprit déflorateur de Louis XVIII, lui qui disait qu'on n'a de véritables passions que dans l'âge mûr, parce que la passion n'est belle et furieuse que quand il s'y mêle de l'impuissance et qu'on se trouve alors à chaque plaisir comme un joueur à son dernier enjeu. Quand je fus au bout de l'avenue, je me retournai et la franchis en un clin-d'œil en voyant qu'Henriette y était encore, elle seule ! Je vins lui dire un dernier adieu, mouillé de larmes expiatrices dont la cause lui fut cachée. Larmes sincères, accordées sans le savoir à ces belles amours à jamais perdues, à ces vierges émotions, à ces fleurs de la vie qui ne renaissent plus ; car, plus tard, l'homme ne donne plus, il reçoit ; il s'aime lui-même dans sa maîtresse ; tandis qu'au jeune âge il aime sa maîtresse en lui : plus tard nous inoculons nos goûts, nos vices peut-être à la femme qui nous aime ; tandis qu'au début de la vie, celle que nous aimons nous impose ses vertus, ses délicatesses ; elle nous convie au beau par un sourire, et nous apprend le dévouement par son exemple. Malheur à qui n'a pas eu son Henriette ! Malheur à qui n'a pas connu quelque lady Dudley ! S'il se marie, celui-ci ne gardera pas sa femme, celui-là sera peut-être abandonné par sa maîtresse ; mais heureux qui peut trouver les deux en une seule ; heureux, Natalie, l'homme que vous aimez !

De retour à Paris, Arabelle et moi nous devînmes plus intimes que par le passé. Bientôt nous abolîmes insensiblement l'un et l'autre les lois de convenance que je m'étais imposées, et dont la stricte observation fait souvent pardonner par le monde la fausseté de la position où s'était mise lady Dudley. Le monde, qui aime tant à pénétrer au-delà des apparences, les légitime dès qu'il connaît le secret qu'elles enveloppent. Les amants forcés de vivre au milieu du grand monde auront toujours tort de renverser ces barrières exigées par la jurisprudence des salons, tort de ne pas obéir scrupuleusement à toutes les conventions imposées par les mœurs ; il s'agit alors moins des autres que d'eux-mêmes. Les distances à franchir, le respect extérieur à conserver, les comédies à jouer, le mystère à obscurcir, toute cette stratégie de l'amour heureux occupe la vie, renouvelle le désir et protège notre cœur contre les relâchements de l'habitude. Mais essentiellement dissipatrices, les premières passions, de même que les jeunes gens, coupent leurs forêts à blanc au lieu de les aménager. Arabelle n'adoptait pas ces idées bourgeoises, elle s'y était pliée pour me plaire ; semblable au bourreau marquant d'avance sa proie afin de se l'approprier, elle voulait me compromettre à la face de tout Paris pour faire de moi son *sposo*[1]. Aussi employa-t-elle ses coquetteries à me garder chez elle, car elle n'était pas contente de son élégant esclandre qui, faute de preuves, n'encourageait que les chuchotteries sous l'éventail[2]. En la voyant si heureuse de commettre une imprudence qui dessinerait franchement sa position, comment n'aurai-je pas cru à son amour ? Une fois plongé dans les douceurs d'un mariage illicite, le désespoir me saisit, car je voyais ma vie arrêtée au rebours des idées reçues et des recommandations d'Henriette. Je vécus alors avec l'espèce de rage qui saisit un

---

1. Mot italien qui signifie époux légitime. – 2. Arabelle a pourtant déjà réussi à produire un éclat qui « retentit dans l'Angleterre » lorsqu'elle était parvenue à s'introduire chez Félix pour en faire son amant. Son attitude rappelle celle de la duchesse de Langeais qui tient à se compromettre en laissant stationner sa voiture devant la demeure de M. de Montriveau.

poitrinaire quand, pressentant sa fin, il ne veut pas qu'on interroge le bruit de sa respiration. Il y avait un coin de mon cœur où je ne pouvais me retirer sans souffrance ; un esprit vengeur me jetait incessamment des idées sur lesquelles je n'osais m'appesantir. Mes lettres à Henriette peignaient cette maladie morale, et lui causaient un mal infini. « Au prix de tant de trésors perdus, elle me voulait au moins heureux ! » me dit-elle dans la seule réponse que je reçus. Et je n'étais pas heureux ! Chère Natalie, le bonheur est absolu, il ne souffre pas de comparaisons. Ma première ardeur passée, je comparai nécessairement ces deux femmes l'une à l'autre, contraste que je n'avais pas encore pu étudier. En effet, toute grande passion pèse si fortement sur notre caractère qu'elle en refoule d'abord les aspérités et comble la trace des habitudes qui constituent nos défauts ou nos qualités ; mais plus tard, chez deux amants bien accoutumés l'un à l'autre, les traits de la physionomie morale reparaissent ; tous deux se jugent alors mutuellement, et souvent il se déclare, durant cette réaction du caractère sur la passion, des antipathies qui préparent ces désunions dont s'arment les gens superficiels pour accuser le cœur humain d'instabilité. Cette période commença donc. Moins aveuglé par les séductions, et détaillant pour ainsi dire mon plaisir, j'entrepris, sans le vouloir peut-être, un examen qui nuisit à lady Dudley.

Je lui trouvai d'abord en moins l'esprit qui distingue la Française entre toutes les femmes, et la rend la plus délicieuse à aimer, selon l'aveu des gens que les hasards de leur vie ont mis à même d'éprouver les manières d'aimer de chaque pays. Quand une Française aime, elle se métamorphose ; sa coquetterie si vantée, elle l'emploie à parer son amour ; sa vanité si dangereuse, elle l'immole et met toutes ses prétentions à bien aimer. Elle épouse les intérêts, les haines, les amitiés de son amant ; elle acquiert en un jour les subtilités expérimentées de l'homme d'affaires, elle étudie le code, elle comprend le

mécanisme du crédit, et séduit la caisse d'un banquier ;
étourdie et prodigue, elle ne fera pas une seule faute et
ne gaspillera pas un seul louis ; elle devient à la fois
mère, gouvernante, médecin, et donne à toutes ses transformations une grâce de bonheur qui révèle dans les plus
légers détails un amour infini ; elle réunit les qualités
spéciales qui recommandent les femmes de chaque pays
en donnant à ce mélange de l'unité par l'esprit, cette
semence française qui anime, permet, justifie, varie tout
et détruit la monotonie d'un sentiment appuyé sur le premier temps d'un seul verbe. La femme française aime
toujours, sans relâche ni fatigue, à tout moment, en
public et seule ; en public, elle trouve un accent qui ne
résonne que dans une oreille, elle parle par son silence
même, et sait vous regarder les yeux baissés ; si l'occasion lui interdit la parole et le regard, elle emploiera le
sable sur lequel s'imprime son pied pour y écrire une
pensée ; seule, elle exprime sa passion même pendant le
sommeil ; enfin elle plie le monde à son amour. Au contraire, l'Anglaise plie son amour au monde. Habituée
par son éducation à conserver cette habitude glaciale, ce
maintien britannique si égoïste dont je vous ai parlé, elle
ouvre et ferme son cœur avec la facilité d'une mécanique anglaise. Elle possède un masque impénétrable
qu'elle met et qu'elle ôte flegmatiquement ; passionnée
comme une Italienne quand aucun œil ne la voit, elle
devient froidement digne aussitôt que le monde intervient. L'homme le plus aimé doute alors de son empire
en voyant la profonde immobilité du visage, le calme de
la voix, la parfaite liberté de contenance qui distingue
une Anglaise sortie de son boudoir. En ce moment, l'hypocrisie va jusqu'à l'indifférence, l'Anglaise a tout
oublié. Certes la femme qui sait jeter son amour comme
un vêtement fait croire qu'elle peut en changer. Quelles
tempêtes soulèvent alors les vagues du cœur quand elles
sont remuées par l'amour-propre blessé de voir une
femme prenant, interrompant, reprenant l'amour comme

une tapisserie à main ! Ces femmes sont trop maîtresses
d'elles-mêmes pour vous bien appartenir ; elles accordent trop d'influence au monde pour que notre règne soit
entier. Là où la Française console le patient par un
regard, trahit sa colère contre les visiteurs par quelques
jolies moqueries, le silence des Anglaises est absolu,
agace l'âme et taquine l'esprit. Ces femmes trônent si
constamment en toute occasion que, pour la plupart
d'entre elles, l'omnipotence de la *fashion* doit s'étendre
jusque sur leurs plaisirs. Qui exagère la pudeur doit exagérer l'amour, les Anglaises sont ainsi ; elles mettent
tout dans la forme, sans que chez elles l'amour de la
forme produise le sentiment de l'art : quoi qu'elles puissent dire, le protestantisme et le catholicisme expliquent
les différences qui donnent à l'âme des Françaises tant
de supériorité sur l'amour raisonné, calculateur des
Anglaises. Le protestantisme doute, examine et tue les
croyances, il est donc la mort de l'art et de l'amour. Là
où le monde commande, les gens du monde doivent
obéir ; mais les gens passionnés le fuient aussitôt, il leur
est insupportable. Vous comprendrez alors combien fut
choqué mon amour-propre en découvrant que lady
Dudley ne pouvait point se passer du monde, et que la
transition britannique lui était familière : ce n'était pas
un sacrifice que le monde lui imposait ; non, elle se
manifestait naturellement sous deux formes ennemies
l'une de l'autre ; quand elle aimait, elle aimait avec
ivresse ; aucune femme d'aucun pays ne lui était comparable, elle valait tout un sérail ; mais le rideau tombé sur
cette scène de féerie en bannissait jusqu'au souvenir.
Elle ne répondait ni à un regard ni à un sourire ; elle
n'était ni maîtresse ni esclave, elle était comme une
ambassadrice obligée d'arrondir ses phrases et ses cou-
des, elle impatientait par son calme, elle outrageait le
cœur par son décorum ; elle ravalait ainsi l'amour jusqu'au besoin, au lieu de l'élever jusqu'à l'idéal par l'enthousiasme. Elle n'exprimait ni crainte, ni regrets, ni

désir ; mais à l'heure dite sa tendresse se dressait comme
des feux subitement allumés, et semblait insulter à sa
réserve. A laquelle de ces deux femmes devais-je croire ? Je sentis alors par mille piqûres d'épingle les différences infinies qui séparaient Henriette d'Arabelle.
Quand madame de Mortsauf me quittait pour un
moment, elle semblait laisser à l'air le soin de me parler
d'elle ; les plis de sa robe, quand elle s'en allait, s'adres-
saient à mes yeux comme leur bruit onduleux arrivait
joyeusement à mon oreille quand elle revenait ; il y avait
des tendresses infinies dans la manière dont elle dépliait
ses paupières en abaissant ses yeux vers la terre ; sa
voix, cette voix musicale, était une caresse continuelle ;
ses discours témoignaient d'une pensée constante, elle
se ressemblait toujours à elle-même ; elle ne scindait pas
son âme en deux atmosphères, l'une ardente et l'autre
glacée ; enfin, madame de Mortsauf réservait son esprit
et la fleur de sa pensée pour exprimer ses sentiments,
elle se faisait coquette par les idées avec ses enfants et
avec moi. Mais l'esprit d'Arabelle ne lui servait pas à
rendre la vie aimable, elle ne l'exerçait point à mon profit, il n'existait que par le monde et pour le monde, elle
était purement moqueuse ; elle aimait à déchirer, à mor-
dre, non pour m'amuser, mais pour satisfaire un goût.
Madame de Mortsauf aurait dérobé son bonheur à tous
les regards, lady Arabelle voulait montrer le sien à tout
Paris, et, par une horrible grimace, elle restait dans les
convenances tout en paradant au Bois[1] avec moi. Ce
mélange d'ostentation et de dignité, d'amour et de froideur, blessait constamment mon âme, à la fois vierge et
passionnée ; et, comme je ne savais point passer ainsi
d'une température à l'autre, mon humeur s'en ressentait ; j'étais palpitant d'amour quand elle reprenait sa
pudeur de convention. Quand je m'avisai de me plaindre, non sans de grands ménagements, elle tourna sa lan-

---

1. Il s'agit du bois de Boulogne, promenade à la mode.

gue à triple dard contre moi, mêlant les gasconnades de
sa passion à ces plaisanteries anglaises que j'ai tâché de
vous peindre. Aussitôt qu'elle se trouvait en contradiction avec moi, elle se faisait un jeu de froisser mon cœur
et d'humilier mon esprit, elle me maniait comme une
pâte. A des observations sur le milieu que l'on doit garder en tout, elle répondait par la caricature de mes idées,
qu'elle portait à l'extrême. Quand je lui reprochais son
attitude, elle me demandait si je voulais qu'elle m'em-
brassât devant tout Paris, aux Italiens[1] ; elle s'y enga-
geait si sérieusement, que, connaissant son envie de faire
parler d'elle, je tremblais de lui voir exécuter sa promesse. Malgré sa passion réelle, je ne sentais jamais rien
de recueilli, de saint, de profond comme chez Henriette :
elle était toujours insatiable comme une terre sablon-
neuse. Madame de Mortsauf était toujours rassurée et
sentait mon âme dans une accentuation ou dans un coup
d'œil, tandis que la marquise n'était jamais accablée par
un regard, ni par un serrement de main, ni par une douce
parole. Il y a plus ! le bonheur de la veille n'était rien le
lendemain ; aucune preuve d'amour ne l'étonnait ; elle
éprouvait un si grand désir d'agitation, de bruit, d'éclat,
que rien n'atteignait sans doute à son beau idéal en ce
genre, et de là ses furieux efforts d'amour ; dans sa fantaisie exagérée, il s'agissait d'elle et non de moi. Cette
lettre de madame de Mortsauf, lumière qui brillait
encore sur ma vie, et qui prouvait la manière dont la
femme la plus vertueuse sait obéir au génie de la Française, en accusant une perpétuelle vigilance, une entente
continuelle de toutes mes fortunes ; cette lettre a dû vous
faire comprendre avec quel soin Henriette s'occupait de
mes intérêts matériels, de mes relations politiques, de
mes conquêtes morales, avec quelle ardeur elle embrassait ma vie par les endroits permis. Sur tous ces points,

---

1. Troupe italienne installée à Paris et qui partageait avec le
Théâtre-Français la salle Louvois, rue de Richelieu.

lady Dudley affectait la réserve d'une personne de simple connaissance. Jamais elle ne s'informa ni de mes
affaires, ni de ma fortune, ni de mes travaux, ni des
difficultés de ma vie, ni de mes haines, ni de mes amitiés
d'homme. Prodigue pour elle-même sans être généreuse,
elle séparait vraiment un peu trop les intérêts et l'amour ;
tandis que, sans l'avoir éprouvé, je savais qu'afin de
m'éviter un chagrin, Henriette aurait trouvé pour moi ce
qu'elle n'aurait pas cherché pour elle. Dans un de ces
malheurs qui peuvent attaquer les hommes les plus élevés et les plus riches, l'histoire en atteste assez ! j'aurais
consulté Henriette, mais je me serais laissé traîner en
prison sans dire un mot à lady Dudley.

Jusqu'ici le contraste repose sur les sentiments, mais il
en était de même pour les choses. Le luxe est en France
l'expression de l'homme, la reproduction de ses idées,
de sa poésie spéciale ; il peint le caractère, et donne entre
amants du prix aux moindres soins en faisant rayonner
autour de nous la pensée dominante de l'être aimé ; mais
ce luxe anglais dont les recherches m'avaient séduit par
leur finesse était mécanique aussi ! lady Dudley n'y mettait rien d'elle, il venait des gens, il était acheté. Les
mille attentions caressantes de Clochegourde étaient, aux
yeux d'Arabelle, l'affaire des domestiques ; à chacun
d'eux son devoir et sa spécialité. Choisir les meilleurs
laquais était l'affaire de son majordome, comme s'il se
fût agi de chevaux. Cette femme ne s'attachait point à
ses gens, la mort du plus précieux d'entre eux ne l'aurait
point affectée, on l'eût à prix d'argent remplacé par
quelque autre également habile. Quant au prochain,
jamais je ne surpris dans ses yeux une larme pour les
malheurs d'autrui, elle avait même une naïveté
d'égoïsme de laquelle il fallait absolument rire. Les draperies rouges de la grande dame couvraient cette nature
de bronze. La délicieuse Almée qui se roulait le soir
sur ses tapis, qui faisait sonner tous les grelots de son
amoureuse folie, réconciliait promptement un homme

jeune avec l'Anglaise insensible et dure ; aussi ne découvris-je que pas à pas le tuf sur lequel je perdais mes semailles, et qui ne devait point donner de moissons. Madame de Mortsauf avait pénétré tout d'un coup cette nature dans sa rapide rencontre ; je me souvins de ses paroles prophétiques. Henriette avait eu raison en tout, l'amour d'Arabelle me devenait insupportable. J'ai remarqué depuis que la plupart des femmes qui montent bien à cheval ont peu de tendresse. Comme aux amazones, il leur manque une mamelle [1], et leurs cœurs sont endurcis en un certain endroit, je ne sais lequel.

Au moment où je commençais à sentir la pesanteur de ce joug, où la fatigue me gagnait le corps et l'âme, où je comprenais bien tout ce que le sentiment vrai donne de sainteté à l'amour, où j'étais accablé par les souvenirs de Clochegourde en respirant, malgré la distance, le parfum de toutes ses roses, la chaleur de sa terrasse, en entendant le chant de ses rossignols, en ce moment affreux où j'apercevais le lit pierreux du torrent sous ses eaux diminuées, je reçus un coup qui retentit encore dans ma vie, car à chaque heure il trouve un écho. Je travaillais dans le cabinet du roi qui devait sortir à quatre heures, le duc de Lenoncourt était de service ; en le voyant entrer le roi lui demanda des nouvelles de la comtesse ; je levai brusquement la tête d'une façon trop significative ; le roi, choqué de ce mouvement, me jeta le regard qui précédait ces mots durs qu'il savait si bien dire.

— Sire, ma pauvre fille se meurt, répondit le duc.

— Le roi daignera-t-il m'accorder un congé ? dis-je les larmes aux yeux en bravant une colère près d'éclater.

---

1. Dans la mythologie antique, les Amazones, femmes guerrières cruelles, n'acceptaient la présence d'hommes que pour s'assurer une descendance féminine. Les enfants mâles étaient tués. Arabelle est considérée par Félix comme une ennemie du sexe masculin. Il oublie que Natalie monte aussi à cheval, ce que rappellera sa réponse.

— Courez, mylord, me répondit-il en souriant de mettre une épigramme dans chaque mot et me faisant grâce de sa réprimande en faveur de son esprit.

Plus courtisan que père, le duc ne demanda point de congé et monta dans la voiture du roi pour l'accompagner. Je partis sans dire adieu à lady Dudley, qui par bonheur était sortie et à laquelle j'écrivis que j'allais en mission pour le service du roi. A la Croix de Berny, je rencontrai Sa Majesté qui revenait de Verrières. En acceptant un bouquet de fleurs qu'il laissa tomber à ses pieds, le roi me jeta un regard plein de ces royales ironies accablantes de profondeur, et qui semblait me dire : — « Si tu veux être quelque chose en politique, reviens ! Ne t'amuse pas à parlementer avec les morts ! » Le duc me fit avec la main un signe de mélancolie. Les deux pompeuses calèches à huit chevaux, les colonels dorés, l'escorte et ses tourbillons de poussière passèrent rapidement aux cris de Vive le roi ! Il me sembla que la cour avait foulé le corps de madame de Mortsauf avec l'insensibilité que la nature témoigne pour nos catastrophes. Quoique ce fût un excellent homme, le duc allait sans doute faire le whist de Monsieur [1], après le coucher du roi. Quant à la duchesse, elle avait depuis long-temps porté le premier coup à sa fille en lui parlant, elle seule, de lady Dudley.

Mon rapide voyage fut comme un rêve, mais un rêve de joueur ruiné ; j'étais au désespoir de ne point avoir reçu de nouvelles. Le confesseur avait-il poussé la rigidité jusqu'à m'interdire l'accès de Clochegourde ? J'accusais Madeleine, Jacques, l'abbé Dominis, tout, jusqu'à monsieur de Mortsauf. Au delà de Tours, en débouchant par les ponts Saint-Sauveur, pour descendre dans le chemin bordé de peupliers qui mène à Poncher, et que j'avais tant admiré quand je courais à la recherche de

---

1. Monsieur, comme sous l'Ancien Régime, désigne le frère aîné du roi. Ici, il s'agit du comte d'Artois, futur Charles X.

mon inconnue, je rencontrai monsieur Origet ; il devina
que je me rendais à Clochegourde, je devinai qu'il en
revenait ; nous arrêtâmes chacun notre voiture et nous
en descendîmes, moi pour demander des nouvelles et lui
pour m'en donner.

— Hé ! bien, comment va madame de Mortsauf ? lui
dis-je.

— Je doute que vous la trouviez vivante, me répondit-il. Elle meurt d'une affreuse mort, elle meurt d'inani-
tion. Quand elle me fit appeler au mois de juin dernier,
aucune puissance médicale ne pouvait plus combattre la
maladie ; elle avait les affreux symptômes que monsieur
de Mortsauf vous aura sans doute décrits, puisqu'il
croyait les éprouver. Madame la comtesse n'était pas
alors sous l'influence passagère d'une perturbation due
à une lutte intérieure que la médecine dirige et qui
devient la cause d'un état meilleur, ou sous le coup
d'une crise commencée et dont le désordre se répare ;
non, la maladie était arrivée au point où l'art est inutile :
c'est l'incurable résultat d'un chagrin, comme une blessure mortelle est la conséquence d'un coup de poignard.
Cette affection est produite par l'inertie d'un organe dont
le jeu est aussi nécessaire à la vie que celui du cœur. Le
chagrin a fait l'office du poignard. Ne vous y trompez
pas ! madame de Mortsauf meurt de quelque peine
inconnue.

— Inconnue ! dis-je. Ses enfants n'ont point été
malades ?

— Non, me dit-il en me regardant d'un air significatif, et depuis qu'elle est sérieusement atteinte, monsieur
de Mortsauf ne l'a plus tourmentée. Je ne suis plus utile,
monsieur Deslandes d'Azay suffit, il n'existe aucun
remède, et les souffrances sont horribles. Riche, jeune,
belle, et mourir maigrie, vieillie par la faim, car elle
mourra de faim ! Depuis quarante jours, l'estomac étant
comme fermé rejette tout aliment, sous quelque forme
qu'on le présente.

Monsieur Origet me pressa la main que je lui tendis, il me l'avait presque demandée par un geste de respect.

— Du courage, monsieur, dit-il en levant les yeux au ciel.

Sa phrase exprimait de la compassion pour des peines qu'il croyait également partagées ; il ne soupçonnait pas le dard envenimé de ses paroles qui m'atteignirent comme une flèche au cœur. Je montai brusquement en voiture en promettant une bonne récompense au postillon si j'arrivais à temps.

Malgré mon impatience, je crus avoir fait le chemin en quelques minutes, tant j'étais absorbé par les réflexions amères qui se pressaient dans mon âme. Elle meurt de chagrin, et ses enfants vont bien ! elle mourait donc par moi ! Ma conscience menaçante prononça un de ces réquisitoires qui retentissent dans toute la vie et quelquefois au delà. Quelle faiblesse et quelle impuissance dans la justice humaine ! elle ne venge que les actes patents. Pourquoi la mort et la honte au meurtrier qui tue d'un coup, qui vous surprend généreusement dans le sommeil et vous endort pour toujours, ou qui frappe à l'improviste, en vous évitant l'agonie ? Pourquoi la vie heureuse, pourquoi l'estime au meurtrier qui verse goutte à goutte le fiel dans l'âme et mine le corps pour le détruire[1] ? Combien de meurtriers impunis ! Quelle complaisance pour le vice élégant ! quel acquittement pour l'homicide causé par les persécutions morales ! Je ne sais quelle main vengeresse leva tout à coup le rideau peint qui couvre la société. Je vis plusieurs de ces victimes qui vous sont aussi connues qu'à moi : madame de Beauséant partie mourante en Normandie

---

1. Dans *La Physiologie du mariage*, Balzac expliquait que la pensée peut être un instrument meurtrier. *Les Martyrs ignorés* (1837) le montreront à nouveau et dévoileront « les horribles supplices infligés dans l'intérieur des familles, dans le plus profond secret, aux âmes douces par les âmes dures, supplices auxquels succombent d'innocentes créatures » (*CH*, XII, p. 750).

quelques jours avant mon départ ! La duchesse de Langeais compromise ! Lady Brandon arrivée en Touraine
pour y mourir dans cette humble maison où lady Dudley
était restée deux semaines, et tuée, par quel horrible
dénoûment[1] ? vous le savez ! Notre époque est fertile en
événements de ce genre. Qui n'a connu cette pauvre
jeune femme qui s'est empoisonnée[2], vaincue par la
jalousie qui tuait peut-être madame de Mortsauf ? Qui
n'a frémi du destin de cette délicieuse jeune fille qui,
semblable à une fleur piquée par un taon, a dépéri en
deux ans de mariage, victime de sa pudique ignorance,
victime d'un misérable[3] auquel Ronquerolles, Montriveau, de Marsay donnent la main[4] parce qu'il sert leurs
projets politiques ? Qui n'a palpité au récit des derniers
moments de cette femme qu'aucune prière n'a pu fléchir
et qui n'a jamais voulu revoir son mari après en avoir si
noblement payé les dettes ? Madame d'Aiglemont n'a-
t-elle pas vu la tombe de bien près, et sans les soins de
mon frère[5] vivrait-elle ? Le monde et la science sont
complices de ces crimes pour lesquels il n'est point de

---

1. Balzac renvoie à nouveau à *La Femme abandonnée* et au *Père
Goriot*, à *La Duchesse de Langeais* et à *La Grenadière* (voir Commentaires, « *Le Lys dans la vallée* et le retour des personnages »). – 2. Balzac fait peut-être allusion à la fille du duc de Bellune qui s'est
empoisonnée par jalousie en 1824. Dans *La Marâtre*, mélodrame, Balzac mettra en scène un drame similaire (1848). Dans *Mémoires de
deux jeunes mariées* (1842), Louise, se croyant trahie par son mari,
s'empoisonnera. – 3. Le texte de 1836 et de 1839 donnait le nom de
Maxime de Trailles. Mais, dans *Béatrix* (1839), Balzac a mis en scène
un Maxime de Trailles qui ne s'est pas marié avant la monarchie de
Juillet. Dans l'édition Furne, il supprime donc le nom de Maxime de
Trailles de l'énumération. – 4. Ils sont membres de l'association des
Treize et sont les ennemis de Félix. Dans *Le Contrat de mariage*, de
Marsay déclare : « Nous voulons renverser les deux Vandenesse, les
ducs de Lenoncourt, de Navarreins, de Langeais et le Grand-Aumô-
nier » (*CH*, III, p. 647). – 5. Dans *La Femme de trente ans*, Julie
d'Aiglemont, qui dépérit après son mariage, est d'abord sauvée par un
amour platonique pour lord Grenville, puis, après la mort de celui-ci,
elle devient la maîtresse de Charles de Vandenesse.

Cour d'Assises. Il semble que personne ne meure de chagrin, ni de désespoir, ni d'amour, ni de misères cachées, ni d'espérances cultivées sans fruit, incessamment replantées et déracinées. La nomenclature nouvelle a des mots ingénieux pour tout expliquer : la gastrite, la péricardite, les mille maladies de femme dont les noms se disent à l'oreille, servent de passeport aux cercueils escortés de larmes hypocrites que la main du notaire a bientôt essuyées. Y a-t-il au fond de ce malheur quelque loi que nous ne connaissons pas ? Le centenaire doit-il impitoyablement joncher le terrain de morts, et le dessé- cher autour de lui pour s'élever, de même que le million- naire s'assimile les efforts d'une multitude de petites industries ? Y a-t-il une forte vie venimeuse qui se repaît des créatures douces et tendres ? Mon Dieu ! apparte- nais-je donc à la race des tigres ? Le remords me serrait le cœur de ses doigts brûlants, et j'avais les joues sillon- nées de larmes quand j'entrai dans l'avenue de Cloche- gourde par une humide matinée d'octobre qui détachait les feuilles mortes des peupliers dont la plantation avait été dirigée par Henriette, dans cette avenue où naguère elle agitait son mouchoir comme pour me rappeler ! Vivait-elle ? Pourrais-je sentir ses deux blanches mains sur ma tête prosternée ? En un moment je payai tous les plaisirs donnés par Arabelle et les trouvai chèrement vendus ! je me jurai de ne jamais la revoir, et je pris en haine l'Angleterre. Quoique lady Dudley soit une variété de l'espèce, j'enveloppai toutes les Anglaises dans les crêpes de mon arrêt.

En entrant à Clochegourde, je reçus un nouveau coup. Je trouvai Jacques, Madeleine et l'abbé de Dominis age- nouillés tous trois au pied d'une croix de bois plantée au coin d'une pièce de terre qui avait été comprise dans l'enceinte, lors de la construction de la grille, et que ni le comte, ni la comtesse n'avaient voulu abattre. Je sau- tai hors de ma voiture et j'allai vers eux le visage plein de larmes, et le cœur brisé par le spectacle de ces deux enfants et de ce grave personnage implorant Dieu. Le vieux piqueur y était aussi, à quelques pas, la tête nue.

— Eh ! bien, monsieur ? dis-je à l'abbé de Dominis en baisant au front Jacques et Madeleine qui me jetèrent un regard froid, sans cesser leur prière. L'abbé se leva, je lui pris le bras pour m'y appuyer en lui disant : — Vit-elle encore ? Il inclina la tête par un mouvement triste et doux. — Parlez, je vous en supplie, au nom de la Passion de Notre Seigneur ! Pourquoi priez-vous au pied de cette croix ? pourquoi êtes-vous ici et non près d'elle ? pourquoi ses enfants sont-ils dehors par une si froide matinée ? dites-moi tout, afin que je ne cause pas quelque malheur par ignorance.

— Depuis plusieurs jours, madame la comtesse ne veut voir ses enfants qu'à des heures déterminées. — Monsieur, reprit-il après une pause, peut-être devriez-vous attendre quelques heures avant de revoir madame de Mortsauf, elle est bien changée ! mais il est utile de la préparer à cette entrevue, vous pourriez lui causer quelque surcroît de souffrance... Quant à la mort, ce serait un bienfait.

Je serrai la main de cet homme divin dont le regard et la voix caressaient les blessures d'autrui sans les aviver.

— Nous prions tous ici pour elle, reprit-il ; car elle, si sainte, si résignée, si faite à mourir, depuis quelques jours elle a pour la mort une horreur secrète, elle jette sur ceux qui sont pleins de vie des regards où, pour la première fois, se peignent des sentiments sombres et envieux. Ses vertiges sont excités, je crois, moins par l'effroi de la mort que par une ivresse intérieure, par les fleurs fanées de sa jeunesse qui fermentent en se flétrissant. Oui, le mauvais ange dispute cette belle âme au ciel. Madame subit sa lutte au mont des Oliviers[1], elle

---

1. Peu de temps avant son arrestation, Jésus se rend au mont des Oliviers avec ses disciples et connaît un moment de faiblesse devant l'imminence du sacrifice : « Il commença à être saisi d'effroi et d'angoisse. Il leur dit : Mon âme est triste à mourir. » Pendant que les

accompagne de ses larmes la chute des roses blanches qui couronnaient sa tête de Jephté[1] mariée, et tombées une à une. Attendez, ne vous montrez pas encore, vous lui apporteriez les clartés de la cour, elle retrouverait sur votre visage un reflet des fêtes mondaines et vous rendriez de la force à ses plaintes. Ayez pitié d'une faiblesse que Dieu lui-même a pardonnée à son Fils devenu homme. Quels mérites aurions-nous d'ailleurs à vaincre sans adversaire ? Permettez que son confesseur ou moi, deux vieillards dont les ruines n'offensent point sa vue, nous la préparions à une entrevue inespérée, à des émotions auxquelles l'abbé Birotteau avait exigé qu'elle renonçât. Mais il est dans les choses de ce monde une invisible trame de causes célestes qu'un œil religieux aperçoit, et si vous êtes venu ici, peut-être y êtes-vous amené par une de ces célestes étoiles qui brillent dans le monde moral, et qui conduisent vers le tombeau comme vers la crèche...

Il me dit alors, en employant cette onctueuse éloquence qui tombe sur le cœur comme une rosée, que depuis six mois la comtesse avait chaque jour souffert davantage, malgré les soins de monsieur Origet. Le docteur était venu pendant deux mois, tous les soirs, à Clochegourde, voulant arracher cette proie à la mort, car la comtesse avait dit : — « Sauvez-moi ! » — « Mais, pour guérir le corps, il aurait fallu que le cœur fût guéri ! » s'était un jour écrié le vieux médecin.

— Selon les progrès du mal, les paroles de cette femme si douce sont devenues amères, me dit l'abbé de

---

disciples dormaient « il priait pour que, si c'était possible, cette heure passe loin de lui » (Évangile selon *Marc*, XIV, 32-44). Comme Jésus, Mme de Mortsauf semble ne pas vouloir abandonner les plaisirs de la vie.

1. Pour obtenir la victoire dans une bataille, Jephté fit vœu de sacrifier à Iahvé la première personne qui sortirait de chez lui à son retour. Ce fut sa fille (*Juges*, XI, 34-39). Balzac donne à celle-ci le nom du père et en fait une figure de martyre.

Dominis. Elle crie à la terre de la garder, au lieu de crier à Dieu de la prendre ; puis, elle se repent de murmurer contre les décrets d'en haut. Ces alternatives lui déchirent le cœur, et rendent horrible la lutte du corps et de l'âme. Souvent le corps triomphe ! — « Vous me coûtez bien cher ! » a-t-elle dit un jour à Madeleine et à Jacques en les repoussant de son lit. Mais en ce moment, rappelée à Dieu par ma vue, elle a dit à mademoiselle Madeleine ces angéliques paroles : « Le bonheur des autres devient la joie de ceux qui ne peuvent plus être heureux. » Et son accent fut si déchirant que j'ai senti mes paupières se mouiller. Elle tombe, il est vrai ; mais, à chaque faux pas, elle se relève plus haut vers le ciel.

Frappé des messages successifs que le hasard m'envoyait, et qui, dans ce grand concert d'infortunes, préparaient par de douloureuses modulations le thème funèbre, le grand cri de l'amour expirant, je m'écriai :
— Vous le croyez, ce beau lys coupé refleurira dans le ciel ?

— Vous l'avez laissée fleur encore, me répondit-il, mais vous la retrouverez consumée, purifiée dans le feu des douleurs, et pure comme un diamant encore enfoui dans les cendres. Oui, ce brillant esprit, étoile angélique, sortira splendide de ses nuages pour aller dans le royaume de lumière.

Au moment où je serrais la main de cet homme évangélique, le cœur oppressé de reconnaissance, le comte montra hors de la maison sa tête entièrement blanchie et s'élança vers moi par un mouvement où se peignait la surprise.

— Elle a dit vrai ! le voici. « Félix, Félix, voici Félix qui vient ! » s'est écriée madame de Mortsauf. Mon ami, reprit-il en me jetant des regards insensés de terreur, la mort est ici. Pourquoi n'a-t-elle pas pris un vieux fou comme moi qu'elle avait entamé...

Je marchai vers le château, rappelant mon courage ; mais sur le seuil de la longue antichambre qui menait

du boulingrin au perron, en traversant la maison, l'abbé
Birotteau m'arrêta.

— Madame la comtesse vous prie de ne pas entrer
encore, me dit-il.

En jetant un coup d'œil, je vis les gens allant et
venant, tous affairés, ivres de douleur et surpris sans
doute des ordres que Manette leur communiquait.

— Qu'arrive-t-il ? dit le comte effarouché de ce mouvement autant par crainte de l'horrible événement, que
par l'inquiétude naturelle à son caractère.

— Une fantaisie de malade, répondit l'abbé. Madame
la comtesse ne veut pas recevoir monsieur le vicomte
dans l'état où elle est ; elle parle de toilette, pourquoi la
contrarier ?

Manette alla chercher Madeleine, et nous vîmes
Madeleine sortant quelques moments après être entrée
chez sa mère. Puis en nous promenant tous les cinq,
Jacques et son père, les deux abbés et moi, tous silencieux le long de la façade sur le boulingrin, nous dépas-
sâmes la maison. Je contemplai tour à tour Montbazon
et Azay, regardant la vallée jaunie dont le deuil répondait
alors comme en toute occasion aux sentiments qui
m'agitaient. Tout à coup j'aperçus la chère mignonne
courant après les fleurs d'automne et les cueillant sans
doute pour composer des bouquets. En pensant à tout ce
que signifiait cette réplique de mes soins amoureux, il
se fit en moi je ne sais quel mouvement d'entrailles, je
chancelai, ma vue s'obscurcit, et les deux abbés entre
lesquels je me trouvais me portèrent sur la margelle
d'une terrasse où je demeurai pendant un moment
comme brisé, mais sans perdre entièrement connaissance.

— Pauvre Félix, me dit le comte, elle avait bien
défendu de vous écrire, elle sait combien vous l'aimez !

Quoique préparé à souffrir, je m'étais trouvé sans
force contre une attention qui résumait tous mes souvenirs de bonheur. « La voilà, pensai-je, cette lande dessé-

chée comme un squelette, éclairée par un jour gris au milieu de laquelle s'élevait un seul buisson de fleurs, que jadis dans mes courses je n'ai pas admirée sans un sinistre frémissement et qui était l'image de cette heure lugubre ! » Tout était morne dans ce petit castel, autrefois si vivant, si animé ! tout pleurait, tout disait le désespoir et l'abandon. C'était des allées ratissées à moitié, des travaux commencés et abandonnés, des ouvriers debout regardant le château. Quoique l'on vendangeât les clos, l'on n'entendait ni bruit ni babil. Les vignes semblaient inhabitées, tant le silence était profond. Nous allions comme des gens dont la douleur repousse des paroles banales, et nous écoutions le comte, le seul de nous qui parlât. Après les phrases dictées par l'amour machinal qu'il ressentait pour sa femme, le comte fut conduit par la pente de son esprit à se plaindre de la comtesse. Sa femme n'avait jamais voulu se soigner ni l'écouter quand il lui donnait de bons avis ; il s'était aperçu le premier des symptômes de la maladie ; car il les avait étudiés sur lui-même, les avait combattus et s'en était guéri tout seul sans autre secours que celui d'un régime, et en évitant toute émotion forte. Il aurait bien pu guérir aussi la comtesse ; mais un mari ne saurait accepter de semblables responsabilités, surtout lorsqu'il a le malheur de voir en toute affaire son expérience dédaignée. Malgré ses représentations, la comtesse avait pris Origet pour médecin. Origet, qui l'avait jadis si mal soigné, lui tuait sa femme. Si cette maladie a pour cause d'excessifs chagrins, il avait été dans toutes les conditions pour l'avoir ; mais quels pouvaient être les chagrins de sa femme ? La comtesse était heureuse, elle n'avait ni peines ni contrariétés ! leur fortune était, grâce à ses soins et à ses bonnes idées, dans un état satisfaisant ; il laissait madame de Mortsauf régner à Clochegourde ; ses enfants, bien élevés, bien portants, ne donnaient plus aucune inquiétude ; d'où pouvait donc procéder le mal ? Et il discutait et il mêlait l'expression

de son désespoir à des accusations insensées. Puis,
ramené bientôt par quelque souvenir à l'admiration que
méritait cette noble créature, quelques larmes s'échappaient de ses yeux, secs depuis si long-temps.

Madeleine vint m'avertir que sa mère m'attendait.
L'abbé Birotteau me suivit. La grave jeune fille resta
près de son père, en disant que la comtesse désirait être
seule avec moi, et prétextait la fatigue que lui causerait
la présence de plusieurs personnes. La solennité de ce
moment produisit en moi cette impression de chaleur
intérieure et de froid au dehors qui nous brise dans les
grandes circonstances de la vie. L'abbé Birotteau, l'un
de ces hommes que Dieu a marqués comme siens en les
revêtant de douceur, de simplicité, en leur accordant la
patience et la miséricorde, me prit à part.

— Monsieur, me dit-il, sachez que j'ai fait tout ce qui
était humainement possible pour empêcher cette réunion.
Le salut de cette sainte le voulait ainsi. Je n'ai vu qu'elle
et non vous. Maintenant que vous allez revoir celle dont
l'accès aurait dû vous être interdit par les anges, apprenez que je resterai entre vous pour la défendre contre
vous-même et contre elle peut-être ! Respectez sa faiblesse. Je ne vous demande pas grâce pour elle comme
prêtre, mais comme un humble ami que vous ne saviez
pas avoir, et qui veut vous éviter des remords. Notre
chère malade meurt exactement de faim et de soif.
Depuis ce matin, elle est en proie à l'irritation fiévreuse
qui précède cette horrible mort, et je ne puis vous cacher
combien elle regrette la vie. Les cris de sa chair révoltée
s'éteignent dans mon cœur où ils blessent des échos
encore trop tendres ; mais monsieur de Dominis et moi
nous avons accepté cette tâche religieuse, afin de dérober le spectacle de cette agonie morale à cette noble
famille qui ne reconnaît plus son étoile du soir et du
matin. Car l'époux, les enfants, les serviteurs, tous
demandent : Où est-elle ? tant elle est changée. A votre
aspect, les plaintes vont renaître. Quittez les pensées de

l'homme du monde, oubliez les vanités du cœur, soyez près d'elle l'auxiliaire du ciel et non celui de la terre. Que cette sainte ne meure pas dans une heure de doute, en laissant échapper des paroles de désespoir...

Je ne répondis rien. Mon silence consterna le pauvre confesseur. Je voyais, j'entendais, je marchais et n'étais cependant plus sur la terre. Cette réflexion : « Qu'est-il donc arrivé ? dans quel état dois-je la trouver, pour que chacun use de telles précautions ? » engendrait des appréhensions d'autant plus cruelles qu'elles étaient indéfinies : elle comprenait toutes les douleurs ensemble. Nous arrivâmes à la porte de la chambre que m'ouvrit le confesseur inquiet. J'aperçus alors Henriette en robe blanche, assise sur son petit canapé, placé devant la cheminée ornée de nos deux vases pleins de fleurs ; puis des fleurs encore sur le guéridon placé devant la croisée. Le visage de l'abbé Birotteau, stupéfait à l'aspect de cette fête improvisée et du changement de cette chambre subitement rétablie en son ancien état, me fit deviner que la mourante avait banni le repoussant appareil qui environne le lit des malades. Elle avait dépensé les dernières forces d'une fièvre expirante à parer sa chambre en désordre pour y recevoir dignement celui qu'elle aimait en ce moment plus que toute chose. Sous les flots de dentelles, sa figure amaigrie, qui avait la pâleur verdâtre des fleurs du magnolia[1] quand elles s'entr'ouvrent, apparaissait comme sur la toile jaune d'un portrait les premiers contours d'une tête chérie dessinée à la craie ; mais, pour sentir combien la griffe du vautour s'enfonça profondément dans mon cœur, supposez achevés et pleins de vie les yeux de cette esquisse, des yeux caves qui brillaient d'un éclat inusité dans une

---

1. Les fleurs du magnolia sont blanches. Mais, dans ce roman au symbolisme floral, peut-être Balzac se souvient-il de Chateaubriand et d'Atala qui a des fleurs de magnolia fanées dans ses cheveux au moment de sa mort.

figure éteinte. Elle n'avait plus la majesté calme que
lui communiquait la constante victoire remportée sur ses
douleurs. Son front, seule partie du visage qui eût gardé
ses belles proportions, exprimait l'audace agressive du
désir et des menaces réprimées. Malgré les tons de cire
de sa face allongée, des feux intérieurs s'en échappaient
par un rayonnement semblable au fluide qui flambe au-
dessus des champs par une chaude journée. Ses tempes
creusées, ses joues rentrées montraient les formes intérieures du visage, et le sourire que formaient ses lèvres
blanches ressemblait vaguement au ricanement de la
mort. Sa robe croisée sur son sein attestait la maigreur
de son beau corsage[1]. L'expression de sa tête disait assez
qu'elle se savait changée et qu'elle en était au désespoir.
Ce n'était plus ma délicieuse Henriette, ni la sublime et
sainte madame de Mortsauf ; mais le quelque chose sans
nom de Bossuet[2] qui se débattait contre le néant, et que
la faim, les désirs trompés poussaient au combat égoïste
de la vie contre la mort. Je vins m'asseoir près d'elle en
lui prenant pour la baiser sa main que je sentis brûlante
et desséchée. Elle devina ma douloureuse surprise dans
l'effort même que je fis pour la déguiser. Ses lèvres
décolorées se tendirent alors sur ses dents affamées pour
essayer un de ces sourires forcés sous lesquels nous

---

1. Buste au XIXᵉ siècle. – 2. Dans l'*Oraison funèbre d'Henriette
d'Angleterre*, Bossuet écrit : « La mort ne nous laisse pas assez de
corps pour occuper quelque place, et on ne voit là que les tombeaux
qui fassent quelque figure. Notre chair change bientôt de nature ; notre
corps prend un autre nom ; même celui de cadavre, dit Tertullien, parce
qu'il nous montre encore quelque forme humaine, ne lui demeure pas
longtemps : il devient un je ne sais quoi qui n'a plus de nom dans
aucune langue [...] » (*Oraisons funèbres*, Classiques Garnier, 1988,
pp. 172-173). Bossuet fait allusion à *La Résurrection des morts* de
Tertullien : « Et c'est vraiment la chair qui est abattue par la mort, de
telle façon que c'est de ce mot de chute : *cadere*, qu'elle est appelée
cadavre » (éd. Desclée de Brouwer, 1980, p. 69). Dans *Ferragus*
(1833), Balzac avait déjà utilisé la formule de Bossuet à propos du
corps de Maulincour mourant.

cachons également l'ironie de la vengeance, l'attente du
plaisir, l'ivresse de l'âme et la rage d'une déception.

— Ah ! c'est la mort, mon pauvre Félix, me dit-elle,
et vous n'aimez pas la mort ! la mort odieuse, la mort de
laquelle toute créature, même l'amant le plus intrépide, a
horreur. Ici finit l'amour : je le savais bien. Lady Dudley
ne vous verra jamais étonné de son changement. Ah !
pourquoi vous ai-je tant souhaité, Félix ? vous êtes enfin
venu : je vous récompense de ce dévouement par l'horrible spectacle qui fit jadis du comte de Rancé un trappis-
te [1], moi qui désirais demeurer belle et grande dans votre
souvenir, y vivre comme un lys éternel, je vous enlève
vos illusions. Le véritable amour ne calcule rien. Mais
ne vous enfuyez pas, restez. Monsieur Origet m'a trouvée beaucoup mieux ce matin, je vais revenir à la vie, je
renaîtrai sous vos regards. Puis, quand j'aurai recouvré
quelques forces, quand je commencerai à pouvoir prendre quelque nourriture, je redeviendrai belle. A peine ai-
je trente-cinq ans, je puis encore avoir de belles années.
Le bonheur rajeunit, et je veux connaître le bonheur. J'ai
fait des projets délicieux, nous les laisserons à Clochegourde et nous irons ensemble en Italie.

Des pleurs humectèrent mes yeux, je me tournai vers
la fenêtre comme pour regarder les fleurs ; l'abbé Birotteau vint à moi précipitamment, et se pencha vers le
bouquet : — Pas de larmes ! me dit-il à l'oreille.

— Henriette, vous n'aimez donc plus notre chère vallée ? lui répondis-je afin de justifier mon brusque mouvement.

---

1. Ce n'est que dans l'édition Furne que Balzac substitue Rancé à
Comminges. Mme de Tencin avait écrit les *Mémoires du comte de
Comminges*, dont le héros, croyant son amante morte, entrait en reli-
gion. *La Vie de Rancé* de Chateaubriand venait d'être publiée en mai
1844, quatre mois avant la publication de l'édition Furne. Le comte
de Rancé, qui mena d'abord une vie dissipée, fut le réformateur de la
Trappe. Il s'y retira après la mort de sa maîtresse, la duchesse de
Montbazon.

— Si, dit-elle en apportant son front sous mes lèvres par un mouvement de câlinerie ; mais, sans vous, elle m'est funeste... *sans toi*, reprit-elle en effleurant mon oreille de ses lèvres chaudes pour y jeter ces deux syllabes comme deux soupirs.

Je fus épouvanté par cette folle caresse qui agrandissait encore les terribles discours des deux abbés. En ce moment ma première surprise se dissipa ; mais si je pus faire usage de ma raison, ma volonté ne fut pas assez forte pour réprimer le mouvement nerveux qui m'agita pendant cette scène. J'écoutais sans répondre, ou plutôt je répondais par un sourire fixe et par des signes de consentement, pour ne pas la contrarier, agissant comme une mère avec son enfant. Après avoir été frappé de la métamorphose de la personne, je m'aperçus que la femme, autrefois si imposante par ses sublimités, avait dans l'attitude, dans la voix, dans les manières, dans les regards et les idées, la naïve ignorance d'un enfant, les grâces ingénues, l'avidité de mouvement, l'insouciance profonde de ce qui n'est pas son désir ou lui, enfin toutes les faiblesses qui recommandent l'enfant à la protection. En est-il ainsi de tous les mourants ? dépouillent-ils tous les déguisements sociaux, de même que l'enfant ne les a pas encore revêtus ? Ou, se trouvant au bord de l'éternité, la comtesse, en n'acceptant plus de tous les sentiments humains que l'amour, en exprimait-elle la suave innocence à la manière de Chloé[1] ?

— Comme autrefois vous allez me rendre à la santé, Félix, dit-elle, et ma vallée me sera bienfaisante. Comment ne mangerais-je pas ce que vous me présenterez ? Vous êtes un si bon garde-malade ! Puis, vous êtes si riche de force et de santé, qu'auprès de vous la vie est contagieuse. Mon ami, prouvez-moi donc que je ne puis

---

1. Héroïne du roman pastoral grec de Longus (romancier grec de Lesbos, fin du IIe siècle ap. J.-C.), *Daphnis et Chloé*, dont une traduction était parue en 1810. En fait, ce roman n'était pas chaste.

mourir, mourir trompée ! Ils croient que ma plus vive
douleur est la soif. Oh ! oui, j'ai bien soif, mon ami.
L'eau de l'Indre me fait bien mal à voir, mais mon cœur
éprouve une plus ardente soif. J'avais soif de toi, me dit-
elle d'une voix plus étouffée en me prenant les mains
dans ses mains brûlantes et m'attirant à elle pour me
jeter ces paroles à l'oreille : mon agonie a été de ne pas
te voir ! Ne m'as-tu pas dit de vivre ? je veux vivre. Je
veux monter à cheval aussi, moi ! je veux tout connaître,
Paris, les fêtes, les plaisirs.

Ah ! Natalie, cette clameur horrible que le matéria-
lisme des sens trompés rend froide à distance, nous faisait tinter les oreilles au vieux prêtre et à moi : les
accents de cette voix magnifique peignaient les combats
de toute une vie, les angoisses d'un véritable amour
déçu. La comtesse se leva par un mouvement d'impatience, comme un enfant qui veut un jouet. Quand le
confesseur fit sa pénitence ainsi, le pauvre homme
tomba soudain à genoux, joignit les mains, et récita les
prières.

— Oui, vivre ! dit-elle en me faisant lever et s'appuyant sur moi, vivre de réalités et non de mensonges.
Tout a été mensonge dans ma vie, je les ai comptées
depuis quelques jours, ces impostures. Est-il possible
que je meure, moi qui n'ai pas vécu ? moi qui ne suis
jamais allée chercher quelqu'un dans une lande ? Elle
s'arrêta, parut écouter, et sentit à travers les murs je ne
sais quelle odeur. — Félix ! les vendangeuses vont dîner,
et moi, moi, dit-elle d'une voix d'enfant, qui suis la maîtresse, j'ai faim. Il en est ainsi de l'amour, elles sont
heureuses, elles !

— *Kyrie eleison*[1] ! disait le pauvre abbé, qui, les
mains jointes, l'œil au ciel, récitait les litanies.

---

1. *Kyrie eleison !* Ces deux mots grecs employés dans la liturgie
catholique signifient : « Seigneur, ayez pitié de nous ! »

Elle jeta ses bras autour de mon cou, m'embrassa violemment, et me serra en disant : — Vous ne m'échappe-
rez plus ! Je veux être aimée, je ferai des folies comme
lady Dudley, j'apprendrai l'anglais pour bien dire : *my
dee*. Elle me fit un signe de tête comme elle en faisait
autrefois en me quittant, pour me dire qu'elle allait revenir à l'instant : Nous dînerons ensemble, me dit-elle, je
vais prévenir Manette... Elle fut arrêtée par une faiblesse
qui survint, et je la couchai tout habillée sur son lit.

— Une fois déjà, vous m'avez portée ainsi, me dit-
elle en ouvrant les yeux.

Elle était bien légère, mais surtout bien ardente ; en la
prenant, je sentis son corps entièrement brûlant. Monsieur Deslandes entra, fut étonné de trouver la chambre
ainsi parée ; mais en me voyant tout lui parut expliqué.

— On souffre bien pour mourir, monsieur, dit-elle
d'une voix altérée.

Il s'assit, tâta le pouls de sa malade, se leva brusquement, vint parler à voix basse au prêtre, et sortit ; je le
suivis.

— Qu'allez-vous faire ? lui demandai-je.

— Lui éviter une épouvantable agonie, me dit-il. Qui
pouvait croire à tant de vigueur ? Nous ne comprenons
comment elle vit encore qu'en pensant à la manière dont
elle a vécu. Voici le quarante-deuxième jour que
madame la comtesse n'a bu, ni mangé, ni dormi.

Monsieur Deslandes demanda Manette. L'abbé Birotteau m'emmena dans les jardins.

— Laissons faire le docteur, me dit-il. Aidé par
Manette, il va l'envelopper d'opium. Eh ! bien, vous
l'avez entendue, me dit-il, si toutefois elle est complice
de ces mouvements de folie !...

— Non, dis-je, ce n'est plus elle.

J'étais hébété de douleur. Plus j'allais, plus chaque
détail de cette scène prenait d'étendue. Je sortis brusquement par la petite porte au bas de la terrasse, et vins
m'asseoir dans la toue, où je me cachai pour demeurer

seul à dévorer mes pensées. Je tâchai de me détacher moi-même de cette force par laquelle je vivais ; supplice comparable à celui par lequel les Tartares punissaient l'adultère en prenant un membre du coupable dans une pièce de bois, et lui laissant un couteau pour se le couper, s'il ne voulait pas mourir de faim : leçon terrible que subissait mon âme, de laquelle il fallait me retrancher la plus belle moitié. Ma vie était manquée aussi ! Le désespoir me suggérait les plus étranges idées. Tantôt je voulais mourir avec elle, tantôt aller m'enfermer à la Meilleraye [1] où venaient de s'établir les trappistes. Mes yeux ternis ne voyaient plus les objets extérieurs. Je contemplais les fenêtres de la chambre où souffrait Henriette, croyant y apercevoir la lumière qui l'éclairait pendant la nuit où je m'étais fiancé à elle. N'aurais-je pas dû obéir à la vie simple qu'elle m'avait créée ; en me conservant à elle dans le travail des affaires ? Ne m'avait-elle pas ordonné d'être un grand homme, afin de me préserver des passions basses et honteuses que j'avais subies, comme tous les hommes ? La chasteté n'était-elle pas une sublime distinction que je n'avais pas su garder ? L'amour, comme le concevait Arabelle, me dégoûta soudain. Au moment où je relevais ma tête abattue en me demandant d'où me viendraient désormais la lumière et l'espérance, quel intérêt j'aurais à vivre, l'air fut agité d'un léger bruit ; je me tournai vers la terrasse, j'y aperçus Madeleine se promenant seule, à pas lents. Pendant que je remontais vers la terrasse pour demander compte à cette chère enfant du froid regard qu'elle m'avait jeté au pied de la croix, elle s'était assise sur le banc ; quand elle m'aperçut à moitié chemin, elle se leva, et feignit de ne pas m'avoir vu, pour ne pas se trouver seule avec moi ; sa démarche était hâtée, significative. Elle me haïssait, elle fuyait l'assassin de sa mère.

---

1. Près de Châteaubriant, en Bretagne, cette abbaye était passée aux trappistes en 1816.

En revenant par les perrons à Clochegourde, je vis
Madeleine comme une statue, immobile et debout, écoutant le bruit de mes pas. Jacques était assis sur une marche, et son attitude exprimait la même insensibilité qui
m'avait frappé quand nous nous étions promenés tous
ensemble, et m'avait inspiré de ces idées que nous laissons dans un coin de notre âme, pour les reprendre et
les creuser plus tard, à loisir. J'ai remarqué que les jeunes gens qui portent en eux la mort sont tous insensibles
aux funérailles. Je voulus interroger cette âme sombre.
Madeleine avait-elle gardé ses pensées pour elle seule,
avait-elle inspiré sa haine à Jacques ?

— Tu sais, lui dis-je pour entamer la conversation,
que tu as en moi le plus dévoué des frères.

— Votre amitié m'est inutile, je suivrai ma mère !
répondit-il en me jetant un regard farouche de douleur.

— Jacques, m'écriai-je, toi aussi ?

Il toussa, s'écarta loin de moi ; puis, quand il revint,
il me montra rapidement son mouchoir ensanglanté.

— Comprenez-vous ? dit-il.

Ainsi chacun d'eux avait un fatal secret. Comme je le
vis depuis, la sœur et le frère se fuyaient. Henriette tombée, tout était en ruine à Clochegourde.

— Madame dort, vint nous dire Manette heureuse de
savoir la comtesse sans souffrance.

Dans ces affreux moments, quoique chacun en sache
l'inévitable fin, les affections vraies deviennent folles et
s'attachent à de petits bonheurs. Les minutes sont des
siècles que l'on voudrait rendre bienfaisants. On voudrait que les malades reposassent sur des roses, on voudrait prendre leurs souffrances, on voudrait que le
dernier soupir fût pour eux inattendu.

— Monsieur Deslandes a fait enlever les fleurs qui
agissaient trop fortement sur les nerfs de madame, me
dit Manette.

Ainsi donc les fleurs avaient causé son délire, elle
n'en était pas complice. Les amours de la terre, les fêtes

de la fécondation, les caresses des plantes l'avaient enivrée de leurs parfums et sans doute avaient réveillé les
pensées d'amour heureux qui sommeillaient en elle
depuis sa jeunesse.

— Venez donc, monsieur Félix, me dit-elle, venez
voir madame, elle est belle comme un ange.

Je revins chez la mourante au moment où le soleil se
couchait et dorait la dentelle des toits du château d'Azay.
Tout était calme et pur. Une douce lumière éclairait le
lit où reposait Henriette baignée d'opium. En ce moment
le corps était pour ainsi dire annulé ; l'âme seule régnait
sur ce visage, serein comme un beau ciel après la tempête. Blanche et Henriette, ces deux sublimes faces de
la même femme, reparaissaient d'autant plus belles que
mon souvenir, ma pensée, mon imagination, aidant la
nature, réparaient les altérations de chaque trait où l'âme
triomphante envoyait ses lueurs par des vagues confon-
dues avec celles de la respiration. Les deux abbés étaient
assis auprès du lit. Le comte resta foudroyé, debout, en
reconnaissant les étendards de la mort qui flottaient sur
cette créature adorée. Je pris sur le canapé la place
qu'elle avait occupée. Puis nous échangeâmes tous quatre des regards où l'admiration de cette beauté céleste se
mêlait à des larmes de regret. Les lumières de la pensée
annonçaient le retour de Dieu dans un de ses plus beaux
tabernacles. L'abbé de Dominis et moi, nous nous parlions par signes, en nous communiquant des idées
mutuelles. Oui, les anges veillaient Henriette ! Oui, leurs
glaives brillaient au-dessus de ce noble front où revenaient les augustes expressions de la vertu qui en faisaient jadis comme une âme visible avec laquelle
s'entretenaient les esprits de sa sphère. Les lignes de son
visage se purifiaient, en elle tout s'agrandissait et devenait majestueux sous les invisibles encensoirs des Séraphins qui la gardaient. Les teintes vertes de la souffrance
corporelle faisaient place aux tons entièrement blancs, à
la pâleur mate et froide de la mort prochaine. Jacques et

Madeleine entrèrent, Madeleine nous fit tous frissonner par le mouvement d'adoration qui la précipita devant le lit, lui joignit les mains et lui inspira cette sublime exclamation : — Enfin ! voilà ma mère ! Jacques souriait, il était sûr de suivre sa mère là où elle allait.

— Elle arrive au port, dit l'abbé Birotteau.

L'abbé de Dominis me regarda comme pour me répéter : — N'ai-je pas dit que l'étoile se lèverait brillante ?

Madeleine resta les yeux attachés sur sa mère, respirant quand elle respirait, imitant son souffle léger, dernier fil par lequel elle tenait à la vie, et que nous suivions avec terreur, craignant à chaque effort de le voir se rompre. Comme un ange aux portes du sanctuaire, la jeune fille était avide et calme, forte et prosternée. En ce moment, l'Angélus sonna au clocher du bourg. Les flots de l'air adouci jetèrent par ondées les tintements qui nous annonçaient qu'à cette heure la chrétienté tout entière répétait les paroles dites par l'ange à la femme qui racheta les fautes de son sexe. Ce soir, l'*Ave Maria* nous parut une salutation du ciel [1]. La prophétie était si claire et l'événement si proche que nous fondîmes en larmes. Les murmures du soir, brise mélodieuse dans les feuillages, derniers gazouillements d'oiseau, refrains et bourdonnements d'insectes, voix des eaux, cri plaintif de la rainette, toute la campagne disait adieu au plus beau lys de la vallée, à sa vie simple et champêtre. Cette poésie religieuse unie à toutes ces poésies naturelles exprimait si bien le chant du départ que nos sanglots furent aussitôt répétés. Quoique la porte de la chambre fût ouverte, nous étions si bien plongés dans cette terrible contemplation, comme pour en empreindre à jamais

---

1. Au moment de l'Angélus, prière catholique désignée par son premier mot et annoncée par les cloches le matin, à midi et le soir, on dit trois fois l'*Ave Maria*, salutation de l'ange Gabriel venu annoncer à la Vierge son destin. Cette prière se termine sur ces mots : « [...] à l'heure de notre mort. »

dans notre âme le souvenir, que nous n'avions pas aperçu les gens de la maison agenouillés en un groupe où se disaient de ferventes prières. Tous ces pauvres gens, habitués à l'espérance, croyaient encore conserver leur maîtresse, et ce présage si clair les accabla. Sur un geste de l'abbé Birotteau, le vieux piqueur sortit pour aller chercher le curé de Saché. Le médecin, debout près du lit, calme comme la science, et qui tenait la main endormie de la malade, avait fait un signe au confesseur pour lui dire que ce sommeil était la dernière heure sans souffrance qui restait à l'ange rappelé. Le moment était venu de lui administrer les derniers sacrements de l'Église. A neuf heures, elle s'éveilla doucement, nous regarda d'un œil surpris mais doux, et nous revîmes tous notre idole dans la beauté de ses beaux jours.

— Ma mère, tu es trop belle pour mourir, la vie et la santé te reviennent, cria Madeleine.

— Chère fille, je vivrai, mais en toi, dit-elle en souriant.

Ce fut alors des embrassements déchirants de la mère aux enfants et des enfants à la mère. Monsieur de Mortsauf baisa sa femme pieusement au front. La comtesse rougit en me voyant.

— Cher Félix, dit-elle, voici, je crois, le seul chagrin que je vous aurai donné, moi ! Mais oubliez ce que j'aurai pu vous dire, pauvre insensée que j'étais. Elle me tendit la main, je la pris pour la baiser, elle me dit alors avec son gracieux sourire de vertu : — Comme autrefois, Félix ?...

Nous sortîmes tous, et nous allâmes dans le salon pendant tout le temps que devait durer la dernière confession de la malade. Je me plaçai près de Madeleine. En présence de tous elle ne pouvait me fuir sans impolitesse ; mais, à l'imitation de sa mère, elle ne regardait personne, et garda le silence sans jeter une seule fois les yeux sur moi.

— Chère Madeleine, lui dis-je à voix basse, qu'avez-vous contre moi ? Pourquoi des sentiments froids quand en présence de la mort chacun doit se réconcilier ?

— Je crois entendre ce que dit en ce moment ma mère, me répondit-elle en prenant l'air de tête qu'Ingres a trouvé pour sa *Mère de Dieu*, cette vierge déjà douloureuse et qui s'apprête à protéger le monde où son fils va périr [1].

— Et vous me condamnez au moment où votre mère m'absout, si toutefois je suis coupable.

— *Vous*, et toujours *vous !*

Son accent trahissait une haine réfléchie comme celle d'un Corse, implacable comme sont les jugements de ceux qui, n'ayant pas étudié la vie, n'admettent aucune atténuation aux fautes commises contre les lois du cœur. Une heure s'écoula dans un silence profond. L'abbé Birotteau revint après avoir reçu la confession générale de la comtesse de Mortsauf et nous rentrâmes tous au moment où, suivant une de ces idées qui saisissent ces nobles âmes, toutes sœurs d'intention, Henriette s'était fait revêtir d'un long vêtement qui devait lui servir de linceul. Nous la trouvâmes sur son séant, belle de ses expiations et belle de ses espérances : je vis dans la cheminée les cendres noires de mes lettres, qui venaient d'être brûlées, sacrifice qu'elle n'avait voulu faire, me dit son confesseur, qu'au moment de la mort. Elle nous sourit à tous de son sourire d'autrefois. Ses yeux humides de larmes annonçaient un dessillement suprême, elle apercevait déjà les joies célestes de la terre promise.

— Cher Félix, me dit-elle en me tendant la main et en serrant la mienne, restez. Vous devez assister à l'une des dernières scènes de ma vie, et qui ne sera pas la

---

1. Il s'agit sans doute du *Vœu de Louis XIII*, peint par Ingres pour la cathédrale de Montauban et exposé au Salon de 1824. Le roi met son royaume sous la protection de la Vierge qui tient Jésus sur ses genoux.

moins pénible de toutes, mais où vous êtes pour beaucoup.

Elle fit un geste, la porte se ferma. Sur son invitation le comte s'assit, l'abbé Birotteau et moi nous restâmes debout. Aidée de Manette, la comtesse se leva, se mit à genoux devant le comte surpris, et voulut rester ainsi. Puis, quand Manette se fut retirée, elle releva la tête, qu'elle avait appuyée sur les genoux du comte étonné.

— Quoique je me sois conduite envers vous comme une fidèle épouse, lui dit-elle d'une voix altérée, il peut m'être arrivé, monsieur, de manquer parfois à mes devoirs ; je viens de prier Dieu de m'accorder la force de vous demander pardon de mes fautes[1]. J'ai pu porter dans les soins d'une amitié placée hors de la famille des attentions plus affectueuses encore que celles que je vous devais. Peut-être vous ai-je irrité contre moi par la comparaison que vous pouviez faire de ces soins, de ces pensées et de celles que je vous donnais. J'ai eu, dit-elle à voix basse, une amitié vive que personne, pas même celui qui en fut l'objet, n'a connue en entier. Quoique je sois demeurée vertueuse selon les lois humaines, que j'aie été pour vous une épouse irréprochable, souvent des pensées, involontaires ou volontaires, ont traversé mon cœur, et j'ai peur en ce moment de les avoir trop accueillies. Mais comme je vous ai tendrement aimé, que je suis restée votre femme soumise, que les nuages, en passant sous le ciel, n'en ont point altéré la pureté, vous me voyez sollicitant votre bénédiction d'un front pur. Je mourrai sans aucune pensée amère si j'entends de votre bouche une douce parole pour votre Blanche, pour la mère de vos enfants, et si vous lui pardonnez

---

1. Dans *Volupté*, Mme de Couaën mourante demande « pardon au marquis, au nom de cette enfant qu'elle lui avait confiée — pardon de ses négligences d'épouse, du surcroît de fardeau qu'elle lui avait causé, des consolations possibles qu'elle avait omises [...] puis d'une parole faible mais distincte, elle s'adressa aux gens, et s'accusa de les avoir trop négligés durant son absence ».

toutes ces choses qu'elle ne s'est pardonnées à elle-
même qu'après les assurances du tribunal duquel nous
relevons tous.

— Blanche, Blanche, s'écria le vieillard en versant
soudain des larmes sur la tête de sa femme, veux-tu me
faire mourir ? Il l'éleva jusqu'à lui avec une force inusi-
tée, la baisa saintement au front, et, la gardant ainsi :
N'ai-je pas des pardons à te demander ? reprit-il. N'ai-
je pas été souvent dur, moi ? Ne grossis-tu pas des scrupules d'enfant ?

— Peut-être, reprit-elle. Mais, mon ami, soyez indulgent aux faiblesses des mourants, tranquillisez-moi.
Quand vous arriverez à cette heure, vous penserez que
je vous ai quitté vous bénissant. Me permettez-vous de
laisser à notre ami que voici ce gage d'un sentiment
profond, dit-elle en montrant une lettre qui était sur la
cheminée ? il est maintenant mon fils d'adoption, voilà
tout. Le cœur, cher comte, a ses testaments : mes derniers vœux imposent à ce cher Félix des œuvres sacrées
à accomplir, je ne crois pas avoir trop présumé de lui,
faites que je n'aie pas trop présumé de vous en me per-
mettant de lui léguer quelques pensées. Je suis toujours
femme, dit-elle en penchant la tête avec une suave
mélancolie, après mon pardon je vous demande une
grâce. — Lisez ; mais seulement après ma mort, me dit-
elle en me tendant le mystérieux écrit.

Le comte vit pâlir sa femme, il la prit et la porta lui-
même sur le lit, où nous l'entourâmes.

— Félix, me dit-elle, je puis avoir des torts envers
vous. Souvent j'ai pu vous causer quelques douleurs en
vous laissant espérer des joies devant lesquelles j'ai
reculé ; mais n'est-ce pas au courage de l'épouse et de
la mère que je dois de mourir réconciliée avec tous ?
Vous me pardonnerez donc aussi, vous qui m'avez accu-
sée si souvent, et dont l'injustice me faisait plaisir !

L'abbé Birotteau mit un doigt sur ses lèvres. A ce

geste, la mourante pencha la tête, une faiblesse survint, elle agita les mains pour dire de faire entrer le clergé, ses enfants et ses domestiques ; puis elle me montra par un geste impérieux le comte anéanti et ses enfants qui survinrent. La vue de ce père de qui seuls nous connaissions la secrète démence, devenu le tuteur de ces êtres si délicats, lui inspira de muettes supplications qui tombèrent dans mon âme comme un feu sacré. Avant de recevoir l'extrême-onction, elle demanda pardon à ses gens de les avoir quelquefois brusqués ; elle implora leurs prières, et les recommanda tous individuellement au comte ; elle avoua noblement avoir proféré, durant ce dernier mois, des plaintes peu chrétiennes qui avaient pu scandaliser ses gens ; elle avait repoussé ses enfants, elle avait conçu des sentiments peu convenables ; mais elle rejeta ce défaut de soumission aux volontés de Dieu sur ses intolérables douleurs. Enfin elle remercia publiquement avec une touchante effusion de cœur l'abbé Birotteau de lui avoir montré le néant des choses humaines. Quand elle eut cessé de parler, les prières commencèrent puis le curé de Saché lui donna le viatique. Quelques moments après, sa respiration s'embarrassa, un nuage se répandit sur ses yeux qui bientôt se rouvrirent, elle me lança un dernier regard, et mourut aux yeux de tous, en entendant peut-être le concert de nos sanglots. Par un hasard assez naturel à la campagne, nous entendîmes alors le chant alternatif de deux rossignols qui répétèrent plusieurs fois leur note unique, purement filée comme un tendre appel [1]. Au moment où son dernier soupir s'exhala, dernière souffrance d'une vie qui fut une longue souffrance, je sentis en moi-même un coup par lequel toutes mes facultés furent atteintes. Le comte et moi, nous restâmes auprès du lit funèbre pendant toute la nuit,

---

1. Dans *Volupté*, au moment de la mort de Mme de Couaën, le chant d'un oiseau, dont le bec frappe la vitre, retentit comme un signal familier.

avec les deux abbés et le curé, veillant à la lueur des cierges, la morte étendue sur le sommier de son lit ; maintenant calme, là où elle avait tant souffert. Ce fut ma première communication avec la mort. Je demeurai pendant toute cette nuit les yeux attachés sur Henriette, fasciné par l'expression pure que donne l'apaisement de toutes les tempêtes, par la blancheur du visage que je douais encore de ses innombrables affections, mais qui ne répondait plus à mon amour. Quelle majesté dans ce silence et dans ce froid ! combien de réflexions n'exprime-t-il pas ? Quelle beauté dans ce repos absolu, quel despotisme dans cette immobilité : tout le passé s'y trouve encore, et l'avenir y commence. Ah ! je l'aimais morte, autant que je l'aimais vivante. Au matin, le comte s'alla coucher, les trois prêtres fatigués s'endormirent à cette heure pesante, si connue de ceux qui veillent. Je pus alors, sans témoins, la baiser au front avec tout l'amour qu'elle ne m'avait jamais permis d'exprimer.

Le surlendemain, par une fraîche matinée d'automne, nous accompagnâmes la comtesse à sa dernière demeure. Elle était portée par le vieux piqueur, les deux Martineau et le mari de Manette. Nous descendîmes par le chemin que j'avais si joyeusement monté le jour où je la retrouvai ; nous traversâmes la vallée de l'Indre pour arriver au petit cimetière de Saché ; pauvre cimetière de village, situé au revers de l'église, sur la croupe d'une colline, et où par humilité chrétienne elle voulut être enterrée avec une simple croix de bois noir, comme une pauvre femme des champs, avait-elle dit. Lorsque du milieu de la vallée, j'aperçus l'église du bourg et la place du cimetière, je fus saisi d'un frisson convulsif. Hélas ! nous avons tous dans la vie un Golgotha où nous laissons nos trente-trois premières années en recevant un coup de lance au cœur, en sentant sur notre tête la couronne d'épines qui remplace la couronne de roses : cette colline devait être pour moi le mont des expiations[1]. Nous étions suivis d'une foule immense accourue pour dire les regrets de cette vallée où elle avait enterré dans le silence une foule de belles actions. On sut par Manette, sa confidente, que pour secourir les pauvres elle économisait sur sa toilette, quand ses épargnes ne suffisaient plus. C'était des enfants nus habillés, des layettes envoyées, des mères secourues, des sacs de blé payés aux meuniers en hiver pour des vieillards impotents, une vache donnée à propos à quelque pauvre ménage ; enfin les œuvres de la chrétienne, de la mère et de la châtelaine, puis des dots offertes à propos pour unir des couples qui s'aimaient, et des remplacements payés à des jeunes gens tombés au sort[2], touchantes offrandes de la femme aimante qui disait : — *Le bonheur des autres est la consolation de ceux qui ne peuvent plus être heureux.* Ces choses contées à toutes les veillées depuis trois jours avaient rendu la foule immense. Je marchais avec Jacques et les deux abbés derrière le cercueil. Suivant l'usage, ni Madeleine, ni le comte n'étaient avec nous, ils demeuraient seuls à Clochegourde. Manette voulut absolument venir.

— Pauvre madame ! Pauvre madame ! La voilà heureuse, entendis-je à plusieurs reprises à travers ses sanglots.

Au moment où le cortège quitta la chaussée des moulins, il y eut un gémissement unanime mêlé de pleurs qui semblait faire croire que cette vallée pleurait son âme. L'église était pleine de monde. Après le service,

---

1. Félix décrit ses souffrances comme celles de Jésus, crucifié à trente-trois ans sur la colline du Golgotha, selon les Évangiles. La couronne des roses de l'amour est remplacée par la couronne d'épines que les soldats romains de Pilate avaient placée par dérision sur la tête de Jésus parce qu'il s'était déclaré roi. Sur le calvaire, un soldat lui avait percé le côté avec sa lance pour hâter sa mort afin qu'il ne restât pas en croix le jour du sabbat. – 2. La conscription se faisait par tirage au sort et il était possible d'acheter un remplaçant.

nous allâmes au cimetière où elle devait être enterrée près de la croix. Quand j'entendis rouler les cailloux et le gravier de la terre sur le cercueil, mon courage m'abandonna, je chancelai, je priai les deux Martineau de me soutenir, et ils me conduisirent mourant jusqu'au château de Saché ; les maîtres[1] m'offrirent poliment un asile que j'acceptai. Je vous l'avoue, je ne voulus point retourner à Clochegourde, il me répugnait de me retrouver à Frapesle d'où je pouvais voir le castel d'Henriette. Là, j'étais près d'elle. Je demeurai quelques jours dans une chambre dont les fenêtres donnent sur ce vallon tranquille et solitaire dont je vous ai parlé. C'est un vaste pli de terrain bordé par des chênes deux fois centenaires, et où par les grandes pluies coule un torrent. Cet aspect convenait à la méditation sévère et solennelle à laquelle je voulais me livrer. J'avais reconnu, pendant la journée qui suivit la fatale nuit, combien ma présence allait être importune à Clochegourde. Le comte avait ressenti de violentes émotions à la mort d'Henriette, mais il s'attendait à ce terrible événement, et il y avait dans le fond de sa pensée un parti pris qui ressemblait à de l'indifférence. Je m'en étais aperçu plusieurs fois, et quand la comtesse prosternée me remit cette lettre que je n'osais ouvrir, quand elle parla de son affection pour moi, cet homme ombrageux ne me jeta pas le foudroyant regard que j'attendais de lui. Les paroles d'Henriette, il les avait attribuées à l'excessive délicatesse de cette conscience qu'il savait si pure. Cette insensibilité d'égoïste était naturelle. Les âmes de ces deux êtres ne s'étaient pas plus mariées que leurs corps, ils n'avaient jamais eu ces constantes communications qui ravivent les sentiments ; ils n'avaient jamais échangé ni peines ni plaisirs, ces liens si forts qui nous brisent par mille points quand ils

---

1. Les maîtres de Saché, M. et Mme de Margonne, furent à plusieurs reprises les hôtes de Balzac. Il occupait au château une petite chambre d'où il pouvait voir le bois et le vallon dont il sera question un peu plus loin. Balzac y séjourna en 1829, 1832, 1834.

se rompent, parce qu'ils touchent à toutes nos fibres, parce qu'ils se sont attachés dans les replis de notre cœur, en même temps qu'ils ont caressé l'âme qui sanctionnait chacune de ces attaches. L'hostilité de Madeleine me fermait Clochegourde. Cette dure jeune fille n'était pas disposée à pactiser avec sa haine sur le cercueil de sa mère, et j'aurais été horriblement gêné entre le comte, qui m'aurait parlé de lui, et la maîtresse de la maison, qui m'aurait marqué d'invincibles répugnances. Être ainsi, là ou jadis les fleurs mêmes étaient caressantes, où les marches des perrons étaient éloquentes, où tous mes souvenirs revêtaient de poésie les balcons, les margelles, les balustrades et les terrasses, les arbres et les points de vue ; être haï là où tout m'aimait : je ne supportais point cette pensée. Aussi, dès l'abord mon parti fut-il pris. Hélas ! tel était donc le dénoûment du plus vif amour qui jamais ait atteint le cœur d'un homme. Aux yeux des étrangers, ma conduite allait être condamnable, mais elle avait la sanction de ma conscience. Voilà comment finissent les plus beaux sentiments et les plus grands drames de la jeunesse. Nous partons presque tous au matin, comme moi de Tours pour Clochegourde, nous emparant du monde, le cœur affamé d'amour ; puis, quand nos richesses ont passé par le creuset, quand nous nous sommes mêlés aux hommes et aux événements, tout se rapetisse insensiblement, nous trouvons peu d'or parmi beaucoup de cendres. Voilà la vie ! la vie telle qu'elle est : de grandes prétentions, de petites réalités. Je méditai longuement sur moi-même, en me demandant ce que j'allais faire après un coup qui fauchait toutes mes fleurs. Je résolus de m'élancer vers la politique et la science, dans les sentiers tortueux de l'ambition, d'ôter la femme de ma vie et d'être un homme d'état, froid et sans passions, de demeurer fidèle à la sainte que j'avais aimée. Mes méditations allaient à perte de vue, pendant que mes yeux restaient attachés sur la magnifique tapisserie des chênes dorés, aux cimes sévères, aux pieds de bronze : je me demandais si la vertu d'Henriette n'avait pas été de l'ignorance, si j'étais bien coupable de sa mort. Je me débattais au milieu de mes remords. Enfin, par un suave midi d'automne, un de ces derniers sourires du ciel, si beaux en Touraine, je lus sa lettre que, suivant sa recommandation, je ne devais ouvrir qu'après sa mort. Jugez de mes impressions en la lisant ?

LETTRE DE MADAME DE MORTSAUF
AU VICOMTE FÉLIX DE VANDENESSE.

« Félix, ami trop aimé, je dois maintenant vous ouvrir mon cœur, moins pour vous montrer combien je vous aime [1] que pour vous apprendre la grandeur de vos obligations en vous dévoilant la profondeur et la gravité des plaies que vous y avez faites. Au moment où je tombe harassée par les fatigues du voyage, épuisée par les atteintes reçues pendant le combat, heureusement la femme est morte, la mère seule a survécu. Vous allez voir, cher, comment vous avez été la cause première de mes maux. Si plus tard je me suis complaisamment offerte à vos coups, aujourd'hui je meurs atteinte par vous d'une dernière blessure ; mais il y a d'excessives voluptés à se sentir brisée par celui qu'on aime. Bientôt les souffrances me priveront sans doute de ma force, je mets donc à profit les dernières lueurs de mon intelligence pour vous supplier encore de remplacer auprès de mes enfants le cœur dont vous les aurez privés. Je vous imposerais cette charge avec autorité si je vous aimais moins ; mais je préfère vous la laisser prendre de vous-même, par l'effet d'un saint repentir, et aussi comme une continuation de votre amour : l'amour ne fut-il pas en

1. Dans la dernière lettre de *La Nouvelle Héloïse*, Julie fait à Saint-Preux l'aveu d'un amour qu'elle n'a pas pu étouffer.

nous constamment mêlé de repentantes méditations et de craintes expiatoires ? Et, je le sais, nous nous aimons toujours. Votre faute n'est pas si funeste par vous que le retentissement que je lui ai donné au dedans de moi-même. Ne vous avais-je pas dit que j'étais jalouse, mais jalouse à mourir ? eh ! bien, je meurs. Consolez-vous, cependant : nous avons satisfait aux lois humaines. L'Église, par une de ses voix les plus pures, m'a dit que Dieu serait indulgent à ceux qui avaient immolé leurs penchants naturels à ses commandements. Mon aimé, apprenez donc tout, car je ne veux pas que vous ignoriez une seule de mes pensées. Ce que je confierai à Dieu dans mes derniers moments, vous devez le savoir aussi, vous le roi de mon cœur, comme il est le roi du ciel. Jusqu'à cette fête donnée au duc d'Angoulême, la seule à laquelle j'aie assisté, le mariage m'avait laissée dans l'ignorance qui donne à l'âme des jeunes filles la beauté des anges. J'étais mère, il est vrai ; mais l'amour ne m'avait point environnée de ses plaisirs permis. Comment suis-je restée ainsi ? je n'en sais rien ; je ne sais pas davantage par quelles lois tout en moi fut changé dans un instant. Vous souvenez-vous encore aujourd'hui de vos baisers ? ils ont dominé ma vie, ils ont sillonné mon âme ; l'ardeur de votre sang a réveillé l'ardeur du mien ; votre jeunesse a pénétré ma jeunesse, vos désirs sont entrés dans mon cœur [1]. Quand je me suis levée si fière, j'éprouvais une sensation pour laquelle je ne sais de mot dans aucun langage, car les enfants n'ont pas encore trouvé de parole pour exprimer le mariage de la lumière et de leurs yeux, ni le baiser de la vie sur leurs lèvres. Oui, c'était bien le son arrivé dans l'écho, la

---

1. Balzac a fait quelques suppressions sur épreuves sans atténuer pour autant la sensualité : *Vous souvenez-vous encore aujourd'hui des baisers [par lesquels vous m'avez assaillie ?] ils ont dominé ma vie, ils ont sillonné mon âme ; l'ardeur de votre sang a réveillé l'ardeur du mien ; [en s'imprimant sur moi vos cheveux y ont laissé vos idées, tant elles étaient agissantes]* (A 121, f° 146).

lumière jetée dans les ténèbres, le mouvement donné à
l'univers, ce fut du moins rapide comme toutes ces choses ; mais beaucoup plus beau, car c'était la vie de
l'âme ! Je compris qu'il existait je ne sais quoi d'inconnu pour moi dans le monde, une force plus belle que
la pensée, c'était toutes les pensées, toutes les forces,
tout un avenir dans une émotion partagée. Je ne me sentis plus mère qu'à demi. En tombant sur mon cœur, ce
coup de foudre y alluma des désirs qui sommeillaient à
mon insu ; je devinai soudain tout ce que voulait dire
ma tante quand elle me baisait sur le front en s'écriant :
— *Pauvre Henriette !* En retournant à Clochegourde, le
printemps, les premières feuilles, le parfum des fleurs,
les jolis nuages blancs, l'Indre, le ciel, tout me parlait
un langage jusqu'alors incompris, et qui rendait à mon
âme un peu du mouvement que vous aviez imprimé à
mes sens. Si vous avez oublié ces terribles baisers, moi,
je n'ai jamais pu les effacer de mon souvenir : j'en
meurs ! Oui, chaque fois que je vous ai vu depuis, vous
en ranimiez l'empreinte ; j'étais émue de la tête aux
pieds par votre aspect, par le seul pressentiment de votre
arrivée. Ni le temps, ni ma ferme volonté n'ont pu
dompter cette impérieuse volupté. Je me demandais
involontairement : Que doivent être les plaisirs ? Nos
regards échangés, les respectueux baisers que vous mettiez sur mes mains, mon bras posé sur le vôtre, votre
voix dans ses tons de tendresse, enfin les moindres choses me remuaient si violemment que presque toujours il
se répandait un nuage sur mes yeux : le bruit de sens
révoltés remplissait alors mon oreille. Ah ! si dans ces
moments où je redoublais de froideur, vous m'eussiez
prise dans vos bras, je serais morte de bonheur. J'ai parfois désiré de vous quelque violence, mais la prière chas-
sait promptement cette mauvaise pensée. Votre nom
prononcé par mes enfants m'emplissait le cœur d'un
sang plus chaud qui colorait aussitôt mon visage, et je
tendais des pièges à ma pauvre Madeleine pour le lui

faire dire, tant j'aimais les bouillonnements de cette sensation. Que vous dirai-je ? votre écriture avait un charme, je regardais vos lettres comme on contemple un portrait. Si, dès ce premier jour, vous aviez déjà conquis sur moi je ne sais quel fatal pouvoir, vous comprenez, mon ami, qu'il devint infini quand il me fut donné de lire dans votre âme. Quelles délices m'inondèrent en vous trouvant si pur, si complètement vrai, doué de qualités si belles, capable de si grandes choses, et déjà si éprouvé ! Homme et enfant, timide et courageux ! Quelle joie quand je nous trouvai sacrés tous deux par de communes souffrances ! Depuis cette soirée où nous nous confiâmes l'un à l'autre, vous perdre, pour moi c'était mourir : aussi vous ai-je laissé près de moi par égoïsme. La certitude qu'eut monsieur de la Berge de la mort que me causerait votre éloignement le toucha beaucoup, car il lisait dans mon âme. Il jugea que j'étais nécessaire à mes enfants, au comte : il ne m'ordonna point de vous fermer l'entrée de ma maison, car je lui promis de rester pure d'action et de pensée. — « La pensée est involontaire, me dit-il, mais elle peut être gardée au milieu des supplices. — Si je pense, lui répondis-je, tout sera perdu, sauvez-moi de moi-même. Faites qu'il demeure près de moi, et que je reste pure ! » Le bon vieillard, quoique bien sévère, fut alors indulgent à tant de bonne foi. — « Vous pouvez l'aimer comme on aime un fils, en lui destinant votre fille », me dit-il. J'acceptai courageusement une vie de souffrances pour ne pas vous perdre ; et je souffris avec amour en voyant que nous étions attelés au même joug. Mon Dieu ! je suis restée neutre, fidèle à mon mari, ne vous laissant pas faire un seul pas, Félix, dans votre propre royaume. La grandeur de mes passions a réagi sur mes facultés, j'ai regardé les tourments que m'infligeait monsieur de Mortsauf comme des expiations, et je les endurais avec orgueil pour insulter à mes penchants coupables. Autrefois j'étais disposée à murmurer, mais depuis que vous êtes demeuré près de moi, j'ai repris quelque gaieté, dont monsieur de Mortsauf s'est bien trouvé. Sans cette force que vous me prêtiez, j'aurais succombé depuis longtemps à ma vie intérieure que je vous ai racontée. Si vous avez été pour beaucoup dans mes fautes, vous avez été pour beaucoup dans l'exercice de mes devoirs. Il en fut de même pour mes enfants. Je croyais les avoir privés de quelque chose, et je craignais de ne faire jamais assez pour eux. Ma vie fut dès lors une continuelle douleur que j'aimais. En sentant que j'étais moins mère, moins honnête femme, le remords s'est logé dans mon cœur ; et, craignant de manquer à mes obligations, j'ai constamment voulu les outrepasser. Pour ne pas faillir, j'ai donc mis Madeleine entre vous et moi, et je vous ai destiné l'un à l'autre, en m'élevant ainsi des barrières entre nous deux. Barrières impuissantes ! rien ne pouvait étouffer les tressaillements que vous me causiez. Absent ou présent, vous aviez la même force. J'ai préféré Madeleine à Jacques, parce que Madeleine devait être à vous. Mais je ne vous cédais pas à ma fille sans combats. Je me disais que je n'avais que vingt-huit ans quand je vous rencontrai, que vous en aviez presque vingt-deux ; je rapprochais les distances, je me livrais à de faux espoirs. Ô mon Dieu, Félix, je vous fais ces aveux afin de vous épargner des remords, peut-être aussi afin de vous apprendre que je n'étais pas insensible, que nos souffrances d'amour étaient bien cruellement égales, et qu'Arabelle n'avait aucune supériorité sur moi. J'étais aussi une de ces filles de la race déchue que les hommes aiment tant. Il y eut un moment où la lutte fut si terrible que je pleurais pendant toutes les nuits : mes cheveux tombaient. Ceux-là, vous les avez eus ! Vous vous souvenez de la maladie que fit monsieur de Mortsauf. Votre grandeur d'âme d'alors, loin de m'élever, m'a rapetissée. Hélas ! dès ce jour je souhaitais me donner à vous comme une récompense due à tant d'héroïsme ; mais cette folie a été courte. Je l'ai mise aux pieds de Dieu pendant la messe à laquelle vous avez refusé d'assister. La maladie de Jacques et les souffrances de Madeleine m'ont paru des menaces de Dieu, qui tirait fortement à lui la brebis égarée. Puis votre amour si naturel pour cette Anglaise m'a révélé des secrets que j'ignorais moi-même. Je vous aimais plus que je ne croyais vous aimer. Madeleine a disparu. Les constantes émotions de ma vie orageuse, les efforts que je faisais pour me dompter moi-même sans autre secours que la religion, tout a préparé la maladie dont je meurs. Ce coup terrible a déterminé des crises sur lesquelles j'ai gardé le silence. Je voyais dans la mort le seul dénoûment possible de cette tragédie inconnue. Il y a eu toute une vie emportée, jalouse, furieuse, pendant les deux mois qui se sont écoulés entre la nouvelle que me donna ma mère de votre liaison avec lady Dudley et votre arrivée. Je voulais aller à Paris, j'avais soif de meurtre, je souhaitais la mort de cette femme, j'étais insensible aux caresses de mes enfants. La prière, qui jusqu'alors avait été pour moi comme un baume, fut sans action sur mon âme [1]. La jalousie a fait la large brèche par où la mort est entrée. Je suis restée néanmoins le front calme. Oui, cette saison de combats fut un secret entre Dieu et moi. Quand j'ai bien su que j'étais aimée autant que je vous aimais moi-même et que je n'étais trahie que par la nature et non par votre pensée, j'ai voulu vivre... et il n'était plus temps. Dieu m'avait mise sous sa protection, pris sans doute de pitié pour une créature vraie avec elle-même, vraie avec lui, et que ses souffrances avaient souvent amenée aux portes du sanctuaire. Mon bien-aimé, Dieu m'a jugée, monsieur de Mortsauf me pardonnera sans doute ; mais vous, serez-

---

1. Sur les épreuves Balzac supprime la tentation athée : *Je voulais aller à Paris, j'avais soif du meurtre, je souhaitais la mort de cette femme, j'étais insensible aux caresses de mes enfants [la violence de cette tempête me rendait immobile, les plus épouvantables doutes m'ont saisie]. La prière qui jusqu'alors avait été pour moi comme un baume, fut sans action sur mon âme* (A 121, f° 150).

vous clément ? écouterez-vous la voix qui sort en ce
moment de ma tombe ? réparerez-vous les malheurs
dont nous sommes également coupables, vous moins que
moi peut-être ? Vous savez ce que je veux vous demander. Soyez auprès de monsieur de Mortsauf comme est
une sœur de charité auprès d'un malade, écoutez-le,
aimez-le ; personne ne l'aimera. Interposez-vous entre
ses enfants et lui comme je le faisais. Votre tâche ne sera
pas de longue durée : Jacques quittera bientôt la maison
pour aller à Paris auprès de son grand-père, et vous
m'avez promis de le guider à travers les écueils de ce
monde. Quant à Madeleine, elle se mariera ; puissiez-
vous un jour lui plaire ! elle est tout moi-même, et de
plus elle est forte, elle a cette volonté qui m'a manqué,
cette énergie nécessaire à la compagne d'un homme que
sa carrière destine aux orages de la vie politique, elle est
adroite et pénétrante. Si vos destinées s'unissaient, elle
serait plus heureuse que ne le fut sa mère. En acquérant
ainsi le droit de continuer mon œuvre à Clochegourde,
vous effaceriez des fautes qui n'auront pas été suffisamment expiées, bien que pardonnées au ciel et sur la terre,
car *il* est généreux et me pardonnera. Je suis, vous le
voyez, toujours égoïste ; mais n'est-ce pas la preuve
d'un despotique amour ? Je veux être aimée par vous
dans les miens. N'ayant pu être à vous, je vous lègue
mes pensées et mes devoirs ! Si vous m'aimez trop pour
m'obéir, si vous ne voulez pas épouser Madeleine, vous
veillerez du moins au repos de mon âme en rendant
monsieur de Mortsauf aussi heureux qu'il peut l'être.

« Adieu, cher enfant de mon cœur, ceci est l'adieu
complètement intelligent, encore plein de vie, l'adieu
d'une âme où tu as répandu de trop grandes joies pour
que tu puisses avoir le moindre remords de la catastrophe qu'elles ont engendrée ; je me sers de ce mot en
pensant que vous m'aimez, car moi j'arrive au lieu du
repos, immolée au devoir, et, ce qui me fait frémir, non
sans regret ! Dieu saura mieux que moi si j'ai pratiqué

ses saintes lois selon leur esprit. J'ai sans doute chancelé souvent, mais je ne suis point tombée, et la plus puissante excuse de mes fautes est dans la grandeur même des séductions qui m'ont environnée. Le Seigneur me verra tout aussi tremblante que si j'avais succombé. Encore adieu, un adieu semblable à celui que j'ai fait hier à notre belle vallée, au sein de laquelle je reposerai bientôt, et où vous reviendrez souvent, n'est-ce pas ? »

« Henriette. »

Je tombai dans un abîme de réflexions en apercevant les profondeurs inconnues de cette vie alors éclairée par cette dernière flamme. Les nuages de mon égoïsme se dissipèrent. Elle avait donc souffert autant que moi, plus que moi, car elle était morte. Elle croyait que les autres devaient être excellents pour son ami ; elle avait été si bien aveuglée par son amour qu'elle n'avait pas soupçonné l'inimitié de sa fille. Cette dernière preuve de sa tendresse me fit bien mal. Pauvre Henriette qui voulait me donner Clochegourde et sa fille !

Natalie, depuis ce jour à jamais terrible où je suis entré pour la première fois dans un cimetière en accompagnant les dépouilles de cette noble Henriette, que maintenant vous connaissez, le soleil a été moins chaud et moins lumineux, la nuit plus obscure, le mouvement moins prompt, la pensée plus lourde. Il est des personnages que nous ensevelissons dans la terre, mais il en est de plus particulièrement chéries qui ont eu notre cœur pour linceul, dont le souvenir se mêle chaque jour à nos palpitations ; nous pensons à elles comme nous respirons, elles sont en nous par la douce loi d'une métempsycose propre à l'amour. Une âme est en mon âme. Quand quelque bien est fait par moi, quand une belle parole est dite, cette âme parle, elle agit ; tout ce que je puis avoir de bon émane de cette tombe, comme d'un lys les parfums qui embaument l'atmosphère. La raillerie, le

mal, tout ce que vous blâmez en moi vient de moi-même. Maintenant, quand mes yeux sont obscurcis par un nuage et se reportent vers le ciel, après avoir long-temps contemplé la terre, quand ma bouche est muette à vos paroles et à vos soins, ne me demandez plus :
— *A quoi pensez-vous ?*

Chère Natalie, j'ai cessé d'écrire pendant quelque temps, ces souvenirs m'avaient trop ému. Maintenant je vous dois le récit des événements qui suivirent cette catastrophe, et qui veulent peu de paroles. Lorsqu'une vie ne se compose que d'action et de mouvement, tout est bientôt dit ; mais quand elle s'est passée dans les régions les plus élevées de l'âme, son histoire est diffuse. La lettre d'Henriette faisait briller un espoir à mes yeux. Dans ce grand naufrage, j'apercevais une île où je pouvais aborder. Vivre à Clochegourde auprès de Made-leine en lui consacrant ma vie était une destinée où se satisfaisaient toutes les idées dont mon cœur était agité ; mais il fallait connaître les véritables pensées de Made-leine. Je devais faire mes adieux au comte ; j'allai donc à Clochegourde le voir, et je le rencontrai sur la terrasse. Nous nous promenâmes pendant longtemps. D'abord il me parla de la comtesse en homme qui connaissait l'étendue de sa perte, et tout le dommage qu'elle causait à sa vie intérieure. Mais, après le premier cri de sa dou-leur, il se montra plus préoccupé de l'avenir que du pré-sent. Il craignait sa fille, qui n'avait pas, me dit-il, la douceur de sa mère. Le caractère ferme de Madeleine, chez laquelle je ne sais quoi d'héroïque se mêlait aux qualités gracieuses de sa mère, épouvantait ce vieillard accoutumé aux tendresses d'Henriette, et qui pressentait une volonté que rien ne devait plier. Mais ce qui pouvait le consoler de cette perte irréparable était la certitude de bientôt rejoindre sa femme : les agitations et les chagrins de ces derniers jours avaient augmenté son état maladif, et réveillé ses anciennes douleurs ; le combat qui se pré-parait entre son autorité de père et celle de sa fille, qui devenait maîtresse de maison, allait lui faire finir ses jours dans l'amertume ; car là où il avait pu lutter avec sa femme, il devait toujours céder à son enfant. D'ailleurs son fils s'en irait, sa fille se marierait ; quel gendre aurait-il ? Quoiqu'il parlât de mourir promptement, il se sentait seul, sans sympathies pour long-temps encore.

Pendant cette heure où il ne parla que de lui-même en me demandant mon amitié au nom de sa femme, il acheva de me dessiner complètement la grande figure de l'Émigré[1], l'un des types les plus imposants de notre époque. Il était en apparence faible et cassé, mais la vie semblait devoir persister en lui, précisément à cause de ses mœurs sobres et de ses occupations champêtres. Au moment où j'écris il vit encore. Quoique Madeleine pût nous apercevoir allant le long de la terrasse, elle ne descendit pas ; elle s'avança sur le perron et rentra dans la maison à plusieurs reprises, afin de me marquer son mépris. Je saisis le moment où elle vint sur le perron, je priai le comte de monter au château ; j'avais à parler à Madeleine, je prétextai une dernière volonté que la comtesse m'avait confiée, je n'avais plus que ce moyen de la voir, le comte l'alla chercher et nous laissa seuls sur la terrasse.

— Chère Madeleine, lui dis-je, si je dois vous parler, n'est-ce pas ici où votre mère m'écouta quand elle eut à se plaindre moins de moi que des événements de la vie. Je connais vos pensées, mais ne me condamnez-vous pas sans connaître les faits ? Ma vie et mon bonheur sont attachés à ces lieux, vous le savez, et vous m'en bannissez par la froideur que vous faites succéder à l'amitié fraternelle qui nous unissait, et que la mort a resserrée par le lien d'une même douleur. Chère Madeleine, vous

---

1. Dans une lettre du 16 mai 1836, Balzac dit à Mme Hanska : « Le caractère saillant est décidément M. de Mortsauf. Il était bien difficile de dessiner cette figure ; mais elle est terminée aujourd'hui. J'aurai élevé la statue de l'Émigration. »

pour qui je donnerais à l'instant ma vie sans aucun espoir de récompense, sans que vous le sachiez même, tant nous aimons les enfants de celles qui nous ont protégés dans la vie, vous ignorez le projet caressé par votre adorable mère pendant ces sept années, et qui modifierait sans doute vos sentiments ; mais je ne veux point de ces avantages. Tout ce que j'implore de vous, c'est de ne pas m'ôter le droit de venir respirer l'air de cette terrasse, et d'attendre que le temps ait changé vos idées sur la vie sociale ; en ce moment je me garderais bien de les heurter ; je respecte une douleur qui vous égare, car elle m'ôte à moi-même la faculté de juger sainement les circonstances dans lesquelles je me trouve. La sainte qui veille en ce moment sur nous approuvera la réserve dans laquelle je me tiens en vous priant seulement de demeurer neutre entre vos sentiments et moi. Je vous aime trop malgré l'aversion que vous me témoignez pour expliquer au comte un plan qu'il embrasserait avec ardeur. Soyez libre. Plus tard, songez que vous ne connaîtrez personne au monde mieux que vous ne me connaissez, que nul homme n'aura dans le cœur des sentiments plus dévoués...

Jusque-là Madeleine m'avait écouté les yeux baissés, mais elle m'arrêta par un geste.

— Monsieur, dit-elle d'une voix tremblante d'émotion, je connais aussi toutes vos pensées ; mais je ne changerai point de sentiments à votre égard, et j'aimerais mieux me jeter dans l'Indre que de me lier à vous. Je ne vous parlerai pas de moi ; mais si le nom de ma mère conserve encore quelque puissance sur vous, c'est en son nom que je vous prie de ne jamais venir à Clochegourde tant que j'y serai. Votre aspect seul me cause un trouble que je ne puis exprimer, et que je ne surmonterai jamais.

Elle me salua par un mouvement plein de dignité, et remonta vers Clochegourde, sans se retourner, impassible comme l'avait été sa mère un seul jour, mais impitoyable. L'œil clairvoyant de cette jeune fille avait,

quoique tardivement, tout deviné dans le cœur de sa
mère, et peut-être sa haine contre un homme qui lui semblait funeste s'était-elle augmentée de quelques regrets
sur son innocente complicité. Là tout était abîme. Madeleine me haïssait, sans vouloir s'expliquer si j'étais la
cause ou la victime de ces malheurs : elle nous eût haïs
peut-être également, sa mère et moi, si nous avions été
heureux. Ainsi tout était détruit dans le bel édifice de
mon bonheur [1]. Seul, je devais savoir en son entier la vie
de cette grande femme inconnue, seul j'étais dans le
secret de ses sentiments, seul j'avais parcouru son âme
dans toute son étendue ; ni sa mère, ni son père, ni son
mari, ni ses enfants ne l'avaient connue. Chose étrange !
Je fouille ce monceau de cendres et prends plaisir à les
étaler devant vous, nous pouvons tous y trouver quelque
chose de nos plus chères fortunes. Combien de familles
ont aussi leur Henriette ! combien de nobles êtres quittent la terre sans avoir rencontré un historien intelligent
qui ait sondé leurs cœurs, qui en ait mesuré la profondeur et l'étendue ! Ceci est la vie humaine dans toute sa
vérité : souvent les mères ne connaissent pas plus leurs
enfants que leurs enfants ne les connaissent ; il en est
ainsi des époux, des amants et des frères ! Savais-je,
moi, qu'un jour, sur le cercueil même de mon père, je
plaiderais avec Charles de Vandenesse [2], avec mon frère

---

1. Dans le manuscrit, Félix retourne l'accusation contre Madeleine :
*Sur un seul fait, sans doute, Madeleine me regardait comme l'auteur
de la mort de sa mère, sans se demander si son père, si les inquiétudes
qu'elle et son frère avaient données à la comtesse n'avaient pas depuis
longtemps préparé l'affreuse maladie. Ainsi tout était détruit dans le
bel édifice de mon bonheur [...]* (A 116, f° 133). – 2. Dans *La Vallée
du torrent* (intégré à l'ensemble qui deviendra *La Femme de trente
ans*), Balzac a évoqué un procès qui oppose un jeune diplomate, M. de
Vandenesse, à son frère. Dans l'édition Furne (sous le titre *La Femme
de trente ans*), il prend le prénom de Charles (voir « Commentaires,
« *Le Lys dans la vallée* et le retour des personnages »). Dans *Un début
dans la vie* (1842), on apprendra que la vente de la terre de Vandenesse
est l'objet du litige (*CH*, I, p. 872).

à l'avancement de qui j'ai tant contribué ? Mon Dieu !
combien d'enseignements dans la plus simple histoire.
Quand Madeleine eut disparu par la porte du perron, je
revins le cœur brisé, dire adieu à mes hôtes, et je partis
pour Paris en suivant la rive droite de l'Indre, par
laquelle j'étais venu dans cette vallée pour la première
fois. Je passai triste à travers le joli village de Pont-de-
Ruan. Cependant j'étais riche, la vie politique me souriait, je n'étais plus le piéton fatigué de 1814. Dans ce
temps-là, mon cœur était plein de désirs, aujourd'hui
mes yeux étaient pleins de larmes ; autrefois j'avais ma
vie à remplir, aujourd'hui je la sentais déserte. J'étais
bien jeune, j'avais vingt-neuf ans, mon cœur était déjà
flétri. Quelques années avaient suffi pour dépouiller ce
paysage de sa première magnificence et pour me dégoû-
ter de la vie. Vous pouvez maintenant comprendre quelle
fut mon émotion, lorsqu'en me retournant je vis Madeleine sur la terrasse.

Dominé par une impérieuse tristesse, je ne songeais
plus au but de mon voyage. Lady Dudley était bien loin
de ma pensée, que j'entrais dans sa cour sans le savoir.
Une fois la sottise faite, il fallait la soutenir. J'avais chez
elle des habitudes conjugales, je montai chagrin en songeant à tous les ennuis d'une rupture. Si vous avez bien
compris le caractère et les manières de lady Dudley,
vous imaginerez ma déconvenue, quand son majordome
m'introduisit en habit de voyage dans un salon où je
la trouvai pompeusement habillée, environnée de cinq
personnes. Lord Dudley, l'un des vieux hommes d'état
les plus considérables de l'Angleterre, se tenait debout
devant la cheminée, gourmé, plein de morgue, froid,
avec l'air railleur qu'il doit avoir au Parlement, il sourit
en entendant mon nom. Les deux enfants d'Arabelle qui
ressemblaient prodigieusement à de Marsay[1], l'un des

---

1. Dans *La Fille aux yeux d'or* (1834), de Marsay a pour père lord
Dudley. En soulignant la ressemblance des enfants d'Arabelle avec de

fils naturels du vieux lord, et qui était là, sur la causeuse
près de la marquise, se trouvaient près de leur mère.
Arabelle en me voyant prit aussitôt un air hautain, fixa
son regard sur ma casquette de voyage, comme si elle
eût voulu me demander à chaque instant ce que je venais
faire chez elle. Elle me toisa comme elle eût fait d'un
gentilhomme campagnard qu'on lui aurait présenté.
Quant à notre intimité, à cette passion éternelle, à ces
serments de mourir si je cessais de l'aimer, à cette fan-
tasmagorie d'Armide [1], tout avait disparu comme un
rêve. Je n'avais jamais serré sa main, j'étais un étranger,
elle ne me connaissait pas. Malgré le sang-froid diplomatique auquel je commençais à m'habituer, je fus surpris, et tout autre à ma place ne l'eût pas été moins. De
Marsay souriait à ses bottes qu'il examinait avec une
affectation singulière. J'eus bientôt pris mon parti. De
toute autre femme, j'aurais accepté modestement une
défaite ; mais outré de voir debout l'héroïne qui voulait
mourir d'amour, et qui s'était moquée de la morte, je
résolus d'opposer l'impertinence à l'impertinence. Elle
savait le désastre de lady Brandon : le lui rappeler,
c'était lui donner un coup de poignard au cœur quoique
l'arme dût s'y émousser.

— Madame, lui dis-je, vous me pardonnerez d'entrer
chez vous si cavalièrement, quand vous saurez que j'arrive de Touraine, et que lady Brandon m'a chargé pour
vous d'un message qui ne souffre aucun retard. Je craignais de vous trouver partie pour le Lancashire ; mais,
puisque vous restez à Paris, j'attendrai vos ordres et
l'heure à laquelle vous daignerez me recevoir.

Marsay, Balzac fait allusion à cette filiation qui n'est pas explicitée
dans *Le Lys dans la vallée*.

1. Dans *La Jérusalem délivrée* du Tasse, Armide retient le chevalier
Renaud dans ses jardins merveilleux, loin des combats. Arabelle feint
d'être cette amante parfaite.

Elle inclina la tête et je sortis. Depuis ce jour, je ne l'ai plus rencontrée que dans le monde où nous échangeons un salut amical et quelquefois une épigramme. Je lui parle des femmes inconsolables du Lancashire, elle me parle des Françaises qui font honneur à leur désespoir de leurs maladies d'estomac. Grâce à ses soins, j'ai un ennemi mortel dans de Marsay, qu'elle affectionne beaucoup. Et moi je dis qu'elle épouse les deux générations. Ainsi rien ne manquait à mon désastre. Je suivis le plan que j'avais arrêté pendant ma retraite à Saché. Je me jetai dans le travail, je m'occupai de science, de littérature et de politique ; j'entrai dans la diplomatie à l'avènement de Charles X qui supprima l'emploi que j'occupais sous le feu roi. Dès ce moment je résolus de ne jamais faire attention à aucune femme si belle, si spirituelle, si aimante qu'elle pût être. Ce parti me réussit à merveille : j'acquis une tranquillité d'esprit incroyable, une grande force pour le travail, et je compris tout ce que ces femmes dissipent de notre vie en croyant nous avoir payé par quelques paroles gracieuses. Mais toutes mes résolutions échouèrent : vous savez comment et pourquoi. Chère Natalie, en vous disant ma vie sans réserve et sans artifice, comme je me la dirais à moi-même ; en vous racontant des sentiments où vous n'étiez pour rien, peut-être ai-je froissé quelque pli de votre cœur jaloux et délicat ; mais ce qui courroucerait une femme vulgaire sera pour vous, j'en suis sûr, une nouvelle raison de m'aimer. Auprès des âmes souffrantes et malades, les femmes d'élite ont un rôle sublime à jouer, celui de la sœur de charité qui panse les blessures, celui de la mère qui pardonne à l'enfant. Les artistes et les grands poètes ne sont pas seuls à souffrir : les hommes qui vivent pour leurs pays, pour l'avenir des nations, en élargissant le cercle de leurs passions et de leurs pensées, se font souvent une bien cruelle solitude. Ils ont besoin de sentir à leurs côtés un amour pur et dévoué ; croyez bien qu'ils en comprennent la grandeur et le prix. Demain, je saurai si je me suis trompé en vous aimant[1].

A MONSIEUR LE COMTE
FÉLIX DE VANDENESSE.

« Cher comte, vous avez reçu de cette pauvre madame de Mortsauf une lettre qui, dites-vous, ne vous a pas été inutile pour vous conduire dans le monde, lettre à laquelle vous devez votre haute fortune. Permettez-moi

---

1. Dans sa version initiale, la fin de la lettre de Félix propose à Natalie la place d'Henriette. Elle pourrait être non seulement la sœur de charité mais aussi l'ange aux ailes blanches. De plus, Félix trace un portrait de l'homme politique sans passions et charge la femme de lui redonner un cœur. La mission que le texte publié donne à Natalie est beaucoup moins gratifiante et sublime quoi qu'en dise Félix, puis-qu'elle doit surtout panser les plaies occasionnées par d'autres. Le manuscrit fait aussi avouer à Félix une naïveté qui lui sera reprochée par Natalie dans le texte définitif : *Chère Natalie, après vous avoir non pas dit, mais écrit ma vie avec la candeur que je mettrais à me la raconter à moi-même, il est impossible que je n'aie pas, dans l'expres-sion de sentiments antérieurs à ceux que vous m'avez inspirés, froissé quelque pli de votre cœur jaloux et délicat, mais là où des femmes vulgaires se courrouceraient je crois moi, que vous trouverez de nou-velles raisons d'aimer. Il est certaines âmes souffrantes et maladives auprès desquelles vous avez un rôle sublime à jouer, celui de la sœur de charité qui panse les blessures, celui de la mère qui pardonne à l'enfant, celui de l'ange dont les blanches ailes dissipent les chagrins. Les savants, et les artistes et les grands poètes ne sont pas seuls dans cette sphère, croyez que les hommes adonnés aux intérêts des masses, qui vivent pour leur pays, qui pensent nuit et jour à l'avenir des nations, en agrandissent le jeu de leur cœur, et l'étendue de leur cer-veau sont bien près de les sentir froids aux sentiments individuels, eux aussi, croyez-le, ont besoin d'avoir à leurs côtés un amour pur et dévoué ; croyez qu'ils en apprécient la grandeur et la portée. Je saurai si je ne me suis point trompé en vous aimant* (A 116, f° 136). Le texte définitif est mis au point au cours de la correction des épreuves (A 121, f° 170).

d'achever votre éducation. De grâce, défaites-vous d'une détestable habitude ; n'imitez pas les veuves qui parlent toujours de leur premier mari, qui jettent toujours à là face du second les vertus du défunt. Je suis Française, cher comte ; je voudrais épouser tout l'homme que j'aimerais, et ne saurais en vérité épouser madame de Mortsauf. Après avoir lu votre récit avec l'attention qu'il mérite, et vous savez quel intérêt je vous porte, il m'a semblé que vous aviez considérablement ennuyé lady Dudley en lui opposant les perfections de madame de Mortsauf, et fait beaucoup de mal à la comtesse en l'accablant des ressources de l'amour anglais. Vous avez manqué de tact envers moi, pauvre créature, qui n'ai d'autre mérite que celui de vous plaire ; vous m'avez donné à entendre que je ne vous aimais ni comme Henriette, ni comme Arabelle. J'avoue mes imperfections, je les connais ; mais pourquoi me les faire si rudement sentir ? Savez-vous pour qui je suis prise de pitié ? pour la quatrième femme que vous aimerez. Celle-là sera nécessairement forcée de lutter avec trois personnes ; aussi dois-je vous prémunir, dans votre intérêt comme dans le sien, contre le danger de votre mémoire. Je renonce à la gloire laborieuse de vous aimer : il faudrait trop de qualités catholiques ou anglicanes, et je ne me soucie pas de combattre des fantômes. Les vertus de la Vierge de Clochegourde désespéreraient la femme la plus sûre d'elle-même, et votre intrépide Amazone décourage les plus hardis désirs de bonheur. Quoi qu'elle fasse, une femme ne pourra jamais espérer pour vous des joies égales à son ambition. Ni le cœur ni les sens ne triompheront jamais de vos souvenirs. Vous avez oublié que nous montons souvent à cheval. Je n'ai pas su réchauffer le soleil attiédi par la mort de votre sainte Henriette, le frisson vous prendrait à côté de moi. Mon ami, car vous serez toujours mon ami, gardez-vous de recommencer de pareilles confidences qui mettent à nu votre désenchantement, qui découragent l'amour et forcent une femme à douter d'elle-même. L'amour, cher comte, ne vit que de confiance. La femme qui, avant de dire une parole, ou de monter à cheval, se demande si une céleste Henriette ne parlait pas mieux, si une écuyère comme Arabelle ne déployait pas plus de grâces, cette femme-là, soyez-en sûr, aura les jambes et la langue tremblantes. Vous m'avez donné le désir de recevoir quelques-uns de vos bouquets enivrants, mais vous n'en composez plus. Il est ainsi une foule de choses que vous n'osez plus faire, de pensées et de jouissances qui ne peuvent plus renaître pour vous. Nulle femme, sachez-le bien, ne voudra coudoyer dans votre cœur la morte que vous y gardez. Vous me priez de vous aimer par charité chrétienne. Je puis faire, je vous l'avoue, une infinité de choses par charité, tout, excepté l'amour. Vous êtes parfois ennuyeux et ennuyé, vous appelez votre tristesse du nom de mélancolie : à la bonne heure ; mais vous êtes insupportable et vous donnez de cruels soucis à celle qui vous aime. J'ai trop souvent rencontré entre nous deux la tombe de la sainte : je me suis consultée, je me connais et je ne voudrais pas mourir comme elle. Si vous avez fatigué lady Dudley, qui est une femme extrêmement distinguée, moi qui n'ai pas ses désirs furieux, j'ai peur de me refroidir plus tôt qu'elle encore. Supprimons l'amour entre nous, puisque vous ne pouvez plus en goûter le bonheur qu'avec les mortes, et restons amis, je le veux. Comment, cher comte ? vous avez eu pour votre début une adorable femme, une maîtresse parfaite qui songeait à votre fortune, qui vous a donné la pairie, qui vous aimait avec ivresse, qui ne vous demandait que d'être fidèle, et vous l'avez fait mourir de chagrin ; mais je ne sais rien de plus monstrueux. Parmi les plus ardents et les plus malheureux jeunes gens qui traînent leurs ambitions sur le pavé de Paris, quel est celui qui ne resterait pas sage pendant dix ans pour obtenir la moitié

des faveurs que vous n'avez pas su reconnaître ? Quand
on est aimé ainsi, que peut-on demander de plus ? Pauvre femme ! elle a bien souffert, et quand vous avez fait
quelques phrases sentimentales, vous vous croyez quitte
avec son cercueil. Voilà sans doute le prix qui attend ma
tendresse pour vous. Merci, cher comte, je ne veux de
rivale ni au delà ni en deçà de la tombe. Quand on a sur
la conscience de pareils crimes, au moins ne faut-il pas
les dire. Je vous ai fait une imprudente demande, j'étais
dans mon rôle de femme, de fille d'Ève, le vôtre consistait à calculer la portée de votre réponse. Il fallait me
tromper ; plus tard, je vous aurais remercié. N'avez-vous
donc jamais compris la vertu des hommes à bonnes fortunes ? Ne sentez-vous pas combien ils sont généreux en
nous jurant qu'ils n'ont jamais aimé, qu'ils aiment pour
la première fois ? Votre programme est inexécutable.
Être à la fois madame de Mortsauf et lady Dudley, mais,
mon ami, n'est-ce pas vouloir réunir l'eau et le feu ?
Vous ne connaissez donc pas les femmes ? elles sont
ce qu'elles sont, elles doivent avoir les défauts de leurs
qualités. Vous avez rencontré lady Dudley trop tôt pour
pouvoir l'apprécier, et le mal que vous en dites me semble une vengeance de votre vanité blessée ; vous avez
compris madame de Mortsauf trop tard, vous avez puni
l'une de ne pas être l'autre ; que va-t-il m'arriver à moi
qui ne suis ni l'une ni l'autre ? Je vous aime assez pour
avoir profondément réfléchi à votre avenir, car je vous
aime réellement beaucoup. Votre air de chevalier de la
Triste Figure [1] m'a toujours profondément intéressée :
je croyais à la constance des gens mélancoliques ; mais
j'ignorais que vous eussiez tué la plus belle et la plus

---

1. Il s'agit de Don Quichotte. Natalie considère Félix comme un
fou qui ressemble à Don Quichotte. Tous deux tournés vers un passé
révolu mais idéalisé, le Moyen Age, veulent vivre en croyant à des
illusions romanesques : l'amour courtois pour Félix, l'héroïsme chevaleresque pour Don Quichotte.

vertueuse des femmes à votre entrée dans le monde. Eh !
bien, je me suis demandé ce qui vous reste à faire : j'y
ai bien songé. Je crois, mon ami, qu'il faut vous marier
à quelque madame Shandy[1], qui ne saura rien de
l'amour, ni des passions, qui ne s'inquiétera ni de lady
Dudley, ni de madame de Mortsauf, très indifférente à
ces moments d'ennui que vous appelez mélancolie pendant lesquels vous êtes amusant comme la pluie, et qui
sera pour vous cette excellente sœur de charité que vous
demandez. Quant à aimer, à tressaillir d'un mot, à savoir
attendre le bonheur, le donner, le recevoir ; à ressentir
les mille orages de la passion, à épouser les petites vanités d'une femme aimée, mon cher comte, renoncez-y.
Vous avez trop bien suivi les conseils que votre bon ange
vous a donnés sur les jeunes femmes ; vous les avez si
bien évitées que vous ne les connaissez point. Madame
de Mortsauf a eu raison de vous placer haut du premier
coup, toutes les femmes auraient été contre vous, et vous
ne seriez arrivé à rien. Il est trop tard maintenant pour
commencer vos études, pour apprendre à nous dire ce
que nous aimons à entendre, pour être grand à propos,
pour adorer nos petitesses quand il nous plaît d'être petites. Nous ne sommes pas si sottes que vous le croyez :
quand nous aimons, nous plaçons l'homme de notre
choix au-dessus de tout. Ce qui ébranle notre foi dans
notre supériorité, ébranle notre amour. En nous flattant
vous vous flattez vous-mêmes. Si vous tenez à rester
dans le monde, à jouir du commerce des femmes,
cachez-leur avec soin tout ce que vous m'avez dit : elles
n'aiment ni à semer les fleurs de leur amour sur des
rochers, ni à prodiguer leurs caresses pour panser un
cœur malade. Toutes les femmes s'apercevraient de la
sécheresse de votre cœur, et vous seriez toujours mal-

---

1. Personnage de *Vie et opinions de Tristram Shandy* de Sterne.
Mme Shandy est une femme de bon sens.

heureux. Bien peu d'entre elles seraient assez franches pour vous dire ce que je vous dis, et assez bonnes personnes pour vous quitter sans rancune en vous offrant leur amitié, comme le fait aujourd'hui celle qui se dit votre amie dévouée,

NATALIE DE MANERVILLE. »

Paris, octobre 1835.

APPENDICE

Balzac a écrit quatre textes pour introduire *Le Lys dans la vallée* :

— une préface publiée dans la *Revue de Paris* et reprise dans l'édition originale chez Werdet en juin 1836 ;

— une seconde préface qui introduit l'*Historique* dans l'édition Werdet ;

— l'*Historique du procès auquel a donné lieu « Le Lys dans la vallée »*, d'abord publié par Balzac dans son journal la *Chronique de Paris*, le 2 juin 1836, et intégré en troisième position dans l'édition Werdet ;

— l'avertissement de l'édition Charpentier (1839) qui explique la suppression des textes précédents.

La finalité de ces textes est multiple. Ils tentent de capter l'attention et la bienveillance du lecteur, de préciser un pacte de lecture en fournissant un mode d'emploi qui écarte les mauvaises lectures. Ils fournissent à la fois des renseignements sur l'esthétique romanesque, le travail de Balzac et sur son intérêt pour les problèmes de réception. Ils répondent par avance à des objections possibles ou à des attaques réelles et révèlent à quel point l'écrivain se montre soucieux de protéger une image que les textes d'accompagnement ont aussi pour but d'élaborer. La publication de l'œuvre est en effet alors indissociable pour Balzac de la mise en scène un peu voyante d'une figure imaginaire de l'écrivain. C'est donc une double création qu'il offre au public.

Pour Balzac, l'écrivain ne conquerra ses lettres de noblesse qu'en constituant une propriété littéraire. Les préfaces du *Lys dans la vallée* s'attachent à la défendre contre le pouvoir éditorial mais aussi contre l'incompréhension du public. En effet, la propriété symbolique de l'aristocrate de plume que veut être Balzac requiert paradoxalement l'adhésion de cette « masse lisante », dont Balzac déplore pourtant le manque d'intelligence dans la préface du *Lys dans la vallée*. Dans les années 1830, et en particulier dans ses articles publiés dans *La Silhouette*, Balzac se rêve en Napoléon des lettres. Or, le mythe napoléonien chez Balzac est un mythe de l'union entre un individu et les masses. On peut comprendre alors que les problèmes de réception aient pu autant préoccuper Balzac et le conduire à rédiger un long *Historique* qu'il estimait appartenir « essentiellement au *Lys dans la vallée* ».

Pourtant, dans l'édition Charpentier du *Lys dans la vallée*, Balzac y renonce ainsi qu'à la préface et remplace ces textes par un avertissement qui disparaît lui aussi dans l'édition Furne. En effet, au moment de la publication de *La Comédie humaine*, Balzac supprime toutes les préfaces. Cela ne signifie aucunement que l'auteur ait obtenu la pleine reconnaissance de sa *balzacie* ou qu'à l'inverse il ait abdiqué ses prétentions. Mais il a changé de stratégie, conseillé en cela par son éditeur Hetzel. Il faut diminuer la statue pour que le monument de *La Comédie humaine* soit. Qu'il s'avère être davantage une tour de Babel inachevable que la cathédrale rêvée par Balzac n'y change rien. L'ouverture du chantier éditorial de *La Comédie humaine* nécessite la transformation du scénario imaginaire que Balzac avait l'habitude d'offrir à ses lecteurs en parallèle de ses œuvres. Pour créer dans l'esprit du public ce trompe-l'œil que Hetzel appelle « une chose capitale comme

notre édition complète », il faut que l'écrivain, selon lui,
adopte une stratégie du retrait. L'*Avant-propos*, que Balzac se résignera à écrire lui-même après avoir songé à
en charger Nodier ou Sand, doit être le dernier acte de
la représentation théâtrale de l'écrivain et jouer sa métamorphose en œuvre. Les consignes de Hetzel sont stric-
tes et lui demandent d'éviter les commentaires et les
« prétentions littéraires ou autres » : « Résumez, résumez le plus modestement possible. C'est là le vrai
orgueil quand on a fait ce que vous avez fait. Contez
votre affaire tout doucement. Figurez-vous dégagé de
tout, même de vous-même » (fin juin 1842, *Corr.* IV,
pp. 464-466). Si l'*Avant-propos* n'est pas un simple
résumé et expose encore bien des prétentions, du moins
Balzac promet-il de renoncer aux préfaces. Malgré quelques récidives, cette nouvelle stratégie prévaudra. Mais
l'escamotage théâtral de l'écrivain dans *La Comédie
humaine* est une apothéose qui en fait un dieu caché. En
effet, c'est laisser croire que le monde de *La Comédie
humaine* se tient tout seul, sans avoir besoin de l'appui
des préfaces, de leurs justifications, de leurs éclaircisse-
ments, de leurs modes d'emploi. La disparition de l'écrivain doit être la manifestation de l'invulnérabilité de sa
puissance. L'apparente modestie de l'écrivain est donc
bien ambiguë. Dans sa lettre à Hippolyte Castille, rédac-
teur de *La Semaine*, qui démontre la visée morale et
catholique de *La Comédie humaine* et en particulier du
Lys dans la vallée, Balzac ne cache pas un mépris définitif pour la « masse lisante » devant laquelle il refuse
désormais de s'expliquer par des préfaces, sans pour
autant renoncer à la conquérir et à la convaincre. C'est
pourquoi il tient à se défendre dans cette lettre contre les
attaques que lui porte un journal qui peut toucher deux
cent mille lecteurs en dix jours. La figure charismatique
du Napoléon des lettres cède donc la place à une figure
plus condescendante qui préfère agir plus indirectement
lorsqu'il faut défendre son autorité sur le public. Le

retrait de l'écrivain est une stratégie de pouvoir dissimulée. L'effet de puissance que cette discrétion produit est
un leurre habile que dément le maintien, à l'intérieur des
œuvres, d'adresses aux lecteurs, de commentaires dont
la finalité est parfois comparable à celle des préfaces :
expliquer l'intérêt du récit, ses méthodes, prévenir les
erreurs d'interprétation. Tout autant que leur rédaction,
la suppression des préfaces de l'édition Furne fait partie
du scénario imaginaire dans lequel se joue, en plusieurs
actes différents, l'identité d'écrivain. Dans cette perspective on pourra apprécier l'apport stratégique du *Lys dans
la vallée* qui représente l'échec d'un échange, et les liens
organiques qui l'unissaient à ses textes d'accompagnement.

Préface de l'édition originale (Werdet, 1836)

*Dans plusieurs fragments de son œuvre, l'auteur a produit un personnage qui raconte en son nom. Pour arriver
au vrai, les écrivains emploient celui des artifices littéraires qui leur semble propre à prêter le plus de vie à leurs
figures. Ainsi, le désir d'animer leurs créations a jeté les
hommes les plus illustres du siècle dernier dans la prolixité du roman par lettres, seul système qui puisse rendre
vraisemblable une histoire fictive. Le je sonde le cœur
humain aussi profondément que le style épistolaire et n'en
a pas les longueurs. A chaque œuvre, sa forme. L'art du
romancier consiste à bien matérialiser ses idées. Clarisse
Harlowe[1] voulait sa vaste correspondance, Gil Blas voulait le moi. Mais le moi n'est pas sans danger pour l'auteur. Si la masse lisante s'est agrandie, la somme de
l'intelligence publique n'a pas augmenté en proportion.
Malgré l'autorité de la chose jugée, beaucoup de person*

---

1. Clarisse Harlowe de Richardson, roman par lettres (1748).

nes se donnent encore aujourd'hui le ridicule de rendre
un écrivain complice des sentiments qu'il attribue à ses
personnages ; et s'il emploie le *je, presque toutes sont
tentées de le confondre avec le narrateur.* Le Lys dans la
vallée *étant l'ouvrage le plus considérable de ceux où
l'auteur a pris le* moi *pour se diriger à travers les sinuosités d'une histoire plus ou moins vraie, il croit nécessaire
de déclarer ici qu'il ne s'est nulle part mis en scène. Il a
sur la promiscuité des sentiments personnels et des sentiments fictifs une opinion sévère et des principes arrêtés.
Selon lui, le trafic honteux de la prostitution est mille fois
moins infâme que ne l'est la vente avec annonces de certaines émotions qui ne nous appartiennent jamais en
entier. Les sentiments bons ou mauvais dont l'âme fut agitée, la colorent de je ne sais quelle essence, et lui font
exhaler des parfums qui en particularisent la pensée ;
certes, le style des êtres souffrants ou foudroyés ne ressemble pas au style de ceux dont la vie s'est écoulée sans
catastrophe. Mais de cette physionomie sombre ou attendrissante, mondaine ou religieuse, joyeuse ou grave, à la
prostitution des plus chers trésors du cœur, il est un abîme
que franchissent seuls les esprits impurs. Si quelque poète
entreprend ainsi sur sa double vie, que ce soit par hasard
et non par un parti pris comme chez J.-J. Rousseau. L'auteur, qui admire l'écrivain dans les* Confessions, *a horreur de l'homme. Comment ce Jean-Jacques, si fier de ses
sentiments, a-t-il osé libeller la condamnation de madame
de Warens, quand il savait si bien plaider pour lui-
même ? Entassez toutes les couronnes de la terre sur sa
tête, les anges maudiront éternellement ce rhéteur qui put
immoler sur le triste autel de la Renommée, une femme en
qui s'étaient trouvés pour lui le cœur d'une mère et l'âme
d'une maîtresse, le bienfait sous la grâce du premier
amour.*

L'Auteur.
Paris, juillet 1835.

Seconde préface (Werdet, 1836)

*Je ne m'attendais pas après avoir écrit ces lignes sur
la sainteté de la vie privée, que je serais obligé, à dix
mois de là, de raconter une partie douloureuse de mon
existence, et de comparaître en présence du public, ainsi
que je le fais dans le récit suivant qui appartient essentiellement au* Lys *dans la vallée, et que par une volonté
bien déterminée, j'entends laisser en tête de mon œuvre,
tant qu'elle subsistera ; à moins qu'un arrêt ou mon propre vouloir ne l'en retirent.*

De Balzac.
Paris, 2 juin 1836.

Historique du procès auquel a donné lieu
Le Lys dans la vallée

A l'origine du différend né entre Balzac et Buloz, les
pressants besoins d'argent du romancier qui, en mars
1835, s'apprête à rejoindre Mme Hanska à Vienne où il
entend mener grand train. Or il a déjà vendu les *Mémoires de deux jeunes mariées* sans les avoir écrits et il
travaille pour l'heure au *Lys* promis à Werdet en recou-
vrement d'une lettre de change de 1 500 francs. Mais à
son retour à Paris en juin, Balzac n'a pas fourni la copie
qu'il vend cependant fermement à son éditeur le lendemain de son arrivée, se réservant toutefois le droit de
céder les droits de publication en revue, en l'espèce à
Buloz — à qui il doit 1 700 ou 1 800 francs — pour sa
Revue de Paris. Il lui apporte le 31 juillet « 17 feuilles »
du roman. En novembre 1835, Balzac, qui n'a pu remettre la fin de *Séraphita* — condition mise par Buloz pour
entamer la publication du *Lys* — rompt avec la *Revue
de Paris* ; « à la bataille des épreuves succède une lon-

gue bataille judiciaire » (M. Le Yaouanc). Qu'il suffise de savoir qu'impatienté par la cession — sans en avoir été autrement informé — à la *Revue étrangère* de Saint-Pétersbourg du début du *Lys*, sans bon à tirer et dans un état attentatoire à sa dignité d'écrivain, Balzac va en justice contre Buloz, lequel ne manque pas, afin de forcer le jugement alors en délibéré du tribunal, de donner le 29 mai dans ses colonnes et sous le titre « La Revue de Paris et M. de Balzac » un historique du litige et du procès très favorable à sa cause. L'*Histoire* (plus tard intitulée *Historique*) *du procès auquel a donné lieu* Le Lys dans la vallée [1] est la réponse fort longue — près du cinquième du *Lys* — qu'apporte le romancier dans la *Chronique de Paris*, sa propre revue, du 2 juin. Elle comprend encore une réflexion sur la condition de l'homme de lettres en son temps, comme dans le passé, ainsi qu'une justification de sa particule, point où ses ennemis l'avaient malmené. On ne demandera pas à ce plaidoyer de circonstance une fidèle relation des faits. Balzac n'a pas, comme il le prétend, remis avant le 21 novembre la totalité du manuscrit de *Séraphita*, pas plus qu'il n'est vrai que la *Revue étrangère* n'ait reproduit que des placards non corrigés du *Lys*. Mais qui pouvait nier le préjudice apporté à un écrivain qui mettait tant de soin (et d'enrichissements !) dans la correction des épreuves ? Le lendemain de la publication de l'*Histoire*, Buloz est condamné aux dépens et Balzac, dans l'ensemble, satisfait dans ses demandes. Le romancier a repris l'*Historique* dans la préface de l'édition originale publiée chez Werdet en 1836 ; ce texte disparaît dans l'édition Charpentier de 1838.

---

[1]. Texte édité et annoté par M. Le Yaouanc dans l'édition des « Classiques Garnier » du *Lys dans la vallée*, pp. 339 *sqq.*

Avertissement de l'édition Charpentier (1839)

L'auteur a considéré comme une tache la préface qui précédait cette œuvre et que des attaques odieuses l'avaient contraint à écrire ; mais il est indispensable de dire qu'il ne la supprime aujourd'hui ni par peur, ni par générosité.

Cette dernière note, également due à la dignité de l'auteur et à celle des haines qu'il a soulevées, ne subsistera certes pas aussi longtemps que la reconnaissance à laquelle ont droit MM. Alexandre Dumas, A. Pichot, Léon Gozlan, Frédéric Soulié, Roger de Beauvoir, Eugène Sue, Méry, Jules Janin, Loëve-Veymar, et autres signataires d'une déclaration par laquelle ces messieurs appuyaient ses ennemis, autorisaient la contrefaçon à domicile, et pouvaient lui faire perdre un procès vraiment ignoble.

Quant aux autres personnes jadis en cause, elles éprouveraient trop de satisfaction d'être encore nommées en compagnie de ces gens illustres avec lesquels l'auteur semblerait avoir transigé, ou qui paraîtraient avoir demandé ce retranchement.

Aux Jardies, juin 1839.

COMMENTAIRES

1. *Le montage des modèles*

Dans la préface du *Cabinet des antiques* (1839), Balzac décrira le processus de création : « La littérature se sert du procédé de la peinture, qui pour faire une belle figure prend les mains de tel modèle, le pied de tel autre, la poitrine à celui-là. L'affaire du peintre est de donner la vie à ces membres choisis et de la rendre probable. S'il vous copiait une femme vraie, vous détourneriez la tête » (*CH*, IV, p. 962). Aussi, lorsque les critiques se mettent en quête de modèles dans l'entourage de Balzac, les noms se multiplient. On a remarqué la similitude des relations entre Balzac et Mme de Berny, maîtresse et amie affectueusement maternelle de Balzac, qui est gravement malade au moment où Balzac achève *Le Lys dans la vallée*, et courtise d'autres femmes. Mais Mme de Berny n'a pas refoulé son désir, contrairement à Mme de Mortsauf. Zulma Carraud, au contraire, dont la vie était plus morose auprès d'un mari au caractère difficile, a tenu à rester pour Balzac une amie, non, cependant, par idéalisme amoureux mais pour ne pas s'engager dans une relation qu'elle estimait ne pas correspondre aux besoins de Balzac. Comme une autre Mme de Warens, elle traitait maternellement l'écrivain : « Heureusement j'ai un stimulant pour vivre, mon fils.

O, vous qui savez tout, vous ne soupçonnez pas ce qu'est un fils pour la mère, sa mère chargée de son avenir [...]. Cher Honoré, toutes mes peines passées [...] la pesanteur de ma vie, incolore à jamais, ne payent pas trop de certains instants que je passe avec mon fils » (28/12/32). La correspondance est le lieu où s'élabore dans l'écriture privée à deux plumes des modes de relations que Balzac peut ensuite retravailler pour la composition de son roman, explorant dans cet espace d'expérimentation certaines virtualités relationnelles entrevues, partiellement vécues parfois, ou au contraire écartées par le cours des événements. Mais l'histoire de la littérature est souvent déjà là pour orienter la mise en forme. Aussi peut-on comprendre, sans pour autant conclure à l'équivalence autobiographique, que certaines déclarations privées de Balzac sur Mme de Berny présentent une élaboration métaphorique, d'inspiration romantique, qui se retrouvera dans la rhétorique amoureuse de Félix mais aussi dans *Séraphita*. Ainsi, le 4 janvier 1835, alors que Mme de Berny est gravement malade, il écrit à Mme Hanska : « Cette vie si précieuse est perdue, à tout moment la mort peut m'enlever un ange qui a veillé sur moi pendant quatorze ans, une fleur de solitude aussi, que jamais le monde n'a touchée et qui était mon étoile. »

Si on a bien souvent affirmé que les maîtresses ou femmes courtisées par Balzac — la comtesse Guidoboni-Visconti d'origine anglaise, Mme de Castries, née Fitz-James et descendante d'une Arabelle Churchill, maîtresse de Jacques II — avaient pu fournir les unes et les autres quelques traits à la sensuelle et hautaine lady Dudley, il faut surtout ajouter que plusieurs Anglaises célèbres pour leurs aventures ou pour leurs extravagances avaient permis l'élaboration, dans l'imaginaire de l'époque, d'une représentation de l'anglicane dépravée, hypocrite ou provocatrice, voire extravagante comme lady Stanhope que Balzac cite dans son roman. Le

Voyage en Orient de Lamartine en 1835 avait encore
contribué davantage à la célébrité de cette femme de
pouvoir et avait favorisé l'association entre l'Anglaise et
l'Orient, que Balzac reprend dans *Le Lys*. Une représentation préélaborée de l'Anglaise, à forte potentialité
romanesque, existait donc en circulation à l'époque.
Aussi peut-on comprendre qu'il se soit aussi intéressé à
lady Abergaveny qui a connu un procès retentissant pour
adultère. Balzac l'a déjà introduite dans *Le Bal de
Sceaux*, avant de lui substituer, tardivement, lady Dudley
dans l'édition Furne. Au début de 1836, Balzac se
montre aussi curieux de la destinée romanesque de lady
Ellemborough, autre Anglaise célèbre pour ses conquêtes amoureuses et ses aventures rocambolesques,
qu'il a eu l'occasion de rencontrer. Et il rapporte à
Mme Hanska, le 18 janvier 1836, quelques racontars sur
ses dernières aventures dont il souligne le caractère
romanesque pour conclure : « Quelle singulière femme ! »
  Le travail d'invention romanesque condense donc une
multiplicité de représentations déjà travaillées par l'imagination balzacienne dans la correspondance. Le personnage devient un pôle de cristallisation pour des
représentations flottantes qui s'y fixent, s'articulent pour
constituer une figure. C'est ainsi qu'il conçoit M. de
Mortsauf : « Il était bien difficile de dessiner cette figure
mais elle est terminée aujourd'hui. J'aurai élevé la statue
de l'Émigration, j'aurai rassemblé dans une même création tous les traits de l'émigré revenu dans sa terre, et
peut-être tous les traits du mari, car plus ou moins les
hommes mariés ressemblent tous à M. de Mortsauf »
(LH, 16/5/36). De fait, les critiques citeront souvent à la
fois M. Carraud, M. Hanski, M. Guibodoni-Visconti
parmi les modèles possibles du personnage. Après la
publication du roman, Balzac annonce à Mme Hanska :
« J'en suis à cinq *plaintes formelles* de personnes autour
de moi qui disent que j'ai dévoilé leur vie privée. J'ai

les lettres les plus curieuses à ce sujet. Il paraît qu'il y a autant de M. de Mortsauf qu'il y a d'anges de Cloche-gourde, et les anges me pleuvent, mais *ils ne sont pas blancs* » (1/10/36). L'effet de référence que produit si fortement *Le Lys dans la vallée* est renforcé par une vaste intertextualité vers laquelle le roman fait signe, procurant au lecteur le plaisir des reconnaissances.

Le Lys dans la vallée entretient d'abord de multiples relations avec des œuvres antérieures ou contemporaines de Balzac. Les interférences entre *Les Proscrits* (1831), *L'Enfant maudit* (1831 et 1837), *Séraphita* (1835), *Le Médecin de campagne* (1833), *Ne touchez pas à la hache* de 1834 *(La Duchesse de Langeais* à partir de l'édition de 1839) et *Le Lys dans la vallée* permettent de délimiter une période de production caractérisée par l'élaboration fictionnelle de réflexions politiques ainsi que de spécula-tions philosophiques et mystiques. Mais la structure dia-logique du *Lys* met bien souvent à distance les idées de Swedenborg et de Saint-Martin utilisées dans *Séraphita* et dans *Les Proscrits*, le culte de l'étoile et la théorie des sympathies de cette dernière œuvre, ou les thèmes de l'enfant mal aimé et du vague des passions traités dans *L'Enfant maudit*.

Le Lys dans la vallée est l'aboutissement de recher-ches romanesques qui remontent aux œuvres de jeu-nesse. Dans *Falthurne II* (1822-1823), œuvre inachevée, Balzac avait ébauché un personnage à la fois humain et angélique qui devait permettre une transformation fic-tionnelle de théories mystiques. Minna, ancêtre à la fois de Séraphita et d'Henriette, se dédiait au « culte de la souffrance » *(OD*, I, p. 896). Balzac prévoyait de racon-ter l'assomption de son personnage et définissait déjà la religion comme « l'amour appliqué à Dieu » *(ibid.,* p. 904). Dans *Wann-Chlore* (1825), il avait imaginé une confession épistolaire. Mais elle réussissait si bien que le personnage allait épouser sa lectrice avant de retrou-ver son grand amour et de se laisser entraîner vers une bigamie effective. L'intertextualité balzacienne montre que le sujet et la forme du *Lys dans la vallée* proviennent d'un travail qui s'est échelonné sur plusieurs années. Si on a souvent souligné les rapports de ce roman avec d'autres grandes œuvres littéraires, il faut donc admettre que la genèse du *Lys dans la vallée* ne saurait se réduire à une influence linéaire et directe.

Pourtant, dans ses *Portraits contemporains*, Sainte-Beuve a affirmé qu'en écrivant *Le Lys dans la vallée,* Balzac aurait cherché à rivaliser avec lui, par vengeance. Sainte-Beuve avait publié dans *La Revue des deux mondes*, en novembre 1834, un article sur *La Recherche de l'absolu*. Jules Sandeau lui aurait raconté comment Balzac, furieux de ne pas trouver l'article élogieux qu'il espérait, avait jeté la revue en s'écriant : « Il me le paiera ; je lui passerai ma plume au travers du corps. Je referai *Volupté*. » Certes, le roman de Sainte-Beuve a été remarqué par Balzac : « Qui n'a pas eu sa Madame de Couaën n'est pas digne de vivre. [...] Oui, la première femme que l'on rencontre avec les illusions de la jeunesse est quelque chose de saint et de sacré », écrit-il à Mme Hanska le 25 août 1834. Mais la rédaction du *Lys dans la vallée* ne peut être réduite à une rivalité littéraire. Il est trop lié aux romans de la même période pour que l'on puisse chercher ailleurs que dans la création balzacienne les raisons déterminantes de sa rédaction. Il semblerait d'ailleurs que le roman de Sainte-Beuve ait surtout joué le rôle d'un repoussoir [1].

En fait, loin d'avoir un rapport privilégié avec *Volupté, Le Lys dans la vallée* fait signe vers de multiples œuvres littéraires, et Balzac travaille à produire cet effet de référence, à le rendre même assez voyant. N'oublions pas que le récit est fait par un narrateur qui se pique de littérature. Félix, comme pour briller aux yeux de Natalie, cite lui-même quelques-unes de ses sources

---

1. *Cf.* Les péripéties de la création, p. 414.

d'inspiration, Dante, Pétrarque, Richardson *(Clarisse Harlowe)*. Les critiques, Jacques Borel ou Moïse le Yaouanc en particulier, ont fait bien d'autres rapprochements avec *La Princesse de Clèves* pour l'amour platonique, *La Nouvelle Héloïse* pour le mysticisme amoureux, la religiosité et l'importance de la nature, *Manon Lescaut* pour la confession autobiographique, *Adolphe* de Benjamin Constant et *René* de Chateaubriand pour le vague des passions, *Oberman* de Sénancour[1] pour l'enfance inquiète et solitaire, le symbolisme floral et certaines descriptions de nature, *Le Rouge et le Noir* pour ses deux amours. Si *Le Lys dans la vallée*, en représentant la volupté comme l'envers refoulé d'une pureté, accomplit un écart par rapport à l'horizon d'attente, ce qui a été un facteur d'illisibilité en 1836, toutefois en stimulant les réminiscences culturelles des lecteurs, le roman s'assure en quelque sorte une vraisemblance littéraire.

2. Le Lys dans la vallée *et le travail balzacien*

L'histoire du *Lys dans la vallée* permet d'entrevoir ce travail dont Balzac parle volontiers comme d'une lutte. Les péripéties de ce combat à l'époque de la genèse du *Lys dans la vallée* auront des conséquences importantes sur la rédaction du roman. Les obstacles à surmonter sont multiples. Le manque d'argent conduit Balzac à multiplier ses engagements, à vendre des œuvres avant leur commencement, à réclamer des avances qui le contraignent ensuite à travailler sur plusieurs projets en même temps. Balzac ne parvient alors pas toujours à remplir ses engagements à temps. Aussi entretient-il des

---

1. En mai 1835, alors qu'il est à Vienne et espère commencer *Le Lys dans la vallée*, il écrit à Mme Hanska : « Je ne crois pas que vous ayez lu *Oberman*, je vous l'envoie, mais j'en aurai besoin dans 3 ou 4 jours » (*LH*, I, p. 246).

relations souvent orageuses avec éditeurs et directeurs de revues. En 1833, poursuivi en justice par l'éditeur Louis Mame, pour non-livraison de manuscrits, il a dû payer quatre mille francs d'indemnité de résiliation, et rendre *Le Médecin de campagne* dont il venait de détruire, par vengeance, les placards. Les bonnes relations d'abord établies avec Buloz, directeur de la *Revue des deux mondes* et de la *Revue de Paris*, ne résisteront pas davantage. La publication mais aussi la rédaction du *Lys* s'en trouveront interrompues.

L'année 1835 est particulièrement chargée. De plus en plus endetté, Balzac doit activer sa production. Un voyage à Vienne pour retrouver Mme Hanska l'oblige à tirer une lettre de change sur son éditeur Werdet à qui il promet en échange *Le Lys dans la vallée*. Puis en décembre 1835, ses dettes s'aggravent lorsqu'il se lance dans un projet journalistique et rachète la majorité des parts de la *Chronique de Paris* qu'il sera obligé d'abandonner quelques mois plus tard, en juillet 1836.

La rédaction du *Lys dans la vallée* intervient dans une période de projet politique et journalistique. Après sa conversion légitimiste, Balzac réfléchit, en particulier dans *La Duchesse de Langeais* (1834), sur une réforme nécessaire de l'aristocratie qui devrait s'ouvrir aux talents, et exercer une action réelle sur le pays. En 1835, c'est un « parti des *intelligentiels* » qu'il imagine : il s'agirait de réunir « les intelligences sérieusement capables et rien ne résisterait à cette ligue armée d'une presse qui n'aurait rien d'aveugle, rien de désordonné », écrit-il à Mme Hanska le 11 août 1835. Ce parti s'appuierait sur les deux revues de Buloz, la *Revue des deux mondes* et la *Revue de Paris* et deux autres journaux à créer qui « aurait écrémé les talents vivaces » *(ibid.)*. *Le Lys*, qui permet encore à Balzac d'exposer ses conceptions grâce à la lettre d'Henriette et à l'exploitation de Clochegourde, est donc à resituer dans ce combat politique que le romancier entend mener par la plume. Dans cette perspective, on peut comprendre que le souci de l'action sur le public, le désir d'assurer la réception de son œuvre ne quittent pas Balzac. L'histoire du *Lys dans la vallée*, le mécontentement de Balzac après la parution d'un état peu satisfaisant du début de ce roman dans la *Revue étrangère* de Saint-Pétersbourg, le procès avec la *Revue de Paris* et la publication en guise de préface du long historique par lequel Balzac tient à se justifier devant le public en sont les preuves. L'écrivain étant pour lui un homme d'action qui travaille « la masse lisante », la recherche de la commercialisation qu'on a pu lui reprocher, le désir de la contrôler et de la maîtriser au plus près, est indissociable de l'idée qu'il se fait de sa mission. Aussi lorsque les relations avec Buloz se dégraderont, Balzac voudra opposer à l'ancien allié sa propre revue, la *Chronique de Paris*. Tandis qu'il achève *Le Lys*, Balzac livre donc une bataille sur un autre terrain mais pour un enjeu qui n'est pas étranger au *Lys dans la vallée*.

Pressé par ses créanciers, obligé de se battre sur le front journalistique, sans renoncer pour autant à une vie mondaine, à une vie sentimentale bien remplie — il retrouve Mme Hanska à Vienne, part deux fois à Boulogne peut-être avec Mme Guibodoni-Visconti et correspond avec une mystérieuse Louise —, à de multiples déplacements pour des raisons amoureuses ou amicales, Balzac travaille dans l'urgence et par à-coups. Il concentre son effort sur quelques jours où il s'active alors de jour et de nuit, le relâchant dès que la pression d'une échéance se fait plus lointaine. Il décrira par la suite ainsi ces périodes de travail : « Travailler [...] c'est me lever tous les soirs à minuit, écrire jusqu'à huit heures, déjeuner en un quart d'heure, travailler jusqu'à 5 heures, dîner, me coucher, et recommencer le lendemain » (*LH*, 15/2/45).

Ainsi, la rédaction du *Lys dans la vallée* est arrachée au tumulte de la vie, par un travail toujours menacé.

En mars 1835, avec l'espoir d'échapper aux créanciers surtout mais aussi aux importuns, Balzac délaisse son domicile de la rue Cassini pour « une cellule inabordable » (*Corr.*, II, p. 644) à Chaillot, et s'y cache sous le nom de la « veuve Durand ». Il se réfugie parfois à la Bouleaunière (en juillet et octobre 1835), chez ses amis Carraud à Frapesle (en août 1835) ou à la campagne (en juin 1836).

Le travail de Balzac se caractérise par une tension entre la nécessité financière mais aussi stratégique de trouver rapidement une issue éditoriale pour des projets multiples, qu'il faudrait alors réaliser en toute hâte, et une conscience professionnelle qui le conduit, en fait, à remanier considérablement l'œuvre sur les épreuves. L'histoire du *Lys dans la vallée*, vendu avant d'être écrit, et pourtant transformé et considérablement remanié au cours d'une genèse complexe, puis encore modifié dans les éditions ultérieures, manifeste bien cette tension. Balzac travaille dans deux dimensions temporelles différentes. L'une, courte, est le temps de l'homme de plume qui se caractérise par le rythme rapide et discontinu de publications dissociées. Il est régi par les contraintes éditoriales du présent et l'évaluation économique. La conscience professionnelle y apparaît comme un luxe peu raisonnable : « J'ai mis 3 heures à écrire ces 3 pages, me comprenez-vous ?... Et moi qui voulais travailler ! Décidément, ma passion est une grande dépense ! 100 francs par feuillet, madame ! Et tout le monde en veut. Oui, cent francs... Je comptais en écrire huit ce matin ! Voilà 800 fr... bien couchés ! » (*LH*, 3/2/44). L'autre, plus longue, projective est celle de l'homme-plume en devenir et de l'Œuvre à « monumentaliser », comme Balzac l'écrira en 1838, dans la préface de *La Femme supérieure* (*CH*, VII, p. 883). Les métaphores architecturales apparaissent très tôt chez Balzac qui rêve dès 1823 de construire un Parthénon. Dans cette autre dimension, le plus important est la reprise infinie du texte, l'ajustement aux autres, les ajouts des éditions ultérieures [1].

Si le travail simultané sur plusieurs projets ne permet pas toujours à Balzac de maîtriser sa gestion du temps dans une courte durée, il concourt cependant à l'organisation de ce monde que Balzac désignera à partir de 1840 comme une *Comédie humaine*. En effet, il consolide les liens entre les œuvres, construit des parallélismes, entre *Le Lys* et *Séraphita*, ou des antithèses, entre *Le Lys* et *La Fleur des pois* ou *L'Interdiction* qui présentent des hommes victimes. Il permet aussi de donner plus d'ampleur au retour des personnages, mis au point en 1834. Avec *Le Lys*, il joue même un rôle génétique. Alors que la rédaction de ce roman n'est pas achevée, Balzac se lance dans celle de *La Fleur des pois* (qui deviendra en 1842 *Le Contrat de mariage)* et il a aussitôt l'idée de rattacher le roman à faire au *Lys dans la vallée*. Dans *La Fleur des pois*, Balzac imagine une idylle entre l'héroïne de ce roman, Natalie, et le héros du *Lys dans la vallée*, Félix. C'est alors qu'en retour il décide de faire de Natalie la destinataire de la confession de Félix. En effet, le nom de Natalie ne figure pas dans les cent trois premiers feuillets du manuscrit et le texte à la première personne est une confession sans destinataire précis. Le nom « Natalie de Manerville » apparaît sur les placards corrigés. C'est alors que Balzac ajoute la lettre d'envoi (Lov. A 117, f° 7). Cette lettre sera encore par la suite corrigée, mais le premier jet pourrait dater d'août 1835, période où Balzac travaille sur *Le Lys* et conçoit *La Fleur des pois* : « J'ai bien avancé en corrections *Le Lys dans la vallée* [...]. Je vais dans *La Fleur des pois* me retourner sur moi-même. J'ai peint toutes les infortu-

---

1. Pour une connaissance du travail de Balzac et des tensions qui l'animent, l'ouvrage de Stéphane Vachon, *Les Travaux et les Jours d'Honoré de Balzac* (Presses universitaires de Vincennes, 1992), est indispensable.

nes des femmes, il est temps de montrer aussi les douleurs des maris » (*LH*, 24/8/35). Le nom de Natalie se
trouve ensuite dans la deuxième partie du manuscrit,
écrite après la correction des premiers placards.

La Fleur des pois, que Balzac rédige de septembre à
novembre 1835, raconte des événements antérieurs chronologiquement au *Lys dans la vallée*, le mariage de
Natalie. Le roman se termine sur la ruine de son mari
Paul et son départ pour les Indes, à l'époque de sa liaison
avec Félix. Ce sont donc des relations intergénétiques
croisées qui s'établissent entre les deux romans. Paul de
Manerville et Henry de Marsay font des allusions à Félix
de Vandenesse dans leurs lettres, tandis que dans la correction du *Lys*, Balzac intègre tardivement plusieurs
adresses à Natalie. Sur les placards, complétant la description de Mme de Mortsauf, Balzac oppose sa taille
plate à la taille ronde, caractéristique de Natalie, et développe une réflexion générale sur le caractère de ces deux
types féminins (A 117, f° 42). Il fait des deux romans
des romans d'apprentissage, bien que les résultats de
l'éducation soient incertains ou nuls. En novembre 1835,
il rédige, pour *La Fleur des pois*, la lettre d'Henri de
Marsay à Paul de Manerville [1] qui est une leçon de stratégie matrimoniale sur fond de projet politique. Pour la
dernière livraison de la *Revue de Paris*, en décembre
1835, Balzac rédige la lettre de Mme de Mortsauf qui
éclaire Félix sur le fonctionnement du monde social et
politique et lui donne une ligne de conduite avec les
femmes. Enfin, il rédige la réponse de Natalie à Félix,
réplique féminine des révélations d'Henri de Marsay à
Paul de Manerville. Les deux lettres révèlent à leur destinataire ses erreurs stratégiques. Cet échange intergéné-
tique resserre donc progressivement les liens entre les
deux œuvres.

---

1. *Cf.* Henri Gauthier, « Histoire du texte » (*CH*, III, pp. 1421-
1422).

Bien avant le début de publication de *La Comédie humaine*, le retour des personnages, les rapprochements ou oppositions entre catégories de personnages, ainsi que les premiers regroupements des *Scènes de la vie privée* en 1830, des *Romans et Contes philosophiques* (1831) puis des *Études de mœurs au XIXᵉ siècle* (1833), préparent ce monument auquel Balzac songe depuis les années 1830. L'année qui précède la rédaction du *Lys* voit Balzac particulièrement préoccupé par la composition « d'un même tout » (à C. Cabanellas, 17/4/34). Il précise pour Mme Hanska son plan en trois parties : les *Études de mœurs* présentent les « effets sociaux » grâce à des « *individualités* typisées », les *Études philosophiques* découvrent les causes, grâce à des « *types* individualisés » et les *Études analytiques* (dont seuls *La Physiologie du mariage* et le *Traité de la démarche* sont alors écrits) qui permettent « après les *effets* et les *causes* » de « chercher les *principes* » (*LH*, 26/10/34). La préparation du *Lys* intervient donc à un moment où le désir de totalisation se précise. En effet, à cette occasion, Balzac jette un regard synthétique sur les regroupements déjà existants et prévoit des parallélismes : « *Le Lys dans la vallée* sera la dernière scène des *Études de mœurs* comme *Séraphita* est la dernière *Étude philosophique*. Au bout de chaque œuvre se dressera la statue d'une image de la perfection sur la terre d'abord, puis dans le ciel » (à Mme de Castries, 8/3/35).

3. *Les péripéties de la création*

Dans la préface de la première édition du *Père Goriot* (Werdet, 6 mars 1835), Balzac promet aux femmes vertueuses, qui ont pu être choquées par le récit d'amours adultères, de chercher le modèle d'une « femme vertueuse par goût [...] mariée à un homme peu aimable ; car si elle était mariée à un homme adoré, ne serait-elle pas vertueuse par plaisir ? » (*CH*, III, p. 41). Mais il ajoute qu'elle ne sera pas mère de famille car « elle pourrait être vertueuse par attachement à ses chers anges ». Le 10 mars 1835, il écrit à la marquise de Castrie : « La grande figure de femme promise par la préface, que vous trouvez piquante, est faite à moitié : c'est intitulé *Le Lys dans la vallée.* » Il ajoute que l'œuvre est commencée depuis plusieurs mois. De même, il confiera plus tard à Mme Hanska (30/9/36) que le portrait de Mme de Mortsauf avait été fait à Saché, c'est-à-dire en octobre 1834. Pourtant, il semblerait qu'au printemps 1835 il n'ait pas encore commencé à rédiger. Mais le projet de ce roman a probablement déjà pris forme dans son esprit depuis plusieurs mois grâce à une réflexion sur *Volupté* de Sainte-Beuve. Il lit le roman en août 1834 et le 25 il écrit à Mme Hanska : « Ce livre m'a fait faire une grande réflexion. La femme a un duel avec l'homme, et où elle ne triomphe pas, elle meurt. [...] Cela est effrayant. » *La Duchesse de Langeais* en fait la démonstration. Si Balzac retrouve dans *Volupté* une des lois de son propre univers fictionnel, cependant pour le reste il émet des réserves sur ce roman « souvent mal écrit, lâche, diffus », auquel il reproche surtout d'être un « roman puritain » : « Madame de Couaën n'est pas assez femme et le danger n'existe pas. » Aussi lorsqu'il envisage un modèle de femme vertueuse, dans la première préface du *Père Goriot*, il imagine déjà un personnage déchiré : « La peindre vertueuse sans être tentée est un non-sens » (*CH*, III, p. 42).

Dans la deuxième quinzaine de mars 1835, il informe Mme de Castries qu'il a choisi de donner son prénom à l'héroïne du *Lys* (*Corr.*, II, p. 658). Il ajoute que l'œuvre sera rapidement achevée et qu'elle paraîtra en deux fois dans la *Revue des deux mondes* à partir du 15 avril. Mais, il n'y parviendra pas. En effet, il travaille simultanément sur plusieurs autres œuvres : il prépare *Melmoth réconcilié*, refait *Louis Lambert*, achève *L'Enfant maudit*, complète *La Fille aux yeux d'or* et surtout s'inquiète pour *Séraphita* qui le « tue » et « l'écrase » (*LH*, 11/3/35). L'Introduction aux *Études de mœurs*, datée du 27 avril 1835, donne pourtant l'impression que *Le Lys dans la vallée* est achevé : M. de Balzac a « promptement et avec un talent qui tient du prodige, réalisé la railleuse promesse faite dans sa préface [du *Père Goriot*], en peignant l'idéal de la vertu dans Henriette de Lenoncourt, la femme de M. de Mortsauf » (*CH*, I, p. 1170). Quelques jours plus tard, dans la préface de la deuxième édition du *Père Goriot*, Balzac affirme en être aux finitions avant une publication imminente. Pour financer son voyage à Vienne, il vient de vendre les *Mémoires d'une jeune mariée* qu'il n'a pas encore écrits. On peut donc comprendre que le besoin d'argent l'ait conduit à faire la publicité d'une œuvre encore à faire. Balzac espère en effet publier en feuilleton *Le Lys dans la vallée*, par ailleurs prévu pour la fin des *Études de mœurs* chez Mme Béchet. Mais il doit quitter Paris pour Vienne. Obligé de tirer une lettre de change sur Werdet, il lui promet en compensation *Le Lys* dans dix jours, et écrit à Mme Hanska le 25 mai : « Je me suis juré de faire cette œuvre à Vienne, ou, sinon, de me jeter dans le Danube. » Mais il rentre à Paris sans avoir envoyé *Le Lys* à Werdet. Ses difficultés financières lui font prévoir « trois ou quatre mois de travaux forcés » (*LH*, 12/6/35), mais il part cependant encore quelques jours à Boulogne. A son retour, il écrit la lettre-journal que Louis Lambert envoie à son oncle, ainsi que quelques feuillets de *Séraphita*. C'est en juillet, retiré auprès de Mme de Berny, à la Bouleaunière, qu'il avance la rédaction du *Lys*, travaillant vingt heures par jour (lettre au docteur Nacquart, 22/7/35). A la fin du mois, il obtient une avance de deux mille francs de Buloz, directeur de la *Revue des deux mondes* et de la *Revue de Paris*, à qui il a remis la fin de *Séraphita* et *Le Lys dans la vallée*. Mais Buloz affirmera plus tard avoir été trompé car les deux manuscrits étaient incomplets.

Balzac passe la première semaine d'août à Frapesle, chez ses amis Carraud et, de retour à Paris, corrige les premières épreuves du *Lys dans la vallée.* Ce travail est bien avancé le 23 août et il peut se lancer dans la rédaction de *La Fleur des pois,* œuvre complémentaire (*LH,* 24/8/35). Malgré un nouveau voyage à Boulogne, la correction de *Séraphita,* la préparation de *La Fleur des pois* et le remaniement de *Gobseck,* Balzac poursuit les corrections du *Lys.* Le 19 octobre, il séjourne pour la dernière fois auprès de Mme de Berny, qui mourra peu de temps après, et lui lit *Le Lys dans la vallée.* Le début du *Lys,* intitulé « Les deux enfances », paraît dans la *Revue de Paris,* en deux articles le 22 et le 29 septembre. Mais en octobre et novembre, il travaille à *La Fleur des pois* et à l'achèvement de *Séraphita* et il est obligé de demander un délai supplémentaire pour achever les corrections du troisième article. Il se plaint à Mme Hanska des efforts particulièrement douloureux que lui demande cette œuvre. Le 27 décembre, le troisième article paraît enfin. Mais le jour même, la revue rivale, la *Chronique de Paris,* dont Balzac est devenu l'actionnaire majoritaire le 24 décembre, annonce que la publication du *Lys dans la vallée* sera un adieu à la *Revue de Paris.*

Depuis le 21 novembre, des tensions ont surgi entre Balzac et Buloz qui refuse de publier la fin de *Séraphita,* trop longtemps attendue depuis juillet 1834, et décide de donner *Le Lys,* non dans la prestigieuse *Revue des deux mondes,* mais dans la *Revue de Paris.* A ces griefs, il faut ajouter la publication dans la *Revue de Paris* d'un article assez critique sur *Séraphita* et surtout l'envoi, sans l'accord de Balzac, du premier jeu d'épreuves à la *Revue* de Saint-Pétersbourg qui publie donc un état ancien de l'œuvre. Fin décembre, le conflit éclate. Balzac ne répond pas à l'ultimatum de Buloz qui, le 29 décembre, exige la fin du *Lys* et impose une limite de neuf feuilles. Début janvier, Buloz porte plainte con-

tre Balzac à qui il réclame *Le Lys dans la vallée*, les
Mémoires d'une jeune mariée et des dommages et intérêts. Balzac demande également réparation.

Il attend l'issue de son procès pour publier en librairie
Le Lys dans la vallée. Mais le procès est retardé à plusieurs reprises et le verdict n'est rendu que le 3 juin
1836. Sans la stimulation d'une parution imminente,
Balzac a d'autant plus de mal à achever son œuvre que
son état de santé lui impose un repos. Le 16 mai, il se
plaint à Mme Hanska : « *Le Lys dans la vallée* me mine,
ni le procès ni le livre ne sont terminés. J'ai encore
10 feuilles, ou 160 pages du livre, à faire en entier, les
écrire et les corriger. J'espère finir en 10 jours, quoique
ce soit presque le quart de l'œuvre ; mais c'est le quart
le plus facile. Tout maintenant est achevé, posé, je n'ai
plus qu'à conclure. » A cela, il faut ajouter la rédaction
du long plaidoyer qu'il commence le 30 mai et publie le
2 juin dans la *Chronique de Paris* sous le titre : *Histoire
du procès auquel a donné lieu « Le Lys dans la vallée »*.

Le 3 juin, à l'issue du procès, il annonce à Louise
qu'il lui reste encore une centaine de pages à faire. Le
5 juin, la *Chronique de Paris* annonce pourtant la parution du roman pour le 9. L'échéance étant fixée, Balzac
se livre à un travail frénétique. Le délai très court ne
l'empêche pas de corriger plusieurs fois et d'ajouter au
roman, *in extremis*, la réponse de Natalie. *Le Lys dans
la vallée* paraît enfin le 10 juin, mais Balzac est épuisé :
« Ah vous ne pourrez jamais savoir combien ma vie a
été ardente pendant ce mois, j'étais seul pour tout. Harcelé par les gens du journal qui me demandaient de l'argent, harcelé par mes payements à faire, sans que j'eusse
d'argent puisque je n'en gagnais d'aucun côté, harcelé
par le procès, harcelé par mon livre dont il fallait corriger jour et nuit les épreuves, non, je m'étonne d'avoir
survécu à cette lutte. La vie est trop pesante ; je ne vis
pas avec plaisir » (*LH*, 12/6/36).

4. *Manuscrit, épreuves et éditions*

Le manuscrit (Lov. A 116) : 140 feuillets : Sur la première feuille, Balzac indique de grandes divisions : « *Les deux enfances — Premières amours — Les deux femmes — [Magdeleine] Dénouement.* » Mais c'est seulement sur les épreuves que Balzac divisera l'œuvre en chapitres et leur donnera les titres prévus sur la première page du manuscrit. Par contre le texte du manuscrit est divisé en deux. La première partie s'achève au f° 64, après le premier séjour à Clochegourde. En haut du f° 65 Balzac note à nouveau le titre du roman et l'épigraphe. C'est aussi à cet endroit que s'achève la publication dans la *Revue de Paris* et le tome I de l'édition Werdet.

Mais, en juillet 1835, Balzac avait donné à Buloz 104 feuillets, d'après l'*Historique*. La correction de Valesne en Frapesle sur les placards et l'utilisation directe du nouveau nom dans le manuscrit à partir du f° 105 ainsi qu'un changement d'encre sur ce même feuillet donnent la limite de ce qui était écrit en juillet, au moment où Balzac remet son texte à Buloz. Il s'est arrêté au retour de Félix et d'Arabelle à Paris après leur voyage en Touraine (quatrième séjour de Félix).

Le texte du manuscrit est une confession à la première personne qui débute, non par le récit de l'enfance de Félix et de sa jeunesse, mais par le bal de Tours. Balzac n'a pas encore prévu l'envoi de Félix à Natalie et le roman ne comporte qu'une seule lettre, celle que Félix écrit, sans oser l'envoyer, à Mme de Mortsauf. La réponse de Natalie à la fin du manuscrit, d'une encre différente, couvre quatre feuillets qui ont eu d'abord une numérotation indépendante indiquée par des ronds (°, °°, °°°, °°°°). Dans l'*Historique du procès*, rédigé fin mai, Balzac indique que son manuscrit comporte 136 pages, ce qui correspond aux pages qui précèdent la réponse. Celle-ci n'aurait donc pas été rédigée avant juin 1836.

Dans le manuscrit, le narrateur évoque son enfance dans une analepse, après le bal de Tours, au moment où il part à pied vers la Touraine. D'autres renseignements sur l'enfance de Félix sont fournis au moment de la visite des Lenoncourt à Clochegourde (f° 42-43). Si, dans le manuscrit, Félix souffre de voir son besoin de tendresse méconnu (f° 42), cependant l'image négative de la mère n'est pas encore élaborée.

Balzac développe beaucoup son roman au cours de la correction des épreuves successives, sur des ajouts manuscrits en marge et sur des fragments collés, ou sur des feuillets intercalés pour les additions les plus longues. Chaque jeu d'épreuves est donc transformé en un nouveau manuscrit parfois complexe qui servira à l'impression d'autres placards. Les épreuves ont été reliées en dossiers. Chacun couvre une partie du roman seulement et comporte parfois plusieurs épreuves d'un même passage.

Premier dossier d'épreuves (Lov. A 117) : le texte va jusqu'au folio 103 du manuscrit (les adieux de Félix et Henriette après le quatrième séjour à Clochegourde). Balzac introduit la division en chapitres et fait de nombreuses additions en particulier au début du roman où il ajoute l'envoi à Natalie, déplace et développe l'histoire de l'enfance de Félix, le plaisir que Félix trouve auprès de M. de Chessel. D'autres additions permettent de rapprocher l'enfance de Félix et d'Henriette pour les faire communier ensemble dans la souffrance après l'épisode de la partie de trictrac (A 117, f° 87-93). Balzac ajoute un coucher de soleil qui les initie aux voluptés de l'amour mystique et Félix détourne le *Cantique des cantiques* : c'est le désir et non l'amour qui est plus fort que la mort (f° 78).

Deuxième dossier d'épreuves (Lov. A 118) : il reproduit le texte corrigé du premier dossier d'épreuves, jusqu'à la fin du troisième séjour à Clochegourde seulement. Balzac demande parfois sept ou huit épreuves successives des mêmes passages.

Les modifications développent encore davantage le caractère épistolaire. Balzac transforme les recommandations orales d'Henriette à Félix en une lettre. Les additions permettent de développer l'analyse psychologique des deux héros et la description de leurs relations. Balzac allonge la présentation des souffrances du jeune Félix, les déboires conjugaux d'Henriette, le récit de leur lune de miel pendant la maladie du comte. Il transforme le personnage de M. de Chessel en un bourgeois aspirant à la noblesse.

Deux volumes d'épreuves de la *Revue de Paris*, offerts au docteur Nacquart, se trouvent dans une collection privée. Dans les dossiers suivants, conservés dans le fonds Lovenjoul, Balzac travaille sur la partie que la *Revue de Paris* n'a pas publiée et qui correspond au volume II de l'édition Werdet. Ces trois derniers volumes d'épreuves couvrent trois portions différentes du texte qui ne se recouvrent parfois que légèrement au début et à la fin des volumes. Balzac demande deux à neuf épreuves successives selon les passages.

Troisième dossier d'épreuves (Lov. A 119) : des débuts parisiens de Félix sous la Restauration jusqu'au retour à Clochegourde, après son infidélité. Balzac développe davantage les troubles de M. de Mortsauf et de ses enfants ainsi que la liaison d'Arabelle et Félix.

Quatrième dossier d'épreuves (Lov. A 120) : du quatrième séjour à Clochegourde au début du cinquième. Balzac travaille à renforcer le contraste entre les deux femmes, l'une catholique, charitable et d'une grandeur spirituelle, l'autre anglicane, cynique et sensuelle.

Cinquième dossier d'épreuves (Lov. A 121) : la fin du roman. Balzac accentue la révolte de Mme de Mortsauf contre la mort puis sa résignation, composant donc plus nettement une agonie en deux temps. Plusieurs ajouts ont pour but de montrer la désagrégation de l'harmonie de Clochegourde et l'exclusion de Félix : *Ainsi chacun d'eux avait un fatal secret. Comme je le vis depuis, la sœur et le frère se fuyaient. Henriette tombée, tout était en ruine à Clochegourde.* De plus, Jacques est mourant, Madeleine exprime son mépris à Félix et prend définitivement congé de lui. Le paradis est perdu.

Un manuscrit d'épreuves corrigées du texte de la *Revue de Paris* (**1835**). Ce volume est décrit par Thierry Bodin dans la revue bibliographique de *L'Année balzacienne* de 1982 (p. 315). Selon lui, il aurait été préempté par l'État pour la bibliothèque de Saché ou celle de Tours. Ces épreuves corrigées par Balzac ont servi aussi à l'impression du premier volume de l'édition originale comme en témoigne une inscription de la main de Balzac. Sur le premier feuillet, Balzac a écrit à son avocat : « Mon cher Boinvilliers, vous pouvez vous servir de ceci pour montrer au tribunal la différence de ce texte et de celui publié frauduleusement à St-Pétersbourg. » Thierry Bodin fait remarquer que ce volume comporte « 90 corrections et additions qui ne furent pas toutes reprises au moment de l'impression du volume ». Il précise encore qu'il s'agit du volume que Balzac a offert à la mystérieuse Louise [1]. Malgré mes recherches ce manuscrit n'a pas pu être localisé.

Édition pré-originale dans la *Revue de Paris*
— 1er article, 22 novembre 1835. Préface, lettre d'envoi, début du chapitre I jusqu'à « M. Félix est un charmant jeune homme ! »
— 2e article, 29 novembre. Fin du chapitre I, jusqu'à « tout rentra dans l'ordre ».

---

1. Cette correspondante, qui est apparue dans la vie de Balzac en 1836, parviendra toujours à préserver son anonymat.

— 3ᵉ article, 27 décembre. Début du chapitre II jusqu'à « les sentir mouillés par mes pleurs ».

Édition originale (Werdet, 10 juin 1836)

Deux volumes. Le premier s'ouvre sur l'*Historique du procès* et se termine à l'endroit où la *Revue de Paris* avait interrompu la publication.

Édition Charpentier (1839)

Dans cette édition, il renonce à faire précéder le texte de l'*Historique du procès* et rédige un autre avertissement. Il efface la date de l'envoi : 8 août 1827. Mais les modifications les plus importantes touchent l'agonie de Mme de Mortsauf. Dès 1837, alors qu'il prépare la nouvelle édition Werdet, Balzac explique à Mme Hanska qu'il doit supprimer une centaine de lignes : « J'ai repris mes travaux ce matin et, et ç'a été pour obéir au dernier mot que m'ait écrit Mme de B[ern]y. Elle a trouvé que dans cet ouvrage [il y a un passage] qui lui a fait m'écrire : *Je puis mourir ; je suis sûre que vous avez sur le front la couronne que je voulais y voir. Le Lys est un sublime ouvrage sans tache ni faute. Seulement, la mort de Mme de Mortsauf n'a pas besoin de ses horribles regrets ; ils nuisent à la belle lettre qu'elle écrit.* [...] J'ai attendu six mois pour que mon jugement de critique puisse s'exercer sur mon œuvre, j'ai relu la lettre en pleurant, puis j'ai repris mon œuvre, et j'ai vu que l'ange avait raison. Oui, il faut ne laisser que soupçonner les regrets » (15/1/37).

Alors que l'édition originale se composait de trois chapitres (« Les deux enfances », « Les premières amours », « Les deux femmes ») encadrés par la lettre d'envoi à Natalie et sa réponse, en 1839 Balzac supprime la division en chapitres, soulignant ainsi l'emboîtement de la confession dans une structure épistolaire.

Édition Furne (1844)

Il ajoute les blasons des familles nobles et remplace certains noms pour mieux intégrer le roman dans l'univers de *La Comédie humaine*. Afin d'éviter les incohérences, il efface quelques repères chronologiques. Ainsi, jusqu'à l'édition Charpentier, Balzac précisait que sept années s'étaient écoulées entre le bal de Tours et la mort d'Henriette. Cette précision est remplacée par « quelques années ».

5. *La place du* Lys dans la vallée
dans La Comédie humaine

Si la composition du *Lys dans la vallée* intervient à un moment où l'aspiration à la totalité se fait plus forte, si elle permet de resserrer les liens avec des textes antérieurs où en cours d'élaboration, cependant les hésitations de Balzac sur le classement de ce roman dans l'architecture rêvée font vaciller la belle ordonnance. Dans l'*Avant-propos*, écrit en 1842 pour *La Comédie humaine*, le principe de « l'unité de composition » qu'il emprunte à Geoffroy Saint-Hilaire, l'organicisme fournissent à l'historien des mœurs un modèle d'intelligibilité naturaliste qui semble autoriser le rêve totalisateur. Mais le raisonnement analogique qui procède par équivalences et métaphores, le glissement épistémique de la nature à l'histoire humaine révèlent la forte implication de l'imaginaire dans ce projet qui revendique pourtant une légitimité scientifique. La convocation de deux modèles antagonistes, celui de Cuvier (qui insiste sur la discontinuité des âges du monde séparés par des révolutions) et celui de Geoffroy Saint-Hilaire, laisse deviner l'existence d'une tension. Celle-ci risque de convertir la poussée centripète qui anime le travail d'unification en une énergie centrifuge que les incertitudes de classement manifestent.

Si l'on en croit l'Introduction aux *Études de mœurs* (1835), Balzac a d'abord eu l'intention de placer *Le Lys dans la vallée* avec *Le Médecin de campagne* dans les *Scènes de la vie de campagne*, l'une des subdivisions des *Études de mœurs au XIXe siècle* (éd. Béchet). Peu après, la lettre de change tirée sur Werdet oblige Balzac à signer avec lui un contrat d'édition indépendant. Mais en 1838, il considère encore que la place du *Lys* est bien à côté du *Médecin de campagne* dans une section qu'il prévoit d'intituler *Études sociales*[1]. Cependant, dans l'édition Furne (1844), il place *Le Lys dans la vallée* dans *Scènes de la vie de province* : « Cela m'évite d'écrire trois volumes que je n'aurais pas le temps d'exploiter en librairie », explique-t-il à Mme Hanska (26-28/2/44). En cette circonstance, le déplacement du *Lys dans la vallée* semble répondre davantage à une logique du colmatage qu'à celle de l'architecturation. A l'image de la cathédrale rêvée, qu'il voit encore en 1845 plus grandiose que la cathédrale de Bourges à cinq nefs (*Corr.*, IV, p. 769), il faut alors adjoindre l'image concurrente et inquiétante du tonneau des Danaïdes, suggérée par le *N. B.* du prospectus de *La Comédie humaine* : « A mesure que M. de Balzac remplira les vides qui restent à combler dans son cadre, nous imprimerons ses nouvelles productions. »

Les reclassements du *Lys dans la vallée* ne révèlent pas seulement la pression des contraintes éditoriales et pécuniaires. En effet, lorsque *L'Époque* publie le 22 mai 1846 le catalogue des ouvrages que contiendra *La Comédie humaine*, Balzac laisse *Le Lys* dans les *Scènes de la vie de province* et prévoit d'écrire *Les Environs de Paris* pour terminer les *Scènes de la vie de campagne* et par conséquent les *Études de mœurs*. Mais revoyant ce plan, il note sur une découpure du catalogue de 1845 : « *Le Lys dans la vallée* sera reporté aux *Scènes de la vie de*

---

1. *Pensées, sujets, fragmens*, Blaizot, 1910, pp. 154-155.

campagne » et, de même, sur son exemplaire corrigé de l'édition Furne il prévoit qu'il devra être « remplacé dans le groupe où il est actuellement situé ». Cependant, un plan de 1847 pour trois volumes des *Scènes de la vie de campagne* prévoit de placer *Le Lys dans la vallée* au début de cette série et non pas à la fin, contrairement au classement envisagé en 1835 qui achevait cette sous-section, et donc la section des *Études de mœurs*, sur ce roman. Comment expliquer tant d'hésitations ? L'unité de composition semble compromise par l'instabilité du classement du *Lys dans la vallée*, qui devait être l'une des articulations fortes de l'édifice. Si les transitions deviennent incertaines, n'est-ce pas toute la structuration de l'édifice, son élévation cohérente qui sont en cause ?

L'*Avant-propos* de *La Comédie humaine* explique que les *Études de mœurs* se terminent par la série des *Scènes de la vie de campagne* où « se trouvent les plus purs caractères et l'application des grands principes d'ordre, de politique, de moralité » (*CH*, I, p. 19). Il s'agit de faire transition et de donner aux effets un caractère synthétique pour préparer l'analyse des causes dans les *Études philosophiques*. On peut alors se souvenir que Balzac voulait faire du *Lys dans la vallée* une « image de la perfection sur terre » (*Corr.*, 10/3/35), figuration de cette grande morale qu'il souhaite préciser. Mais l'œuvre est alors seulement en projet et elle prendra un tour différent. La rédaction va progressivement accentuer la sensualité d'Henriette, souligner, après sa mort, la ruine du domaine de Clochegourde, pourtant présenté comme le modèle réduit d'une réforme à appliquer à grande échelle. Puis l'ajout tardif de la lettre railleuse, méprisante et dénonciatrice de Natalie, double de l'égoïste Arabelle, qui, elle, n'est pas prête à mourir de désir, ni même à accepter la moindre souffrance, met en cause tout idéalisme moral. La juxtaposition, sans solution dialectique, des points de vue fait de ce roman un texte dialogique qui pouvait difficilement fournir la clôture souhaitée.

Dans l'*Avant-propos*, Balzac déclare : « J'écris à la lueur de deux Vérités éternelles : la Religion, la Monarchie » (*CH*, I, 13). Mais dans *Le Lys*, la religion catholique ne répond pas aux aspirations spirituelles et demeure impuissante devant les souffrances intérieures, laissant la voie ouverte aux déviations mystico-amoureuses. La Restauration monarchique est présentée comme une lutte d'intérêts définitivement privée de sens politique. Félix lui-même, le fils spirituel de la réformatrice royaliste que se voudrait Henriette, ne parvient à être qu'un Rastignac qui s'ignore. On peut comprendre que Balzac ait été gêné pour trouver la place de ce roman et qu'il ait surtout renoncé à le mettre trop en vue dans *La Comédie humaine* [1].

D'autre part, l'hésitation de Balzac entre deux sections de *La Comédie humaine* met en évidence, à cette occasion, le caractère problématique de l'ensemble du classement infidèle aux principes scientifiques de l'*Avant-propos* qui auraient dû permettre de définir sans hésitation des espèces et des milieux. Dans la macrostructure de *La Comédie humaine* une topologie géographique, qui ne peut éviter les recouvrements entre la province et la campagne, comme en témoigne le problème du classement du *Lys*, semble occulter l'organisation naturaliste des espèces sociales même si, occasionnellement, le catalogue de 1846 la fait reparaître en mentionnant parmi les subdivisions des *Scènes de la vie de province, Les Célibataires, Les Parisiens en province, Les Provinciaux à Paris*. Or, *Le Lys dans la vallée* manifeste deux visées différentes : celle de l'archéolo-

---

1. L'édition de la « Bibliothèque de la Pléiade », contrairement aux dernières volontés de Balzac, place *Le Lys* à la fin des *Scènes de la vie de campagne* et se conforme donc au projet ancien de Balzac, antérieur au début de la rédaction.

gue qui, explorant la vie privée, découvre sous les surfaces visibles les dessous cachés, et celle du naturaliste,
observateur des rapports entre l'espèce et son milieu, qui
trace la figure de M. de Mortsauf, l'Émigré retiré à la
campagne. C'est sans doute aussi cette double perspective qui apparaît dans le glissement du roman des *Scènes
de la vie privée* aux *Scènes de la vie de campagne*. En
effet, en 1835, *Le Lys dans la vallée* devait achever le
regroupement des *Études de mœurs* dont le sous-titre
était *Scènes de la vie privée*. Mais, dans *La Comédie
humaine*, l'organigramme sera différent et les *Scènes de
la vie privée* constitueront l'une des six sous-sections
des *Études de mœurs*. Les *Scènes de la vie de campagne*,
où Balzac prévoit de réintégrer *Le Lys dans la vallée*,
constituent une autre de ces sous-sections.

De plus, dans la section des *Scènes de la vie de campagne*, l'espace utopique qui fait de la campagne le lieu
de la réforme, de la communion, de la restauration
sociale se superpose à l'espace géographique. Or, dans
Le Lys, la visée de l'historien des mœurs réelles coexiste
avec celle du penseur réformateur. C'est aussi cela que
l'on peut percevoir dans le glissement de ce roman des
Scènes de la vie privée aux *Scènes de la vie de campagne*[1].

Les déplacements du *Lys dans la vallée* nous laisse
entrevoir à la fois la géométrie variable du classement de
La Comédie humaine, qui laisse coexister des principes
d'ordre différents, et le télescopage des modèles d'intelligibilité qui les légitiment. La totalité s'est organisée
comme une monstruosité composite.

---

1. M. Mahieu montre que *Le Lys* s'insère en fait mal dans cette section car on n'y retrouve pas l'idéale clôture qui caractérise la campagne
dans les autres romans. Il fragilise l'organisation fondée sur un lieu de
régression narcissique, à fonction maternelle. Mais il permet d'introduire la Touraine, lieu originel pour Balzac (« Une insertion problématique *Le Lys dans la vallée* et les *Scènes de la vie de Campagne* », *Le
Moment de* La Comédie humaine, P.U.V., 1993, pp. 291-201).

6. *La réception de l'œuvre en 1836*

« Oui, tous les journaux ont été hostiles au *Lys* ; tous l'ont honni, ont craché dessus », se plaint Balzac dans une lettre du 22 août 1836 à Mme Hanska. La presse, en effet, se déchaîne et attaque sur un double terrain, moral et esthétique. On se scandalise à la fois de l'immoralité du roman mais aussi de celle de l'homme qui révèle, dans l'*Historique du procès*, les dessous commerciaux de la littérature (*cf. La Quotidienne*, 21/7 ; *Le Bulletin littéraire et scientifique* de juillet ; *La Revue du théâtre*, 10/9). Dans la défense de la propriété littéraire et le souci de commercialisation de Balzac, on ne perçoit que le banal appât du gain et non une revendication politique et sociale plus fondamentale. Fonder la propriété littéraire dans une monarchie censitaire, c'est pour Balzac donner une assise à la puissance sociale de l'écrivain, c'est lui reconnaître une terre symbolique et marquer sa place dans une aristocratie des talents dont la puissance devait dépendre, selon lui, des résultats d'une action réelle. Le statut et la fonction de l'écrivain sont donc engagés dans ce combat qui a accompagné la publication du *Lys dans la vallée* et qui est indissociable de l'usurpation de la noblesse reprochée à Balzac.

Les attaques assaillent Balzac de tous les bords et même les organes légitimistes, malgré sa conversion de 1832, ne l'épargnent pas. C'est le cas de *La Quotidienne* (21 juillet), qui a peu apprécié la caricature de M. de Mortsauf, modèle du « lecteur à jamais acquis à *La Quotidienne* » (p. 89). Du côté des admiratrices habituelles de Balzac, l'accueil est plus favorable mais les avis se rejoignent pour condamner l'agonie d'Henriette. Comme Mme de Berny, Zulma Carraud regrette « l'horrible fin de Madame de Mortsauf » : « Vous avez gâté là une belle œuvre, une belle pensée » (9/10/36). Mme Hanska elle-même semble ne pas avoir apprécié tout à fait *Le Lys* si l'on en croit ce conseil de Balzac le 1er décembre 1836 : « Relisez le *Lys* ; l'ouvrage gagne à être relu. »

Les ventes en librairie ne paraissent pas avoir été affectées par les critiques. Werdet décrira dans *Portrait intime de Balzac* (1859) l'affairement des agents de librairie et la rapidité des ventes. Mais pour Balzac ce n'est pas une réussite. S'il a perçu la publication d'une version imparfaite du *Lys* dans la *Revue étrangère* de Saint-Pétersbourg comme une spoliation de sa pensée et de sa propriété, l'incompréhension du public français qui lit mal *Le Lys* ne lui semble pas moins grave. La propriété littéraire a besoin des lecteurs pour exister. Balzac n'est donc pas homme à concevoir l'écriture comme une ascèse solitaire et à se draper avec grandeur dans le costume d'un Chatterton incompris.

La déception pouvait être d'autant plus grande que Balzac avait multiplié les précautions visant à orienter la réception du lecteur. Sa première préface faisait appel à l'intelligence du public qui doit comprendre que l'auteur se dissocie de son personnage. La publication en volume, qui intègre la lettre critique de Natalie, aurait dû désamorcer les objections, et faire comprendre aux lecteurs que l'auteur ne prenait pas sous sa responsabilité la confession et le style de son personnage. Mais rien n'y fait cependant et les journaux se déchaînent pour dénoncer le style de Balzac. On s'en prend aux « termes barbares et inintelligibles » *(Revue des deux mondes*, 1/9/36), à la « manie du néologisme » *(Le Corsaire*, 9/8/36), au « style emphatique et boursouflé » *(Revue de Paris*, 26/6/36), à « ses phrases enflées de termes techniques et de métaphores disloquées » *(La Quotidienne*, 21/7/36). Deux parodies, *La Tubéreuse de la montagne* et *La Marguerite dans la prairie*, tournent en dérision le héros inconsistant, « Félix de Laitdânesse » *(Vert-Vert*, 7/7 ; *Psyché*, 22/9).

Les attaques morales sont aussi vigoureuses. On reproche à Balzac d'avoir vainement tenté d'imiter *Volupté* sans atteindre « la poésie ascétique » de Sainte-Beuve *(La Presse*, 24/7 ; *La Nouvelle Minerve*, 18/9). On lui reproche la scène du baiser, la folie sensuelle

d'Henriette agonisante. Ne respectant pas les conventions de l'idéalisme romanesque, l'œuvre était irreceva-
ble pour les lecteurs de 1836. A l'échange du premier
regard, il substitue l'ivresse sensuelle suscitée par un dos
et un parfum. Les critiques s'offusquent alors de la réaction grossière du personnage et plaignent la « femme
mordue » *(La Nouvelle Minerve*, 18/9). De même, à la
mort édifiante, des Julie de Wolmar et des Mme de
Couaën, Balzac a préféré une agonie tourmentée. La critique n'y voit que « sacrilège », « profanation » *(La
Quotidienne)* et on crie au scandale à la lecture d'un
roman qui veut présenter aux femmes « l'infidélité
comme un moyen sanitaire » *(Le Temps*, 28/6). On refait
alors le dénouement, pour le rendre lisible :

> « A quoi bon cette morte hideuse et cet impur délire des
> derniers instants ? Ce n'était pas ainsi que le lys devait
> tomber. Il fallait effeuiller jour à jour cette belle vie et
> l'incliner sur sa tige comme une fleur qui a senti de trop
> près le soleil. La douce vision d'Henriette devait s'effa-
> cer mollement, sans éclat, sans bruit, sans désespoir.
> Qui aurait pu se défendre d'une longue émotion en face
> de ce coucher d'une vie si triste et si pure ? L'âme,
> d'ailleurs, était montée par tout ce qui précède, à ce ton
> de mélancolie caressante. Au lieu de cela, l'auteur nous
> retire subitement de ce monde des idéalités flottantes et
> des rêveuses illusions, pour nous jeter au milieu des
> réalités les plus repoussantes » *(ibid.).*

Le roman de Balzac supposait un tout autre lectorat.
La coexistence du bien et du mal, du sublime et du laid
rendait ce roman illisible pour des contemporains qui
préféraient l'unité de la représentation, même au prix de
l'idéalisation et de la répétition de scènes déjà écrites.

Or, le personnage de Félix permet d'intégrer au
roman, pour la contester, la figure du mauvais écrivain
que le public réclame. En effet, un retour du refoulé
romanesque inflige à l'idéalisation poétique de Félix le

démenti d'une réalité — la violence du désir féminin —,
défiant toute volonté de poétisation. Félix, grand ama-
teur des idéalités flottantes et des vibrations de l'émotion, est le premier à être horrifié de cette découverte.
Il est l'opposé de ce romancier que veut être Balzac,
l'observateur du réel et l'explorateur des abîmes. *Le Lys*
est donc aussi une sorte d'art poétique en creux, sous la
forme d'un récit qui met en abyme une situation d'écriture. L'hostilité des critiques se manifeste contre ce
qu'ils sentent bien inconsciemment comme le manifeste
pour une nouvelle représentation littéraire. *Le Lys dans
la vallée* révèle dans sa composition même la volonté
qu'a Balzac de transformer la « masse lisante » en un
lectorat capable d'une autre réception qu'émotive. Le
lecteur pourrait alors lire la pensée morale qui sous-tend
une représentation romanesque complexe sans que l'auteur ait besoin de donner des leçons. Or, les lecteurs de
1836 n'apprécient pas l'ambiguïté, la multiplication des
points de vue. Les critiques dénoncent le mélange qui
« fait des livres de M. de Balzac une lecture anarchique » *(La Gazette de France*, 21/7) et « noie sa pensée
morale » dans « le vague » *(Le Temps)*. Il est significatif
que *Le Lys dans la vallée* ait été contemporain du projet
de ce parti que Balzac appelle le parti des « intelligentiels ».

LE ROMAN DE LA RESTAURATION

1. *Les causes de l'échec*

La chronologie fictive du roman et les dates des
grands événements de la vie privée des personnages con-
cordent avec les grandes transformations politiques du
siècle. Cette dimension historique, qui a moins retenu
l'attention des contemporains de Balzac que les enjeux

moraux, a par contre bien été perçue par les lecteurs du
XXᵉ siècle, comme Alain qui remarque que si les événements politiques viennent rarement au premier plan, la
« vie privée des châtelains de Clochegourde fait comme
un tissu qui relie leurs pensées aux événements de l'histoire [1] ». En effet, Félix est né en 1794, année qui voit
à la fois le renforcement de la Terreur, le triomphe de
Robespierre puis sa chute le 9 Thermidor (27 juillet)
et la réaction thermidorienne. Né sous une Révolution
finissante, Félix est éduqué dans les lycées napoléoniens.
Il laisse deviner sa fascination pour le charisme de
Napoléon bien qu'il soit un fidèle de Louis XVIII. L'ambition politique et l'amour naissent le même jour au
cours de la célébration du retour des Bourbons. Avec
l'aide d'Henriette, Félix parviendra jusqu'au « cœur de
la royauté », au Conseil privé. Ses allées et venues entre
Clochegourde et la cour sont liées aux événements politiques, retour des Bourbons, les Cent-Jours.

Dans la fiction, la mort d'Henriette cause la dégradation de Clochegourde, espace utopique d'une Restauration qu'il aurait fallu conduire à grande échelle. Or, ce
dénouement, quelle que soit la date que l'on retienne
pour la mort d'Henriette — la chronologie incertaine du
roman rend possibles trois dates, 1820, 1821 ou 1823 —,
se situe dans les dernières années du règne de
Louis XVIII. Le 13 février 1820 le duc de Berry, héritier
du trône et soutien de la tendance ultra, est assassiné.
Cet événement dramatique met fin à la tentative de
conciliation de Louis XVIII qui, en 1816, avait dissout
la chambre ultra et organisé de nouvelles élections, favo-
risant ainsi les modérés constitutionnels. Louis XVIII
régnera encore jusqu'en 1824 ; cependant, 1820 est en
quelque sorte une limite. En effet, pour Balzac, la Restauration est vouée à l'échec lorsqu'elle se réduit à un
conservatisme passéiste et ne tient pas compte des nou-

---

1. *En lisant Balzac*, Paris, Gallimard, 1937, p. 32.

velles conditions politiques et sociales : l'importance irréversible acquise par le peuple, par l'opinion, et d'autre part l'émergence dans des milieux non aristocratiques d'hommes d'intelligence susceptibles de revivifier la société. Or, à partir de 1820 le régime connaît une évolution irréversible qui conduira à la révolution de Juillet. Les ultras reviennent au pouvoir et seront encore soutenus par Charles X qui affirmera son attachement sans concession aux valeurs de l'Ancien Régime.

M. de Mortsauf représente une catégorie sociale condamnée par l'histoire pour son inadaptation aux temps nouveaux. La Restauration rétablit son prestige mais il est incapable de le transformer en un authentique pouvoir par une action politique et économique. En marge du mouvement historique, il ne comprend pas son évolution. En 1816, il est blessé dans ses préférences politiques par l'action du roi et la dissolution de la chambre ultra. Ce roman de la Restauration qu'est *Le Lys dans la vallée* est écrit par Balzac sous la monarchie de Juillet. Roman d'un passé historique proche, il éclaire les transformations politiques et sociales du temps de sa rédaction. Il montre que la monarchie de Juillet se prépare par le triomphe de l'intérêt, de l'argent, de l'individualisme, et l'incompétence d'aristocrates soit avides, soit brisés par l'histoire.

Si Balzac a évolué vers le légitimisme en 1831-1832 et a collaboré au journal néo-légitimiste du duc de Fitz-James, le *Rénovateur*, son ralliement ne va pas sans réserves. Les critiques sont parfois assez vives mais, dans une espèce de scepticisme politique, Balzac perçoit une déchéance générale : « Savez-vous, écrit-il à Mme Hanska, qu'il y a bien du courage à se dire légitimiste, ce parti est bien abject. Les trois partis qui se partagent la France sont tous descendus dans la boue, ô ma pauvre patrie ! » (11/8/34). Balzac pense donc que l'aristocratie et le légitimisme ne peuvent se sauver et sauver le pays que par des réformes. En 1832, il compose deux articles pour le *Rénovateur* dont le premier paraît les 26 mai et 2 juin 1832 sous le titre « Essai sur la situation du parti royaliste », et le second — « Du gouvernement moderne » — demeure inédit. Il en réutilisera le contenu politique dans trois grands romans des années suivantes : *Ne touchez pas à la hache (La Duchesse de Langeais)* dont le début paraît d'ailleurs en 1833 dans le journal légitimiste *L'Écho de la jeune France, Le Médecin de campagne* (1833) et *Le Lys dans la vallée*. Dans l'« Essai sur la situation du parti royaliste », Balzac explique le succès de la révolution de Juillet en montrant les erreurs de l'aristocratie : « si les royalistes eussent fait leur devoir pendant la Restauration, s'ils eussent tous habité leurs terres ; s'ils eussent de leurs mains coopéré au bien-être des localités ; s'ils eussent tenté de décentraliser le gouvernement, et s'ils eussent converti leurs capitaux en propriétés, au lieu de les mettre en rentes ; enfin s'ils eussent tâché d'être les magistrats du pays, ils auraient créé autour d'eux des attachements, réveillé des croyances, et auraient pu guerroyer [...] ». Il reprend cette analyse dans *La Duchesse de Langeais*, où il étudie le fonctionnement du Faubourg Saint-Germain pour faire la critique d'une noblesse divisée et égoïste dont Mme de Langeais est le prototype. Cette aristocratie a perdu le pouvoir réel en se coupant du pays pour se retrancher dans le Faubourg Saint-Germain où elle s'accroche aux apparences du pouvoir et de la supériorité, à l'étiquette, à la vie mondaine. Solliciteuse, pour satisfaire une avidité de parvenu, l'aristocratie s'appuie sur le pouvoir au lieu d'être le pouvoir : elle organise le budget à son profit (*CH*, V, p. 930). De même, dans *Le Lys*, les parents d'Henriette ne voient en la Restauration qu'une fée qui dispense des dons d'un « coup de baguette » magique (p. 148) et ils quittent Clochegourde, pressés d'aller « jouir des pompes de la cour » (p. 152).

A l'inverse, la mise en valeur économique d'un bourg déshérité par Bénassis dans *Le Médecin de campagne* et de Clochegourde par Henriette est le modèle d'une action économique qui peut seule légitimer un authentique pouvoir et obtenir la reconnaissance du peuple. Or, c'est bien cela qui est à la fois difficile et nécessaire. Dans *Le Médecin de campagne*, Bénassis va jusqu'à parler de « contrat social » (*CH*, IX, p. 510), mais il est sans illusion. Ce contrat sera toujours un « pacte contre ceux qui ne possèdent pas » (*CH*, IX, p. 510). Le tout est de le faire accepter. Ce protecteur du peuple, que veut être Bénassis, reconnaît que les pauvres ne sont guère intéressés à la paix sociale et que le pouvoir a donc besoin « d'une grande concentration pour opposer une résistance égale au mouvement populaire » (*CH*, IX, p. 511). Seuls l'action économique, forme sociale de la bienfaisance, qui doit procurer au peuple « un bonheur tout fait » (*CH*, IX, p. 510), et le développement de la religion qui écrase « les sentiments égoïstes sous la pensée d'une vie future » (*CH*, IX, p. 513) peuvent conduire le peuple à accepter un pacte qui lui est défavorable. Il faut donc paradoxalement obtenir l'assentiment de ce peuple qui est pourtant considéré comme un éternel mineur et doit toujours « rester en tutelle » (*CH*, IX, p. 509). Bénassis dévoile le machiavélisme blanc qui se dissimule derrière la bienfaisance sociale, ou derrière la promotion de la religion, considérée comme « un instrument propre à gouverner » (*CH*, IX, p. 433). Henriette utilise elle aussi ces deux instruments du pouvoir définis par Bénassis. Mais *Le Lys dans la vallée* montre l'effet en occultant les motivations.

Balzac reconnaît l'existence politique du peuple bien qu'il prône une action répressive sinon dans ses moyens du moins dans sa finalité. La Révolution a prouvé que la force populaire est devenue une réalité politique qu'on ne peut plus ignorer. Aussi l'idée de légitimité ne doit plus être fondée sur le droit divin, ni même exclusive-

ment sur la naissance. Légitimiste réformateur, Balzac
demande à l'aristocratie de faire ses preuves, de s'imposer par ses capacités. La noblesse ne peut se sauver
qu'en tenant compte du changement des conditions politiques qui doivent la conduire à redéfinir la légitimité.
Dans *La Duchesse de Langeais*, les avantages des nobles
sont définis comme « des espèces de fiefs moraux dont
la *tenure* oblige envers le souverain, et ici le souverain
est certes aujourd'hui le peuple » (*CH*, V, p. 928). Henriette ira même jusqu'à exposer à Félix une « théorie des
devoirs » : « le duc et pair se doit bien plus à l'artisan
ou au pauvre, que le pauvre et l'artisan ne se doivent au
duc et pair » (p. 205). C'est en agissant comme s'il était
l'obligé de ce peuple, qu'il faut maintenir en tutelle, que
le noble obtient la reconnaissance de son pouvoir.

Figure christique par le don de soi, Henriette dispense
vie et bienfaits. Sa présence est à l'origine d'une pêche
miraculeuse qui rappelle celle du Christ. Par une action
qui ne dissocie pas le social du religieux, elle crée à
Clochegourde une harmonie sociale. Dans sa lettre de
conseils à Félix, elle condamne l'individualisme, la
recherche du bonheur « pris avec adresse aux dépens de
tous » (p. 204) et prône la charité chrétienne, l'oubli de
soi. Antithèse d'une duchesse de Langeais, elle est le
modèle de cette noblesse réformée rêvée par Balzac, une
aristocratie au service du pays, capable de se « nationa-
liser » (*CH*, V, p. 933). Elle réalise à Clochegourde,
royaume utopique, le programme balzacien. Elle crée
des voies de communication, se soucie de progrès agri-
cole et applique à Clochegourde la même politique économique que son double masculin dans *Le Médecin de
campagne*. Elle propose des terres rentables et le succès
de ses améliorations attire donc les meilleurs fermiers,
heureux de se placer sous son autorité, de même que
Bénassis parvenait à stabiliser dans son bourg des tra-
vailleurs motivés. C'est parce qu'elle a une énergie
capable de susciter les entreprises d'hommes productifs

— qualité que Bénassis estimait être caractéristique du véritable chef politique —, qu'elle peut exercer une autorité consensuelle alors que M. de Mortsauf, trop absolutiste, confond pouvoir et tyrannie sans parvenir à se faire respecter.

Autrefois la noblesse devait s'illustrer par les armes, elle « doit aujourd'hui faire preuve d'intelligence », écrivait Balzac dans *La Duchesse de Langeais*. C'est ce que ne saurait comprendre le royaliste « intraitable » (p. 91) qu'est M. de Mortsauf. Attaché à une conception de l'aristocratie fondée sur la naissance, il accueille bien Félix, alors qu'il n'entretient que des relations froides avec le parvenu M. de Chessel. Dans *La Duchesse de Langeais*, Balzac affirmait que l'aristocratie devait s'ouvrir aux intelligences de tous ordres, scientifiques, artistiques ou financières, pour renouveler sa puissance. Dans *Le Médecin de campagne*, Bénassis y voit un double avantage : « Les gouvernements doivent s'assimiler les hommes forts partout où ils se trouvent, afin de s'en faire des défenseurs, et enlever aux masses les gens d'énergie qui les soulèvent » (*CH*, IX, p. 509). Progresser, se revivifier est selon lui la seule façon pour l'aristocratie de se conserver. Le vitalisme, modèle naturaliste, sous-tend et légitime ce que Balzac appelle dans *La Duchesse de Langeais* une « politique rédemptrice » (*CH*, V, p. 931). Pour se régénérer, l'aristocratie a besoin d'un homme providentiel, un Napoléon, un Richelieu. Peu importe si elle doit le chercher à l'extérieur. Un chef qui ne serait pas de sang noble saurait d'autant mieux retailler « l'arbre aristocratique » (*CH*, V, p. 931).

Ce renouvellement de l'aristocratie, M. de Mortsauf n'est pas prêt à l'admettre, lui qui refuse tout ce qui pourrait galvaniser une noblesse moribonde : « Il avait peur des gens instruits ; les supériorités, il les niait » (p. 109). Dans *La Duchesse de Langeais*, Balzac analysait la dégradation sociale en termes de maladie et d'affaiblissement. Dans *Le Lys dans la vallée*, le Faubourg Saint-Germain a moins de place que dans *La Duchesse de Langeais* qui en étudiait longuement le fonctionnement pour montrer la médiocrité d'une aristocratie qui « s'est avieillie » (*CH*, V, p. 931). Mais, si l'analyse manque, Balzac la résume en une caricature saisissante : la tante de Félix, la marquise de Listomère, « vieille comme une cathédrale », se tient dans son salon qui est une « société de corps fossiles [...] un cimetière » (p. 52-53). D'autre part, Balzac reprend la métaphore médicale de *La Duchesse de Langeais* pour générer un texte littéral. L'hypocondrie de M. de Mortsauf, replié égoïstement sur ses petites souffrances, sa syphilis disent bien le dépérissement de cette partie de l'aristocratie qui s'accroche désespérément à son passé et demeure fixée à 1789.

Le *Médecin de campagne* évoque nostalgiquement la grande communion sociale et universelle de l'époque où l'intelligence humaine s'accordait avec l'Église. Or, la Restauration ne parvient pas à rétablir cette grande communion qui, selon Balzac, est un équilibre dynamique. En effet, il ne croit pas à l'efficacité sociale de l'égalité : « L'égalité sera peut-être un *droit*, mais aucune puissance humaine ne saura le convertir en *fait*. [...] Aux masses les moins intelligentes se révèlent encore les bienfaits de l'harmonie politique. L'harmonie est la poésie de l'ordre, et les peuples ont un vif besoin d'ordre » (*CH*, V, p. 925). C'est donc l'inégalité qui est la garantie d'une cohésion sociale : « les Sociétés n'existent que par la hiérarchie », explique Henriette qui reprend quelques éléments du programme politique et social de Balzac. Les prières communes à Clochegourde prouvent qu'elle a su réaliser le rêve balzacien d'une communion sociale conciliant les différences et l'harmonie. Elle réunit autour d'elle une société unie comme une famille. Elle reproche justement à M. de Mortsauf de ne pas avoir su lui-même fonder cette société familiale et hiérarchisée.

Son échec vient de son incapacité à créer un ordre stable car il se montre ou trop autoritaire ou trop enclin à écouter ses inférieurs.

Les différences sont nécessaires à l'unité conçue sur un modèle organique. C'est le mouvement qui concilie unité et différences, individualités et groupe dans une société vivante organiquement hiérarchisée. Dans la nouvelle intitulée en 1832 *La Femme de trente ans*, Charles de Vandenesse se plaignait déjà de la destructuration sociale, de l'invasion du neutre, symptôme de l'embourgeoisement d'une société. La préface aux *Études de mœurs*, rédigée en 1835 par Félix Davin sous la direction de Balzac, déplore également le nivellement d'une société « où rien ne différencie les positions [...] où rien n'est plus tranché [...] où les individualités disparaissent » (*CH*, I, p. 1153). Sous la Restauration, les valeurs bourgeoises promues sous la Révolution — individualisme et intérêt — tendent à l'emporter dans la noblesse même. L'agitation des intérêts, que l'on perçoit lors du bal donné en l'honneur du duc d'Angoulême, est la seule réaction qui anime alors un corps social en décomposition et dissimule dans un élan commun la désagrégation réelle. Balzac condamne l'individualisme lorsqu'il dépossède l'individu de son énergie créatrice et le réduit à l'état d'une « machine mobilisée par le jeu des sentiments au jeune âge, par l'intérêt et la passion dans l'âge mûr » (*CH*, I, p. 1153). Cet individu ne reproduit alors que des comportements égoïstes stéréotypés. Henriette mettra en garde Félix contre l'égoïsme qui fait obstacle à une véritable action de l'individu au service de la société.

La désorganisation sociale est perceptible dans les dérèglements de la vie familiale. Le mariage mal assorti de M. de Mortsauf et d'Henriette bouleverse les rapports hiérarchiques entre les sexes. Dans *Le Rendez-vous* (1829), nouvelle qui entrera par la suite dans *La Femme de trente ans*, Julie d'Aiglemont, mariée à un homme médiocre, souffre de sa supériorité car « son instinct si délicatement féminin lui disait qu'il est bien plus beau d'obéir à un homme de talent que d'obéir à un sot et qu'une jeune épouse, obligée de penser et d'agir en homme, n'est ni femme ni homme » (*CH*, II, p. 1073). Pour Balzac, l'inégalité est un facteur de cohésion aussi bien dans le domaine social que dans les relations entre les sexes : « Les peuples, écrit-il dans *La Duchesse de Langeais*, comme les femmes, aiment la force en quiconque les gouverne ; ils n'accordent point leur obéissance à qui ne l'impose pas. Une aristocratie mésestimée est comme un roi fainéant, un mari en jupon » (*CH*, V, p. 927).

La poussée des intérêts est également l'une des causes de la désagrégation de la famille. Seules Mme de Verneuil, une aristocrate du XVIIIᵉ siècle, et Henriette, dans son isolement à Clochegourde, parviennent à sauvegarder provisoirement des liens familiaux qui semblent archaïques dans une société déchue. La famille est d'une autre époque ou d'un autre lieu, de Clochegourde, îlot provisoirement à l'abri de la dégradation sociale. Ailleurs, seul l'intérêt maintient un lien familial toujours fragile. Si Charles est préféré à Félix c'est qu'il semble devoir obtenir davantage de succès que son frère et ceux-ci augmenteront le prestige de la famille. M. et Mme de Lenoncourt se détournent d'Henriette lorsqu'elle renonce à aller à la cour « profiter des avantages de la Restauration » (pp. 149-150). Plus courtisans que parents, ils préféreront rester auprès du roi au lieu de se rendre au chevet de leur fille malade.

La famille ne subsiste donc que comme association d'intérêts au service de l'ambition. Dans *La Duchesse de Langeais*, Balzac déplore que l'aristocratie interprète la Restauration comme celle de ses biens : « Chaque famille ruinée par la Révolution, ruinée par le partage égal des biens, ne pensa qu'à elle, au lieu de penser à la grande famille aristocratique » (*CH*, V, pp. 929-930).

C'est cela qui fait d'elle une force anti-sociale. Dans *Le Lys*, si le retour des Bourbons ouvre la chasse aux faveurs, cependant Balzac présente favorablement la politique conciliatrice de Louis XVIII. Mais il montre ce qui allait la faire échouer. De même dans *La Duchesse de Langeais*, il faisait l'éloge de la clairvoyance de Louis XVIII et voyait dans son entourage la cause de l'échec (*CH*, V, p. 936).

La transformation de la famille sous la Restauration est symptomatique de l'essor de l'individualisme qui met en danger la société. Dans l'*Avant-propos* de *La Comédie humaine*, Balzac considérera que c'est « la famille non l'individu » qui est la base de la société (*CH*, I, p. 13). Pourtant, dans *Le Médecin de campagne*, Bénassis constate que l'individualisme, nuisible à la société, est un fait social que l'on ne peut plus nier. Aussi le réformateur devra-t-il faire un pari difficile à gagner, s'appuyer sur l'individualisme pour rénover la société : « Maintenant, pour étayer la société, nous n'avons d'autre soutien que l'égoïsme. [...] Le grand homme qui nous sauvera du naufrage vers lequel nous courons se servira sans doute de l'individualisme pour refaire la nation » (*CH*, IX, p. 430). Ainsi peut-on comprendre l'admiration manifestée à l'égard de Louis XVIII pour sa politique paradoxale, tout à la fois audacieuse et périlleuse, qui s'appuie sur l'individualisme des courtisans pour tenter une restauration sociale.

2. *Le mythe napoléonien*

Dans sa lettre de conseils à Félix, la royaliste Henriette ne nomme qu'un modèle, Napoléon. *La Duchesse de Langeais* opposait à la dégradation de la noblesse du Faubourg Saint-Germain l'énergie de M. de Montriveau, un ancien officier de l'armée impériale. Dans *Le Médecin de campagne*, Goguelat racontait la légende d'un

Napoléon-Christ, sauveur de la nation. Cet homme-dieu avait le don de seconde vue, caractéristique des grands chefs et des mystiques. Henriette en sera aussi dotée. Bénassis était déjà une sorte de Napoléon du peuple. Quant à Balzac, lorsqu'il rêvait d'un écrivain qui soit la voix de son siècle, il l'imaginait comme un Napoléon des lettres [1]. L'Empereur qui a réussi à devenir l'âme d'un peuple incarne un rêve démiurgique. Bénassis imagine un chef politique qui serait « un peu plus qu'un homme » et vivrait par « le sentiment des masses » tout en les dominant et les dirigeant (*CH*, IX, p. 514). Après avoir proposé à Félix le modèle napoléonien, Henriette lui trace une ligne de conduite qui lui permettra d'exercer une action similaire sur la société. Le noble qui accepte de se devoir aux autres meurt à lui-même pour renaître en peuple. Henriette trace à Félix un portrait du grand homme proche de la conception hégélienne : « [...] Si vous parveniez à la sphère où se meuvent les grands hommes, vous seriez, comme Dieu, seul juge de vos résolutions. Vous ne serez plus alors un homme, vous serez la loi vivante ; vous ne serez plus un individu, vous vous serez incarné la nation » (p. 213).

Paradoxalement, pour ce légitimiste convaincu qu'est Balzac, c'est le mythe napoléonien qui est chargé d'incarner quelques-unes des valeurs qui devraient se développer dans une monarchie authentique. Le mythe napoléonien est le mythe d'une communion sociale que Balzac oppose à la poussée désorganisatrice qui règne dans la société de la Restauration. A mi-chemin entre la politique et la religion, le mythe de Napoléon est une utopie de la réintégration et de l'harmonie.

Le mythe napoléonien est à peine esquissé dans le texte définitif du *Lys dans la vallée*. Mais de même qu'il y a des personnages qui reparaissent, il y a, dans l'œuvre de Balzac, un retour des mythes et leur traitement partiel

---

1. « Des artistes », *op. cit.*

dans un texte peut fonctionner comme signe de renvoi à un autre, tout comme l'allusion à des événements racontés dans d'autres romans. Or, en 1830, avant sa conversion légitimiste, Balzac avait publié *La dernière revue de Napoléon*, qu'il intégrera par la suite, malgré son évolution politique, dans *La Femme de trente ans*. Le mythe napoléonien prenait dans ce texte une dimension religieuse. Le faste de cette ultime revue, évoquée dans *Le Lys dans la vallée*, était décrit comme « une magie, un simulacre de la puissance divine ». Napoléon était le centre d'un rituel de communion :

« [...] Les âmes tressaillirent, les drapeaux saluèrent, les soldats présentèrent les armes par un mouvement unanime et régulier qui agita les fusils depuis le premier rang jusqu'au dernier [...] tout frissonna, tout remua, tout s'ébranla. Napoléon était monté à cheval. Ce mouvement avait imprimé la vie à ces masses silencieuses, avait donné une voix aux instruments, un élan aux aigles et aux drapeaux, une émotion à toutes les figures » (*CH*, II, p. 1046).

Les individualités se fondent en une totalité active sous l'impulsion du grand homme, comme l'explique Henriette. Unité et mouvement caractérisent pour Balzac, comme pour Saint-Martin, l'action divine. Dieu est « mouvement universel », écrivait le Philosophe Inconnu dans *L'Homme de désir* (chant 81). De même, dans *Louis Lambert*, l'impulsion communiquée au monde est la preuve de l'existence de Dieu (*CH*, XI, p. 653).

On peut donc comprendre que le mythe napoléonien qui donne forme à un spiritualisme énergétique et à une philosophie prométhéenne ait pu prendre une dimension religieuse. En effet, au dualisme du bien et du mal, Balzac tend à substituer celui de l'apathie et du mouvement. C'est l'énergie, dont le prophétisme et le magnétisme sont des manifestations, qui donne à Napoléon son aura religieuse. L'énergie est une valeur spirituelle parce qu'elle a un pouvoir d'unification. Dans *Le Médecin de campagne* Balzac donne une définition étymologique de la religion qui éclaire également la valeur spirituelle que prend le mythe napoléonien : « Religion veut dire LIEN » (*CH*, IX, p. 447).

La société de la Restauration paraît bien désacralisée en comparaison de la communion napoléonienne. La « débâcle d'enthousiasme où chacun s'efforçait de se surpasser dans le féroce empressement de courir au soleil levant des Bourbons » (p. 59) contredit l'adoration dont est l'objet le duc d'Angoulême. Le texte échappe à Félix et c'est non pas l'unité restaurée que l'on peut lire dans le récit du fidèle royaliste mais l'émiettement de la cohésion sociale, une agitation qui est l'antithèse du mouvement structurateur, de l'énergie organisatrice.

Dans le manuscrit, le jeune Félix est présenté comme un partisan de l'Empereur, qui assiste au bal de Tours par curiosité et non par conviction politique. Cette admiration va jusqu'au fanatisme dans le manuscrit. Ce bonapartisme, refoulé dès les premières épreuves, fait retour dans les lapsus du texte. Si Félix — on l'apprendra plus loin — a suivi la cour à Gand, il a cependant assisté au retour de Napoléon et il ne peut s'empêcher de laisser sentir à quel point la « répétition grandiose » l'emporte sur la cohue enfermée sous une tente, dans le jardin de la maison Papion : c'est tout Paris qui s'est précipité vers celui que le royaliste ne peut s'empêcher de nommer « l'Empereur ». La résurgence de la figure napoléonienne dans le cours de bon légitimisme qu'Henriette donne à Félix est aussi un véritable retour du refoulé génétique, bien que déplacé.

3. *Le pacte social*

Si les conseils épistolaires d'Henriette, son analyse sans illusion du mécanisme social, la référence à Napo-

léon disent assez qu'elle ne trouve pas réalisés dans la
société les principes qu'elle défend, elle ne conseille pas
pour autant la révolte ou l'isolement. Elle prône l'inté-
gration, conseille d'« obéir en toute chose à la loi générale, sans la discuter » (p. 203), mais non pour abdiquer
toute initiative. Il faut, pour agir, éviter de vivre à l'écart
de la société : « vous devez en tenir les conditions constitutives pour bonnes, explique Henriette à Félix ; entre
elles et vous, demain il se signera comme un contrat »
(p. 203). L'acceptation est la garantie d'un accord qui
évitera la soumission passive et laissera la place à une
action.

C'est un coup d'État social que la douce Henriette
projette pour Félix. L'âme bienfaisante de Clochegourde,
la mystique qui rivalise avec Séraphîta, fait trop souvent
oublier une autre Henriette. Mme de Mortsauf frôle parfois la lignée de ces personnages balzaciens dont la per-
spicacité met à nu le fonctionnement du mécanisme
social. Ils imposent alors diversement leur loi à la
société, souvent pour réaliser des actions condamnables.
La préface de *La Physiologie du mariage* permettrait de
les rattacher à Méphistophélès, filiation que le romancier
historien des mœurs, revendique pour lui-même. En
effet, Méphistophélès révèle les doubles fonds, les stra-
tégies cachées. Certains de ces personnages, comme
Vautrin ou les Treize, acquièrent une puissance surhumaine et ces individus « auxquels la société tout entière
fut occultement soumise » peuvent être comparés à
Faust, Manfred ou Melmoth (*CH*, V, p. 788).

Certes, on peut objecter qu'il est difficile de placer la
blanche Henriette dans cette lignée diabolique. Pourtant
ses conseils épistolaires révèlent une discordance qui
laisse apparaître derrière la fragilité du lys et la victime
flagellée un stratège inattendu de la vie mondaine et
sociale : « Ne souffrez jamais près de vous des gens
déconsidérés, quand même ils ne mériteraient pas leur
réputation », conseille étrangement la charitable Hen-

riette (p. 211). La championne de l'harmonie sociale, dans la lettre même où elle condamne l'égoïsme et l'individualisme, finit par chercher les moyens de gagner « la guerre des intérêts » (p. 212) et rassure curieusement son élève en lui donnant par avance l'absolution : « Ne craignez pas de vous faire des ennemis [...] à Paris un homme ne s'appartient pas toujours, il est soumis à de fatales circonstances ; vous n'y pourrez éviter ni la boue du ruisseau, ni la tuile qui tombe » (p. 212). On peut bien sûr mettre sur le compte d'un réalisme pragmatique des conseils qui montrent les pièges inévitables d'une société sans pitié et on peut penser que l'idéalisme chrétien dont fait preuve habituellement Henriette serait suicidaire en dehors de Clochegourde.

Mais le pouvoir, dont Henriette fait d'abord le moyen d'une action sociale, tend à devenir au cours de la lettre une fin en soi. C'est un rêve de puissance qu'elle veut vivre par procuration. Elle oublie progressivement la théorie des devoirs qu'elle exposait à son début. La figure napoléonienne dont Henriette propose le modèle à Félix et plus généralement la figure du grand homme sont d'ailleurs ambivalentes chez Balzac. Christ d'un côté, Napoléon est aussi de la lignée de Melmoth, comme les Treize. L'un des représentants de cette société, M. de Montriveau, a bien dans *La Duchesse de Langeais* cette ambivalence. Plus tard, dans *Splendeurs et Misères des courtisanes* la dernière lettre de Lucien évoquera parmi les descendants de Caïn à la fois Moïse, Attila, Charlemagne et Napoléon.

Mais Félix n'atteindra même pas cette grandeur. Il cédera à l'égoïsme que lui reprochera Madeleine, à la fin du roman, à l'attrait du plaisir au détriment de la vie d'autrui. Il ne deviendra pas la loi vivante d'une société, mais fera plus banalement carrière. Natalie dressera un bilan bien prosaïque : il a gagné la pairie et tué Henriette. Peu différent en fin de compte des Lenoncourt, il aura participé à la chasse aux faveurs royales. Le pacte

qu'il a passé avec la société n'est pas celui que lui proposait Henriette. Il s'est soumis à ses conventions pour
bénéficier d'un confort social immédiat et occuper une
position.

4. *La condition féminine et la famille*

Le mariage et la condition féminine sont des thèmes
majeurs dans l'œuvre de Balzac. Si les aspects psychologiques ne sont pas négligeables, pour l'historien des
mœurs et le philosophe c'est plus largement l'ensemble
de la vie sociale et de la destinée individuelle qui se joue
dans le mariage. Les dysfonctionnements sociaux s'y
manifestent et les aspirations romantiques de certains
personnages, la quête de l'idéal, de l'absolu se heurtent
aux contraintes sociales. La violence du désir, la sensualité, dont Balzac montre les liens avec la nature, entrent
en contradiction avec la finalité sociale de l'institution
du mariage. Les enjeux sont tout à la fois sociologiques,
psychologiques et religieux.

Dans le dernier chapitre de *De l'Allemagne*, Mme de
Staël exaltait l'énergie spirituelle et affirmait que les
passions étaient préférables à l'apathie morale. Si Balzac
valorise lui aussi l'énergie, s'il reconnaît dans l'amour
une noble aspiration à l'unité, il présente cependant les
dangers de l'idéalisme sentimental. L'individu qui tente
de s'emparer de l'absolu par la passion est tragiquement
confronté à la vie positive. La passion est tragique car
l'énergie déliée se dépense anarchiquement dans le désir.
L'énergie mal orientée, qui n'est pas au service de la
société et de sa régénération, mais contribue au contraire
à sa dissolution en attaquant la famille, devient dangereuse pour l'individu lui-même. Elle l'asservit. L'amour
détourne de l'action sociale. Félix voudrait n'être que
l'obscur précepteur du fils d'Henriette pour demeurer
auprès d'elle. Il serait prêt à renoncer à la mission que
le noble se doit de remplir, selon Henriette. L'amour

encourage toutes les désertions. Aussi dans sa lettre de conseils, Henriette le met-elle en garde contre les femmes qui voudront le coudre à leur jupe. Dans *La Physiologie du mariage*, Balzac affirmait déjà que les femmes les moins dangereuses sont celles que l'on achète. Il comparait alors l'amour à un âne qui « doit être soumis comme un serf du treizième siècle à son seigneur ; obéir et se taire, marcher et s'arrêter au moindre commandement » (*CH*, XI, p. 1095). Pourtant quelques années plus tard, en 1832, dans la nouvelle intitulée *La Femme de trente ans*, l'absence de passions est le symptôme d'une anémie sociale. La passion est-elle anti-sociale ou indispensable au vitalisme social ? Selon Balzac, les passions ne sont pas mauvaises si on dirige leur énergie dans des voies sociales. Dans *Mémoires de deux jeunes mariées*, il définira son idéal par l'oxymore : « une passion qui raisonne » (*CH*, I, p. 270).

La véritable passion féminine au service de la société sera pour Balzac une passion créatrice, la Maternité, ou un amour protecteur, maternel comme celui que Balzac a connu avec Mme de Berny. *Le Lys dans la vallée* opposera encore, avec l'aide de métaphores, deux types d'amour, celui de lady Dudley, désert insatiable qui absorbe tout, et celui d'une femme plus mûre, Mme de Mortsauf qui est une source dispensatrice de vie. Femme et mère à la fois, elle protège Félix, l'instruit et le dirige, s'occupe de son avenir (p. 143), contribuant à le créer. Aussi son rôle peut-il se prolonger et la liaison être durable. Dans *Mémoires de deux jeunes mariées* et *Modeste Mignon* la duchesse de Chaulieu, protectrice du jeune poète Canalis, sera encore aimée à cinquante ans, et s'opposera en cela aux croyances aliénantes de sa fille Louise, trop dépendante du désir d'autrui, trop peu créatrice. L'amour créateur ne dissocie pas le sentiment et la vie sociale et ne s'enlise pas dans l'intime.

Dans *La Physiologie du mariage* (1829), Balzac affirmait que les lois sociales sont anti-naturelles et ne peu-

vent se concilier avec les désirs du cœur. Nature et
société s'opposent dans *Le Lys dans la vallée* comme
liberté et contrainte, comme passion et mariage. La
nature est toujours du côté du sentiment, complice de
l'adultère. Elle est tentatrice. Devant la vallée de l'Indre,
Félix est saisi « d'un étonnement voluptueux » (p. 65).
Il est troublé par « un coucher de soleil qui rougissait si
voluptueusement les cimes en laissant voir la vallée
comme un lit, qu'il était impossible de ne pas écouter la
voix de cet éternel Cantique des Cantiques par lequel la
nature convie ses créatures à l'amour » (p. 111).

Dans les *Mémoires de deux jeunes mariées* (1841-
1842), Renée de l'Estorade rappellera à son amie qui
veut concilier mariage et passion la différence insurmon-
table qui sépare la nature et la société et elle la mettra
en garde contre le risque de vouloir suivre ses penchants
instinctifs. Nature et société s'opposent comme l'éphémère à la stabilité. C'est en « substituant des sentiments
durables à la fugitive folie de la nature » que la société
« a créé la plus grande chose humaine : la Famille »
(*CH*, I, p. 384), affirmera Renée de l'Estorade. Félix
tente l'impossible : éterniser l'éphémère, incarner l'absolu dans le temps. Sa rencontre avec lady Dudley, son
inconstance et son attachement à cette femme malgré la
douleur d'Henriette démentent ses rêves idéalistes. Plus
tard, Béatrix poursuivra vainement l'éternel, d'aventure
en aventure, car l'absolu lui échappera dès qu'elle le
saisira dans une passion, toujours provisoire.

Si Balzac montre les dangers d'un mariage mal
assorti, il ne défend donc pas pour autant la passion
adultère, l'amour libre, ou le mariage d'amour aussi dangereux les uns que les autres, non seulement pour le
couple mais aussi pour la société. Ils compromettent la
hiérarchie qui est le fondement de l'ordre et de l'harmonie sociale. L'androgynat que certains romans — comme
Séraphita, *L'Enfant maudit* — ont valorisé dans une
dimension mystique, est condamné dans le domaine

social : « Il existe, expliquera Renée de l'Estorade, entre amants une égalité qui ne peut jamais selon moi, apparaître entre une femme et son mari, sous peine d'un renversement social et sans des malheurs irréparables » (*CH*, I, p. 332). Cette championne de la famille voit dans l'amour un danger de dissolution sociale (*CH*, I, p. 382) et elle lui oppose le dévouement aux autres. « L'amour est profondément égoïste, tandis que la maternité tend à multiplier nos sentiments », affirmera-t-elle contre Louise de Macumer-Chaulieu. Celle-ci, tentant de perpétuer la fulgurance de sa passion, ne fondera que des unions stériles, puis se suicidera, victime de sa jalousie. *Ferragus* avait déjà montré l'échec d'une passion qui semblait unir religieusement deux êtres mais avait fini par les déchirer. Dans *Le Lys*, la jalousie transforme la quête de l'unité en tragédie de la coupure et cause la ruine de la petite société de Clochegourde. Personnage double, Henriette est à la fois une Renée et une Louise. Comme la première, épouse d'un émigré auquel elle est supérieure, elle se dévoue à sa famille et fait de ses enfants ses vertus (p. 313). Mais elle s'autodétruit comme Louise et, au moment de son agonie, repousse parfois ses enfants. Dans *Béatrix*, Sabine du Guénic reçoit de sa mère cette mise en garde : « L'amour n'est pas le but mais le moyen de la famille ; ne va pas imiter cette pauvre petite baronne de Macumer. La passion excessive est inféconde et mortelle » (*CH*, II, p. 888). Henriette permet donc à Balzac de représenter en un personnage le conflit de deux conceptions du sentiment amoureux et l'ambivalence de sa propre position à l'égard de la passion à la fois fascinante et tragique.

Le bonheur se trouve davantage dans la famille et un amour conjugal apaisé que dans la passion. Renée de l'Estorade expliquera : « Il y a je ne sais quoi de religieux et de divin dans l'affection que porte une mère heureuse à celui de qui procèdent ces longues, ces éternelles joies ». Le couple qu'elle forme avec Louis, autre figure de l'émigré, est aussi mal assorti que celui d'Henriette. Mais le mariage donne une nouvelle naissance à son mari et lui permet de se réinsérer dans la société. Le mariage de convenance, bien différent de l'élan instinctif d'un amour naturel, est une œuvre volontaire qui nécessite une énergie créatrice et permet ainsi à l'épouse qui s'y soumet d'échapper à la passivité et à l'asservissement. Pour Balzac le bonheur ne se donne pas ; la véritable affection naît progressivement de l'effort. Renée élève son mari et l'aide à redéployer ses capacités anéanties par les souffrances. Henriette ne réussit qu'à dissimuler la médiocrité de son mari. L'apologie de la famille et du mariage dans *Le Lys dans la vallée* n'est pas aussi assurée qu'elle le sera dans les années 1840.

On a parfois parlé d'un féminisne balzacien, antérieur à sa conversion légitimiste[1] de 1832. Or, certains éléments de *La Physiologie du mariage* se retrouvent encore dans *Le Lys dans la vallée* et semblent témoigner de la sympathie qu'éprouve Balzac pour la cause des femmes. Dans cette étude analytique, Balzac plaidait pour les droits de l'amour, « la plus mélodieuse de toutes les harmonies » à condition que l'homme soit capable de « déchiffrer cet admirable solfège » qu'est la femme. Il plaignait alors les nombreuses jeunes femmes, qui, mal mariées, « se traînent pâles et débiles » (*CH*, XI, pp. 954-955). Et, en physiologiste plus qu'en moraliste, il affirmait : « L'amour physique est un besoin semblable à la faim » (*ibid.*, p. 941). *Le Lys dans la vallée* est bien encore le roman d'une mal mariée et d'une mal aimée qui meurt d'inassouvissement. La métaphore de *La Physiologie du mariage*, prise au pied de la lettre, génère l'épisode de l'agonie : Henriette succombe à la faim et à la soif, victime d'une double cruauté masculine.

---

1. Richard Bolster, *Stendhal, Balzac et le féminisme romantique*, Paris, « Lettres Modernes », Minard, 1970.

Si certaines femmes sous la Révolution et au début du siècle ont pu jouer un rôle important — soit par leur engagement féministe comme les révolutionnaires Olympe de Gouges et Théroigne de Méricourt, soit par leur rôle historique comme Madame Roland, Charlotte Corday, soit par leur participation à la vie intellectuelle et artistique comme Marceline Desbordes-Valmore ou George Sand —, les droits des femmes promulgués en 1792 ont bien vite été oubliés et la situation légale et sociale de la femme sous la Restauration ne s'est pas améliorée. Elle s'est même dégradée dans cette société hypocrite qui a perdu la liberté de mœurs de l'aristocratie du XVIIIe siècle. Sans recours contre la tyrannie maritale, les femmes mal mariées n'ont d'autre ressource que la somatisation, si l'on en croit *La Physiologie du mariage*. Le corps, rebelle aux interdits moraux et sociaux, oppose sa résistance, en deçà d'un langage tout entier aliéné à la société. Dans *Le Lys*, Félix se présente à l'envi comme la victime d'une Henriette castratrice, qui lui impose la loi du silence. Mais Henriette est la première victime de cette loi du silence : « Dois-je me taire ? me défendez-vous, mon Dieu, de crier dans le sein d'un ami ? » Félix écoute, sans rien dire, cette « horrible clameur » (p. 250). La maîtrise de la parole est engagée dans ce jeu de l'amour courtois que Félix prétend jouer en imposant à Henriette la pureté.

La première moitié du siècle voit une diffusion d'idées favorables aux femmes. Mme de Staël avec *Corinne* (1807), George Sand avec *Indiana* (1832) ont défendu leur cause. Fouriéristes et saint-simoniens protestent contre l'esclavage des femmes, et la réduction des jeunes filles à marier à l'état de marchandises. Fourier affirme que leur libération, en particulier pour ce qui est de la sexualité, est favorable au progrès social. Balzac, conscient lui aussi des difficultés de la condition des femmes, ne va pas aussi loin et propose des solutions bien éloignées du féminisme.

Il voit dans la guerre des sexes (c'est la signification qu'il retient de *Volupté*) le symptôme d'un dérèglement social. Sous la Restauration, la société est incapable d'instaurer une hiérarchie stable et harmonieuse dans les relations humaines. La recherche d'un amour réconciliateur et le rêve de l'androgyne asexué ne tiennent pas seulement à l'aspiration spirituelle de personnages idéalistes. Comme le mythe napoléonien, ils correspondent au désir d'harmonie, frustré par la société de la Restauration.

Si Balzac est sensible aux difficultés de la condition féminine, il désapprouve toute usurpation de pouvoir. Or, Henriette qui s'en empare pérennise l'infériorité de M. de Mortsauf et renverse la sainte hiérarchie familiale. Son sacrifice aux valeurs familiales est donc perverti et à terme n'évitera pas une désagrégation du groupe. Mais quelle autre issue avait-elle ? Henriette est un personnage ambigu, sainte de la famille, machiavélique pourtant dans l'exercice habile du pouvoir. La représentation de la femme sacrifiée et la valorisation de la famille, la critique de la société et sa défense, l'attrait pour la passion et la méfiance coexistent dans ce roman. Le ralliement de Balzac au légitimisme n'y fait donc rien. Il continuera lui-même à osciller entre deux tendances, à la recherche d'une conciliation. En 1842, à propos des *Mémoires de deux jeunes mariées*, il écrit à George Sand : « J'aimerais mieux être tué par Louise que vivre longtemps avec Renée » (*Corr.* IV, p. 407). Sans doute faut-il tenir compte de la destinataire, fervente féministe. Mais le roman lui-même n'est pas exempt d'ambiguïté et si Louise meurt, son désir d'amour a cependant une dimension spirituelle qui l'anoblit. Balzac hésite dans *Le Lys*, comme plus tard encore, entre l'imagination et la raison, qui s'incarneront dans *Mémoires de deux jeunes mariées* en Louise et Renée (*CH*, I, p. 331), entre la passion dont il perçoit les risques et la famille qui est le fondement de la société, entre l'éphémère et la durée, entre la dépense et la conservation.

1. *Une religion du cœur*

Au XVIIIᵉ siècle des critiques s'étaient déjà élevées contre le formalisme religieux. Dans les *Lettres persanes*, Montesquieu estime que l'observance des cérémonies n'est pas l'essentiel de la religion d'autant plus qu'on peut s'y tromper aisément puisqu'il faut choisir entre une multitude de cultes. Par contre on est plus sûr de plaire à Dieu par l'amour des autres hommes et la pratique de la charité. Cette religion correspond à celle que pratiquera Henriette. Rousseau dans l'*Émile* et dans *Le Vicaire savoyard* s'efforçait aussi de distinguer le cérémonial de la religion elle-même. Le véritable culte qu'exige Dieu est celui du cœur. Saint-Martin, maître spirituel d'Henriette distingue, dans *L'Homme de désir* (1790), deux religions : « Oui, le culte intérieur est sensible, il l'est sûrement plus que le culte extérieur ; mais il l'est d'une autre manière. Le culte matériel est pour les sens de la forme, le culte spirituel pour les sens de l'âme ; le culte divin et intérieur est pour la vie de notre être » (chant 123). Cette distinction se trouve très tôt dans les œuvres de jeunesse de Balzac. Dans *Le Vicaire des Ardennes* (1822), Joseph, le futur vicaire, enseigne à sa sœur à percevoir Dieu dans la nature et à découvrir les préceptes de la religion dans les mouvements instinctifs de sa sensibilité. Dans *La Dernière Fée*, la duchesse de Sommerset explique à Abel que le culte extérieur n'est pas suffisant, il faut l'unir avec « le culte intérieur qui gît dans la conscience », « sauver les malheureux, dépouiller le moi et s'oublier un peu ». Cette religion de prière et de dévouement sera encore celle d'Henriette.

Après son rapprochement avec les milieux légitimistes, Balzac a défendu un catholicisme qu'il définira en 1842 comme « un système complet de répression des tendances dépravées de l'homme » et comme « le plus grand élément de l'ordre social » (*CH*, I, p. 12). Mais il maintient la distinction entre deux religions : « Politiquement, écrira-t-il à Mme Hanska le 12 juillet 1842, je suis de la religion catholique, je suis du côté de Bossuet et de Bonald et ne dévierai jamais. Devant Dieu, je suis de la religion de saint Jean, de l'Église mystique, la seule qui ait conservé la vraie doctrine. Ceci est le fond de mon cœur. » Balzac associait *Le Lys dans la vallée* au versant mystique et philosophique de sa création : « Je veux que *Le Lys dans la vallée* et *Séraphita*, que le nouveau [*Louis*] *Lambert* soient les points culminants de ma vie littéraire jusqu'à aujourd'hui » (à Mme Hanska, 11/10/35). En effet, si ce roman accorde à la pensée de Swedenborg et à celle de Saint-Martin une présence discursive plus discrète que dans *Séraphita*, la conversion fictionnelle n'en est pas moins importante. Le récit de Félix fait d'Henriette un personnage swedenborgien, qui incarne les hautes destinées de l'âme humaine et ses luttes. Dans *Séraphita*, conformément à la doctrine de Swedenborg, la terre est considérée comme la « pépinière du ciel » (*CH*, XI, p. 776) et les anges ne sont que des hommes qui ont atteint le plus haut degré de l'initiation spirituelle.

Cependant il ne faut pas conclure de cette utilisation de doctrines mystiques dans la fiction à l'adhésion de Balzac. Dans la lettre qu'il envoie à Nodier en 1832, après la parution de son article « De la palingénésie humaine et de la résurrection », il explique qu'il ne faut pas conclure lorsque la science ne peut fournir des preuves : « Essayez de convaincre l'humanité [...] qu'il faut laisser Dieu dans les sanctuaires inconnus où il s'est dérobé volontairement à nos regards. » Il lui semble nécessaire de laisser en suspens les questions des mystiques et en particulier celle-ci : « L'homme s'achemine-t-il vers la tombe comme à un berceau, selon Swedenborg ? » Aussi faut-il interpréter avec précaution les déclarations envoyées à la dévote Mme Hanska à propos de ses lectures pour ses romans mystiques : « Ces idées mystiques m'ont envahi. Je suis artiste croyant » (11/3/35).

Malgré ces réserves, il faut bien reconnaître que Balzac a toutefois manifesté une curiosité à l'égard des illuminés et des mystiques et un attrait pour les virtualités romanesques de leur pensée. De plus, comme bon nombre de ses contemporains, il a pris conscience des limites spirituelles du dogmatisme catholique et se sent attiré par une religiosité plus floue, fondée sur un besoin d'infini, propre à la nature humaine. Symboles, dogmes et religions positives sont alors bien souvent critiqués pour leur étroitesse. Le roman *Spiridion* publié en 1837 par George Sand, ou l'étude de Benjamin Constant, *De la religion considérée dans sa source, ses formes et ses développements* (1833) témoignent de cette évolution spirituelle dans le monde littéraire.

Dans *Le Lys dans la vallée*, l'abbé de Dominis et l'abbé Birotteau sont les ministres d'un catholicisme dogmatique. Il devient plus présent à la fin du roman, comme si Henriette avait besoin de ce garde-fou : « L'œil de l'abbé de Dominis, ce représentant du monde, était plus redoutable pour Henriette que celui de M. de Mortsauf ». Mais ce catholicisme répressif ne parvient pas à dompter son désir qui s'exacerbe intérieurement. Au moment de l'agonie, l'abbé Birotteau, impuissant, est d'ailleurs obligé de s'en remettre à Félix, le tentateur, pour conduire Henriette vers Dieu (pp. 350-351).

L'homme n'a jamais eu assez de lui-même, explique Balzac dans *Le Traité de la prière* (1823), alors il s'est élancé au-delà. Mais ce besoin d'infini, fondement

anthropologique de toutes les religions selon lui, ne peut
se satisfaire d'un dogme. De même Félix remarque qu'il
est « d'indicibles mélancolies pour lesquelles le confessionnal n'a pas d'oreilles » (p. 112). Plus tard Modeste
Mignon affirmera encore que les « cordes religieuses »
n'empêchent pas le débordement des âmes « sous une
pression divine » (*CH*, I, p. 554). Le divin excède largement le religieux. Il est indissociable du sentiment de
l'incomplétude. La religion d'amour — le mysticisme — et la religion de l'amour ont en commun la
même expérience de l'inachèvement et des limites. Dans
les œuvres de Balzac, l'amour a souvent plus d'attraits
que le catholicisme qui ne satisfait pas le désir d'infini.
A la déstabilisation amoureuse à la fois douloureuse et
exaltante par l'arrachement à soi qu'elle permet, le
catholicisme propose de substituer la croyance. Dans
Souffrances inconnues, nouvelle publiée dans *Même histoire* en 1834 *(La Femme de trente ans)*, ce marché était
rejeté par l'héroïne qui avait goûté les « beautés infinies » et les « joies illimitées » de l'amour (*CH*, II,
p. 1116). De même Félix et Henriette savourent dans
l'amour les délices d'une expansion : « notre esprit
s'empara de la création » (p. 253). L'amour a une dimension prométhéenne bien plus exaltante que les froids préceptes religieux.

Bien des auteurs romantiques ont représenté les souffrances des exilés sur terre. La révolte des héros byro-
niens, les débauches de Sténio dans *Lélia* (1833)
expriment une insatisfaction que George Sand décrit
comme une gravitation des âmes vers le haut : « L'âme
s'exalte et quitte la terre insuffisante à ses besoins, pour
dérober au ciel le feu de Prométhée [...][1]. » L'amour est
valorisé pour son aspiration à l'infini, en particulier par
des auteurs anglais lus en France. En 1818, Maturin,
écrivain affectionné par Balzac, publie *Eva ou Amour et*

---

1. « Classiques » Garnier, 1960, p. 121.

Religion (1818). Thomas Moore, dans *Les Amours des anges* (1823), établit une relation entre l'amour, la religion et la musique — rapport repris par Balzac dans *La Duchesse de Langeais* —, qui seraient les seules traces rappelant la glorieuse origine de l'homme, après sa chute. De son côté, dans *De l'Allemagne*, Mme de Staël avait défini le mysticisme comme une religion d'amour, préparant ainsi le terrain pour un échange entre amour et religion. Très tôt, dans son essai romanesque de jeunesse *Falthurne II* (1823), Balzac avait présenté l'amour comme une douce religion. Mais à partir des années 1830, la religion d'amour est représentée avec ses ambiguïtés dans des œuvres qui intègrent sa critique.

C'est bien cette aspiration spirituelle que l'on retrouve chez Félix mais le désir d'infini se manifeste par une double postulation, un élan ascensionnel et une traversée des apparences discordantes pour saisir, dans le monde, l'invisible harmonie. Le narrateur cherche un principe unifiant, un lien qui réorganiserait le monde, d'abord perçu dans sa discontinuité, en une totalité cohérente et signifiante. Alors que *Le Médecin de campagne* reconnaît une supériorité au catholicisme grâce à sa capacité de liaison, dans *Le Lys* il est perversement concurrencé dans cette fonction par la mystique amoureuse. La quête de Félix demeure cependant religieuse en un sens étymologique. La religion fait du chaos un cosmos, relie les éléments épars. Telle sera la fonction de l'amour, devenir un divin coordonnateur. Félix s'efforce de dépasser les apparences pour atteindre une harmonie cachée. L'enjeu de cette recherche est la lisibilité du monde.

2. *Les correspondances*

Félix a d'abord une perception négative du monde social qui se défait sous ses yeux au bal du duc d'Angoulême. Bousculé par les invités qui se heurtent dans un nuage de poussière, au bord du malaise, il se replie sur lui-même, les yeux fixes. Devant l'informe, l'insignifiant, il semble perdre à la fois la vue et la conscience. Or, comme l'explique Michel de Certeau dans un commentaire sur *Le Visible et l'Invisible* de Merleau-Ponty, « voir est déjà un acte de langage. Cet acte fait des choses vues l'énonciation de l'invisible texture qui les noue[1] ». Le mysticisme amoureux sera aussi une tentative pour dire le monde, le transformer en texte en décryptant l'invisible syntaxe des choses. Démiurgique, il créera un cosmos.

Le monde intérieur de Félix connaîtra la même métamorphose. A l'origine est le chaos. Félix se sent déchiré. La « force des séductions » qui le prive de son libre arbitre coexiste avec d'« héroïques aspirations » vers le stoïcisme et des « rages contenues » (p. 50). Le moi est un champ de bataille où aucune tendance ne l'emporte. Plus gravement, il est parfois désorganisé par un désir sans objet, le vague des passions qui le fait régresser en deçà du langage : « Un orgue expressif doué de mouvement s'exerce alors en nous dans le vide, se passionne sans objet, [...] jette des accents qui se perdent dans le silence ! » (p. 112). L'individu est alors victime d'une hémorragie interne : « Notre puissance s'échappe tout entière sans aliment, comme le sang par une blessure inconnue. La sensibilité coule à torrents, il en résulte d'horribles affaiblissements » (p. 112). Sans divinité, privé de l'Un, Félix ne parvient pas à se structurer en une identité. Qu'il ait envie d'être duc d'Angoulême, de se jeter « au cœur de la Royauté » (p. 59) ou qu'il veuille se confondre avec la nature en une extase panthéiste, dans les deux cas, il veut être lui-même l'Un.

Pour Félix, le sacré se redéfinit, en dehors de toute religion, comme une expérience de la concordance.

---

1. « La folie de la vision », *in* « Maurice Merleau-Ponty », *Esprit*, 66, Paris, 1982, p. 97.

L'amour permet de retrouver un idéal perdu dont on a vaguement gardé le souvenir. Comme dans la pensée platonicienne, il est fondé sur la ressemblance, l'homologation. Félix aime une femme en qui il a reconnu l'étoile de son enfance. De plus, l'amour donne à Félix et Henriette l'impression d'avoir effacé la coupure des sexes, de retrouver un état antérieur, « de former idéalement cette merveilleuse créature rêvée par Platon », l'androgyne (p. 253). En 1836, Balzac travaille également à l'achèvement de *L'Enfant maudit*, autre récit de l'amour idéal. De même que Félix et Henriette, Étienne et Gabrielle réalisent le mythe platonicien : « Ils ne pouvaient alors être comparés qu'à un ange qui, les pieds posés sur le monde, attend l'heure de revoler vers le ciel. Ils avaient accompli ce beau rêve du génie mystique de Platon et de tous ceux qui cherchent un sens à l'humanité : ils ne faisaient qu'une seule âme, ils étaient bien cette perle mystérieuse destinée à orner le front de quelque astre inconnu, notre espoir à tous ! » (*CH*, X, p. 951). L'androgyne rétablit une unité perdue, abolit les conséquences de la chute. *L'Enfant maudit* sera intégré dans les *Études philosophiques*. On peut comprendre que Balzac ait considéré un moment *Le Lys dans la vallée* comme une transition possible entre les *Études de mœurs* et les *Études philosophiques*.

L'amour établit un rapport d'analogie entre deux êtres et abolit la discontinuité dans une identification qui permet à l'amoureux de se retrouver dans l'autre. Dans *Le Médecin de campagne*, Bénassis remarquait : « Nous nous aimons nous-mêmes en *l'autre* » (*CH*, IX, p. 562). Félix et Henriette éprouvent le plaisir de se découvrir identiques par leurs souffrances et leur enfance. Tels deux narcisses réconciliés avec eux-mêmes, ils se plongent alors amoureusement dans la nature pour s'y contempler dans leur ressemblance : « Nous nous aimions en tous les êtres, en toutes les choses qui nous entouraient ; nous sentions hors de nous le bonheur que chacun de nous souhaitait » (p. 254). Ces noces spirituelles effacent toutes les discontinuités dans un monde totalement uni. Les perceptions sensorielles fusionnent aussi dans une harmonie synesthésique. La voix d'Henriette est lumineuse (p. 77), les fleurs chantent (p. 163), les mousses sont sonores (p. 162). Les synesthésies témoignent de l'unité du monde. Balzac a pu découvrir leur importance dans l'extase mystique à la fois chez Swedenborg et chez Saint-Martin qui écrit dans *L'Homme de désir* : « La lumière rendait des sons, la mélodie enfantait la lumière [...]. » Cette perception de l'unité permet alors à l'âme de s'élever « vers le sommet des cieux » et de tendre « sans la moindre déviation vers ce centre unique » (chant 46).

Le sacré n'est plus, pour Félix, manifestation d'une transcendance, mais plutôt perception de la continuité, de l'harmonie et du sens caché. Celle-ci ne dépend pas d'une révélation surnaturelle. C'est une expérience intérieure que rend possible une certaine disposition du sujet dans son rapport à l'autre. Ce n'est pas l'objet mais la relation qui fonde le sacré. Peu importe que l'objet soit humain, il doit exercer un attrait qui donne sens à une existence transformée en trajet. Henriette devient la Providence de Félix : « Voici la sublime figure qui se dressa pour me montrer du doigt le vrai chemin dans le carrefour où j'étais arrivé » (p. 202). L'éparpillement anarchique des penchants est maîtrisé dans une individualité structurée, capable d'éprouver un désir, parce que Henriette est devenue la Motivation, « la mère des grandes pensées, la cause inconnue des résolutions qui sauvent, le soutien de l'avenir » (p. 198). Félix applique aux relations humaines la conception mystique de l'amour de Dieu que Saint-Martin développait dans *L'Homme de désir* : l'amour est une création continuée. Dans le cas de Félix, il recrée l'espace intérieur d'une psychologie : « J'aime donc je suis », pourrait dire Félix. Sa rencontre avec Henriette le fait naître : « une âme aux ailes diaprées avait brisé sa larve » (p. 62). Henriette est l'Origine pour le jeune homme qui, privé d'amour maternel, n'avait jusque-là pu accrocher nulle part ses « racines » (p. 38) : « Là verdoyait la plante inconnue qui jeta sur mon âme sa féconde poussière, là brillait la chaleur solaire qui développa mes bonnes et dessécha mes mauvaises qualités » (p. 83).

De même, la rencontre d'Henriette fait de sa vie un destin cohérent. La douleur prend alors la forme d'une traversée du désert (p. 138). Cailloux (p. 38) et épines (p. 56) désignent métaphoriquement le manque d'affection qui donne plus de prix à la terre promise, ce paradis retrouvé de l'amour spirituel où il ne serait pas défendu de goûter le « fruit mûri » (p. 131). Félix peut alors comprendre l'ensemble de sa vie. Rétrospectivement ses souffrances passées prennent un sens et la vie apparaît comme une construction équilibrée et motivée : « Je m'expliquai les peines de mon enfance par le bonheur immense où je nageais » (p. 138). L'amour apaise son horreur du vide par l'unité des articulations. Le passé et le présent, les rêves et la réalité se répondent. Félix est persuadé que les mystérieux rêves de son enfance, dont il ne peut pourtant pas livrer le contenu — il ne peut en dire que « quelques mots inhabiles » (p. 73) —, lui ont cependant donné le scénario de sa vie : « ils ont été comme une Apocalypse où ma vie me fut figurativement prédite : chaque événement heureux ou malheureux s'y rattache par des images bizarres, liens visibles aux yeux de l'âme seulement » (p. 73). Après coup, Félix se voit comme le prophète de sa propre vie. Le sentiment du divin est remplacé par la sensation qu'il y a du déjà là, du déjà dit, ou du déjà vu, par la vague impression de concordance.

Les métaphores se multiplient dans le récit de Félix comme si la découverte d'un centre (p. 103), l'étoile de ses rêves d'enfance, permettait de faire converger les significations et de mettre au jour des rapports cachés.

Dans le monde jusque-là silencieux se déploient les harmonies qui forment un texte poétique. Grâce à l'amour, les tableaux de la nature atteignent « la hauteur des plus grandes conceptions morales » (p. 160). Félix y voit de « fugitives allégories » où se peignent « les phases les plus contrastantes de la vie humaine » (p. 162). Une chaumière devient la « figure de tant d'humbles existences » (p. 161), une fleur isolée, l'image attendrissante de l'idole aimée. La nature et l'homme correspondent. Félix prétend être le grand maître du sens, créateur et révélateur des significations mystérieuses. La nature est alors un livre à interpréter/écrire.

Félix et Henriette lisent dans une rivière, leurs « rêves les plus secrets » et « le voluptueux balancement d'une barque imite vaguement les pensées qui flottent dans l'âme » (p. 253). La nature révèle le désir et sert d'écran aux visions-fantasmes, aux images génésiques : dans « de grandes mares d'eau [...] où la vie arrive en quelques jours » apparaissent « des plantes et des insectes flottant là, comme un monde dans l'éther » (p. 161). Une symbolique sexuelle envahit alors les descriptions. Félix voit « une jachère crayeuse où sur des mousses ardentes et sonores, des couleuvres repues rentrent chez elles en levant leurs têtes élégantes et fines » (p. 162). Un peu plus haut, il venait d'avouer : « le désir serpenta dans mes veines » (p. 156). La nature que Félix, avant Baudelaire, voit comme une « cathédrale, où les arbres sont des piliers » (pp. 161-162), n'est que le temple du moi. Saint-Martin écrivait dans *L'Homme de désir* : « Ne sais-tu pas que la nature avait été accordée à l'homme pour lui servir de miroir, où il pourrait voir la vérité ? » (chant 79) Félix détourne la pensée de Saint-Martin au profit d'un mysticisme amoureux et la nature n'est plus que le miroir de Narcisse.

Contrairement à l'harmonie romantique[1] ou aux correspondances selon Swedenborg, qui établissent un rap-

---

1. *Cf. Le Christ romantique* de F.P. Bowman, Droz, 1973.

port hiérarchique entre le ciel et la terre, l'harmonie dans le récit de Félix — mais ce n'est pas le cas d'autres œuvres balzaciennes comme *Le Curé de village* et *Béatrix* où la nature parle de Dieu — tend à se détacher de Dieu. La cathédrale de Félix n'a pas de Dieu et les correspondances demeurent sans garantie extérieure au langage. La rhétorique religieuse de Félix et le mysticisme de son enfance ne dissimulent guère sa dérive vers un spiritualisme laïque. Pour Félix, ce qui importe dans la correspondance c'est la relation elle-même, la réciprocité de la ressemblance, la répercussion des similitudes dans des échos sans fin. Si la finalité de l'écriture métaphorique de Félix est de créer un univers plein, les concordances, fonctionnant circulairement, la signification semble suspendue dans un transport indéfini : la nature ressemble à une femme qui ressemble à la nature. Henriette et l'Indre se confondent. Seul constat alors possible : tout concorde. L'analogie est à double orientation. Ainsi, si les «pensées reverdissent comme les touffes forestières» (p. 163), dans l'autre sens «les bois frais et touffus» opposés à la jachère font partie d'un tableau signifiant, expression d'une pensée (p. 162). L'expérience spirituelle dévoile un infini qui est celui de la signification. Sens et ressemblance tendent à s'identifier, dans l'oubli de toute transcendance.

3. *Les échappées de sens*

Depuis la rencontre avec Henriette, tout semble s'organiser autour d'un centre et tendre vers l'unité et la signification. Les tableaux que Félix découvre en cueillant ses bouquets, tous fondés sur le constraste, sont décryptés comme des allégories du double amour de Félix ou de l'existence d'Henriette. Pourtant, dans le même épisode, cette exigence d'unité coexiste avec l'attrait inverse pour l'incertitude, les «indéfinissables harmonies» environnées d'un «silence qui confond»

(p. 162). Et la perspective dans la nature-cathédrale s'ouvre non vers le haut mais sur un horizon terrestre éloigné, une « clairière lointaine » (p. 162).

Félix est fasciné par le tournoiement de l'harmonie sur elle-même, par le mystère des correspondances sans signifié. Il cherche dans la nature des « effets dont les signifiances sont sans bornes » (p. 160). Il veut le vertige des échappées de sens. Les « je ne sais quoi », « indicible », « indescriptible » ne se comptent plus dans son récit. Ses évocations débouchent parfois subitement sur des silences, comme la présentation des abords de Clochegourde : « Un village que la poésie qui surabondait en moi me fit trouver sans pareil » (p. 67). Que peut-on voir si ce n'est l'éblouissement de Félix qui fait basculer le texte dans le non-figuratif ? Henriette le fascine par ce qu'elle a d'insaisissable, par l'abîme d'une similitude sans image ! Ainsi, la description centrifuge de Félix nous frustre d'un portrait et entrouvre la représentation sur l'irreprésentable : « Sa figure est une de celles dont la ressemblance exige l'introuvable artiste [...] » (p. 78). Henriette demeurera un « mystère » (p. 81). Le non-dit est nécessaire à l'idéalisation, aussi peut-on comprendre que Félix ne parle d'Henriette que métaphoriquement, dans un transport du sens : « Ses qualités visibles ne peuvent d'ailleurs s'exprimer que par des comparaisons » (p. 81). Il n'en finira pas, tout au long du récit, d'essayer de tracer le portrait de cette femme insaisissable par des rapprochements toujours nouveaux avec des figures artistiques, ou mythiques, difficilement ajustables : Job, le Christ dont elle vivra pendant son agonie la lutte au mont des Oliviers, Béatrice, Laure, la Joconde, Niobé, Agar. La figuration semble indéfiniment ajournée.

A la signification arrêtée Félix préfère le mouvement de la signifiance. Il écoute avec ravissement la voix d'Henriette parce qu'elle étend le sens des mots et attire l'âme vers « un monde surhumain ». Il entend dans ses paroles « une mystérieuse signifiance ». Il cherche dans ses lettres, au-delà ou en deçà des mots, les « mystérieuses effluves échappées de sa main ». L'amour permet une compréhension de l'infra-verbal. Cette langue plus sémiotique que symbolique l'entraîne « dans un monde surhumain », vers le vague des significations. La religion de l'amour est la recherche du mouvement perpétuel, de la création continuée qui laisse entrevoir le sens dans une échappée.

Ce sont ces remous du sens qui font entrer les personnages dans l'extase émotionnelle. La faculté de sentir avec profondeur, la finesse de perception, la capacité vibratoire définissent les conditions d'une nouvelle spiritualité. Une conception non plus substantielle mais dynamique et énergétique de l'âme s'impose. Les expressions utilisées par Félix pour désigner l'âme d'Henriette témoignent de ce changement : « feux intérieurs », « vapeur lumineuse que nie la science » (pp. 78-79). Elles sont bien incertaines et ne lui reconnaissent pas une essence propre. Elles évoquent la source énergétique, origine de ce magnétisme qu'Henriette exerce sur Félix (p. 121). Une nouvelle communauté spirituelle fondée sur l'aptitude à ce que Félix appelle les « ébranlements de la sensibilité » (p. 110) se définit : « N'appartenons-nous pas, demande-t-il à Henriette, au petit nombre de créatures privilégiées pour la douleur et pour le plaisir, de qui les qualités sensibles vibrent toutes à l'unisson en produisant de grands retentissements intérieurs, et dont la nature nerveuse est en harmonie constante avec le principe des choses ! » (p. 112) Félix semble ici être un adepte de Saint-Martin. Selon le Philosophe Inconnu, le mouvement étant le principe divin par excellence, par son activité, l'âme participe à « l'éternelle impassivité » de Dieu (*L'Homme de désir*, chant 35) : « Je tiendrai mon âme en activité, pour avoir continuellement en moi la preuve de mon Dieu » (chant 12).

Mais dans le récit de Félix, l'infini n'est que celui des sentiments. Le mouvement intérieur, la disposition au frémissement émotionnel rapprochent alors religion de l'amour et religion d'amour. Le désir amoureux met l'âme en activité, la prépare pour un service divin actif : « Tout me parlait, écrit Henriette, un langage jusqu'alors incompris, et qui rendait à mon âme un peu du mouvement que vous aviez imprimé à mes sens » (p. 372). Dans le *Traité de la prière* (1823-1824), Balzac affirmait déjà que l'émotion est la condition de la prière et il définissait celle-ci comme un appel à Dieu, un véritable transport qui soulève l'être. Battements de cœur et enthousiasme lyrique accompagnent la prière. Dans *Séraphita*, la prière est le dernier stade de la vie spirituelle et permet à l'esprit d'entrer extatiquement en union avec Dieu. On comprend donc la place que prend la prière chez l'héroïne martiniste, Henriette. Dans *Le Lys*, des différenciations moins morales entre la concentration et l'expansion, le large et l'étroit — la dureté familiale impose une concentration qui contrarie le besoin d'expansion émotive —, le mouvement et la stagnation, l'élan et la pesanteur l'emportent sur le vieux dualisme religieux. C'est pourquoi le désir peut avoir un rôle dans l'itinéraire spirituel d'Henriette.

4. *Désir et foi*

Saint-Martin et Swedenborg reconnaissaient à l'amour un rôle dans l'initiation spirituelle. Dans *Le Ciel et ses merveilles et l'enfer* de Swedenborg, les anges ont un sexe et l'amour conjugal a sa place au ciel dont il est même le créateur. Dans *L'Homme de désir* de Saint-Martin, l'amour « prépare doucement les voies » (chant 15). De même, Séraphita-Séraphitus utilise l'amour de Wilfrid et Minna pour les engager dans une voie spirituelle et leur apprendre à orienter leur amour humain vers « celui qui jamais ne trahit » (*CH*, XI, p. 754). Henriette, délaissée, s'efforce elle aussi de s'élever vers « un amour qui ne trompera point » (p. 312), comme plus tard Félicité des Touches après la trahison de Calixte *(Béatrix)*. La mystique médiévale proposait déjà de telles substitutions. Ainsi Abélard conseillait à Héloïse de l'oublier pour se consacrer au Christ : « C'est lui l'amant véritable, qui ne désire que toi [...] [1]. »

Pourtant, loin d'avoir sublimé le désir par la foi, Henriette l'a soigneusement entretenu par l'insatisfaction. Elle trouve une fine jouissance dans la retenue : « Cette situation comportait des langueurs enchanteresses, des moments de suavité divine » (p. 153). Félix la soupçonne d'une perversion de la sensibilité : « Peut-être aimait-elle autant que je l'aimais ce tressaillement semblable aux émotions de la peur, qui meurtrit la sensibilité, pendant ces moments où l'on retient sa vie près de déborder [...] » (p. 120). La duchesse de Langeais se délectait déjà des « enivrantes voluptés que procurent les désirs sans cesse réprimés ». Dans *Béatrix*, Félicité des Touches connaîtra aussi « la volupté des douleurs entretenues par un désir » non assouvi *(CH*, II, p. 752) et l'écrivain Claude Vignon rappellera que cette passion est en principe réservée à l'homme. Dans *Mémoires de deux jeunes mariées*, Louise de Chaulieu fera la théorie de cette nouvelle sensualité : « En serait-il donc ainsi pour tous nos plaisirs ? Serait-il meilleur de les différer que d'en jouir ? L'espérance vaudrait-elle mieux que la possession ? [...] L'imagination n'a pas de bornes, et les plaisirs en ont » *(CH*, I, p. 285).

Henriette a d'ailleurs une « nature de flamme vive » (p. 81), d'abord dissimulée par des métaphores aquatiques. Cependant dès le début, la lueur de ses yeux verdâtres « semblait s'enflammer aux sources de la vie et devait les tarir » (p. 79). Le déséquilibre entre les deux séries métaphoriques se devine. A la fin du roman, lors-

---

1. *Correspondance*, UGE, 10/18, 1979, p. 194.

que Félix est infidèle, le désir frustré s'exacerbe :
« Quand le feu de ses yeux dénués de l'eau limpide où
jadis nageait son regard tomba sur moi je frissonnai »
(p. 293). L'eau est asséchée par les « feux intérieurs »
qui s'échappent de ses yeux au moment de son agonie,
« par un rayonnement semblable au fluide qui flambe
au-dessus des champs par une chaude journée » (p. 352).
Elle est ardente. Le désir se dénude, alors qu'elle voulait
faire dominer « la spiritualité de l'ange qui est en nous ».
Mais le désir a une efficacité spirituelle. Pour Henriette
le ciel s'ouvrira en bas, au fond de l'abîme du désir, par
un retournement qui n'aura lieu qu'*in extremis*, lorsqu'elle sera descendue au plus profond. Expérience du
manque, de l'incomplétude, le désir est, pour Henriette,
comme pour bien des mystiques, nécessaire : « Nous
devons passer par un creuset rouge avant d'arriver saints
et parfaits dans les sphères supérieures », remarque Henriette (p. 250). Pour Henriette, comme pour Saint-Martin, le mal n'est pas une altérité diabolique, mais une
paradoxale purification.

A l'opposition disjonctive, Balzac substitue des rapports dialectiques. L'énergie, grande valeur à la fois
spirituelle et vitaliste — science et mysticisme se rencontrent dans la pensée balzacienne —, est entretenue
par les antagonismes. Le conflit entre l'âme et les sens,
générateur de tentations, est aussi le moteur de l'élévation finale. La révolte des sens permet une expérience
négative de l'absolu, le dévoilement du désir comme une
voracité qu'on ne peut assouvir par des nourritures
humaines, béance infinie que seul un absolu pourra combler. Dans *Melmoth réconcilié* (1835), Balzac a déjà
représenté un personnage qui, après avoir fait un pacte
avec le Diable, essaie de s'en débarrasser, tenaillé par
un ardent désir de Dieu : « La puissance infernale lui
avait révélé la puissance divine. Il avait plus soif du ciel
qu'il n'avait eu faim des voluptés terrestres si promptement épuisées » (*CH*, X, p. 381). Dans *Le Lys*, la méta-

phore de la faim qui condense un symbolisme à la fois
sexuel et religieux montre bien le bord à bord de la sensualité et du mysticisme. C'est au plus fort de l'incan-
descence du désir, grâce à l'excès énergétique, que, par
un renversement, la chute d'Henriette se convertit en
réintégration, l'expérience du manque en plénitude. La
sublimation n'est pas seulement le déplacement d'une
pulsion vers un objet plus valorisé ; c'est dans le cas
d'Henriette une véritable implosion énergétique. La
démesure est la condition nécessaire pour une conversion du négatif en positif. Dans *La Physiologie du
mariage*, Balzac affirmait que l'excès est la seule excuse
morale dans l'amour. De même Félix remarque : « Tant
que l'amour recule devant un crime, il nous semble avoir
des bornes, et l'amour doit être infini » (p. 144). Dans
sa lettre-testament, Henriette est sûre du pardon de Dieu.
Dans l'Évangile selon *Luc* (VII, 47) il est dit de Madeleine, dont Henriette fait son idéal : « beaucoup de
péchés lui sont remis, car elle a beaucoup aimé ». Par
contre, une telle conversion est impossible dans le protestantisme anglais. Le désir entropique d'Arabelle, simple besoin qu'une « science de l'existence » qui
« machinise » (p. 281) peut apaiser, n'ouvre pas l'espace
d'une expérience intérieure.

5. *La culpabilité*

Henriette tire profit de la tentation de l'amour :
« Craignant de manquer à mes obligations, j'ai constamment voulu les outrepasser » (p. 374). La culpabilité
génère l'élan vers Dieu. De même, dans *La Grenadière*
(1832), l'amour est justifié par l'expiation qui lui succède. Lady Brandon, grandie par sa souffrance, est alors
un ange qui s'apprête à entrer au ciel. Déchirement pro-
ducteur, le péché a un pouvoir énergétique propice au
dépassement de soi et ouvre le chemin d'une gloire spirituelle. Aussi, dans sa lettre-testament, Henriette lègue-

t-elle à Félix sa richesse essentielle : il devra continuer son œuvre à Clochegourde pour effacer « des fautes qui n'auront pas été suffisamment expiées » (p. 376).

Comme Bénassis qui, dans *Le Médecin de campagne*, expie l'abandon d'une jeune fille, comme plus tard Véronique Graslin expiera une complicité de meurtre et un amour coupable dans *Le Curé de village* (1841), Henriette fait partie d'une lignée de personnages des *Scènes de la vie de campagne* qui inscrivent leur expiation dans la transformation du paysage. Bénassis a choisi cette voie et renoncé à l'« égoïsme sublime » d'une retraite dans un cloître : « Je crus mieux agir, en rendant mon repentir profitable au monde social » (*CH*, IX, p. 573). Le repentir est l'origine d'une expansion économique. Henriette transforme la nature en campagne et c'est par un travail de conquête sur l'infertilité, de pionnier qu'elle paie sa dette devant les hommes en améliorant leur bien-être. Elle s'efforce de maîtriser cette nature qui a souvent participé à la tentation amoureuse dans le roman. L'expiation prend donc la forme d'une lutte symbolique contre la nature, alliée des penchants asociaux de l'homme, pour la mettre au service de la société. Si la société devait moraliser l'individu naturel, cependant l'expiation ne peut se réaliser qu'en marge de cette société qui ne remplit pas au XIXᵉ siècle sa mission : « Je ne recueillis les lumières d'une saine morale qu'après m'être transplanté dans un sol autre que celui du monde social », avoue Bénassis dans *Le Médecin de campagne* (*CH*, IX, p. 568).

Henriette expie plus que ses propres fautes. Elle fait de sa vie une imitation de Jésus-Christ : « Ai-je été violentée à mon mariage ? Il fut décidé par ma sympathie pour les infortunes. N'était-ce pas aux femmes à réparer les maux du temps, à consoler ceux qui coururent sur la brèche et revinrent blessés » (p. 133). Dans son album *Pensées, Sujets, Fragmens*, Balzac explique que la grandeur de Jésus-Christ tient à ce qu'il a compris que sa

morale ne s'établirait pas sans qu'il fût sacré par le malheur. Alors que M. de Mortsauf est le responsable de sa
propre dégradation — pendant l'Émigration, au lieu de
chercher une vie active, il a préféré la misère et les
amours de bas étage qui ont détruit sa santé —, c'est
Henriette qui porte la culpabilité et se reproche d'avoir
mis au monde de pauvres créatures condamnées par
avance à de perpétuelles douleurs ? En cela elle suit bien
les préceptes de son maître Saint-Martin qui conseille
de se charger du fardeau du prochain lorsque la lâcheté
empêche celui-ci de le faire. Le sentiment de culpabilité
indissociable de sa religiosité précède donc la rencontre
avec Félix.

Pour Henriette la religion d'amour est une « religion
des êtres blessés » qui nécessite l'oubli profond du moi.
Cette destruction que favorise la conscience exagérée
de l'imperfection s'oppose à l'exaltation du moi, à
l'« égoïsme de la passion » (p. 144) qui caractérisent la
religion de l'amour chez Félix. Mais sa volonté de martyr s'exacerbe parfois étrangement. Elle s'accuse de ne
pas assumer suffisamment la culpabilité et de se plaindre
comme Job au lieu de pleurer comme Madeleine
(p. 255). M. de Mortsauf était-il malade, elle se croyait
« la cause de cette fatale crise. [...] c'était l'acte de contrition d'un repentir qui faisait mal à voir dans une âme
si pure » et elle s'accusait d'un « crime imaginaire »
(p. 257). Elle trouve une fine jouissance à se rappeler
ses manquements, à les exagérer. Elle s'épie complaisamment pour découvrir une souillure. Elle cultive l'inquiétude maternelle, se tient héroïquement exposée aux
agressions de M. de Mortsauf. La haine de soi devient
la condition d'un amour du prochain peu conforme aux
préceptes chrétiens qui, au contraire, font de l'amour de
soi le modèle de l'amour des autres. Henriette apparaît
comme « sereine sur son bûcher de sainte et de martyre » (p. 137). Elle est l'héroïne de l'expiation triomphale.
« Flagellée » par ses enfants, elle déclare victorieuse-

ment : « Devenir mère, pour moi ce fut acheter le droit
de toujours souffrir » (p. 313). Parce que rédemptrice, la
souffrance peut devenir un plaisir : « Ma vie fut [...]
une continuelle douleur que j'aimais », avoue Henriette
(p. 374). Mais cette représentation de l'expiation n'est
alors pas dépourvue d'ambiguïté : « J'ai regardé les tourments que m'infligeait monsieur de Mortsauf, explique
Henriette, comme des expiations, et je les endurais avec
orgueil pour insulter à mes penchants coupables »
(p. 373). L'idéal d'Henriette est bien d'être une sainte
Madeleine « mais non sans parfums ni beautés »
(p. 255), de sublimer le péché dans une jouissance spirituelle et un éclat esthétique. Le mal semble maîtrisé dans
cette transfiguration de la pécheresse en figure sublime.

REPÈRES

CHRONOLOGIE DE L'ŒUVRE

1794 : Naissance de Félix de Vandenesse (il a vingt ans en 1814, p. 56).

25 mai 1814 : Bal en l'honneur du duc d'Angoulême à Tours. Rencontre avec Mme de Mortsauf.

Premier séjour dans la vallée de L'Indre, à Frapesle : le tiers de l'œuvre

Mi-août 1814 : Arrivée de Félix à Frapesle et présentation à Mme de Mortsauf à Clochegourde. Durée approximative de deux mois et demi à trois mois (pp. 110-194).

15 octobre : Première leçon d'équitation de Jacques (pp. 181-182) qui devient un parfait gentilhomme. Cette métamorphose concorde avec la fin de la tapisserie qui avait permis à Henriette de résister aux orages de sa vie.

Paris, l'exil à Gand et la mission secrète en France : 1814-1815

Fin octobre 1814 : Départ de Félix pour Paris.

20 mars 1815 : Napoléon revient aux Tuileries et Félix suit Louis XVIII en exil à Gand, pendant les Cent-Jours. Début de sa fortune politique (p. 219).

Fin mai 1815 : Félix revient en France en mission secrète à Paris et en Vendée mais, signalé à la police napoléonienne, il est obligé de fuir fin mai, à pied, à travers la Vendée. Il se réfugie à Clochegourde (p. 221).

Deuxième séjour dans la vallée de l'Indre à Clochegourde : quelques jours en juillet 1815

Fin juin-début juillet 1815 : Félix arrive à Clochegourde (Félix précise que huit mois se sont écoulés depuis son précédent séjour, p. 221).

Juillet 1815 : Après la défaite de Waterloo (18 juin), on attend le retour des Bourbons (Louis XVIII entrera aux Tuileries le 8 juillet 1815). Sur les conseils de Mme de Mortsauf, Félix part sans attendre pour Paris.

Paris : juillet 1815-août 1817

Juillet 1815 : Arrivé à Paris, il est aussitôt nommé par le roi maître des requêtes au Conseil d'État.

Août 1817 : Ennuis de santé de Mme de Mortsauf. Le roi nomme un deuxième maître des requêtes et accorde à Félix un congé de six mois pour qu'il puisse partir à Clochegourde (« Mon collègue [...] ne fut choisit que vers le mois d'août 1817 », p. 233).

Troisième séjour dans la vallée de l'Indre (Clochegourde) : août 1817-fin 1817

A propos de ses retrouvailles avec Henriette, Félix écrit : « Jamais depuis trois ans, je n'avais entendu sa voix si pleinement heureuse » (p. 239). Dans ce compte Félix omet le bref séjour de juillet 1815.

Août : Arrivée de Félix à Clochegourde.

Septembre : Maladie du comte (« Un mois environ après mon arrivée », p. 248). Lune de miel avec Henriette pendant que M. de Mortsauf est entre la vie et la mort : « Ces cinquante jours et le mois qui les suivit furent les plus beaux moments de ma vie » (p. 261).
Décembre : Félix est rappelé par le roi avant l'expiration de son congé de six mois (p. 272).

Paris : hiver 1817-1818

Félix rencontre lady Dudley.

Quatrième séjour dans la vallée de l'Indre à Clochegourde : durée d'une semaine indiquée par Félix.

Printemps 1819 ou 1820 : La saison est indiquée (p. 308) mais l'année est plus difficile à déterminer car les indications chronologiques sont divergentes : « Je pris le chemin que j'avais parcouru pédestrement six ans auparavant » (p. 287) ; « cinq ans » dans le manuscrit) ; « Elle me retira la lumière qui depuis six ans brillait sur ma vie » (p. 327) ; « Après cinq ans de délicieuse intimité, nous ne savions de quoi parler... » (p. 328).

Le samedi (« le samedi soir la route est pleine de coquassiers qui vont à Tours », p. 310) : promenade nocturne avec Henriette et rencontre de lady Dudley. Félix passe la nuit à Saint-Cyr-sur-Loire avec lady Dudley.

Le lendemain : Retour à Clochegourde et départ pour Paris.

Paris : absence de repères chronologiques

Intimité plus grande avec lady Dudley.

Cinquième séjour dans la vallée de l'Indre à Clochegourde puis Saché : quelques jours en octobre, 1820, 1821 ou 1823

Indications chronologiques divergentes : l'abbé Birotteau indique que depuis six mois Henriette a souffert chaque jour davantage (p. 346). Cette indication peut renvoyer au séjour printanier de Félix en 1820, à un moment où Henriette était déjà souffrante. Mais Félix rappelle qu'il connaissait alors Henriette depuis sept ans. Nous serions donc en 1821. Il indique par ailleurs qu'il avait vingt-neuf ans au moment de sa mort, ce qui situerait plutôt l'événement en 1823. La saison est précisée : « une humide matinée d'octobre » (p. 344).

Le récit de Félix à Natalie

Dans la *Revue de Paris* (1835) et l'édition Werdet (1836), Balzac avait daté l'envoi de Félix du 8 août 1827, date qui correspond au dénouement du *Contrat de mariage*. A partir de l'édition Charpentier (1839). La date est supprimée.

LE LYS DANS LA VALLÉE
ET LE RETOUR DES PERSONNAGES

C'est en retravaillant les nouvelles qui forment *Même histoire* (*La Femme de trente ans* en 1842) pour une réédition chez Werdet que Balzac, en 1834, a l'idée de citer des personnages d'une œuvre antérieure. Il introduit Ronquerolles et de Marsay (*CH* II, p. 1139), deux personnages de l'*Histoire des treize* alors en cours de publication, dans une liste de visiteurs, dont la maîtresse de maison signale la venue à son soupirant, M. de Vandenesse. A partir du *Père Goriot* (1834-1835), le retour des personnages est utilisé plus systématiquement. Les personnages principaux ne sont plus seulement nommés, ils réapparaissent et peuvent parfois jouer à nouveau un rôle assez important, comme Mme de Beauséant, qui était déjà le personnage principal de *La Femme abandonnée*. Dans *Le Lys dans la vallée*, c'est le cas de Natalie de Manerville, qui est aussi l'un des personnages principaux de *La Fleur des pois* (*Le Contrat de mariage*). Au moment d'une réédition de romans plus anciens, Balzac change souvent des noms, fait des ajouts pour resserrer les liens entre ses œuvres ou en créer de nouveaux. Ce sera fréquent dans l'édition Furne de *La Comédie humaine*, à partir de 1842.

Balzac rédige donc *Le Lys dans la vallée* alors qu'il vient de mettre au point le retour des personnages et veut le développer. Il effectuera de nombreuses additions ultérieures dans d'autres romans déjà publiés afin de nouer des liens avec *Le Lys dans la vallée*. Mais, dès l'abord, il choisit de nommer son héros-narrateur d'un nom qu'il a déjà utilisé dans *Même histoire* : Vandenesse. Le retour des personnages, ou d'un nom, crée un effet de référent extérieur. *Le Lys dans la vallée* est rédigé à un moment où l'univers de cet ensemble que Balzac nommera plus tard *La Comédie humaine* se renforce. Les romans apparaissent comme les fragments d'une totalité plus vaste qui les déborde, grâce au retour des personnages. De plus, dans une période limitée, Balzac écrit plusieurs romans en s'efforçant de les lier entre eux, tout particulièrement *Le Lys dans la vallée* et *Le Contrat de mariage*.

Dans la préface d'*Une fille d'Ève*, qui s'intègre en 1839 aux *Études de mœurs* dont la publication a commencé en 1835, Balzac réfléchit sur le retour des personnages pour montrer la nécessité de ce principe et son rapport avec une conception de la totalité comme synthèse de fragments. Cette conception de l'œuvre-mosaïque est, selon lui, naturelle et tient au sujet même, l'histoire d'une société contemporaine mouvante, insaisissable autrement que par la multiplication des visions partielles, qui se complètent, se rectifient dans le temps. Sans doute, pourrions-nous maintenant parler davantage de montage cubiste que de mosaïque. Quoi qu'il en soit, Balzac explique alors le plan des *Études de mœurs* qui ne respectent pas l'ordre chronologique des événements vécus par les personnages. Ainsi Félix de Vandenesse reparaît en pleine maturité dans *Une fille d'Ève*, mais ce roman entre dans une sous-section — *Scènes de la vie parisienne* — placée avant les *Scènes de la vie de campagne* où *Le Lys dans la vallée* présente pourtant les débuts de Félix :

« Il en est ainsi dans le monde social. Vous rencontrez au milieu d'un salon un homme que vous avez perdu de vue depuis dix ans : il est Premier ministre ou capitaliste, vous l'avez connu sans redingote, sans esprit public ou privé, vous l'admirez dans sa gloire, vous vous étonnez de sa fortune ou de ses talents ; puis vous allez dans un coin du salon, et là, quelque délicieux conteur de société vous fait en une demi-heure l'histoire pittoresque des dix ou vingt ans que vous ignoriez. Souvent cette histoire [...] vous sera-t-elle dite le lendemain ou un mois après, quelquefois par parties. Il n'y a rien qui soit d'un seul bloc dans ce monde, tout y est mosaïque. Vous ne pouvez raconter chronologiquement que l'histoire du temps passé, système inapplicable à un présent qui marche. L'auteur a devant lui pour modèle le dix-neuvième siècle, modèle extrêmement remuant et difficile à faire tenir en place. [...] Aussi l'éditeur de ce livre disait-il assez spirituellement que, plus tard, on ferait aux *Études de mœurs* une table de matières biographiques, où l'on aiderait le lecteur à se retrouver dans cet immense labyrinthe [...] » (*CH*, II, p. 265).

C'est ce fil d'Ariane que nous proposons pour suivre les personnages qui jouent un rôle ou qui sont cités dans *Le Lys dans la vallée* et qui reparaissent ailleurs, qui ne peuvent donc être isolés d'un ensemble que Balzac considérait bien comme une totalité même si, par sa conception propre, elle ne pouvait que demeurer indéfiniment fragmentaire.

*

AIGLEMONT (Julie, marquise d') : dans *Le Rendez-vous*, la première des nouvelles (1829) qui formeront plus tard *Même histoire* (1834) puis *La Femme de trente ans* (1842), l'héroïne, Julie, épouse, contre l'avis de son père, M. d'Aiglemont, militaire brutal et d'intelligence médiocre qui la déçoit et la délaisse. Affaiblie par sa mélancolie, elle est soignée par lord Grenville qui est épris d'elle. Mais elle lui résiste. La nouvelle publiée en 1832 sous le titre *La Femme de trente ans* (qui deviendra dans l'œuvre le chapitre « A trente ans ») raconte les amours de Juliette de Vieumesnil et de M. de Vandenesse. Ce n'est que dans l'édition Furne de 1842 que Julie d'Aiglemont devient l'héroïne unique de *La Femme de trente ans*. Cette femme aux multiples facettes apparaît alors à la fois comme victime et criminelle, mal aimée et infidèle, mauvaise mère avec sa fille Hélène mais tuée par son amour maternel pour Moïna. Une addition dans la deuxième édition Werdet du *Père Goriot* (mai 1835) fait paraître Mme d'Aiglemont au bal de Mme de Beauséant en compagnie de quelques autres grandes dames de *La Comédie humaine*. Elle est inutilement courtisée par l'un de ses cousins dans *La Maison Nucingen* (1838). Dans *Ursule Mirouët* (1841), elle souhaite faire d'Ursule sa belle-fille. Sa vie mondaine est souvent évoquée : dans *La Fleur des pois (Le Contrat de mariage)*, où son salon prend parti pour la criminelle Natalie de Manerville, puis dans *Le Cabinet des antiques* (1839), dans *Les Employés* (1837-1844). En 1842, dans l'édition Furne du *Bal de Sceaux* (publié pour la première fois en 1830), Balzac ajoute une sorte d'armorial des reines du Faubourg Saint-Germain dans lequel elle a sa place.

BEAUSÉANT (Claire, vicomtesse de) : dans *Le Père Goriot* (1834-1835), Mme de Beauséant est une des reines du Faubourg Saint-Germain et n'ouvre son salon qu'à l'aristocratie d'Ancien Régime. Bien des mondains de *La Comédie humaine* se retrouvent à son bal, qui fournit donc à Balzac l'occasion de faire le lien avec d'autres œuvres et de donner une cohérence à son univers. Dans ce roman, Mme de Beauséant, cousine et protectrice de Rastignac, est abandonnée par son amant, le marquis d'Ajuda-Pinto, qui fait un riche mariage avec Mlle de Rochefide. Mais elle était déjà le personnage principal de *La Femme abandonnée* (1833) qui raconte des événements situés chronologiquement après la période mondaine que représente *Le Père Goriot*. Dans ce roman, Mme de Beauséant, abandonnée par le marquis d'Ajuda-Pinto, partait pour Courcelles le 20 février 1820. Retirée en Normandie, elle rencontrait Gaston de Nueil qui, après une liaison de plusieurs années, l'abandonnait à son tour pour se marier. Ne pouvant cependant l'oublier, il tentait en vain de renouer. Repoussé, il se suicidait. Dans *Ne touchez pas à la hache (La Duchesse de Langeais)* de 1834, Mme de Beauséant est nommée comme l'une des reines les plus célèbres du Faubourg Saint-Germain. Son activité mondaine est aussi évoquée dans *Gobseck* (premier fragment publié en 1830 ; mais c'est seulement dans *Papa Gobseck* de 1835 que Balzac fait des allusions au *Père Goriot*), *L'Interdiction* (1836), *Le Cabinet des antiques* (1839). Félix s'interroge en se souvenant de l'abandon de Mme de Beauséant par d'Ajuda sur la logique qui mène le monde :

« Quelle singulière et mordante puissance est celle qui perpétuellement jette au fou un ange, à l'homme d'amour sincère et poétique une femme mauvaise, au petit la grande, à ce magot une belle et sublime créature, à la noble Juana le capitaine Diard, de qui vous avez su l'histoire à Bordeaux ; à Mme de Beauséant un d'Ajuda, à Mme d'Aiglemont son mari, au marquis d'Espard sa femme ? » (p. 195)

Il fait à nouveau allusion à son malheur, après la mort d'Henriette qu'il compare à plusieurs autres femmes victimes. Elle est aussi citée dans une liste de grandes dames que fréquente Félix, patronnée par la princesse de Blamont-Chauvry (p. 234).

BIROTTEAU (abbé François) : dans *César Birotteau* (préparé depuis 1833 mais achevé à la fin de 1837), l'abbé Birotteau, prêtre réfractaire sous la Révolution puis vicaire de Saint-Gratien à Tours, aide financièrement son frère César, en 1818. Dans *Le Curé de Tours* (1832), l'abbé Birotteau qui loge chez Mlle Gamard, rêve de devenir chanoine mais il est victime de l'hostilité de sa propriétaire et des intrigues de l'abbé Troubert. Il est exilé hors de Tours.

BLAMONT-CHAUVRY (prince de) : il reparaît dans *Le Cabinet des antiques* (1839) où, en 1822, il présente Victorien d'Esgrignon au roi. Dans *Splendeurs et Misères des courtisanes* (1838-1847) il fréquente les Grandlieu.

BLAMONT-CHAUVRY (princesse de) : dans *La Duchesse de Langeais* (1834), cette grande dame, expérimentée en politique mondaine, réprimande sa nièce qui se compromet inutilement pour M. de Montriveau, alors qu'il lui suffirait d'être discrète pour que les apparences soient sauves. C'est encore comme mondaine qu'elle est citée dans l'édition Béchet de *Madame Firmiani* (1835) où Balzac donne son nom à l'« oracle du noble Faubourg » (*CH*, II, p. 152), qu'il appelait antérieurement « Mme la duchesse de... », et dans *César Birotteau* (1837). Dans *Le Lys dans la vallée*, Henriette est sa petite-belle-nièce et elle la charge d'introduire Félix au cœur de la société du Petit-Château (p. 234).

BRANDON (lady) : elle paraît pour la première fois dans *La Grenadière* (1832) dont elle est le personnage principal. Retirée en Touraine après le décès de son amant, elle meurt seule, laissant deux orphelins. Le récit suggère que son mari l'a durement traitée. Au moment de sa mort, elle lui envoie une lettre pour lui pardonner. Dans *Le Père Goriot* (1835), elle est l'une des femmes les plus élégantes de Paris. Rastignac admire au bal de Mme de Beauséant le couple qu'elle forme avec son amant, le jeune colonel Franchessini, dont elle a, selon la rumeur, deux enfants. A la fin du *Lys dans la vallée*, Félix, qui se rend pour la dernière fois dans le salon de lady Dudley, se dit porteur d'un message de lady Brandon dont *La Grenadière* (1832) a déjà raconté la mort. La chronologie de l'histoire ne correspond donc pas à celle des narrations. Plus tard, dans *Mémoires de deux jeunes mariées* (1842), Balzac fera de la cruelle lady Dudley, qui veut se venger, la cause du malheur de lady Brandon (I, p. 361). Mais nulle part, dans *La Comédie humaine*, Balzac ne donne plus de précisions sur les raisons exactes de lady Dudley et sur son rôle. Dans *Le Lys dans la vallée*, Félix cite également son nom dans la liste des femmes victimes, comme Henriette.

DIARD (Jean-François) : la nouvelle *Les Marana* (1832-1833) raconte l'histoire de ce militaire médiocre qui, sous l'Empire, au cours de la campagne d'Espagne, séduit Juana de Mancini et accepte de l'épouser pour sa dot mais supporte mal la supériorité de sa femme. Mis à la retraite après avoir été blessé, déçu dans son ambition, il s'adonne au jeu. Ruiné, mais sur le point de refaire sa fortune au jeu, il assassine son ami Montefiore qui a finalement gagné contre lui. Sa femme le tue pour sauver son honneur, car il n'acceptait pas de se faire justice lui-même. Félix évoque cette tragédie pour s'interroger sur la Providence (p. 195).

DUDLEY (lady) : grande dame anglaise, sensuelle, égoïste, dont les aventures amoureuses ou la sensualité cachée sous des apparences froides sont également évoquées dans des œuvres contemporaines de la rédaction du *Lys*, dans *Le Contrat de mariage* (1835) et dans *L'Interdiction* (*Chronique de Paris*, janvier-février 1836). Dans l'édition Furne du *Bal de Sceaux* (1842), Balzac remplace par celui de lady Dudley le nom de la duchesse d'Avergaveny de l'édition de 1830, que Mlle de Fontaine rencontre avec son amant. Sa vie mondaine est évoquée dans *La Princesse de Cadignan* (1840), *Ursule Mirouët* (1841) et *Le Premier Amour d'Henri de Marsay* en 1841 *(Autre étude de femme* en 1842). Des œuvres postérieures au *Lys* en font aussi une femme criminelle. Dans *Une fille d'Ève* (1839), elle veut se venger de l'abandon de Félix et participe à un complot qui tente de pousser sa femme à prendre un amant. Dans *Mémoires de deux jeunes mariées* (1842), elle sera tenue pour responsable du malheur de lady Brandon.

DUDLEY (lord) : homme d'État anglais dont l'activité politique est évoquée dans *Le Contrat de mariage* (1835) puis dans *Le Premier Amour d'Henri de Marsay* (1841), repris ensuite dans *Autre Étude de femme* (1842). Dans *La Fille aux yeux d'or* (1834-1835), débauché attiré par les hommes tout autant que par les femmes, il fuit la justice anglaise qui réprouve ses mœurs. Il est le père d'Henri de Marsay et d'Euphémia Porrabéril.

ESPARD (marquis d') : ce personnage de *L'Interdiction* (février 1836), travaillé dans la même période que *Le Lys dans la vallée*, présente à l'inverse un homme victime de sa femme. Il veut restituer la fortune dont s'est illégitiment emparé l'un de ses ancêtres. Mais sa femme s'y oppose et intrigue pour obtenir son interdiction. Le procès est évoqué dans *Les Employés* (1837 et 1844), *La Vieille Fille* (1837), *Le Cousin Pons* (1847). C'est dans *Splendeurs et Misères des courtisanes* (1838-1847) que l'on apprendra qu'elle échoue. Dans *Le Lys dans la vallée*, il figure dans la liste des victimes auxquelles Félix songe en s'interrogeant sur le sens du destin (p. 195).

ESPARD (marquise d') : ce personnage à qui la princesse de Blamont-Chauvry, sa mère, présente Félix est dans *Le Lys* l'une des plus brillantes dames du Faubourg Saint-Germain. Mais elle n'apparaît que dans l'édition

Furne du *Lys dans la vallée*. En la citant, Balzac fait alors le lien entre *Le Lys dans la vallée* et *L'Interdiction* (janvier-février 1836) dont elle est le personnage principal. Cette grande dame criminelle commettra d'autres méfaits dans les œuvres postérieures. Dans *Splendeurs et Misères des courtisanes*, elle poursuit de sa haine Lucien de Rubempré qui n'a pas répondu à ses avances. Elle est une des femmes qui souhaitent voir échouer le ménage de Félix de Vandenesse dans *Une fille d'Ève* (1839). Elle est une amie hypocrite dans *La Princesse de Cadignan* (1840). Sur l'exemplaire de l'édition Furne du *Contrat de mariage* corrigé par Balzac, une addition fait de Mme d'Espard une alliée de la rusée et coquette Natalie de Manerville.

Comme mondaine elle paraît aussi au bal de Mme de Beauséant dans *Le Père Goriot*. Dans l'édition Furne de 1842, Balzac effectue des modifications qui lui permettent d'évoquer sa vie mondaine. Elle prend alors place dans l'armorial des grandes dames du *Bal de Sceaux* (1842), et parmi les mondaines de *Madame Firmiani* (1842). Sa vie mondaine sera également encore souvent évoquée dans les œuvres postérieures au *Lys* (*Les Employés, Gambara, Une ténébreuse affaire, Une fausse maîtresse, Le Député d'Arcis, La Muse du département, La Cousine Bette*). Dans *Le Lys dans la vallée*, elle est l'une des grandes dames qui accueillent Félix sur les recommandations de la princesse de Blamont-Chauvry (p. 234).

LANGEAIS (duchesse de) : cette mondaine apparaît dans *Ferragus* (1833). Dans *Ne touchez pas à la hache* (1834), cette reine de la mode, coquette avec cruauté et plus soucieuse de sa réputation mondaine qu'aimante, finit par se laisser subjuguer par la violence de sa victime, M. de Montriveau. Elle se compromet pour lui, puis persuadée qu'il est désormais indifférent, se sauve dans un couvent en Espagne. Mais lorsque Montriveau la retrouve, elle refuse de le suivre, au nom de la religion cette fois, et meurt au moment où il s'apprêtait à l'enlever contre son gré. Dans *Le Père Goriot*, elle apparaît aussi comme une femme double. La mondaine cruelle, au cours d'une visite à Mme de Beauséant, révèle avec malveillance la trahison d'Ajuda-Pinto et apprend à Rastignac que Mme de Nucingen et Mme de Restaud sont les filles du père Goriot qu'elles renient. Mais elle est elle-même amoureuse et annonce qu'elle ira se retirer dans un couvent si elle ne réussit pas auprès de Montriveau. Son succès mondain ou ses malheurs sont encore évoqués dans *L'Interdiction* (1836), puis dans *Illusions perdues, Le Cabinet des antiques* (1839), *Béatrix* (1839), *La Princesse de Cadignan* (1840). Le royaliste Félix fait de Mme de Langeais la victime du général d'Empire, Montriveau. Balzac la cite également parmi les grandes dames chez qui la princesse de Blamont-Chauvry introduit Félix, à la demande d'Henriette (p. 234).

LENONCOURT-GIVRY (duc Henri de) : ce grand seigneur est un courtisan de Louis XVIII. Il sera encore souvent cité dans *Le Contrat de mariage, La Vieille Fille, César Birotteau, Illusions perdues, Le Cabinet des antiques, Splendeurs et Misères des courtisanes*. Dans *Mémoires de deux jeunes mariées*, on apprend son décès survenu en 1836. Madeleine de Mortsauf, sa petite-fille, est à ce moment-là sa seule héritière car son frère Jacques est mourant. Une addition de l'édition Furne de *Mme Firmiani* (1842) permet à Balzac de citer « les Listomère, les Lenoncourt et les Vandenesse » parmi les relations de l'oncle d'Octave.

LENONCOURT-GIVRY (duchesse de) : cette grande dame, mère d'Henriette, se retrouvera dans *Mémoires de deux jeunes mariées* (1842) et surtout dans *César Birotteau* (1837).

LISTOMÈRE (marquis de) : cet homme politique a un rôle très secondaire dès *Le Curé de Tours* (1832). Mais, en 1835, lorsque *Étude de femme* paraît sous le titre *Profil de marquise* dans les *Scènes de la vie parisienne*, la comtesse de *** prend le titre de marquise de Listomère. Dans l'édition Furne d'*Étude de femme* Balzac resserre les liens avec *Le Lys dans la vallée* grâce à un ajout : « M. de Listomère reprit tranquillement la lecture de son journal et dit : "Ah ! Mme de Mortsauf est morte : votre pauvre frère est sans doute à Clochegourde" » (*CH*, II, p. 178).

MANCINI (Juana) : personnage principal des *Marana* (1832-1833). Fille d'une courtisane espagnole, elle se laisse séduire par un marquis italien qui fait la campagne d'Espagne, le marquis Montefiore. Ne pouvant l'épouser, elle accepte de se marier avec son ami le colonel Diard qu'elle n'aime pas. Elle se réfugie dans l'éducation de ses enfants.

MANERVILLE (Natalie, comtesse de) : Natalie de Manerville est l'un des personnages principaux de *La Fleur des pois* de 1835. Balzac entreprit ce roman qui se déroule à Bordeaux alors que *Le Lys dans la vallée* était déjà en cours de rédaction. Bien que sa fortune ait été entamée par une vie facile, Natalie Evangelista, jeune fille bordelaise, est mariée grâce aux ruses de sa mère à Paul de Manerville, un riche jeune homme qui arrive de Paris et acquiert vite une grande célébrité à Bordeaux aussi bien pour sa fortune que pour ses manières parisiennes. Natalie abuse de la confiance de son mari et le ruine, en récupérant, quant à elle, sa dot. Paul de Manerville, sûr de sa femme, part refaire sa fortune aux Indes. C'est de Marsay qui lui enlève ses illusions et le met en garde contre Félix de Vandenesse. Dans *Gambara* (1839), elle tombera amoureuse du comte Andréa Marcosi. Dans *Une fille d'Ève* (1839), elle intriguera avec lady Dudley pour détruire le ménage de Félix.

MARSAY (comte Henri de) : homme d'État amoral et dandy libertin. De Marsay qui est déjà apparu dans des œuvres antérieures fait partie de la puissante société des Treize. Il a participé à leurs entreprises dans *Ferragus* (1833) et *La Duchesse de Langeais* (1834). *La Fille aux yeux d'or* (1834) nous apprend que lord Dudley est son père. Ce roman raconte ses amours avec Paquita Valdès et ses méfaits. Dans *Le Père Goriot* (1834-1835), il abandonne Delphine de Nucingen, situation dont profitera Rastignac. Dans *La Fleur des pois*, il est l'ami de Paul de Manerville et démasque sa femme. Il fait des projets de domination politique et prévoit de s'appuyer sur ses amis qui ont des postes stratégiques, Ronquerolles, Montriveau, Serisy, les Grandlieu. Il est présenté comme le roi des dandys dans *Illusions perdues*, comme un roué dans *Le Cabinet des antiques* et *Mémoires de deux jeunes mariées*, il n'hésite pas à s'appuyer sur le crime pour se procurer des jeunes filles dans *Splendeurs et Misères des courtisanes*. Sous la monarchie de Juillet, il devient un ministre talentueux mais meurt en 1834. Son activité politique et ses amours sont évoquées dans de nombreuses œuvres dont *Une fille d'Ève* (1839), *Les Secrets de la princesse de Cadignan* (1840), *Autre Étude de femme* (1842), *Un homme d'affaires* (1845) et *Le Député d'Arcis* (1847). Dans *Le Lys dans la vallée*, il est accusé, ainsi que Ronquerolles et Montriveau, de rester lié à un homme qui a fait mourir sa femme mais qui sert ses desseins politiques. *La Fleur des pois* nous apprend que ces personnages détestés par Félix sont ses ennemis politiques. En effet, de Marsay explique à Paul de Manerville : « Nous sommes Ronquerolles, Montriveau, les Granlieu, La Roche-Hugon, Serizy, Féraud, Granville, tous alliés contre le parti-prêtre. [...] Nous voulons renverser les deux Vandenesse, les ducs de Lenoncourt, de Navarreins, de Langeais et la Grande Aumônerie » (*CH*, III, p. 647).

MAUFRIGNEUSE (duchesse Diane de) : c'est l'une des reines du Faubourg Saint-Germain. Dans *Les Secrets de la princesse de Cadignan* (1840), Balzac racontera son histoire, ses succès mondains et ses amours avec de Marsay, Ronquerolles et surtout d'Arthez. Ses dissipations l'ont contrainte à vivre retirée. *Le Cabinet des antiques* (1839) évoque ses amours avec Victurnien d'Esgrignon, *Splendeurs et Misères des courtisanes* avec Lucien de Rubempré, *Modeste Mignon* (1844) avec le vicomte de Sérisy. En 1842, Balzac insère le nom de cette mondaine dans l'édition Furne de romans écrits avant l'élaboration du retour des personnages, dans *Le Bal de Sceaux, Madame Firmiani*, dans *La Femme de trente ans* où son nom remplace celui de la duchesse d'Avaugour dont la vieille mère signale à sa fille la visite. Des additions permettent aussi de citer son nom dans *La Duchesse de Langeais* (*CH*, V, p. 940) et *Le Père Goriot* (*CH*, III, p. 77). Dans *Le Lys dans la vallée*, elle est citée comme l'une des dames de la société du Petit-Château qui s'ouvre à Félix (p. 234).

MORTSAUF (comte de) : dans *Le Lys dans la vallée*, Balzac dit que son personnage fait partie d'une famille de Touraine « dont la fortune date de Louis XI, et dont le nom indique l'aventure à laquelle il doit et ses armes et son illustration » (pp. 69-70). Il fait allusion au conte drolatique *Les Joyeulsetez du roy Loys le unziesme* (1832). M. de Mortsauf sera encore cité dans *Modeste Mignon* (1844) comme le type de l'émigré.

MORTSAUF (comtesse Blanche-Henriette de) : elle sera citée dans quelques romans postérieurs. Sa mort admirable est évoquée dans *Le Cousin Pons*. Elle est la cliente et protectrice du parfumeur dans *César Birotteau* (1837), elle recommande Félix à Mme d'Espard dans *Illusions perdues*. Dans une addition de l'édition Furne d'*Étude de femme* (1842), sa mort est annoncée dans *La Gazette de France*.

MORTSAUF (Jacques de) : il est très affaibli à la fin du *Lys dans la vallée*, et Balzac annoncera qu'il est mourant dans *Mémoires de deux jeunes mariées*.

Mortsauf (Madeleine de) : dans les romans postérieurs, elle ne sera plus qu'un personnage secondaire.
Dans *Mémoires de deux jeunes mariées*, on apprend
qu'elle épouse le comte de Chaulieu à qui elle apporte
une belle dot et les noms, devises et titres des Lenoncourt-Givry dont elle est la dernière héritière. Elle
devient ainsi la belle-sœur de l'héroïne Louise de Macumer (née de Chaulieu). Dans *Modeste Mignon*, elle participe à la chasse à courre organisée par les Verneuil en
l'honneur de Modeste. Dans *Splendeurs et Misères des
courtisanes*, elle est parente de Clotilde de Grandlieu
qu'elle est chargée d'accompagner en Italie, loin de
Lucien de Rubempré. Dans *Béatrix* (1839), elle est nommée comme l'amie de Sabine du Guénic et dans *La Cousine Bette*, elle s'efforce de procurer une place
d'inspectrice de bienfaisance à la baronne Hulot.

Ronquerolles (marquis de) : il apparaît comme personnage secondaire dans bien des romans. C'est un mondain et un politique qui fait partie de la société des
Treize. Lié à de Marsay, Montriveau et Victor d'Aiglemont, il est présent dans *La Fille aux yeux d'or, La
Duchesse de Langeais, La Femme de trente ans*. Dans
Le Contrat de mariage, il est ministre d'État et du Conseil privé. Il sera encore souvent cité dans des œuvres
postérieures au *Lys* (*La Fausse Maîtresse, César Birotteau, Béatrix, Gobseck, Illusions perdues*, etc.).

Vandenesse (marquis de) : *Le Contrat de mariage*
nous apprend qu'il est mort en 1827. Dans *La Femme
de trente ans*, Charles porte son deuil.

Vandenesse (comte Charles puis marquis de) : Balzac
crée ce personnage en 1832 dans la nouvelle *La Femme
de trente ans* (qui ne sera en 1842 qu'un chapitre de
l'œuvre sous le titre « A trente ans ») et l'appelle M. de
Vandenesse. Dans ce récit il devient l'amant de Julie
d'Aiglemont en 1821. Dans l'édition Furne qui achève
le travail d'articulation des différentes nouvelles compo-

sant l'œuvre désormais intitulée *La Femme de trente ans*, Balzac réunit tous les héros masculins sous le nom de Vandenesse et, pour faire le lien avec *Le Lys dans la vallée*, il donne à son personnage le prénom de Charles. Celui-ci remplace donc le diplomate anonyme de *La Vallée du torrent* qui est en deuil et doit régler avec son notaire une affaire de succession. Dans *Le Contrat de mariage*, Charles était présenté comme un ennemi de De Marsay avec son frère Félix. On apprend par ailleurs qu'il règne toujours dans le salon de Julie et les œuvres postérieures, *Une Fille d'Ève* (1839) et *Béatrix* (1839), indiquent à la fois son mariage avec Émilie de Fontaine (héroïne du *Bal de Sceaux)*, veuve de l'amiral de Kergarouët, et sa fidélité à sa maîtresse, Julie d'Aiglemont. Dans *Un début dans la vie* (1841), on apprendra qu'il est en procès avec son frère au sujet de la vente de la terre de Vandenesse. Il est souvent cité comme un mondain *(Illusions perdues, L'Interdiction, Splendeurs et Misères des courtisanes, La Princesse de Cadignan)*, voire un roué dans *Le Cabinet des antiques* (1839) et *Le Député d'Arcis*.

VANDENESSE (Félix vicomte puis comte de) : dans *Le Contrat de mariage* (1835), il appartient comme son frère au « parti-prêtre » auquel les Treize sont hostiles et de Marsay annonce à Paul de Manerville qu'une coalition est formée pour abattre ce groupe de royalistes catholiques. Dans *Le Lys dans la vallée*, Félix explique à Natalie que sa rupture avec lady Dudley lui a valu l'inimitié de de Marsay. Dans *Le Contrat de mariage*, de Marsay qui connaît sa liaison avec Natalie conseille à Paul de Manerville de le tuer en duel. Dans *Une fille d'Ève* (1839), après avoir épousé Marie-Angélique de Grandville, il se montre un mari modèle et il réussit à sauver son mariage au moment où sa femme s'apprête à le tromper avec l'écrivain Nathan. Dans les œuvres postérieures au *Lys* il reparaît souvent dans un rôle de mondain qui a des relations et que l'on peut solliciter *(Illusions perdues, Mémoires de deux jeunes mariées, L'Interdiction, Autre Étude de femme, La Princesse de Cadignan, Une ténébreuse affaire)*. Dans l'édition Furne, Balzac liera *Le Lys dans la vallée* et *Le Bal de Sceaux* (1830) en donnant au jeune homme qui accompagnait la vicomtesse d'Abergaveny, elle-même remplacée par lady Dudley, le nom de Vandenesse.

VANDENESSE (Mlle de, puis marquise de Listomère) : en 1835, Balzac intègre *Étude de femme* (1830) dans le volume IV des *Scènes de la vie parisienne*, sous le titre *Profil de marquise*, et, pour faire à la fois un lien avec *Le Père Goriot* qu'il vient de publier et *Le Lys dans la vallée* qui est en cours d'achèvement, la comtesse de *** devient marquise de Listomère et Eugène devient Rastignac. L'héroïne de cette nouvelle est une jeune femme qui a des mœurs et de la religion, elle reçoit par erreur une lettre d'amour que Rastignac destinait à une autre. Malgré ses principes elle ne peut s'empêcher de le regretter. Dans *Le Contrat de mariage*, la coterie de Mme de Listomère prend parti pour Natalie, « couvre d'accusations boueuses » Paul de Manerville (II, p. 645). En 1837, dans l'édition Werdet de *Même histoire (La Femme de trente ans)*, Balzac ajoute aux visiteurs de Julie d'Aiglemont la sœur de Charles de Vandenesse, Mme de Listomère. Dans l'édition Furne d'œuvres antérieures (1842), Balzac fait des ajouts pour faire reparaître la marquise. Dans *Madame Firmiani* (1842), Balzac remplace la comtesse de Frontenac, l'une des invitées de l'héroïne, par la marquise de Listomère. Dans *Le Père Goriot*, Balzac ajoute son nom à une liste de grandes dames. Et dans *Étude de femme*, il resserre encore les liens avec *Le Lys dans la vallée* en annonçant la mort de Mme de Mortsauf.

BIBLIOGRAPHIE

Éditions récentes du *Lys dans la vallée*

Le Lys dans la vallée, préface et notes de Moïse Le
    Yaouanc, Paris, Garnier, 1966.
Le Lys dans la vallée, préface de Paul Morand, postface,
    dossier et notes d'Anne-Marie Meininger, Paris, Galli-
    mard, « Folio », 1972.
Le Lys dans la vallée, préface, dossiers de Nicole Mozet,
    Garnier-Flammarion, 1972.
Le Lys dans la vallée, préfacé et commenté par Maurice
    Mourier, Paris, Presses Pocket, 1990.

Autres œuvres de Balzac

La Comédie humaine, édition publiée sous la direction
    de Pierre-Georges Castex, Paris, Gallimard, « Biblio-
    thèque de la Pléiade », 12 volumes, 1976-1981 (édi-
    tion de référence, *CH*).
Œuvres complètes, édition établie par Marcel Bouteron
    et Henri Longnon, Paris, Conard, 1912-1940. Les trois
    derniers volumes rassemblent des œuvres diverses.
Œuvres diverses, sous la direction de Pierre-Georges
    Castex, Paris, Gallimard, « Bibliothèque de la
    Pléiade », I, 1990.

Pensées, sujets, fragmens, avec préface et notes par Jacques Crépet, Paris, Blaizot, 1910.

Correspondance, éd. Roger Pierrot, Paris, Garnier, 1960-1968, 5 volumes.

Lettres à Madame Hanska, éd. Roger Pierrot, Paris, Robert Laffont, coll. « Bouquins », 1990.

Études générales sur Balzac

ALAIN, *En lisant Balzac*, Paris, Gallimard, 1937.

AMADOU, Robert, « Balzac et Saint-Martin », Paris, *L'Année balzacienne*, 1965, pp. 35-60.

AMBRIÈRE, Madeleine, « Balzac et l'énergie », Paris, *Romantisme*, SEDES-CDU, 1984, n° 46, pp. 43-59.

BARBERIS, Pierre, *Balzac et le mal du siècle (1799-1829) : une expérience de l'absurde — aliénations et prises de conscience*, Paris, Gallimard, 1970.

BARBERIS, Pierre, *Balzac, une mythologie réaliste*, Paris, Larousse, coll. « Thèmes et textes », 1971.

BARBERIS, Pierre, *Mythes balzaciens*, Armand Colin, 1972.

BASSET, Nathalie, « Le type de l'émigré dans *La Comédie humaine* : un type sans histoire », Paris, *L'Année balzacienne*, 1990.

BEGUIN, Albert, *Balzac lu et relu*, Seuil, 1965.

BERTAULT, Philippe, *Balzac et la religion*, Slatkine Reprints, 1980.

BOLSTER, Richard, *Stendhal, Balzac et le féminisme romantique*, Paris, « Lettres Modernes », Minard, 1970.

BOREL, Jacques, *Séraphita et le mysticisme balzacien*, José Corti, 1967.

BOURGET, Jean-Loup, « La symbolique des paysages et son fonctionnement dans le récit balzacien », *Le Roman de Balzac*, Études réunies par Roland Le Huenen et Paul Perron, Paris, Didier, 1980, pp. 145-151.

CASTEX, Pierre-Georges, « Balzac en Touraine », dans *Horizons romantiques*, Paris, 1972.

CYPRES, Linda P., « Femmes angéliques, femmes diaboliques : une étude du *Lys dans la vallée* de Balzac », Bulletin of the Rocky Mountain Language Association, n° 1, vol. XXVIII, mars 1974.

DALLENBACH, Lucien, « Du fragment au cosmos *(La Comédie humaine* et l'opération de lecture 1) », *Poétique*, novembre 1979, pp. 420-431. « Le Tout en morceaux *(La Comédie humaine* et l'opération de lecture II) », Paris, *Poétique*, Seuil, février 1980, pp. 156-169.

DANGER, Pierre, *L'Éros balzacien, structures du désir dans* La Comédie humaine, José Corti, 1989.

DIAZ, Jose-Luis, « Balzac-oxymore : logiques balzaciennes de la contradiction », *Honoré de Balzac, Revue des Sciences Humaines* de Lille III, 1979, n° 175, pp. 33-47.

DONNARD, Jean-Hervé, *Les Réalités économiques et sociales dans* La Comédie humaine, Armand Colin, 1961.

FIZAINE, Jean-Claude, « Ironie et fiction dans l'œuvre de Balzac », *Balzac, l'invention du roman*, Colloque de Cerisy, Paris, Belfond, 1982, pp. 159-177.

FRAPPIER-MAZUR, Lucienne, « Texte métaphorique et réalité romanesque », *L'Année balzacienne*, 1972, pp. 309-321.

FRAPPIER-MAZUR, Lucienne, « Balzac et l'androgyne », *L'Année balzacienne*, 1973, pp. 253-277.

FRAPPIER-MAZUR, Lucienne, *L'Expression métaphorique dans* La Comédie humaine, Klincksieck, 1976.

FRAPPIER-MAZUR, Lucienne, « Sémiotique du corps malade dans *La Comédie humaine* », *Balzac, l'invention du roman*, Colloque de Cerisy, Paris, Belfond, 1982, pp. 15-38.

GENETTE, Gérard, « Vraisemblance et motivation », *Figures II*, Seuil, pp. 71-86.

GÉRARD, David, « L'idée de bonheur dans *La Comédie humaine* », *L'Année balzacienne*, 1966, pp. 309-356.

GROUPE INTERNATIONAL DE RECHERCHES BALZACIENNES, *Balzac, Œuvres complètes. Le « Moment » de « La Comédie humaine* », textes réunis par Claude DUCHET et Isabelle TOURNIER, Presses universitaires de Vincennes, 1993.

GUILLEMIN, Henri, *Le Lys dans la vallée*, dans *Précisions*, Gallimard, 1973, pp. 165-180.

LAUBRIET, Pierre, « La légende et le mythe napoléoniens chez Balzac », *L'Année balzacienne*, 1968, pp. 285-301.

LE YAOUANC, Moïse, « Le plaisir dans les récits de Balzac », *L'Année balzacienne*, 1972, pp. 275-308.

LE YAOUANC, Moïse, « En relisant *Le Lys dans la vallée* », *L'Année balzacienne*, I et II, 1987 et 1991.

MICHEL, Arlette, « Aspects mystiques des romans de jeunesse », *L'Année balzacienne*, 1966, pp. 19-32.

MICHEL, Arlette, « Le statut du romancier chez Balzac : destruction et intercession », in *Le Statut de la littérature, Mélanges offerts à P. Bénichou*, Droz, 1982.

MICHEL, Arlette, *Le Mariage et l'amour dans l'œuvre de Balzac*, Les Belles Lettres, 1976.

MICHEL, Arlette, « Balzac juge du féminisme », *L'Année balzacienne*, 1973, pp. 183-200.

MICHEL, Arlette, « La poétique balzacienne de l'énergie », *Romantisme*, 1984, n° 46, pp. 49-59.

MILNER, Max, « Le sexe des anges : de l'ange amoureux à l'amante angélique », *Romantisme*, 1976, n° 11, pp. 55-65.

MOZET, Nicole, *Balzac au pluriel*, PUF, 1990 (plusieurs chapitres concernent *Le Lys dans la vallée*).

NESCI, Catherine, *La Femme, mode d'emploi. Balzac, de « La Physiologie du mariage » à « La Comédie humaine »*, French Forum Publishers, 1992.

PIERROT, Roger, *Balzac*, Fayard, 1990.

PRINCE, Gérald, « Introduction à l'étude du narrataire », *Poétique*, 14, 1973, pp. 178-179.

ROSSARD, Jeanine, *Pudeur et romantisme*, Nizet, 1982.

SÉGINGER, Gisèle, « Balzac et Barbey d'Aurevilly : la poétique du mystère », Actes du colloque *Balzac lu, imité*, 18-19 novembre 1994 à Saint-Cyr-sur-Loire, *Littérature et Nation*, Université de Tours (à paraître).

STEINMETZ, Jean-Luc, « L'eau dans *La Comédie humaine* », *L'Année balzacienne*, 1969, pp. 3-29.

SUSSMANN, Hava, *Balzac et « les débuts dans la vie »* — *Étude sur l'adolescence dans* La Comédie humaine, Paris, Nizet, 1978.

VACHON, Stéphane, Les Travaux et les Jours *d'Honoré de Balzac*, Presses universitaires de Vincennes, 1993.

VAN ROSSUM-GUYON, Françoise, « Des nécessités d'une digression : sur une figure du métadiscours chez Balzac », *Honoré de Balzac, Revue des Sciences Humaines* de Lille III, 1979, n° 175, p. 110.

VIERNE, Simone, « L'ange et la sirène », *Recherches et travaux*, Bulletin n° 14, « Hommage à Léon Cellier », Université de Grenoble, décembre 1976, pp. 31-37.

Études sur *Le Lys dans la vallée*

BOREL, Jacques, Le Lys dans la vallée *et les sources profondes de la création balzacienne*, José Corti, 1961.

BROMBERT, Victor, « Natalie ou le lecteur caché de Balzac », in *Mouvements premiers* : études critiques offertes à G. Poulet, Paris, José Corti, 1972, pp. 177-190.

COQUILLAT, Michèle, « Mme de Mortsauf, la femme-sexe », dans *La Poétique du mâle*, Gallimard, « Idées », 1982, pp. 335-336.

DAVIES, Howard, « The relationship of language and desire in *Le Lys dans la vallée* », Nottingham French Studies, octobre 1977, pp. 50-59.

FLEURANT, Kenneth J., « Water and desert in *Le Lys dans la vallée* », *Romance Notes*, vol. XII, n° 1, 1970.

FRAPPIER-MAZUR, Lucienne, « Le régime de l'aveu dans *Le Lys dans la vallée*. Formes et fonctions de l'aveu écrit », *Honoré de Balzac, Revue des Sciences Humaines* de Lille III, n° 175, 1979, pp. 8-16.

JACQUES, Georges, « *Le Lys dans la vallée*, roman éducatif et ésotérique », Louvain, *Les Lettres romanes*, février 1972, pp. 3-44.

JACQUES, Georges, « Balzac et les nombres », *Lettres romanes*, février 1974, p. 64.

KADISH, Doris Y., « The ambiguous lily motif in Balzac's *Le Lys dans la vallée* », *The International Fiction Review, hiver 1983*.

KASHIWAGI, Takao, « Une lecture du *Lys dans la vallée* : un essai d'interprétation », Kyoto, *Équinoxe*, n° 3, hiver 1988, pp. 27-46.

LACHET, Claude, *Thématique et technique du* Lys dans la vallée *de Balzac*, Paris, Nouvelles éditions Debresse, 1978.

LASCAR, Alex, « Une lecture du *Lys dans la vallée* — Félix de Vandenesse et Natalie de Manerville », *L'Année balzacienne*, 1977, pp. 29-49.

LASTINGER, Michael, « Narration et "point de vue" dans deux romans de Balzac, *La Peau de chagrin* et *Le Lys dans la vallée* », *L'Année balzacienne*, 1988, pp. 271-290.

LORANT, André, « Pulsions œdipiennes dans *Le Lys dans la vallée* », *L'Année balzacienne*, 1982, pp. 247-256.

MAHIEU, Raymond, « Rouge, noir et blanc, ou les pouvoirs de l'invraisemblance », dans *Stendhal-Balzac, Réalisme et cinéma*, Textes recueillis par Victor Del Litto, actes du XIᵉ congrès international stendhalien, Auxerre, 1976, Presses universitaires de Grenoble, 1978, pp. 107-112.

MAHIEU, Raymond, « Une insertion problématique. *Le Lys dans la vallée* et les *Scènes de la vie de campa-*

gne », *Le Moment de* La Comédie humaine, P.U.V., 1993.

MATHIEU-CASTELLANI, Gisèle, « La 26ᵉ nouvelle de *L'Heptaméron* et *Le Lys dans la vallée* », *L'Année balzacienne*, 1981, pp. 285-296.

NIESS, Robert J., « Sainte-Beuve and Balzac : *Volupté* and *Le Lys dans la vallée* », Kentucky Romance Quaterly, vol. XX, n° 1, 1973, pp. 113-124.

PERRONE-MOISES, L., « Balzac et les fleurs de l'écritoire », *Poétique* n° 43, 1980, pp. 306-323.

PRZYBOS, Julia, « L'épistolarité déchiffrée. Étude sur *Le Lys dans la vallée* », Modern Language Studies, Spring 1986, pp. 62-70.

RIFFATERRE, Michael, « Production du roman : L'intertexte du *Lys dans la vallée* », *Texte*, n° 2, 1983, pp. 24-33.

SCHUEREWEGEN, Franc, « *Le Lys dans la vallée* : la lettre, le bouquet », dans *Balzac contre Balzac*, SEDES/ Paratexte, 1990, pp. 141-156.

SÉGINGER, Gisèle, « Religion et écriture dans *Le Lys dans la vallée* et *La Femme de trente ans* », in *Balzac, La Femme de trente ans*, Actes du colloque d'agrégation des 26 et 27 novembre 1993, II, textes réunis par José Luis Diaz, SEDES, 1993 pp. 87-98.

SÉGINGER, Gisèle, « Volonté d'aimer, volonté de pouvoir. Enjeux éthiques du *Lys dans la vallée* », *Travaux de littérature* (à paraître en 1996).

SOCIÉTÉ DES ÉTUDES ROMANTIQUES, Balzac, « *Le Lys dans la vallée* », « *Cet Orage de choses célestes* », Actes du colloque d'agrégation des 26 et 27 novembre 1993, SEDES, 1993.

WEINMANN, Heinz, « Bachelard et l'analyse du roman. Structure des thèmes et des images dans *Le Lys dans la vallée* de Balzac », Lille, *Revue des Sciences humaines*, n° 157, 1975.

Table

Le
LIVRE
de
POCHE

Les Classiques
du Livre de Poche
(extraits du catalogue)

Antiquité grecque

Aristote
Poétique
Rhétorique
Éthique à Nicomaque

Epicure
Lettres, maximes, sentences

Hérodote
Histoires (choix)

Hippocrate
De l'art médical

Homère
Odyssée
Odyssée (choix)
Iliade

Longin
Traité du Sublime

Platon
Le Banquet
Apologie de Socrate,
   Criton, Phédon
Protagoras

Sophocle
Antigone

XXX
Les Cyniques grecs, Fragments et
   témoignages

Antiquité latine

Cicéron
Les Catilinaires

Suétone
Vies des douze Césars

Vie de Neron
Anthologie de la littérature latine
   Textes en latin (Yves Avril)

Moyen Age

Adam de la Halle
Œuvres
Jehan de Saintré

Boccace
Le Décaméron

Charles d'Orléans
Ballades et Rondeaux
L'Ecolier de Mélancolie

La Renaissance

XVIIe siècle

XVIIIe siècle

Ouvrages généraux
(dictionnaires, anthologies)

La Pochothèque

Une série au format 12,5 × 19

Classiques modernes

Chrétien de Troyes. *Romans : Erec et Enide, Le Chevalier de la Charrette ou Le Roman de Lancelot, Le Chevalier au Lion ou Le Roman d'Yvain, Le Conte du Graal ou Le Roman de Perceval suivis des Chansons.* En appendice, *Philomena.*

Jean Cocteau. *Romans, poésies, œuvres diverses : Le Grand Ecart, Les Enfants terribles, Le Cap de Bonne-Espérance, Orphée, La Voix humaine, La Machine infernale, Le Sang d'un poète, Le Testament d'Orphée...*

Lawrence Durrell. *Le Quatuor d'Alexandrie : Justine, Balthazar, Mountolive, Clea.*

Jean Giono. *Romans et essais (1928-1941) : Colline, Un de Baumugnes, Regain, Présentation de Pan, Le Serpent d'étoiles, Jean le bleu, Que ma joie demeure, Les Vraies Richesses, Triomphe de la vie.*

Jean Giraudoux. *Théâtre complet : Siegfried, Amphitryon 38, Judith, Intermezzo, Tessa, La guerre de Troie n'aura pas lieu, Supplément au voyage de Cook, Electre, L'Impromptu de Paris, Cantique des cantiques, Ondine, Sodome et Gomorrhe, L'Apollon de Bellac, La Folle de Chaillot, Pour Lucrèce.*

P.D. James. *Les Enquêtes d'Adam Dalgliesh :*
   Tome 1. A visage couvert, Une folie meurtrière, Sans les mains, Meurtres en blouse blanche, Meurtre dans un fauteuil.
   Tome 2. Mort d'un expert, Un certain goût pour la mort, Par action et par omission.

P.D. James. *Romans : La Proie pour l'ombre, La Meurtrière, L'Île des morts.*

La Fontaine. *Fables.*

T.E. Lawrence. *Les Sept Piliers de la sagesse.*

Malcolm Lowry. *Romans, nouvelles et poèmes : Sous le volcan, Sombre comme la tombe où repose un ami, Lunar Caustic, Le Caustique lunaire, Ecoute notre voix, ô Seigneur, choix de poèmes...*

Carson McCullers. *Romans et nouvelles : Frankie Addams, L'Horloge sans aiguille, Le Cœur est un chasseur solitaire, Reflets dans un œil d'or et diverses nouvelles, dont La Ballade du café triste.*

Naguib Mahfouz. *Trilogie : Impasse des Deux-Palais, Le Palais du désir, Le Jardin du passé.*

Thomas Mann. *Romans et nouvelles I (1896-1903) : Déception, Paillasse, Tobias Mindernickel, Louisette, L'Armoire à*

vêtements, *Les Affamés*, *Gladius Dei*, *Tristan*, *Tonio Kröger*, *Les Buddenbrook*.
Romans et nouvelles II : *Chez le prophète*, *Les Enfants de Wotan*, *L'Accident de chemin de fer*, *Comment jappe et Do Escobar se battirent*, *La Mort à Venise*, *Les Confessions du chevalier d'industrie Felix Krull*, *La Montagne magique*

François Mauriac. *Œuvres romanesques* : *Tante Zulnie*, *Le Baiser au lépreux*, *Genitrix*, *Le Désert de l'amour*, *Thérèse Desqueyroux*, *Thérèse à l'hôtel*, *Destins*, *Le Nœud de vipères*, *Le Mystère Frontenac*, *Les Anges noirs*, *Le Rang*, *Conte de Noël*, *La Pharisienne*, *Le Sagouin*.

François Rabelais. *Les Cinq Livres* : *Gargantua*, *Pantagruel*, *le Tiers Livre*, *le Quart Livre*, *le Cinquième Livre*.

Arthur Schnitzler. *Romans et nouvelles* : *La Ronde*, *En attendant le dieu vaquant*, *L'Amérique*, *Les Trois Élixirs*, *Le Dernier Adieu*, *La Suivante*, *Le Sous-lieutenant Gustel*, *Vienne au crépuscule*... au total plus de quarante romans et nouvelles.

Anton Tchekhov. *Nouvelles* : *La Dame au petit chien*, et plus de 80 autres nouvelles, dont *L'Imbécile*, *Mort d'un fonctionnaire*, *Maria Ivanovna*, *Au cimetière*, *Le Chagrin*, *Aïe mes dents !* *La Steppe*, *Récit d'un inconnu*, *Le Violon de Rotschild*, *Un homme dans un étui*, *Petite Chérie*...

Boris Vian. *Romans, nouvelles, œuvres diverses* : *Les quatre romans essentiels signés Vian*, *L'Écume des jours*, *L'Automne à Pékin*, *L'Herbe rouge*, *L'Arrache-cœur*, deux « Vernon Sullivan » : *J'irai cracher sur vos tombes*, *Et on tuera tous les affreux*, un ensemble de nouvelles, un choix de poèmes et de chansons, des écrits sur le jazz.

Voltaire. *Romans et contes en vers et en prose.*

Virginia Woolf. *Romans et nouvelles* : *La chambre de Jacob*, *Mrs. Dalloway*, *Voyage au Phare*, *Orlando*, *Les Vagues*, *Entre les actes*... En tout, vingt-cinq romans et nouvelles.

Stefan Zweig. *Romans et nouvelles I* : *La Peur*, *Amok*, *Vingt-Quatre Heures de la vie d'une femme*, *La Pitié dangereuse*, *La Confusion des sentiments*... Une vingtaine de romans et de nouvelles.

Romans, nouvelles et théâtre : *Dans la neige*, *L'Amour d'Erika Ewald*, *L'Étoile au-dessus de la forêt*, *La Marche*, *Les Prodiges de la vie*, *La Croix*, *La Gouvernante*, *Le Jeu dangereux*, *Thersite*, *Histoire d'une déchéance*, *Le Comédien métamorphosé*, *Jérémie*, *La Légende de la troisième colombe*, *Au bord du lac Léman*, *La Contrainte*, *Destruction d'un cœur*, *Un mariage à Lyon*, *Ivresse de la métamorphose*, *Clarissa*...

Paru ou à paraître en 1995 :
Arthur Schnitzler. *Romans et nouvelles*, t.2.

IMPRIMÉ EN FRANCE PAR BRODARD ET TAUPIN
Usine de La Flèche (Sarthe)
LIBRAIRIE GÉNÉRALE FRANÇAISE - 43, quai de Grenelle - 75015 Paris.

ISBN : 2 - 253 - 00444 - 8 ✛ 30/1461/0